北京文艺评论
2020 — 2021
年度优秀
作品汇编

北京市文学艺术界联合会 编

广西师范大学出版社
·桂林·

目　录

2020 年度优秀文艺评论文章

从后文学到新人文

　　——当代文学及批评的转折 …………………………… 刘大先　3

吞噬一切的怪兽或劳动者

　　——关于现实主义的思考之一 …………………………… 李松睿　26

在现实主义的风土里深耕小叙事

　　——近年中国中短篇小说创作态势探析 ……………… 李林荣　42

2019 电影：产业回归理性　艺术质量提升 ……………… 赵卫防　52

润物无声中传递直抵人心的力量

　　——李子柒式短视频走红海外的启示 ………………… 刘　琛　67

新变周期的"主旋律"，如何赢得未来？ ………………… 孙佳山　73

从密茨凯维奇到陆帕

    ——波兰戏剧在中国的传播与接受 ……………… 徐　健　87

性别·地域·国族

    ——话剧《德龄与慈禧》的文化坐标 ……………… 白惠元　106

中国现当代音乐研究领域的热度和趋势 ……………… 项筱刚　118

数字展览资源(2010–2019)与中国现代艺术研究动向 …… 曹庆晖　136

从"积淀说"的形成看中国画传统笔墨的传承与变革 …… 孟云飞　159

试析书体史的双线脉络与"真草隶篆"的循环 ………… 雍文昴　171

重塑民族舞蹈的美学价值

    ——从《额尔古纳河》的创作谈起 ……………… 沙呷阿依　188

端午龙舟竞渡习俗至迟出现于唐代考

    ——兼谈民俗史研究中史料的搜集与释读问题 ………… 张　勃　195

从中国杂技金菊奖获奖作品看新世纪魔术艺术的发展变迁

    ……………………………………………… 柴　莹　212

2021年度优秀文艺评论文章

父亲：作为一种文学装置

    ——理解双雪涛、班宇、郑执的一种角度 ……………… 丛治辰　225

新的地方意识的兴起

    ——以叶舟的《敦煌本纪》为中心 ……………… 岳　雯　248

众语喧哗，生机盎然

    ——关于七十年北京文学的发展 ……… 孙郁　张莉　263

"现实"作为种子

    ——梁鸿《四象》及其他 ······· 行 超 280

当代文学的未完成性与不确定性

    ——以莫言小说新作为例 ········· 刘江凯 294

栉风沐雨　精神不竭

    ——观新编历史剧《大舜》有感 ····· 包新宇 仲呈祥 313

一切为了孩子

    ——对现实题材儿童剧的思考 ······· 林蔚然 319

"导演摄影"考略 ··················· 唐东平 326

论中国"后新潮"音乐

    ——基于对"中国民族交响乐协奏曲纽约展演"的专家研讨

    ···················· 丁旭东 354

《跨过鸭绿江》：以浩荡民族史诗赓续家国情怀 ······· 李 宁 373

中国网络电影发展脉络与未来趋势研究 ······· 司 若 黄莺 378

网络文艺有创意　文化在打底 ········· 刘 亭 399

2021 年度优秀文艺评论短评

与时代同行的文学评论 ·············· 李松睿 407

出圈

    ——从文学"出圈"说到"学院派批评" ········· 徐 刚 412

从"红楼"到"红船"

    ——评电视剧《觉醒年代》 ··············· 高小立 415

"她题材"崛起照见了什么

　　——从热播剧《三十而已》《二十不惑》看女性视角影视创作

　　·· 韩思琪 419

写在《雷雨》和《雷雨·后》边上 ·················· 王　甦 423

民族歌剧创作的山东新气象

　　——评民族歌剧《马向阳下乡记》 ·············· 项筱刚 426

短视频催生音乐新业态 ·························· 李小莹 429

北京文艺评论 2020 年度推优评选结果 ·················· 433

北京文艺评论 2021 年度推优评选结果 ·················· 436

作者简介 ·· 439

2020 年度优秀文艺评论文章

从后文学到新人文

——当代文学及批评的转折

刘大先

　　一个敏锐的当代社会观察者应该会对二十一世纪初发生在中国文学场域中的"文学终结论"之争记忆犹新。几年之后,当初发表"文学终结"之说,进而引起中国文人学者群情汹涌的希利斯·米勒(Hillis Miller)的小册子《论文学》(*On Literature*)的译本甚至直接被出版社移花接木改成《文学死了吗》——其热度可见一斑。"文学终结"论争可以视作与彼时在文学批评和学术界兴起的"文化研究"互为因果表里的一个事件。时至今日,兴起于欧美的"文化研究"因为其研究对象与范畴细大不捐所造成的缺乏边界——也有批判理论在现实语境的受容性问题,似乎已经在学术领域中风光不再,但无论是法兰克福学派还是伯明翰学派,无论是文化工业批判还是亚文化之说,无论是各类关于种族、阶级、性别的"后学"新潮还是"解码-编码"的媒体新解,都作为前提性的潜在因素日用而不知地融合到时下文学研究的方法与理论之中——此际的文学研究再也无法回到此前的范式之中,同意或者不同意,"后文学"时代确乎已然来临,自足、自律、独立的"纯文学"话语逐渐丧失其普遍合法性,而二十世纪八十年代中期之后的一系列文学文化现象与话语实践也在呼唤一种新的人文理解、阐释与运行方式的到来。

一、"纯文学"之后

尽管有许多学者从各个方面与希利斯·米勒辩论,但无疑后者是对的,他所说的"文学终结"实际上指的是十八世纪之后在欧洲形成而又逐渐播散到世界各地的一套现代文学理念及其实践形式的终结。那套文学关联着民族主义的发明与生产、印刷书籍和以印刷形式出现的媒体(报纸、杂志)、民族国家的建立、民主制度、现代研究性大学、具有"内面"深度的自我与个人……而到如今一切都变了[①],维系作者权威的自我统一性和持久性变得不确定,经济、政治、技术的全球化,削弱了国家的完整和一体性以及与之相关的研究型大学,新媒体和技术变革促生了众多新形态的文学竞争者。这一切尽管具体情况并不容易一言以蔽之,但在中国文学场域中同样有细致而微的体现。

从七十年末短暂的"伤痕文学"开始出现的一系列文学思潮或流派,从反思文学到改革文学,虽然所秉持的观念一反此前的意识形态规划,但从逻辑与语法而言,仍然是坚硬的历史主体在进行宏大叙事——它们应对的是政治、历史、文化与现实,并试图做出批评,给出评价,进行反思与指示出路,即便是某个个体的故事与情感也有着更为直接的普遍性观念对应物。就当代文学史自身的发展而言,这无疑是对于之前激进文化举措的一种纠偏,与勃然兴起的"新启蒙"运动一道构成自

---

① 希利斯·米勒:《文学死了吗》,秦立彦译,桂林:广西师范大学出版社 2007 年版,第 7-21 页。

上到下的一种共识。这种情形在二十世纪八十年代中期关于"现代派"和"朦胧诗"的论争之后迅速发生变化，进而一种强调审美自律、形式自足、观念自立、人性自由与个体表达本位的"纯文学"观念逐渐建立起来，前沿作家的趣味聚焦于技术、美学的探索以及抽象的关于历史、人性的超越性诉求，而区别于所谓的"驯服工具"和政治表达。

在欧美传入并蓬勃扩展开来的现代主义美学的滋养之下，"纯文学"潮流形成了先锋写作为主导的生态，与之齐头并进的是"文化热"、美术上的"八五新潮"、电影中的"第五代"，它们共同形成了一种关于文学艺术的新兴秩序和评价标准。吊诡的是，这种秩序在形塑出自己形象的同时，也产生了自己的裂隙和拆卸者，只是在大势所趋之中，当时的人们并没有清醒地意识到这一点——那就是承继了康德美学非功利、无利害、去道德化的文艺观，确乎建构出自己区别于政治传声筒的"主体性"，但超越于意识形态之外只是一种幻觉，因为此际向市场经济的转轨已经隐然在望，而更为直接的反应则在于新兴大众媒介比如商业性出版、广播、电影电视与作为书面印刷文化产品的文学之间日益结合。在特有的文学生产与流通的庇护制度和尚不发达的商品经济的背景中，大众媒介被当作辅助性的传播载体，比如文学作品的广播剧、影视改编、报刊连载之类，但它们很快就产生实质性的影响，甚至扭转文学的整体观念与形态——那个拥有创造性灵韵的"作者"，正在转变成文化等级（比如高雅与通俗、严肃与消遣、天才表达与市场取向的微妙而又确然存在的差别）逐渐消弭的"内容提供者"。

这种静悄悄的变革以八十年代"联产承包"和九十年代初"新一轮"以商业为中心的经济改革为背景，以政治体制与一系列公共服务产品改革为标志，它直接引发精英知识分子的危机感及其应对，九十年代初中期的"人文精神讨论"和"告别革命"的论争就是其表征，论争未必定型却形成了明显的结果：思想退隐而凸显学术的规范化进入前台，新自由主义、消费观念、以新贵阶层为仿效对象的中产阶级美学的兴起,折射出来的是权力-资本结合与正统社会主义观念的博弈在当代中国的复杂面相。这一切被王晓明表述为一种可以描述其多元与复杂的面貌而难以锚定其内涵的"新意识形态"①。冷战结束后的新地缘政治格局与 2001 年中国加入世界贸易组织带来的新经济发展模式,共同在新世纪让一度有着后发焦虑的中国在"走向世界"的全球化道路上狂飙突进,社会主义中国初期建立的文学组织制度依然照常运作,甚至因为综合国力的提高而分享了经济发展所带来的二次分配的红利,但在现实的生产场域里,国家庇护主义不得不与文学的资本主义并存,甚至发生一定程度的媾和。在市场化进程中日益感受到边缘化压力的文学,愈加强调自己纯粹自足的象征性资本,但这种陈旧想象中的"文学"作为一种独立的意义系统,与混杂的文学生产场域显然扞格丛生。比如白烨粗略勾勒的新世纪文学的"三分天下":"以文学期刊为主导的传统文坛,以商业出版为依托的大众文学,以网络媒介为平台的网络写作"②,它们各自秉持的文学理念已经发生分化,也即,既有的略显固化的"结构-系统"无法盛纳变动的"实践-行动"了。

较之于"传统文坛"和"大众文学"那种有着政治议程与商业历史的老制度而言,新技术所带来的媒体环境的改变可能影响更为深广。大众传媒尤其是市场化媒体开始深度介入到"纯文学"的创作中来,尤其是有着逐利欲望的出版资本与信息业资本的参与、策划和营销,"纯文学"的壁垒已经被大举入侵的商业化运作冲破,甚至开始被操控。作者权威的丧失最初是在这种语境中发生的,甚至作家形象和风格也受到商业包装的影响。在这个背景中出场的作家,其写作的手法与题材、传播的手段、受众的类型及其作品在社会文化生活中扮演的角色、所处的地位都已经与社会主义现实主义文学、"纯文学"大相径庭,"写什

---

① 王晓明:《导论》,见王晓明主编《在新意识形态的笼罩下——90 年代的文化和文学分析》,南京:江苏人民出版社 2000 年版,第 11—26 页。
② 白烨:《新世纪文学的新格局与新课题》,《文艺争鸣》2006 年第 4 期。

么"和"怎么写"不再是根本性的困扰，什么样的作品是市场需要的、能够引发广泛关注的才是核心命题，一个作家及其作品如何被批评界和研究者纳入主流文学知识与价值体系，本身也是值得注意的文化生产行为。

如果说二十世纪八十年代中期"纯文学"用"怎么写"来冲决"写什么"，以"文学性"对抗（褊狭的）"政治性"，是对于政治意识形态主导的反拨，从而创造出自己的文化政治，但是延续到九十年代后直至新世纪，"纯文学"话语虽然依凭惯性向前推进，并且影响到后来的大部分写作，却已经将当初的革新势能消耗殆尽。如李陀所言，"随着社会和文学观念的变化与发展，'纯文学'这个概念原来所指向、所反对的那些对立物已经不存在了，因而使得'纯文学'观念产生意义的条件也不存在了，它不再具有抗议性和批判性，而这应当是文学最根本、最重要的一个性质。虽然'纯文学'在抵制商业化对文学的侵蚀方面起到了一定作用，但是更重要的是，它使得文学很能难适应今天社会环境的巨大变化，不能建立文学和社会的新的关系，以致九十年代的严肃文学（或非商业性文学）越来越不能被社会所关注，更不必说在有效地抵抗商业文化和大众文化的侵蚀同时，还能对社会发言，对百姓说话，以文学独有的方式对正在进行的巨大社会变革进行干预"。① 这个发生在2000年左右的对"纯文学"的质疑和不满，被南帆视为九十年代中国知识分子思想分裂在文学上的表现。他同时指出，我们必须历史和辩证地来看待这个问题："'纯文学'意味美学上的个人主义。至少在当时（新时期之初），这个概念显示了强烈的反抗性。如果历史、社会只剩下一堆不可靠的概念和数字，那么，文学提出了个体的经验、内心、某些边缘人物的生活就是一次意识形态的突围……现今没有理由认为，负担上述含义的'纯文学'已经丧失了全部意义；然而，现今也没有理由

---

① 李陀、李静：《漫说"纯文学"——李陀访谈录》，《上海文学》2001年第3期。

无视另一批问题的压迫——这一批问题的重量正在极大地压缩'纯文学'的地盘。从权力、资本、生态问题到大众传媒、贫富差距、全球化环境,这些问题时刻与大众息息相关。文学不该在这个时刻退出公共领域——文学是不是该找回大众了?"①

我们注意到,当精英知识分子反思"纯文学"的时候,他们可能无意识地依然在用一种源自十八世纪的文学观进行思考,在那种观念中"作者"是主导性的,并且有着"干预"现实的能量,所以无论是李陀还是南帆,都是从文化与思想的创造角度进入,而并没有从文化产业与生产的角度进入。但是,问题在于,资本主义发展到这个阶段已经没有外部,而文学则没有内部了,知识分子个人主义英雄戏剧在"跨越疆界,填平鸿沟"的舞台上已经演不下去了——他们心有不甘地发现自己不过是喧嚣集市中面目不清的大众中的一员。如果不将作者视为作品的唯一源泉(罗兰·巴特早在半个世纪前就宣称作者已死②,此际显然工业化文学已经甚嚣尘上),那么作家论就失效了或者只具有部分和视角意义;如果作品只是文化生产、流通、消费中的一种商品样态,那么限于文本内部意义生发的作品论就会丧失与社会现实密切相关的更加复杂纠结的真正问题。这当然并未否定它们的局部有效性,但在艾布拉姆斯所谓的作品、艺术家、世界、欣赏者四要素中③,"世界"和"欣赏者"变得愈加重要,这无疑给我们的批评话语带来了极大的挑战。

由文学史知识和经典作品序列所表征的静止、封闭的现代文学概念松弛了,当下的现状倒逼着我们重新认识与界定"现实"与"文学"。

---

　　① 南帆:《后革命的转移》,北京:北京大学出版社 2005 年版,第 31 页。

　　② 罗兰·巴特:《作者的死亡》,《罗兰·巴特随笔选》,怀宇译,天津:百花文艺出版社 2005 年版,第 294—301 页。

　　③ M. H. 艾布拉姆斯:《镜与灯:浪漫主义文论及其批判传统》,郦稚牛、张照进、童庆生译,北京:北京大学出版社 1989 年版,第 5—6 页。

回首二十世纪以来的文学遗产,可以看到前现代时期的大文学、泛文学观念逐步收缩、分化、结合西方现代文学观所做的创生,并获得自己的内涵与外延的过程。现代文学内部也一直贯穿着"为社会而艺术"与"为艺术而艺术"的分歧理念,只是在二十世纪峻急的历史环境中后者局限于少数精英群体之中,或者作为补充的次要因素,而没有成为普遍性的通则。看上去不同的文学观念却共享着同样的话语结构——启蒙与革命(以及后来的建设)交织着的现代性。文学的社会责任与道德关怀与中国固有观念结合,形成的感时忧国、文以载道的文学,最初就隐含着工具论和目的论的先在结构,至其极致则衍生为机械论和决定论的庸俗化。另一方面,审美、个体性与内在性属于文学无可回避的内生因素,它是文学得以成立和区别于哲学社会科学、政治宣传的合法性基础,必然伴随其始终,但如果放大或者将其视为主导性或唯一的诉求,就会在自足、圆满、独立的幻觉中带来闭锁、内缩和逃避。在革命胜利面临的建设问题之初,社会主义中国文学同样有着"泛文学"意味,它广泛吸收民族民间的资源,以充实与改造现代以来的精英文人文学,并在1949至1985年间创造出一系列"人民文艺"的成果。它们在"后革命"年代中被以人性论和形式论主导的纯文学话语取代之后,催生出反讽与解构的种子。因而,"纯文学"自其确立便已经走上自我瓦解的路径。

"纯文学"之后,文学如何应对现实、创造出自己的形式与话语,无疑需要纵深的历史眼光和宽广的全球视野,综合现代中国、革命中国和发展的中国不同语境中生成的差异性文学形态与观念。八十年代中期以来的文学已经在缓慢地进行改变与尝试,而各类此前被视为文学衍生品的新艺术门类(比如游戏与视频)则拓展了"文学性"的范畴。这一切不免让人激动不安又充满好奇,不同力量与选择的合力让文学在变革中前行,一切对于它的焦虑与不满都指向新的人文话语的发明。

二、现象、话语与实践

从现象上来说，纯文学的裂变自王朔、王小波的解构与反讽就已经开始，尽管在八九十年代之交他们并没有构成文学秩序的主流角色，但在文学组织与制度之外，由市场所扩大的话语空间中，他们从生产方式与流通方式上都显示出疏离主流严肃文学遴选机制的形貌，成为广受关注的现象与事件，并缓慢地形成了一种平行于"严肃文学"的轨迹。冷战结束与市场化宏观变局的世纪之交，昙花一现的以另类与时尚面目出现的"70 后"美女作家（卫慧、棉棉、木子美）营构出市民阶层文化与欲望诉求的中国化雏形，很快在"加速"①的市场化中被"80 后"（韩寒、郭敬明、张悦然）为主的"青春文学"迭代更新。"80 后"这个概念以中性的时间标识，规避了"后文革一代""后革命一代""影像文化一代"等相关的带有意识形态色彩的词语，这似乎表明，从现代文学萌生以来常见的"代际冲突"主题就不是它所关切的中心，尽管代际之间（父子、父女）的矛盾一再成为"80 后"写作的题材，但它们已经被剥蚀、洗刷掉任何牵涉广泛的社会与思想革命的意涵，而指向一种"价值中立"且具备永恒性的人性化、普泛化命题。这种去价值化的策略显示了"80 后"与"68 年一代"之类相似命名的差别之处，即切断了与历史可能发生的关联（无论是继承还是反抗），而将自己树立为一个全新的群体。他们是"后纯文学"的最初代表，而他们的文本所显示出来的形象也表征了这个文学时代的面貌及其贫乏之处——它们是"向内

---

① 哈尔特穆特·罗萨：《加速：现代社会中时间结构的改变》，董璐译，北京：北京大学出版社 2015 年版。

转"的,但这种"向内转"却并没有延续现代主义文学对于内在心灵与精神的深度掘进,而是将"内部"作为材料进而符号化,这个"内部"如果说早期因为外部经历的有限而较多取材于成长期的内心与想象,近作则来自间接经验的视听文本与记忆——它们本身就是外部世界的复写和影子,因而迫使认识它们的方法论也不得不从马克思返回弗洛伊德,由本雅明通往鲍德里亚,从政治经济等外部社会学转向心象形态的文本精神分析和拟像的符号分析。

从解构文学到青春文学,产生了一个根本性的命题,即历史是否已经终结?伴随着东西方两大阵营长久以来的对立的失效,世界呈现出多极化的样貌,而多极化则被主流话语想当然地处理为无视资本-权力主宰的多元主义。从撒切尔夫人和里根总统主政期间的英美供给制改革,新自由主义从政治到经济被宣称为"别无选择"的结果,在思想和文化上则催生出福山(Francis Fukuyama)颇受争议的"历史终结论"。①然而,传统自由主义与保守主义结合的新型资本主义并没有成为意识形态的终端,"文明冲突"②,尤其是包裹在文明冲突外衣下的资本侵袭的议题凸显为不容忽视的存在,并一再被现实地缘政治中民族主义和宗教基要主义的回归所证明。更加上科技与信息业的发展,资本主义衍生出有别于大工业时代的形态,人们不得不重新思考历史观的问题。世纪之交的中国之所以产生形形色色的知识与思想派别堪称撕裂的争

---

① 在福山的观察中,二十世纪最后二十五年发生的最令人瞩目的变化是政治上的自由民主制度和经济上的自由市场原则相伴而行,成为全球普遍接受的发展方向。他认为是获得认可的欲望将经济和自由政治连接起来,从而构成了黑格尔所谓的普遍历史的发展历程。福山:《历史的终结及最后之人》,黄胜强等译,北京:中国社会科学出版社 2003 年版,第 4-12 页。

② 按照亨廷顿(Samuel P. Huntington)的论述,文明间的冲突有两种形式:在地区或微观层面,发生在属于不同文明的邻近国家之间、一个国家中属于不同文明的集团之间,或者想在残骸之上建立起新国家的集团之间;在全球或宏观层面上,核心国家的冲突发生在不同文明的主要国家之间。亨廷顿:《文明的冲突与世界秩序的重建》,周琪等译,北京:新华出版社 1998 年版,第 229 页。

论,很重要的一点在于对历史连续性和断裂性的认知差异。坦率地说,文学在这个时代已经滞后于前沿思想的发展,而沉溺在移植型的文学理念与技术的窠臼之中,本体论的历史观被拆卸之后,沦入认识论的无限扩张之中,进而带来相对主义和虚无主义,它们构成了一个时代文学集中瞩目于个人、肉身、物质和欲望的生活政治的内在肌理——当代文学的写作者们不再像他们的前辈,那些现代文学的开创者那样气魄宏大、满怀信念,有着与历史同构的主体性。

如何建立我们时代的历史感,这必然牵涉现实感的问题,而现实感则来自对现实本身的真切把握。由"现实"生发出来的各类书写,无论是十九世纪确立的"现实主义"典范,还是二十世纪以来"现代主义"的弥散,乃至"后现代主义"各类歧异纷出的表现,都是基于对变化了的现实的反应。当下的现实固然如同媒体汹汹而言的"未来已来",但同时也存在着媒体热潮背后的"过去未去",观念与技术的发展不平衡带来了多重现实并置和杂糅的复杂性。无论如何,与"现实"密切相关的既定范畴都面临着局部失效的风险,因为任何意识形态都难以摆脱资本-权力的影响。伴随认识论的转向,本体论意义上的"真理""真相""真实"等观念只能在严格限定的意义上加以使用,或者它们在一定程度上要被"现实感"——认知视角、可信度、说服力——所取代,这自然导致文学表述中的变形。如果说二十世纪九十年代曾经短暂兴起过的"新写实主义"更多是在日常生活的审美层面为此前的宏大叙事增添了事关个体、肉身与欲望的维度,那么新世纪以来先锋作家对于形式、语言、结构、技巧的现实主义复归(余华《第七天》、格非"江南三部曲"、苏童《黄雀记》),其实并非回复到"典型环境中的典型人物"式的现实主义典律,而是融入了被现代主义观念与技巧改造后的现实表述。毫无疑问,这些敏锐的写作者已经意识到先锋小说历史势能的衰减,因为它们最大的问题在于无法面对现实转移之后的"总体性"。"总体性"在十九世纪现实主义那里以一种摹仿史诗的方式,构建出似真性的文本世界，那个世界本身凸显出具体而微的"社会关系的总和"，所谓"典型"正是在这个意义上成为集合了种种社会冲突的"类"的存在，诉诸读者的共情心理。而在进入二十世纪之后，稳固的集体和复杂的社会结构的"异化"形态已经超出了摹仿的能力；另一方面，新兴的摄像、电影技术至少在摹仿层面超越了文字的拟真效果，因此抽绎的、作用于受众的同理能力的荒诞、意识流、自反结构与变形意象自然成为现代主义的圭臬——它在理性层面如同摹仿式现实主义在情感层面同样，依然是可信的。

但是当多维现实的出现——广告、影像等大众媒体，美颜相机、美图秀秀、互动游戏、穿戴式智能设备、短视频 app 等自媒体终端，建构出的全景观世界；人通过医疗美容、优生选择、技术强化、基因改造等自我优化——从内、外部改造并型构了环境与人的物理／客观现实、心理／主观现实以及虚拟／增强现实，那么文学书写的总体性还如何可能？从无边的、流动的现实主义角度而言，文学从九十年代中后期开始生成了几种应对形式：其一，回归到十九世纪现实主义手法的，吸纳了现代主义因素，而侧重于"讲故事"的传统，避开了由于信息泛滥所造成的"歇斯底里现实主义"的巨细靡遗，而化繁为简、举重若轻；其二，科幻、玄幻文学的新浪潮，将历史、当下与未来呈现为思想实验的形式，从而在世界观架构上达成一种幻想现实主义的路径；其三，在海量的直接与间接经验挑战下，非虚构写作开始抢夺关于"真实性"的书写话语权，并由此形成关于"片面的真理"的人类学视野；其四，直接抛开经验世界，而投身于实验性的极端写作（接续现代主义艺术的余脉），从而试图创造出美学上的震惊性，它们的小众化和再精英化努力，试图重新在备受挤压的文学生存空间中另找出路。

对于现实和历史的认知，自然带出"文化／文明"与"传统"的重新梳理与解释。"新时期"伊始直到八十年代中期的"文化热"成分复杂，但大体可以分为三种大的取向：一是基于对庸俗社会学化的马克思主义的反思,进而引发出主体性、个体性和人道主义的讨论;二是对西方启蒙现代性的再次张扬,重申了以西欧和北美价值观为主导的理性精神,并夹杂着抽象人性论和形形色色的后现代主义;三是因应"全盘西化"的大潮,以海外新儒家回传为契机触发的"传统文化"的复兴,源自民间的各种非理性思想也因之复活。在这种思想史背景中,文学潮流此起彼伏,原本在革命话语中被压制而隐含着的伏脉比如少数民族文化、民间文化和各类体现不同人群趣味的亚文化,在公众传播层面生发出自己的空间。曾经冠名为封建、迷信、不合时宜的题材与观念在政治主导性的缝隙中曲折萌蘖。其中最富含"传统文化"因素的武侠小说便是大众文化中的重要一脉,它不仅在图书期刊出版,而且辐射到影视、音乐和更广范围的流行文化,甚至形成某种与主流意识形态平行的话语场域,形塑了"80 后"生人的基本情感与道德教育。民国武侠小说的集大成者港台与海外新武侠在八十年代风行于大陆,不免隐含着对于"传统"的乡愁意味,但从梁羽生、金庸到古龙、温瑞安已经显示出家国叙事向个人自由的转化,它们的交织影响在大陆新世纪武侠和网络文学中,只是增添量的累积和细节的繁复,并没有开创对于传统的创造性转化和创新性发展。只是在新世纪以来的徐皓峰那里,武侠书写褪去了政治内核(民族主义或者个人主义),而凝结成对非物质文化遗产和"士"文化的缅怀,从中倒是可以窥见关于"传统"的博物馆化和通俗文化再生产。

　　就"传统"的内涵而言,八十年代中后期虽然已经传入了接受美学、阐释学的相关讨论①,但二十世纪以来"中西古今之争"中,它一直不自觉地被从整体上进行言说和讨论:"东方"(以中国为本位,顶多

---

　　① 比如,姚斯、霍拉勃:《接受美学与接受理论》,周宁、金元浦译,沈阳:辽宁人民出版社 1987 年版。H. G. 伽达默尔:《真理与方法》,王才勇译,沈阳:辽宁人民出版社 1987 年版。王岳川:《后现代主义文化研究》,第二章"后现代精神脉动:新解释学与接受理论",北京:北京大学出版社 1992 年版。

加上印度的视角）与"西方"、"传统"与"现代"、"民族的"与"世界
的"……经常成为对举出现的二元项，但其实每一项内部都充满了多
样性和难以合并在单一话语中的异质性因素。"传统"的内在多元化
和流动性只是在新世纪之后尤其是在民俗学、社会学和人类学的相互
影响中，才树立起"活鱼要在水中看"的动态视角——即作为"历史流
传物"，它只有作用于当代生活与文化的实践，才是有效的历史，因而
去粗取精、去伪存真、移风易俗的当代视角"扬弃"与"发明"，属于观照
"传统"时候的题中应有之义，而从来不存在价值中立的、静止而又凝
滞的本质化的自在"传统"在某个地方有待"发现"。

因而，空间的维度被凸现出来。边缘、边地、边民这一系列曾经在
"寻根文化／学"中作为谋求补充性活力的存在，在新的换位中以主体
自我表述的形象带来了范式的转换。文化多样性在中国有着来源广泛
的传统：一是古典中国治理中的"大一统"与"因地制宜"之间的辩证，
二是社会主义中国奠定的民族平等与移风易俗的协商，三是改革开放
以来西方晚近平权政治和文化多元主义移译的影响。得益于八十年代
末以来后现代主义、后殖民主义、女性主义以及诸多亚文化话语在中国
语境确立起政治正确的位置，文化多元主义以其斑驳的面目成为文学
书写的潜在语法——它延续并放大了"一体化"时代的创伤记忆，允诺
任何一种立场都应该有存在的合理性。这当然有其解放的意义，但在
解放的背面则是公共性的失落，没有任何共识能够具有"革命"或者
"启蒙"那样的巨大的感召力和不证自明的时代必然性——如果有那
也只是资本隐藏在其后的全球性质的消费主义，事实上无处不在的
"中产阶级美学"及其仿效者正在印证着这一点。现代文学以来具有
"救偏补弊"意义的边缘、边地、边民文化与文学再一次获得其发展的
契机，它们承续了五四"到民间去"，抗战时期的少数民族"野性的蛮
力"的输血功能，八十年代的"文化之根"的寻找，在文化多样性的加持
之下，为新世纪以来的中国多民族文学的蓬勃兴起提供了合法性依据，

并获得泥沙俱下的正名。之所以泥沙俱下，固然是因为多语言、多民族、多地域、多习俗、多宗教的差异性，能够提供有别于来自文化中心地带的思想、技术与美学资源；另一方面也因为身处一个符号和消费的时代，它们难免会同资本与文化产业开发之间有着千丝万缕的勾连。就积极的层面而言，文化多样性的思维转换，综合体现在"一带一路"的宏观倡议之中，这是在综合国力增强的背景中一种"解殖"的努力——如果说二十世纪上半叶反帝反封建反殖民取得了民族解放与民族独立的去殖民化，那么经过半个多世纪的曲折发展，需要在话语权上进行新一轮的中国气象与中国风格的重建，以及进行"中国故事"的自我表述，它未必一定要形成中西二元对立的框架，但吸收外来话语也意在强调中国本位。显然，"一带一路"重新定位了中国内部东西部之间的平衡，中国与亚洲尤其是与中亚、西亚之间的连带性，中国与世界尤其是"第三世界"的战略关系。在重绘中国文化地图的同时，其实也重绘了世界文化地图，边缘、边地、边民及其文学在中国形象塑造的权重因而得以提升。①

　　其中尤为值得一提的是与"文明冲突"密切相关的宗教和信仰问题。区域、人口与文化多样性的中国，除了无神论之外，还分布着世界上几乎所有影响广泛的制度性宗教，也充实着各类杂糅的弥散性信仰团体。在世俗化时代如何建构信仰的共同体与认同，不仅是宗教信仰的此岸与彼岸、尘世与天国、日常与超越的问题，同时也是在消费主义和技术化逐渐成为整体性生存环境中建立理想与信念的问题。② 其物

---

　　① 刘大先：《"一带一路"与全新的世界文学地图》，见朝克主编：《"一带一路"战略及东北亚研究》，北京：社会科学文献出版社 2016 年版。

　　② 关于宗教的"科学"理解和认知从十九世纪以来发生的一系列变化，从泰勒、弗雷泽，到马克思、涂尔干、弗洛伊德、伊利亚德、埃文斯-普理查德、格尔茨，逐渐从巫术论、精神疾病，转变为社会行为、心灵的建构和文化的体系，其实也是一个"世俗化"的过程。参见包尔丹（Daniel Pals）：《宗教的七种理论》（*Seven Theories of Religion*），陶飞亚、刘义、钮圣妮译，上海：上海古籍出版社 1996 年版。后作者在 2014 年版中又补充了马克斯·韦伯与威廉·詹姆斯两章。

质背景在于城市化、科学技术与资本主义的同构性所造成的生活世界的革命，乡土中国正日益远去，它所负载的悠久文明与正在发生的以城市为载体的实践之间生发出巨大的张力，从而也为各类文学书写开拓了无垠的空间。某种意义上几乎可以说一切当代文学都是"城市文学"，甚至"大跃进民歌"或者民间口头文学，即便是乡土题材作品，也总是带有现代城市文明观照的眼光。而最为突出的现象莫过于伴随赛博格时代而来的网络文学以及各类文学向其他新兴媒介艺术的衍生形态：电影、电视、动漫、短视频、电子游戏……技术与写作的未来日益成为文学批评与研究不能忽视的存在。

　　如果要给晚近三十余年的文学绘制一幅新变的图谱，那么我们可以看到，反讽精神到虚无主义、宏大叙事到日常表述、历史象征到寓言故事、整全主体到弥散个体的演化，从世纪末到新世纪以来青春文学、科幻文学、网络文学、新武侠、非虚构、乡土底层与小镇都市、边地书写与信仰重塑这一系列的主题与实践，乃至外部环境与读者反馈的反作用力对整个文学生产系统的结构性颠覆，都构成了惝恍迷离的景观，批评话语尽管已经发生微妙的位移，整体性的范式转型尚未完成。九十年代中期的"人文精神讨论"开启了重思知识分子及其话语方式更新的肇端，但彼时整体社会语境还在混乱而剧烈的变革之中，经过近二十年的沉淀，是时候进行阶段性的总结与发明了。①

----

① 《读书》曾经做过两期尝试性的讨论，虽然没有形成广泛的关注，但这至少显示了敏锐的知识分子开始意识到需要面对变革的现实做出方法论和理论视野的开拓。参见罗岗等：《基本收入·隐私权·主体性——人工智能与后人类时代（上）》，《读书》2017 年第 10 期。王洪喆等：《政治经济学·信息不对称·开放源代码——人工智能与后人类时代（下）》，《读书》2017 年第 11 期。

三、寻找何种新人文方式

文学在发生静然而坚定的转移与变革，这必然要求批评与研究的范式转型，进而导向关于文学知识生产、传播与文学教育形态的变化。如前所述，首先，原本呈"分化"特色的各类艺术边界开始模糊，跨界融合的"泛文学"或者说"大文学"观念回归，此种综合、立体、多面的"文学"，既不同于古典时代含糊不清的"文学／文献"意味，也是对近现代西方移译的文学观的刷新。目前文学知识体系中关于文类体裁（小说、诗歌、戏剧、散文）、观念本体（语言技术、形式结构、美学旨归）、价值功能（教育、审美、认知、娱乐、治疗）的相关论述，都要面临新一轮的升级与替换。所谓"后文学"指向的是"文学"的现代典律，即与工业革命、资本主义和现代民族国家兴起的一套关于文学的认知型构，尽管在惯性运行机制中还在部分地起着作用，在当代却失去了它大部分的阐释效力。

其次，在资本的新型阶段与消费主义作为无所不在的生态之中，文学的商品化以及文学生产与消费的同构性，促生出形态各异却共生的系统。受政府组织扶持与资助的文学机构和实践，作为文化领导权的规划与实施，依然掌握着各类宣传、出版与传播资源，并且有力地通过经典化行为（比如中国作家协会的重点作品扶持，包括茅盾文学奖、鲁迅文学奖、全国少数民族文学创作骏马奖、全国优秀儿童文学奖等"四大奖"的评选等）构建当代文学的知识与价值谱系。官方以外的商业写作与出版行为，也将前现代时期的"通俗文学"和革命文艺中的"大众文学"的定义进行了改写："大众化"内涵的"普及与提高"逐渐被侧重娱乐、宣泄与消遣的市民文艺所抛弃，后者更是在机械复制时代强化了感官刺激、类型批量化生产和产业化快销的层面,其中尤以网络文学的"分众"式、互动型生产和传播最为典型。同时,民间系统会复制、模仿和改装官方的某些做法,比如"老舍文学奖""施耐庵文学奖""华语文学传媒大奖""京东文学奖""宝珀理想国文学奖""李白诗歌奖"……以及数不胜数的各种小说、诗歌奖,他们有的是企业赞助,有的是与地方政府合作,这一切都让既有的文学批评和文学史变得复杂而难以一言以蔽之。

值得注意的是,还有游离在两者之外的所谓"野生作家",比如康赫、霍香结、贾勤、姚伟、杨典等人,身份各异,也并不以文学为志业／职业,他们的写作充满形式探索的异质性,乃至成为新世纪文学生态中难以忽视的存在。如何认识这种文学生态,经典化与文学史思维无疑捉襟见肘,事实上有关通俗文学、大众文学和网络文学已经在尝试做出范式转型,如同我在一篇文章中所说,"异质性不仅仅是差异性,即它是区别于主流的他者,但并不会满足于作为结构弥补意义上的他者,或者能够被主流吸附、容纳、招安和驯服的他者,与其说它排斥归化不如说它无法被归化;异质性也不仅仅是多样性,某种复数式的存在,体现出了某种文化体制的宽容精神;异质性是生物种别的不同,是原创意识的体现,它也许粗野、鄙陋,带着生番的气息,但它的意义也就在于此种元气之中",它要求我们"在虚构之中拆卸常识的冻土层,而呈现某种异端的知识场景,或者建立有别于前者的文学世界"。①

这些不同"文学"秩序之间的冲突有时候会产生耐人寻味的现象:作协制度对作家不遗余力地帮扶,既给予文化事业公共资金的赞助,又努力帮助他们营销,一方面试图在经典化的道路上有所推进,构筑国家文学的正典谱系,一方面又希望他们取得商业上的成功,而后者在计划

---

①　刘大先:《拉萨河里有没有乌龟——异质性与霍香结》,《鸭绿江(上半月版)》2019年第4期。

经济时代根本不在考虑范围之内。但那些"严肃作家"似乎并不领情，既要做艺术家装点门面（因此有时候不免做出抨击社会的姿态，但也仅仅是姿态而已），又想半推半就地拥抱市场，以便在流通领域获取交换价值。一个典型的例子是很多人以卖掉版权为荣，影视、游戏改编往往成为文学的最佳广告，让他们暗自欣喜，事实上很多作家的收入中版权收入的比重远超过版税收入。这种情形中，资本成了评论员，批评家则充当了广告人。

这一切背后隐藏着我们时代最根本的变革：资本-技术主宰以及随之而来的媒介的变革，而最为直接而又具有颠覆性的则是网络文学，"技术所带来的超文本性打开的不是作者层面的自省，而是生产层面的公共空间写作者，在这个过程中，不是自我意识的挖掘者和全新经验的创造者，而更类似于茶馆里、码头边、乡村庆典上面对特定的听众，将具有公共性的故事传递下去的说书人"。① 可以说，网络文学让"世界"与"欣赏者"（受众）的权重第一次超过了"作者"与"作品"，甚至有可能改写整个文化制度与法律观念。比如粉丝文化就突破了经典马克思主义政治经济学曾经的批判框架，詹金斯（Henry Jenkins）所谓的"参与性文化"（participatory culture）其实不仅展示了某个文化文本的生产与消费的一体性，同时也指向各种文本文类的融合。② 资本-技术当然也会孵育自己的反对者，当人工智能小冰可以写诗的时候，异质性文本的出现隐喻了人文对于技术也许不自觉的抵抗。但是那种抵抗极为微弱，因为它们自己也需要按照资本-技术的逻辑才有可能出现在受众的视野之中。

---

① 储卉娟：《说书人与梦工厂：技术、法律与网络文学生产》，北京：社会科学文献出版社 2019 年版，第 245 页。

② Henry Jenkins, *Textual Poachers: Television Fans and Participatory Culture*, New York：Routledge, 1992. Henry Jenkins, *Convergence Culture: Where Old and New Media Collide*, New York：New York University Press, 2006.

技术逻辑也许已经成为我们时代的集体无意识。尼尔·波斯曼（Neil Postman）在他风行的畅销书中讨论过"技术垄断"的问题，那会导致一种唯科学主义的错觉，相信某种标准化的程序能够提供一种无懈可击的道德权威的源泉，但这恰好消解了道德，"它强调效率、利益和经济进步。它凭借技术进步创造的方便设施许诺一个地上天堂。它将一切表示稳定和秩序的传统的叙事和符号弃之不顾，用另一个故事取而代之；这个故事是能力、专业技巧和消费狂欢的故事"。① 只是技术的精致化所带来的社会复杂性与耦合度的过度紧密，避免不了带来崩溃与失败，所以社会观察家从管理复杂的、内部成分相互耦合的系统角度开始强调"怀疑、异见和多元化"②。

从更为深层的角度来说，当技术及技术思维已经成为一种意识形态的时候，也就改变了整个文化政治。由此进一步引发的则是在意识形态上权力政治向生命政治与精神政治的演变。福柯认为，十七世纪以来发展出来到十九世纪在具体机制中完成的两种管理生命权力的形式的结合，以君主权力为代表的旧的死亡权力被对肉体的管理和对生命的支配取代了，权力转化为控制生命。③ 福柯没有看到这种从权力政治向生命政治转型在二十世纪基本完成，而二十一世纪是新的精神政治生态萌蘖的关键阶段，它是在科技高度发展的辅助下完成的，如同韩炳哲（Byung-Chul Han）所说的："另一种范式转换正在形成，即数字的全境监狱不是生态政治意义上的纪律社会，而是精神政治意义上的

---

① 尼尔·波斯曼：《技术垄断：文化向技术投降》，何道宽译，北京：中信出版社 2019 年版，第 200 页。

② 克里斯·克利尔菲尔德、安德拉什·蒂尔克斯：《崩溃》，李永学译，成都：四川人民出版社 2019 年版，第 274 页。

③ 福柯：《性经验史》，佘碧平译，上海：上海人民出版社 2002 年版，第 100—104 页。Michel Foucault, "Right of Death and Power over Life", In *The Foucault Reader*, ed. Paul Rabinow, New York: Pantheon Books, 1984, pp. 258–263.

透明社会。"①生态政治的时代随之终结,如今正迈向数字精神政治的新时代。

精神政治意味着弥散化、无隐私与价值观虚无。海量信息和加速度的生活节奏使得文学处于碎片化与快捷化,与此同时,人们的生活在数字精神政治中变得同样呈现出集聚而不是团结、碎片而不是形式,这反向会导致对于整全性和总体性的重新企慕。但很大一部分时髦学者并没有自觉意识到技术思维的潜在影响,并且开始鼓吹一种数字人文的新型文学批评与研究。最初出于对形式主义的弊端所产生的远读(distant reading)可能是对于细绎(close reading)具有某种纠偏作用②,但是当文学研究依赖于数据库量化和热衷于数字化建模时,文学就在社会科学乃至自然科学的挤压下失去了其方法论的根基。当然,对数字人文的反思并非本文的任务,但对它所携带的技术思维在文学批评与研究中则需要警惕。如果说九十年代中期的"人文精神讨论"是在市场化勃兴的背景下将人文影响力日渐降低的焦虑掩藏在道德与伦理的究诘之中,那么在"人文领域正在被纳入广义的科技领域"③之时,寻找新人文的方式,首先必须认识到"拜科技教"的背景——这是产业革命之后发生的转移,科学日益变成了技术的母体,在产业化需求下,失去了终极关怀而成为资本的工具。④ 人文学科诸如技术哲学、媒体研

---

① 韩炳哲:《在群中:数字媒体时代的大众心理学》,程巍译,北京:中信出版社 2019 年版,第 108 页。

② 莫雷蒂(Franco Moretti)是"远读"的最初构想者,他一系列关于世界文学的宏观地图勾勒著作,如 *The Modern Epic: The World-System from Goethe to García Márquez* (London, New York: Verso, 1996), *Atlas of the European Novel, 1800-1900* (London, New York: Verso, 1998), *The Novel* (Princeton, N.J.: Princeton University Press, 2006)似乎更多在方法层面而非方法论层面提出与解决了重大的理论问题。在实际操作中,数字化会遮蔽无法被数字化的材料,而数字化也无法解决文学文本词语与概念的含混性问题。

③ 朱嘉明:《抑制文人情结,走向"后人类时代"》,金观涛等著《赛先生的梦魇:新技术革命二十讲》,北京:东方出版社 2019 年版,第 349 页。

④ 这是田松《警惕科学》(上海:上海科学技术文献出版社 2014 年版)一书多方面进行探讨的主题。

究、人类学等也一直在反思技术与人文学科的关系，但是如许煜举例所说，许多媒体研究"将当前的媒体当成死物进行研究，对于其政治意义则相当漠视。还有，数字人文基本上可以说是科技对现有学科的研究方法的冲击，或者用计算机程序来分析文本或者画风，而非对工业技术的批判。又或者许多做 STS 的学者，研究的是脸书、微信等造成的社会现象……它们都变相地成了对这些工业媒体的'服务'"。① 这实际上指出了"文化研究"中存在的问题：政治经济学思维是否逐渐被技术思维挤占了空间，更遑论文学所关切的幽微暧昧的情感与精神领域？

文学作为人文领域的一员，其发展既然内在于这个趋势，当然避免不了出现这种问题，整个知识体系的分工与重组都日渐出现变化，但文学依然有着区别于"拜科技教"的地方，就在于它的创造方式是非专业、去同质性、反技术逻辑的，存在着整全性思考的潜质。带着这种潜质回到"后文学"以来的中国现场，在分歧驳杂的各类现象与问题中，文学想象与实践还有可能导向一些根本性的问题：从资本与政治层面，描绘与勾勒"公"与"私"在过去与未来的走向，这是现实感和"真实性"的基础；从道德与伦理层面，思考由于区域、族群、宗教、语言、文化等因素所带来的价值多元，并构拟新的共同体；从超越性层面，思考世俗化时代的救赎与治疗，因为信仰问题并没有因为科技的发展而消失或者淡化。这一切有待开启一种新人文的视角。

1984 年，阿伦·布洛克（Alan Bullock）在纽约大学讲述西方人文主义传统时，梳理了文艺复兴以来人文主义在西方世界的变迁：人性本善并且有可能臻于完善的信念，十八世纪启蒙运动为标志的乐观主义，十九世纪实证主义对科学、进步及未来的信心，十九世纪末到二十世纪三十年代之间出现的承认人性的多重与社会的非理性力量的新人

---

① 许煜：《"数码时代"科技与人文的契机》，金观涛等著：《赛先生的梦魇：新技术革命二十讲》，第 310 页。

文主义观念……他一直警惕并批判人的工具化和集权政治,特别强调个体性,但对于人文学的前途只能报以前途未卜的态度。不过,他依然相信人文学能够使我们保持对未来的开放态度,相信人类依然在一定程度上拥有选择的自由。① 我想,尽管关于"后人类"、赛博格、人工智能的诸多说法与现实已经无可回避,但中西古今典籍中对于人本身作为目的的关注始终应该是人文学关注的聚焦点。就如同戴维·洛奇(David Lodge)谈论小说塑造"有意识的自我"时所说:"我们必须承认西方人文主义者的独立自我概念并不是普遍永恒的,也不是何时何地都适用的,它是历史和文化的产物。但这并不意味着它不是好的观点或者已经过时,因为在文明的生活里,我们所重视的许多东西都有赖于它。我们也必须承认,个体自我不是固定不变的实体,而是在他人和外界交往的过程中不断被创造和修饰的意识。"②不过,外部环境的变化显然带来了"作为智识活动"的人文学的一系列新趋向,任博德(Rens Bod)乐观地认为情况正在变得比以往更好,因为"源自不同领域的技术和方法正在与人文学科相整合,正在导向对历史、语言、艺术作品、文学作品、乐曲、电影、新媒体产品和其他文化制品的新分析、新阐释。对通用模式和具有文化特殊性的模式二者的探寻代表人文学中的一个不曾被中断的常量,正在被日益频繁地揭橥认知和以数字化方法进行考察"③,他将其概括为人文材料的认知法已然促成语言、音乐、文学和艺术的心理动机的新检验方法,数字、计算法已经导致诸多新模式的揭示,源自人文学、自然科学和社会科学的跨学科方法的整合则生成了新学科,且那些方法也正在被应用到更为传统的人文学领域。

---

① 布洛克:《西方人文主义传统》,董乐山译,北京:群言出版社 2012 年版,第 215-217 页。
② 戴维·洛奇:《意识与小说》,《戴维·洛奇文论选集》,罗贻荣编译,北京:中国社会科学出版社 2018 年版,第 415 页。
③ 任博德:《人文学的历史:被遗忘的学科》,徐德林译,北京:北京大学出版社 2017 年版,第 392 页。

　　一切新的都会变成旧，而预测未来最好的办法毋宁是当下践行以影响未来。回到文章开头提到的"文学终结论"，如果我们不将文学的历史视为终结，不去抹杀或压抑它的可能性，那么某种意义上来说，"文学"确实死了，但它的既有呈现形态与批评研究方式的瓦解，也预示了新的人文方式的可能性——它打破现有的真理体制（它由资本平台-科技与媒体-精神政治的三位一体构成），从经验与表述的层面开启别样的选择——这个选择并不是无所用心地指向"奇点"（singularity）的到来、人的主体性的弥散（当然，启蒙运动人本主义以来的"人"确乎陷入危殆之中），或者历史的终结（取代自由民主制度的全球资本科技联合体），而是以直观、情感与体验的方式整全性地、含混性地想象与思考"不可思议"之事。

吞噬一切的怪兽或劳动者

——关于现实主义的思考之一

李松睿

一

毫无疑问,现实主义是二十世纪最具歧义、争讼不断的文学概念之一。在它的旗帜之下,诞生了无数的经典作品,深刻地塑造了人们对于文学的理解,并成为人们情感结构中的重要组成部分;在某些特殊的社会语境下,它对其他文学形式的挤压,造成现实主义往往成为某种僵化、过时事物的象征;此外,现实主义小说以反映论的方式对社会生活进行摹仿,也使它勾连着那些逝去的年代,于人群中制造了分裂,在让很多人追怀感念的同时,也让另外一些人想起不堪回首的往事。更为重要的是,它没有像充满战乱和动荡的二十世纪所产生的大多数文学流派那样,如流星般闪亮之后,就很快沉入黑暗之中,而是始终伴随着文学的演进过程,并不时成为某个时段文学讨论的核心话题,其影响至今不绝。

　　现实主义文学之所以具有这些特点,当然与十九世纪那些伟大的小说家,如狄更斯、司汤达、巴尔扎克、托尔斯泰、陀思妥耶夫斯基、契诃夫(我们可以不断续写这个辉煌的谱系,将一系列伟大的小说家放入现实主义的万神殿)等人取得的文学成就有关。那些才华横溢的作品在让今天的读者不断叹服的同时,也为后辈作家留下了一个巨大的阴影,使得任何有关文学问题的讨论,都很难避开现实主义。在某种意义上,我们甚至可以把二十世纪的先锋作家在小说形式上所做的那些令人眼花缭乱的实验,理解为逃逸现实主义"阴影"的绝望挣扎。德国语文学家奥尔巴赫在《摹仿论》中,曾描述了一个绵延数千年的摹仿现实主义的文学发展脉络,如果这样的论断是成立的,那么先锋作家的种种努力,其实永远无法撼动那个强韧、顽固的文学传统。带着后见之明回望那段历史的时候,我们会发现,伍尔夫、乔伊斯、普鲁斯特似乎只是在文学史上留下了如雷贯耳的名字,他们的著作被人们津津乐道,却很少有人真正读完;八十年代,中国小说家在"补课"的压力下也进行了一番形式创新的狂欢,但几十年之后,现实主义风格在经历了嘲笑、讽刺,乃至颠覆后,似乎再一次在小说创作中占据了主流地位。

　　不过,现实主义所携带着争议性与复杂性,也不能完全局限在文学内部予以解释。英国历史学家霍布斯鲍姆在《极端的年代》一书中,以"一战"爆发和冷战终结为重要的时间节点,标示出二十世纪的开端和结尾,并由此将这个多灾多难的时代定义为"短促二十世纪"。[①] 而资本主义和社会主义这两种对人类发展道路的构想之间的竞争与搏战,构成了那个"极端的年代"最核心的内容。现实主义这种文学风格,就深刻地卷入了这场人类历史上最惨烈的争斗中。一方面,现实主义成了社会主义阵营内部得到大力倡导的文学风格,在某些国家甚至成了

---

①　参见霍布斯鲍姆:《极端的年代》,郑明萱译,南京:江苏人民出版社1999年版,前言第2页。

唯一被允许的写作模式。这就使得文学风格与时代、政治，乃至具体的政策纠缠在一起，并成为几代人唯一可见的文学事实。我们会看到，诸如《铁流》《青年近卫军》《钢铁是怎样炼成的》《拖拉机站站长和总农艺师》《三里湾》《创业史》以及《金光大道》这类来自社会主义阵营的现实主义小说，牢牢地镶嵌在特定的社会生活、政治理想之中，并成了人们情感结构的内在组成部分。钱理群先生在私下里就曾透露，自己的情感世界和认知模式可以由三本书来代表，而这三本书的位置甚至与他的知识结构直接相关，它们分别是最上面的《钢铁是怎样炼成的》，中间的《牛虻》，最下面的则是《约翰·克利斯朵夫》。① 这样一种文学与政治制度、人的精神世界之间的深刻连接，可谓空前绝后，它在文学史上没有先例，今后也很难想象会重现这样的文学。因此，对现实主义小说进行评论和研究时，从特定年代走过来的人们其实是在反顾那些铭刻在自身生命历程中的记忆，谈论自己对作品所描绘的那个时代的看法。当有人表示自己更喜爱《钢铁是怎样炼成的》中的冬妮娅，对保尔竟然粗鲁地对待自己拒绝劳动的初恋情人感到不满时，与其说是在评论小说人物，不如说是在追忆青春期的特殊往事，并表达对那个不堪回首的时代的憎恶。② 同样的，当有些研究者认为茅盾的《子夜》是"一部高级形式的社会文件，因而是一次不足为训的文学尝试"③时，他其实并不是在客观、公正地判断小说的艺术水准，而更多是在表达自己对作品背后隐含的政治倾向的态度。

另一方面，现实主义之后出现的种种新潮流派，如自然主义、表现主义、未来主义、象征主义、荒诞派等，往往被社会主义阵营判定为"资产阶级腐朽没落的表征"，成为被批判的对象。于是，本着"凡是敌人

---

　　① 参见洪子诚、戴锦华、贺桂梅、毛尖：《当代中国人的情感结构与文学经典——以阅读为中心的对话》，《文艺研究》2019 年第 12 期。

　　② 参见刘小枫：《记恋冬妮娅》，《读书》1996 年第 4 期。

　　③ 蓝棣之：《现代文学经典：症候式分析》，北京：清华大学出版社 1998 年版，第 164 页。

反对的,我们就要拥护;凡是敌人拥护的,我们就要反对"①的原则,这些新潮前卫的形式实验在冷战的另一边往往获得极高的礼遇,化身为所谓"思想自由""艺术独立"的象征。较为特殊的,是《赤地之恋》《日瓦戈医生》这类有着现实主义风格的作品,特别是后者,根据有些学者的考证,其流传、翻译、出版、传播以及获诺贝尔文学奖等各个环节,都贯穿着美国 CIA 和苏联克格勃的暗中角逐。② 这就使得这部长篇小说和奥威尔的《一九八四》这类反乌托邦写作一样,不管它们自身如何有着异常丰富的思想面向,在两方对垒的历史语境下,都迅速被简化成了冷战中的文化武器,一方对其毫不吝啬地褒扬有加,另一方马上就会展开全面的批判运动。

二

这一系列文学现象告诉我们,评价现实主义作品的优劣,和作品描摹现实的准确程度无关,甚至跟艺术也没有太大瓜葛,有时与站在什么样的立场上描绘现实、所呈现的文学样貌能否在政治上发挥作用关系更大些。正像我们经常会看到的,如果现实主义小说对主题的处理不够宏大,那么批评家就会认为这部作品没有抓住所谓时代的主潮;如果作家笔下的主人公存在不少缺陷,那么必然会招致诸如人物塑造不够"典型"的指责;要是小说家敢于提出抗议,认为自己的写作其实有着极为深厚的现实基础,那么评论家只须祭起对生活提炼不够的大旗,就

---

① 毛泽东:《和中央社、扫荡报、新民报三记者的谈话》,《毛泽东选集》第二卷,北京:人民出版社 1991 年版,第 590 页。

② 参见彼得·芬恩、彼特拉·库维:《当图书成为武器——"日瓦戈事件"始末》,贾令仪、贾文渊译,北京:北京大学出版社 2015 年版。

足以让作家百口莫辩;甚至对某些生活细节描写得过于逼真,也会被认为作品存在着"自然主义倾向",而被予以较低的评价。这似乎印证了伊格尔顿的说法,"什么能够充当真实世界的度量衡",其实并不是一个文学问题,而是"一个政治问题"。[①]

　　而由此引申出的问题是,为什么是现实主义,而不是别的文学风格,在二十世纪充当了这样特殊的角色,引发了如此持久的争论? 如果从艺术史的角度来看,那么这样的问题其实也很好理解。因为在艺术史的发展历程中,现实主义的美学追求简直称得上逆潮流而动,是某种"怪胎"般的存在。艺术在漫长的人类精神生活史里始终扮演着重要的角色,并伴随着时间的流逝,其自身的形态也在不断发生改变。而这种艺术形态演进的主要方向之一,就是艺术形式的自觉。换句话说,尽管远古时代的艺术在形式上已经达到令人叹为观止的境界,但形式本身从来不是艺术家的终极追求,作品最终还是要与政治、宗教、史传、技术、劳作等一系列外在事物勾连在一起,发挥实际功用。类似于《诗经》这样的作品,虽然形式高度成熟,其艺术魅力也足以打动人心,但在先秦时代,无论是作者还是读者,都不会将其当作"纯文学"来欣赏,通常情况下要在祭祀、节庆、婚嫁、丧葬、日常交往乃至政治、外交等社会活动中发挥诗歌的实用性功能。然而到了今天,绝大部分诗人(除了那些秉持着现实主义文学理念的诗人和试图用诗歌换取实际利益的投机分子)恐怕都不会太关心诗歌是否能发挥实际功用,而是更关心诗歌在语言形式上的探索,把正确的语汇放置在正确的位置上,成了诗人普遍追求的目标。这一变化的背后,正是诗人对于诗歌艺术形式的充分自觉。

　　其他艺术门类的演进过程,也与此极为相似。以美术为例,其主

---

　　① 特里·伊格尔顿:《文学事件》,阴志科译,郑州:河南大学出版社 2015 年版,第 10 页。

要使用的形式要素,例如线条、笔触、色彩、明暗以及光影等,在早期往往与宗教、历史、戏曲、文学、建筑、装潢等外在于美术的事物混杂在一起,成为其他艺术形式的附庸,发挥着解说宗教故事、图解文学或历史人物以及立面装饰等实用性功能。而随着美术的不断发展,一代又一代画家逐渐产生对绘画形式要素的自觉,使得形式要素本身在绘画表意中发挥的作用越来越大。以至于到了二十世纪,当各类先锋画派纷纷涌现之时,特别是在抽象主义(诸如马列维奇的"冷抽象"或康定斯基的"热抽象")那里,画面中就只剩下了一系列色块和线条,通过将人物、风景等传统绘画题材彻底"驱逐"出画框的方式,把形式自身的特征凸显到无以复加的地位。最极端的例子,当属罗伯特·雷曼被称为"白上之白"的画作《无题》,从正面看上去,那幅 1.238 米乘 1.238 米的大尺寸画幅上除了白色之外什么也没有,人们只有从侧面去仔细分辨,才能观察到上面的纹理、笔触以及不同白色之间的细微差别。在这样的画作中,有的只是形式本身,除此之外则空无一物。

三

由此可以看出,艺术发展的"客观"规律,是不断纯化,剥离种种外在于艺术的事物,最终将形式自身凸显出来。不过,就像所有的"客观"规律在其诞生的那一刻,就呼唤着挑战与改写,十九世纪涌现出的一大批现实主义小说家,正用他们的伟大作品,宣告了对艺术发展史"铁律"的僭越和颠覆。这也使得这一艺术风格,成为文学史上异常独特的存在。之所以这么说,是因为诸如叙事技巧、结构以及语言等涉及小说形式的元素,不能说现实主义作家完全不关心,但至少从来不是他们首先要考虑的话题。英国小说家毛姆在谈到这一点时，就曾惊讶地感慨：

> 一般认为，巴尔扎克的文笔并不高雅。他为人粗俗（其实粗俗也是他的天才的一部分，是不是？），文笔也很粗俗，往往写得冗长啰唆、矫揉造作而且经常用词不当。著名批评家埃米利·吉盖曾在一本专著中用整整一章的篇幅，专门讨论巴尔扎克在趣味、文笔和语法等方面的缺陷。确实，他的有些缺陷是相当明显的，即使没有高深的法语知识的人，也能一眼看出来。这实在令人惊讶。据说，查尔斯·狄更斯的英语文笔也不太好，而有个很有语言修养的俄国人曾告诉我，托尔斯泰和陀思妥耶夫斯基的俄语文笔也不怎么样，往往写得很随意，很粗糙。世界上迄今最伟大的四位小说家，竟然在使用各自的语言时文笔都很糟糕，真是叫人瞠目结舌。[①]

其实，这些现实主义小说家不仅是对语言漫不经心，对于作品的结构、情节也缺乏全盘的考虑，让读者感到他们似乎并没有真正掌控叙事的进程，而是让生活自身"拖"着文字前行。对俄罗斯文学有着深刻理解的纳博科夫，甚至觉得托尔斯泰的小说近乎是某种自动化写作的产物，认为"托尔斯泰的小说是自己写出来的，浑然天成，是从素材中、从小说的内容中诞生的，而不是由某个特定的人拿起一支笔自左而右地书写，然后又回过头去擦掉某个词，考虑片刻，再拨开胡须挠挠下巴"。[②]

对于这样的写作风格，最直接、似乎也是最难以反驳的解释，是那

---

① W. S. 毛姆：《毛姆读书随想录》，刘文荣译，上海：文汇出版社 2017 年版，第 288 页。
② 弗拉基米尔·纳博科夫：《俄罗斯文学讲稿》，丁骏、王建开译，上海：上海三联书店 2015 年版，第 146 页。

批作家都是不世出的天才,他们"浑然天成"、不假思索的创作,其实来自文学天赋的自然流露。格非就认同这样的看法,觉得"托尔斯泰的作品仿佛一头大象,显得安静而笨拙,沉稳而有力。托尔斯泰从不屑于玩弄叙事上的小花招,也不热衷所谓的'形式感',更不会去追求什么别出心裁的叙述风格。他的形式自然而优美,叙事雍容大度,气派不凡,即便他很少人为地设置什么叙事圈套,情节的悬念,但他的作品自始至终都充满了紧张感;他的语言不事雕琢、简洁、朴实但却优雅而不失分寸。所有上述这些特征,都是伟大才华的标志,说它是浑然天成,也不为过"。① 格非的这一说法当然准确地把握了托尔斯泰的叙事特征,即漠视所谓"形式感"和种种叙事上的奇技淫巧,但也很难完美解释那位伟大作家的全部创作。因为当托尔斯泰在《安娜·卡列尼娜》里不停地中断对安娜与伏伦斯基爱情的细腻描写,转而以大量篇幅让列文对如何改良俄国农村土壤发表意见时,我们很难相信这些令外国读者感到冗长、厌倦的部分,都是依靠灵感自动生成的,不掺杂托尔斯泰对十九世纪中后期俄罗斯社会问题的独特思考。

从这个角度来看,现实主义作家对语言、小说形式的漫不经心,其实并不仅仅是由于他们的"伟大才华",而是他们"所谋者大、所见者远",不甘心单纯地耕耘文学的园地,而总是要让小说去发挥实用性功能。这样一种逆艺术发展潮流而动的文学尝试,使得现实主义成了一个几乎可以吞噬一切的怪兽。因此,一个现实主义作家会觉得对自己的最高褒扬,应该是类似于恩格斯对巴尔扎克的评价:"他汇集了法国社会的全部历史,我从这里,甚至在经济细节方面(诸如革命以后动产和不动产的重新分配)所学到的东西,也要比从当时所有职业的史学家、经济学家和统计学家那里学到的全部东西还要多。"②也就是说,真

---

① 格非:《列夫·托尔斯泰与〈安娜·卡列尼娜〉》,《作家》2001年第1期。
② 恩格斯:《致玛·哈克奈斯》,《马克思恩格斯选集》第二卷,北京:人民出版社1972年版,第685页。

正的现实主义作家其实是一些"生活在别处"的人。命运让他们非常"不幸"地成了小说家，只能不断地从事文学写作，但他们的梦想与生命的寄托，始终都在文学之外的地方，只有成为其他领域的专家，对外部的社会生活发表意见，才让他们感到心满意足，获得了人生的意义。

四

　　因此，现实主义小说家总是要将笔触伸向广阔天地，追求呈现所谓全景式的生活样貌。我们会看到，在秉持这一文学理念的批评家那里，长度不再是一个客观中性的度量单位，而是成了文学成就高低的标尺。《战争与和平》《约翰·克利斯朵夫》《静静的顿河》《大波》《上海的早晨》《李自成》这样的小说，都将情节放置在波澜起伏的时代背景下，让故事在漫长的时间架构中从容展开，并将生活的方方面面包容在小说叙事之中。如此体量的作品，单单是读完就已经会让习惯于看电视剧的当代读者暗地对自己竖起大拇指，更遑论能够将其写完的作家。我们可以想象现实主义小说家为此付出的巨大心血。于是，一般来说，只要现实主义风格的长篇小说达到类似的长度，至少会被批评家们赐予一枚名为"史诗"的荣誉勋章，作为对其艺术成就的表彰。风气所及，连鲁迅这样伟大的短篇小说家，也一直在酝酿着长篇小说的写作计划。更有大量研究者为鲁迅于生命的最后阶段，花费那么多精力在杂文写作、文学翻译上，却最终没能拿出一部长篇小说而扼腕叹息。似乎这成了他那辉煌的艺术成就中一个不容忽视的瑕疵。以至于到了今天，年轻作家如果没有尝试过长篇小说的写作，总是会有批评家为此感到焦虑，觉得这是创作不够成熟的症候，期待着小说家能够在作品的长度上有所突破。

需要补充的是,现实主义小说家对社会生活的全景式呈现,往往还有一个前提条件,即从一定的政治立场出发设置小说叙事的视点,提出对生活的种种看法。例如,茅盾的《子夜》描绘了二十世纪二三十年代中国社会的方方面面,上至军阀、高官,下至工人、农民,从都市的繁华到乡村的凋敝。读者仅从小说尝试以上海和农村两条线索交叉互动的方式描写中国社会的形式结构这一点,就能够感受到小说家要去赢得"史诗"勋章的努力。这就是茅盾自己所说的"打算通过农村(那里的革命力量正在蓬勃发展)与都市(那里敌人力量比较集中因而也是比较强大的)两者革命发展的对比,反映出这个时期中国革命的整个面貌,加强作品的革命乐观主义"。①　只是这一努力的效果并不好,最后小说家不无遗憾地表示"写下的东西越看越不好,照原来的计划范围太大,感觉自己的能力不够",只好删去农村的线索。②　有趣的是,尽管《子夜》在呈现"全景"的过程中,有很多非常有趣的描写,生活自身的丰富性也使得这部作品的内涵值得反复玩味,但茅盾在阐释这部作品时,却愿意将作品的意义与非常直接的政治目的联系起来,即《子夜》"当然提出了许多问题,但我所要回答的,只是一个问题,即是回答了托派:中国并没有走向资本主义发展的道路,中国在帝国主义的压迫下,是更加殖民地化了"。③　更为极端的,是赵树理以"问题小说"命名的文学观,他甚至认为:"我写的小说,都是我下乡工作时在工作中所碰到的问题,感到那个问题不解决会妨碍我们工作的进展,应该把它提出来。"④在这里,现实主义要发挥的实用性功能,就是帮助政治解决实际工作中存在的问题。这样的小说自然会享受与中国共产党的农村政

---

① 　茅盾:《再来补充几句》,孙中田、查国华编:《茅盾研究资料》,北京:知识产权出版社 2010 年版,第 476 页。

② 　茅盾:《〈子夜〉是怎样写成的》,《新疆日报》,1939 年 6 月 1 日。

③ 　同上。

④ 　赵树理:《当前创作中的几个问题》,《火花》1959 年 6 月号。

策文件一同下发的"待遇",成为指导党员干部开展农村工作的业务指南。这也是现实主义文学招致很多争议的根源之一。毕竟,在政治上取得成功,需要因地制宜、随机应变,而人们对文学的期待,却是追求永恒。在转瞬即逝的时局变迁中能否诞生出不朽的文学,是一个值得思考的问题。

这种全方位囊括生活的努力,使得现实主义文学不仅要呈现波澜壮阔的时代背景、改变无数人命运的政治变迁,还要把最微小的生活细节吸纳到作品中来。在很多时候,决定一部现实主义作品成败的关键,甚至就在于细节的刻画是否到位。一部标榜现实主义风格的小说,如果在典章制度、日用器物、风物景致、礼俗习惯以及衣帽服饰等细节存在疏漏,就很难避免读者"出戏",进而质疑故事情节的真实性。今天重新看《创业史》这样的作品,正是其中那些精妙的细节描写,让人不由得叹服柳青深厚的创作功力,其文学史地位在很大程度上是由这些细节夯实的。例如,为了生动地刻画出富农的形象,作家毫不吝啬篇幅,描写了郭世富卖粮食的详细过程,重点是人物如何将粮食装袋运往集市。原来,郭世富装粮食时,第一个口袋要先装入一斗好麦,再装满次麦;其他的口袋则要先装次麦,最上面才放上一斗好麦。到了集市,郭世富将第一个口袋中的粮食倒入筐箩,好麦就直接到了最上面,看着他倒粮食的粮客根本想不到下面会是陈粮。① 这段描写,一下子勾勒出了郭世富这个貌似憨厚,实在精明、狡黠的陕西农民的性格特点,堪称神来之笔,如果柳青没有长期在农村生活的经验,根本不可能写出来。正是由于拥有无数类似的精彩细节,使得不管我们如何评价农业合作化运动,《创业史》都堪称现实主义文学的典范之作。

当然,现实主义文学不仅要全方位地描绘外在的社会生活,更要将笔触伸向人物精神世界的幽微精深之处。在陀思妥耶夫斯基那里,故

---

① 参见柳青:《创业史》,北京:中国青年出版社 2009 年版,第 346–358 页。

事情节通常都不复杂,有时甚至来自报纸上的新闻报道,人物形象也多少显得有些苍白,提起拉斯柯尔尼科夫,人们脑海中除了浮现出他那瘦弱、有些神经质的形象,并不会留下更多的东西,但杀戮在他内心世界掀起的海啸,却足以让每个读者感到震撼。拉斯柯尔尼科夫与波尔菲里、拉祖米欣、扎梅托夫关于超人哲学的争论,伊万·卡拉马佐夫与阿廖沙·卡拉马佐夫有关自由与奴役的对话,都完美地把握了俄国十九世纪中后期社会思潮的现状及发展态势。因此,有研究者就赞叹,陀思妥耶夫斯基"听到了居于统治地位的、得到公认而又强大的时代声音,亦即一些居于统治地位的主导的思想(官方的和非官方的);听到了尚还微弱的声音,尚未完全显露的思想;也听到了潜藏的、除了他之外谁也未听见的思想;还听到了刚刚萌芽的思想,看到未来世界观的胚胎。'全部现实生活,'陀思妥耶夫斯基本人说,'不是眼下紧迫的需要所概括得了的,因为它有相当巨大的一部分,表现为尚是潜在的、没有说出的未来的思想'"。①

陀思妥耶夫斯基在这里揭示出,现实生活其实包含着那些未曾到来但又已然存在的未来。而这种对未来的想象和把握,其实是现实主义文学,特别是二十世纪出现的社会主义现实主义文学的一贯追求。毕竟,如果没有对未来远景的想象,没有对生活应该怎样的理解,那么无论是对丑恶现实进行批判,还是指出现实生活前进的方向,都是不可能的。苏联文艺理论家谢尔宾纳在指出"早在俄国社会主义革命的黎明时期,列宁就曾热烈地号召:'要幻想!'"后,认为"列宁的反映论全面地揭示出作为人类认识的一种有效方法的创作幻想与想象的来源和本性。没有想象,没有幻想,科学和艺术的发展是不可能的"。因此,

---

① 巴赫金:《陀思妥耶夫斯基诗学问题》,《巴赫金全集》第五卷,白春仁、顾亚铃译,石家庄:河北教育出版社 1998 年版,第 117—118 页。

"在现实主义艺术中,想象的勇敢奔放也有巨大意义"①。以最激进的形式,凸显现实主义小说对未来的构想的作品,当属赵树理的长篇小说《三里湾》。其中出现了画家老梁绘制的三幅画,分别是《现在的三里湾》《明年的三里湾》和《社会主义时期的三里湾》。在小说的叙事逻辑中,后面两幅画对于未来的描绘,成功地激发了三里湾农民建设美好家园的热情。有趣的是,画家本人最初并没有图绘未来的想法,只创作了一幅准确反映三里湾现状的画作。可是玉生却向他提出了一个问题:"老梁同志! 现在还没有的东西能不能画?"这个问题让老梁感到有些困惑,马上反问:"你说的是三里湾没有呀,还是指世界上没有?"在明白玉生是想让他画修好了水渠的三里湾后,老梁同志欣然同意,并表示这幅画应该叫作"提高了的三里湾"。② 可以说,所有的现实主义小说都是以所谓"提高了的"现实为标尺,一方面对不可救药的"现实"进行批判、否定,另一方面则"拽"着那些可堪造就的"现实",沿着走向未来的大道一路狂奔。

需要指出的是,老梁同志的反问其实涉及较为重要的理论问题。文学中的想象可以分为两种,一是完全脱离了现实依据的空想,也就是画家所说的"世界上没有";二是有着坚实现实基础的对未来的展望,即老梁所说的"三里湾没有"。然而具体到某一种特定的想象,它究竟算是空想,还是有着充分的现实可能性,却聚讼纷纭,在很大程度上取决于判断者的出身、知识结构以及政治立场。舍勒、韦伯和曼海姆等人阐述的知识社会学,就志在呈现知识生产背后隐藏的倾向性和社会学背景。例如,曼海姆在《意识形态与乌托邦》一书中指出,统治者总是将被统治者对未来的构想指认为"乌托邦",以此强调其不可能在现实

---

① 谢尔宾纳:《文学与现实》,硕甫译,《文艺理论译丛》第一辑合订本,上海:新文艺出版社 1956 年版,第 255-256 页。

② 赵树理:《三里湾》,《赵树理全集》第二卷,太原:北岳文艺出版社 1986 年版,第 167-168 页。

生活中实现;而被统治者则倾向于将统治者描绘的远景,命名为"意识形态",以此强调其虚假性和可颠覆性。① 理论的命名与强调的重点,其实深刻地取决于思考者的社会位置和政治立场。于是,现实主义小说所蕴含的对未来的畅想,究竟是"现在没有",还是"世界上没有",每个人都可以给出不同的答案,成了一个永远无法讨论清楚的话题,并在历史上引发了太多太多的争论。在赵树理这样有着坚定信仰的作家那里,《明年的三里湾》和《社会主义时期的三里湾》所描绘的图景,显然是通过不懈的努力可以最终实现的,但时过境迁之后,人们或许会更关注实现梦想的道路上中国农民所付出的巨大牺牲。前些年批评界有关土改题材文学的争论,就与此相关。

五

由此我们会发现,现实主义总是像一个吞噬一切的怪兽,试图把错综复杂的事物全盘吸纳到自己营造的文学世界中来,从波澜壮阔的时代变迁,到幽微精深的内心世界;从影响千万人命运的政治决断,到日常生活中的琐碎细节;从当下的现实生活,到前方的未来远景……这种全方位把握社会生活的努力,使得现实主义小说早已突破了由情节、结构、语言以及意象等构成的文学疆界,直接与社会现实勾连在一起,甚至在某种程度上,改变了我们身处其间的世界。从十九世纪到二十世纪,整个世界发生了天翻地覆的变化,而在无数读者的内心深处留下深刻印痕的现实主义文学,可以说也深度参与了这一进程。国民党将领张治中年轻时因为读了共产党作家蒋光慈的长篇小说《少年漂泊者》,

---

① 参见卡尔·曼海姆:《意识形态与乌托邦》,艾彦译,北京:华夏出版社2001年版。

才决定离家出走并最终参加国民革命,就是流传已久的文坛佳话。

因此,无限憧憬革命前的岁月静好的新批评派,始终严守着文学的城堡,敌视任何跨入现实生活的尝试,现实主义文学也就成了他们最主要的敌人。翻开有着"新批评派宝典"之称的《文学理论》,韦勒克和沃伦就不断强调文学与历史无关、文学与传记无关、文学与心理学无关、文学与社会无关、文学与思想无关、文学与政治无关,文学甚至和其他艺术形式也没有任何关联,也就是说,文学就仅仅是它本身。因此,《文学理论》在讨论文学问题时,最终将焦点放置在谐音、节奏、格律、意象、隐喻、象征以及神话等纯粹的文学形式之上。① 在新批评派最为推崇的小说家纳博科夫那里,这一文学观念得到了最为集中的体现。长期在大学课堂上讲授文学的纳博科夫,在长篇小说《洛丽塔》中甚至压抑不住从事文学批评的冲动,不停地中断叙述,转过身去与现实主义文学进行论战,告诫读者自己的小说不能从道德、宗教、政治、意识形态等角度进行理解,小说最终要表达的是对单纯的美的追求。而如果有些作家居然放弃了对纯美的探寻,书写文学形式之外的东西,那么他们写下的如果"不是应时的拙劣作品,就是有些人称之为思想文学的东西,而这种东西往往也是应时的拙劣作品,仿佛一大块一大块的石膏板,一代一代小心翼翼地往下传,传到后来有人拿了一把锤子,狠狠地敲下去,敲着了巴尔扎克、高尔基、曼"。②

正是这种对纯美的执念、对现实的拒斥,使得英国小说家马丁·艾米斯(Martin Amis)更愿意将《洛丽塔》的风格比作一位健美运动员。他身材匀称、肌肉丰硕,有着宽阔的背肌、厚实的胸肌、粗壮的二头肌、八块腹肌以及清晰的人鱼线……这位健美运动员在身上涂满油脂,做

---

① 参见勒内·韦勒克、奥斯汀·沃伦:《文学理论》,刘象愚、邢培明、陈圣生、李哲明译,杭州:浙江人民出版社 2017 年版。

② 弗拉基米尔·纳博科夫:《关于一本题名〈洛丽塔〉的书》,金绍禹译,《洛丽塔》,上海:上海译文出版社 2006 年版,第 500 页。此处引文中的曼指托马斯·曼。

着各种动作，不停地展示自己肌肉的力量。他的身材是如此完美，每块肌肉、每个线条都似乎是美的化身。不过，他从不走出健身房，也不会去从事任何实际工作，唯一做的就是"展示"身体的美。① 如果我们沿用艾米斯的这个比喻，那么现实主义文学则是一个常年下地干活的劳动者。从美的标准来看，他不会当众裸露自己的身体，显得有些落伍保守；跟健美运动员相比，他显然也不够强壮；甚至因为长年累月的干农活，他的骨骼已经变形，肌肉也有些不平衡，比例远远谈不上标准。然而，恰恰是这个劳动者，以及无数和他一样的人，在日复一日的劳动中创造了更加美好的生活，维系了那个可以让健美运动员展示"美"的舞台。不过，这也是现实主义总是会激起人们复杂感受的根源。因为如健美运动员般的《洛丽塔》永远处于文学的内部，读者与其之间的距离，保证了我们在阅读时除了产生欣赏美的愉悦，不会有其他更为激烈的情感。而现实主义却如同那个比例失衡的劳动者，他不仅有些丑陋、粗鲁，而且总是要突破文学的疆界，走入我们的世界，告诉我们，生活应该被改变，生活也可以被改变。

---

① Martin Amis, "*Lolita* Reconsidered", *Atlantic*, Vol. 270, No. 3(1992), pp. 109–120.

在现实主义的风土里深耕小叙事[*]

——近年中国中短篇小说创作态势探析

李林荣

一

套用一句流行语,每一部醒目标示着年份数字的年度文学作品选,都好像在无声地感慨:又一年过去了,我很怀念它。尤其小说的年度精选,满本所载,都是对于虚构的人与事绘声绘色的叙述。这叙述无中生有,却又俨然为真,全靠字字句句砖石砌墙似的堆垒筑造、细针密线似的连缀缝合。在处处喧嚣、时时躁动已成世情常态的当下,还耐得住性子着力于创制、经营虚构的世界和虚构的故事,乍看起来,这简直有点遗世独立、御风而行的奇逸做派。

但细读文本,感觉却往往正相反。包括眼前这一年在内,几近二十

　　* 本文系中国文联文艺评论中心委托项目"国内外文艺评价机制调查研究"阶段成果,项目编号: CLACA-2015-011。

年间,纯文学期刊上新进的小说作者和新出的小说作品,大多不约而同地采用了贴在地上匍匐前进或离地不远的低空飞行姿态,来施展虚构的本领。此情此景,当然不妨理解成小说创作整体上推移到了一段地心引力急骤加大的历史进程中,顺应或克服这股强力,都同样需要做出向大地靠拢的选择。而更恰切的理解,也许是小说创作本身已经越来越显著地发展起了一种表达和承担作者现实生活际遇中的惶惑感和缺失感的精神补偿或心理治愈功能。

从小说文体变迁的大背景和长时距坐标系上看,当前小说的这种趋近甚至依傍于现实,并且叙事姿态显得特别谦卑、低调,似乎少了某种天马行空、自成一格的勇气和灵气的情形,远算不上是破题头一遭。唐宋传奇和明代的"三言二拍"里,就涌动着这种以超然物外的架势来关切和描摹人间烟火、俗世纠葛的叙事潮流。与不以叙事为长,也不以虚构为本的诗和散文相比,小说因叙事而宏阔详备,因虚构而境界自足。宏阔详备,便于盛纳完整细切的世相。境界自足,适合生发系统化和全景式的反照、覆盖、超越现实生活逻辑的观念、价值想象。

美国汉学家浦安迪在明清四大或六大奇书(即我们通常所称的四大古典长篇小说名著,再加上《金瓶梅》《儒林外史》)中所揭示的中国人特有的世界观、价值观,表面上与在这些作品之外和之前已存的五行之说、阴阳之学同名同理。① 实际上,在相同的名目和道理之外,表现和保存在这些小说里的,已是纯度跟现实社会中传承的一整套完全不能等同的另一套观念、另一套逻辑。只不过,由于"道可道,非常道,名可名,非常名",言说之难终于造成了辨识之难,说起来和体会起来常常只能混为一谈、归为一气罢了。

简而言之一句话,近年的文坛上,现实主义的套路确实在复活和流

---

① 见浦安迪:《明清小说四大奇书》,北京:三联书店 2006 年版;《中国叙事学》,北京:北京大学出版社 2018 年版。

行,但与现实主义最初作为浪漫主义和自然主义的克服力量和超越出路而兴起时的状况迥然有异。如今现实主义还魂再起,取材和技法的操作照旧,创作过程中的精神驱动、理性支撑却多已空虚,因而所得的作品往往只能徒具现实主义之表,在现实主义文学经典最见长的把握现实和理解、阐释现实方面,却缺少足够充沛的激情和信心。

但即便是冲击现实的力道有所不足,只要真切实在,恰当地借重现实主义传统中存留的精到手法,作品也有可能别具神采,在文学创作技巧和文体建构工艺的进步序列里占得一席之地,以至成为衔接今昔、开启未来的有机一环。这一点,在辛茜所编的这部《中国小说年度精选》①里,就能看得很清楚。

二

全书二十余篇中短篇小说。以作品风貌论,清一色走的都是现实主义的路子。而在主题蕴涵和精神气象上,这些作品大都徘徊在无意对生活进行哲学式的透视和总体性的把握的层次。浮游在个别的和具体的素材表面,拒绝或者无力渗透、沉浸到生活点滴和社会关系的内部,这当然也可以是一种叙事策略。特别是面对一个庸庸碌碌的消极气息过于浓厚、碎片化和原子化的身心状态极为普遍的社会生活场景和文学创作素材库的时候,假如能够恰如其分、精准有力捕获这个平庸、消极的情境所独有的那些足以触动人心之处,无论仅仅是感性层面的一点别致的瞬间体验,还是亘古即有、在现实的疲态中也仍然保持和散发着温热、光亮

---

① 辛茜主编:《中国小说年度精选》(上下册),五家渠:新疆生产建设兵团出版社 2019 年版。

的精神节律，只要捕获到并且呈现出了，这样的作品，也就是有价值的。换句话讲，这些力度、深度和饱满度较之经典都略显欠缺的作品，很可能正是成色十足的现实主义创作诞生乃至旺发之前的一段序曲。

　　列于卷首的《海里岸上》，显然在编者辛茜看来，具有可当全书门面的分量和意义。其题材设定在当代小说中较乏杰作、名篇的海洋生活。只是主人公老苏一登场，就已然带着祖辈航海的家世背景和自己本身也是资深渔民的身份，主动退出了"做海"人的行列。伴随着渔业的衰微，南海之滨的小镇已落魄凋敝多时。在小说叙事开端处，小镇重又昂扬活泛起来，走上了旅游开发的大规模建设之路。老苏记忆中和血脉中积淀的出海行船、打鱼谋生的老规矩和老传统，经历了萧条、荒废、淡忘的三部曲式的消磨之后，正要面临连根拔起、万劫不复的彻底灭绝。甚至连自信早已与这些深沉的记忆、熟稔的技能合铸为一体的老苏本人，应人强邀重新出海领航之际，竟然也丧失了老渔民、老船工那种本能似的抗御和化解晕船的体魄。更尴尬的是，作为老苏一向引以为傲的渔船船长世家镇宅之宝，祖传的《更路经》和罗盘，也在老苏父子既不情愿但又确属主动的取与舍的抉择中，换成了新物件。临到结尾，再次回到海上，迎风掌船的老苏手指前方，以内心独白确认了自己的坟墓必得选在出海途中、大洋深处。这个细节，事实上已成一个凄怆决绝的仪式或典礼。确认了大海作为生命归宿地、人生终止点，也就确认了海洋生活与岸上的陆地生活或乡土生活等价的意义与品质。"海里"就是"岸上"，"岸上"也是一种"海里"的形式。

　　这么一来，《海里岸上》从老渔民、老船长的沧桑心事中展开的叙述，也就不只是渔民传统生活方式的消逝与由此引发的一曲咏叹调式的挽歌，更是用渔民生活和海洋文化来击破或者揭穿陆地上的乡土生活长期依赖的那层观念迷障和文化外衣：依赖于波澜不息、广袤无垠的海洋，人同样可以建立起稳定、强固、深厚的生存根基意识和认同情感。而老苏得自祖传的"做海"人本领在他晚年失而复归的一番曲折，则证实了依赖于海上生涯的生命价值认同，每一点滴都来自主动的习得和艰苦的磨砺，并不存在丝毫的天赋或神奇世袭。《海里岸上》的犀利之处，也许正在这里。尽管它并没有散开视点，引入一个农耕出身的陆地版的老苏的故事，作为衬托和参照，但全篇读罢，可以明显感觉到，从海上生计和渔民世家的叙事中，衍射出一层指涉更广的意味：陆地上的农人以至一切披挂了传统和祖辈印记的古老活法、身份认同，说到底都和老渔民老苏的自我意识一样，终究是得自个人切实的历练。如果不担当这种历练带来的艰辛，就像老苏自己的儿子似的，纵有渔民世家的出身，也会脱落在所谓祖传之业的圈外，甚至反过来有意无意地毁坏这种家世传承。

无独有偶，类似的主题另一种形式的表现也见于书中所收的洪放的中篇小说《人烟》：淮河流域豫皖交界地带的一个村庄，建造了大半辈子庙宇祠堂的老匠人庄约之，趁着一息尚存，让年岁也已尽在半百开外的四个儿女用竹床抬着，在冬至时分，游遍村庄四外，却不明就里，所到之处多为颓塌已久的废墟或遗址。只有在当初建造过它们的庄约之心目中，这些倾圮得看不出原状原貌的庙与祠，才是神完气足、永远超乎形迹的精神驻地。祖先的魂灵，神祇的暗示，都在此盘桓长存。而庄约之的幸运，则是他的后辈中多少还有能够理解他的情怀所系的人。虽然与《海里岸上》老苏的儿子一样，祖传的信念和这种信念的证物，终将不免在本该传续它们的后人那里被改变或被断送。

一南一北，一海一陆，林强和洪放为因消逝而显得宝贵和格外值得怀念的生活方式、生存信念，谱写了咏叹调式的挽歌，又同样由于选择了小人物的心事、心迹作为基调，所以可避免强烈的戏剧性，收敛了抒情和寓意的深广幅度。这种轻拿轻放的处理，正好给细切的生活场景和故事氛围的描摹刻画留出了余地。凡常人生的感喟，无具体指向、无特定主题的愁绪，恰使哀而不伤、怨而不怒的审美意味从容滋长，蔓延开来。

在网络小说和自媒体写作支撑起来的制式的轻阅读和浅阅读体验

普泛的今天,纯文学创作正需要发扬这种一方面发掘和聚焦日常岁月里无事的悲哀,另一方面放大和定格生活细节层次的完整气脉和感性经验的艺术表现力。在宏大的议题尚未形成,或者暂时轮不到小说来承担的时候,小说把握生活常态和常态人生体验的技巧理应充分磨砺,尽力臻于完善。反过来讲,能否从日常场景和庸常人生中写出由精细而来的力度,触动人心甚至触动某一文类创作技巧经验的边界,即成为此时衡量小说创作手法得失成败的主要标尺。

在这一点上做得相对突出的,还有冉正万的短篇小说《一只阔嘴鸟》。似乎已被许多小说,包括一些宣传过度的、把题材标签化了的长篇小说反复写过的老年心境、老年人日常生活的特别体验,在这里得到了简约而又流畅、自然、细腻、深切的呈现。仿佛是《跑步穿过中关村》的一抹余音或一段续篇,徐则臣的《兄弟》把"北漂"小人物相濡以沫的生活悲喜剧,推进到了新的时代布景下:"低端人口"疏解出城,违建一律拆净推平。大幅度的背景推移中,都市漂流族中的新一代青年执着寻梦的故事继续上演。简易房坍倒之后形成的单薄废墟里伸出的那只捏着老照片的手,顽强地宣告"花街"来的少年们决不会轻易从他们儿时梦想升起之地远远撤走,更不会因为阻力和压力的出现而顺势就地倒下。这个作品的题旨显旧了,写法也沉稳平实,一如十多年前的《跑步穿过中关村》,细腻生动的程度虽未达到徐则臣近年小说创作水准的高限,但总体看还是以工笔式的描写见长之作。

三

胡学文的《龙门》、朱山坡的《深山来客》、马晓丽的《陈志国的今生》、季宇的《金斗街八号》、石钟山的《机关兵》,都属于以故事或叙述形态总的架构见特色的一类小说。《龙门》的推理情节与交叠并置的多线叙述,合力作用,把读者引入了与情节本身同构的悬疑迷局之中。《深山来客》带笔记与寓言风味。瑶民幽居鹿山被蛋镇人视为世外桃源的活法,但一对中年夫妇定期来蛋镇,专为妻子看电影缓解病痛和抑郁,这一幕的插入,却将蛋镇人的鹿山想象和自我认知通通打破。而那对夫妇戛然而止似的隐身敛迹,又将蛋镇人刚被打破的对人对己的习见,连同鹿山夫妇似真似幻的来与去,一概化为婆娑心影。

《陈志国的今生》以人名唤狗,以记人的神情语态讲述宠物在主人家的"一生"经历。小题大做,庄谐并用,衬底的调子还是一派郑重、满怀凄婉,为故事中的家庭宠物,也为一切生有尽时的生灵、性命。《金斗街八号》依作者写熟了的题材和套路而来,有演义的色彩,更近乎通俗故事,人物脸谱化和情节程式化的痕迹很重,但也展示着话本传统在当代小说中神气活现、续命再生的能力。《机关兵》重述对越自卫还击战参战者一代军人的青春故事。师机关大院里几名男女兵的朦胧爱情,做了血与火的历练和牺牲这一短促结尾的舒缓前奏。整体的情节架构犹如回旋曲那样,从对位变调的柔和慢板中,渐渐烘托出深切、沉重的主题强音。不过,有 2017 年严歌苓发表的《你触碰了我》及由其改编的电影《芳华》在前,《机关兵》的故事和格调设定,多少显出些追随仿作之态。

《枪墓》的作者班宇新进文坛,其创作上的锐气和新意已广受瞩目。但《枪墓》在这方面表现并不突出,它情节组织和叙述安排,取了遥接邱华栋二十世纪九十年代中后期隆隆作响的"城市战车"系列小说的路数,而剪裁精练、叙事的利落却又远有不及。凌乱杂沓的印迹密集,令人难以给予妥帖的阐释、化解。这或许是一种探索和试验,但也可能仅仅是情节构思和叙事处理失之粗率所致,并无深意可究。赵宏兴的《旅行》和王新军的《悬泉》,分别以第一人称和第三人称展开讲述,内容上却恰好相反,第一人称讲的是别人做主角的故事,第三人称所述,却属叙事学和符号学理论家赵毅衡揭示过的那种"隐身的第一人称叙述者"[1],在直陈人物内心感受。两篇小说都触及了现实人生常态中多数时候都比较隐蔽和短促的同一情状:婚前的惊悸或惶惑。因婚事临近,内心莫名忐忑加剧,有的人会在感情和理智两方面,都像电线短路似的发生瞬间的"休克"。而这正和起跑线上凝神屏息、蹲踞静候的预备动作完全同理,表面看来是纹丝不动、身心停摆,实际却是在为凌厉果决的断然一举蓄势发力。

肖勤的《去巴林找一棵树》、姚鄂梅的《旧姑娘》如果放在网络小说平台上,很容易被归类为医疗文。与网络小说中的医疗文多习惯嫁接、穿插一点异能传奇因素的做法有别,这两篇小说坚守了传统现实题材小说摒除玄虚的底线,在耐心刻画病患和医疗细节的同时,还努力把故事线和人物心理走向牵连到见证和感悟个体生命价值的层面。《旧姑娘》的故事核设定在治疗乳房疾病,因此还带上了女性主义身体叙事的某些成分。像这样在选材阶段即已获得占位优势的作品,叙事形式和题旨内涵如何能够安顿得更精心更深切,还有待进一步尝试和开掘。

邱华栋的《鹰的阴影》和武歆的《去圣地亚哥讲故事》,一占登山题材,一占跨国交往题材,也属于从取材环节就已先声夺人之作。对于这些即使在类型繁复且快速扩容的网络小说写作的世界里,也还尚处未开垦状态的崭新题材,纸介质的传统小说却已捷足先登、挥锹动土,率先经营起来。而这样的经营,究竟是只着力于观照中产阶层生活样态、生活观念和生活空间的新变,就已足够,还是继续延展到更宽广开阔的视野和景深中,把一个阶层的崛起和挣扎、潇洒和纠结、期许和怨念,跟社会文化肌体的心脏和筋脉关联起来,会愈加精彩? 同样,也需要再有一系列类似的创作实践来应答和验证。

---

[1] 见赵毅衡:《苦恼的叙述者》,成都:四川文艺出版社 2013 年版,第 20–24 页。

马金莲的《我的姑姑纳兰花》直接冲击了少数民族生活中的家暴题材,选材勇气可嘉。但可能正因为取材特殊,缺乏相应的叙事文本参照,所以表现题材的手法偏于生硬,没能自如地展现出作者以往的小说里常见的那种细腻感和精巧劲。苗秀侠的《扎手的麦芒》和刘烨玮的《透明的翅膀》两篇乡土题材小说,试图走诗化叙事和诗意造境的路向,但写法并不十分到位,叙述行文多袭用熟词习语,少了些必要的语体细节和文体布局上的陌生化构造。因而,作品面目流于陈旧。

四

纵览这部五十六万字的《中国小说年度精选》,赞叹编选者辛茜凭借自己长年从事文学编辑和出版工作的扎实专业积累,广泛联系各家文学期刊和各地优秀作家,网罗佳作,用心遴选,以求尽可能全面完整和多方位多侧面地汇集、凸显过去一年小说领域的各路标志性收获,自然不待赘言。小说在时下文坛内外特定的气候下,以何等作为才能适得其所、适当其时地发挥应有的社会作用、实现应有的精神价值?这样的问题,也更因通读这部书稿而变得迫近起来。对此,收在这本书里的《海里岸上》《人烟》等好几篇小说,已用它们创作机理上的种种抉择,给出了某种回答。

其实,又何止现在这些作品呢?生逢盛衰交变之世,为社稷苍生写过慷慨壮词,也为一己遭逢写过清丽小诗的杜甫,距今一千二百六十年前,早用他那首后来几乎每一行都流传成名句的五言诗《赠卫八处士》,替文学的本色担当做了最好的证明:"人生不相见,动如参与商。今夕复何夕,共此灯烛光。少壮能几时?鬓发各已苍!访旧半为鬼,惊呼热中肠。焉知二十载,重上君子堂。昔别君未婚,儿女忽成行。怡然敬父执,问我来何方。问答乃未已,驱儿罗酒浆。夜雨剪春韭,新炊间黄粱。主称会面难,一举累十觞。十觞亦不醉,感子故意长。明日隔山岳,世事两茫茫。"

确实,文学力弱,小说终小。弱小者的能力,总要在它担当得起的分量或重压下,才会显示得最好最有效。世间有大风云大变幻,文学可以折射,可以遥感,可以远眺,直接介入其中则机会不多,且常无必要。尤其对于小说而言,力所能及的正道,永在作街谈巷议、丛残小语状的倾诉与讲述中。恰如上引杜诗所示:纵为死生之事兴叹,也唯有定格失声惊呼、心浪翻滚的那一刹那,才最见深切;纵为茫茫世变感慨,也还是以安然叙述老友重逢共享一顿家宴的经过,为艺术最上乘、情理最合宜的表达。

2019 电影：产业回归理性　艺术质量提升

赵卫防

　　2019 年的中国电影正处于一个全新的发展阶段，挑战与机遇并存。在第 28 届中国金鸡百花电影节的开幕式上，中宣部部长黄坤明传达了习近平总书记关于推进电影事业发展的重要指示精神，为正处于由数量增长向质量提升的转型时期的中国电影指明了发展方向，增添了信心。不可否认，2019 年国产电影的这种转型表现得尤为明显，艺术质量提升的诉求，推动着其产业和美学两个层面的发展。在产业层面，全年创下了 642.66 亿元的国内城市影院票房纪录①，其中最为显著的亮点，是国产片对进口片票房实现了全面超越；在票房排名前十的影片中，国产片占据八席。② 从 2002 年中国电影产业化以来，这种强势姿态首次出现。这不但表明了中国观众对国产片有着越来越强的认可度，更彰显了国产影片的艺术质量在 2019 年度再次实现飞跃。此外，在"行业规范"的语境下，由资本运作代替艺术生产而引发的一系

---

① 《猫眼数据：2019 中国电影市场创票房人次双纪录》，中国新闻网 http：// www. chinanews. com/business/2020/01-02/9049604. shtml，2020 年 1 月 2 日。

② 《2019 共生产电影 1037 部，总票房 642. 66 亿元》，搜狐网 http：// www. sohu. com/a/ 363952251_114988，2019 年 12 月 31 日。

列问题也逐渐得到遏制,艺术本体重回电影创作。在美学层面,由主旋律电影升级而成的"新主流大片"借中华人民共和国成立七十周年的契机,成为国产电影实现美学创新的主体。以现实题材为主的青春片和其他文艺片、艺术片,不断取得美学进步的动画片等商业类型片都有尚佳的表现,共同形成了国产电影的多元化格局。但处于重要转型时期的 2019 年度中国电影,也不免遭遇头部效应严重、常规类型创新性不足等诸多问题。这些问题将会引起业界、学界的广泛关注与思考,进而对中国电影的转型发展进行新的调整。

一、产业的理性回归助推创作质量的提升

2019 年,中国电影产业依然处于"行业规范"语境下的调整之中。在 2018 年岁末至 2019 年,中央和国家电影局下发了《关于深化影视业综合改革促进我国影视业健康发展的意见》《关于加快电影院建设促进电影市场繁荣发展的意见》等文件,指出要从完善创作生产引导机制、规范影视企业经营行为、健全影视评价体系、加强人才队伍建设等方面统筹推进影视行业的改革。

政策层面在继续规范行业的同时,也给中国电影发展赋予新的活力,改善了中国电影的发展环境,推动了其健康的、可持续性的发展,也助推了中国电影以提升艺术质量为主体诉求的转型。在这种语境下,2019 年度中国电影在产业上并未显现出真正的"寒冬"。如在制片机构方面,国有大型电影制片公司依然具有强大的制片实力,作为国有电影企业龙头老大的中国电影股份有限公司合作出品了现象级的《流浪地球》,另出品了《最好的我们》《急先锋》《妈阁是座城》《信仰者》《黑色灯塔》《宠物联盟》《港珠澳大桥》等多部影响较大的影片。作为国有

电影发行公司的华夏电影发行有限公司,主投了《我和我的祖国》等影片,该片集结上百位当下知名电影导演、编剧、演员等创作人员。上影集团则推出了国庆七十周年献礼大片《攀登者》,将创作难度变为对艺术高度和思想深度的追求。民营公司中博纳影业、万达影业、阿里影业、光线传媒、腾讯影业等依然承担着制片主体。博纳影业主投了《烈火英雄》《中国机长》《地久天长》等影片,万达影业参投了《沉默的证人》《人间·喜剧》《过春天》等影片,阿里影业参投了《流浪地球》《飞驰人生》《廉政风云》《小猪佩奇过大年》《少年的你》等影片,这些影片在该年度都产生了重大影响。此外,尽管有"寒冬"的氛围,一些新生代公司却应运而生,出品了一些重要的影片,如亭东影业主投了《飞驰人生》,拍拍文化出品了《少年的你》,还有登峰国际公司、耳东影业、墨客行影业、乐开花影业、坏猴子影业等公司也不断出现在一些热门影片当中。在发行业方面,新的院线公司不断进行整合,城市银幕数量也有了大幅度增长,银幕数量增长至 69 787 块。

在这种产业氛围中,2019 年全年中国电影票房创下了新的纪录,城市观影人次达 17.27 亿,创下电影产业化以来的新纪录;全年共生产各类影片 1 037 部。另据灯塔专业版发布的 2019 年用户观影报告,淘票票 8.8 分及以上作品的票房占比率达到了 64%,相较去年上涨 14%[①],这表明中国观众对"口碑质量"越发严格,也表明这些登陆院线的中国电影的艺术质量在稳固的基础上也有了较大幅度的提升。在国内票房增长的同时,中国电影"走出去"也获得了较大的成功,其中北美地区的票房为 2 094.56 万美元,为近三年最佳成绩;《流浪地球》《哪吒之魔童降世》《我和我的祖国》《少年的你》等在国内市场取得良好票房和口碑的影片,在北美地区也获取了较高的关注度,其中《流浪地球》的票

---

①　杜威:《2019 年"扑街"电影盘点:爆款公式失灵》,来自《壹乐观察公众号》,https: //107cine. com/stream/120381/

房达到了 587 万美元①，成为六年来在北美地区获取最高票房的华语片。其中《我和我的祖国》还打破 2010 年以来澳大利亚华语电影上映纪录。这再次表明，中国电影在经过"行业规范"之后，产业环境更为清朗，发展动力更为充沛，其艺术质量一直在稳步提升。

上述产业现象，综合呈现出 2019 年中国电影产业的强势性。除此之外，这种强势性还在其他方面有着明显的标示。首先，全年国产电影的市场占比达 64.07%，票房前十名中国产电影占八部，这些都达到了产业化以来的历史最高纪录。之所以产生这种现象，主要还是进口影片中出现了较多的毫无新意的续集翻拍片以及毫无创意的叙事所致，与不断提升艺术质量的国产电影相比，这些进口影片更显得陈旧，导致了中国观众的审美疲劳。此外，部分中美合拍片以及由中国资本注入、好莱坞影人为主创美国电影，也在 2019 年度的中国电影市场集体遭遇低迷。其中博纳影业入资好莱坞的大片《星际探索》《决战中途岛》因缺失新意而在中国市场票房平平，《好莱坞往事》更是临时撤档，无缘与中国观众见面。而复星影业、阿里影业参投的李安执导的"120 帧／4K／3D"技术大片《双子杀手》，在国内也一度引起了较大反响，但叙事的匮乏使其仅获得 2.35 亿元票房。上述情况与 2018 年《毒液》《大黄蜂》《碟中谍 6》等中资注入的好莱坞影片在中国市场火爆的境遇大相径庭。这也是中国观众的选择，显示了 2019 年国产片高品质电影逐渐增多，好莱坞大片未能有效解决"审美疲劳"的问题，国产电影的艺术质量实现飞跃，在和好莱坞电影的竞争中占据了先机。

国产电影强势地位的显现，还表现在动画电影的强势爆发。特别是《哪吒之魔童降世》成为 2019 年度的国产电影票房冠军，《白蛇：缘起》等也收获了高票房和好口碑，这种产业现象直接激发了市场对动

---

① 杜威：《2019 国产电影在北美：如何创下 2049 万美元新纪录？》，https：//tech.sina.com.cn/roll/2019-12-26/doc-iihnzhzfz8391472.shtml。

画电影尤其是国产动画电影领域的热情,这将会吸引更多的资金和优质创作力量投入国产电影的创作。而中国动漫创作者多年积累的技术和创作能力也得以释放,创作出更多优质的动画电影。

强势的国产电影,在具体的操作层面也一直在助推其艺术质量的提升。艺术生产逐渐代替资本运作,便是这种助推的重要体现。中国电影产业化以来,在电影产业取得跨越式发展之后,资本开始热衷于电影创作,以攫取更高的利润。以电影拍摄来进行资本运作,一度成为电影创作的主体,这种产业模式曾引发影视行业"热钱"涌现,虽在一定程度上缓解了电影制作的资金紧张问题,但其本质上是资本思维而非艺术思维,其以资本来引导艺术,最终损害的是艺术本身。这种创作观念造成了诸多问题:其一,造就很多低口碑高票房的影片;其二,造就了"热门 IP + 流量明星"的制作模式。"热钱"追逐 IP,使得电影创作唯 IP 论,IP 成为最重要的创作资源,桎梏了原创;"热钱"追逐流量明星,致使在表演方面不倚重专业的系统教育以及长期艰辛的自我锤炼,而是靠颜值、流量等在短期内迅速成名的"银幕鲜肉",拉低了影片的艺术质量。

2019 年度的国产电影中,这种资本思维的制作模式已逐渐退出,艺术思维又回到了电影创作的本体。当年高票房的影片,相对来说质量都是较有保证的,没有前几年那种高票房烂片的现象。而那些在创作时依然遵循"热门 IP + 流量明星"制作模式的个案如《上海堡垒》等,在这种艺术回归的语境下也遭遇了败绩。另一方面,仅靠流量和颜值的流量明星失效,表演也重回艺术本身。优质资本寻觅的是一些拥有流量但更以演技取胜的偶像演员如刘昊然、杜江、胡歌、易烊千玺、万茜等。其中杜江在《烈火英雄》《我和我的祖国》《中国机长》等一系列"新主流大片"影片中成功塑造了多个角色,助推了这类影片美学形态的稳定,使之成为当下国产电影的主体。其他如王源参演《地久天长》,易烊千玺主演《少年的你》,胡歌主演《南方车站的聚会》等影片,这些作品中，他们不再以"秀我"为主，而是以演技来塑造边缘人物，成为影片获得艺术价值的关键，也成为资本的选择对象。这些都表明，2019 年的中国电影产业中，以逐利为主的"热钱"已经退出，动机不良的资本少了，而真正进行文化建设和电影生产的优良资本并没有退得太多，想把电影作为文化产品经营的资本并没有减少得太多；并且这种资本对于影片的选择、对于创作团队的选择更加专业和精准，对于题材和观众之间的关系有更专业的把握，从而使得影片的艺术质量产生飞跃。

2019 年，中国电影技术层面也取得新的突破，技术团队成功研发了 CINITY 高格式放映系统，让中国观众目睹了"120 帧／4K／3D"版的《双子杀手》；研发出将现场影像通过高科技传输技术引入电影院线的技术，开辟"直播电影"。技术本身也许并不重要，但这些技术却为中国电影提升艺术质量和传播力提供了强劲助推，为中国电影产业结构升级和长远发展提供了新动力。

2019 年度中国电影产业层面的强势愈加显现，而且这种强势一直在助推着国产电影在艺术质量上的提升。这种强势是在新转型的诉求中，在"行业规范"的语境下中国电影产业的自我调整。今后，这种自我调整将会加剧，由此产生更为明显的强势，也使得中国电影产业更能满足提升艺术质量的诉求，助推中国电影由大变强。

二、主流电影大片发展现状喜忧参半

2019 年的国产电影，总体的艺术质量得到了提升，但其中主流大片的艺术质量呈现出升与降两个相反的趋势。这里所说的主流大片，包括由主旋律电影升级而成的"新主流大片"以及一般类型的商业类型大片;前者体现为"升",后者表现为"降"。

其中的"新主流大片",即是将内地主流价值观与类型美学进行对接而成的主旋律大片,是主旋律电影的升级版。由于其中多数的影片以香港北上的影人为主创,故此"新主流大片"也将以个体关注为主的港式人文理念与内地主流价值对接,赋予主流价值以多元和深度化的书写。主题层面的中国主流价值观表现及其多元化与深度化、形式层面的类型书写及制作层面的重工业模式必须同时具备,方能形成"新主流大片"。其中类型美学的引入,无疑使"新主流大片"的观赏性比一般主旋律影片要强;但对主流价值观的新诠释,更使得其思辨性得以增强;相对于一般的主旋律电影,"新主流大片"艺术质量的提升更多表现于后者。中国内地的"新主流大片"产生于《十月围城》(2010)等影片,经过《智取威虎山》(2015)、《湄公河行动》(2016)、《战狼》系列(2015–2017)、《建军大业》(2017)等影片的发展,至《红海行动》(2018)其美学特色已经发展成熟,具体表现在以下方面:拓展了内地主流价值观表现的多元化与深度,其中对以人为本、尊重生命的凸显以及中国性表达是这种多元和深度化表达的主要体现;将人类共享价值与中国传统、中国现实、中国人的精神气质进行对接,体现出浓郁的本土情怀,表达出中国性;对秉持主流价值观的正面人物进行立体性呈现和丰富人性的书写,摒弃了以往"主旋律电影"中"伟光正"式的人物刻画;创新性的类型元素营造;等等。

美学特色的成熟,再加上建国七十周年的特殊历史节点,使得2019 年国产"新主流大片"呈现出较大的增幅,涌现了一大批文本,如《流浪地球》《八子》《烈火英雄》《哪吒之魔童降世》《我和我的祖国》《中国机长》《攀登者》《决胜时刻》等。其数量超过往年,也使得观影成为营造"庆祝建国七十年"文化的重要元素。

在延续以往的基础上,2019 年的"新主流大片"显现出了美学创新。首先,这些"新主流大片"不限于以宏大叙事来进行国家话语书写，而是重点表现对普通人的反映，并以个体人物的情感体验和当下的主流观众建立情感上的共鸣，将普通人的命运和国家的命运结合起来，以小切口来表达出宏大主题。如《我和我的祖国》摒弃宏大叙事，以情感化和伦理化的表达为主，用集锦的形式从不同角度表现了中国人对共和国的深厚情怀，满足了不同观众的情感需求。影片具有很扎实的情感内核，比如女排的故事以及北京奥运会的故事等，以生活细节以及情感真实来实现对观众的感染，完成国家话语的书写。《决胜时刻》为宏大叙事打上普通人的底色，既有重大革命历史题材烙印，又在精神与情感上链接当代。《中国机长》亦没有采用传统英雄叙事以及刻意的情感渲染，也没有强灾难的类型营造，而是使用普通人的情感体验方式来完成叙事。影片对作为主人公的机长，没有强烈的渲染，在危难来临时，他坐在那里几十分钟，除了一系列的操作外没有任何的英雄壮举。观众在这部电影中，看到的是民航这个行业的平凡人物和日常工作，以及他们工作中微小的细节，但这些工作和细节都是为了每架飞机的安全起落。由无数的平凡铸成了国家情怀，引发了观众强烈的感情认知，让中国电影与观众之间达到真正的共振。《攀登者》则是从历史资源中攫取创作素材，将普通人的情感体验和当下观众对接，将情感注入历史资源，使得国家话语从概念性的宏大叙事升级为可感的、温暖的共享价值。剧作中的爱情线完成度虽不是特别好，但却以普通人情感体验的方式，完成了国家话语的书写。如片中徐缨对方五洲的爱，有国家情怀的因素，但更多的是纯粹的爱情，她的所有牺牲奉献都是围绕爱方五洲这个具体的人而来的，这种情怀从人性最基本本能的情感出发，具有当代价值，吻合当下的观众情感体验。

第二方面，2019年的"新主流大片"在类型创新方面具有较大突破，营造出更为丰富的类型。如《流浪地球》的主体类型为面向未来的科幻类型，影片进行"硬科幻"类型元素的营造，拓展了国产电影的类型书写。影片中表现伴随着源自地球的家园情结，人们选择将地球推离太阳系，去寻找充满希望的新家园,此种"带着地球去流浪"的创意,全然不同于西方科幻电影叙事的文本逻辑,凸显了中国科幻电影的独特性。《哪吒之魔童降世》为动画类型,片中太乙真人带哪吒在《山河社稷图》中冲浪的长镜头以及决战的动作设计,还有万龙甲、乾坤圈等道具的视觉呈现,具备了动画电影所应有的超强想象力。《烈火英雄》《中国机长》则以灾难作为主类型进行营造,特别是《烈火英雄》以高科技特技展现出了大型救火现场,爆炸和滔天火浪等场景给观众带来极具冲击力的视觉体验。此外,《攀登者》营造出较为少见的登山类型,《我和我的祖国》更是呈现出类型的多样性,这些多样化的类型营造,表明"新主流大片"不限于战争、动作类型,而是适合各种类型。第三,这些"新主流大片"对主流价值观中"以人为本"的内涵诠释得更为全面和深刻。像《哪吒之魔童降世》中阐释的"我命由我不由天"的主题,即是对传统文化中优秀中华文化的创造性转化和创新性发展,体现了尊重人本的主题,这样的新诠释和中国内地核心价值观中的以人为本的精神是相通的,也抓住了中国人的精神内核与精神需求。这种对主流价值观的诠释比同类影片中的国家叙事更具深度,也更能够贴近当下的观众。该影片之所以产生这样的轰动,与这样的深度诠释不无关系。

　　与"新主流大片"艺术质量上升的趋势相反,2019 年的主流商业大片却呈现出一定的下降趋势,这种趋势在动作类型中表现得尤为明显。2019 年度动作类型片,总体上呈现出类型元素营造力的枯竭,功夫、枪战等动作类型元素显得陈旧,动作戏缺乏新意,更没有爆点,与"新主流大片"的类型创新无法相比。但在众多的平常之作中,《扫毒 2:天地对决》、《行徒使者 2:谍影行动》《叶问 4:完结篇》等也在表意和叙事层面出现了一些亮点。其主要显现是这些作品并未因类型诉求而丧失主题深度,如《行徒使者 2:谍影行动》借卧底这个职业讨论人性在恶的环境下如何依旧保持自我,《扫毒 2:天地对决》以黑白灰三色人物的对立来表现社会关系的复杂和人性的复杂。特别是《叶问 4:完结篇》深入到了文化层次，击碎外界对中华武学的曲解，将中华武术作为优秀传统文化的一部分来进行表现，并探讨了这种文化如何向西方传播、如何融入西方主流价值观的问题。影片彰显只有实现了文化传播，才能打出中华民族的自信，中国才能自强。这样的作品无疑获得了厚重的文化价值和深刻的人文价值，比一般的动作片更加吸引观众。此外，这些影片在剧作和镜头语言方面也力求创新，像前两部影片均以充沛的悬疑元素，孕育着较强的叙事张力；使用更多机位的调度，让枪战场面更趋真实等等。2019 年度另一重要的商业类型大片——喜剧类型中，同样显得缺乏新意，没有出现现象级的力作。其中大部分喜剧片遵循中低成本的黑色喜剧的路线，较显陈旧；喜剧大片较少，仅有试图对无厘头喜剧进行创新的《新喜剧之王》、以科幻元素来营造喜剧效果的《疯狂的外星人》以及古装魔幻喜剧《神探蒲松龄》、开心麻花出品的《半个喜剧》等。其中仅有《疯狂的外星人》以类型杂糅的方式来呈现喜剧效果，具有一定的创新；《新喜剧之王》则由于远离了香港市井民俗和生活气质的依托，也没有了周星驰在新世纪之后所谙熟的奇幻类型的支撑，因而没有给观众带来什么新奇，创新性整体缺失。《神探蒲松龄》的叙事较为松散，且没有凸显喜剧这一主导类型，而是融合了奇幻、动作、喜剧、情感、悬疑等太多的类型元素，违背了类型使用的节制性原则，而有些不伦不类的感觉。

　　"新主流大片"的艺术质量的上升与一般商业类型大片的艺术质量的下降，成为 2019 年度中国电影大片的最显著呈现。"新主流大片"已经成为国产电影提升艺术质量的主体力量，在今后的创作中需要进一步拓展、创新，特别是应当继续探索将个体人物的命运和国家的命运结合起来、以小切口来表达国家话语的创作模式。而一般商业类型大片亦不能继续沉寂，作为国产电影的另一主体，这类影片在类型元素的创新、叙事的创新等方面应做更多的努力。

三、中低成本影片以写实精神互通情感体验

2019 年国产电影中的中低成本方阵，规模也有了扩大。这一方阵的作品较多，有以悬疑类型为主的中低成本类型片如《两只老虎》《受益人》《误杀》《吹哨人》《风中有朵雨做的云》《被光抓走的人》等；有中低成本的动画电影《罗小黑战记》《熊出没：原始时代》《雪人奇缘》等；有兼顾大众叙事与作者风格并存的文艺片如《少年的你》《地久天长》《进京城》《只有芸知道》《送我上青云》《妈阁是座城》等；也有侧重于作者个性表达、追求思辨价值的艺术片，如《撞死了一只羊》《过春天》《红花绿叶》《过昭关》《南方车站的聚会》《平原上的夏洛克》等故事片，还包括《四个春天》《第一次的离别》等纪录电影和戏曲电影。2019 年的国产电影创作中，这些中低成本的影片，艺术质量都有了不同程度的提升。

在 2018 年现实题材影片取得重大艺术成就的基础上，2019 年的中低成本电影延续写实精神，和观众的情感进行沟通，讲述与当下中国现实发生关系的"中国故事"；这样便在艺术表达上与当代观众的现实生活，特别是在心理上产生某种共鸣，寻求当代大众的情感与电影的呼应。这亦是该年度中低成本影片的首要特色，其与"新主流大片"以普通人的情感体验和当下观众建立情感上的共鸣、将个体人物的命运和国家的命运结合起来的特色具有相通性。

以现实精神、写实特色与观众建立共通的情感体验，于 2019 年的青春片有着最为明显的体现。《最好的我们》《我的青春都是你》《过春天》《少年的你》等为其中的代表之作；此外，还有《老师好》《银河补习班》等影片探讨教育问题，与前述影片同属一类。这些电影打破了惯有的青春片的创作思维模式，不再仅仅停留在对青春的回忆，不再进行纯粹的理

想化的青春表达，也不再消费青春，而是在突出主流价值观传递的基础上直面现实，比较真实地反映年轻人的青春生活，反思社会问题。如《少年的你》主要探讨了原生家庭问题和社会生存问题，也涉及了当下中国人非常关心的未成年人保护的问题，特别是直面校园霸凌等严重的社会问题。这样的"全民议题"不但使得观众在观影的同时完成了和创作者共通的情感体验，更使得文本超越了电影本身，成为人们寻找现实答案的参照点和依托点，具有较强的现实性和思辨性。

　　其他写实题材的文艺片和艺术片，也具有这样的情感体验性和共同性。《地久天长》对三十年来中国社会变迁进行了深邃而细致的表达，而其表达路径又是对个体的人物的表现：讲述了一对中国普通夫妻的人生故事。这种表达体现了对个体命运的殷切关怀，为现实题材影片注入深切的人文关怀，并走进生活深处，让观众具有相通的情感体验。《只有芸知道》亦是关注现实中个人的命运，让观众走向人物独特的心灵世界，来表现人们对于生活的感受和体验。《送我上青云》展现了当下女性的境遇，以新的视角切入时代病症，让观众产生强烈的体验感；《受益人》描绘了网络女主播、单亲爸爸等小人物的真实悲苦，具有较强的当下性和代入感。《红花绿叶》《过春天》《过昭关》以及纪录电影《四个春天》《生活因你而火热》等影片亦是现实题材，既有生活的质感，又对于底层民众情感有着真挚的表达，在平凡中蕴含着动人力量，凸显了人性的温暖与善良。

　　这些具有写实精神的作品，在保持写实品格、产生情感共性的同时，也进行了较新的艺术形式探索，试图突破常规的写实表现来实现创新。比如《送我上青云》中风车等元素的运用便显现出了超现实或者魔幻现实的品格，这样的处理更能映射出人物的心理；此外影片中对场景和时空的处理，都突破传统现实的表现，进行某种探索。而《被光抓走的人》则直接借助科幻类型的外壳，植入了创作者对社会现实的锐利观察，从而构筑出现实主义的故事细节。

以写实精神表达体验，成为 2019 年度中低成本电影的显著特点，但全年却没有出现像《我不是药神》那样的现实主义力作，写实精神还达不到 2018 年那样的力度，这方面还存在着较大的提升空间。2020 年的电影创作，现实题材的创作以及写实精神还会延续，应当更好地总结以往此类文本的得失，特别是应当更有效地捕捉大众的情感体验，保持创新理念，推出现实主义力作。

多部艺术片以作者性来寻求思辨价值和人文价值，创作手法也有创新，此为 2019 年中低成本电影的第二个显现特色。其中《撞死了一只羊》是"作者风格"的集大成者。影片以藏地做背景，在叙事上将两个互相影响的故事进行超现实的对接和穿插；以独具风格化的镜头语言营造疏离、弥乱而又冷僻、孤独的视觉意境；主题表达涉及得与失、追寻与记忆、慈悲与轮回等多个深刻的哲学命题，思辨性和艺术手法都有了新的超越。《南方车站的聚会》亦是典型的作者电影，黑色元素的营造和人性复杂性的体现是创作者的主要美学诉求；此外，导演在情感、氛围甚至是情节上利用了很多隐喻镜头，调色和光影镜头的运用也较为出色，导演在这些形式的运用方面，比起前一部影片《白日焰火》更为突出，显示出其创新性的追求。《红花绿叶》亦是另辟蹊径，其故事的外层是在讲述回族民众的情感和日常生活，而创作者的真正意图是以此为切入点，探讨情感、交流和尊严等人类的共通价值。影片选择这个少数民族题材，比起其他的题材更能深刻地诠释作者想要表达的主题。其他作品如农村题材的《平原上的夏洛克》和惯常的农村片子有较大的差异，影片突破了好人好事、扶贫干部和幽默搞笑的模式，既显现出了本土化，也有国际视野。

在创作上追求艺术独特性与大众审美并重，成为 2019 年度中低成本国产电影的第三个特色。首先，大多数动画电影在艺术追求与大众审美之间保持着恰当的平衡。其一，这些影片如《白蛇：缘起》等对传统文化进行了新的转化与改编，使其和当下观众的欣赏口味和情感体验进行对接，取得了创新价值。其二，这些动画片突破了低幼叙事，具有较为复杂的叙事逻辑，且融入了更多的哲理性，如《熊出没：原始时代》继续"春节档"合家欢的品格，《罗小黑战记》《雪人奇缘》《昨日青空》和《全职高手之巅峰荣耀》等作品也以叙事性和哲理性并行而获得较好的口碑和票房。

2019 年中低成本国产片中的类型片也呈现出了艺术性和观赏性并重的特色，多部影片以类型作为外壳最终获取文艺品格，增强艺术价值。除《被光抓走的人》等少数影片选择科幻类型外，其他如《误杀》《受益人》《吹哨人》《两只老虎》《"大"人物》《人间·喜剧》《云雾笼罩的山峰》《追凶十九年》《灰猴》等一大批电影都以悬疑、喜剧类型作为依托，试图以此来增强叙事性，并实现其思辨价值的有效传播。但从具体的艺术实践来看，其中只有少数影片如《误杀》等做得较为成功。《误杀》虽然是一部翻拍片，但在叙事性方面做得更为紧凑，超越了原版。且该片具有较深刻的思辨性和人文性，凸显了对罪与罚的探究，对人道、亲情、责任、弱势群体等命题的思考。在类型叙事上，该片没有遵循传统的揭开真相式的悬疑叙述，而是先将真相告知观众，让观众看到剧中人如何掩饰真相。这种反悬疑的叙事，更显示出叙事智慧，也更具观赏价值。

2019 年较多的中小题材影片实现了创新，得到观众的进一步呼应，也反映了当代观众的审美取向。这样一种趋向，增强了电影创作者对拍摄中低成本影片的自信，特别是增强了对文艺片和艺术片创作的自信，也增强了中国电影的艺术自信和创新动力。但也有部分影片特别是悬疑、喜剧类型片未取得预想的成就，主要问题呈现为创新性不足。其中借助悬疑等类型来获取文艺品格的创作模式，在中国内地影坛已有了数年的历史，之前的大部分作品如《烈日灼心》《命运速递》《无名之辈》等都取得了成功，也为之后此类影片的创作提供了经验。但随着观众品味的走高，某种范本不会一直有效，缺失创新的作品渐渐不被观众认可。2019 年的《受益人》《吹哨人》《两只老虎》《灰猴》等此类影片，或故事过于陈旧，或主题过于教化，或形式过于刻意而缺失创新品质，最终不为观众接受。2019 年中低成本电影艺术实践的荣与衰，再次显示了中国观众对国产电影艺术质量提升的诉求，如果影片艺术质量不过关，创作者缺乏新意和诚意，纵然使用关注度高的演员、选择吸引眼球的题材、采用全方位的营销方式，也无济于事。今后，中国电影的晋升之路，仍然依托于艺术质量的提升。

2019 年的国产电影，总体上呈现出了艺术质量走高的趋势，但还存在诸多问题。产业层面，2019 年度国产电影中的市场头部效应变得空前严重，国产电影票房排名前十名的影片合计收取了 286 亿人民币的票房，在全年票房占比达到 44% 左右。这种头部效应在数年来的呈现最为严重，使得腰部电影获利空间越发变小，尾部电影的收益更是微不足道，票房分布极不均匀，产业失衡现象逐渐显现。此外，因"行业规范"及其他问题对产业发展的负面影响也逐渐显现，民营电影公司呈现出一定的萧条趋势，这些问题如果得不到适时的解决，将会影响整体中国电影的发展。美学层面，2019 年的"新主流大片"有了较明显的量的积累，美学层面也实现了较大的突破，今后，此类影片在国产电影中依然会处于主体地位，其在保持现有美学质量的基础上，应当继续在思想高度、艺术创新和市场指标等方面实现多维度突破，引领整体国产影片提升艺术质量，还应当进行更合理布局以继续保持主体地位。此外，主流商业大片和中低成本的类型片创作还有较大的提升空间，纵有写实精神的回归，但震撼人心的现实主义力作仍然缺失，这些都是中国电影创作所要长期面对与思考的问题。

润物无声中传递直抵人心的力量[*]

——李子柒式短视频走红海外的启示

刘　琛

她身着中国传统服饰,在山间汲泉水,在菜地摘时蔬,在幽静的院落里烹饪传统美食,周围鲜花灼灼,山林森森,流水潺潺,仿佛在世外桃源……四川女孩李子柒,从中国农家的衣食住行中取材拍摄视频,作品散发着浓浓的烟火味道和田园气息。

近日,这些视频从国内火到了国外,一个曾经在国内未受多少关注的李子柒在 YouTube 上的订阅者数量已超过 760 多万,相关视频的点击量达数千万。不少外国人通过视频,开始了解"有趣又好看"的中国传统文化,进而开始喜欢中国人,喜欢这个国家。

李子柒的视频,没有对中国文化进行直接介绍和夸赞,甚至连台词都很少,她只是默默地在那里干着农活,偶尔跟奶奶说几句四川方言。她在拍摄这些视频时,也许从没想到会火到国外,更没想过要借此向世界传播中国文化。她的"无心插柳"之举,却创造了对外文化传播的奇迹。

---

* 本文为国家社科基金重大项目"海外智库中的中国文化形象(16ZD10)"成果。

一、探寻人类共通的价值和情感

　　好的传播，一定要有好的故事。以人为本是检验一个故事生命力的主要标准。

　　这是古今中外共同的历史经验。中国儒家思想崇尚"民为贵"。古希腊哲学家普罗泰戈拉指出，"人为一切事物之准则"。如何以人为本？最重要的是与人相联系。一个故事如果只停留在反映情感的层面，充其量只能算是有内容，难以产生共情效应。在信息过量时代，只是有内容的故事大多会被淹没，难以取得良好的国际传播效果。好的故事内容必须具备积极向上的价值观，而且能够发挥引领作用。也就是说，故事内容得与真、善、美息息相通。正如冯友兰所总结的："人类所有之真、善、美，历史多与以相当的地位。其未得相当的地位者，则多其不真真、不真善、不真美者也。"

李子柒在用民间传统方式制作中国美食（资料图片）

从实践中看,跨文化传播中,脱颖而出的内容都承载着人类共通的价值和情感。能够在国际传播中获得成功的作品都有好的故事内容,考虑并尊重人的情感诉求,更重要的是能够对真、善、美有所追求,而非简单地迎合受众需求,片面追求感官刺激。比如,《泰坦尼克号》《阿凡达》等影片受到不同国家观众的认可,是因为它们让人感受到了爱情的伟大和美好;国产动画片《京剧猫》在东南亚爆红,是因为它刻画了一只普通的猫通过团结猫群对抗邪恶并拯救"猫土"的故事,"正义""勇敢""成长"这些价值观自然得到展现,引起了不同文化背景观众的情感共鸣。

因此,今后我们在对外文化传播和讲述中国故事的过程中,先不要着急想着"我想传播什么",而要先考虑"想传播的内容中,哪些内容是对方容易接受的"。

当然,有价值追求并不是在价值观的外面生硬地套个文艺外壳,而是要将价值观不露声色、不露痕迹地融入内容。分析李子柒发布的视频,作品的共性是散发着一种原生态的美,并且将"天人合一""道法自然"等中国传统的思想价值观念隐藏在这种美的最深处。李子柒自身的形象设计显示出"柔而不屈,强而不刚"的中国人之美。每一集的故事也无一例外地传递着温暖人心的正能量。国外受众虽然对中国文化不甚了解,很多人也不是为了通过观看李子柒的视频来了解中国,但是他们喜欢李子柒视频里传递的中国之美,而美是最有力量的,这种力量牵引着外国观众继续了解中国和中国文化。

二、在新媒介环境中顺势而为

就短时间内的影响力和传播效果来看,李子柒的视频可能抵得上甚至超过花费大量时间制作的影视作品、舞台艺术作品。这是因为当世界是平的，人们就需要有意愿、有能力善用各种崭新且不断进步的媒介，以国际视野，尽可能广泛地与世界各国各地区的民众相联系、促团结、共发展。在互联网时代，对外文化传播有了更多载体、平台和渠道，尤其是新媒介与互联网的结合，所产生的影响力和传播力已大大超越了传统媒体。这启示我们，对外传播中国文化、向世界讲述中国故事的方式和形式，得跟上传播环境的变化。

李子柒在用民间传统方式制作中国美食（资料图片）

过去很长一段时间里，在对外文化传播中，我们把目光主要集中于传统的艺术形式上，比如大力推动中国影视作品走出去，积极进行中国文学作品的对外译介，创造条件在海外进行舞台艺术作品和美术作品的展演展示，等等。上述的各种努力虽然取得了一些成绩，比如《媳妇的美好时代》等影视作品在非洲等地受到热捧，莫言等人的作品被翻译成多种文字在国外出版并获得一定关注。可是我们更应该看到，一方面文学等传统文艺形式的传播力和影响力相对有限；另一方面，在电影等一些领域，我们仍需要花费较长时间方能消弭与发达国家的差距。

所有这些都制约了文化对外传播的效果。

因此，在继续努力做好上述各方面工作的同时，我们应该抓住新媒介革命的机遇，顺势而为，另辟蹊径。从国际传播载体的大趋势看，新媒体的领导力无可限量。因此，我们应关注乃至善用新媒介。就像李子柒所做的那样，采用更多新形式、创造更多新方式，来传播中国文化、讲述中国故事。

以短视频为例，除了李子柒的那些作品，这几年还有不少中国题材的短视频在海外走红。比如，2019年初，一条短视频在国外社交平台上引起广泛关注。视频里，从青春活泼的孩子到步履蹒跚的耄耋老人，四代人在一声声"妈"的呼唤声中，依次出场。这温暖幸福的场面让外国网友感动不已。他们在点赞、转发之余，也从中读懂了中国的"家文化""孝文化"。

新媒介在技术上降低了传播的门槛，却提升了"让内容火起来"的难度。要想用新的形式讲好中国故事，需要花费一番心思。就像李子柒的视频作品，制作精良的背后是艰辛的付出，比如一个成片仅五分钟的作品，前后累计拍摄素材会达两千条之多。

三、发挥"民间文化使者"的作用

李子柒自己或许没有对外文化传播的主观目的，但她不经意间成了这方面的"高手"。她讲的中国故事何以在国际上获得成功？我们在感叹"高手在民间"的同时，更应该转变对外传播的思维：对外文化传播也好，向世界讲述中国故事也好，不仅是政府和文艺机构的事，也是每一个中国人的责任；同时，相较于政府主导的对外文化传播，民间的传播，由于形式灵活、内容丰富、题材广泛、更接地气，效果可能会更好,因此我们今后在这方面应该多多发力。

对外文化传播需要更多的"李子柒"。对于从事对外文化传播的民间力量,政府和社会既不能过多介入他们的传播活动,又应该从侧面给予鼓励、引导和服务,助力形式多样的"走出去"。比如,通过培训等多种形式,引导李子柒一类的网红,树立正确的价值观、了解更多相关的信息,加深对国情、社情、民情的认识,帮助他们提升跨文化传播的能力,培养对社会进步的责任意识。有引领性且完备周到的社会服务是"李子柒"们能够向世界讲好中国故事,也能够展示有魅力的自身形象的重要支撑。需要指出的是,目前在鼓励民间力量进行对外文化传播方面,我们似乎还没有相关规划,这方面的顶层设计亟待加强。

李子柒视频海外走红的背后,其实是世界对崛起的中国的好奇。未来,随着中国从大国向强国迈进,外界对中国文化和中国故事的兴趣会越来越高涨,这为我们向世界讲好中国故事提供了机遇。当然,讲好中国故事,塑造中国形象,仅凭一人之力无法完成,我们期待有更多的"李子柒"从不同角度、不同侧面向全世界展示既富有独特传统文化内涵,又不断向现代化前行的中国。同时,对外文化传播是一个润物细无声的长期过程,需要各方共同努力。对于"李子柒"等"民间文化使者",我们应发挥他们的特长,尊重他们的创造,调动他们的积极性,但是有一点要注意,那就是也不能过度透支他们。

新变周期的"主旋律",如何赢得未来?

孙佳山

"主旋律"概念的出现,是我国开始正面回应从二十世纪七十年代末开始的新自由主义在世界范围的兴起,到 1991 年苏联解体前后,内置于"后冷战"年代的全球文化转型的系统性挑战的一个缩影。1987年,时任广电部电影局局长滕进贤,在全国故事片厂长会议上正式提出了"突出主旋律,坚持多样化"这一"主旋律"的基本理念,并明确标定出了"表现党和军队光荣业绩的革命历史题材""弘扬民族精神的、体现时代精神的现实题材"的基本范畴。其后,国家又完善了一系列制度性配套,如同年 7 月成立了革命历史题材影视创作领导小组,1988年 1 月设立了摄制重大题材故事片的资助基金等。"主旋律"正式登上我国影视领域的历史舞台已然超过了三十年。

一、我国"主旋律"正在进入第四阶段的"下半场"

遗憾的是,在几乎所有既往的当代电影理论、批评中,都相当程度地忽视了对"主旋律"内在演化逻辑的分析和梳理,"主旋律"也从来都不是想象中僵化的、本质化的概念。因为在其既有的三十余年发展历程中,我国的"主旋律"的基本特征呈现出四个清晰的进化、发展阶段。

在经过初始化的第一阶段,1987 年的《巍巍昆仑》《彭大将军》,1989 年的《开国大典》《百色起义》,以及随后被视为"主旋律"原典的二十世纪九十年代初的《大决战》系列之后,到了 1996 年的"精神文明建设"阶段,随着东欧剧变、苏联解体等外部挑战的解决,官方参与"主旋律"的拍摄、制作、发行、传播,包括相对保守的历史讲述方式等曾经鲜明的"色彩"——就已经开始逐渐淡化和消退。① 二十世纪九十年代中期的"精神文明建设"阶段,实则已经是"主旋律"的第二个进化、发展阶段。"主旋律"在拍摄、制作、发行、传播等诸多领域,都在初步尝试、摸索市场化、产业化的进化、发展路径,在历史讲述方式上也更加多元化,涌现出《长征》《离开雷锋的日子》《鸦片战争》《红河谷》《黄河绝恋》《紫日》等一些艺术性突出的影片。② 而在包括《集结号》《建国大业》《风声》《十月围城》《唐山大地震》《建党伟业》等"主旋律"的第三个进化、发展阶段,"主旋律"不仅已经找到了远比前两个阶段更加市场化、产业化的资本运作模式,在内容制作上也开始在局部大胆调用好莱坞电影的商业类型元素。尽管实际效果各有千秋,但已经试图在"主旋律"之中尝试好莱坞电影的中国本土化的类型嫁接。最终,从《湄公河行动》开始,以《建军大业》《战狼 2》为代表,包括《红海行动》《流浪地球》《我和我的祖国》《中国机长》《攀登者》等为代表的"主旋律"的第四个进化、发展阶段,"主旋律"电影基本完成了市场化、产业

---

① 孙佳山:《三十年"主旋律"的历史临界及其未来》,《电影艺术》2017 年第 6 期,第 74—79 页。
② 同上。

化的有效转型，并赢得了票房、口碑的双重认可。[1]

"主旋律"在当代正不断实现其自身的多样化的类型落地。在这个过程中，我国香港电影成熟的商业类型经验发挥了关键作用。众所周知，香港电影在从二十世纪八十年代初到九十年代中叶这一特定历史阶段里，积累了符合大中华区风土人情的丰富的商业类型电影经验，并在日本、韩国甚至北美、西欧都产生了广泛的、正面的文化影响。因此，在内地电影票房自二十一世纪初触底，并在二十一世纪第二个十年反弹后，迅速放量增长到 600 亿左右规模的这一进化、发展阶段内，极大地弥补了内地电影产业严重缺乏商业类型电影有效实践的基础，这一系统性缺失短板[2]，为中国电影在二十一世纪的可持续发展注入了新的活力和动能。特别是近年来《湄公河行动》《建军大业》《红海行动》《中国机长》等"主旋律"影片，在吸收了香港电影成功的商业类型经验后，在更好地讲述当代中国故事的同时，也为"主旋律"鲜明地标识出了香港电影的类型特征。

而今，"主旋律"已经走到其第四个发展阶段中的"下半场"。之所以定性为"下半场"，是因为尽管香港电影在"主旋律"的类型化过程中做出了突出的、不可替代的贡献，但由于其所在历史周期的文化经验、一代电影人的养成认知、"两岸四地"文化状况的大幅变化、当代世界格局的深度盘整等各项因素的叠加，在第四阶段"上半场"曾经顺畅自如的香港电影的类型表达已经明显相对滞后于中国当代电影的进击步伐，不只是在"表现党和军队光荣业绩的革命历史题材"的类型实践中始终裹足不前，在"弘扬民族精神的、体现时代精神的现实题材"的类型实践中也开始疲态尽显，并未完成代际更新的香港电影已经很难再

---

[1] 孙佳山：《三十年"主旋律"的历史临界及其未来》，《电影艺术》2017 年第 6 期，第 74-79 页。

[2] 孙佳山：《中国电影的改革开放 40 年，三个基本坐标及其历史临界》，《东方学刊》，2018 年 8 月 15 日。

为不断进化、发展中的"主旋律"提供长期可持续的活力和动能。"主旋律"在当代的进化、发展尚未进入新阶段,但在其第四阶段之内已经呈现出了清晰的"上、下半场"之别。

这种结构性的缺失在刚刚创下各项记录的"国庆档"的《攀登者》当中,体现得尤为突出。自 9 月 30 日《我和我的祖国》《中国机长》《攀登者》三部"主旋律"上映,到 10 月 7 日"十一"长假的最后一天,"国庆档"电影票房突破 50 亿元,相对此前"国庆档"在 2017 年创下的 25.3 亿元票房纪录,实现了翻一番式的增长。然而在票房扩容近一倍的情况下,《攀登者》依然只取得了 8.18 亿累计票房,仅仅相当于"国庆档"总票房的六分之一,被《我和我的祖国》《中国机长》以两倍、三倍的体量远远甩下。无独有偶,2016 年投资 1.5 亿的《我的战争》,累计票房仅为 3 648.4 万。2017 年暑期档的《建军大业》,在号称投资 2 亿,演员零片酬的情况下,累计票房也仅仅只有 4.03 亿,不仅远低于 16 亿的票房预期,与同档期的《战狼 2》相比更是判若云泥。

从《我的战争》《建军大业》到《攀登者》,抗美援朝、八一南昌起义、攀登珠穆朗玛峰,这三部影片最明显的特征,都是在表现改革开放之前波澜壮阔的中国现代革命历史中的重要事件和节点,也就是"主旋律"范畴中的"表现党和军队光荣业绩的革命历史题材"。但无论是彭顺、刘伟强,还是李仁港,这些在港式恐怖片、港式警匪片和港式动作片有着成功商业类型经验的香港电影人,都一再表现出高度的不适应性,在票房和口碑上都远未取得成功。由于对我国近现代历史的丰富性和复杂性缺乏足够的了解和认识,《我的战争》《建军大业》《攀登者》在上映之后还都引发了一定的争议,这也应引起我们的充分警醒。

进入第四阶段"下半场"的"主旋律",必须重新评估香港电影人的商业类型经验的适应区间和范围。对于"表现党和军队光荣业绩的革命历史题材",到目前为止,香港电影人尚无成功先例;《中国机长》在

"国庆档"上映后的一些争议，也一再揭示，香港电影人在"弘扬民族精神的、体现时代精神的现实题材"的类型实践中的经验和问题，同样有待进一步深入讨论。而且，在这背后，还有一场"悄无声息"的青年文化历史周期性转型。

二、"主旋律"背后的青年文化转型

进入二十一世纪第二个十年以来，以移动互联网为表征的，人类历史上史无前例的媒介迭代浪潮，不可避免地带动了各个领域、各个层级，多维度、多层次的文化经验的更新和升级。我国作为世界上移动互联网普及程度最高的国家，在青年文化领域，自然也发生了天翻地覆的变化。作为中国电影新一代电影观众，以 26% 的城镇人口占比贡献了39% 的影院观众人口和 49% 的观影人次的，作为我国影院观众中坚力量的十八岁至二十九岁的青年群体，也就是广大的 90 后、00 后，这一批在互联网语境中成长起来的年轻人，正在不断登上社会舞台。在二十一世纪第二个十年里，他们不仅是电影、游戏等文化娱乐领域的消费主力，同时也是"主旋律"第四阶段的接受、传播主体。这些过去被想当然地、习惯性地认定为不关心政治的 90 后、00 后，对"主旋律"却倾注了前所未有的关注，就连《永远在路上》这一类中纪委的反腐专题纪录片在 B 站上都有着极高的点击率，这种文化征候的颠覆性程度已经表现得十分明显。从《战狼 2》《红海行动》到《流浪地球》《我和我的祖国》，90 后、00 后及其背后的新一代青年文化对于"主旋律"的热忱已经被一再验证；而《我在故宫修文物》《中国诗词大会》《国家宝藏》等文化类综艺成为爆款，则在不断说明新的青年一代甚至成为传统文化的拥趸。

　　在这个意义上,我们决不能以过去先入为主式的、物化式的视角,来看待新一代青年文化和新一代电影观众。正日益主流化的十八岁至二十九岁的青年群体,也就是广大 90 后、00 后,他们身上的最大独特性在于,其是中国历史上第一批在非常接近美式原子家庭结构中出生、成长的全新代际。因此,在他们的成长过程中,有着很多非常独特的代际文化经验。他们在整体社会结构中的个体孤独感,是习惯于中国式大家族的过往代际从未体验过的原创性代际文化经验。而且若对当下我国的青年文化现象稍加关注就会发现,面对滋蔓生长、边界模糊的当代青年文化,关于青年文化的传统概念、观念都已然失效。北美、西欧在二十世纪六七十年代的文化经验,也就是那些曾经的"教科书"常识,对于我国当代青年文化的基本定义和适用区间,已经不再具有曾经的概括和阐释能力。我国当代青年文化背后的中国经验,已经走在了世界的前列,并越来越具有普适性。对于"主旋律"、传统文化背后的,国家、社会的主流秩序、伦理的拥抱和认同,是我国当代青年文化在移动互联网时代凝结的,与世界其他国家和地区的青年文化具有显著文化区隔的中国当代文化经验,对于其波澜壮阔的当代历史影响,有待深入评估。

　　因为这并不是我国一国内部孤立的青年文化现象,其外在的错综复杂的影响和辐射,还远未充分展开。受益于移动互联网的快速发展,青年文化在当下中国发展到了新阶段、新高度。同时,又因为我国拥有庞大的人口总量,因此青年文化的效应、效能得到了极大的放大。在涉及国家利益等核心问题上,我国青年文化的相关效应、效能一旦爆发,其体量和能量也就非常可观。针对形形色色的"台独""港独"言论,无论是一波又一波的"帝吧"出征,还是近来的"饭圈"女孩出征,从传统互联网时代到移动互联网时代,在我国青年文化中,正在生成虽不独立于主流文化政治进程,但又外在于主流文化政治的,属于青年文化自身的文化政治进程。之所以这样定性,是因为我国的主流社会对青年文化的日常实际状况缺乏足够的有效了解。① 在过去，广播电视、报刊等传统媒介形态，并没有给青年文化提供足够宽阔、广泛的空间和平台。伴随着互联网，特别是移动互联网的剧烈媒介迭代，新一代青年文化较其他代际，实现了媒介升维。这也是为什么在今天，他们看似"突然"地、潮水般地在各式各样的空间、平台表达着对各式各样的话题、议题的代际观点。

具体到电影领域，当前在全球经济都处于下行区间的现实语境下，我国电影产业也正在面临内部档期、观众的增长乏力和不稳定，影片、院线产能的中长周期性触顶，外部关注、投资、估值、认可度的全面回调，这种一方面票房体量过大、一方面几近全产业链亏损得最为被动、难堪的"滞胀"局面，也是我国电影在下一历史周期所无法逃避的系统性风险。正是在这样的系统性风险的基本格局下，十八岁至二十九岁的青年群体，也就是以广大 90 后、00 后为主力的新一代中国电影观众及其背后青年文化的历史周期性转型，对于中国电影市场的作用和影响，就被无限放大。

正在进入第四阶段"下半场"的"主旋律"，也即将迎来这种青年文化历史周期性转型所带来的持续冲击。2019 年初，《比悲伤更悲伤的故事》9.46 亿元人民币的总票房，同时成为台湾电影史上票房最高的电影和台湾电影在内地票房最高的电影。而 2018 年台湾电影票房冠军《角头 2》的总票房仅仅约 2 852 万元人民币，票房排名前 30 名的影片中有 25 部好莱坞电影，台湾电影仅有 3 部。和香港电影类似，在当下被金融杠杆过度透支的影视价值体系当中，台湾本地的电影市场，已经无法再担负起像林志玲那样高片酬的，原本是台湾电影培养的明星。因此，一些高水平的台湾电影导演、编剧、演员等，纷纷选择与内地电影

---

① 孙佳山：《怎么看"饭圈女孩"爱国》，《环球时报》，2019 年 10 月 10 日。

进行深度互动,拓展发展空间。① 显然,如果台湾的电影人才能和香港电影一样融入中国电影的大家庭当中,共同构筑一个良好的行业环境,形成合理的产业结构与人才梯队,这也是中国电影未来的希望所在。② 只不过众所周知,近年来受"台独"意识形态的裹挟,台湾电影被政治立场偏见一再绑架,白白葬送了一代台湾电影人的大好前程。刚刚结束的第 56 届台湾电影金马奖,就是最好的例证,缺乏内地电影的支持和依托,台湾电影市场还会进一步萎靡。

　　我国当代电影所处的文化语境的复杂性,也就是"主旋律"进入第四阶段"下半场"的最大文化挑战正在于,如何在商业类型上兼容这一历史周期的香港电影、台湾电影及其背后各自对应的文化经验。我国当代青年文化并不独立于主流文化政治进程,但又外在于主流文化政治进程的,新一代青年文化自身的文化政治进程,在媒介载体上属于移动互联网时代的青年文化经验,并已经开始在相当程度上甩开了还处在上一媒介形态上的香港、台湾青年文化经验,所以其三者之间的多重错位,事实上已经很难再快速有效黏合。对于我国的"主旋律"而言,如何在商业类型上探索出至少能够覆盖内地、香港、台湾、澳门"两岸四地"不同媒介形态下的不同青年文化经验的最大文化公约数,其难度可能并不亚于其在第一个进化、发展阶段中,东欧剧变、苏联解体时期所要面临的文化挑战。这是一个长期的文化治理过程,也是移动互联网时代对我们的文化治理能力、体系的一大考验。更何况进入第四阶段"下半场"的"主旋律",不仅需要处理内部的"两岸四地"的文化经验问题,还要面对来自外部的好莱坞电影的持续挑战。

---

① 孙佳山:《金鸡金马应携手并进》,《环球时报》,2019 年 6 月 21 日。
② 同上。

三、漫画改编电影正在奏响好莱坞的"主旋律"

早在 1995 年,由中影公司每年以国际通行的分账、发行方式进口的,"基本反映世界优秀文明成果和当代电影艺术、技术成就"的十部海外电影,也就是后来广为传播的"十部大片"中,除了些许回归前的香港电影之外,好莱坞电影占据了统治性的地位。这一事件在当时引起了极为强烈的社会反响,无论各自立场差异有多悬殊,不同群体在这一问题却达成了惊人的一致,对中国电影的前景纷纷做出极为悲观的预测,都认定"狼来了"的好莱坞电影,不仅将给中国电影带来票房上的碾压,还会在意识形态上给"主旋律"带来极大冲击。因为 1995 年前后,"主旋律"仍处在第一、二个进化、发展阶段交替和过渡的节点,东欧剧变、苏联解体等外在冲击余波还并不遥远,好莱坞电影作为中国电影外部的最大挑战,对包括"主旋律"在内的中国电影所造成的恐惧、压抑,前前后后绵延了至少整整二十多年。

时过境迁,就像并不存在一个本质化的好莱坞电影一样,好莱坞电影内部也并非一个同质化的整体,其也有鲜明的周期性发展的特征,在漫长的历史长河中他们也并没有始终都在统治着世界电影票房,也存在着阶段性的内部调整和整合。① 好莱坞电影经过二十世纪九十年代中期之后的数字化革命浪潮,解决了八十年代中叶以来《星球大战》系列之后创新乏力的问题,逐渐甩开了在二十世纪八九十年代曾经试图与其争锋的香港电影等其他区域的电影产业,通过《泰坦尼克号》《侏

---

① 孙佳山:《中国电影的改革开放 40 年,三个基本坐标及其历史临界》,《东方学刊》,2018 年 8 月 15 日。

罗纪公园》《玩具总动员》再次统治了世界电影票房,并在 2009 年、2010 年以《阿凡达》《盗梦空间》达到最高潮。这一大致十五年左右的时段是如此漫长,因为完成了数字革命之后的好莱坞电影,进一步强化了中国电影"狼来了"的恐惧,数字特效大片也在很长一段时间都是中国电影关于好莱坞想象的"天然"的、"凝固"的常识。

尽管传统好莱坞类型电影的想象力和原创性,对比其上一阶段的历史高点已经大幅下滑,在我国的票房表现也难以为继,但以漫威电影宇宙、DC 拓展宇宙为代表的漫画改编电影,在成为好莱坞电影票房新增量的同时,也开始承担起这一阶段的美式"主旋律"意识形态职能,也是进入第四阶段"下半场"的我国"主旋律"的最大外在挑战。因为广大的 90 后、00 后,同样也是漫威、DC 动漫作品的文化娱乐消费主体。

漫威电影宇宙起源于 2008 年,从《钢铁侠》到 2019 年的《蜘蛛侠:英雄远征》的三个阶段共计 23 部合称为"无限传奇"的系列电影,十二年间在全球范围收割了 225.8 亿美元票房。尽管 DC 拓展宇宙起步在漫威《钢铁侠》五年之后的 2013 年,目前为止也仅仅上映了从《超人:钢铁之躯》到《雷霆沙赞!》的七部影片,还不到漫威现有 23 部的三分之一,但也依然在全球范围斩获了 52.8 亿美元票房。不仅如此,除了与漫威电影宇宙相似的,人物、故事可以互相串联的 DC 拓展宇宙之外,华纳还将推出与漫威电影宇宙、DC 拓展宇宙相比,成本更小、主题更激进、尺度更大的 DC Black 或 DC Dark 系列,其第一部《小丑》已于 2019 年 10 月 4 日在美国上映。截至 2019 年 11 月 8 日,《小丑》全球票房将超过 9.57 亿美元,成为影史上最赚钱的漫画改编电影。2019 年 11 月 15 日,《小丑》正式成为影史上第一部全球票房破 10 亿美元的 R 级电影。

而且,《小丑》的症候还远远不在票房表现,其在意识形态上的影响,也就是美式"主旋律"的当代形态远未被有效触及。

　　过去我们在谈及好莱坞电影的正面人物时,常常着眼于那些或形象帅气、能力出众、勇于自我牺牲,或尽管是小人物但经过逆袭完成自我救赎的,可以符合不同侧面的美式"主旋律"政治正确的英雄形象——在好莱坞电影的英雄形象谱系中,还有另外一种过去被严重忽视的类型——"反英雄"。当传统的英雄形象、叙事无法疏解资本主义内在危机的时候,"反英雄"类型就应运而生。"反英雄"类型从诞生之日起,就是美国的漫画、电影、戏剧等通俗文艺作品对资本主义内在危机的文艺回应。"反英雄"类型,通常自我压抑,无法进入主流社会,却有着自身独特的价值标准和诉求,并大多不会像正面英雄人物那样去伸张正义,而是崇尚用暴力、杀戮解决问题,但又总会通过暴力的"快感"为观众带来网络文学式的"爽点"。尤其在漫画改编电影中,"反英雄"是非常有存在感的英雄类型。从《V字仇杀队》到《毒液》《死侍》,再到近期引发热议的《小丑》,都是典型的"反英雄"类型。

　　《小丑》并不是什么新鲜的发明,只要稍微进行溯源,就不难发现《小丑》的故事是从DC漫画"蝙蝠侠"系列中衍生。"小丑",也就是"蝙蝠侠"的故事,诞生在二十世纪"大萧条"时代,以纽约为蓝本的,经济衰败、社会动荡的美国虚构城市哥谭。正是在那样的背景下,全社会的政治、经济、文化都面临着深度危机,社会治安状况十分糟糕,失业、疾病、饥饿、贫富分化成为难以消散的阴霾。因此,当传统的法律体系,也就是传统的正义伦理无法维护社会秩序的时候,就只能由"蝙蝠侠"这种超级英雄的"法外执法"来守护哥谭市。

　　在传统"蝙蝠侠"故事中,"小丑"是彻底的反派,而今天的《小丑》却完成了历史进化。一方面,在叙事上成熟地应用了在《出租车司机》《禁闭岛》等商业类型电影中已经非常成熟的自反性开放式结尾等叙事技巧,增加文本叙事结构上的多义性厚度;另一方面,由于作为"法外执法"者的超级英雄"蝙蝠侠"不可能解决全部社会问题,于是就将"小丑"作为与"蝙蝠侠"这种超级英雄互为镜像的"反面"或"B

面"——将其所背靠的反抗资本主义内在危机的社会抗争，巧妙地张冠李戴为无政府主义的随机暴力的"法外执法"，在让观众享受暴力"快感"的时刻里，非常隐蔽地设置了这种"快感"的上限。

　　在这个意义上，本是具体的美国，就完成了抽象化：本该指向美国社会的资本主义社会结构的批判，就转换成了在任何地方都可以释放的无政府主义的"法外执法"和随机暴力的"快感"。正是基于从叙事到意识形态上这两方面的微妙和暧昧，这种"快感"就失去了方向性——其起源本来是来自美国、来自资本主义本身的内在危机，但由于这种被偷梁换柱为无政府主义的"法外执法"和随机暴力的"快感"，失去了方向性指引，在隐含有反社会"原罪"的同时，也变得可以在任何语境下复制、粘贴。从"阿拉伯之春"中佩戴电影《V 字仇杀队》主角盖伊·福克斯面具的抗议者，到近期香港街头佩戴《小丑》主角"小丑"面具的暴徒，好莱坞电影中"反英雄"类型的美式"主旋律"意识形态策略已经一再奏效，应当引起我们的充分重视。这也是进入第四阶段"下半场"的我国"主旋律"的真正对手。①

结语：新变周期的"主旋律"还将面临结构性挑战

　　无论是内部的"两岸四地"文化经验的再梳理与再整合，还是外部的好莱坞漫画改编电影的持续登场，"主旋律"在其第四阶段的"下半场"，正在遭受来自内外部的多重挑战。尤其是作为 R 级电影的《小丑》，其脱胎于美国动漫、电影、戏剧等多个领域文艺经验的"反英雄"类型，不仅将成为好莱坞电影下一历史周期的发力点，在可预见的未来

---

① 孙佳山：《"反英雄"形象是西方的一杆枪》，《环球时报》，2019 年 11 月 15 日。

都将发挥不可替代的美式"主旋律"意识形态影响。在今天，我们绝不能忽视美国输出"反英雄"类型的意识形态考量。以好莱坞为核心的美国文化产业，在由周期性的资本主义经济危机所引发的政治危机、社会危机、文化危机当中，积累了丰富的处理经验，而且这套文化产业体系、机制在冷战时期还得到了进一步的强化，这也是其在今天仍然可以高效运转的历史成因。

总之，"主旋律"当下正在事实性地溢出1987年所定义的、贯穿于之前三个进化、发展阶段的"表现党和军队光荣业绩的革命历史题材""弘扬民族精神的、体现时代精神的现实题材"的基本范畴。对内，如何在影像逻辑上摸索、整合能够覆盖"两岸四地"不同媒介形态下的不同青年文化经验的最大文化公约数；对外，如何应对一系列来自大萧条时期、来自冷战年代的已经"经典化"的漫威、DC等美国动漫IP，在创作上、商业上回应好莱坞电影的"反英雄"类型？无疑，对于刚刚在传统商业类型电影领域完成"基本动作"的我国"主旋律"而言，将是一项长期的系统性文化挑战。

截至今年，我国8.31亿城镇常住人口中，十八岁至二十九岁的青年群体作为我国影院观众的中坚力量，其26%的占比贡献了39%的影院观众人口和49%的观影人次。而在这背后，是影院观众的占比在过去三年来达到了57%，增加了近一倍，广义上的电影消费者的占比高达83%，这一全行业经过过去十年来的爆炸式增长，已经开始触及这一周期增量天花板的严峻现实。而且，这种大周期性"见顶"的态势背后，至少在观众层面，还呈现出了不同于迷影观众和新兴中产阶级观众等传统观众概念的，足够的多元性和多义性——在新一代中国电影观众中，66%为大专及以下学历；35%为在校学生、兼职、自由职业和无业、退休人员；月收入在10 000元以下的占比高达86%，即便是月收入3 000元以下的比例也有多达20%；三线及以下城市影院观众的比例已经超过了半数，来自下沉市场的新电影观众的重要性与日俱增。①

　　在未来,新一代电影观众所蕴藏的历史势能的蝴蝶效应,不仅仅对于已经进入第四阶段"下半场"的"主旋律",对于我国的文化治理、国家治理,都将是前所未有的"百年未有之大变局"式的历史挑战。而这其中所蕴藏的中国故事、中国经验、中国方案,对于世界电影史而言,才是真正具有原创性的价值和贡献。

---

　　① 《中国电影市场专题研究——2018 受众、产品与票房》,画外、凡影、复旦大学经济学院调研报告。

从密茨凯维奇到陆帕

——波兰戏剧在中国的传播与接受

徐　健

　　当 2015 年波兰剧院（弗罗茨瓦夫）将波兰民族诗人亚当·密茨凯维奇的《先人祭》带到北京首都剧场舞台之时，距离这位诗人最早被介绍到中国已经过去了一百零八年。1907 年，鲁迅在《摩罗诗力说》中介绍了波兰十九世纪三位浪漫主义作家密茨凯维奇、斯洛伐茨基、克拉辛斯基，其中最推崇的便是密茨凯维奇。虽然此后包括鲁迅在内的文学译者更倾向于从小说、诗歌等方面译介波兰文学作品，视角也多集中在反抗民族压迫、爱国主义等主题上，但是对波兰文化的关注却由此起步。在此后的一百一十二年时间里，特别是新中国成立以来，伴随波兰文学、波兰艺术的翻译和引进，"波兰戏剧"作为一个整体形象从陌生到熟悉，从参照到接纳，从学习到共鸣，逐渐走进中国戏剧人的视野。从当年的密茨凯维奇到今天的陆帕，波兰戏剧在中国的传播与接受，不仅呈现了中波戏剧文化互动交流的独特面貌，也在与时代、审美的观照中，留下了中国话剧艺术功能、创作观念、美学表达等变化演进的历史印迹。

一

　　相较于波兰小说、诗歌,中国对波兰戏剧的翻译与接受至少推迟了近半个世纪。1906 年,吴梼将日语版本显克微支的短篇小说《灯台卒》翻译成汉语并介绍到中国,可以看作百余年波兰文学在中国译介、传播的起步。之后,不管是《摩罗诗力说》对密茨凯维奇大篇幅的介绍与推崇,还是对包括显克微支在内的波兰文学作品译介的关注与支持,鲁迅都成为波兰文学在中国传播、推广中至关重要的人物。至于鲁迅对波兰文学的偏爱,目前学界普遍认为,"鲁迅介绍外国文学主要着眼于民主革命的需要,即是说,他的目的主要不在文学,而是革命"。[1] 也就是说,鲁迅对波兰等东欧国家文学作品的译介是从中国的历史和现实需求出发的,"那时满清宰华,汉民受制,中国境遇,颇类波兰,读其诗歌,即易于心心相印,不但无事大之意,也不存献媚之心"。[2] 在鲁迅看来,密茨凯维奇"是波兰在异族压迫之下的时代的诗人,所鼓吹的是复仇,所希求的是解放",这"是很足以招致中国青年的共鸣的"。[3] 鲁迅对波兰文学的推崇,有民族历史层面的原因,但不容忽视的是,波兰文学本身具有的抒情性、浪漫主义等元素,也在审美风格和美学表达上与中国的文学传统存在一种呼应,这显然有利于拉近波兰作品与中国接受者之间审美上的距离,助推波兰文学的传播。只是在那个特殊的时代,文

---

[1]　袁荻涌:《鲁迅与波兰文学》,《鲁迅研究月刊》1993 年第 8 期。

[2]　鲁迅:《且介亭杂文二集·"题未定"草》,《鲁迅全集》(第 7 卷),北京:人民文学出版社 1981 年版,第 355–356 页。

[3]　鲁迅:《集外集·〈奔流〉编校后记(十一)》,《鲁迅全集》(第 7 卷),北京:人民文学出版社 1981 年版,第 185 页。

学传统上的相近远不如历史命运的相通,更多译介者还是从现实的需求而非审美的需求在关注着波兰文学。五四以来,茅盾、周作人、王鲁彦、赵景深等对波兰文学的持续译介形成了一个热潮。像1921年,茅盾在他主编的《小说月报》第12卷第10号出版了"被损害民族的文学专号",收入了莱蒙特、普鲁斯、显克微支等六位波兰作家的七篇小说。1926年,周作人翻译出版了显克微支的《炭画》,1928年王鲁彦翻译出版了《显克微支小说集》等。从作家作品的选择看,鲁迅所关注的"被侮辱被损害"的波兰文学的形象和内涵无疑给后来人产生了持续影响。而这种从历史境遇、民族苦难等主题、内容层面看待波兰文学创作的视角,也对新中国成立后波兰戏剧的译介产生了很大影响。

　　"五四"前后,以《新青年》《新潮》为代表的新文化期刊、副刊,成为译介外国戏剧的主要阵地。及至二十世纪二十年代,"有近二十个国家的两百多部剧作被翻译出版"[1],"最多的是英、法、俄等国戏剧"[2],此外,当时西方戏剧最新兴起的新浪漫主义思潮及诸流派也得到了同步译介。然而,在众多的剧作、理论和流派译介中,与文学的热度相较,波兰戏剧的介绍却是缺席的。这一方面反映出处于欧洲戏剧大变革背景下,受历史和现实政治困扰的波兰缺乏与欧洲中心舞台互动的机会,缺少真正有影响力的剧作的发展状况;另一方面也与中国特定时代的文艺思潮及其现代文艺的倡导者、推动者的文化选择有关。当时参与译介的都是曾在英、法、美、俄等欧美主要国家留学的知识分子,他们对这些国家戏剧的选择、偏爱自然会体现在译介的过程中,同时也会在他们自己的创作和改作中有所体现。此外,胡适、鲁迅等新文化运动的倡导者、参与者对易卜生写实剧及其"为人生"写作态度的推崇、肯定,与强调启蒙、个性解放的时代思潮、文艺思潮不谋而合,不仅对当时一批创作者的艺

---

　　① 田本相主编:《中国话剧艺术史》(第二卷),南京:江苏凤凰教育出版社2016年版,第144页。

　　② 同上,第143页。

术选择产生了重要影响,而且波及范围涵盖此后中国话剧的实践道路和美学方向。波兰戏剧缺席的状况直到新中国成立后才得到改变。

　　新中国成立后的前十七年,是波兰戏剧在中国传播与接受的拓荒期,其鲜明特色在于它的计划性、目的性、互动性和政治色彩。表现在:一是,现代波兰戏剧剧本得到了集中的翻译和出版。比如,1954 年由剧本月刊社编辑的《〈剧本〉翻译专刊》(第一辑)(人民文学出版社)收入了三个国外剧本,第一个就是波兰剧作家列翁·克鲁奇科夫斯基的六幕话剧《罗森堡夫妇》;之后,1955 年,克鲁奇科夫斯基的三幕剧《德国人》由作家出版社出版;1957 年,耶日·尤兰道特的三幕喜剧《这样的时代》由作家出版社出版,叶日·柳托甫斯基的剧本《家事》由中国戏剧出版社出版;1958 年,列昂·巴斯特纳克的剧本《31 号火车头》由新文艺出版社出版;1959 年,加·查波尔斯卡娅的三幕悲喜剧《杜尔太太的道德》由中国戏剧出版社出版等。这些作品或反思战争的残酷与人性的本质,或聚焦社会主义波兰的工业建设,或揭露资产阶级伪善道德,大都在现代内容的书写上带有强烈的现实政治指向和意识形态色彩。二是,中国主要戏剧院团开始上演波兰戏剧。其中,1954 年,华东话剧团上演的《罗森堡夫妇》(导演李世仪)"是波兰话剧第一次在中国公演"[①];1956 年,北京人艺上演的《这样的时代》(导演夏淳、金犁),也是北京人艺第一次上演波兰话剧作品。三是,一批与波兰戏剧史、波兰戏剧现状、波兰戏剧家等相关的理论、评论文章得到翻译和发表。比如,《戏剧报》1955 年第 1 期发表了格罗德吉茨基的《波兰戏剧大师——百岁演员卢德维克·索尔斯基》,介绍这位生于 1855 年,逝世于 1954 年的当代世界戏剧界最年长的一位波兰演员的艺术历程。《戏剧报》1959 年第 13 期发表了特龙斯基的《波兰戏剧的复兴》,着重介绍了

---

① 新华社上海,1954 年 11 月 17 日电:华东话剧团公演话剧《罗森堡夫妇》,新华社新闻稿,1954 年 11 月 18 日。

波兰人民共和国成立后的十五年里,波兰戏剧的发展概况,文中对战后波兰剧场、演出团体、戏剧教育、上演剧目、戏剧活动等的论述,为中国戏剧人打开了一扇了解波兰戏剧的窗户。进入二十世纪六十年代,中国戏剧家协会研究室编辑的《外国戏剧资料》成为推介波兰戏剧的主要平台,其中,1962 年至 1965 年间,有六期关注波兰戏剧的内容。这些内容里,有以剧照的形式把波兰正在上演的剧目介绍到中国的信息,像 1964 年第 7 期刊发了波兰荒诞派剧作家姆洛兹克的《脱衣戏》和阿吞姆剧院演出的美国现代作家威廉·基勃森的《两个打秋千的人》;1964 年第 11 期刊发了波兰话剧院演出的《等待戈多》;1965 年第 3 期刊发了波兰话剧院演出的《物理学家》等。但为数更多的是与波兰戏剧发展历史、现状、动态相关的文章,如[美国]劳兰·毕拉尔斯基的《波兰戏剧一瞥》(1964 年第 7 期)、[波兰]扬·科特的《蒂姐妮霞和驴头》(1964 年第 9 期)、[波兰]约·克罗斯维支的《波兰先锋派剧作家》(1965 年第 1 期)等。这些文章着重介绍 1956 年波兰政治"解冻"之后的戏剧发展,体现了波兰戏剧的最新动向。四是,各层级戏剧人员交流密切。如 1954 年 6 月 29 日至 8 月 3 日,应波兰政府邀请,以阳翰笙为团长的中国访波文化代表团赴波兰进行文化交流;1956 年 3 月举行的第一届全国话剧观摩演出会,中国文化部邀请波兰戏剧人参加观摩等。尤其值得一提的是,根据中波文化合作协定计划,1962 年 8 月 16 日至 9 月 11 日,波兰导演、"十三排剧院"院长耶日·格洛托夫斯基来华参观访问。在京期间,应中国剧协邀请,格罗托夫斯基在 8 月 22 日的一个座谈会上,从"波兰文艺政策""波兰戏剧的几个主要方向""理论上多次讨论的问题""剧本创作问题""'十三排剧院'概况"等五个方面向中国戏剧人介绍了波兰戏剧艺术发展的道路,"引起了我国戏剧界人士很大的兴趣"。[①] 这次讲座的全文以《波兰戏剧纵横谈》为题发表

---

① 《波兰戏剧家耶日·格罗托夫斯基访华》,《戏剧报》1962 年第 9 期。

在了《外国戏剧资料》1962 年第 2 期上。

应当说,特定时代的政治原因、相近的历史遭遇、厚实的译介传统,特别是同属社会主义阵营,使得波兰戏剧在中国的译介和推广一开始就站在了一个很高的起点上,同时也走在了东欧其他国家的前列。"波兰是最先承认中华人民共和国并宣布同中国建立外交关系的国家之一",还是"第一个与我国签订文化合作协议的国家",两国的戏剧交往得到了政府层面的高度重视,同时也依托两国文化合作协定及其年度执行计划,保持了交往的稳定性。其中,合作的内容就包括"鼓励翻译对方的著名的文学艺术著作及科学出版物","上演对方的戏剧、音乐作品和电影"等。① 五十年代至六十年代初,两国友好的关系为戏剧的译介提供了稳定的文化环境。回到中国国内,文学艺术自身发展以及对外交流的需要也推动着包括波兰戏剧在内的文学、艺术作品的译介。正如茅盾在 1954 年全国文学翻译工作会议上所做的报告所说,"介绍世界各国的文学是一个光荣而艰巨的任务",并认为"文学翻译工作,是文化交流中重要的一环"②,文学翻译的地位和作用被提到了国家文化战略的地位。这里,茅盾还特别提到了翻译工作的组织性、计划性,尤其指出要重点推动对苏联和东欧社会主义国家作品的翻译。这些都对波兰戏剧在中国的传播提供了客观条件。

在"为革命服务、为创作服务"③的指导原则下,这一时期波兰戏剧的剧本译介延续的依旧是"五四"以来的波兰文学翻译传统,即体现强烈民族精神或者展现爱国者的情怀。此外,从剧作家的选择看,现实的政治倾向和官方色彩也较为明显,比如,这一时期被翻译剧本最多的是

---

① 孙维学、林地主编:《新中国对外文化交流史略》,北京:中国友谊出版公司 1999 年版,第 44—45 页。

② 茅盾:《为发展文学翻译事业和提高翻译质量而奋斗》,见罗新璋编:《翻译论集》,北京:商务印书馆 1984 年版,第 501、504 页。

③ 卞之琳、叶水夫、袁可嘉、陈燊:《十年来的外国文学翻译和研究工作》,《文学评论》1959 年第 5 期。

克鲁奇科夫斯基,除了剧作题材聚焦反法西斯战争外,他的社会身份也不容忽视。克鲁奇科夫斯基是波兰的左派作家,二战后"曾多次当选波兰民族解放委员会中央委员,后又担任波兰议会议员,文化艺术部副部长和波兰国务委员会委员等重要职务,还积极参加了保卫世界和平运动和领导波兰作家协会的工作……1949 年至 1956 年任波兰作家协会主席。他是波兰战后初期和五十年代政治和文化生活中一个很有影响的人物"。① 这些来自创作之外的身份、背景的存在,并不意味着克鲁奇科夫斯基的作品缺乏艺术的价值和思想的深度,只是在那个年代,有太多艺术之外的东西在左右着一部作品的译介,也影响了接受者对其艺术价值的真实判断。

　　实际上,一些实地访问波兰或者了解波兰现代戏剧创作的中国戏剧人,也意识到中国对波兰文学艺术的翻译介绍还"做得很不够"②,不仅剧本的选择有些单一,而且缺少专业的波兰语翻译人才,多数剧本都是通过其他语种转译而来的。比如,《罗森堡夫妇》就有两种译本,一是 1954 年新文艺出版社出版的李健吾译本;另一个是 1955 年作家出版社出版的冯俊岳译本,两个版本都是从法文转译而来。《31 号火车头》由文林根据德文转译,《家事》由隋怀根据俄文转译。此外,剧本的译介与相关波兰戏剧实践动态、理论成果的介绍是不同步的。后者明显强于前者,且努力展现的是波兰戏剧的新创造、新趋势,尤其是政治"解冻"给波兰戏剧带来的新变化。在当时刊发的英国戏剧家奥雪亚·特烈林的文章中,有这样一段介绍波兰戏剧最新状况的文字:"波兰在一个戏剧季里有约 400 个初演剧目,其中古典的有 152 个,现代的有 240 个;130 个是波兰作家编的,52 个是外来的。""'解冻'使波兰戏剧大大地敞开了门户,来自西方的新鲜的风吹入了,波兰作家也有

① 张振辉:《20 世纪波兰文学史》,青岛:青岛出版社 1998 年 10 月版,第 182 页。
② 阳翰笙:《向人民波兰学习》,《人民日报》,1954 年 9 月 27 日。

了更多表现自己的机会了。甚至那些受到官方报刊一贯诅咒的西方作家，诸如若奈、勃凯特、阿诺尔或尤涅斯库，现今也不再被看作青年一代的败坏者而对之感到不安的了。"①在格洛托夫斯基访华的讲座中，他同样提及波兰文艺政策的最新动向，即"1955 年之后，领导给艺术家更多的自由，允许他们去探索、寻找艺术发展的各种道路。对于任何艺术方法，政府都不加取缔"。他以"十三排剧院"为例，表示"它是试验性的……国家给我的剧院很多钱，同时还给我助学金，让我到世界各国去学习"。对于剧院的探索实践，他谈到"戏剧有一大特点是电影、电视不能匹敌的，那就是它和观众的直接交流。演员甚至可以走到观众中去，可以去碰一下观众……因此，应该大大加强和运用这个特点，使演员和观众有更密切的接触。从这个观点出发，我们的剧院已经把舞台拆掉，整个剧场都是舞台，演员在观众中表演，甚至有的道具也由观众拿着"。他们还在探索观演之间的"内部联系、心理上的联系"。② 对于当时以"易卜生-斯坦尼模式"为主的中国话剧来说，来自波兰戏剧的变化和格洛托夫斯基的探索，都是极富新意和启示的。只可惜，由于政治形势的突然变化，波兰戏剧对中国话剧的影响还未来得及继续深入，就在紧张的国际和严峻的国内政治气氛下中断了。

二

　　新时期以来，随着中波关系的回暖，特别是八十年代中期，中波两国政府签订了新的文化合作协定，中波文化交流在中断了一段时间以

---

① 《波兰戏剧的"解冻"》，《外国戏剧资料》1964 年第 7 期。
② 陈大斌整理：《波兰戏剧纵横谈》，《外国戏剧资料》1962 年第 2 期。

后，重新走上正轨。相较于十七年时期剧本翻译、理论译介、剧目演出并行传播的状态，八十年代波兰戏剧的传播仅仅是在理论译介和信息介绍上，而且内容相对集中，主要的载体就是中国剧协主管的《外国戏剧》杂志。从与波兰戏剧有关的四期内容看，除了刊登波兰戏剧舞台演出近况（1984 年第 1 期刊发了三部戏的剧照《无名之作》《屏风》《马哈哥尼城的兴衰》）、译介波兰戏剧历史与现状的文章（1985 年第 1 期发表［波兰］马里安·森凯维奇的《克拉科夫的戏剧传统与革新》）外，对波兰戏剧的关注开始跳出意识形态、民族历史层面，向着艺术探索和剧场实践的领域转变，尤其是对耶日·格洛托夫斯基戏剧理念和实践的集中译介和研究，在拓展了中国戏剧人艺术视野的同时，体现了波兰戏剧传播开始与中国戏剧革新探索思潮同步前行的特点。

　　1980 年 5 月 8 日，在上海人民艺术剧院学术研究会上，黄佐临做了题为"格洛托夫斯基的'穷干戏剧'"的学术报告，报告着重介绍了格洛托夫斯基的"穷干戏剧"和与之相关的演员基本功训练的情况。报告中，黄佐临提到"穷干戏剧"的说法，来自格洛托夫斯基的《迈向穷干戏剧》一书，"这本书，我已在全国文代会上建议中国剧协找出，并组织人翻译"。他还特别提及"之所以称之为'穷干戏剧'而不说'贫困戏剧'，是因为我觉得唯有这样译，才能更恰切地表达格氏的本意"。① 同年，《外国戏剧》1980 年第 4 期发表了格洛托夫斯基的《戏剧的新约》（魏时译）以及林洪亮的《波兰戏剧革新家格罗托夫斯基和他的"实验剧院"》，这两篇文章是新时期以来专业戏剧刊物最早的有关波兰戏剧的介绍。格洛托夫斯基的戏剧革新主张在 1962 年曾为中国戏剧人所了解，但是由于当时其戏剧理念还处在探索实验过程中，加之后来格洛托夫斯基的实践与国内基本脱节，当他的名字和理论重新出现在新时期的刊物上时，国内戏剧人对他仍然是陌生的。《戏剧的新约》译自格

---

　　① 黄佐临：《我与写意戏剧观》，北京：中国戏剧出版社 1990 年版，第 511–512 页。

洛托夫斯基的《迈向贫困戏剧》一书,林洪亮的文章则是对格洛托夫斯基本人及其革新理念、实践的全面介绍,再加上之后黄佐临的《什么叫"穷干戏剧"》(《外国戏剧》1982 年第 1 期)、格洛托夫斯基的《"质朴戏剧"与"类戏剧"理论选译》(《戏剧艺术》1982 年第 4 期)等文章的发表,可以说,新时期中国对波兰戏剧的重新认识是从格洛托夫斯基开始的。相伴外国戏剧引进潮而来的格洛托夫斯基,不仅成为波兰戏剧走向世界、探索革新的代言人,更成为继布莱希特、梅耶荷德等导演、理论家之后,又一个为中国戏剧人学习、研究的外国戏剧家。

在 1984 年出版的《迈向质朴戏剧》一书的序言里,黄佐临这样写道:"现在'穷干戏剧'在全世界各国比较风行。我认为,了解他的观点,对我们是有益的。"虽是短短的一句"建议"的话,但背后却是新时期之初,国门打开,走出封闭、解放思想的中国戏剧人渴望了解世界、求新求变的一种开放的、兼容的心态使然。早在 1980 年的报告中,黄佐临就"特别提醒大家注意格洛托夫斯基戏剧理论与实践中的两个方面的经验。一是他的博采众长、广为吸收的经验,二是他重视演员的基本功训练,通过这种训练把演员的技艺提高到一个更高的艺术境界。这样就把'穷干戏剧'的理论来源与形态特征联系到了一起来了"。格洛托夫斯基"穷干戏剧"的探索具有世界眼光和格局,而在黄佐临的报告中,我们感受到的"同样是博采众长的、同样是'穷干'过来的戏剧革新家的内心激动"。[1] 格洛托夫斯基在中国找到了他的"知音"。

另一位对《迈向质朴戏剧》一书给予较高评价,认为"值得戏剧界的朋友们认真读一读"的是高行健。在他看来,格洛托夫斯基"向我们展示了一种新鲜的戏剧,一种不同于我们所熟悉的斯氏的心理现实主义戏剧,一种非程式化了的戏剧"。[2] 其实,早在 1983 年,"戏剧观"大

---

① 　上海艺术研究所话剧室编:《佐临研究》,北京:中国戏剧出版社 1990 年版,第 28 页。

② 　高行健:《评格洛托夫斯基的〈迈向质朴戏剧〉》,《戏剧报》1986 年第 7 期。

讨论如火如荼之时，高行健就在《论戏剧观》一文中将格洛托夫斯基的艺术实践和理论作为外国戏剧流派之一，进行了介绍。到1986年，"戏剧观"大讨论的焦点开始从对"戏剧观"问题的辨析、争鸣，转向了对戏剧创新、戏剧形式与内容之间的关系探讨上。此时，高行健重提格洛托夫斯基，未尝没有现实的指向性。在常规介绍格氏训练演员的方法后，高行健特别提及这种方法是建立在"他对戏剧艺术的本质的透彻的理解上"，"他并不是不要剧本，他的剧目也还是要依据一个剧本。可他又找不到能适应他的这种戏剧观念的剧本，便不得不转向古典剧作，并且加以改变，以适应于他这种方法的演出"。高行健还在文章中比较了波兰的另一位戏剧导演康道尔（今译康铎），认为格氏不能像他"那样集剧作与导演于一身，能够写出、合乎自己戏剧观念的现代剧作，这不能不说是一种遗憾"。在八十年代中期"戏剧观"大讨论的背景下，重温这些理解和评价，我们可以发现：一方面，高行健在格氏的实践中，表达了自己对戏剧创新中形式与内容关系的思考，"呼吁"中国的戏剧探索能出现"与表导演艺术上的追求同步的现代剧作"；另一方面，他对格氏的介绍和判断是清醒且理智的。"我们不必照搬，正如同不必照搬斯氏一样，他们都是欧洲人，都有欧洲传统文化的背景，我们照搬不来，我们也有自己的文化传统和戏剧艺术传统，只不过我们需要像格洛托夫斯基那样，用现代人的眼光重新认识这个传统，我们也就不难找到戏剧创作的动力。"①这些观点与高行健在《论戏剧观》中提出的话剧"向我国传统戏曲学习"②的观点是一脉相承的。而从传统中寻找中国话剧再次前行的养料和动力，这也是中国戏剧人在面对西方戏剧再次来袭时，做出的一种自觉而主动的艺术选择。

从八十年代至九十年代，格洛托夫斯基的戏剧实践和理念尽管在

---

① 高行健：《评格洛托夫斯基的〈迈向质朴戏剧〉》。
② 高行健：《论戏剧观》，《戏剧界》1983年第1期。

中国的影响范围有限,也未拥有像布莱希特那样大量的追随和模仿者,但在格氏理念的传播中,还是透露出国内戏剧人在译介波兰戏剧时的微妙变化:戏剧实践、戏剧理念正在从一种观摩、参照变成真正的接纳、转化,正在从"与己无关"的一般介绍变成真正观察自身问题,进而主动寻找戏剧探索方向的实践过程。也就是在这一时期,波兰戏剧在中国完成了由"传播"向"接受"的转变。无论是黄佐临、丹尼在"没有任何参照,完全按照文字记载"①的情况下,对演员开展的"想象"式的、"粗浅"的形体训练,还是后来高行健、林兆华、牟森、冯远征、张献、谷亦安等在文本、舞台、教学等方面的艺术实践,都能够看出中国戏剧人主动"接受"格洛托夫斯基的努力。牟森就坦言,格洛托夫斯基是他"真正的、非常非常崇拜的一个人",《迈向质朴戏剧》"我快翻烂了,不同的时期都在翻,不同的时期我有不同的感受"。② 他的"梦想就是由一个戏一个戏来组成,最长远的打算是真正有一个自己的剧团,一群人在一起,不受干扰和影响地排练,不断演出,像波兰的格洛托夫斯基的剧团一样,那是我最崇拜、最梦想的一个剧团"。③ 对于"我们为什么要跟戏剧发生关系",格洛托夫斯基提出的"要让自己身体内部某一部分不透明的东西变得透明,而他最重要的是变得透明的这个过程,冲破身心内的篱笆"。牟森不仅表示自己"跟他的这种感受很靠近",并认为格氏的戏剧"是真正的先锋戏剧"④,而且通过排戏实践,将这些理念和方法运用到排练场和舞台上,比较典型的例子就是《彼岸》的排练与演出。

　　这一时期,中国戏剧人对格洛托夫斯基的关注是多方面的,其戏剧

---

　　① 陈明正主编:《表演教学与训练研究》,桂林:漓江出版社 2015 年版,第 351 页。

　　② 《牟森:在戏剧中寻找彼岸》,汪继芳:《20 世纪最后的浪漫——北京自由艺术家生活实录》,哈尔滨:北方文艺出版社 1999 年版,第 156 页。

　　③ 吴文光:《流浪北京》,《十月》1994 年第 2 期。

　　④ 《牟森:在戏剧中寻找彼岸》,汪继芳:《20 世纪最后的浪漫——北京自由艺术家生活实录》,第 156 页。

实践的最新动态,也在国内的刊物上得到了及时跟进。比如一则从前民主德国《时代戏剧》1984 年第 4 期上编译的信息就这样写道:"不久前,从波兰弗罗茨瓦夫省省会弗罗茨瓦夫市,传出了一则短讯——该市的耶日·格洛托夫斯基戏剧工作室,发表一份由其创建人共同签署的公报称:鉴于本工作室多年来停滞不前,于 1984 年 8 月底自行解散。而与这个工作室有关的格洛托夫斯基剧团(该团自 1966 年以来,一直是取得合法地位的戏剧研究机构),近年来亦从未有过演出,因此,作为一项戏剧实验,也告终结。"①有关格洛托夫斯基本人的经历和后续影响,也给中国戏剧人留下了许多进一步想象与开掘的空间。

　　当然,整个八九十年代,格洛托夫斯基并不是中国所能接触到的波兰戏剧的全部,而且格洛托夫斯基本人超越国界的艺术实践以及其戏剧实验本身的独立色彩,让这个人物更加成为世界戏剧革新的象征而非一个国家戏剧发展成就的代表。这一时期,在推介波兰戏剧方面,波兰荒诞派剧作家斯瓦沃米尔·姆罗热克也是值得关注的人物。比如,张振辉、王宗平的《波兰战后荒诞派文学》(《国际论坛》1989 年第 4 期)主要从文学视角分析荒诞派在波兰文学创作中的影响,其中重点介绍了波兰战后荒诞派戏剧的两位具有代表性的作家,一位是斯瓦沃米尔·姆罗热克,另一位是塔杜施·鲁热维奇,并对姆罗热克的《警察》《彼得·奥海伊的烦恼》《在公海上》《中尉之死》《侨民们》等作品的内容特色展开了详细分析。李金涛的《姆罗热克和他的〈探戈舞〉》(《国际论坛》1997 年第 3 期)同样介绍了姆罗热克的创作历程和艺术特色,并重点分析了他的早期剧作《探戈舞》。北京人艺还在 1996 年上演了姆罗热克的《在茫茫大海上》(导演任鸣)。此外,易丽君的《波兰现代戏剧创作(上)》(《东欧丛刊》1983 年第 3 期)也对中国了解二战后波兰戏剧发展情况起到了推动作用。这一时期,翻译家、波兰文学

---

① 《关于格罗托夫斯基的信息》,《外国戏剧》1984 年第 4 期。

研究者林洪亮撰写了国内第一部较为全面介绍波兰戏剧发展的专著《波兰戏剧简史》，这部"由中国人写给中国人看的国别戏剧简史"，"既论及戏剧创作，又包括了剧场艺术"[1]，为中国戏剧人了解波兰戏剧的前世今生提供了有益的参照。

总之，虽然数量、规模不及十七年时期，但这一时期中国对波兰戏剧的译介和接受却体现了更多的主动性、自觉性，特别是通过格洛托夫斯基、姆罗热克等人的译介和接受，可以明显看出，作为新时期以来西方戏剧引进思潮泛起的浪花之一，波兰戏剧已然以另一种方式参与到了当时中国戏剧革新实践当中。只不过这种参与和被接受的过程，不再来自政治、意识形态层面有组织的安排和规划，而是来自艺术自身的内在驱动，体现的是戏剧艺术回归本体的趋势和创作主体的艺术自觉。虽然这种自觉而主动的接受，难免存在书本化、概念化的痕迹，甚至有些揣测和想象的成分，毕竟对于大多数中国戏剧人而言，真实的、具体的波兰戏剧还是遥远的，但不容否认的是，新一代中国戏剧人在波兰戏剧的革新实践中迸发了创造的活力，在激情永驻的艺术氛围中抵近了精神的彼岸，他们用个性而冒险的舞台实践，为中国话剧留下了一段至今值得回味和阐释的寻梦时期。

三

新世纪以来波兰戏剧的传播是从戏剧记者、剧评人张向阳在《戏剧电影报》上分四期连载的《波兰戏剧之旅》开始的。这些来自作者从波兰实地采访、观摩后写出的文字，以多样的视角、丰富的细节、翔实的

---

[1]　林洪亮：《波兰戏剧简史》，北京：社会科学文献出版社 1995 年版，第 287 页。

数据展现了"基础雄厚、历史悠久、高度发达的波兰现代戏剧艺术",特别是从戏剧生态和文化传承的角度观察波兰戏剧,为中国戏剧人走进波兰戏剧乃至反思中国话剧自身的发展,提供了重要的借鉴。作者提到"遗憾的是中戏和上戏两所专业戏剧学院没有向波兰派过留学生,对波兰的戏剧发展及成就,中国戏剧界非常隔膜,更没有专业研究人员,没有双方的交流演出"。① 更为"遗憾"的是,张向阳提到的波兰戏剧在中国传播与接受的现状与短板,在此后的十年里并未得到改变,与格洛托夫斯基相关的理论研究和实践探索以及波兰剧作的译介也并未出现升温。这一时期,中央戏剧学院、上海戏剧学院等专业院校和各自的学报成为传播波兰戏剧的主要阵地,像 2004 年《戏剧》第 3 期推出了《塔迪欧兹·康铎》《〈死亡班级〉或新偶人论(谈话,1975 年 10 月)》《通往不可能的戏剧(谈话,1972 年 6 月)》《塔迪欧兹·康铎与摄影》等四篇介绍波兰戏剧导演康铎的文章;2010 年 10 月 19 日,波兰国立克拉科夫雅盖隆大学戏剧系教授达里乌兹·科辛斯基在中央戏剧学院做了有关波兰戏剧的学术讲座,讲座内容分别为"波兰戏剧讲座:传承"(《戏剧》2010 年第 4 期)和"波兰戏剧讲座:波兰的音乐性戏剧"(《戏剧》2011 年第 1 期);2011 年 11 月,波兰耶日·格洛托夫斯基与汤姆斯·理查兹工作中心的专家在上海戏剧学院开设了主题为"迈向有机行为"的演员训练工作坊和学术讲座。这些有关波兰戏剧的文章译介和讲座,显示着这一时期波兰戏剧的传播更多停留在学术交流层面,小范围内专业的理论探讨和教学实验大于真正舞台实践的应用、转化和影响。

　　在中国,"波兰戏剧"作为一种演出现象,是近些年才出现的。2011 年,波兰卡纳剧院的《来洛尼亚王国》初登林兆华戏剧邀请展。虽然这次最初的"相遇"反响平平,戏剧界也很少关注,却正式开启了波

---

① 　张向阳:《波兰戏剧之旅》,《戏剧电影报》2000 年 6 月 16 日。

兰戏剧在中国的演出之旅。此后，随着《假面·玛丽莲》《伐木》《先人祭》《樱桃园的肖像》《阿波隆尼亚》《殉道者》《福地》等剧的接连上演，以及"波兰戏剧月""塔德乌什·康多尔诞辰百年系列活动"等项目的陆续开展，短短的七年时间，越来越多的波兰戏剧家为中国观众所熟知。在波兰来华演出的剧目中，既有在欧洲、波兰剧坛颇具影响力的导演，如克里斯蒂安·陆帕、克日什托夫·瓦里科夫斯基、格热戈日·亚日那、扬·克拉塔等，也有波兰年轻新锐导演，如米哈尔·泽达拉、帕维尔·帕西尼等；既有波兰古典戏剧、根据文学经典改编的严肃戏剧，也有浸没式戏剧、身体戏剧、音乐诗剧、戏剧电影等带有实验色彩的戏剧样式，充分体现了波兰戏剧活跃的创作风貌和多元的艺术选择。而在波兰戏剧的中国之旅中，曹禺国际戏剧节和林兆华戏剧邀请展发挥了不容忽视的推动作用。借助这一平台，2014 年，克里斯蒂安·陆帕和他的《假面·玛丽莲》登上了中国戏剧舞台。尽管只有三场演出，但陆帕对舞台节奏的精准把控、对人物心理世界的深层开掘、对人性真实的思辨式表达，给中国戏剧界、观众带来了前所未有的震撼。应当说，中国观众是通过陆帕开始真正走进、认识波兰戏剧的，而陆帕也通过之后的《伐木》《英雄广场》完成了波兰戏剧与中国观众的一次次"对话"。毕竟，像陆帕那样有鲜明美学风格和艺术追求的导演，在中国的戏剧舞台上是不多见的。

对于此次波兰戏剧演出热的出现，与以往不同的是，来自波兰政府、文化机构等外部层面的重视和推动发挥了很大的作用。不管是波兰文化与民族遗产部、密茨凯维奇学院、波兰驻华大使馆文化处，还是波兰各个戏剧院团都对来华演出表现出了积极的姿态，这从一个侧面反映出波兰在推广、传播本国戏剧文化方面的不遗余力。尽管有官方层面的支持，但波兰戏剧能够登上中国舞台，进而受到国内戏剧界的关注，显然推动因素不止于此。近年来，与波兰戏剧同时被引进中国的，还有俄罗斯、德国、法国、英国、罗马尼亚、以色列、立陶宛等国家的戏剧,但是能够在中国文化界、戏剧界带来话题效应并引发普遍关注的恰恰是波兰戏剧,尤其是陆帕执导的作品,每每会成为戏剧演出期间讨论的热点。为什么会出现这一现象?从历史上看,国家遭受蹂躏、民族承受苦难的经历,以及曾经有过的相同的政治体制,让中国观众很容易从波兰戏剧的内容和形式中找到情感的参照与共鸣。从艺术上看,中国话剧的表演以斯坦尼斯拉夫斯基为师,波兰戏剧的表演也深受斯坦尼斯拉夫斯基影响,以此为基础,两国戏剧人都进行了民族化、现代化的探索,从波兰戏剧演员的表演中可以找到探索的成功经验。从戏剧生态上看,中国话剧遭遇的诸多现实问题,都能从波兰戏剧实践的对比中找到发展的启示,而这也是国家之间戏剧交流的真正意义所在。从中国话剧自身需求上看,近十年,中国演出市场容量日益增大,剧院建设规模、新增剧场数量不断增长。然而,与日益增长的文化消费需求、不断改善的硬件相比,中国原创话剧的创作水平和美学呈现却不尽如人意。这为包括波兰戏剧在内的外国戏剧来华演出并与中国观众进行深层次的艺术交流提供了便利。"在不少中国观众眼里,波兰戏剧不仅仅是一个个作为戏剧事件的演出,它更是一面镜子,展现了波兰戏剧的人文传统和美学积淀,呈现了波兰艺术家对于人的独特思考、对人的精神性困惑的持续关注。这种文化上的参照和启示恰恰是中国话剧所需要的。"①可以说,在众多国外戏剧来华演出的潮流中,波兰戏剧在中国的传播起步较晚,可是演出的密度、产生的影响、赢得的口碑,均走在了其他国家戏剧传播的前列。

随着波兰戏剧演出的进行,与波兰戏剧生态、戏剧政策、戏剧现状、节庆活动等相关的介绍波兰戏剧的文章陆续出现;中波之间的戏剧交流也从单一的引进演出,有了更为深度的艺术合作,比如陆帕执导了由他改编自中国作家史铁生作品《关于一部以电影作舞台背景的戏剧之

---

① 徐健:《中国当代戏剧舞台上的"波兰创造"》,《中国文艺评论》2017 年第 10 期。

设想》的戏剧《酗酒者莫非》，"以欧洲当代文学剧场的理念方法，创造出了影像和心理时空的奇妙结合"①；热戈日·亚日那执导了改编自鲁迅同名小说的戏剧《铸剑》，在跨文化的形式呈现与演员的肢体表达中，对中国的历史与传统进行了重新解读。这些与最新的剧场实验、舞台表演息息相关的艺术层面内容的传播、转化，跟同一时期处于停滞的波兰戏剧剧本的译介形成了鲜明的对比。而在对波兰戏剧理念的接受上，演员相较于编剧、导演更成为这一时期最大的受益者。以《酗酒者莫非》为例，陆帕表示，"我来中国之前，很多人跟我说，中国演员没有即兴表演的习惯，不会即兴发挥。排练时，我跟演员说要即兴表演，他们一开始有些害怕、陌生，更喜欢按照既定的模式来演，但是过了一段时间以后，他们展现了非常好的即兴能力"。而对于舞台王学兵等演员的精湛表现，过士行直言："陆帕把我们的演员提高了一个档次，以前我们的演员只会喊叫演戏，很少能这么沉下来……我们的演员突然间在台上有了定力，他们对于时间的感受完全深入他们的血液里。"②显然，中国演员"脱胎换骨"的舞台表现，成为这一时期中国"接受"波兰戏剧滋养结出的一个实实在在的果实。

2016 年，由波兰戏剧学者达里乌什·考钦斯基著的《波兰戏剧史》中文版出版。这部由波兰人自己撰写的戏剧史，在体例和内容的呈现上，打破了以往编年体例和传统戏剧史的写作模式，它以"演出的文化-社会功能，及其在波兰社会和个人生活中所起的作用"为主题③，涵盖了戏剧演出、戏剧文本以及包括仪式、习俗、庆典、游行和群众集会等在内各种表演形式，呈现了一个丰富多彩、复杂多舛的波兰戏剧发展史。该书与这一时期有关波兰戏剧的演出、评论文章等

①　张向阳：《他们说出了〈酗酒者莫非〉没有说出的话》，《艺术评论》2018 年第 10 期。

②　田超：《〈酗酒者莫非〉看到"莫非"，还是史铁生？》，《新京报》2017 年 6 月 26 日。

③　达里乌什·考钦斯基著，仲仁译：《波兰戏剧史》，北京：中国戏剧出版社 2016 年版，第 23 页。

一起,犹如一场精心准备的文化仪式,构成了中国当代戏剧舞台上独特的"波兰风景"。

四

从密茨凯维奇到陆帕,百余年波兰戏剧在中国的传播与接受,映衬出的不仅是时代的演进、审美的变迁,更是戏剧逐渐走向开放、多元,逐渐向着艺术本体回归的进程。当然,文化传播、翻译的过程本身就存在着局限性与过滤性,今天的陆帕也并不能代表波兰戏剧多元化发展的全貌,但波兰戏剧在中国的传播与接受的确给其他外国戏剧的此类实践提供了很好的经验。如今,中国观众关注波兰戏剧,已经不再仅仅停留在演出本身,他们开始透过波兰戏剧,尝试去挖掘戏剧与文学、传统与创新、艺术与思想等关系背后的精神思辨,追寻波兰戏剧人在创作中发现自己、揭露自己、反省自己,并不断将作品引向精神高度的路径。这些来自接受层面的微妙变化,让我们看到了中国观众的变化与成熟,也看到了面向未来的中国话剧的选择与希望。

性别·地域·国族

——话剧《德龄与慈禧》的文化坐标

白惠元

话剧《德龄与慈禧》"内地复排版"的上演,可谓 2019 年中国剧坛的重要文化事件。该剧由香港导演司徒慧焯执导,主演包括卢燕(美国)、江珊、濮存昕、郑云龙、黄慧慈(香港)等华人演员,可谓星光熠熠,阵容豪华,并呈现出内地与香港戏剧界开展深度合作的新态势。值得一提的是,这一版本由内地与香港演员同台演出,确是其演出史上的第一次。

在此,我们不妨对《德龄与慈禧》的演出史稍加梳理。《德龄与慈禧》是何冀平女士创作于 1998 年的话剧剧本,曾入选香港中学生教材。1998 年,《德龄与慈禧》在香港首演后即引发轰动效应,收获香港舞台剧奖"最佳整体演出""最佳剧本""最佳导演""最佳服装设计""十大最受欢迎制作"五项大奖。本剧在香港先后复排数次,出现了普通话版、粤语版以及双语同台版等。2008 年 7 月 3 日,应北京奥委会的邀请,话剧《德龄与慈禧》首次登陆内地舞台,在北京国家大剧院上演,这一版本可称作"内地首演版"。2010 年,《德龄与慈禧》先后被改编为粤剧与京剧两种戏曲版本,粤剧版由罗家英改编、汪明荃主演,京剧版

《曙色紫禁城》由香港导演毛俊辉与国家京剧院三团联合创作。2019年,《德龄与慈禧》话剧版再回内地,在北京与上海两地演出,票房爆满,口碑上佳,这一"内地复排版"为本剧的经典化历程再添有力注脚。

如何认知话剧《德龄与慈禧》的接受史历程? 要回答这个问题,则必须回到文本之中,回到本剧的诸多演出现场。我们试图延伸探究的议题是:慈禧、德龄和光绪三个主要人物形象凝聚了何冀平怎样的创作立场? 从这三个人物形象辐射开去,如何为这些不断再现的晚清历史景片确立可供观察的文化坐标?

一、慈禧:去政治化的性别立场

在《德龄与慈禧》的创作后记中,编剧何冀平将其理念总结为"他们都是活生生的人"。乍看去,这似乎延续了二十世纪八十年代中国知识分子的人道主义立场,所谓"活生生的人",首先是剥离政治语境,从僵死的晚清历史政治困局中寻回鲜活的个体生命。事实上,基于特殊的家世(何父是国民党高级官员),何冀平的戏剧创作一直在有意识地规避政治,即便是取法《茶馆》的名作《天下第一楼》,其书写立场也是小心翼翼,用笔着墨全在巨细靡遗的美食烹饪与北京市民的人情世故。与老舍频繁提及的"国"不同,何冀平拒绝用笔下人物的个人命运来代言任何阶级身份或政治立场。不过,如果细细品味,这"活生生的人"又不同于"大写的人",编剧的目标不是在政治旋涡中彰显人性的超拔意志力,不是歌颂推石上山的西西弗斯,而是把历史人物"还原"为有情有爱有欲有痛的普通人。在人物关系设置上,何冀平的落脚点依然是家庭伦理:"宫廷也是家庭,但不是一个和谐的家庭;他们也有情感,但都是扭曲了的情感;光绪、皇后、瑾妃都是年轻人,但是生活在一种特别环境中的年轻人。"①

对于这个晚清"大家庭"来说，慈禧首先是一位难断家务事的大家长，一位失去了亲生儿子（同治）却又对养子（光绪）无比失望的母亲，颇似香港豪门恩怨剧中的沧桑中年阔太，这自然是一种市民文化趣味。所以，在《德龄与慈禧》剧中，每当光绪试图和慈禧叫板的时候，慈禧总是大谈母子情谊："我说的是我的心！我要让你知道，你是我一手抱大的，四岁开蒙，五岁典学，六岁学骑马，八岁能双手拉弓，十六岁亲政，十七岁大婚，哪一步我没尽到母亲的责任？"②慈禧对光绪如此动之以情，高谈母亲的苦心，这正是何冀平"活生生"的书写策略所在，这种理解人物的角度主要来自德龄女士所著畅销书《御香缥缈录》的影响。何冀平曾在访谈中提及，《德龄与慈禧》的创作构想早在《天下第一楼》之后就形成了，其直接动机恰是阅读《御香缥缈录》一书所带来的"触动"。③

《御香缥缈录》最初是德龄在美国担任新闻记者期间用英文写成，原名 Imperial Incense（帝国之香），初版于 1933 年。作者以自己对慈禧太后的亲见亲闻为基础，辅之合理化想象，撰写出了这部广受美国读者欢迎的、具有相当虚构成分的文学传记。在《御香缥缈录》的开篇处，德龄便为她眼中的慈禧太后定下了温情基调："伊又指着另一座宫殿告诉我们，这是咸丰死后停灵之所，伊说得是非常的真切，我们仿佛看见有一个已死的咸丰，躺在伊所指着的地方；而他所丢下来的一副千斤重担，只得让他的娇弱的爱妃给他担住了。——就是现在这个温和的老妇人。"④而当慈禧回顾同治帝童年遗物时，她更是彻底变成了"一个

---

①　何冀平：《他们都是活生生的人——我写〈德龄与慈禧〉》，《天下第一楼：何冀平剧本选》，北京：北京十月文艺出版社 2004 年版，第 167 页。

②　何冀平：《德龄与慈禧》，《天下第一楼：何冀平剧本选》，第 138 页。

③　何冀平、张弛：《何冀平访谈录》，《戏剧文学》1999 年第 12 期。

④　德龄：《慈禧野史（御香缥缈录）》，秦瘦鹃译，沈阳：辽沈书社 1994 年版，第 4 页。

充满着哀痛的情感的慈母",因此,作者德龄试图为慈禧"翻案",她认为,以自己亲眼所见的情景为依据,慈禧毒毙亲生儿子的说法肯定是一种"残酷的谣传":"我想这些造谣的人如果能在这时候亲自目击太后见了同治的遗物后的哀痛,他们也必将深深地懊悔,不该发表那样不负责任的谈话了! 尤其伤心的是外面虽有这么一段传说,而太后却始终不曾知道,连辩白的机会也没有。"①

当然,仅凭"母亲"的身份是不足以定义慈禧的,何冀平的创作也没有止步于此,她的最终目标是把慈禧"还原"为一个真实可感的女人,她要在"性别"的意义上重新理解慈禧。于是,在《德龄与慈禧》剧中,慈禧首先是恋爱中的女人,情人荣禄的死讯成为她万念俱灰的转折点,她一声令下,把本来为自己贺寿的喜堂变成了荣禄的灵堂;同时,慈禧又是爱美的,她会为照相术而痴迷,也会为梳掉的头发而哀叹,更会为首饰选择而搭配再三;最重要的是,慈禧对物质现代性保持着强烈的好奇心,电灯、电话、火车,她都一一尝试,对于未知世界,她不是封闭的,而是开放的。卢燕女士多次提到,话剧《德龄与慈禧》所呈现的慈禧,是她饰演的众多慈禧形象中最喜爱的一个,因为这个慈禧渴望着"外面的世界",有求知欲。结合卢燕本人旅居海外的生命经历,"好奇心"或许构成了作为表演者的她与作为表演对象的慈禧之间的情感共振所在。

在《德龄与慈禧》之前,中国观众心目中最经典的慈禧形象主要是由卢燕和刘晓庆饰演的电影形象,大致可分为两个系统:其一是香港导演李翰祥的清宫历史片系列,从邵氏港产片《倾国倾城》(1975)、《瀛台泣血》(1976),到陆港合拍片《火烧圆明园》(1983)、《垂帘听政》(1983)、《一代妖后》(1989),这些慈禧形象总是无法摆脱专横跋扈的脸谱化倾向,如此善恶对立的政治情节剧本身包含着

---

① 德龄:《慈禧野史(御香缥缈录)》,第165页。

导演李翰祥对晚清历史的坚定价值判断；其二是意大利导演贝托鲁奇的《末代皇帝》（1987）和第五代导演田壮壮的《大太监李莲英》（1991），这两部电影展现了男性视点中的晚年慈禧，她是神秘、阴鸷、不可捉摸的深宫鬼妇，是末世王朝最后的守灵人，这显然具有猎奇色彩。《德龄与慈禧》则挣脱了慈禧形象的两种既定论述框架，把她改写为一个轻松、有趣、日常甚至平易近人的老太太，相应地，"后党"与"帝党"的政治冲突也被改写为母子矛盾，"戊戌变法"的政治理念也被慈禧理解为对她本人生命安全的威胁，以上种种都明确宣告了创作者去政治化的性别立场。

诚然，找到重述慈禧形象的性别坐标是十分必要的。从现代女性的视点出发，尝试去理解一位身处历史风暴中心的传统女性，这种角度也是十分可贵的。但是，为什么非得剥离"政治"才能打捞"性别"呢？"性别"和"政治"难道是彼此天然对立的吗？进一步追问，在后现代主义的多元身份语境内，"性别"本身不正是一种"政治"吗？剧作只顾拆解"正史"的宏观政治，却忽略了"野史"的微观政治。在二十世纪九十年代，这种论调或许是新锐的；但到了今天，如此去政治化的女性立场却显得有些陈旧了，这与当下戏剧观众的期待视野是有错位的，不得不说是一种遗憾。

二、德龄："外来者"的观看位置

从剧名看去，《德龄与慈禧》讲的是"相遇"，是两个晚清女性在历史"紧张的瞬间"的极端相遇，戏剧张力也就在这里："这一尊一卑，一老一少，一古一今，两个女人相遇在历史一刻，相悖相惜，所引发的故事，所产生的矛盾纠葛，就是戏剧的基本因素。从这一点生发出去，结构整个戏,可谓如鱼得水,笔畅如流。"①不过,无论是传统道德与现代价值观的碰撞,还是性别立场上的"相悖相惜",这些都只是剧作的表层冲突,其深层冲突是建立在国族的坐标上,是西方／中国的二元对立。剧中的照相机仿佛一个视觉隐喻,它照出的慈禧首先是一个"头朝下,脚朝上"的倒像,这恰恰说明,德龄眼中的慈禧是一种"主观的颠倒"。何冀平之所以将剧名定为"德龄与慈禧",而非"慈禧与德龄",这个先后顺序当然是有意味的,因为它决定了主体位置与观视方式。

对于久居深宫的慈禧而言,德龄是一个"外来者"。换言之,编剧在此预设了一个明确的"外来者"视点,并以此来重新观察晚清历史,这是具有文化征候性的。从主体位置与观视方式的角度看去,2008 年才来到内地首演的《德龄与慈禧》恐怕并非孤例。再比如上映时间相近的电影《南京！南京！》(陆川,2009)与《金陵十三钗》(张艺谋,2011),当我们试图重新讲述"南京大屠杀"的历史事实时,我们似乎只能通过一个理想化的日本军人视点或者美国神父视点才能实现,这暴露了全球化时代中国文化的"主体中空化"问题。正如戴锦华所批判的:"二十世纪历史叙述中政治主体的自我抹除,势必同时意味着对二十世纪中国历史的差异性的抹除,意味着对其文化自我建构过程的否认,进而再度显影为一个新的主体中空化过程。"②

当然,德龄并非中国文化的绝对他者。回到剧中,《德龄与慈禧》以美国畅销书《御香缥缈录》为底本,预设了一个"外来者"视点,故事主体也是从德龄与父亲裕庚(曾任清廷驻西欧公使)登陆天津港码头开始的。德龄从小随父亲在欧洲长大,受到了比较完备的西方教育,精通法文、英文和意大利文,可以说,她的思维方式完全是西方化的。然而,德龄又有着纯粹的满族血统,她给慈禧太后当翻译,对清朝宫廷文

①　何冀平:《他们都是活生生的人——我写〈德龄与慈禧〉》,《天下第一楼:何冀平剧本选》,第 166 页。

②　戴锦华:《历史、记忆与再现的政治》,《艺术广角》2012 年第 2 期。

化也充满好奇。对于这种特殊的"外来者"视点,我们姑且称之为"内在的他者"视点。那么,究竟该如何理解德龄这个"内在的他者"形象?如何在德龄与慈禧的人物关系中定位她?这是一个值得深思的问题。从何冀平的生命经验与创作经历上看,内地与香港的地域关系应是理解《德龄与慈禧》的另一重要坐标。

　　1984 年,何冀平的话剧处女作《好运大厦》在北京人民艺术剧院首演。《好运大厦》以香港市民苏培成一家四口为核心人物,以香港市区的"好运大厦"为核心空间,讲述了一桩典型的港式家庭财产纠纷,并将内地与香港的地域关系巧妙地投射其中。"好运大厦"作为阶级空间的隐喻,其上上下下的不同居民就是香港社会的横截面。如果说这座大厦里的"电梯"象征着阶级上升通道,那么,被"电梯"连通的不平等的众生悲欢,也就展现了都市繁华的阴暗背面。可以说,《好运大厦》带领内地观众在剧场中完成了一次对香港生活的主观想象,也正因为这种主观想象的典型性,本剧在北京、上海等地连演八十余场,场场爆满。

　　1989 年,何冀平移居香港,与父亲团聚,她得以在真切的日常生活中重新感知体认香港文化。1997 年,何冀平应邀加入香港话剧团,成为驻团编剧。与《好运大厦》不同,这一次,她的目标是带领香港观众在剧场里"观看"内地。因此,那个说英文、行西礼、穿高跟鞋的"德龄公主"就是香港观众的自我投射,她的位置就是香港观众的主体位置。1998 年,话剧《德龄与慈禧》如约在香港首演,收获了诸多奖项。香港电影导演徐克更是为此感动哭泣,因为他从中读到了一种"包容"。① 该如何理解徐克所说的这种"包容"?套用一句经典的清宫剧台词:慈禧容不容得下德龄,是慈禧的"气度";德龄能不能让慈禧容下,是德龄的"本事"。所谓"包容",必须是双向的,是双方彼此兼容。在"香港回

---

① 何冀平、张弛:《何冀平访谈录》,《戏剧文学》1999 年第 12 期。

归"的重要时刻,是历史又一次选择了何冀平,使她的剧作成为联结内地与香港文化的情感纽带。就这样,德龄与慈禧双双跳脱了"历史",并在现实政治的维度上达成了彼此的"理解"。

2019 年,《德龄与慈禧》"内地复排版"在北京、上海两地上演,饰演德龄的女演员依然是来自香港话剧团的黄慧慈,她一口标准"港普"将香港的地域身份与德龄的"海归"身份两相交叠。换言之,无论饰演慈禧与光绪的演员如何搭配,舞台上的"香港"始终在场,这一文化坐标不容忽视。但问题是,近二十年来,随着内地与香港双方经济文化合作的日趋深化,彼此的"对方"早已不再神秘,这时,我们是否还需要德龄这样一个"外来者"视点来观看晚清历史呢?这种刻意制造的错位反差还会博得台下观众的会心一笑吗?

在原剧本中,德龄与妹妹容龄、哥哥勋龄本来有一场中堂府的戏,三位"海归"青年对中国文化的传统习俗展开了令人啼笑皆非的激烈讨论。在德龄眼中,传说中的紫禁城和住在城里的人都是怪力乱神:"紫禁城是一个神秘的地方,那里住着一个专横的女皇和一个没用的皇帝。皇太后每天要用玫瑰花瓣上的露水洗脸,吃一顿饭要杀一百只鸡。"①而在 2019 年的"内地复排版"中,诸如此类"不合时宜"的台词皆已删去,因为观演语境已经发生了变化。毕竟,今时不同往日。新世纪以降,中国崛起已成为全球公认的事实。特别是 2008 年以来,随着中国在全球金融海啸中屹立不倒并且逐渐崛起为世界第二大经济体,民众心中那种后发现代化国家所特有的焦虑感正在逐渐洗去。此时此刻,观众更想看到的是从中国内部生发的历史叙述与变革冲动,而非预设他者视点的揶揄或反讽。说到底,垂帘迷宫并不新鲜,帘后的曙光才是希冀所在。

---

① 何冀平:《德龄与慈禧》,《天下第一楼:何冀平剧本选》,第 89 页。

三、光绪：重述自我的少年中国

　　在德龄与慈禧之间，其实还隐藏着一位至关重要的男主角，那就是光绪帝。何冀平对光绪形象的重塑是下了气力的，她重点强调了此时此刻光绪帝"回光返照"的青春状态，一改此前影片中懦弱无用的陈词滥调："尤其是他发动戊戌变法的勇气，震动朝野，轰动世界。我写的光绪，是一个性情急躁、目光敏锐、英气毕露、有胆有识的年轻皇帝。变法失败之后，知大势已去，心如止水。正在此时，青春逼人的德龄，给了他一线生机。这个阶段的光绪如同回光返照，焕发出耀眼的光辉。"①必须说，剧中由德龄所带来的"一线生机"、那种介乎友情与爱情之间的"同情之理解"（甚至引发了隆裕皇后的嫉妒），无疑是何冀平独具匠心的艺术加工。有趣的是，这种"虚构"所带来的戏剧效果却并没有局限在言情层面，反而走向了更加丰富开阔的精神境界。在这"英气毕露"的少年天子形象背后，是当代中国人试图从晚清历史中重述"少年中国"的冲动，这是话剧《德龄与慈禧》独特的情动效果所在。

　　在李翰祥执导的电影《瀛台泣血》（1976）中，同样出现了光绪与德龄的双人戏段落。德龄为珍妃拍了一张照片，交给光绪，光绪内心的苦闷无处排遣，只得向德龄倾诉，但是德龄却并不"懂"他。光绪先问德龄对慈禧的印象如何，德龄的评价是"心慈面软"，太后凡事都有自己的主意，只是她身边七嘴八舌的人太多。光绪不满意，追问她："外国的太后退休了，还会干预朝政吗？"德龄不语。光绪又问："你觉得我怎

---

① 何冀平：《他们都是活生生的人——我写〈德龄与慈禧〉》，《天下第一楼：何冀平剧本选》，第 166 页。

么样？我有没有出息？我未来能不能赶上彼得大帝和明治天皇？"德龄再次失语，最后只能留下一句"我不懂这些"，便仓皇离去。而在话剧《德龄与慈禧》中，德龄不仅是光绪心中那个"有血有肉"的知心人，而且还能替他把被慈禧摔下来的《三江楚会变法奏折》①再呈上去，极具政治行动力，于是，剧中光绪与德龄看似言情暧昧的对白，也就充满了"重讲中国故事"的当代力量，这一对青春男女十分"超前"地为戊戌变法赋予了历史意义：

> **光绪**　我？（茫然）欲飞无羽翼，欲渡无舟楫。
>
> **德龄**　（悄声）您知道吗？康有为、梁启超现在在日本；孙中山在美国檀香山创立"兴中会"，提出"驱除鞑虏，恢复中华"的口号，黄兴在湖南成立"华兴会"，主张强兵卫国；蔡元培、章炳麟在上海创立了"爱国社"，提倡民权。
>
> **光绪**　（兴奋起来）有这样的消息？
>
> **德龄**　百日维新虽然没有成功，但是皇上发出的诏令像一串打开门锁的钥匙，人们的心一旦开放，是再也不能重新锁闭的。这不就是您的翅膀吗？不但飞出皇宫，还飞向世界呢！
>
> **光绪**　世界？
>
> **德龄**　英国、法国、美国、瑞典都支持您的维新运动，推崇您的勇气，赞赏您的治国之策，中国的戊戌变法轰动了全世界呀！

---

①　此处应是两江总督刘坤一、湖广总督张之洞于 1901 年应慈禧改革上谕所奏的《江楚会奏变法三折》，或许是出于"戏说"目的，编剧将其名称稍作改动。《江楚会奏变法三折》洋洋三万言，由刘坤一领衔，由张之洞主稿，并由立宪派张謇、沈曾植、汤寿潜等参与策划，由《变通政治人才为先遵旨筹议折》《遵旨筹议变法拟整顿中法十二条折》《遵旨筹议变法拟采用西法十一条折》与《请筹巨款举行要政片》组成，即"三折一片"。《江楚会奏变法三折》系统地提出了兴学校、练新军、奖励工商实业和裁减冗员等改革措施，成为清政府实施新政的蓝图。

光绪　（欣慰地）我死而无憾了。[①]

　　这里的光绪帝是一个忧郁的少年贵族，他经由青年音乐剧演员郑云龙的演绎，更增添了几分浪漫的西洋气息。在 2019 年"内地复排版"中，光绪出场的第一句话就是用纯正英文发音向德龄发出的问候语：How do you do？郑云龙的这句问候语在《德龄与慈禧》首演现场赢得了观众的热烈反馈，尤其是女粉丝的欢呼。戏里戏外，女性观众的热望经由郑云龙投射到光绪帝身上，使他史无前例地成为一个晚清政治变局中的大众偶像。同样地，女导演田沁鑫于 2015 年创作的戏剧作品《北京法源寺》以相近策略改写了光绪的形象。在剧中，光绪更是对台下的观众喊出了这样的台词："我经常疑虑我为什么生在这样一个时间段里，面对百姓，无法救助！面对强国，无法抬头做人！我经常怀疑自己，我不似祖先康熙皇帝开疆扩土，万民拥戴。我不似老祖雍正皇帝大权独揽，朝纲独断。我食不甘味，心急如焚，我夜里做梦都能惊醒！每天凌晨上朝，面对陈腐的三拜九叩，面对所有新策都要呈交慈览，面对我下达的所有指令，都会拖沓延误，都会严重走样，朕只能事必躬亲，亲力亲为！"[②]

　　或许，这个少年意气的光绪形象，正寄托了新一代中国人重新阐释自身近现代史的强烈欲望。我们不愿再相信"西方用坚船利炮打开古老帝国大门"的论断，不愿再认同费正清的"冲击-反应"模式，而是渴望以中国为中心，发现一种内在的、原发的、有生命力的现代性冲动。所谓"少年中国"，就是在内忧外患中积极求变，在无地彷徨时投石问路。在这个意义上，光绪的烦恼焦虑与希望抱负都是"少年中国"的内在组成部分，我们与之同悲同喜，正因为我们对脚下的这片土地爱得深沉。

---

①　何冀平：《德龄与慈禧》，《天下第一楼：何冀平剧本选》，第 140 页。
②　田沁鑫：《北京法源寺》，《新剧本》2016 年第 1 期。

结　语

我们常说，戏剧有两次生命，一次属于文学，另一次属于舞台。但不可否认的是，在大多数情况下，戏剧的生命力是依靠不断的舞台演出得以延续的。与电影、电视剧这种机械复制时代的艺术作品不同，戏剧的每一次"复排"都必然首先是一次全新的"改写"，而观演意趣也恰在于辨析演出版本对剧作的"破"与"立"，在于捕捉舞台创作与文学创作之间的思想博弈。从这个意义上说，《德龄与慈禧》的"内地复排版"带来了全新的问题域，这不仅体现在慈禧、德龄、光绪三个主要形象及其人物关系上，更体现在演员的全新组合与表演策略上。探究其背后的意识形态运作，则必须把话剧《德龄与慈禧》放置于重述晚清历史的文化网络之中，唯有如此，才能洞见其真正清晰的文化坐标。

中国现当代音乐研究领域的热度和趋势[*]

项筱刚

近年来①，由于时代使然、观念更新，中国现当代音乐史学界的研究成果呈现出与之前迥然不同的热度和趋势。

一、中国现当代音乐研究的现状

（一）队伍的壮大

伴随着相关音乐艺术院校、综合性大学音乐艺术专业研究生招生规模的逐步扩大，中国现当代音乐史研究的队伍规模相应地呈逐年递增之势，队伍的梯队建设亦初见端倪。

───────────────

　＊　本文为国家社科基金艺术学（重点）项目"二十世纪40-60年代香港国语时代曲研究"（项目编号17AD003）阶段性成果。

　①　本文中的"近年来"纯属"泛指"，既包括近几年来，也可以理解为二十一世纪以来的十余年。

2016 年 11 月 4-7 日,中国音乐史学会第十四届年会暨第九届全国高校学生中国音乐史论文评选在南京师范大学音乐学院举行。[1] 此次会议恰逢中国音乐史学会成立三十周年及学会理事会换届选举,亦是继 1985 年首届年会在南京召开后再次归宁举办,故有着特别的历史意义。此次会议共有 296 名学者出席,达历届参会人数之冠[2],其中 128 位学者在大会上发言[3]。在 50 篇[4]获奖学生论文[5]中,有关近现代音乐史研究的共计 19 篇,占获奖学生论文的 38%[6]。在向大会提交的 135 篇会议论文中,有关近现代音乐史研究的共计 57 篇,占会议提交论文的 42%。[7] 由此可见,不论是参会学者、提交的会议论文,还是获奖论文的数量,都呈增长之势,但近现代音乐史研究相比于古代音乐史研究,队伍规模仍有差距。

2017 年 5 月 13 日,中国近现代音乐文献研究中心在上海音乐学院揭牌成立。[8] 作为上海音乐学院贺绿汀中国音乐高等研究院框架下的一所研究机构,该中心以致力于收集、整理、研究、推广为宗旨。拥有一支涵盖老中青的高水准研究团队,脚踏中国近现代音乐研究的富矿——上海,这是该中心有望披荆斩棘的两块基石。值得一提的是,该中心在成立之前便已具备一定的基础,如上海音乐学院已然出版的《萧友梅全集》《民国时期音乐文献总目》《国立音乐院-国立音乐专科学校图鉴(1927-1941)》和一套十五册的"音乐上海学"丛书等一批成果。

---

① 陈伊笛、沈思婷:《帷幄古今 指引未来——中国音乐史学会第十四届年会综述》,《音乐研究》2017 年第 1 期,第 78-86 页。

② 第十三届年会共有 230 余位学者出席。参见杨艳丽:《中国音乐史学会第十三届年会综述》,《人民音乐》2015 年第 5 期,第 64-65 页。

③ 第十三届年会共宣读论文 94 篇。

④ 第八届全国高校学生中国音乐史论文评选获奖论文共计 48 篇。

⑤ 包括博士生、硕士生和本科生三组。

⑥ 有关古代音乐史研究的获奖论文占另外的 62%。

⑦ 有关古代音乐史研究的论文占另外的 58%。

⑧ 《中国近现代音乐文献研究中心成立》,发布日期:2017 年 10 月 18 日。http://www.shcmusic.edu.cn/view_0.aspx? cid = 409&id = 14&navindex = 0。

（二）研究领域的深化与拓展

1. 遭到不公正评价或被长期忽略的音乐家被重新关注

研究队伍的壮大和研究氛围的逐步宽松,使得原本遭到不公正评价或被长期忽略的音乐家被重新关注,如以马思聪、江文也为代表的具备坎坷人生、多才多艺、作品丰富及风格多元等基本特征的音乐家。

2007 年 12 月 24 日,《马思聪全集》首发式暨作品音乐会在中央音乐学院举行。这是马思聪于"文革"期间背井离乡"出走"后一次较为"官方"的"被关注"。全集共七卷九册,历时三年,收录了音乐界众多专家的研究成果,国内外众多优秀演奏家参与录音。该全集不仅使马思聪的优秀作品能够以一个"整体"的新面貌呈现于世人面前,更重要的是开启了音乐界重新关注"遭到不公正评价或被长期忽略的音乐家"之先河,为之后研究江文也等音乐家奠定了坚实的基础。作为中央音乐学院师生的第一部个人全集,包括乐谱、音像出版物在内的《马思聪全集》,在填补中国近现代音乐史的空白的同时,亦为之后学术界进一步研究马思聪提供了一种可能。就这一点而言,《马思聪全集》的出版意义已然超出该全集本身。

2016 年 12 月 9 日,共六卷七册的《江文也全集》首发式和研讨会在中央音乐学院举行。这是中央音乐学院及其出版社继《马思聪全集》后推出的"最复杂、最曲折、最多舛、最难办"的又一部音乐家全集,因为江文也是继马思聪后又一位"遭到不公正评价或被长期忽略的音乐家"。此次《江文也全集》的出版,是在自 1990 年以来海峡两岸及港澳地区四次举办江文也学术研讨会的基础上发酵形成的。值得一提的是,不论是旅日学者,还是中国学者,都能够通过各自的研究去"真实地揭示江文也",如"史料挖掘""新的视角"和"深入的作品研究"等方面,从而力争实现"对全集主人的尊敬和理解"。①

2017 年 11 月 13 日,戴嘉枋在上海音乐学院做了题为"二十世纪中国音乐家的'立体'研究"的讲座。他在讲座中提到了两个问题令人印象深刻:"重视被'历史想象'隐匿的历史真实"和"关注'启蒙'与'救亡'双主题之外的'娱乐主题'"。② 前一个问题意味深长。言外之意,即部分中国现当代音乐史研究成果存在对历史本来面目的"误读""遮掩"和"剪裁"。伴随着一代又一代的历史"亲历者"驾鹤西去,今天的年轻人对"历史真实"的管窥,只能依赖于既有研究成果书面上的"历史想象"。中国现当代音乐史的研究者,如果不能"重视被'历史想象'隐匿的历史真实",那岂不是真的实现"致我们终将远去的历史"了吗?

就第二个问题而言,自本学科创建以来,"启蒙"与"救亡"一直是诸多现当代音乐史领军人物持续关注的双主题。无论是"学堂乐歌"的横空出世,还是黎锦晖"儿童歌舞音乐"的破土而出;也不论是抗日救亡音乐的波涛汹涌,还是新歌剧《白毛女》的划时代,都足显此"双主题"的主流地位和举足轻重。

然而,奔腾不息的历史长河告诉我们,无论是开风气之先的"五四"时期、"默片"和"有声片"并驾齐驱之时,还是同仇敌忾的抗战时期、决定新中国命运的大决战之时,是时民众的生活其实一直也没缺少过另一个主题——"娱乐"。如果笔者没有误读戴嘉枋的意图的话,此"娱乐主题"无外乎两个领域——"流行音乐"和"电影音乐"。很遗憾,由于众所周知的原因,多年来学术界对这两个领域讳莫如深,呈现出"谈流色变""触电危险"之窘境。关于"流行音乐",相当一部分学者习惯戴着有色眼镜来审视它,尽管认为流行音乐会导致"亡党亡国"的言论已然不复存在,但

---

① 项筱刚:《一位真实的江文也——〈江文也全集〉首发式与研讨会综述》,《人民音乐》2017 年第 3 期,第 17—19 页。

② 《戴嘉枋教授主讲蔡元培讲堂第二十一期》,发布日期:2017 年 12 月 22 日。参见 http://www.shcmusic.edu.cn/view_0.aspx? cid=330&id=23&navindex=0。

视其"不入流""不学术""难登大雅之堂"的观念还会在相当长的一个时间段内坚挺存在。而"电影音乐"①，甚至还不及"流行音乐"那么容易被人面对，因为音乐界、电影界彼此都认定这是对方的"活儿"，而非己任，从而将其定位于一个较为尴尬的"三不管地带"——谁都不管。令人欣慰的是，正如戴嘉枋所言，近年来开始关注此"娱乐主题"的学者除了孙继南、金兆钧、洛秦等"开明"前辈学者外，项筱刚、雷美琴和王思琪等一批中青年学者亦逐步加入此主题的研究行列，为该主题的研究注入了一股新鲜血液。

2. 学科在领域上横向拓展

（1）香港、台湾和澳门地区的音乐研究

尽管有着种种悬而未决的问题和尚待逾越的鸿沟，但令人欣慰的是，中国现当代音乐研究在领域的横向拓展上取得了一些可喜的成绩，如对香港、台湾和澳门地区音乐的研究。

梁茂春的《香港作曲家三十至九十年代》一书，是到目前为止唯一一本由"大陆的音乐学家"②，以"旁观者"的视角撰写的有关香港"艺术音乐"③作曲家的学术著作。作者以"非常宽泛"的学术眼光，将包括"土生土长的香港作曲家""从外地进入而定居香港的作曲家""在香港生活、工作的西方作曲家"和"暂住香港而在这里谱写了重要作品的作曲家"④统统纳入笔下，从而为香港和内地的专家学者打开了一扇了解、认知"香港艺术音乐"的窗户。尽管作者本人亦认为"香港音乐发展的总体水平是不能令人满意的，它还需要经过一代人以至几代人的努力"⑤，然笔者还

---

① 时代发展到今天，其实应该称其为"影视音乐"更为客观些。
② 梁茂春：《香港作曲家三十至九十年代》，三联书店（香港）有限公司 1999 年版，第Ⅶ页。
③ 不包括香港流行音乐。《香港作曲家三十至九十年代》，第Ⅳ页。
④ 同上，第Ⅷ页。
⑤ 同上，第 280 页。

是觉得诸作曲家及其代表作品依然是二十世纪中国音乐史不可或缺的重要部分。尤其是该著中马思聪、黎草田、叶纯之等人与香港有着千丝万缕联系的代表作，更是给人一种茅塞顿开的心跳体验——原来历史是这样的，而不是那样的。

作为教育部人文社科重点研究基地——中央音乐学院音乐学研究所2005年的重大项目，以汪毓和为项目负责人的"二十世纪中国港澳台地区音乐发展研究"，是迄今为止笔者见过的第一个贯穿着"大中国"观念的二十世纪中国现当代音乐史研究的课题。该课题历时五年，课题组阵容壮观——整合了"两岸四地"二十位老、中、青三代学者，通过"澳门、台湾、香港"三个版块，聚合了每个地区的若干篇历史性叙述和专题性个案评述，呈现出个人与集体智慧相结合的成果面貌。此课题研究对于澳门、台湾、香港三地任一区域的音乐史研究，均足以堪称"破冰之旅"。众所周知，由于意识形态的原因，1949年后中国内地与香港、台湾、澳门的音乐界几乎鲜有直接且官方的往来，关于此三地音乐发展情况自然是音信杳无，尤其是台湾音乐的发展状况更是显得遥远而神秘。难能可贵的是，课题组却大胆而前瞻性地揭开了笼罩在此三地音乐界之上的神秘面纱，虽然其作为"地区性通史性的读物"还不成熟。其中，香港学者杨汉伦的《对香港音乐话语的一点反思》、台湾学者赵琴的《推动台湾近代音乐发展的那页广播音乐史——兼谈我的音乐广播生涯与珍贵的影音档案史料保存》等文论均能够以"局内人"的身份，从"鸟瞰"和"纵览"的视角，依据"话语"与"专题"的主线，蜻蜓点水般地对中国香港、台湾地区音乐发展做了清晰梳理，增强了该课题成果的说服力，也令笔者印象颇深。

李岩有关澳门音乐历史发展的《缤纷妙响——澳门音乐》一书，因为主客观多方面原因，也未能将该地区的"流行音乐"纳入自己的研究视野，不失为一种遗憾。作为第一部涉及澳门音乐历史发展的学术著作，该著以简约的笔法、编年史的体例，勾勒出十六世纪中叶以来澳门音乐的发展概况,并通过具体而翔实的史料,阐述了一个不争的历史史实——"澳门是近代中国西洋音乐的发祥地之一,西洋音乐启迪着中国人的同时,中国本土音乐也深刻影响着西洋音乐家"。①

　　作为 2017 年度国家社科基金艺术学的重点项目,由笔者任项目负责人的"二十世纪 40-60 年代香港国语时代曲研究"是迄今为止第一个研究香港国语时代曲的项目。自二十世纪四十年代起,国语时代曲就已登上了香港音乐的历史舞台,并在五十年代中后期、六十年代初期形成了国语时代曲史上的高峰。中国内地改革开放后,流行音乐界出现的种种迹象表明,香港国语时代曲的影响依然存在,直至今日仍不难从中寻觅到昔日的历史痕迹。到今年为止,香港国语时代曲已有七十年的历史,并已然让位于粤语流行曲五十多年。如此时间距离,足以令今天的学人能够站在一个旁观者的角度,冷静、理智地解读她。伴随着同时期大众文化的发展,香港国语时代曲也同样经历了从无足轻重到举足轻重、从如日中天到夕阳西下的历程。作为中国现当代音乐史的一个重要组成部分,香港国语时代曲已然是中国现当代音乐创作发展的一个分支。研究香港国语时代曲,不论是对研究当代中国内地流行音乐、香港地区粤语流行曲、台湾地区流行音乐,还是对丰富完善中国现当代音乐史的研究,都将有着深远的意义。

　　(2)专题史研究

　　由居其宏担纲的"中国歌剧与音乐剧发展状况研究"专题史项目,2008 年获得教育部人文社科重点研究基地重大项目立项,历时三年,并于 2014 年以《中国歌剧音乐剧通史》的面貌公开出版,对我国歌剧音乐剧创作、演出、理论思潮、教学、体制改革的历史、现状及其成果、经验与教训进行系统梳理和研究分析,成为第一部整体性和专题性研究相结合的"大部头"著作,"一部称得上研究中国歌剧音

---

　　① 李岩:《缤纷妙响——澳门音乐》,北京:文化艺术出版社 2005 年版,第 2 页。

乐的权威之作"。① 该丛书通过《中国歌剧音乐剧创作历史与现状研究》《中国歌剧音乐剧演出历史与现状研究》《中国歌剧音乐剧理论思潮发展与嬗变研究》《中国歌剧音乐剧生存现状与战略对策》等九部著作，创造性地搭建起中国歌剧音乐剧的史论框架，反映出以该研究团队为当今世界之歌剧音乐剧理论建设做出中国学者独特贡献的企图。尤其是由居其宏本人独立完成的《中国歌剧音乐剧创作历史与现状研究》，以纵跨整个二十世纪和二十一世纪初叶的宏大叙事，从黎锦晖的儿童歌舞剧《麻雀与小孩》(1920)直指莫凡的歌剧《赵氏孤儿》(2011)，鸟瞰包括港澳台地区在内的整个"大中国"的歌剧音乐剧创作，通过"以史带论""史论结合"的笔触，将业内外众所周知的、学术界达成共识的、音乐界存有争议的等不同时期、不同流派、不同风格、不同作曲家的洋洋大观的作品悉数收入笔下，为该课题、中国歌剧音乐剧研究、中国现当代音乐史树立了一个稳健得不可绕行的坐标。值得一提的是，该课题旗帜鲜明地对何谓"民族歌剧"给出了一个较为清晰的定义——在音乐戏剧性展开方式上"主要运用戏曲板腔体的音乐结构和发展手法写主要人物大段成套唱腔"，在二度创作上"一般由具有民族唱法的演员扮演剧中主要角色"②，虽然学术界目前对何谓"民族歌剧"尚无定论。

　　与兄弟学科对 1966-1976 年时段研究的沸沸扬扬相比，音乐界对此时期音乐的研究略显冷清，戴嘉枋便是研究此段音乐的一名孤独求索者。作为音乐史学家，他将之视为中国现当代音乐史长河中的一部"断代史""专题史"，故其能一针见血地寻找出"文革"音乐的源头，此时期"实际上是前面一部分音乐的自然的延续"。③ 其中，不论是"初期

　　① 王安国：《我国歌剧音乐剧研究的重大成果——写在〈中国歌剧音乐剧通史〉出版之际》，《人民音乐》2014 年第 9 期，第 88 页。
　　② 居其宏：《中国歌剧音乐剧创作历史与现状研究》，合肥：安徽文艺出版社 2014 年版，第 10 页。
　　③ 阴默霖：《第七届钱仁康学术讲坛之戴嘉枋讲座系列二》，中国音乐学网(2010-11-12, http://musicology.cn/lectures/lectures_6410.html)。

红卫兵运动中的音乐",还是地下"知青歌",他都能分别站在"历史"和"当下"这两个不同的"视界"中去寻找历史的答案。关于前者,他认为"初期红卫兵运动中的音乐,既敏锐、真实地反映了当时'集体歇斯底里'的社会政治现实,也极度张扬了音乐的社会和政治宣传、教化功能,为蛊惑、煽动公众的'集体歇斯底里'起到了巨大的造势和策应作用"。[①] 关于后者,他敏锐地洞察出地下"知青歌"与今日流行歌曲的历史渊源——"'知青歌'自弹自唱的基本形式,及其所具有的流行性、民间性、自娱性特点,正是现代流行音乐的特点;它的广泛流传,已在社会上形成了普遍接受的社会基础。从中国流行音乐历史发展的角度来看,'知青歌'是日后现代流行音乐的先声"。[②] 尤其值得一提的是,戴嘉枋没有矫枉过正地直面此时期音乐,而是独辟蹊径地总结出,此时期音乐是"有层次的,最高端是样板戏,中间部分是'文革'后期音乐家创作的作品,剩下还有群众性的,如红卫兵歌曲等,整个架构非常完整的,从各个音乐形式、领域,极端化地为政治服务"。[③]

继《"音乐上海学"建构的理论、方法及其意义》(2012)之后,洛秦于2018 年借《再论"音乐上海学"的意义》一文再度发声,通过一系列既成事实将"音乐上海学"这杆大旗举得更高。有着中国音乐史学、民族音乐学双重专业背景的洛秦,近年来借助"城市音乐文化论:二十世纪上海城市音乐文化研究""上海城市'飞地'移民音乐研究"等研究项目和"音乐上海学丛书"(20 种,2017),将关注的目光投向了近现代上海的"外侨音乐家""民国时代曲""工部局乐队""西洋乐人乐事""民间社团"和"传统音乐"等,以掷地有声的语气向世人宣告:"没有上海,也就没有今天的

---

①　易艺:《第七届钱仁康学术讲坛之戴嘉枋讲座系列三》,中国音乐学网(2010-11-12,http://musicology.cn/lectures/lectures_6409.html)。

②　参见吴洁:《第七届钱仁康学术讲坛之戴嘉枋讲座系列四》,中国音乐学网(2010-11-17,http://musicology.cn/lectures/lectures_6424.html)。

③　倪婧:《第七届钱仁康学术讲坛之戴嘉枋教授讲座五》,中国音乐学网(2010-11-19,http://musicology.cn/lectures/lectures_6436_5.html)。

中国近现代音乐史;没有上海,也就没有中国音乐的现代性转型及其眼下音乐文化的大繁荣;没有上海,中国音乐更不会有如今在国际乐坛上的地位和影响。"①

民国流行音乐史既是中国流行音乐史的一个重要组成部分,也是中国现当代音乐史研究中一个不可缺少的支流。尽管无数实践证明——历史是无法发挥预测未来的作用的,但通过研究民国流行音乐史,为今后进一步研究1949年后的港台流行音乐、中国当代流行音乐史提供强有力的判断依据却是一个不争的事实。遗憾的是,由于多方面原因,此部分在现当代音乐史研究领域至今依然没有受到应有的重视。就这一点而言,由笔者担纲的2010年度教育部社科基金项目"民国时期流行音乐研究",不仅是对中国现当代音乐史研究的丰富和完善,也是从一个崭新的视角来重新审视中国现当代音乐史。该项目已发表了几篇阶段性成果——《辛亥革命前后的音乐观念》(2011)、《民国时期流行音乐对1949年后香港、台湾流行音乐的影响》(2013)和《新时期有关港台流行音乐及其对大陆流行音乐影响的争鸣》(2013)等。这些成果不仅对于民国流行音乐的来龙去脉做了历史研究分析,而且贯穿着"重写音乐史"的观念,重新审视了曾引起争议的诸音乐先驱及其创作、思想、现象,改变了过去研究中存在的"简单化""绝对化"和"避重就轻"现象。其中,尤其是《民国时期流行音乐对1949年后香港、台湾流行音乐的影响》,从民国时期流行音乐的特点、1949年后的港台流行音乐的发展、改革开放后方兴未艾的大陆流行音乐三个方面,揭示了民国流行音乐和1949年后的港台、大陆地区流行音乐之间的错综复杂的历史渊源。

3. 学科在时间上纵向拓展

与二十世纪末公开出版的既有成果相比,近年来的中国现当代音乐

---

① 洛秦:《再论"音乐上海学"的意义》,《音乐艺术》2018年第1期,第117页。

研究在时间上有了纵向拓展,将研究时间的下限推进到了二十世纪末,影响最大的当首推以高为杰为项目负责人的"二十世纪八十年代以来中国器乐创作研究"。

作为中央音乐学院音乐学研究所 2002 年度的重大项目,该项目结项成果"下卷"——"历史与思想研究"部分,由《器乐创作历史发展》(李诗原执笔)、《器乐创作争鸣》(李淑琴执笔)、《作曲家思想研究》(宋瑾执笔)三个部分组成。此"历史与思想研究"部分,以"站在高山之巅"的视角,对二十世纪八十年代以来的中国器乐创作做了一次豪情万丈、事无巨细的鸟瞰。尤其是《器乐创作历史发展》部分,通过"1980-1984:突破与崛起""1985-1989:展开与深化""1990-1993:反思与沉默"和"1994-1999:重现与延伸"四个板块,将二十世纪最后二十年中国器乐创作的历史全貌及其代表性历史人物、作品以富于纵深感的笔触跃然纸上,其中以"青年作曲家群体的崛起"和"海外中国作曲家"的内容尤甚。在前者中,李诗原认为:"八十年代前期的青年作曲家毕竟是一些'学生作曲家',他们既缺乏纵深的历史感,又无坚实的音乐基础与充分的理论准备,故不能像中老年作曲家那样针对既有的音乐观念而有的放矢,探索与创新的冲动成为他们当时最主要的艺术契机";在后者中,他强调:"这些旅居海外的中国大陆作曲家构成了一个阵容强大的'海外兵团'。他们通过十年的不懈探索与追求,至九十年代中期,终于使中国现代音乐在国际现代音乐舞台上占有一席之地,并使新潮音乐走向世界的发展态势进一步显现出来。也正是在这个时候,这些作曲家又不约而同地重新涉足中国大陆乐坛,这就是'海外兵团'的卷土重来。'海外兵团'的卷土重来给中国大陆乐坛带来了一股新鲜的空气。正是以此为契机,新潮音乐终于走出了九十年代初的反思与沉默,展现出再度崛起的景象。"①

---

① 详见《二十世纪八十年代以来中国器乐创作研究》的结项成果。

二、中国现当代音乐研究的新动态

（一）新史料

近年来,中国现当代音乐研究在原有的领域有很多突破,时不时挖掘出一些新的史料,其中对陈洪、黎锦光和叶纯之等人物的研究最为突出。

与前述对马思聪、江文也等人的研究相比,学术界对陈洪的研究显然要寂静得多。令人欣慰的是,自 2002 年陈洪仙逝以来,几代学人不约而同地将关注的目光重新投向他。除了《中国现代音乐教育的开拓者陈洪文选》(俞玉姿、李岩主编,2008)和中国艺术研究院 2009 届硕士学位论文《陈洪研究》(作者张英杰、导师李岩)之外,发表于上海音乐学院学报《音乐艺术》上的诸篇论文最令人瞩目。其中,既有戴鹏海、汪毓和两位驾鹤西去的前辈加以商榷的《还历史本来面目——二十世纪中国音乐史上的“个案”系列之一:陈洪和他的〈战时音乐〉》(2002)和《戴鹏海文章〈还历史本来面目〉读后感》(2002),也有对既有研究文献梳理的《陈洪文献研究综述》(2007),更有在史料上有突破性进展的《陈洪与国立音专——从上音档案文献看抗战前期陈洪对国立音专的贡献》(2017)和《金兰之契　志同道合——略论萧友梅与陈洪的新音乐理想》(2017)。尤其是作为 2017 年音乐界影响最大的纪念活动——相继在上海(5 月)、南京(11 月)、海丰(12 月)举办的“纪念陈洪先生诞辰 110 周年学术研讨会”,更是将对陈洪的研究推上了一个史无前例的纪念高潮,也反映出今天的中国音乐界对其学人精神的弘扬与继承。

　　如果说对黎锦晖的研究已然初见成效的话，那么有关黎锦光的研究则是刚刚踏上征程。自 2003 年梁茂春的《黎锦光十年祭——纪念 40 年代流行歌曲的大师》一文发表以来，陆续零星地有几篇硕士学位论文和相关专题论文发表。南京艺术学院 2013 届、上海音乐学院 2015 届硕士学位论文《黎锦光歌曲创作特色研究》（作者陈玥辛，导师施咏）和《黎锦光及其歌曲创作研究》（作者李胜伶，导师洛秦），均不约而同地将笔触指向黎锦光流行歌曲"创作特色" ／"创作特征"和"历史生存语境"。在前者中，作者将黎锦光的"创作特色"归纳为——"丰富多样的题材内容""流行音乐本土化的尝试""女性视角的运用"；在后者中，作者将作曲家的"创作特征"简化为——"民族风格""舞曲风格""爵士风格"三种。作为青年学生的"习作"，此种阐述虽略显稚嫩，然不失为对黎锦光研究的一种初探。毫无疑问，不论是就史料的发掘而言，还是就"口述历史"的珍贵性而言，梁茂春的《黎锦光采访记录及相关说明》（2013）在十年前的《黎锦光十年祭——纪念 40 年代流行歌曲的大师》基础之上，将对黎锦光的研究进一步推向纵深，令业内外人士重新认识了一个更真实、更鲜活的"民国流行音乐"的代言人，同时也使得今天的中青年学者对黎锦光的代表作及其同道者黎锦晖、聂耳、任光、严华和周璇等人有了一个焕然一新的认知。

　　2017 年 4 月 29 日，由北京、上海音乐界多家单位参办的"纪念叶纯之先生学术研讨会"在上海音乐学院举行。此次会议向有关人士赠送了新出版的叶纯之的《音乐美学十讲》（2016）、《叶纯之音乐评论集》（2016）等著作，并举办了"叶纯之先生作品小型音乐会"。在研讨中，与会专家、学者纷纷畅所欲言，话题多涉及叶纯之的三个方面：（一）其人——"跨界""前瞻""博学""奇才""特殊""严谨""低调"；（二）其文——"通俗易懂""兼顾技术与美学"；（三）其作——"体裁众多""良好的旋律感""岭南音乐元素"等。其中，涉及现当代音乐史的内容，中央音乐学院的两位学者发言《叶纯之艺术史料的搜集与研究》

（汤琼）①、《叶纯之与香港国语时代曲》（项筱刚）②引起了大家的关注。前者认为：通过对目前收集到的有关资料进行梳理和研究，试图从音乐创作、音乐理论、音乐学著述、音乐评论和社会活动等多方面对他的艺术道路和成就进行初步总结和评价。从目前的资料中可以看出，叶纯之先生不仅是我们心目中的一位著名的音乐美学家，更是一位睿智的学者、作曲家、音乐学家、翻译家、音乐评论家、音乐教育家和音乐活动家。他集音乐创作、写作、翻译和教学为一身，对上海音乐学院、对香港乃至全国的音乐事业做出了重要贡献。作为对叶纯之艺术史料研究的初步尝试，该学者希望为今后的研究提供有价值的资料和帮助，对其他研究者有所启迪。后者强调：二十世纪五十年代的香港国语时代曲是香港流行音乐史的一个重要阶段，也是中国流行音乐通史中不可缺少的一部分。年轻的叶纯之就是在此时大踏步地登上了香港国语时代曲的历史舞台，成为是时香港国语时代曲的重要代表人物之一。这是叶纯之音乐创作轨迹中的第一个阶段，也是一个重要的阶段。正如梁茂春、韩锺恩在最后的总结中所言：此次研讨会是音乐界对叶纯之首次全面的认知；今后的研究应抹去其"神秘"色彩，提倡"家国情怀"，持续地将叶纯之研究推向纵深。③

（二）新方法

近年来"大音乐学"的理念深入人心，在音乐史的研究中适度采用"口述历史／人物访谈"的方法蔚然成风，且在一定程度上呈现出"跨界"的趋势。

---

①　参见《音乐艺术》2017 年第 3 期，第 68-77 页。

②　同上，第 78-84 页。

③　项筱刚：《纪念叶纯之先生学术研讨会近日在上海举行》（2017-05-08，https：／／mp. weixin. qq. com/s/iuesqqvN7qL9dMKrHuO2Yw）。

最先引起笔者关注的是电影界学者姚国强主编的《与中国当代电影作曲家对话》（2009）。正如该著的内容简介所言，这是"第一部以这样简单而诚恳的方式提供了研究中国当代最优秀的电影作曲家创作理念的第一手资料"的著作。该著以史无前例的气魄，为十八位"不太善于表达和总结自己的学术观点"的电影音乐作曲家了却了一桩"普遍的憾事"。① 最令笔者叹为观止的是，姚国强的团队为访谈这十八位作曲家做了大量具体、细致的前期案头准备工作，不论是"作曲家个人基本情况分析""个人资料总体分析"，还是"访谈大纲设计"。尤其是该团队为十八位作曲家设计的"音乐艺术创作""音乐制作技术"和"个人素质修养"三个方面的三十七个问题，发前人之所未发，想前人之所未想，既帮助作曲家对自己的电影音乐创作做了一次历史的梳理，也为当代电影音乐创作研究做了一次有百利而无一害的数据采集。如叶小纲对"创作的主动性"和"电影音乐风格"的解释——"主动性就是个性。我的旋律别人写不出来，只有我才能写成这样的旋律。所以说这就是我的主动性"②，"尽量把自己的音乐做得完美，尽量让大家都能接受，能好听，能引起很多人的喜欢"③。施万春对电影音乐与"纯音乐"关系的诠释——"如果电影中音乐总是结束就会使得影片增加太多的结束感，就会破坏影片的连贯性。除去一场戏的结束音乐需要终止式外，其实很多地方都不需要这样做。音乐任何地方都可以结束，在任何句子上都可以停，只要停得相对舒服就行了"。④

相比于电影界，音乐界的梁茂春等对刘雪庵、贺绿汀、王洛宾等人的访谈给学术界带来如沐春风之感。

1980 年 1 月 23 日，梁茂春与俞玉滋在北京刘雪庵的家中对其做了

---

① 姚国强主编：《与中国当代电影作曲家对话》，中国电影出版社 2009 年版，第 13 页。
② 同上，第 53 页。
③ 同上，第 57 页。
④ 同上，第 213 页。

访谈。此次访谈两位学者能够明显感受到谈话的"时代气息"——刘雪庵详细回忆了自己的"抗战题材"的音乐创作，却对其民国时期的"时代曲"代表作避而不谈，反映出其劫后余生的小心翼翼和如履薄冰。①

　　1980 年 11 月 26 日、27 日、28 日和 12 月 3 日，梁茂春和董团在贺绿汀上海的家中对其做了几次较全面和深入的访谈，内容涉及其历史轨迹、"纯音乐"创作、电影音乐创作、"吕贺之争"等。其中，关于其电影音乐创作和"吕贺之争"的内容，皆属首次披露，不论是对二十世纪中国电影音乐史研究，还是二十世纪中国音乐史研究，都是一笔极其珍贵的口述历史财富，令今天的年轻人茅塞顿开——"原来历史是这样子的"。② 很显然，不论是刘雪庵，还是贺绿汀，在访谈中谈得更多的是自己的"专业音乐"创作，亦在无意间流露出当时音乐界对"专业音乐"和"流行音乐"认知的厚此薄彼，尽管他们二人各自都曾涉足流行音乐／电影音乐创作。

　　2013 年 9 月至 11 月，梁茂春在《歌唱艺术》上陆续发表了其与王洛宾的三封书信、对王洛宾的采访录及其研究心得。毫不夸张地说，笔者是带着欣喜若狂的心情读完上述文论的。尤其是《王洛宾采访录》（2013）和《遥远的地方传奇多——〈王洛宾采访录整理后〉》（2013）这两篇文章，不仅以真实、详尽的第一手资料诠释了王洛宾为何"人在笼中，歌飞天下"③，更令读者和研究者身临其境地感受到作者所言的"每一次对音乐家的采访，对我来说都是重要的学习过程，都是对灵魂的一次冲击、一次洗礼"④。

　　2017 年 11 月 13 日，戴嘉枋在上海音乐学院所做的"二十世纪中国音乐家的'立体'研究"的讲座中，强调了一个涉及"口述历史"的问

① 梁茂春：《访问刘雪庵记录》，《歌唱艺术》2015 年第 11 期，第 33-39 页。
② 梁茂春、董团：《贺绿汀采访录》，《福建艺术》2014 年第 5、6 期，2015 年 1 期。
③ 梁茂春整理：《遥远的地方传奇多——〈王洛宾采访录整理后〉》，《歌唱艺术》2013 年第 11 期，第 16 页。
④ 同上，第 21 页。

题——"注意口述历史的真伪与甄别"。此种情况在年长的"口述者"中更容易出现,如王洛宾对霍尔瓦特夫人的回忆①、黎锦光对民国流行音乐的"中国五人帮"的回忆②、李凌对"吕贺之争"的回忆③、刘雪庵对歌曲《何日君再来》的回忆④。由于"年代久远""意识形态""道听途说""记忆错误"等多方面原因,研究者需要通过自己更为详尽、多管齐下、深入的考证,才有可能对口述历史做出辨伪与甄别,而不是仅仅听信于某个"口述者"的一面之词。

(三) 新视角

毋庸讳言,历史人物也是人。只要是"人",就不可避免地有"多面性"。以往的音乐史研究,囿于"历史局限性",容易仅仅看到研究对象的"一面",故最终"盖棺定论"相应也容易有失偏颇——与历史的本来面目相距甚远。可喜的是,近年来的研究开始逐步将音乐家作为一个鲜活的人来研究。换言之,就是"以人为本"——既不"神化",也不"妖魔化"。

长期以来,几代年轻人通过教科书和 1959 年的电影《聂耳》,对聂耳的印象完全停留在——"我国无产阶级革命音乐的开路先锋"和"时代号角"的代言人、二十世纪中国音乐史长河中一个"高大全"的伟岸身影。然《聂耳日记》(2004)出版后,人们却"看到一个更真实的聂耳"⑤——"喜好读书"(购阅丰子恺的《音乐入门》和当时的时尚读物《良友》)、"热爱音乐"(借钱买票听 Heifetz 的小提琴独奏音乐会,在日本听 Arthur

① 梁茂春整理:《遥远的地方传奇多——〈王洛宾采访录整理后〉》,《歌唱艺术》2013 年第 11 期,第 12 页。
② 梁茂春:《黎锦光采访记录及相关说明》,《天津音乐学院学报》2013 年第 1 期,第 68 页。
③ 据 2002 年 10 月 31 日笔者对李凌的访谈。
④ 梁茂春:《访问刘雪庵记录》,《歌唱艺术》2015 年第 11 期,第 37-38 页。
⑤ 李辉:《〈大象人物日记文丛〉总序》,载李辉主编:《聂耳日记》,郑州:大象出版社 2004 年版,第 2 页。

Rubinstein 的钢琴独奏音乐会)、"刻苦练琴"("打钢琴""拉 violin")、"向往爱情"(暗恋歌舞班的异性,欣赏日本银座大街上的漂亮姑娘)、"离开明月"("黑天使事件")、"评价锦晖"(迥异于其公开的评论文章)等。《聂耳日记》的出版,将我们国歌的作曲家聂耳悄然从"神坛"上拉了下来。但笔者读后非但没有觉得失落,反而觉得他的形象更加丰满、更加亲切、更加有血有肉,因为我们距离历史的本来面目愈来愈近。

曾几何时,黎锦晖被誉为我国"黄色音乐的鼻祖"早已是一个不争的事实。不论是公开出版的教科书,还是已然发表的文论,只要是涉及黎锦晖,大多仅限于其"儿童歌舞音乐",鲜有人贸然言及其"时代曲";即便是涉及黎锦晖的"时代曲",一般也就是将其定性为"黄色音乐"而戛然而止。令人欣慰的是,2001 年 11 月 20—21 日在北京隆重举行的"纪念黎锦晖诞辰 110 周年学术研讨会",似乎在一夜之间将黎锦晖从"黄色音乐的鼻祖"转变成了"中国流行音乐的奠基人"。学术界之所以能够在认知上发生如此之大的变化,盖因"历史是抹杀不掉的。我认为最重要的是要实事求是:离开实事求是,研究就没有价值"。[1] 正如陈铭道所言,也许与会的数十名专家自己也没有意识到:他们"已经改写了历史……而且从此以后,所有涉及黎锦晖先生的辞书、字典的条目及名人传"——"必然改写"[2],首当其冲的是孙继南的《黎锦晖与黎派音乐》(2007)的出版。也许正因为此次研讨会开启了一扇"以人为本"研究的大门,之后民国流行音乐研究视野中的其他"黎锦晖们"的"去妖魔化"工作,使其逐步付诸实践才有了一种可能。就这一点而言,此次研讨会是有历史意义的,是划时代的。

中国现当代音乐是一条奔腾不息的河。作为一条给养源源不断汇入的河流,有关它的研究步伐自然无法停止、不可阻挡,相应的研究的热度和趋势亦是在继续发酵、难以预料。

---

① 周巍峙语。载李岩:《冬来了,春还会远吗? ——纪念黎锦晖诞辰 110 周年学术研讨会要点实录》,《中国音乐学》2002 年第 1 期,第 141 页。

② 同上,第 144 页。

数字展览资源（2010-2019）与中国现代艺术研究动向

曹庆晖

一、数字展览资源的搜索与评价

研究，首先需要的是作品和文献等一手材料，而这些仅仅通过已有出版物的搜集和数据库的检索，实在难以满足专门研究对一手材料的需求。就中国现代艺术的主要研究对象而言，艺术家，即便是有广泛社会影响力的宗师级艺术家，他们的一手材料，从艺术博物馆学意义上的物证搜集与整理而言，大都也还处于需要继续整理、可以不断挖掘、有待补充完善的阶段，其他艺术家就更不必说了。近十年，文旅部持续倡导开展的"全国美术馆馆藏精品展出季项目""国家美术作品收藏与捐赠奖励项目"等国家资助专项，民营机构在现代艺术家资源追踪和展览推广上的成果出版，以及拍卖公司在春秋大拍推出的某些重要的或稀缺的艺术品专题拍卖，殊途同归，都是对中国现代艺术作品和文献采掘、整理、保护、研究的行动。由此带动起来的展览，特别是那些基于文献和作品、主题和史脉的关系梳理与思考的展览，往往因其挖材料、捋史脉、有眼光的学术研究性和材料丰富性而引人注意。但这种富有逻辑的公示文献和作品的研究展，至多展览几十天。展览结束后，或许会有研究图录出版，但毕竟展览结束了，现场拆除了，实物归仓了，策划团队对作品和文献多手段综合调度所形成的丰富立体的现场对话关系消失了。数字展览的诞生——它目前在技术条件上已经可以充分实现对展览作品和文献依据策展逻辑在视觉空间里的篇章及组合关系的完整再现，可以充分实现微距局部浏览作品与文献的内容细节与物理形态——最终使展览在网络世界里永生不灭。数字展览，虚拟性地满足了用户对展览以及原作和文献等一手材料的占有，也满足了少数高级用户在展览和图录之间穿梭思考的需求。

将展览实现为数字展览——其在线形式主要是360°全景，另有少数为3D虚拟——大约是从2010年左右才开始出现在国内的美术馆。中央美术学院美术馆、今日美术馆作为较早通过数字技术合作在线上保留和推广展览的美术馆，其所链接的数字展览的最早年份即2010年。迄今为止，笔者在网上尚未见到有早于这个年份的其他美术馆或艺术机构的数字展览。这也就是说，数字展览用于美术馆差不多也就是十年左右的时间。而这十年——2010年至2019年——正是国内美术馆建设进入快车道高速发展后加快规范管理的十年，也是中国现代艺术研究开疆拓土、深耕细作的十年。身在其中，笔者可以明显感到通过展览这个纽带，有抱负的公私立美术馆和艺术空间，在科研、传播、出版、市场等不同力量的整合协作上付出了很多辛劳和汗水，所策划展览的学术价值和社会影响亦大幅提升。水涨船高，择其要而保存而推广的数字展览逐渐有所积累，成为一种新的文化资源。而若从中国现代艺术研究的需要出发，则不难看到线上搜寻数字展览资源的途径大约有如下三条。

第一条，通过美术馆博物馆官网搜索。我们知道文旅部在2011

年和 2015 年先后评定了 13 家美术馆为"国家重点美术馆",分别是中国美术馆、中华艺术宫(上海美术馆)、江苏美术馆、广东美术馆、陕西省美术博物馆、湖北美术馆、深圳市关山月美术馆、北京画院美术馆、中央美术学院美术馆、浙江美术馆、广州艺术博物院(广州美术馆)、武汉美术馆和中国美术学院美术馆。进入其官网可以看到其中或以频道栏目方式,或以首页挂接方式,以数字美术馆、全景美术馆或虚拟展厅为名,或多或少在官网链接数字展览的有中央美术学院美术馆、浙江美术馆、北京画院美术馆、中国美术馆、中华艺术宫(上海美术馆)、广东美术馆、中国美术学院美术馆、江苏省美术馆、湖北美术馆、广州艺术博物院(广州美术馆)等共 10 家。重点馆以外的其他美术馆,除个别馆官网以无长期规划的状态链接少量数字展览外,一般很难看到有这方面的资源链接。然而,即便是实现数字链接的这十家重点馆,所链接的数字展览的年份也是有长有短,数量有多有少,高低起伏,悬殊极大,如果将其中链接数字展览尚不足十的重点馆进行四舍五入式的忽略不计,那么所剩有一定数量的 5 家重点馆还不到全数重点馆的一半,较明显地反映出各馆对此项工作在规划和认识上存在较大差异。是什么原因导致数字展览在国家各重点美术馆官网链接上如此悬殊不均? 各美术馆是否应在官网持续链接其策划的展览以方便用户线上参观和学习? 回答这些问题想必要牵涉出艺术管理与服务方面的很多现实话题,但这毕竟不属于本文切实关心的数字展览反映出怎样的学术研究动向之内的议题,故在此搁置不议,这里只将通过这一途径搜索到的数字展览资源略做报告如下。

　　如果以链接数字展览的持续年份和数量规模作为衡量标准,13 家国家重点美术馆中当以中央美术学院美术馆①为最优,其官网链接

---

　　①　https：//www.cafamuseum.org/exhibit/digitalmuseum

2010-2019 年数字美术展览 121 个,其中超过三分之一为中国现代艺术方向。浙江美术馆①、北京画院美术馆②官网链接 2012-2019 年数字展览分别为 40 个和 25 个,绝大部分为中国现代艺术方向,虽说总量不多,但持续年份却仅次于中央美术学院美术馆且持续未断。中国美术馆在人们心目中是中国现代艺术展览的重镇,但官网只链接了 2012-2016 年的数字展览 101 个。③ 中华艺术宫(上海美术馆,2016-2017 年数字展览 40 个)④、广东美术馆(2011-2012 年和 2017-2018 年数字展览 8 个)⑤、中国美术学院美术馆(2013 年及 2015-2016 年数字展览 4 个)也是这种情况,年份不全,时断时续。江苏省美术馆(2019 年数字展览 2 个)⑥、湖北省美术馆(2019 年数字展览 1 个)⑦、广州艺术博物院(广州美术馆,2019 年数字展览 1 个)⑧则仅链接 2019 年的展览且数量极少。

美术馆之外,博物馆方面也有少数几家链接中国现代艺术方向数字展览的官网,如国家博物馆、清华大学艺术博物馆、浙江省博物馆。国家博物馆官网链接 2013-2019 年数字展览 46 个⑨,其中七八个与中国现代艺术方向有关。清华大学艺术博物馆自 2016 年开馆以来在官网链接其 2016-2019 年数字展览 54 个⑩,其中十几个为中国现代艺术方向。浙江省博物馆官网链接数字展览 27 个⑪,其中四五个为中国现代艺术方向,

---

① http://www.zjam.org.cn/Site/Exbition/DigitalMuseum.aspx

② http://www.bjaa.com.cn/pubn.html? hcs=11&clg=172

③ http://www.namoc.org/zsjs/zxzl

④ https://www.artmuseumonline.org/art/art/visitGuide/xnyl/sjz/2016/index.html? tm = 1565926825280

⑤ http://www.gdmoa.org/Exhibition/Online_Exhibition/

⑥ http://www.jsmsg.com/vrzt/vrzt.aspx

⑦ http://www.hbmoa.com/index.php/index-show-tid-8.html

⑧ https://www.artvrpro.com/exhibition/6798/detail? artvrpro_=03d22edge87ba1a3b281f bdg7b750f8g

⑨ http://www.chnmuseum.cn/Portals/0/web/vr/

⑩ http://www.artmuseum.tsinghua.edu.cn/cpsj/zlxx/szzt/index_3.shtml

⑪ http://www.zhejiangmuseum.com/zjbwg/exhibition/zpmonline.html

内含常设在馆内的黄宾虹艺术馆①和常书鸿美术馆②的数字美术馆。

如此一捋,很明显的事实是,无论是在美术馆还是在博物馆,除个别如中央美术学院美术馆、北京画院美术馆、浙江美术馆、清华大学艺术博物馆等官网,能够对其策划中国现代艺术方向展览依年择要予以在线数字链接和传播,多数未健全或者缺少这方面的工作。因此,通过美术馆博物馆官网途径只能了解部分数字展览资源,是一个基本事实。

美术馆博物馆官网之外,能够搜索数字展览资源的另一条途径是企业建立的社会化网络服务平台。目前能够实现秒搜数字展览资源的社会服务平台是雅昌艺搜。③ 通过艺搜可以找到 2012 年至今链接在其门户的 360°全景数字展览 470 余个,中国现代艺术方向为其大宗,其中既有上述国家各重点馆和博物馆在其官网链接的部分数字展览,也有在其官网未链接的部分数字展览(比如中国美术馆 2017-2019 年的个别展览),还有其他公、私立美术馆及画廊、空间等艺术机构的数字展览。这种数字展览来源的多样性,显然是由雅昌作为服务商向社会用户提供有偿数字技术和代理服务所决定的。雅昌艺搜之外,为笔者所注意的还有曾活跃于 2009-2016 年左右的今日数字美术馆④以及 2016 年成立的 ARTEXB⑤。和艺搜兼容并包不同的是,它们在内容上偏重记录当代艺术家的展览,并且在这一定位和选择前提下各自体现出比较明晰的内容信息分类方法、比较开放的服务国内兼顾国际的视野以及希望建立可持续性数据媒体档案库的初心。今日数字美术馆在运营七八年后因故终止,数字记录的展览有 200 多个,ARTEXB 迄今为止链接的数字展览有 50 多个,在这 250 多个数字展览中也不乏反映中国现代艺术研究动向

---

① http://www.museum24h.com/360/hbhmozhuzhan/index.html? tdsourcetag = s_pcqq_aiomsg
② http://www.museum24h.com/360/gushanguan/changshuhong/
③ http://artso.artron.net/
④ http://www.vrdam.com/
⑤ http://www.artexb.com/

的展览在列。另外，就是随着智能手机的普及和发展，人们不难注意到当前在针对移动客户端投放数字展览的方式也略有变化，即在美术馆利用自身公众号链接其数字展览向手机订户推送外，出现了支持手机用户线上看展的小程序。就全面了解数字展览资源而言，小程序链接的中国现代艺术数字展览也值得留意，尽管其数量还不多。

总的来说，虽然目前通过各馆官网搜索数字展览资源尚不充分，但各馆据其艺术宗旨对艺术资源的不同选择和开发策划——有的比较致力于昨日艺术的美好，有的则相对关注今日艺术的生机——实际上已为不同需求的用户进行了预分类，因而从长远来看，基于对各馆展览宗旨与方向的基本了解，有目的和有选择地登录其官网，浏览其数字展览资源，应是最方便用户按需所取的基本方式。企业服务平台如雅昌艺搜，提供的数字展览数量虽然较多，但内容因之也就庞杂，比较适合确知展览名称的主题词检索。若是想在漫无目的的翻翻捡捡中发现所需，用户的时间成本就会增加不少。所以，作为搜索数字展览资源的主要途径，各馆官网平台和企业服务平台各有其特色，用户只有相互辅助，综合利用，才能对自身心仪的数字展览的大体状况有所了解。

除以上两条途径外，去年还出现了由政府主导建立的数字化专项服务平台，此即本文所说第三条搜索途径。这方面的案例即文旅部倡导实施了八年的"全国美术馆馆藏精品展出季项目"从 2019 年开始和人民网合作建立的"网上展示平台"①，它要求各馆入选项目在落地开幕后，要以数字展览的形式链接到平台进行展示和竞争。作为体现国家促进美术馆事业发展的一个专项，它要求各馆入选项目要以馆藏为基础进行展览策划和研究，各个馆藏以中国现代艺术为主体的事实决定了该项目的主体方向，这从 2019 年平台展示的 16 家美术馆的数字展览亦可了然。在过去的八年里，该项目的优胜展览只有少数被其主办馆实施为数字展

---

① http://art.people.com.cn/GB/41385/429326/index.html

览,当前若能借助平台将其纳入,甚至查漏补缺予以完善,则对八年来各馆在馆藏整理和研究方面取得的基本进展有所明示和储备。随着平台建设和展览积累,相信它可以发展为集中检视我国美术馆馆藏品征集和展研水准的政府平台,同时也是了解中国现代艺术研究新动向的政府平台。

通过美术馆博物馆官网服务平台、企业服务平台、政府专项服务平台等途径,我们可以看到自 2010 年以来,特别是 2012 年以来,可搜索到的数字展览已渐有成就,而且一般来说,实施为 360°全景或 3D 虚拟在线的数字展览往往是具有艺术史价值的重要展览,其中不少就是笔者前述所及的那类着力于作品、文献和逻辑的研究展。因此,将数字展览资源视为当下回顾和巡检十年来美术馆事业发展、美术收藏与研究基本进展的重要依凭和参考,是有其现实性和合理性的。但是从另一方面,也不得不说,目前获取的数字展览——本文特别关注的是中国现代艺术方向的数字展览——存在信息数据参差不齐的问题。那些仅仅是展览场景360°呈现而缺乏或缺席信息呈供的数字展览,或许在制作时有甲方实际的原因或其他考量,但无论于美术专门研究,还是于社会美育普及,其实都不能满足用户了解的一般需要。一般而言,展览的展件信息比较充分,界面浏览比较方便,便于从整体到局部了解展览内容,是用户体验较好的数字展览的共同特点,而这种共同特点在甲方为中央美术学院美术馆、北京画院美术馆、中国美术馆等机构给予信息保证的数字展览中都有相对稳定的体现。这一共同特点及其相对稳定的体现,在笔者看来,也就是用户评价数字展览使用是否良好的基准线。

二、从数字展览资源看中国现代艺术研究之动向

给出数字展览资源的搜索途径、评价标准之后,这里拟重点谈谈十

年来数字展览所反映的中国现代艺术研究动向。当然，从数字展览放眼研究动向，首先包含的是对展览－数字展览作为研究文本的认同，这在工作性质上即如同从十年期刊发表论文看中国现代艺术研究选题动向一样。其次是据此审时度势，自然也有其非常明显的局限性，这突出地反映在数字展览目前尚处于被接受和发展的过程中，并且它只是实体展览的一部分，基于部分而不是总体把握动向，其片面性自然会令人感到忐忑。不过，中国现代艺术数字展览——由上文各途径笼统估算约有四五百个左右——虽然未必能将富有策划逻辑和科研价值的展览悉数数字化，而且位列其中的数字展览也未必都能达到用户体验的好评标准，但却也比较真实地反映了展览主办方对其策划展览在内容和价值上的肯定态度，否则也没有必要动用人力、物力将其数字化上传。因此，这一部分数字展览也可以说是各展览主办方自选精华展的数字展览集成。由此来把握这十年中国现代艺术研究的基本动向，虽然有其片面性，但却也是比较务实的选择和与时俱进的行动。我们已经步入展览策划与研究的时代，不可能置展览于研究之外，即便数字展览在总量上还比较有限，在年代时序上前少后多，但它作为目前最大化地突破个人属地观看局限性的展览资源来说，依旧是每个人能够一时获观的数量最多的展览所在。为此，以下将主要依托所见数字展览资源，同时兼顾一些重要但未被数字化的展览成果，谈谈由此反映出来的中国现代艺术研究之动向。

（一）对老一代艺术家的回顾、专研与发现展此起彼伏

总览数字展览资源的一个突出感受，是老一代艺术家的回顾、专研与发现展此起彼伏。这些展览有的受惠于"国家美术作品收藏与捐赠奖励项目"的支持，有的借助于纪念艺术家诞辰的天地人和，还有的是得益于美术馆博物馆对二十世纪艺术名家大家研究项目的推动，基本形成了

对出生于十九世纪末及二十世纪前三十年三代艺术家接连不断的展览回顾现象。其中,二十世纪二十年代前出生的艺术家多已仙逝有年,其中不乏成就已有公论的艺术大家,其展览研究相对历史化。而不少耄耋老画家的回顾展,意在纪念与总结的多,虽然个别也有聚焦其暮年砥砺探索的,但其在美术史上的位置和价值,还需要进一步的历史沉淀和选择。故此,这里还是将目光更多地偏向仙逝有年的艺术大家。其中,展时即引起社会关注的,如中国画方面的"朽者不朽——中国画走向现代的先行者陈师曾诞辰 140 周年特展"①"民族翰骨——潘天寿诞辰 120 周年纪念大展"②"倥偬的乡愁——张大千特展"③"穆如·晚晴——纪念陆俨少诞辰 110 周年专题展"④"百年雄才——黎雄才艺术回顾展"⑤"艺道长青——石鲁百年艺术展"⑥等;中西合璧方面的"悲鸿生命——徐悲鸿艺术大展"⑦"执手同道——吴作人萧淑芳合展"⑧等;革命美术方面的"以述为引——胡一川六件经典作品的现场"⑨"创新先驱之路——罗工柳百年诞辰纪念展"⑩"古元画展——纪念古元诞辰百年"⑪"永远的战士——纪念彦涵诞辰 100 周年"⑫"桃李桦烛——李桦诞辰 110 周年纪念展"⑬"理想与诗情——黄新波百年艺术纪念展"⑭等;雕塑方面的"刘开

①　https://exhibit.artron.net/ce/48535(中国美术馆,2016 年)

②　https://exhibit.artron.net/exhibition-50758.html(中国美术馆,2017 年)

③　https://exhibit.artron.net/exhibition-45450.html(成都博物馆,2016 年)

④　龙美术馆(西岸馆),2019 年。

⑤　http://www.namoc.org/quanjing/2012/20120812_bnxclxcyshgz/index.html(中国美术馆,2012 年)

⑥　http://www.chnmuseum.cn/portals/0/web/vr/2019ydcq/(国家博物馆,2019 年)

⑦　https://www.cafamuseum.org/exhibit/detail/582(中央美术学院美术馆,2018 年)

⑧　http://www.artexb.com/pano/wuzuoren001/(中国美术馆,2018 年)

⑨　https://exhibit.artron.net/exhibition-67234.html(广州美术学院美术馆,2019 年)

⑩　https://www.cafamuseum.org/exhibit/detail/519(中央美术学院美术馆,2016 年)

⑪　https://www.cafamuseum.org/exhibit/detail/644(中央美术学院美术馆,2019 年)

⑫　http://www.namoc.org/quanjing/2016/20160825_yh/index.html(中国美术馆,2016 年)

⑬　https://www.cafamuseum.org/exhibit/detail/581(中央美术学院美术馆,2017 年)

⑭　https://exhibit.artron.net/exhibition-46641.html(广州美术学院美术馆,2016 年)

渠与二十世纪中国美术"①"至爱之塑——雕塑家王临乙、王合内夫妇作品文献展"②等；艺术多媒介运用方面的"张仃百年诞辰艺术展"③等；摄影方面的"静山远韵——郎静山艺术特展"④"光影见史——吴印咸诞辰115周年摄影艺术展"⑤等。这些展览多以艺术家经典名作的集中出场，难得一见的私藏公开，未被注意的作品与资料的发现与整合，超乎以往展览规模的内容扩大和充实，符合艺术家人生与作品气质的展陈设计，以及将艺术家置于二十世纪中国社会与画坛变革的大背景中勾画框架见长，往往成一时之话题，亦成为艺术家研究学术史上的重要里程碑。

而较之艺术家回顾与研究的纷纷展开，专题研究的开展亦在如下两方面呈现出引人注目的推进。其一是北京画院美术馆基于馆藏齐白石藏品，持续数年开展的齐白石绘画题材分类专门展。如"可惜无声"之草虫⑥、"胸中山水奇天下"之山水⑦、"越无人识越安闲"之人物⑧、"我生无田食破砚"之书法⑨、"三百石印富翁"之篆刻⑩、"人生若寄"之手札⑪等。这些展览规模适当，议题集中，线索明确，加之美术馆协调各方供料精彩，藏品每有增补更新，故在引人入胜、入深和令人回味方面更胜一筹。其二是专门针对艺术家作品展开的专题展览研究。这方面

① http：// new. artmuseumonline. org/360/zhysg/web16/pano. html(中华艺术宫,2016 年)

② https：// www. cafamuseum. org/exhibit/detail/580(中央美术学院美术馆,2017 年)；http：// www. namoc. org//quanjing/2016/20160411_wlywhn/index. html(中国美术馆,2015 年)

③ http：// szzt. artmuseum. tsinghua. edu. cn/show/2017-12-13/1513135857132. shtml(清华大学艺术博物馆,2017 年)

④ http：// www. namoc. org/quanjing/2013/20131122_jsyy_ljssyystz/(中国美术馆,2013 年)

⑤ http：// www. namoc. org/quanjing/2015/20150818_wyx/index. html

⑥ https：// exhibit. artron. net/exhibition-37285. html(北京画院美术馆,2015 年)

⑦ https：// exhibit. artron. net/exhibition-58562. html(北京画院美术馆,2018 年)

⑧ https：// exhibit. artron. net/exhibition-65526. html(北京画院美术馆,2019 年)

⑨ https：// exhibit. artron. net/exhibition-55290. html(北京画院美术馆,2017 年)

⑩ https：// exhibit. artron. net/exhibition-17203. html(北京画院美术馆,2012 年)

⑪ https：// exhibit. artron. net/exhibition-23414. html(北京画院美术馆,2014 年)

的数字展览如"芳草长亭——李叔同油画珍品研究展"①"一丘藏曲折、缓步有跻攀——陆俨少杜甫诗意画专题展"②"大爱悲歌——周思聪卢沉《矿工图》组画研究展"③"一位艺术家的长征——北京画院藏沈尧伊《地球上的红飘带》连环画原作研究展"④"轻舟已过万重山——关山月与近代以来的江峡图景展"⑤"靳尚谊——向维米尔致敬"⑥等。其中，李叔同展由李叔同一件早期藏品带出对二十世纪赴日留学西洋画的大景观勾描并在勾描中理解李叔同，关山月展由关山月的一件以长江为母题的山水画带出对长江历史文化图景的呈现并在呈现中回溯关山月，靳尚谊展由靳尚谊"临摹"维米尔的三件作品带出艺术家学习背后怎样激活传统经典的问题思考，都给人以点带面的历史开阔感和学术启发性。

与之同时，数字展览还提示我们注意各馆对被边缘或被埋没的艺术家及其价值进行发现和发掘的努力，这方面如"飞羽掠天——吴大羽的诗与画"⑦"得自蒲团——画僧懒悟的笔墨禅境"⑧，以及没有实现数字在线的"南国——谭华牧的画日记"⑨。法国留学生吴大羽（1903-1988）和日本留学生谭华牧（1895-1976）都属于接受西方现代主义影响较深的艺术家，1949 年之前他们都曾担任不同美术学校西画系的主任教授，画坛有名，但二十世纪五十年代后渐渐名声寂寥。懒悟（1901-1969）少年家贫，托身佛门，浸淫笔墨世界，不求闻达。艺术研究中的"发现"

---

① https：// www. cafamuseum. org/exhibit/detail/235（中央美术学院美术馆，2013 年）

② https：// exhibit. artron. net/exhibition-65178. html（陆俨少艺术院，2019 年）

③ https：// exhibit. artron. net/exhibition-36126. html（北京画院美术馆，2017 年）

④ https：// exhibit. artron. net/ce/46730（北京画院美术馆，2016 年）

⑤ http：// quanjing. artron. net/scene/E723jgfujjeg8SrRzGscV1bk4bz1GEyY/gsy/tour. html（深圳市关山月美术馆，2019 年）

⑥ https：// www. cafamuseum. org/exhibit/detail/368（中央美术学院美术馆，2011 年）

⑦ http：// quanjing. artron. net/scene/1X4zd6oLbcJGGrk8Rp5F8knIdBybSNyg/wudayu/tour. html（北京画院美术馆，2016 年）

⑧ https：// exhibit. artron. net/exhibition-66775. html（中国美术馆，2019 年）

⑨ 何香凝美术馆，2018 年。

与社会文化语境转变引起的思想认识调整有关,但随着这种认识调整所看见的陌生与新鲜并不就等同于发现,其中的绝大多数会在常态化、开放性的审视后逐渐趋于日常和平庸,只有那些在艺术精神之旅中更纯粹更高级更有其精神格调的人和实践才会真正令人琢磨。吴大羽、谭华牧、懒悟等艺术家的"发现",足以不断令人琢磨。

(二) 校藏与校史、教师与美育、留学生与留学等有关现代美育问题的研究趋于活跃

中国现代艺术启动很大程度借步于美育实践,其中,出国留学、兴学办校是现代美育实践展开的主要内容。透过数字展览这扇窗,我们可以看到几年来美术界对校藏与校史、教师与美育、留学生与留学等有关美育问题的研究趋于活跃。

首先,不难注意到,中央美术学院美术馆自 2012-2016 年先后推出 5 个与其校史有关的研究展,包括数字在线的"馆藏北平艺专精品陈列西画部分"①、"会师——从北平艺专、延安鲁艺到中央美院(1946-1953)"②"传统的维度——二十世纪五六十年代中央美院对民族传统绘画的临摹与购藏"③"从木刻到版画——中央美院版画专业初建(1953-1966)藏品藏书文献展"④。该系列展览的时间跨度从 1918 年诞生的"国立第一美术学校"北京美术学校开始,至二十世纪六十年代的中央美术学院为止,是中央美院第一次通过藏品和文献,对自身沿革来历、师资结构及其学科发展和精神传统进行的美术馆学和美术史意义上的梳理。

---

① https://www.cafamuseum.org/exhibit/detail/231(中央美术学院美术馆,2012 年;中国画部分未实现数字在线)

② https://www.cafamuseum.org/exhibit/detail/480(中央美术学院美术馆,2014 年)

③ https://www.cafamuseum.org/exhibit/detail/508(中央美术学院美术馆,2015 年);https://www.cafamuseum.org/exhibit/detail/572(中央美术学院美术馆,2017 年)

④ https://www.cafamuseum.org/exhibit/detail/551(中央美术学院美术馆,2016 年)

为此,馆方为将校藏与校史的研究导向深入,还曾发动研讨并出版同名论文集《北平艺专与民国美术学术研讨会论文集》。中央美院美术馆的这一系列行动,极大触动了兄弟美术馆在馆藏资源方面开源导流,针对本地艺术校(系)创业和创作历程的梳理和讨论近年来亦纷纷展开。这方面如广州美术学院美术馆主办"从广州到武汉——广州美术学院藏二十世纪五六十年代作品展"①(未数字化)、"向海洋——广州美术学院藏二十世纪 50-70 年代'海洋建设'主题作品展"②"白咬着黑——新兴木刻运动中的现代版画会馆藏作品展"③(未数字化),以及江苏省美术馆主办的"春风化雨——原中央大学的美术教育实践作品文献展"④等展览。在五个校史专题展之后,中央美术学院依托美术馆馆藏和校史研究的基础,进一步加强对美术馆馆藏的梳理和利用,积极推进和实施以馆藏联系创作、教学和美育影响方面的研究展览,形成"历史的温度——中央美术学院与中国具象油画"⑤"大美之艺——中央美术学院的艺术创造与美育影响"⑥等以馆藏创作为中心,展现二十世纪中国美术创作和美育发展历程的大型研究展览。而随着对美育建设的重视,以美育为逻辑线索回顾艺术家创作和教育贡献的展览也相继涌现。"丹心育美——姜丹书与近现代美术教育"⑦"丹青锦裳——郑锦与中国近现代美术教育"⑧"图案人生——中国现代设计教育奠基人雷圭元艺术回顾展"⑨"至诚无

---

① 广州美术学院美术馆,2016 年。

② 广州美术学院美术馆,2019 年,四维看展小程序。

③ 广州美术学院美术馆,2019 年。

④ 江苏省美术馆,2019 年(未数字化)。

⑤ https://www.cafamuseum.org/exhibit/detail/492(太庙艺术博物馆,2015 年)

⑥ https://www.cafamuseum.org/exhibit/detail/639(中央美术学院美术馆,2019 年)

⑦ http://www.zjam.org.cn/visual/jds/_flash/index.html? scene_id=32170356(浙江美术馆,2019 年)

⑧ https://exhibit.artron.net/exhibition-61463.html(中央美术学院美术馆,2019 年)

⑨ http://szzt.artmuseum.tsinghua.edu.cn/show/2017-4-2/1491109322594.shtml(清华大学艺术博物馆,2017 年)

息——李瑞年与美术教育"①"花开敦煌——常沙娜艺术研究与应用展"②等，即反映了这方面的动向。

其次，也不难注意到，近年来以留学生与中国现代艺术为议题中心的展览逢展必热，引起美术界内外的普遍关注。反映这一动向的数字展览有："归成——毕业于美国宾夕法尼亚大学的第一代中国建筑师"③"先驱之路——留法艺术家与中国现代美术（1911–1949）"④"二十世纪中国美术之旅——留学到苏联"⑤等。此外，没有实现数字成果的"取借与变革——二十世纪前半期美术留学生的中国画探索"⑥，是以赴日中国留学生为考察对象的专题研究，它与展览同期发动并出版的同名研讨会文集，亦是构成此动向的重要内容。这些展览涉及二十世纪至其六十年代中国现代艺术留学的重要国度及留学生群体。其中，人员群体和留学状况比较明晰、留学物证和材料保留较丰富的是宾大建筑师展和留学到苏联展。留法留日艺术家展主要是借助国内公私藏品圈点留学生的艺术学习或实践，其实际文献与物证的缺席或匮乏对留学生艺术学习与实践转化的深入认识依旧有较大影响，但能将散落各地的留学生艺术家藏品汇聚一堂以为观瞻，亦是展览殊为难得的贡献。与之同时，在有留学或长期海外生活经历的老艺术家回顾展中，人们对于其海外学习生活表现出浓厚的求知兴趣，相关物证和资料的发现也经整理被辑入展览或展览的配套出版物中。如数字在线"人中奇逸——李铁夫艺术精品展"⑦及随展出版的《李铁夫研究文献集》、"至爱之塑——雕塑家王临乙、王合内夫妇作品文献展"等，即在这方面多有反映。

---

① https：//exhibit.artron.net/exhibition-60915.html（中央美术学院美术馆，2019年）

② https：//exhibit.artron.net/ce/49889（中国美术馆，2017年）

③ http：//szzt.artmuseum.tsinghua.edu.cn/show/2019-9-19/1568901265447.shtml（清华大学艺术博物馆，2019年）

④ https：//www.cafamuseum.org/exhibit/detail/625（中央美术学院美术馆，2019年）

⑤ http：//www.namoc.org/quanjing/2013/20130301_lxdsl/（中国美术馆，2013年）

⑥ 何香凝美术馆，2016年。

⑦ https：//exhibit.artron.net/exhibition-60916.html（北京画院美术馆，2019年）

　　毋庸置疑,中国现代艺术留学问题成为热点话题与改革开放后的国际合作日益密切相关,以留学生调查以及留学生所在国美术学校与博物馆收藏研究为中心的国际合作亦在最近几年相继展开,专门通过学院收藏讨论法国学院和沙龙制度的展览也随之而来。分别在北京、上海举办的"学院与沙龙——法国国家造型艺术中心与巴黎国立高等美术学院珍藏展"①"美术的诞生:从太阳王到拿破仑——巴黎国立高等美术学院珍藏展"②,实际为国内学者同步研究艺术留学问题提供了明确而具体的文化维度,即留学生曾经面对的法国美术学院制度史、收藏史和艺术史结构起来的文化空间。

　　在留学话题持续热议、国际合作不断加强的氛围下,可以注意到一方面相应的美术史论研究与发表比较活跃。2019 年由中国艺术研究院美术研究所主办,邀请国内外三十余位学者参与的"中国近现代美术留学史料与研究国际工作坊"应运而生,其集中讨论中国现代美术留学欧美问题的同名论文集,亦在 2020 年由文化艺术出版社结集出版。另一方面也反促了对外籍在华艺术家及其艺术实践与贡献的追踪和研究,如"立体音符·城市景观——邬达克与近代上海建筑展"③即是这一动向的实际反映。

(三)整体上持续推进区域美术研究者,以广东最为突出

　　近十年来,能够基于地方传统资源梳理文献和作品,又拓宽研究格局予以开放性和联系性地观察流派与现象,在整体上持续推进区域美术研究者,以广东最为突出。数字在线的 4 个展览非常清晰地反映了

---

　　① 　http：// www. chnmuseum. cn/portals/0/web/vr/2018xyysl/pc/src/index2. html(国家博物馆,2018 年)

　　② 　上海博物馆,2019 年(未数字在线)。

　　③ 　上海市历史博物馆,2019 年,四维看展小程序。

这一动向。它们是"曙色——二十世纪前期广东中国画变革之路"①
"翰墨绘新图——岭南画派画家描绘新中国作品展"②"图绘新中国——
广东国画的改造与转型（1949-1978）"③"其命惟新——广东美术百年大
展"④。其中，岭南画派纪念馆2017年推出的曙色展，是以其2011年
主办"岭南画派在上海"、2013年主办"国画复活运动与广东中国画"
这两次国际学术研讨会暨文献展的作品典藏与文献整理为基础，对二
十世纪前期广东中国画变革之路给予的展览报告。这两次会议成果均
有同名文集或文献展图录出版。给人耳目一新的是，无论是岭南画派
在上海，还是国画复活运动与广东中国画，讨论话题都力图超越地域和
宗派的成见，以更为开放的研究视野和更为多样的研究渠道，审视本地
与外地在广泛的文化、经济联系中形成的区域美术发展动态，从而为曙
色展探寻二十世纪前期广东中国画变革之路，深思身处其中的主张不
同的艺术家与流派实践的价值，提供了既聚焦中心又开放纵横的历史
图景。

　　"翰墨绘新图"展和"图绘新中国"展分别是广州美术学院美术馆、广
东美术馆入选2019年全国美术馆馆藏精品展出季的项目，两个展览的主
题立意比较一致。前者聚焦岭南画派第二代的关山月、黎雄才等人1949
年后的艺术实践，反映其继承"二高一陈"的艺术革命精神所展开的与时
俱进的题材拓宽和笔墨创新。后者通过自身馆藏并协调兄弟馆藏，力图
反映1949年后三十年广东中国画家在"为人民服务"的中国画改造要求
下，在题材、形象、思想、趣味上的改变和发展。这两个展览在主题和时

---

① 　https：∥exhibit. artron. net∕ce∕49895（广州美术学院美术馆，2017年）
② 　《疫情期间，广州美术学院美术馆群线上展览汇总》，2020年1月29日，广州美术学
院美术馆微信公众号。
③ 　https：∥www. artvrpro. com∕exhibition∕6519∕detail？ artvrpro_＝1a786acg92fgef398cb56
1593934c29b&hallId＝71（广东美术馆，2019年）
④ 　http：∥www. gdmoa. org∕Exhibition∕Online_Exhibition∕Virtualexhibition∕vtour_bj∕tour.
html（中国美术馆，2019年）

代上都接续"曙色"展,是对改革开放之前广东中国画三十年变革之路的呈现。

和"曙色"展、"翰墨绘新图"展、"图绘新中国"展专注二十世纪广东不同时期中国画变革讨论不同,"广东美术百年大展"则是通过协调北京、广东、上海等地国画、油画、版画、雕塑藏品,以"其命惟新"为主题,按时代进程回顾广东美术百年思潮递变、创作变革的一次大规模阅兵点将式的展示。展览并不局限于广东本土艺术家,而是放眼全国,将在美术创作上有成绩有贡献的广东籍或生活在广东的艺术家一体纳入广东美术百年的范畴,特别评选李铁夫、何香凝、高剑父、陈树人、高奇峰、林风眠、关良、方人定、司徒乔、赵少昂、李桦、王肇民、胡一川、黎雄才、关山月、廖冰兄、赖少其、黄新波、罗工柳、古元、杨之光等 21 人为广东美术大家,并配套出版《其命惟新——广东美术百年大展作品集》《广东美术百年 21 大家》《广东美术百年大事记》《广东美术百年研究文选》《广东美术百年理论文集》《广东美术百年大展作品选》等书籍画册 6 种,从作品遴选、文献整理和理论积累上为广东美术百年研究建立了比较系统和完整的资料库。

以上这些活动与展览连续形成的广东美术百年及研究的总貌,较之其他地区同一时期推出的展现本地美术创作和研究成绩的展览,明显具有纵横联系的历史视野和承前启后的战略雄心,在区域美术研究动向上显得一枝独秀。

(四)尝试概括和书写摄影在中国的历史进程

目前在线能够搜索到的数字摄影展览总体不多,差不多 10 个左右,除摄影师作品的回顾展与馆藏展外,其余看似互不相干的摄影展览却呈现出内在诉求的相似性,即对摄影在中国的发生史实展开整理与收藏,并尝试概括和书写摄影在中国的历史进程。

专注摄影史实发生的数字展览主要有 4 个,分别是"百年光影——故宫老照片特展"①"世相与映像——洛文希尔摄影收藏中的十九世纪中国"②"瓦尔特·博萨德与罗伯特·卡帕在中国"③"四月前后——1976 至 1986 大型摄影文献展"④。其中,故宫和十九世纪中国展展现的是中外机构收藏的摄影术传入中国之初由中外摄影师拍摄的照片;博萨德和卡帕在中国展呈现的则是两位外国摄影记者对二十世纪三十年代中国社会风貌的纪录,西方视角和战时摄影是这个展览中让人感兴趣的话题;四月展则是有关二十世纪七八十年代"四月影会"和"现代摄影沙龙"成员作品的发现和收藏展。以上除故宫老照片展外,其余数字展的用户体验都不理想。场景式数字展览完全无视用户对作品与信息更多了解的愿望,使得及时搜集展览出版图录(如果有出版的话)依旧是了解和占有展览资料必需的途径。

对摄影在中国的历史进程反映出明确的影史书写意图和方法的数字展览,目前主要有"摄影术传入至今的中国摄影书写"⑤这一个。该展览是中国美术学院 2014 年成立中国摄影文献研究所后,在不断推进以战争摄影为重心的影像档案收藏和影史事件挖掘的基础上,继续推动中国美术学院美术馆在 2018 年建立摄影部之际举办的。展览以"中国摄影史"和"中国革命的视觉档案"作为基本结构,分别各有五个专门案例的研究成果回应影史写作和档案分析,比如影史方面的专案"1949:一个时刻和新中国摄影机制的形成""佚名照——二十世纪下半叶中国人的日常生活图像",档案方面的专案"白求恩:从马德里到华北""华北一个村

---

① https://exhibit.artron.net/exhibition-61112.html(故宫博物院,2015 年)

② http://szzt.artmuseum.tsinghua.edu.cn/show/2019-8-19/1566224358354.shtml(清华大学艺术博物馆,2019 年)

③ http://szzt.artmuseum.tsinghua.edu.cn/show/2019-12-11/1576039414344.shtml(清华大学艺术博物馆,2019 年)

④ https://exhibit.artron.net/ce/43777(映画廊,2016 年)

⑤ http://360.7mphoto.com/20190422nsmysyz/index.html(中国美术学院美术馆,2019 年)

庄的革命：柯鲁克档案"等，明确反映了主办方对中国摄影书写基于个案、档案以结构影史要义的历史叙述思路。同样体现对中国摄影回顾研究意识的展览还有"摄影 180 年在中国"①。尽管展览本身未被全景数字化，但主办方银川当代美术馆将展览的结构和采用的作品上传其官网，宣称展览"是国内迄今为止第一次将中国摄影的历史完整呈现出来的展览"，指出其目的是"回顾文明史、图像史以及以摄影为表现方式的艺术史"②，并通过历史时间轴呈现摄影发生与潮流、观念递变的框架——晚清：原版的重拾，民国：摄影艺术的摇篮，纪实：从画意到新纪实，当代摄影：新理念——回应其宣称和目的。

　　显然，两个展览在对摄影历史书写的理解以及对相应方法的把握运用上多有不同，所形成的摄影在中国的纪程概括也并不一样，这很正常，也很需要，彼此不同，多多益善，慢慢沉淀，自会在比较中产生学界接受的中国摄影史写作方法与成果。

（五）1978 年以来现代艺术潮流及艺术家实践的回顾展开始登上历史舞台

　　在中国现代艺术纪程中，改革开放以来的艺术及其历程相较于1978 年前，无论是从艺术外部，还是从艺术内部，都发生了非同寻常的深刻变化，出现了这一时代艺术家面对的问题和回应问题的时代弄潮儿。2018 年，不仅是记录改革开放条件下中国现代艺术历时四十年的时间点，同时也是生逢解放思想和发展经济年代的艺术家——他们普遍出生于二十世纪五十年代——从国家工作岗位接近全员退休的年份。所以近些年来，特别是 2018 年以来，不仅有回顾

---

① 　银川当代美术馆，2019 年。

② 　http：//www.moca-yinchuan.com/view.asp？newsid＝557&aid＝13（银川当代美术馆，2019 年）

改革开放四十年艺术潮流与作品收藏的展览涌现,而且也出现了在现代艺术潮流中活跃的 50 后艺术家或群体采取"回顾以更新"的展览方式,重新理解其四十年来艺术实践的思想和方法、意义和价值。可以这么说,1978 年以来现代艺术潮流及艺术家实践的回顾展开始登上历史舞台。

数字展览对此有积极的反映。我们可以看到,面向潮流回顾与艺术收藏的数字展览主要有"中国新水墨作品展(1978–2018)"①"前卫·上海——上海当代艺术三十年文献展(1979–2010)第一单元重启现代主义(1979–1985)"②"转折点——中国当代艺术四十年"③等。其中,中国当代艺术四十年展示的是上海龙美术馆对 1978 年以来近百位潮流艺术家代表作的收藏,其中不乏独属于这个时代的扛鼎大作。上海当代艺术文献展聚焦上海,认为"作为中国现代主义的发源地,上海是中国唯一在二十世纪没有中断现代主义的城市"。其第一单元梳理的是 1978–1985 年上海"从民国现代主义到六七十年代'地下抽象'"这一现代主义线索上的作家(群体)和作品,文献编辑意识突出。第二单元前卫主义潮流(1985–1992)、第三单元走向当代艺术(1993–2010)未实现数字展览。新水墨作品展是国家艺术基金 2018 年资助项目,主办方北京民生现代美术馆共协调了全国十余家美术馆以及众多艺术家、收藏家的藏品资源,分"新中国画"和"新水墨"两部分梳理和讨论 1978 年以来以水墨为媒介的绘画发展。其在"新"这一冠名前提下区分"中国画"和"水墨"的想法和做法,从历史逻辑上来说,依旧是五四新文化运动以来贯穿百年的中与西、传统与现代的文化冲突在当下的生长和反映。同样基于潮流回顾的研究展览还有未实现数字化的"星星 1979"。主办方芝加哥艺术中心聚焦中国现代艺术中的著名事件,借助文献与作

---

① https://exhibit.artron.net/exhibition-61126.html(北京民生现代美术馆,2018 年)
② https://exhibit.artron.net/exhibition-54691.html(上海明圆美术馆,2017 年)
③ https://exhibit.artron.net/exhibition-57832.html(龙美术馆,2018 年)

品,以概念性历史重构的方式"回到现场",讨论改革开放之初星星这一群体的文化处境及其艺术反应。

　　与整体上的现代艺术潮流回顾与艺术收藏展览相伴随的,是尤仑斯当代艺术中心、北京民生现代美术馆、武汉合美术馆等机构,开始自觉地对已届耳顺之年的新潮艺术家开展个案研究。这方面的数字展览如"思想与方法——徐冰个展"①"体系的回响——隋建国作品展"②"多重叙事:张晓刚艺术档案(1975-2018)"③"深度阅读——毛旭辉文献展"④"王广义——存在与超验"⑤等。这些展览以多样的方式呈现艺术家几十年来的代表性创作实践,而丰富的个人文献在辅助说明其创作实践的因果逻辑时,也为其实践在场的艺术潮流提供了具体丰富的视觉资料。但是,艺术家和策展人在回顾以往时,明显都不满足于将艺术家的创作成果盖棺定论为一种潮流遗产,他们的展览主题本身都已经非常明确地含有一种意识,即艺术家以个人全部储备重新"复活"那些代表性创作的目的,并非进行二度艺术审美,而是一种深度阅读、是多重叙事、是再创作。因为在不同以往的艺术语境和展览空间的创作"复活"中,再度回响的思想与方法绝非对过去的重复,这其中包含了对自我的审视、对现实的反馈、对文化的回应等诸多复杂而新鲜的因素,艺术家和策展人就是要在这些交缠中重新清理内存,赋予其新的思考和理解,而这和艺术家正在着手或计划的艺术实践是普遍联系的。从这个意义上讲,回顾展本身也是一件新作。这种"回顾以更新"的逻辑明显和前述老艺术家回顾研究展不同,它从荣誉性质中解放出来,成为适用于成熟艺术家在总结中前进的常规研究方式。

---

①　https://www.artexb.com/pano/xubing004/(尤仑斯当代艺术中心,2019 年)

②　https://exhibit.artron.net/exhibition-64599.html(北京民生现代美术馆,2019 年)

③　https://exhibit.artron.net/exhibition-60922.html(合美术馆,2019 年)

④　https://exhibit.artron.net/exhibition-59308.html(合美术馆,2018 年)

⑤　https://exhibit.artron.net/ce/48063#page1(合美术馆,2016 年)

结　语

以上从搜索、评价到动向研判，对中国现代艺术数字展资源的分析和讨论，仅是笔者一家之言。内中所谈展览，特别是在京举办的展览，出于教研或其他需要，笔者多有现场观摩，而且其中也不乏笔者参与策划的展览。在行文将止之际，笔者想补充说明的是：

1. 数字展览只是有效"复盘"或弥补现场观摩不足的辅助途径，而现场观摩才是有效理解数字展览的唯一前提，这种本末关系——特别是对有科研诉求的用户来说——绝不能颠而倒之。

2. 本文梳理的数字展览主要是目前在技术应运上比较广泛、真实反映展厅空间布局关系的 360° 全景及少数 3D 虚拟，但就此并不认为主办方对展览涉及的海报、藏品、文字、图片、视频、音频等信息内容上传就是过时的，可以被淘汰了。恰恰相反，展览信息的分类给予、充分给予，应该从多方面、多形式予以规划和保证，经年累月，必将有助于未来对今日之一馆与数馆、一方与一时的展览史书写和建构。

3. 作为一种新艺术资源，数字展览对第三方用户而言弥补了因故无法现场观看展览的遗憾，同时也给予了其在现场观展时未能及时获得和占有更多材料信息的方便，于学习和研究而言都极为有利；对于出品机构等甲方来说，数字展览的出现从根本上解决了展览在时间和空间上的受限问题，也为更完整地建立独属于自己的数字资料档案馆乃至展览史创造了条件。对于技术支持的乙方来说，中国在网络普及程度与技术升级速度上的优势，使其在数字知识资源的开发利用上，无论是深度还是广度都有较广阔的前景。基于此，单纯从用户角度来说，希望甲乙双方全面深入合作，为用户建立更方便高效的平台，提供更多便于搜索、体验良好、内容优质的数字展览资源，以期在未来的研究动向把握中获得更完整充实的信息和内容。至于其中涉及的知识普及与版权保护、知识获取与数据付费等问题，也需要加快规范，依法推进，为保障和升级数字展览资源服务形成法律制度层面的保证。

4. 数字展览的意义和价值不仅仅是对展览的复制和保留，即如本文借助数字展览去把握研究动向，本身也已说明数字展览具有多重意义和价值。对于数字展览多重意义和价值的实现和探讨，是美术馆学而不仅仅是美术馆发达与否的一种体现。二十一世纪以来的二十年，美术馆虽然在中国如雨后春笋般涌现，但业界对美术馆学的理解和认识程度，整体上依旧处于基础起步阶段，数字展览的良莠不齐及其在国家重点美术馆的悬殊链接也从一个局部反映了这一点。相对于欧美发达国家美术馆在美术馆学上的积累和深耕，国内美术馆与之差距巨大，尽管我们在某些硬件更新和网络新技术使用上并不逊色甚至引以为傲。他们在美术馆学意义上开展的数字成果的深度沟通和知识再生，对于中国美术馆学的发展极具启发。

从"积淀说"的形成看中国画传统笔墨的传承与变革

孟云飞

　　形成于二十世纪七八十年代的"积淀说"是以李泽厚为代表的实践美学学派的重要核心概念，是运用马克思主义的实践论改造康德先验论的重要理论产物，它把荣格的"集体无意识原型论"、克莱夫·贝尔的"有意味的形式"论以及格式塔心理学的完形论等观点有机地融合在一起，强化了以物质劳动为基点的实践本体论，强调了实践劳动中物质与精神彼此渗透的同一性特征，极大地发展了"自然人化"理论，对整个当代中国人文研究领域具有巨大的影响力。如果从"积淀说"的角度去考察中国画传统笔墨的演进过程，就会发现传统笔墨的发展就是在"积淀"基础上不断"突破"的过程。

一、积淀与突破

　　早在 1956 年，李泽厚就在《论美感、美和艺术》一文中指出："美感的矛盾二重性,简单说来,就是美感的个人心理的主观直觉性和社会生活的客观功利性。""个人的超功利非实用的美感直觉本身中,也就包含了人类社会生活的功利的实用的内容,只是对于个人来说,这种内容不能察觉而是潜移默化地形成和浸透到主观直觉中去了。"① 而这种美感二重性,正是"积淀说"产生的潜在逻辑根基。在他看来:"美感就是自然的人化,它包含着两重性,一方面是感性的、直观的、非功利的;另一方面又是超感性的、理性的,具有功利性。"② 鉴于此,为了处理美感的二重性之间的矛盾,必须就"要研究理性的东西怎样表现在感性中,社会的东西怎样表现在个体中,历史的东西怎样表现在心理中。后来我造了'积淀'这个词,就是指社会的、理性的、历史的东西获积沉淀成了一个个体的、感性、直观的东西,它是通过'自然的人化'的过程来实现的"。③ 由此可知,它是通过"积淀"将美感的二重性相交融统一,从而建立人类的心理情感本体,为主体的审美创造了心理条件。

而在 1979 年,李泽厚在《批判哲学的批判——康德述评》一书中正式提出了"积淀说",他在文中写道:"通过漫长历史的社会实践,自然人化了,人的目的对象化了。自然为人类所控制改造、征服和利用,成为顺从人的自然,成为人的非有机的躯体,人成为掌握控制自然的主人。自然与人、真与善、感性与理性、规律与目的、必然与自由,在这里才具有真正的渗透、交融与一致。理性才能积淀在感性中,内容才能积淀在形式中,自然的形式才能成为自由的形式,这就是美。美是真、善的对立统一,即自然规律与社会实践、客观必然与主观目的的对立统一。审美是这个统一的主观上的反映,它的结构是社会历史的积

---

① 李泽厚:《美学论集》,上海:上海文艺出版社 1980 年版,第 4-11 页。
② 李泽厚:《李泽厚十年集》,合肥:安徽文艺出版社 1994 年版,第 463 页。
③ 同上,第 301 页。

淀。"①其后于 1984 年,李泽厚又在《美感杂谈》一文中说:"'积淀'的意思,就是指把社会的、理性的、历史的东西累积沉淀为一种个体的、感性的、直观的东西,它是通过自然的人化的过程来实现的。我称之为'新感性',这就是我解释美感的基本途径。"②他在这里所说的"新感性"就是一种人化的、内在的自然,这种产物就是社会实践的"积淀"结果。由此可见,"积淀"依赖于"漫长历史的社会实践",具有不可逆的历史连续性,而积淀的时间是单向的具有一维性。它是把以往连续地积累,沉淀现在之中,故而,"积淀"便是一个过程,可以无限地延续下去,但其基本结构却具有稳定性。正如美国意识流文学代表人物、诺贝尔文学奖得主威廉·福克纳所言:"过去其实并没有真正过去,过去就活在今天。"而"美"作为一种自由的形式是在人类社会实践中长期"积淀"的结果,它并不是永恒的,而是产生和发展于人类的社会实践活动之中,也即是内在的"积淀"之中。而在 1989 年的《美学四讲》中,李泽厚对"积淀说"进行了系统化的总结指出:"所谓'积淀',正是指人类经过漫长的历史进程,才产生了人性——即人类独有的文化心理结构,亦即从哲学讲的'心理本体',即'人类(历史总体)的积淀为个性的,理性的积淀为感性的,社会的积淀为自然的,原来是动物性的感官人化了,自然的心理结构和素质化成为人类性的东西'。这个人性建构是积淀的产物,也是内在自然的人化,也是文化心理结构,也是心理本体,有诸异名而同实。它又可分为三大领域:一是认识的领域,即人的逻辑能力,思维模式,一是伦理领域,即人的道德品质、意志能力,一是情感领域,即人的美感趣味,审美能力。可见,审美不过是这个人性总体结构中有关人性情感的某种子结构。"③更重要的是,李泽厚从微观的角度,把积淀分为原始积淀、艺术积淀、生活积淀等三种形态,从而更加详尽

①　李泽厚:《批判哲学的批判》,上海:上海人民出版社 1979 年版,第 403 页。
②　李泽厚:《美感杂谈》,《丑小鸭》1984 年第 11 期。
③　李泽厚:《美学四讲》,北京:三联书店 1989 年版,第 113-114 页。

地阐释了审美"积淀"发生的历史进程。首先是原始积淀,原始人在长期的实践劳动中,形成了一种对自然的秩序、节奏、韵律的理解、领会和感受。其次是艺术积淀,是艺术作品的形象层的审美成果,它表现为由内容向形式的积淀,理性的向感性的积淀,并通过艺术形象的不断积累,内化在人的审美心理之中,从而不断地丰富主体的审美情感,进一步构造出人的心理情感本体。最后是生活积淀,它把"社会氛围转化入作品,使作品获得特定的人生意味和审美情调,生活积淀在艺术中了"。[①] 在这个过程中,生活积淀引入了随着时代变迁而产生的新的人生理解与生命激情,克服了原始积淀和艺术积淀的习惯化、模式化和凝固化的倾向,从而实现对原有积淀革新和超越,不断构建和发展出新的文化心理结构。

因此,"积淀说"虽然依赖于社会群体的理性积淀,但并不否定个体的感性突破。李泽厚还在《美学四讲》中着重强调要回归个体、感性与偶然,摆脱任何形上观念的控制支配,"个体先天的潜力、才能、气质将充分实现,它迎接积淀、组建积淀却又打破积淀。于是积淀常新,艺术常新,经验常新,审美常新"。[②] 而在《华夏美学》中,他又指出,"在对审美客体的直感观照中,在艺术对人生之味的浓缩中,个体"既参与了人类心理本体的建构与积淀,同时又是对它的突破和创新。因为每个个体的感性存在和'此在',都是独一无二的"。[③] 所以,"美既不是对过去历史的简单重复,也不是割断历史的一味超前,而只发生在过去与未来相交的那一不断变动的结合点上。一言以蔽之,它是'积淀'基础上的'突破'"。[④]

---

①　李泽厚:《李泽厚十年集》,第 564 页。
②　李泽厚:《美学四讲》,第 250 页。
③　李泽厚:《华夏美学》,北京:中外文化出版公司 1989 年版,第 230–231 页。
④　陈炎:《试论"积淀说"与"突破说"》,《学术月刊》1993 年第 5 期。

二、传承与变革

如果从李泽厚的"积淀说"角度看中国传统绘画的演进，就不难发现，中国画的传承与变革其实就是一种在"积淀"基础上的突破。而中国画一个不可缺少的基本内核——笔墨结构及其内在精神，就是历朝历代的无数中国画家通过自身的艺术实践不断"积淀"而形成的一种独特的审美文化心理结构，这也是中国画区别于其他绘画种类的最本质特征。

（一）中国传统的笔墨结构和语言不是一种先验存在，而是在长期实践中"积淀"的产物

按照"积淀说"的观点，通过自然的人化，一方面人类的实践活动使自然界发生改变，另一方面这个过程使人的审美感官和感情发生变化。也就是说，人类在改造外在自然的实践活动中，要不断与自然接触，揭示自然的规律、结构和形式，然后将这一切又积累在以后的实践活动中，并作用于人的感觉、情感中，从而形成实现了感官的人化，形成人类所独有的审美的感官，最终使人与动物区分开来。而在这一过程中，人类实践在外在客体对象上积淀为美，同时在主体内在积淀为一种审美的心理结构。从某种意义上也可以说，人类通过长期的不断实践，将外在的自然的规律、结构和形式积淀成内在审美的心理结构。而纵观中国绘画的发展历史，历代画家通过长期的艺术实践，与大自然相接触，"外师造化"而"中得心源"，将对外在自然的描摹"积淀"成一种独特的笔墨结构与笔墨精神。作为中国画的主要语言，笔墨在早期只是

一种造型手段,仅仅起到界定物象轮廓的作用,在用笔方面讲究下笔的中锋、偏锋、逆锋,以及运笔的轻重、疾徐、偏正、曲直等。在用墨方面也非常考究,不但有浓墨、淡墨、干墨、湿墨,还有泼墨、积墨、清墨、焦墨,甚至还有破墨、飞墨诸法,可谓异常丰富多彩。而在中国画论史上,五代时期著名山水画家荆浩第一次提出笔墨概念,"笔者,虽依法则,运转变通,不质不形,如飞如动;墨者,高低晕淡,品物浅深,文采自然,似非因笔"①,而山水画创作必须笔墨兼备,以笔法造其型,以墨法取其质,通过"笔"与"墨"相关搭配来完成对自然山水的真实再现,进而产生"气韵俱盛"的艺术效果。例如荆浩的《匡庐图》,以全景式的构图法谋篇布局,危峰突兀,重岩叠嶂,山路崎岖,飞瀑直下,气势雄壮,意境峻拔旷远、博大深沉。其山峰由倾斜的片状石块集结而成,用笔精到,刻画细腻,勾、点、皴三位一体,山体外侧轮廓则以流利的笔法直劈而下,边缘整饬,如切刀划过,而渲染则是在岩石内侧用浓墨,靠近轮廓时逐渐变浅。这种水墨晕染的方法与勾皴的笔法相结合,成功地塑造出山体真实的立体感和厚重感。

但经过漫长的"积淀"之后,历代中国画大师各自从不同角度发挥了笔墨的性能,笔墨已从具体形象中被提炼出来,演变成一种独特的符号性的表现形式——笔墨结构。这就是李泽厚所说的艺术积淀,即艺术由再现到表现,由具体形象的反映转变为抽象形式的表现情感的,而这种形式并不空洞,而是积淀着人们的审美情感、观念、趣味的"有意味的形式",这种形式经过了反复的规范化、普遍化和抽象化就演变成了一般的形式美。而笔墨结构就是积淀了中华民族独特审美心理与评价标准的"有意味的形式",是历代画家对物象提炼、概括,并使之秩序化、节奏化和抽象化的产物。其内部由点、线、面组成,而这些笔墨元素在二维空间中构建了一种宾主朝揖、疏密相间、刚柔相济、虚实相生、偃

---

① 　俞剑华:《中国古代画论类编》,北京:人民美术出版社 1998 年版,第 605—612 页。

仰顾盼的结构关系,组成了富有意趣的情境形式,充分地展现出中国画的特有的空间意境。因此,笔墨结构体现了中国画独特的审美认知方式和观察方法来,以线面造型的手段来塑造意象,最后经过笔墨语言的调配而形成画面具体的艺术形象。这样,笔墨结构以及其承载的审美心理就成为一种规定中国画基本性质的合理内核与基因。

（二）笔墨结构是一种动态的开放系统而非僵死的模板

那么,笔墨结构或者语言会不会成为那种固定、僵化的"心理板结层"? 清代的石涛曾言:"笔墨当随时代",傅抱石也曾说:"思想变了,笔墨就不能不变",也就是说笔墨结构或语言不是一成不变的模板,会随着时代的发展而发生变化,也就是笔墨具有时代性,是一种动态的开放性系统,使画家可以不为古法所拘,不为外物所限,不为他人风格所囿,以我之手写下当下之我。这正如李泽厚对个体感性意义的强调,他说:"这意义不同于机器人的'生命意义',它不能逻辑地产生出来,而必须由自己通过情感心理来寻索和建立。所以它不只是发现自己,寻觅自己,而且是去创造、建立那只能活一次的独一无二的自己。"①因此,传统笔墨是一种活的生命,随着社会的变革,会破除凝固流动起来。而对传统笔墨结构和笔墨语言的继承与再发现并不是要陈陈相因、食古不化,而是要研究、理解、借鉴前人积累的优秀的笔墨经验,使之更新换代,提升到一个更高的历史水平。诚如李泽厚所言:"艺术家的天才就在于去创造、改变、发现那崭新的艺术形式层的感知世界。记得歌德说过,艺术作品的内容人人都看得见,其含义则有心人得之,而形式却对大多数人是秘密。对艺术的革新,或杰出的艺术作品的出现,便不一定是在具体内容上的突破与革新,而完全可以是形式感知层的变化。

---

① 李泽厚:《美学四讲》,第 250 页。

这是真正审美的突破，同时也是艺术创造。"①

李泽厚强调针对社会氛围的"生活积淀"，他认为："社会氛围能集中表现社会的潮流、时代的气息、生活的本质，它和人们的命运、需要、期待交织在一起，其中包含有炽烈的感情，有冷静的思考，有实际的行动……善于感受和捕捉这些东西，对艺术创作是很重要的，而这也正是一种积淀。"②而中国画的传统笔墨语言能够不断地发展演进，主要原因就是中国传统画家都比较重视对自然和社会的观察、写生和体悟，使自己能够深入到其自身所处的时代之中，而不是与外界的时代发展相隔绝，从而能够将不同时期的社会氛围"积淀"到自己的笔墨语言中，进一步推动笔墨语言结构自我革新。不论是从六朝时期姚最的"心师造化"到五代荆浩《笔法记》中所说的"明日携笔复旧写之，凡数万本，方如其真"，还是从元代赵孟頫的"到处云山是我师"到清代石涛的"搜尽奇峰打草稿"等，这些都正是因为中国画家注重写生，不断观察自然，体悟山川之美，中国画的笔墨结构或语言才没有沦为僵化的"心理板结层"。尤其是二十世纪杰出的山水画大家李可染，将对景写生发展到对景创作，他强调"只有写生才能形象地、真实而具体地深入认识客观世界，丰富和提高形象思维"，"写生是对客观事物的认识、认识、再认识，是不断深化的过程，所以写生是基本功中最关键的一环"。③由于李可染对"对景写生"高度重视，其行程数十万里，用中国画的笔墨去表现当时的实地感受，使其作品的艺术效果极富生活气息和时代性，令观者耳目一新。诚如李可染自己所说的那样，传统只有在经过生活的检验之后，才能对其好坏优劣进行正确的取舍，至于新的创造则是艺术家通过观察、实践以及思维在大自然中发现前人没有发现的新规律而产生的艺术境界以及表现形式。这显然与李泽厚所说的"生活积

---

① 李泽厚：《美学四讲》，第 198 页。
② 李泽厚：《李泽厚哲学美学文选》，长沙：湖南人民出版社 1985 年版，第 402—403 页。
③ 王明明：《北京画院美术馆年鉴 2011》，南宁：广西美术出版社 2012 年版，第 234 页。

淀"如出一辙。① 如李可染的写生作品《家家都在画屏中》，从作品中可以看出，画家基本摆脱了传统山水画的构图方式，以与时俱进的审美眼光描绘新社会的自然美，为了在尺幅之间展现深远的空间层次，他对近景的树木、房屋进行了重新组合，拉开了近景与远景的空间距离，展示出丰富的山水意象。在写生技巧上，融会中西，将水彩画中的明暗处理方法融入浓厚的传统的笔墨意象之中，画面中的岸边建筑、船只、桥梁、点景人物，都是先勾轮廓，再加渲染；山体和树木基本以湿笔描绘，色墨交融，浓淡互破。他吸收了西方水彩画描绘光影、以块面为主的造型方式，并与中国绘画传统的没骨画法相结合，使墨色按照现实中的自然光影，形成画面中明暗对比关系。作品空间结构坚实厚重，笔调洒脱阔达，格调浓重质朴，一扫明清以来中国山水画空疏冷寂的绘画风格，展示了新时期浑厚博大的时代精神。

（三）传统笔墨语言的"积淀"是群体努力的结果而非个人之功

作为人类的主体性和群体性的"积淀说"认为，经过长期的历史发展过程，社会的经过不断积淀而成为个体的，而工艺的也通过不断积淀成为文化的，最后文化的又积淀成心理的，群体的主体性在积淀的过程中起到更加本质的决定性作用。那么纵观中国画笔墨的演进历程，从五代北宋的荆浩、范宽、李成、郭熙，到明清时期的戴进、沈周、"八大山人"、"扬州八怪"、石涛、"四王"，再到近现代的吴昌硕、齐白石、任伯年、黄宾虹、潘天寿、张大千、傅抱石等，笔墨的表现力是这些不同历史时期中国画大师通过长期实践，不间断地代代相传积累发展而成的，单靠某一个时期的某一个人是不可能完成笔墨经验的"积淀"的，从这个意义上讲，李泽厚的"积淀说"强调实践的社会性和群体性无可厚非。

---

① 陈芳桂：《试论李可染的传统与创新》，《国画家》2006 年第 4 期。

例如,作为近现代传统笔墨语言集大成者的黄宾虹,他提出的"五笔七墨法"绝不是一个人在真空中凭空创造出来的,而是站在古人的肩膀上,对前贤笔墨经验的高度总结和概括。"五笔法"即平、留、圆、重、变五种方法。笔力要"平",如锥画沙;笔意要"圆",如"折钗股""莼菜条";笔姿要"留",如"屋漏痕";笔势要"重",如"高山坠石";笔趣要"变",则是指要在平、圆、留、重基础之上的综合变化和相互混用。正如黄宾虹所说:"画笔宜'平、圆、留、重、变'五字用功。能平而后能圆,能圆而后能留,圆、重而后能变,于随时加意之可也。"①这是黄宾虹先生坚持的"变与不变"的辩证统一,苦读画理,钻研传统,以独特的实践精神,对中国画的笔法进行的一次全方位梳理。而"七墨法"即浓墨、淡墨、破墨、泼墨、焦墨、宿墨、渍墨七种墨法,这是黄宾虹先生在继承和发展前人墨法的基础之上总结出来的。唐代张彦远就提出"运墨而五色俱",五色为焦、浓、重、淡、清等五种墨法,而清代的布颜图在此基础上墨色系统划分为正墨和副墨两种,前一种是"白、干、淡",称之为正墨;后一种是"黑、湿、浓",称之为副墨。这就将张彦远的"五墨"转变为"六墨"。而黄宾虹又在此基础上总结出属于他自己的"七墨",其中焦墨和宿墨是"黑"墨,破墨和泼墨是"湿"墨,渍墨既是"黑"墨又是"湿"墨,再加上一个浓墨,这就把布颜图的"白、干、淡"的正墨转变为副墨,将"黑、湿、浓"的副墨转变为了正墨。同时,他还指出:"浓墨要黑而有光,淡墨要平淡天真,咸有生意,出没掩映;破墨要以浓破淡,这样才能新鲜灵活;积墨要自淡增浓,墨气爽朗,墨中有墨,墨不碍墨;泼墨应手随意,倏若造化,宛若神巧,而又不见墨污之迹;焦墨要干而以润出之,干裂秋风,润含春雨;宿墨要不见污浊,方能益显清华。"②因此,从中可以看出,黄宾虹的"五笔七墨法"是从传统中"入"又从传统中

---

① 浙江省博物馆编:《黄宾虹文集》,书信编见《与顾飞书》,上海:上海书画出版社1999年版,第347页。

② 王鲁湘:《黄宾虹》,石家庄:河北教育出版社2000年版,第162页。

"出",是在继承前人"艺术积淀"的基础进行"生活积淀"的产物。如黄宾虹创作于 1955 年的《黄山汤口》,是其晚年的杰出代表作。整幅作品无半片云彩,全以笔墨取胜,苍莽雄伟,尽显老辣功力。画面左上面有一座主峰突出,即莲花峰;在其下方有密集的小峰簇拥,右侧则以淡墨抹出几座错落有致的远山,整个画面朦胧苍翠、深秀葳蕤。从笔法上看,全以草篆笔法绘之,刚中寓柔,如蚓走龙行,圆浑厚重,如古藤蔓结。其笔力遒劲,力透纸背,似飒飒有声,使得线条显得生辣稚拙、放逸淋漓。满幅看上去,树不树,山不山,水不水,几乎全是活泼泼的、极富生命力的书法线条,极呈光鲜之气。尤其是左下方房屋周围的山石画法,全是"参差离合,大小斜正,肥瘦短长,不齐之齐"的点和线,一笔下去,弄笔如丸,得心应手,有笔有墨。笔笔连贯,且笔笔无痕迹。线条的浓淡、粗细、干湿、虚实、刚柔,一应俱全,在千变万化的笔墨运转中透逸出自然物象与画家心境浑然一体的境界。而从墨法上看,各种墨法灵活综合运用,尤其注重干墨、焦墨、破墨、积墨等诸法,并以花青、淡赭色作为铺垫,以渍墨法和渍色法混合使用,浓淡相宜,色渍漫溢,流彩飞扬;使整个山体重重密密,纷而不乱,浑然一片;并且清而见厚,黑而发亮,秀润华滋,神采焕然,令画面焕发出古拙浑厚、灵冥华滋的审美特质。

结　语

综上所述,中国画笔墨结构及其精神的发展过程实际上就是"积淀"与"突破"两者之间的矛盾运动过程,此诚如李泽厚先生所言:艺术的发展过程"即是艺术积淀和突破积淀的运动过程,亦即人的情欲、生命由形式化又突破形式化的永恒矛盾的过程。这也就是艺术与审美的'二律背反'的现实的和历史的过程"。①而从笔墨的实践角度讲,就是李可染所说的"用最大的功力打进去,用最大的勇气打出来","可贵者胆,所要者魂","打进去"就是"积淀"的过程,其追求的是"魂",而"打出来"就是"突破"的过程,其需要的是"胆",正是二者的矛盾运动才促进了传统笔墨的延伸与更新。

当然,"突破"必须以"积淀"为前提,如果中国画的变革或者创新,将笔墨这种规定中国画本质的内核与基因全部摧毁或者替换,那么,中国画就会被彻底颠覆,中国画就不是中国画,就会被改造成另外一个画种。正如黄宾虹所言:"笔墨精神千古不变,章法面目,刻刻翻新。"纵观中国画的发展,任何一个时期的创新或者突破,都是在继承前人"积淀"成果的基础上而进行的。假如为了追求绝对的个人创作自由而随心所欲,把前人"积淀"的审美创造经验、思维方式、价值评价尺度当成创新的负担,不加区别地全部抛弃,一切从头开始,找一个没有人烟的地方另起炉灶,中国画的艺术创作恐怕现在还停留在原始社会的水平上。因此,任何有意义的创新或者突破都是一种"戴着镣铐的舞蹈",而不是"挣脱镣铐的乱舞"。比如吴冠中先生曾提出的"笔墨等于零",其实就是抛弃"积淀"的虚无主义,这种观点就是对传统笔墨经验和笔墨审美评价标准的一种否定。

总而言之,正如马克思所说:"人们自己创造自己的历史,但是他们并不是随心所欲地创造,并不是在他们自己选定的条件下创造,而是在直接碰到的、既定的、从过去永继下来的条件下创造。"②过于强调"从过去承继下来的条件"而忽视"人们自己创造自己的历史",就会使中国画走向故步自封;而如果抛弃"直接碰到的、既定的、从过去永继下来的条件",去追求"随心所欲地创造",那就会使中国画走向消亡。

---

① 李泽厚:《美学四讲》,第 236 页。
② 马克思,恩格斯:《马克思恩格斯选集》,第一卷,北京:人民出版社 1972 年版,第 603 页。

试析书体史的双线脉络与"真草隶篆"的循环[*]

雍文昴

每个艺术门类都有自身的发展特点,因而,每一种艺术史也都应遵循其各自的特点展开书写。书法,作为中华民族所特有的一种传统艺术形式,有着非常独特的艺术特质与演进历史。其中,"书体"即是书法艺术发展过程中所产生的一种特有的审美风格,既体现了书法家对于艺术创新的不竭追求,又叠印了不同历史阶段的时代特色,下面笔者将尝试对书体史的双线脉络做出简要的梳理。

一、书体史的双线脉络

书体史的双线脉络包括以下两个层面:首先,从书写材质来看,书体史的双线脉络体现在"坚固耐久"与"柔软易损"两类材质之中。所

---

  * 湖北省普通高校人文社科重点研究基地巴楚艺术发展研究中心开放基金重点项目"六朝时期湖北荆州艺术聚落形态及其区域影响研究"(2018KF01)阶段性成果。

谓的"坚固耐久"是指如钟鼎文、篆书、隶书等书体在镌刻时所使用的青铜器或者石刻，也就是一般习惯所称的"金石"，这类材质多用于承载祭告天地、政令律法或者两国盟约等正式的文字。而"柔软易损"的材质，如简牍、帛书、纸、绢等，则由于书写的便利，多用于抄录日常书信、笔记以及医方、历谱等相对非正式的文字。其次，基于书写材质上的区分，书体史又呈现出"正统书体"与"世俗书体"两大脉络。在书法史上，建立在这两大脉络之上的各种书体相互更替，推动书体史不断向前迈进，并最终完成了"真草隶篆"的循环。

（一）甲骨文与钟鼎文

甲骨文作为举世公认的中国最古老的文字，同样被认定为中国书法历史的发源。《周易·系辞下》中有"上古结绳而治，后世圣人易之以书契"的记述，这种"书写""契刻"在龟甲牛骨上的文字，经过漫长的岁月封存，洗去尘垢，成为来自上古记忆的最佳佐证。根据目前的考古发掘资料来看，"不仅商代有甲骨文，西周、春秋也有甲骨文"，可以说，"占卜习俗在我国分布很广，持续使用的时间也很久"。[①] 而所谓甲骨占卜，其实是将刻好卜辞的龟腹甲、牛胛骨与鹿头额骨等动物骨骼整治之后，钻凿出细孔，再放在火上进行灼烤，这样一来，甲骨之上的钻孔位置自然就会出现长短不一、形状各异的裂纹，这种裂纹一般被称为兆纹，也就是占卜所求的卜兆。[②] 在当时人们的生活中，甲骨占卜是一件司空见惯的事情，大到祭祀征战，小到天气出行，事无巨细，都会进行相应的占卜。目前，经过专家、学者的不断考证，许多甲骨上的文字与语法已经得到了破解。正如《说文解字》的作者许慎所总结的汉字"六

---

① 高明：《中国古文字学通论》，北京：北京大学出版社 1996 年版，第 225 页。
② 同上，第 235—236 页。

书"构造规律,甲骨文已经具备了汉字特有的象形、指事、会意、形声等作用。

在商周时代,与甲骨文几乎同时出现的文字还有钟鼎文。钟鼎文又称"金文"或"吉金文字",指的是镌刻在青铜器皿上的铭文。一般来说,在殷商早期,钟鼎文并不常见,出现在青铜器上的往往只是单一的图像。有学者认为:"早商的青铜铭文不一定是文字,也有可能是部族的图腾符号,也就是'族徽'。"①此后,随着铸造技术的进步,能够保存在青铜器上的文字逐渐增多,而这些文字的笔画线条也日趋规整圆润。如在著名的"后母戊鼎""虢季子白盘",以及西周后期的"毛公鼎""散氏盘"的铭文当中,就可见到钟鼎文渐趋成熟阶段的艺术特色。

从以上两种文字互相参照来看,甲骨文与钟鼎文虽然同出于相近的时代,但从书写材质到文字用途上却存在着明显的差异,并从而形成了各具特色的书体风格。甲骨文的书体风格简约、平直,有着鲜明的刻凿痕迹,常现险绝凌厉的笔势动态。形成这样的书体风格,笔者认为主要基于两点原因:其一,从书写的材质来看,甲骨文是镌刻在动物骨骼之上,相对于石器或者青铜器来说,骨骼的材质更加柔软也更易受损,所以在镌刻卜辞的时候,不宜过度雕琢;其二,从文字的用途看来,甲骨文基本用于日常占卜,书写次数相对频繁,从对甲骨残片的研究成果来看,不但用甲骨所占卜的内容丰富多彩,而且往往在一片甲骨之上就曾经做过多次占卜。如"有一片骨骼上刻满了二十几条和'下雨'有关的卜辞——'甲申卜雨''丙戌卜及夕雨''丁亥雨'等"。② 而另一片刻有征讨卜辞的甲骨,同样被使用过五次。所以,正是由于甲骨文既需要镌刻在较软的材质之上,又具有较高频次的书写要求,因而才形成了其现存的书体风格。钟鼎文的书体风格则繁复、圆转,由浇铸、冶炼而成,更

---

① 蒋勋:《汉字书法之美》,桂林:广西师范大学出版社 2009 年版,第 47 页。
② 同上,第 44-45 页。

趋平和稳定。同样地,从书写材质来看,钟鼎文通过特殊的技术工艺书写于青铜器之上,往往需要经过非常繁复的工序才有可能加工制成,所以值得精雕细琢;而从文字用途来看,青铜器大多属于礼乐之器,一般用于记录重要的历史事件,如"散氏盘"上的铭文所记述的即是"散"与"矢"两个相邻国家的疆界盟约。由于钟鼎文所使用的书写材质更加坚固耐久,且所记述的内容更加正式,所以其书体风格也由此形成。

可见,早期的甲骨文与钟鼎文出现在相近的时代,"但比较起来,青铜图像文字更庄重繁复,更具备视觉形象结构的完美性,更像在经营一件慎重的艺术品,有一丝不苟的讲究"。所以"有人认为早商金文是'正体',甲骨卜辞文字是当时文字的'俗体'"①。笔者认为,上古文字当中这种"正体"与"俗体"的并行不悖,只是一个开端,在之后书体演进历史当中,这一"双线脉络"其实始终在延续与传承。

(二) 由篆入隶

当历史的轨迹进入到春秋战国时期,政治局势开始变得风雨飘摇,平王东迁,周室衰微,礼崩乐坏。然而,正是在这样一个纷乱的年代,诸子百家的思潮却纷纷然如逆水行舟,应运而生。"战争分裂,变乱动荡,强烈地刺激着观念的转变和思想解放,迎来中国文化史上最伟大、最辉煌的发展时期。"②可以想见,随着春秋战国时期思想、文化、艺术领域的繁荣发展,文字记述的需求也自然相应增多,书体的发展也得到了客观的推动。于是,大篆石鼓、帛书简牍,以及东南各个诸侯国的"鸟凤龙虫书""蝌蚪文"均浮现出世。在秦朝短暂的统一以及汉代相对稳定的发展之时,"小篆"与"汉隶"先后成为继"钟鼎文"之后的书

---

① 蒋勋:《汉字书法之美》,第 46-51 页。
② 丛文俊:《中国书法史——先秦·秦代卷》,南京:江苏教育出版社 2002 年版,第 220 页。

法"正体",完成了书法史上"由篆入隶"的重大转变。

1. 石鼓与简牍

石鼓文是现存最早的刻石文字,被世人称为"石刻之祖"。所谓"石鼓",共由十块鼓形刻石所组成,每块均刻四言韵诗一首,内容主要歌咏秦国君主游猎的情况,因亦称"猎碣"。① 如前文所述,钟鼎文随着青铜工艺的不断进步,字数逐渐由少变多,开始出现长篇的铭文,而这些铭文的书体也逐渐趋向端正圆润,形成了大篆的书体风格。而由"钟鼎文"到"石鼓文",再由"石鼓文"到"小篆",石鼓文在书法史上的重要价值,通常被认为是"大篆"转变为"小篆"的关键。清代著名的政治改革家、碑学家康有为评价石鼓文时曾说:"若《石鼓文》则金钿落地,芝草团云。不烦整裁,自有奇采。体稍方扁,统观虫籀,气体相近。《石鼓》既为中国第一古物,亦当为书家第一法则也。"②由此可见石鼓文书体风格的端严法度。

简牍,是对竹简与木牍的统称。普遍使用于东周至魏晋时期,在纸质书写材料被普遍使用以后,简牍才被逐渐废弃。简牍因原料与规格的不同,又分为简、牍、觚、检、楬五种。一般来说,一二尺长,一行文字宽的竹条称为"简",多用于文书档案,以及经文、书籍和诏令文件等的抄写编册。而不超过一尺长,两行文字或更宽一点的木板,则被称作"牍",多用来写书信、契约,或抄录医方、历谱。③ 与前文所提及的各种书体不同,"简牍"是真正的手书墨迹留存。

与世界上大多数工艺制品相同,青铜刻铸工艺也经历了从发明、发展、繁荣到逐步衰落的过程,随着同样经久耐用的石质书写材料的发

---

① 参考汉荣书局《艺术大辞典》相关条目。

② 康有为:《广艺舟双楫》,转引自《历代书法论文选》,上海:上海书画出版社 1979 年版,第 785 页。

③ 参考《中国大百科》在线,中国大百科出版社。

现,石刻文字最终替代了钟鼎文,石鼓文亦成为这一阶段"正体"书风的新范式。而且,石质材料比金属材料更易加工,也更易制作成高大巍峨的雕刻石碑,所以成为此后书写"正体"文字不可替代的新载体,沿用至今。同时,在与钟鼎文到石鼓文发展脉络并行的另一条线索之上,从甲骨文到简牍隶书,也同样经历了从书写材质到书体风格的飞跃发展。首先即是书写的材质从动物的骨骼转移到了竹子、木头以至于丝帛(帛书),其次书体风格也由上古文字逐渐开始向现代可识别文字靠拢,初现隶书波磔、延展的端倪。如果说"甲骨文"的使用曾一直沿袭至春秋时代的话(参见前文引用《中国古文字学通论》内容),那么这一从"甲骨"到"简牍"的发展线索,正好应和了中华文明的历史进程,巫术活动逐渐退场,医卜星象的种种积累开始被记述。而中国的文字与书法亦将由此迎来各自不可限量的辉煌。可见,"石鼓"与"简牍"上的文字,可以看作是书体史双线脉络的又一进程。

2. 小篆与隶书

"小篆"一般被认为是秦代丞相李斯依据"大篆"所创立的代表秦代宫廷正体文字的新书风。众所周知,在秦始皇统一六国以后,非常重要的一系列举措即包括统一度量衡与文字。如前所述,战国时代诸侯纷争,各个诸侯国均有本国的文字书体,很难实现顺畅的沟通与交流,于是"小篆"成为通行全国的标准文字。虽然从现今的视角来看,秦始皇统一文字的举措,只能算是漫长古代历史当中很短暂的一段插曲,因为不久以后,"小篆"的官方地位,就会被"隶书"全面取代。但同样不可否认的是,统一文字对于后世历史、文化的影响十分深远,从某些层面来说,优秀的传统文化之所以能够历经沧桑而不衰,即有赖于文字的统一。例如,秦朝的丞相李斯,被誉为书法史上的第一位有名姓并与作品流传于世的书法家,由他撰文并书写的《泰山刻石》至今仍然屹立在岱庙之中,向世人昭示着一代君臣,开创时代的历史记忆。然而,《泰山刻石》《琅琊刻石》《峄山碑》以及《之罘刻石》《会稽刻石》等记述始皇功绩的小篆刻石，虽然因为统一文字政令的原因，成为当时的"正体"文字，但正如前代书体双线脉络的发展轨迹，"小篆"也没能控制秦代书体风格的全部风貌，随之兴起的"隶书"也许才是一个时代真正的主角。

关于隶书的书体特征，想来无须在此多做阐释，因为即使在书法的实用功能完全被电脑所取代的当今时代，文字处理的软件当中，隶书书体仍然随处可见。可以说，从简牍开始发展起来的隶书，在秦汉时期已逐步成为与"正统书体"小篆并存的最主要的"世俗书体"，承担起人们日常书信往来和各种快速记录的作用。然而，不同于小篆，抑或此前的任何书体，隶书不但占据了"世俗书体"脉络，并最终在汉代时期完成了自身从"世俗书体"向"正统书体"的转变，成为汉代直至魏晋早期碑刻的规范书体。如知名的汉隶碑刻《礼器碑》《史晨碑》《曹全碑》《乙瑛碑》《石门颂》等，就是隶书成为"正统书体"之后的代表作品。

可见，在书体史"由篆入隶"的转变过程中，大篆、石鼓与小篆先后成为"正统书体"，而以甲骨、简牍一脉发展兴起的快写"世俗书体"——隶书，却最终取代了所有之前的"正统书体"，实现了自身的转变。需要说明的是，在这一时期，虽然隶书成为"正统书体"，但未能彻底取代篆书的部分正统地位。这是因为从书体史的发展历程来看，虽然篆书在此后没能再次成为通行的正统书体，但也没有就此衰落，而是以另一种形式存在了下来。如前所述，篆书一般是书写在金属（青铜器）或者石质材料之上的，所以称为"金石"，受原本"正统书体"地位的影响，篆书在隶书成为正统书体以后，仍然在正式公文中保留了一席之地，可以说，篆书始终伴随着隶书，并证明着隶书的正统地位。例如许多以隶书书写的石碑，以及后世以楷书书写的石碑，在其碑额处都会有篆书的字样，以起到对碑体内容概括和阐释的作用。而后世的金石印章，更成为公文文书和书画艺术当中最重要的凭证。

（三）魏晋时期书体的完备与合流

当历史的推演进入魏晋时期，书法艺术也迎来一个前所未有的繁荣阶段，各种书体在这一时段实现了完备与合流。首先，草、行、楷等新式书体逐渐被士族阶层所接受，成为他们私人之间书写交流的一时风尚。而伴随着这些新书体的盛行，古体的篆书、隶书由盛转衰。其次，两晋时期，楷书规范渐渐成形，并开始在"正统书体"领域逐步取代隶书。再次，"真正具有学术意义的书学著作出现于魏晋南北朝，作者多是书家"。① 在这样的历史背景中，中国书法的各种书体，无论是后世约定俗成的"真草隶篆"，还是"篆隶楷行草"的书体概括，在魏晋时期均已初具规模，且分别达到了较高的艺术水准。篆隶两体在前文中多有论述，在此不再赘述，单以"楷""行""草"为例，楷书在魏晋时期有钟繇、王羲之、王献之等书法名家，《宣示表》《还示表》《黄庭经》《乐毅论》以及《洛神赋十三行》等都是后世楷书摹写的范本。行书领域，王羲之的《兰亭集序》被誉为"天下第一行书"流传于世，而魏晋时期书家辈出，只王氏一族之中就历历可数，佳作又岂止"兰亭"。再看草书，自汉末章草发端开始，至魏晋时期，所谓的今草已成为日常书信往来当中最为流行的书体。如观赏《万岁通天帖》或《三希堂法帖》当中的草书精品，以及王羲之的草书尺牍等，就不难领略到这一书体艺术的魅力。可见，现今可知的各种书体的发明与创造在魏晋时期均已实现。

然而，需要指出的是，虽然各种书体在魏晋时期已基本完备，但这并不代表各种书体在此后的发展当中并驾齐驱，平均发展。恰恰相反，

① 参考刘涛：《中国书法史——魏晋南北朝卷》，南京：江苏教育出版社 2002 年版，第 1–11 页。

书体史"正统"与"世俗"的两大脉络依旧延续,从未停止。首先,从"正统书体"的角度来看,如前文所述,自春秋战国以来,书体史开始了"由篆入隶"的转变,而最终完成这一转变的时期在汉朝。此后的"正统书体"又开始逐渐"由隶入楷",但这一转变同样经历了漫长的时间。在魏晋时,"碑志仍然是隶书的领地"①,虽然东晋以及南北朝的墓志等碑刻具有了明显的楷书痕迹,但不难看出这只是隶书向楷书转变过程中的一种过渡形态。与后世成熟的楷书范式仍有着明显的差异。其次,从"世俗书体"来看,楷、行、草作为当时人们往来之间的通用书体,虽然是对书写艺术一种求新求变的结果,但并未能与篆隶分庭抗礼,共同承担正统书写的作用。由此可见,魏晋时期,在书法得到高度重视、繁荣发展的历史背景之中,现今所知的各种书体风格虽然均已完备,但书体史的双线脉络却仍在延伸。

此外,在魏晋时期各种书体涌现、完备的同时,书体的合流也逐渐形成,西晋书家卫恒在其著名的《四体书势》中将书体划分为古文、篆、隶、草,虽然比起后世书论家如张怀瓘等人的论述来,似乎缺少了八分书、真书以至于行书的地位,但由卫恒的论著却可以看出晋人对于书体归纳的自觉,当然,也正因为这些魏晋时期书论家的努力,由上古时代各个部族,到战国时期各个诸侯国,以及秦汉以来纷繁发展的各种书体才渐渐得到了归纳与合并,逐步确立了中国书法"真草隶篆"的书体分类。

(四)楷书正统地位的逐步确立

虽然如前文所述,在魏晋时期,各种书体均已完备合流,并且分别达到了一定的艺术高度,楷书也逐渐取代隶书开始占据"正统书体"地

---

① 参考刘涛:《中国书法史——魏晋南北朝卷》,第6页。

位,但这并不是说,书体演进的历史由此终结。事实上,书体史的双线脉络不但继续传承,并且还在隋唐时期到达拐点,从而走上了其循环往复的反向轨迹。

谈及此处,需要首先介绍的一个重要历史背景是中国古代选拔人才的制度——创始于隋代的科举。自此,科举制度确立于唐代,延续至清末,除去元代停止科举取士的八十年,这一人才选拔制度,存在了一千三百多年,"对这一漫长时期的政治、经济、教育制度以及知识分子的学风,都曾产生过重大的影响"。① 其中,除却八股文体对于思想、学术界的局限不谈,科举考试需要用手写字体作答,所以对于自隋至清"正统书体"的形成起到了至关重要的作用。其次,随着制作工艺的进步,纸张的使用更加普遍,这种与毛笔相得益彰的书写材料,渐渐成为最主要的书写载体,此前镌刻在"金石"之上的"正统文字"也逐渐转移到了纸质材料之上,从而使得"正统书体"使用范围相应扩大。

虽然如前所述,自魏晋南北朝时期开始,具有楷书初步形态的碑刻文字已经出现,但在"正统书体"领域,楷书的真正成熟,还是要等到唐代。这种成熟存在两方面的含义:其一,楷书法度的成熟。根据研究,"楷书在起初时并没有'楷'的定名",在《说文解字》等书中,"'楷'字的本意是'楷则'",即楷模、规范、法度之意。相应的,楷书书体本身也没有现在的称谓,而是常常被称为隶书、真书、正书、今隶、今分等,可以说,直至唐代中期之际,楷书才慢慢名实相称。② 而且,不只楷书的名称如此,其书体风格上,也经历了同样长时间的演变,如《龙门二十品》《爨宝子》《爨龙颜》等魏晋碑刻,虽然大胆地改弦更张,采用了楷书风格,但大概是担心统摄力度的不足,所以在其中仍然保留着"蚕头燕

---

① 参考《中国大百科》在线,中国大百科出版社。
② 参考陈振濂:《楷书成形后书体演进史走向总结的历史原因初探——书法与印刷术关系之研究》,《书法之友》2001 年第 3 期。

尾""一波三折"的隶书痕迹。直到唐代,楷书的法度才全面表现在"正统书体"当中,如颜真卿的《多宝塔碑》、柳公权的《玄秘塔碑》等,皆尽显楷书的雍容、秉正的风格特征,而"唐楷"也成为这一时代的书体标识。其二,楷书"正统书体"地位的确立。在楷书法度逐渐确立的同时,楷书也逐步取代了隶书,成为新时代的"正统书体",因为唐代的碑刻以及政令、公文当中,楷书已经不再是偶然的出现,而是全面的覆盖。因而,从魏晋甚至更早时期开始出现的"由隶入楷",到唐代进入成熟阶段,成为"正统书体"脉络上的又一重要历程。

在此之后,古文、篆、隶等文字逐渐式微,流行于世的行、草书体,渐渐从"世俗书体"当中脱颖而出,如孙过庭的《书谱》,即为书家书学创作的记述。可以说,在楷书成为"正统书体"之后,行、草书延续了"世俗"书写的脉络,成为人们追求书法艺术新奇、变化的依托。

(五) 各种书体的进一步发展

经过魏晋,穿越盛唐,各种书体从完备到合流,皆尽粉墨登场,异彩纷呈,而楷书也同隶书一样,完成了自身由"世俗"向"正统"的转换,并继续在这个以文字为艺术的国度里,雄踞一千三百余年。至此,似乎书体的发展史应如钱起诗中所言,由绚烂归于"曲终人不见,江上数青峰"的平静。然而,历史的事实却并非如此,在宋元明三代之中,虽然没有新书体的产生,但书家却始终在探寻着各种已成形书体的别样表达方式。在经过高潮迭起的前代繁荣之后,书法艺术开始了自身的沉淀。例如一般人所熟知的宋代四大书家——苏、黄、米、蔡,就有着四种非常不同的个人风格。"唐楷强调时代超过个人性;宋代恰好相反,个人书风完全超越了时代一致的要求。"①于是,苏轼的《黄州寒食》、黄庭

---

① 参考蒋勋:《汉字书法之美》,第 145 页。

坚的序跋、米芾的大字行书,相继传世,有飘逸、灵动,亦有稚拙、返璞,然而,抛却所有的"传移模写"与"经营位置",宋人将书体艺术与心性沟通,达到了直抒胸臆。在此以后,元明时期的赵孟頫、祝枝山、唐寅、文徵明以及徐渭等书法名家,更是将浪漫情怀与文人气质结合,创造出属于书家自身的艺术风格。[①]

所谓"晋人尚韵、唐人尚法、宋人尚意、元明尚态",历代书学理论家,如冯班、梁巘、刘熙载都曾做过类似的归纳。[②] 可见,由宋至明书法艺术并非止步不前,书体还是真草隶篆,但侧重的角度却早已不同。

回到书体史的双线脉络来看,首先,"正统书体"领域仍然以楷书为主,碑刻、诏令、上书、上表,以及一般的公文往来,都以楷书为通用文字。有趣的是,由于元代的蒙古统治,"正统文字"领域一度出现过蒙文,但这与后来清代碑刻多有满汉蒙三种文字并列的现象相同,都是出于少数民族统治的实际需要,但作为以汉字构成的书法和书体序列来说,"正统书体"的地位,仍然属于楷书,而且,由于科举制度的继续推行,楷书已经成为一般文人所必须具备的基础素质,虽然不能说每一位文人都是楷书书家,但不可否认,他们全部经过楷书"横平竖直"的洗礼,而这,也从另一方面加固了楷书的书体正统。其次,在"世俗书体"领域,如前文所述,自魏晋时期开始,古体的篆书、隶书就开始逐渐衰落,而到宋元以及明代末叶以前,篆书除了在金石印章当中保存以外,在日常的书写当中已很少出现。而相对来说,隶书就更加乏人问津,从现有的书帖墨迹来看,这一时期几乎没有隶书作品传世。可见,在楷书确立其"正统"地位以后,书体史双线脉络的另一"世俗"序列,已由行书与草书所逐渐占据。

---

① 参考朱仁夫:《中国古代书法史》部分内容,北京:北京大学出版社 1992 年版。
② 参考冯班《钝吟书要》,梁巘《评书帖》,刘熙载《艺概》,转引自《历代书法论文选》,上海:上海书画出版社 1979 年版。

（六）回归"碑学"与"金石"

明末清初，楷书已占据"正统书体"近千年，历代文人临习楷书，以楷书进阶仕途，可以说，楷书无形中已成为书体当中最为司空见惯的存在。然而，随着辉煌与繁荣渐渐沉寂，楷书也逐渐走向了呆板与僵硬。于是，被后世许多碑学、金石学家所攻击的"台阁体"与"馆阁体"，成为楷书由盛转衰过程的一曲前奏。

从前文的论述可以看出，书体史自唐宋时期以后，皆以楷书为书体"正统"，然而，同样值得注意的一点在于，唐宋以后的碑刻不再是"正统书体"的首选载体，纸质的书写材料已全面取而代之，而碑刻的内容，要么是前人墨迹，要么是二王书风，逐渐从"正统"载体的地位，转变为书法名帖的记录刻石，留给后人借鉴品赏。帖学从此统御书坛，碑刻佳作也由此消失殆尽。然而，书体史在这一时期却悄然开始了其全面的回归，"清代嘉道时期，汉碑、魏碑治学重新崛起，沉寂了数百上千年的碑学再次风靡神州大地。""清之碑学，从理论意识来说"，主要分为三个发展时期："第一个时期从顺治到乾隆，有一百年的历史，习碑者多为在野文人，以隶书为主，主要书家有金农、郑簠、郑板桥；第二时期从乾隆到道光，也是一百年历史，习碑者发展到朝野内外的士大夫阶层，其成就最著者为邓石如、尹秉绶、钱丰、钱坫、孙星衍、桂馥、陈鸿寿等人；第三个时期从道光至宣统，五十年历史，碑学主要是取法北碑，真、隶、篆书体百花争妍，璀璨夺目者有何绍基、赵之谦、吴昌硕诸星，此外吴让之、杨沂孙、张裕钊、李瑞清、曾熙、康有为之书迹，亦令人刮目。"①可见，在近三百年碑学兴盛时期，篆、隶一反前朝作为"正统书体"姿态，从因书写繁难一度被替代的字体，转而成为打破陈规的新书

---

① 参见朱仁夫：《中国古代书法史》，第495—498 页。

风,不能不说是书体史一种精巧的回归。至此,随着明末清初的碑帖之争,书体史的双线脉络再度清晰,楷书作为"正统书体"的地位虽然仍是不争的事实,但在碑学与金石学的猛烈攻击下,已现式微,而篆、隶等书体,则再次混迹于"世俗书体"之间,闪耀着全新的光芒。

二、"真草隶篆"的循环

根据前文从"甲骨"至"碑学"的论述,一个关于书体概念的问题油然而生。在如此纷繁的演进史中,经过一代代书家的思索与总结,到底哪些书体才是书法艺术的最佳概括?

(一)"篆隶楷行草"还是"真草隶篆"

在书体研究的过程中,一般会将书体分为五种,即:篆书、隶书、楷书、行书、草书。然而,这五种书体并非按历史排序,也没有太明显的逻辑关系序列,只是约定俗成的称谓而已。如果仔细考虑起来,则五体书的称呼未必能在分类上取得成立。"篆、隶、草诸体,当然是各成一个类项,相互之间并不能取代,甚至连组织(构字)规则也不大相同;但行书之于楷书,却只是规整楷书的简便活泼的快写法,他并不能构成一个单独的书体类项,因为它的构字规则并没有相异于楷书。由是,五体书从严格意义上说其实只有四体是成立的,即篆书、隶书、楷书、草书。"①因此,另一种关于书体的分类——"真草隶篆"相对来说就要合理得

---

① 陈振濂:《楷书成形后书体演进史走向总结的历史原因初探——书法与印刷术关系之研究》,《书法之友》2001 年第 3 期。

多。而且事实上,历代用于识别书体的艺术创作,也大都以此作为参照,如智永禅师的《真草千字文》以及文徵明历时七年创作的《四体千字文》等,就属于此类。

(二)"真草隶篆"及其循环

综上所述,在书体史的发展当中,始终存在"正统书体"与"世俗书体"并行不悖的双线脉络,其中,"正统书体"以"钟鼎文"开宗,经历了大篆、小篆、隶书、楷书的前后更替,而"世俗书体"则以"甲骨文"立派,历经简牍、隶书、草书(行书)、楷书等诸多演变。当然,在书体史的形成与演进过程中,各种书体的出现与转换并不是一蹴而就的,也并没有各种书体之间更替时点的截然分野,之所以能够产生这样的现象,笔者认为,主要是基于书法艺术自身求新求变的审美律动,而使这样的律动从愿望变为现实的决定力量,正是历代书法家的不竭追求。

经过对书体史从"甲骨"到"碑学"的梳理,笔者发现了一个有趣的现象。正如著名近现代书法名家沙孟海先生在他的书学著述中所提及的,"旧社会挂画挂四幅:春夏秋冬。挂字也是四幅:真草隶篆。有人说,真草隶篆次序不对,不符合时代先后。我说,符合的,它是由近及远,倒排上去的。篆书最早,排在最后。由篆变隶,由隶变草,真书最晚出"。① 换言之,"真草隶篆"应作"篆隶草真",正好符合了这四种基本书体产生的时间顺序。然而,如前文所述,由于书体的形成与演进,由商周至清代,一直延续着"正统"与"世俗"的双线脉络,而在魏晋时期各种书体实现完备与合流之后,书体史又于楷书正统地位逐渐确立的同时,走到了其自身循环往复的拐点。因此,笔者认为,"真草隶篆"的叙述并非只是为了说明各种书体从无到有的先后排序,同时还涵盖了

① 沙孟海:《书法史上的几个问题》,《浙江学刊》1981 年第 2 期。

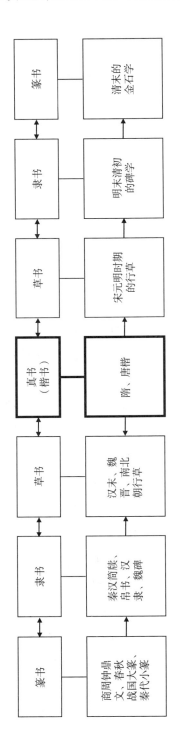

"真草隶篆" 的循环

魏晋以后各种书体的蜕变与新生。也就是说,在"篆隶草真"的创造相继完成以后,书体史又展开了新一轮的"真草隶篆"。

结　语

也许历史原本就是这样循环往复,书体史的双线脉络与"真草隶篆"的循环,也许只是其中的一点缩影而已,然而,虽然只是这一点缩影,往往也足以使人惊叹其精准的鬼斧神工。清代光绪二十五年(1899 年),一位研究金石学的学者王懿荣,因为生病要吃中药,就按照药方从药材铺中购买了一味名为"龙骨"的药引,正在抱病的王懿荣大概不会想到,一段沉睡千年的上古文明,此时正欲向他开启一间神秘的宝藏,而通向这些宝藏的钥匙,正是他手中的这一块"龙骨"。至此,书体史从"甲骨文"的原点出发,经过三千年让人痴迷的繁荣与辉煌,最终再次回到当初的原点。

重塑民族舞蹈的美学价值

——从《额尔古纳河》的创作谈起

沙呷阿依

2018年7月,中国舞蹈家协会组织舞蹈家赴内蒙古进行为期半个月的"深入生活,扎根人民"采风创作活动。艺术家们从民间寻找灵感,从人民群众的生活,特别是当地人的日常行为、娱乐方式、服饰文化、节庆习俗、肢体语言等方面收集素材,整理、挖掘内蒙古地区宝贵的民间舞蹈素材,通过沿途的所思、所想、所感,进行艺术提炼,以舞蹈形式做出生动诠释。采风结束后,艺术家们选取不同的角度,创作出多个舞蹈作品,其中,作品《额尔古纳河》先后获得北京市舞蹈大赛"表演一等奖""创作一等奖",第十二届中国舞蹈"荷花奖"并入选第十二届全国"桃李杯"舞蹈教育教学成果展示活动。

在创作《额尔古纳河》的过程中,编创者深感当下蒙古族舞蹈创作理念越发同质化,似乎遇到了难以突破的瓶颈。鉴于此,编创者试图结合内蒙古的自然与人文特色,以额尔古纳河为艺术原型,将额尔古纳河从安若明镜、水波荡漾、波涛澎湃的自然状态凝练成浪漫、唯美的蒙古族女子形象。该舞蹈将女子比喻为河流,河流又幻化成女子,二者之间构建虚实相生的舞台形象,重点突出了蒙古族女性与草原河流之美。

打造蒙古族舞蹈的美学价值,是这个作品的核心理念,也是其获得成功的主要因素。早在二十世纪九十年代,相关学者在探讨民族舞蹈的美学特征时,便认为其具有群众性、传统性和自娱性。[①] 尽管这种研究未能从微观的创作视角给予当下舞蹈人以理论指导,但在特定年代仍有其价值。彭松教授以哲学理论与实践相结合,提出"象外之象、形神相依、心物交融、物一无文、反正相从、有无相生"的舞蹈审美理念。[②] 毫无疑问,美学作为一个哲学概念,能与具体的舞蹈作品相结合,无疑为舞蹈创作提供了有益的方向。然而,民族舞蹈的美学意义极少有人做进一步专题讨论,在长期的艺术创作中,民族舞蹈似乎忽略了"美"仍是其最为重要的艺术价值。

当然,民族舞蹈有其生长、发展的沃土,随着社会文化的变迁,其美学表现形式呈现出流变性、多样性的特征。因此,在当下舞蹈创作中,如何重塑其美学价值,如何在不失民族属性的前提下,满足当代人的审美要求,需要所有舞蹈人做出努力。本文基于具体的舞蹈创作实践,从理解当地人和当代人的审美理念、重构传统舞蹈语汇以及合理运用民族服饰文化等方面,探讨民族舞蹈的美学价值如何在具体的表演中被赋予,强调纯粹的民族舞蹈之美在当下仍具有深刻的艺术价值。

一、理解当地人与当代人的审美理念

人类学十分关注当地人的"观点",认为应当在田野中去关注人们如何在舞蹈活动实践中赋予舞蹈以意义、怎样将情感蕴含于舞蹈之中。

---

① 参见唐世林:《试论民族舞蹈的美学特征》,《民族艺术》1990 年第 2 期。
② 参见彭松:《舞蹈审美六题》,《北京舞蹈学院学报》2004 年第 3 期。

尽管舞蹈采风目前无法像人类学的田野一样,长期与当地人共同生活,并以整体性视角全面关注地方社会的文化与日常,但通过采风关注当地人的审美观点、审美经验能够赋予舞蹈地方性的美学价值——为当地人赋予舞蹈以意义和情感,包含着他们的审美理念。"不同民族和地区的审美经验表达了该民族成员对现实生活关系的审美态度和审美价值倾向,从不同的审美经验出发研究不同民族和地区的审美活动和审美规律来反映该民族的思维方式和审美机制,从而发现该民族审美活动方面的特殊性。"①

蒙古族人民对美的理解,与其生活的自然环境息息相关,由此形成一种地方性的民族审美理念。额尔古纳河位于黑龙江的左上源,发源于大兴安岭西麓,海拉尔河与达兰鄂罗木河如两条长长的手臂伸展着,在满洲里附近的阿巴该图山汇合后折弯向东流去,形成 165 度角,翻转处像腕,犹如少女捧呈递献东西之状。因此,额尔古纳在蒙古族语中意为"捧呈、递献"之意。首先,就形态上而言,额尔古纳河有婉转流畅之美。当地人十分推崇额尔古纳河的自然状态,认为这种状态包含着一种纯粹的自然之美:曲折而自然顺流,静谧而不失雄伟,柔美而不失大气,这给了舞蹈创作无限的想象空间。其次,蒙古族人民将额尔古纳河视为母亲河,将其作为女性的象征,暗含着蒙古族社会对女性的希冀,以及当地女性对美的想象。在以往的蒙古族舞蹈创作中,编创者更倾向于大气磅礴、刚劲有力的蒙古族男子舞蹈,而在蒙古族女性优美的形态、形象方面则缺乏相关的创作,《额尔古纳河》致力于将自然河流与女性形象结合,演绎蒙古族人民对额尔古纳河的特殊情感。

从特定自然环境和文化土壤中生长出来的艺术审美理念,需要被更广泛的群体所认可,需要成为一种符合当代不同群体审美理念的艺术形式。当下,民族舞蹈的装饰审美、娱乐审美是舞蹈创作的基本追求

---

① 王杰:《审美幻象与审美人类学》,桂林:广西师范大学出版社 2002 年版。

目标。大多数民族舞蹈的创作,只要掌握好肢体动作的表现力,以及情感与叙事两条主线,几乎就能满足装饰审美和娱乐审美的要求。然而,专业的高水平舞蹈创作还应向着高雅审美的方向前进,满足追求更高艺术形式的群体的审美需求。

二、重构传统舞蹈语言

正如吕艺生所言,"舞蹈与舞蹈美自古以来就是意识的肢体表现",具体来看,舞蹈的美学价值是个人或集体(民族的、地方的)意识在肢体上的表达过程。如何运用既有的民族舞蹈语汇,重新表达新的意识,展示不同的美,是当下民族舞蹈创作的难点。

蒙古族民间舞蹈资源十分丰富,人们耳熟能详的就有顶碗舞、骑马舞、安代舞、筷子舞等,在此基础上创作出了《奔腾》《鸿雁》《盛装舞》《鄂尔多斯舞》等许多优秀的舞台作品。这些舞蹈作品对于上肢动作灵活运用的多样性是蒙古族舞蹈的独特风格。当下的蒙古族舞蹈创作也大都是基于这些传统的民间舞蹈语汇,通过不断重新组合,并赋予舞蹈以不同的历史文化内涵来寻求突破。因此,在固有的蒙古族民间舞蹈语汇中,编创者为了演绎全新的舞蹈艺术,通常选择在某个文化或历史背景下,讲述某段故事或抒发某种情感。这种创作手法几乎是当下的一种潮流,也是民族舞蹈发展的一个缩影。但是,民族舞蹈艺术除了讲故事、抒发情感,也应包括追求动作美感来展现其美学价值。在《额尔古纳河》的创作中,编创者重点选取蒙古族具有代表性的原生动律"硬腕""软手""柔臂",在符合蒙古族身体审美观念的前提下,以演员的手臂、肩、腰来表现河流的多重自然美感,开发出蒙古族舞蹈作品更多的可能性。从舞蹈的整体氛围和气质来看,优雅的音乐、云雾缭绕的环境、演员曼妙的身姿,都营造出一种自然状态的宁静之美。首先,演员出场后,群舞从散点向舞台中间聚拢,领舞置身湖中心,使舞台画面变得生动形象,充分将蒙古族舞蹈的"硬腕""柔臂""软手"等典型素材与半圆、斜线等调度方式相结合,呈现出额尔古纳河面宁静又波光粼粼的画面;其次,演员反复运用单手柔臂这一简单的动态,加上回身凝望、嘴叼裙摆,以动静结合的方式表现出湖面被微风吹起的层层涟漪。天连水尾水连天,所有舞者摆出一个大横排时就像河流涨潮,一排排浪涛迎面而上,在湖面上划出一条条银边,仿佛给额尔古纳河镶上了闪闪发光的银框。在起伏舞动中,演员展现出如云似水的身体线条美,以舞蹈意境延伸表达无尽的女性美。此外,"硬腕"和"软手"随着快板与节奏变化不断加快速度,层层推进,裙摆的加速舞动展现出河流的波涛澎湃,就像雪白的浪花千军万马般席卷而来;最后,当舞台重回宁静,柔臂仍是此时的主要肢体语言,演员们细长柔美的手臂在轻微的摆动中演绎出阳光照耀下河面的恬静。

从《额尔古纳河》的创作手法与最终展现的画面不难看出,所谓重构传统舞蹈语汇,并非都要追求全新的形式或更为复杂的动作创新,也可以做适当的"减法",删繁就简,重点打造几个常见的经典动作。《额尔古纳河》动作编排并不复杂,编创者反复强调了"硬腕""软手"和"柔臂"等几个简单动作的质感,配合动律和舞台整体调度的变化,呈现出充满意境和美感的舞台效果。实际上,在创作中简化动作,运用"留白"的艺术手法,更能给观众以想象空间,保留艺术的思想与美感。这种"留白",不仅在于舞台空间结构的设计,也在于演员肢体动作的表现力。

三、多元民族服饰打造视觉美学

民族舞蹈的视觉美学,除了通过肢体语言来表达,还需要结合多元化的民族服饰来强化。因此,舞台创作对于少数民族服装的艺术改造,要使其具有款式标新、色彩鲜亮、面料适宜、搭配精美、装饰简洁、视觉新鲜的特点,甚至可以吸纳时尚元素于设计中,但须紧扣舞蹈主题,并注重民族性。

在《额尔古纳河》这部作品中,所用服饰整体色调为白色,除了表达其本身作为"纯净"的象征外,还在于配合灯光来展示不同的视觉效果。在灯光的调控下,白色的服饰营造出淡粉色的总体舞台色调。编创者所设计的既不张扬又不单调的舞台情境,给予观众轻松、悠闲、愉悦的视觉享受,也意在表达和演绎蒙古族人民乐观、自足的生活态度。除了简单、轻松的色彩设计外,裙摆的设计和运用也是这部作品的亮点。在作品中,每一种裙摆舞动的形态都有其象征意义和文化内涵,对于建构意象有着巨大作用。如将"舞者用裙摆包裹着身体"意化为额尔古纳河流;当舞台两侧所有的舞者在地面滚动居中,只有一个舞者在舞台中央静静回头,轻轻俯下身捧起裙摆时,表达出蒙古族人民对自己赖以生存环境的敬畏之情;演员们手捧裙摆,将长裙挥舞摆动,由此在空间中塑造出了一条生机勃勃、灵动优美的额尔古纳河的视觉效果;在舞台中心,舞者们将裙摆双手拎起旋转,铺画出额尔古纳河流淌的滚滚河水;最后,舞者用嘴衔起裙摆,模仿在额尔古纳河畔生长的天鹅在水中捕食的场景。

"各民族由于所处的地理环境、气候条件以及生产方式、风俗习惯、宗教礼仪等的不同,反映在审美心理上便有了不同的审美意识和审美观念,产生了对颜色、色彩的不同偏好。"[1]舞蹈创作中,只有创作者深刻理解该民族对服饰色彩、结构的审美理念,才能明确如何捕捉民族服饰的美学特点,并将其运用到具体创作中。

---

[1] 胡敬萍:《中国少数民族的服饰文化》,《广西民族研究》2001年第1期。

结　语

民族舞蹈艺术的美学价值是一个相对抽象的概念,需要在具体的创作中赋予其内涵,需要创作者对音乐、灯光、服饰、造型、舞台结构等方面的综合结构和把握。《额尔古纳河》在蒙古族人民的生活中寻找创作灵感,既保留了蒙古族传统舞蹈的独特风格,也在对民间舞蹈经典动作进行重点打造的过程中,开发出蒙古族舞蹈作品的更多可能性。通过舞台展演,将传统舞蹈文化元素与当地人的审美理念融入当下的艺术作品,其所展现的宁静与艺术美感让观众从繁杂的现实生活中暂时抽离而出,收获美的感动与享受。

端午龙舟竞渡习俗至迟出现于唐代考[*]

——兼谈民俗史研究中史料的搜集与释读问题

张 勃

竞渡是我国重要的习俗活动，也是端午节期间重要的习俗活动。关于竞渡习俗的源起，民间传说多将其与纪念屈原相联系，学术界则不以为然，并提出不同的观点。比如江绍原认为端午竞渡的本意是"命舟遣灾，而非纪念谁"[①]；闻一多认为龙舟竞渡是史前图腾社会的遗俗，是龙祠活动的表现[②]。万建中明确反对闻一多的观点，认为广布在我国南方的竞渡习俗源于原始的魂舟仪式，至于赛龙舟，则是"因龙而起的各种崇龙、祭龙、娱龙的民俗事项活动之一"[③]。崔乐泉认为竞渡原是长江流流多水地区的一种水上游戏，其起始与我国南方"陆事寡而水事众"的自然环境有关[④]。杨罗生主张竞渡"伴随水乡泽国的原始先

---

* 国家社科基金项目"中华传统节日的文化内涵及其传承研究"（15BZW186）阶段性成果。

① 江绍原：《端午竞渡本意考》，苑利主编《二十世纪中国民俗学经典·社会民俗卷》，北京：社会科学文献出版社 2002 年版，第 22 页。

② 闻一多：《端午考》，《神话与诗》，上海：上海人民出版社 2005 年版，第 180–195 页。

③ 万建中：《龙舟竞渡习俗渊源新探》，《四川文物》1996 年第 2 期，第 90–94 页。

④ 崔乐泉：《中国古代的龙舟竞渡》，《江汉考古》1990 年第 2 期，第 91–95 页。

民的生产、生活应运而生"。① 这些成果推动了竞渡起源问题研究不断深化,但也让学者更清楚地意识到,进一步的研究需要对竞渡与龙舟竞渡、端午龙舟竞渡等概念进行严格辨析,否则就会影响结论的科学性。②

竞渡与龙舟竞渡、端午龙舟竞渡等问题的起源研究,既涉及形成的背景和原因,也涉及形成的时间,本文则集中探讨端午龙舟竞渡形成的时间。

一、关于端午龙舟竞渡起源时间的两种观点

端午龙舟竞渡是在端午节期间举行的以龙舟为工具、以速度比赛为内容的活动。它既排除了不在端午节期间举行的龙舟竞渡活动,也排除了虽在端午节期间举行但不以龙舟为工具的竞渡活动,还排除了在端午节期间举行,也使用龙舟但非以比赛速度快慢为内容的活动。而这些活动,无论在历史时期还是在当代社会都真实地存在着。

关于端午龙舟竞渡出现的时间,主要有唐代说和宋代说两种观点。

(一)唐代说

持这一观点者如崔乐泉,他认为,至少在春秋战国时期,竞渡之舟已用龙形装饰,而被称为"竞龙舟"或竞渡,最迟在三国以后,大约自唐

---

① 杨罗生:《竞渡本招屈考——兼论龙舟竞渡的起源及其文化意义》,《云梦学刊》2006年第 6 期,第 48-52 页。
② 参见张伦笃:《帝王与龙舟》,《紫禁城》2002 年第 1 期,第 2-7 页;张伦笃:《"越人龙图腾祭"质疑》,《钦州师范高等专科学校学报》2001 年第 4 期,第 60-63 页;蔡堂根:《论中国龙舟竞渡的起源》,《杭州电子科技大学学报(社会科学版)》2015 年第 1 期,第 51-57 页。

以后,"统一于五月端午节举行"。① 只是对这一观点没有进行论证。

　　王若光、刘旻航也持唐代说,认为"根据可靠、明确的古文献记载,龙舟与竞渡得以结合始自唐代"。② 不过令人遗憾的是,他们引用的文献不足以证明他们的观点。文中,作者引用了两条文献作为证据。其一是明朝人严衍《资治通鉴补》中关于杜亚斥巨资修造竞渡船的记载:"亚乃以漆涂船底,欲其轻驶,又使篙工着油彩衣,没水不濡,亭观池沼,皆极华邃,费逾千万。"③然而,这一被引文献中既没有关于龙舟的信息,也没有竞渡的信息和端午的信息,因此是无效证据。其实,关于杜亚修船之事,成书时间比《资治通鉴补》早得多的《新唐书·杜亚传》和《册府元龟》中也有记载,均指明竞渡所在时间为春天,如《册府元龟》载:"杜亚为淮南节度使,盛为奢侈。江南风俗:春中有竞渡之戏,方舟并进,以急趋疾进,前者为胜。亚乃命以漆涂船底,贵其速进。又为罗绮之服,涂之以油。令舟子衣之,入水不濡。"④杜亚修船是因为"春中有竞渡之戏",且文中明言是"方舟"而非"龙舟",这与时在仲夏季节的端午龙舟竞渡是不相干的事情。

　　作者引用的第二条文献仍然是明朝人严衍《资治通鉴补》中的记载,"唐敬宗在位期间,'己未,诏王播造竞渡船二十艘……自唐以来,治竞渡船,务为轻驶,前建龙头,后竖龙尾,船之两旁,刻为龙鳞而彩绘之,谓之龙舟。……'"这里的文献明确提到龙舟,提到竞渡船,看似没有问题,作者据此还认为"可以将龙舟竞渡形成的时间保守的定位在唐初(618)至中唐时段(827)"⑤,然而令人遗憾的是,上文自"自唐以

---

　　① 崔乐泉:《中国古代的龙舟竞渡》,《江汉考古》1990 年第 2 期,第 91—95 页。

　　② 王若光、刘旻航:《"飞龙在天":端午龙舟竞渡习俗考源》,《民俗研究》2013 年第 6 期,第 55 页。

　　③ 同上。

　　④ 王钦若等编,周勋初等校订:《册府元龟》第五册卷四五四,南京:凤凰出版社 2006 年版,第 5109 页。

　　⑤ 王若光、刘旻航:《"飞龙在天":端午龙舟竞渡习俗考源》,《民俗研究》2013 年第 6 期,第 55 页。

来"一直到"谓之龙舟"这段话，都是元代人胡三省为"诏王播造竞渡船"所做的注解①，因而，它只能代表胡三省对龙舟建造年代的看法，并不能成为唐代已有端午龙舟竞渡的直接证据。至于诏令王播所造的二十艘竞渡船是不是龙舟，文中并没有明言，因此也难以为证。

（二）宋代说

该说以田兆元为代表。他在《论端午节俗与民俗舟船的谱系》一文中明确区分了龙舟与鸟（凤）舟的不同，认为"关于竞渡的早期传说都是与鸟舟相关的"，"在唐代和唐代以前，龙舟与竞渡是没有交集的两个概念"，"可能的'龙舟竞渡'的表述时间是在南宋时期"，在南宋词人甄龙友的《贺新郎·思远楼前路》中，"开始出现与竞渡有关的龙舟"，南宋词人黄公绍《端午竞渡棹歌》"又将龙舟竞渡与端午连在一起"。田兆元反对唐代说的依据是："翻遍唐人的诗歌，发现关于龙舟的叙事，大多数是咏叹隋炀帝龙舟误国的事情，几乎与竞渡和端午节无关。而关于竞渡的诗歌描述，也没有见到龙舟。"②但是我们很难因为唐人诗歌中"没有"相关文献，就认定唐代没有端午龙舟竞渡习俗，毕竟诗歌只是十分重要的而非唯一的史料来源，再说唐诗中是不是完全没有相关的叙事，也有待讨论。

二、端午龙舟竞渡出现于唐代的可能性

端午龙舟竞渡是时间（端午节期间）、工具（龙舟）、内容（竞渡）三

---

① 司马光编著，胡三省音注：《资治通鉴》，北京：中华书局 1956 年版，第 7844 页。
② 田兆元：《论端午节俗与民俗舟船的谱系》，《社会科学家》2016 年第 4 期，第 10—11 页。

个条件的同时满足,缺一不可。因此,要想考证唐代已经出现端午龙舟竞渡活动,首先就要说明端午、龙舟、竞渡在唐代或之前均已经出现。

(一) 端午节在唐代已成为民俗大节

在我国传统节日中,端午节是历史最为悠久的一个,标志性时间是在夏历的五月初五日。[①] 一般认为,端午节在汉代即已出现。魏晋南北朝时期,伴随着人口大规模的移动和南北民俗文化的交融,它的地位获得较快提升,已成为民间一大节日。唐代之前的诸多文献,如《史记》《四民月令》《风俗通义》《后汉书》《风土记》《荆楚岁时记》《续齐谐记》《玉烛宝典》《艺文类聚》《宋书》《隋书》等著述中均有关于端午节的记载,当时多称为"五月五日""五日"或"端五"。[②] 到唐代,相关记载更多,从中可见端午节习俗十分丰富,既有粽子、蒲酒等专门的饮食,五色丝等专门的佩饰,还有竞渡、馈赠、铸镜、采药、斗草等多种习俗,社会交往活动也十分普遍。[③] 应该说,端午在唐代是官民共享、朝野同庆的民俗大节,是无须赘述的基本事实。

(二) 龙舟的使用

舟船在我国起源甚早,2002 年浙江萧山跨湖桥遗址出土一艘由松木制成的独木舟,距今已有 8000~7500 年。[④] 甲骨文中已有多个与"舟"

---

① 端午节的时间有着十分丰富的表现,比如有些地方将五月初一称为"小端午"。亦有一些地方将五月初五定为小端午,把五月十五或二十五定为大端午。如四川合川、黔江、大宁,湖北武汉等地,即俗谓十五日为大端阳;湖北长阳一带,则以十五日为大端午,以二十五日为末端午。

② 张勃主编:《中国端午节·史料卷》,桂林:广西师范大学出版社 2013 年版,第 3-19 页。

③ 张勃:《唐代节日研究》,北京:中国社会科学出版社 2013 年版,第 3-19 页。

④ 蒋乐平、郑建明:《萧山区跨湖桥新石器时代遗址》,中国考古学会编:《中国考古学年鉴(2003)》,北京:文物出版社 2004 年版,第 179 页。

有关的字,《周易·系辞下》云"刳木为舟,剡木为楫,舟楫之利,以济不通,致远以利天下"①,更明确讲到舟的具体修造之法与功用。

舟船的形制多样,龙舟是其中一种,指建造或装饰成龙形的船。关于龙舟的出现,有着较为悠久的历史。按万建中教授的说法,"龙舟早在三千多年之前就出现了"。不过,由于这一说法所依据的是《大戴礼》中的"颛顼乘龙"与《穆天子传》中的"天子乘鸟舟龙浮于大沼"②,较难采信。但是汉代已有龙舟应该是没有问题的,《淮南子·本经训》中已有"龙舟鹢首,浮吹以娱"的明确记载③,班固《西都赋》中也有"后宫乘辇辂,登龙舟"的语句④,均可为证。汉代以后,关于龙舟的记载明显增多,反映了龙舟使用更加普遍的事实。晋人陆机《棹歌行》云:"迟迟暮春日,天气柔且嘉。元吉隆初巳,濯秽游黄河。龙舟浮鹢首,羽旗垂藻蕤。乘风宣飞景,逍遥戏中波。"这是对上巳节乘龙舟的描述。⑤《北史·河南王孝瑜传》载高孝瑜曾经"于第作水堂龙舟,植幡𣜿于舟上,数集诸弟,宴射为乐",结果"贵贱慕敩,处处营造",成一时风气。⑥ 隋炀帝更是龙舟的爱好者,史载大业元年"遣黄门侍郎王弘、上仪同于士澄往江南采木,造龙舟、凤䴏、黄龙、赤舰、楼船等数万艘",并于八月"御龙舟,幸江都"。⑦可见在唐代之前,龙舟已得到广泛应用。

龙舟可用于军事,也可用于水上娱乐。黄初五年(224)八月,曹丕"为水军,亲御龙舟,循蔡颍,浮淮,幸寿春……",这里的龙舟就是军事用具,《太平广记》引《述异记》载吴王夫差"作大池,池中造青龙舟,陈妓乐,日与西施为水戏",这里的青龙舟是水上娱乐工具。又引《拾遗录》:

① 黄寿祺、张善文撰:《周易译注·系辞下》,上海:上海古籍出版社 2001 年版,第 572 页。

② 万建中:《龙舟竞渡习俗渊源新探》,《四川文物》1996 年第 2 期,第 90—94 页。

③ 何宁撰:《淮南子集释》,北京:中华书局 2014 年版,第 592 页。

④ 萧统辑、李善注:《宋尤袤刻本文选》,北京:国家图书馆出版社 2017 年版,第一册,第 111 页。

⑤ 陆机:《中国古典文学基本丛书·陆机集》,北京:中华书局 1982 年版,第 89 页。

⑥ 李延寿撰:《北史·河南王孝瑜传》,北京:中华书局 1974 年版,第 1876 页。

⑦ 魏徵、令狐德棻撰:《隋书·炀帝纪上》,北京:中华书局 1973 年版,第 63—65 页。

"汉成帝常以三秋暇日,与飞燕游戏太液池,以沙棠为舟,贵其不沉也。以云母饰于鹢首,一名'云舟'。又刻大桐木为虬龙,雕饰如真像,以夹云舟而行。"①这里用桐木刻制的龙船显然也是娱乐工具。前引陆机《棹歌行》中的龙舟,亦用于休闲娱乐。

(三) 舟船竞渡的流行

竞渡是一种水上活动,既可以指游泳比赛,也可以指划船比赛,与其他水上活动不同的是,竞渡强调的是参与者的速度快慢。目前所见关于舟船竞渡的最早记载出自南朝宗懔《荆楚岁时记》中:"是日竞渡,采杂药。按五月五日竞渡,俗为屈原投汨罗日,伤其死所,故并命舟檝以拯之。舸舟取其轻利,谓之'飞凫',一自以为'水车',一自以为'水马'。州将及土人悉临水而观之。"②竞渡在两方之间展开,一方叫水军,一方叫水马,所用船只有专门的名称,叫作"飞凫",便于划行,竞渡时有众多人围观。值得一提的是,这里竞渡已与端午节联系起来,是端午节期间一项颇具吸引力的活动。

隋朝也有舟船竞渡的记载:

> 大抵荆州率敬鬼,尤重祠祀之事,昔屈原为制《九歌》,盖由此也。屈原以五月望日赴汨罗,土人追至洞庭不见,湖大船小,莫得济者,乃歌曰:"何由得渡湖!"因尔鼓棹争归,竞会亭上,习以相传,为竞渡之戏。其迅楫齐驰,棹歌乱响,喧振水陆,观者如云,诸郡率然,而南郡、襄阳尤甚。③

---

① 李昉等编:《太平广记》,北京:中华书局,1961 年版,第 1810 页。
② 宗懔著、宋金龙校注:《荆楚岁时记》,太原:山西人民出版社 1987 年版,第 48-49 页。
③ 魏徵、令狐德棻撰:《隋书·地理志》,第 897 页。

从"习以相传,为竞渡之戏"看,此地竞渡习俗应该有了较长时间的历史,而且也与端午节有关。

这时的舟船竞渡主要流行于南方,杜台卿《玉烛宝典》明确提到:"南方民又竞渡,世谓屈沉汨罗之日,并楫拯之。在北,舳舻既少,罕有此事。"①进入唐代,舟船竞渡习俗仍然盛行于南方,这一点可从时人留下的文献中看得非常清楚。比如张说的《岳州观竞渡》、张建封的《竞渡歌》写于岳州(今湖南岳阳),刘禹锡的《竞渡曲》写于朗州(今湖南常德),白居易的《竞渡》为和万州杨使君所作,万州在今重庆万州,这些地方都在南方。当然,此时期它也开始在北方的某些区域如长安和洛阳兴起,并出现了"都人同盛观"的宏大场面。②

这里需要格外关注两点,一是舟船竞渡的时间,一是竞渡舟船的形制。

舟船竞渡,不仅仅在端午节期间。前引杜亚修造奢侈之船时,明言为春中竞渡之戏。《新唐书》记载唐穆宗在鱼藻宫观竞渡,时间或在九月辛丑,或在三月戊寅,或在八月丙午,都不在端午节。③ 不在端午节期间举行的竞渡活动在后世也比较多见,宋人孟元老《东京梦华录》详细描写了清明节时最高统治者"驾幸临水殿观争标锡宴"的盛大场面,其中就有舟船竞渡④,吴自牧《梦粱录》详细记载了杭州一带祠山圣诞日的竞渡活动,时在二月八日,也与端午节无关。⑤

说起竞渡,许多人想当然以为就是龙舟,其实未必。事实上任何舟船都可以用于竞渡,只是因为竞渡讲究的是速度,所以多取"轻利"的

---

① 杜台卿撰,杨守敬校订:《玉烛宝典》,《续修四库全书·八八五·史部·时令类》,上海:上海古籍出版社 2002 年版,第 61 页。

② 吴融:《和集贤相公西溪侍宴观竞渡》,彭定求等编:《全唐诗(增订本)》,卷六八四,北京:中华书局 1999 年版,第 7916 页。

③ 欧阳修、宋祁撰:《新唐书》,北京:中华书局 1975 年版,第 228–229 页。

④ 孟元老撰、邓之诚注:《东京梦华录注》,北京:中华书局 1982 年版,第 184 页。

⑤ 吴自牧:《梦粱录》,北京:古典文学出版社 1957 年版,第 144 页。

舟船,田兆元提醒学者们注意"端午民俗之舟的多样性",是颇有见地的意见。[1] 从现存记载来看,竞渡最早所用舟船并非龙舟。前引《荆楚岁时记》提到"舸舟取其轻利,谓之'飞凫'",凫是野鸭的意思,会游水,亦会飞,这里将竞渡的舟船称为"飞凫",大约是希望竞渡之舟如"飞凫"般快捷的意思,虽然难以确定是否为凫的形状,却可以确定并非龙舟。前引《隋书》所载荆州竞渡事也没有提及所用舟船的具体样式。不过宋人孟元老《东京梦华录》"驾幸临水殿观争标锡宴"为我们理解竞渡之舟形制的多样性提供了很好的资料:

> 有小龙船二十只。上有绯衣军士各五十余人。各设旗鼓铜锣。船头有一军校。舞旗招引。乃虎翼指挥兵级也。又有虎头船十只。上有一锦衣人。执小旗立船头上。余皆著青短衣。长顶头巾。齐舞棹。乃百姓卸在行人也。又有飞鱼船二只。彩画间金。最为精巧。上有杂彩戏衫五十余人。间列杂色小旗绯伞。左右招舞。鸣小锣鼓铙铎之类。又有鳅鱼船二只。止容一人撑划。乃独木为之也。……水殿前至仙桥。预以红旗插于水中。标识地分远近。所谓小龙船。列于水殿前。东西相向。虎头飞鱼等船。布在其后。如两阵之势。……又见旗招之。则两行舟鸣鼓并进。捷者得标。则山呼拜舞。并虎头船之类。各三次争标而止。[2]

在这里,既有龙船,又有虎头船、飞鱼船、鳅鱼船,形制多样,都参与了竞渡活动。

从唐代资料看,非龙舟竞渡也是普遍存在的。张说《岳州观竞渡》

---

[1]　田兆元:《论端午节俗与民俗舟船的谱系》,《社会科学家》2016 年第 4 期,第 7–13 页。

[2]　孟元老撰、邓之诚注:《东京梦华录注》,第 184–185 页。

云"画作飞凫艇,双双竞拂流",这里用于竞渡的舟船是飞凫艇。元稹《竞舟》云"画鷁四来合,大竞长江流",这里用于竞渡的舟船也是鸟舟,而非龙舟。

从时间上看;竞渡并非只有端午节才有的活动;从用具上看,竞渡并非只有龙舟竞渡,这就是我们论证端午龙舟竞渡的必要性。而从上面的分析可以看出,唐代以前,端午节、龙舟、舟船竞渡均已出现,这为端午龙舟竞渡的形成提供了可能性。从目前的资料来看,形成的时间是在唐代。

三、端午龙舟竞渡在唐代已经出现

(一) 与端午龙舟竞渡有关的唐代文献

目前笔者所掌握的与端午龙舟竞渡有关的唐代文献资料主要有五条,其中三条为诗,两条为文。详见下:

1. 张建封《竞渡歌》[①]:

五月五日天晴明,杨花绕江啼晓莺。使君未出郡斋外,江上早闻齐和声。

使君出时皆有准,马前已被红旗引。两岸罗衣破晕香,银钗照日如霜刃。

鼓声三下红旗开,两龙跃出浮水来。棹影斡波飞万剑,鼓

---

① 该诗一作刘禹锡诗,一作薛逢诗。彭定求等编:《全唐诗(增订本)》,卷二七五,第3112页。

声劈浪鸣千雷。

鼓声渐急标将近，两龙望标目如瞬。坡上人呼霹雳惊，竿头彩挂虹霓晕。

前船抢水已得标，后船失势空挥桡。疮眉血首争不定，输岸一朋心似烧。

只将输赢分罚赏，两岸十舟五来往。须臾戏罢各东西，竞脱文身请书上。

吾今细观竞渡儿，何殊当路权相持。不思得岸各休去，会到摧车折楫时。

2. 卢肇《竞渡诗》（一作及第后江宁观竞渡寄袁州刺史成应元）①：

石溪久住思端午，馆驿楼前看发机。鼙鼓动时雷隐隐，兽头凌处雪微微。

冲波突出人齐譀，跃浪争先鸟退飞。向道是龙刚不信，果然夺得锦标归。

3. 李群玉《竞渡时在湖外偶为成章》②：

雷奔电逝三千儿，彩舟画楫射初晖。喧江雷鼓鳞甲动，三十六龙衔浪飞。

灵均昔日投湘死，千古沉魂在湘水。绿草斜烟日暮时，笛声幽远愁江鬼。

---

① 彭定求等编：《全唐诗（增订本）》，卷五五一，第 6442 页。
② 同上，卷五六八，第 6640 页。

4. 张鷟《五月五日洛水竞渡船十只请差使于扬州修造须钱五千贯请速分付》①（节选）：

爰因此日. 竞渡为欢. 兰桡鸣鹤之舟. 桂棹晨凫之舸. 鸭头泛滥. 与青雀而争飞. 鹢首参差. 共飞龙而竞逐. 黄头执櫂. 疑素鲤之凌波. 白衣扬橹. 类苍乌之拂浪. 竞渡所用. 轻利为工. 创修十只之舟. 费直五千余贯. 金舟不可以泛水. 玉楫不可以乘湍. 造数计则无多. 用钱如何太广. 玩物丧志. 所宝惟贤. 岂将有限之财. 以供无益之费. 所请非急. 未可辄依。

5. 康庭芝《对竞渡赌钱判》②：

扬州申江都县人以五月五日于江津竞渡并设管弦时有县人王文身居父服来预管弦并将钱物赌竞渡因争先后遂折舟人臂

月观遥临. 旁分震泽. 雷阪回瞰. 近届邗沟. 郊连五达之庄. 地近一都之会. 人多轻剽. 俗尚骄奢. 序属良辰. 躔系令节. 江干可望. 俱游白马之涛. 邑屋相趋. 并载飞龙之舳. 泛长波而急桨. 有类乘毛. 涌修浪而鸣舷. 更同浮叶. 箫吟柳吹. 疑传塞北之声. 棹引莲歌. 即唱江南之曲. 王文间阎贱品. 蓬荜庸流. 名教非闲. 丧仪多阙. 三年巨痛. 无闻毁瘠之哀. 五月佳游. 且预歌弦之乐. 重以情存胜负. 志在雄豪. 争驰赤马之津. 竞赌青蚨之贯. 先后由其不等. 忿争于是遂兴. 无思李老之言. 俄折羊公之臂. 然则居丧听乐. 已紊科条. 在服伤人. 一何凶险. 论情抚事. 深秽皇猷. 定罪明刑. 理资丹笔.

---

① 周绍良主编：《全唐文新编》，卷一七三，长春：吉林文史出版社 2000 年版，第 2004 页。
② 同上，卷二六〇，第 2918 页。

（二）对上述五条文献资料的释读分析

从目前研究成果看，唐代说与宋代说的分歧主要在于唐代端午竞渡是否已有龙舟的参与，因此能否从上述文献中发现龙舟，是这里释读分析的重点。

1. 张建封《竞渡歌》。从诗题、诗句"五月五日天晴明"以及全诗的描写，可知该诗所涉及的正是端午竞渡活动，但是不是龙舟竞渡呢？如何理解诗中两次出现的"两龙"就成了关键所在。田兆元在引用"鼓声三下红旗开，两龙跃出浮水来"一句后说："这个两龙是真的龙舟，还是诗歌的比喻，我们不能确认。"并将其作为否定性的证据。然而，应该看到，该诗中有两处出现了"两龙"字样，一般而言，诗人不会在同一首诗里两次使用同样的比喻，所以，这里的两龙应该是指真的龙舟。更为重要的是，"两龙望标目如瞬"中的"目"字提示我们注意竞渡的两只舟船是有眼睛的，或者说两只舟船被刻画为有眼睛的动物形象，很难想象两只有着具体形象的鸟舟或其他什么舟会被称为"两龙"，所以这里的动物形象应该就是诗中明确提到的"龙"，而不是其他。

2. 卢肇《竞渡诗》（一作及第后江宁观竞渡寄袁州刺史成应元）。从诗题、诗句"石溪久住思端午"以及全诗的描写，可知该诗所涉及的也是端午竞渡活动，那么竞渡的舟船是不是龙舟呢？"兽头凌处雪微微"提供一定的信息：竞渡船的头部做成了兽头的模样。那么这里的兽具体又指什么呢？"向道是龙刚不信，果然夺得锦标归"给出了答案，就是龙。因此，这里的端午竞渡就是龙舟竞渡。詹杭伦在《论唐代的端午竞渡诗》中提到这首诗，认为这首诗表面是写"龙舟竞渡，暗地里写自己科举夺魁"。若如此，这里的竞渡船更能确认为龙舟，否则卢肇的比喻便没有了喻体。此外，詹杭伦引用了《江西通志》转引《唐摭言》中的一段相关记载："卢肇、黄颇同举于乡，公车偕发，太守独饯颇而肇不与。明年肇魁多士,守延肇观竞渡,肇席上作诗云:扁舟鼓浪去如飞,鳞鬣峥嵘各斗机。向道是龙刚不信,果然夺得锦标归。"这里卢肇诗中有"鳞鬣"二字,与"向道是龙刚不信"结合起来理解,亦可知竞渡舟应当就是龙舟。①

3. 李群玉《竞渡时在湖外偶为成章》。诗题没有明言端午,诗中也没有说明活动的具体时间,但其中有"灵均昔日投湘死,千古沉魂在湘水"句,灵均指屈原,考虑到将屈原与端午竞渡相联系在唐代已是主流观点,因此,这里的竞渡指的就是端午竞渡。那么是不是龙舟竞渡呢?"喧江雷鼓鳞甲动,三十六龙衔浪飞"可以为证。或说"三十六龙"可能是比喻的说法,但"鳞甲"一词对舟船的性质做了说明。因此,这里的龙不是对船的比喻,而指真实的龙舟。

4. 张鷟《五月五日洛水竞渡船十只请差使于扬州修造须钱五千贯请速分付》文,可从题中看出与端午竞渡有关,文中涉及舟船的多种形制,包括"鸣鹤""晨凫""鸭头""青雀""鹢首","飞龙"也在其中,这是唐代已有端午龙舟竞渡的铁证。

5. 康庭芝《对竞渡赌钱判》。这是康庭芝针对一桩由端午竞渡所起争端的判文,关于竞渡,文中有"江干可望. 俱游白马之涛. 邑屋相趋. 并载飞龙之舳. 泛长波而急桨. 有类乘毛. 涌修浪而鸣舷. 更同浮叶"的描述,"飞龙之舳"再明白不过地说明端午竞渡中有龙舟的参与,这也是唐代已有端午龙舟竞渡的确凿证据。

那么其他学者又是如何释读上面的文献呢? 可以说,现在尚未有学者将上述五条文献资料集中进行释读,但关注其中一两条的不在少数,并且多认可它们是龙舟竞渡的证据。比如张建封《竞渡歌》,闻一多先生在《端午考》就引用了其中的一部分,将其作为水手们划龙舟的

---

① 詹杭伦:《论唐代的端午竞渡诗》,《长江大学学报(社科版)》2016 年第 7 期,第 20 页。

证据。① 万建中虽然整体上不同意闻一多关于龙舟竞渡起源的观点，但同样认可张建封《竞渡歌》中描写的"的确是竞渡的龙舟"。② 张伦笃、黄靖中甚至将这首诗认定为关于龙舟竞渡的第一篇文献。③ 另外，詹杭伦在《论唐代的端午竞渡诗》一文中也注意到这首诗，并用较多笔墨加以分析，他明确写道："诗中出现'两龙跃出浮水来''两龙望标目如瞬'的诗句，说明船头塑为龙头的形状，与此前的'鷁舟''飞凫舟'有所不同。"④ 杨罗生在《竞渡本招屈考——兼论龙舟竞渡的起源及其文化意义》中也承认《竞渡歌》对证明龙舟竞渡的意义，同时他还引用了张鷟文，并因张鷟的生卒年在 660？–740 之间而认为"龙舟竞渡的文献记载可以确定为初唐"。⑤

综上所述，可以确定唐代已经出现端午龙舟竞渡。鉴于文献记载总要比它记载的事实晚出，因此不能说端午龙舟竞渡最早出现在唐代，但至迟出现在唐代是可以肯定的。

结　语

本文的写作缘于不久前阅读田兆元教授的《论端午节俗与民俗舟船的谱系》一文，该文关于舟船谱系的观念很给人以启发，但其中对端午龙舟竞渡出现于宋代的论证稍嫌粗疏。我在拙著《唐代节日研究》中曾经

---

① 闻一多：《端午考》，《神话与诗》，上海：上海人民出版社 2005 年版，第 195 页。
② 万建中：《龙舟竞渡习俗渊源新探》，《四川文物》1996 年第 2 期，第 94 页。
③ 张伦笃、黄靖中：《竞渡、龙舟与龙舟竞渡之研究》，《中国民间文化》第 2 辑，上海：学林出版社 1991 年版，第 125–142 页。
④ 詹杭伦：《论唐代的端午竞渡诗》，《长江大学学报（社科版）》2016 年第 7 期，第 18 页。
⑤ 杨罗生：《竞渡本招屈考——兼论龙舟竞渡的起源及其文化意义》，《云梦学刊》2006 年第 6 期，第 48 页。

关注过唐代端午节的竞渡习俗,虽然当时的研究重心不在端午龙舟竞渡出现的时间,而在端午节竞渡习俗的形态,但里面引用的两条资料(即上引第 4 条和第 5 条)让我对田兆元教授的观点产生了怀疑。我于是将《唐代节日研究》中关于端午竞渡中的部分整理了一下,用微信发给田兆元教授,他说"欢迎你写文章,我们一起讨论一下",于是有了这篇文章的写作。

细思量,之所以与田兆元教授形成不同的观点,原因主要有二。其一是用以论证的史料多寡不同。或许因为田兆元教授写作《论端午节俗与民俗舟船的谱系》一文的重点,在于阐述谱系的复杂性,而不在于论证端午龙舟竞渡出现的时间,因此花在上面的笔墨较少。他反对唐代已有端午龙舟竞渡的理由,是唐人诗歌中"没有"相关文献。这就有两个问题,其一是将唐诗视为唯一的史料来源。唐诗固然十分重要,但并非唯一的史料来源,张鷟文和康庭芝文,就是诗歌之外的重要证据。其二,认为唐诗中没有更多相关文献。事实上,除了张建封的《竞渡歌》,卢肇的《竞渡诗》和李群玉的《竞渡时在湖外偶为成章》都值得作为史料认真释读分析。

其二是对于文献的释读不同。对同一条文献的释读直接影响其史料价值,释读同样的文献却得出不同的观点甚至完全相反的观点,这样的例子在历史研究中屡见不鲜。在唐代是否已存在端午龙舟竞渡的问题上产生分歧,很大程度上也归因于此。无论是笔者还是田兆元教授,都注意到张建封的《竞渡歌》,但两人的释读不同,田教授在引用了"鼓声三下红旗开,两龙跃出浮水来"一句后说,"这个两龙是真的龙舟,还是诗歌的比喻,我们不能确认",而笔者通过对诗中两处用到"两龙"字样以及"两龙望标目如瞬"句的释读和分析,得出这里的两龙即指龙舟的观点。张建封的《竞渡歌》无疑是文学作品,将其作为史料,面临着处理纪实性与虚构性的问题,面临着哪些可为史料、哪些不可为史料的问题,文学作品的史料价值及其辨析运用,自然不独与本文的写作有关,而是与整个历史研究相关的问题。于此，前辈学者如陈寅恪、钱穆等已有许多重要论述和实践，值得我们认真体会和研读。

对史实的考证，有赖于搜集详赡的史料以及对史料进行深入的文本分析。通过这篇文章的写作，特别希望感兴趣的同仁搜集更多的史料，并一起研读分析，从而切实解决端午龙舟竞渡出现时间这一问题。若由此展开去，围绕一个乃至多个民俗史话题各自由共同感兴趣的学者共同搜集史料，共同释读分析，并自觉探讨多种类型史料的搜集与释读方法，对于民俗史研究的深化未必不是一个可行且有益的方法。

从中国杂技金菊奖获奖作品看新世纪
魔术艺术的发展变迁[*]

柴　莹

一

比赛是推动魔术艺术发展的巨大动力,也是展示魔术艺术发展的舞台。新时期以来,尤其是新世纪以来,魔术艺术最具权威性和影响力的全国性评奖是文化部主办的"全国杂技(魔术)比赛"和中国文联、中国杂协主办的"中国杂技金菊奖全国魔术比赛"。

国内举办的官方国际性魔术活动,如"上海国际魔术节"(1994)、"中国西湖国际魔术交流大会"(2010)、"中国北京国际魔术大会"(2012),以及民间国际魔术交流活动"欢乐谷国际魔术节"等,在国内外魔术界具有相当影响,一定程度上打破了文化部、中国文联、中国杂协一统天下的垄断局面,但这些魔术活动更多是节、演,赛的性质相对淡化。为了凸显国际性,评委人选与获奖作品强调国内与国际并重,国

---

　　* 感谢杨虹、徐凤美、王岩三位老师在本文写作过程中的大力支持和无私帮助。

外魔术师获奖的比例较高,国内魔术师获奖比例较低。

文化部主办的"全国杂技比赛"始于 1984 年,三到五年举办一次,"全国杂技比赛"前三届没有单设魔术奖项,与杂技节目一起评奖。与杂技相比,魔术节目参赛节目和获奖节目都较少,如 1984 年第一届全国杂技比赛共评出金奖 1 个,银奖 9 个,铜奖 16 个,魔术节目只有中国杂技团的《彩扇争艳》、云南省杂技团的《牌技》和广州市杂技团的《现代魔术》3 个节目获得铜奖。1995 年第四届全国杂技比赛起,开始单设魔术、滑稽类奖项,但获奖数量极少,金狮奖 1 个,银狮奖 1 个,铜狮奖 2 个,而杂技节目仅金狮奖就 23 个。2000 年第五届全国杂技比赛,魔术节目只产生了金狮奖 1 个、银狮奖 2 个、铜狮奖 3 个,杂技节目仅金狮奖就有 32 个。当然,这与二十世纪魔术艺术发展停滞不前有关,也充分说明"全国杂技比赛"的关注度集中于杂技。之后,又于 2005年、2008 年、2010 年、2013 年举办了四届全国杂技比赛。2013 年第九届全国杂技比赛上,魔术节目金奖 2 个,银奖 2 个,铜奖 4 个,同一届杂技比赛,金奖 6 个,银奖 8 个,铜奖 6 个。2013 年举办第九届全国杂技(魔术)比赛之后,这项持续了二十九年具有影响力的赛事在全国性文艺评奖制度改革大潮中被正式取消。2019 年,文化和旅游部举办第十届全国杂技展演,由比赛变身为展演。

二

中国杂技金菊奖 1998 年立项,当年就由中国文联和中国杂协联合在天津举办了第一届全国滑稽邀请赛。金菊奖全国魔术比赛始于2000 年,截至 2018 年,共举办七届,时隔两年到四年不等。奖项分为金银铜及单项奖,获奖节目少则十几个,多则几十个,且金菊奖魔术比赛与杂技比赛不在一年，单独比赛、单独评奖，每一届的评选结果虽然有褒扬，有质疑，但从评选和获奖作品看，可以说代表了国内魔术的最高水平，在业内外的权威性、影响力、关注度毋庸置疑。从金菊奖魔术比赛的获奖作品中，可以窥探到新世纪以来，国内魔术艺术发展的历程和趋势。

在金菊奖魔术比赛之前，由中国文联主办、中国杂协承办的第一次全国性的魔术比赛是 1996 年在珠海举办的"96 格力杯全国魔术奇观大赛"。当时获得金奖的是铁路杂技团房印庭的《古彩戏法》、上海杂技团周良铁、王月莲表演的《变脸》。一批优秀魔术师如李宁、任维东、徐秋等脱颖而出，纷纷获奖。也为金菊奖奠定了良好的基础。金菊奖魔术比赛开始之后，中国文联、中国杂协也不再举办其他任何全国性魔术比赛。

评奖需有例可循，有章可依。2005 年，金菊奖魔术比赛举办三届之后，《中国杂技金菊奖章程》颁布。2018 年 2 月，为全面贯彻中共中央《关于全国性文艺评奖制度改革的意见》和中共中央宣传部《全国性文艺评奖改革方案》的精神，进一步规范评奖，中国杂协对《章程》进行较大幅度的修订。

《章程》分为"总则（指导思想）、组织委员会、评奖委员会、奖项设置、评奖范围、奖励、附则"等几项内容：中国杂技金菊奖（以下简称"金菊奖"）是由中国文学艺术界联合会（以下简称中国文联）和中国杂技家协会（以下简称中国杂协）联合主办的全国性专业奖项。

《章程》修订前后最大的变化有三点：

一是金菊奖宗旨与时代同步伐，更加理论化、科学化、系统化。"金菊奖的宗旨是以习近平新时代中国特色社会主义思想为指导，深入学习贯彻习近平系列重要讲话精神和党的十九大精神，认真落实评奖改革的总体目标和要求，全国贯彻'二为'方向和'双百'方针，坚持创造性转化，创新性发展。坚持以人民为中心的创作导向，弘扬社会主义核心价值观,推动创作更多无愧于民族、无愧于时代的精品力作;坚持德艺双馨的标准,把社会效益放在首位,努力实现社会效益和经济效益、社会价值和市场价值有机统一;遵循杂技艺术规律,尊重杂技家的创造性劳动;坚持公平公正公开,严格标准和程序,提高公信力、权威性和导向性"。

二是评委人选和评奖规则更加科学严密细致。成立评委库,作为评委遴选、管理、监督的主要依据。评委会主任一般由中国文联和中国杂协从评委库中指定,其他评委在中国文联有关部门监督下从评委库中随机抽选,形成当届评委提名名单,报中国文联审批备案后形成正式评委会名单。坚持公示制度,评委会上公开每位评委打分情况,以便于内部监督;评委会后,评选结果对外公示,以便于社会监督。

三是奖项种类和数量大幅度减少。金菊奖由原来的7个大项多个小项变为:杂技节目奖、魔术节目奖、滑稽节目奖等3个子项,杂技节目奖数额为10个;魔术节目奖数额为7个;滑稽节目奖数额为3个。各子项不再设金、银、铜奖和单项奖,各子项数额不可互相调整。

三

金菊奖魔术比赛于2000年10月在深圳欢乐谷举办第一届,称为"第二届中国杂技金菊奖第一次全国魔术比赛"。奖项为:金奖3个,银奖5个,铜奖6个。单项奖有:编导奖1个,创新奖2个,道具奖2个,滑稽奖2个,单项奖全部出自金、银、铜奖节目,编导奖《牌技》是金奖;创新奖《移形换影》是金奖,《服装师之梦》是银奖;道具奖《大型魔术》是银奖,《中国戏法——罩子》是金奖;表演奖《滑稽魔术》是铜奖,《小魔术》是铜奖。

　　第一届的三个金奖节目既是魔术师的代表作,也成为魔术史上的经典作品而难以超越。戴纯的《牌技》手法已经出神入化,创了魔棍回脱出牌,吸收借鉴了球技的技巧,单手弹牌回手发展为双手弹牌回手,手法干净利落,融入了轻快时尚的踢踏舞等现代艺术,舞台表现时尚感与贵族气质相结合。2006 年,戴纯的《牌技》获得第二十三届世界魔术大会获得了手法组冠军。任维东的《中国戏法——罩子》也在传统戏法的基础上加以改良,既有传统又有创新,成为同类节目的优秀代表,任维东也成为当时的得奖专业户。李宁的《移形换影》从戏曲、曲艺中吸收精粹加以融合,把变脸、更衣、变伞有机化为一体,瞬间完成同步变换,新颖的古典题材与现代的魔术手法完美结合。当年获得第五届全国杂技(魔术)比赛银狮奖。2001 年,在蒙特卡洛国际马戏节上获得"金魔棒奖",也是获得此项殊荣的亚洲第一人。

　　第一届节目种类的重复率也很高,如金奖戴纯的《牌技》与铜奖林彬《牌技》;金奖任维东的《中国戏法——罩子》与铜奖马峻的《罩子》,但技巧使用和表现形式却完全不同,所有获奖节目强调创新性。值得一提的是,本届董争臻、夏秋的《滑稽魔术》获得铜奖和表演奖,这也是迄今为止唯一一次以滑稽元素为主的魔术节目获奖。

　　2002 年在南京举办了"第四届中国杂技金菊奖第二次全国魔术比赛",以"尊重传统、追求创新"为评奖宗旨,奖项分为舞台魔术和近台魔术,舞台魔术有金奖 3 个,银奖 4 个,铜奖 5 个,特别奖 2 个;近景魔术金奖 2 个,银奖 4 个,铜奖 6 个,特别奖 1 个。奖项数量大幅度增加。虽然直到 2018 年的《章程》才明确规定"为促进'两岸四地'杂技艺术交流,香港特别行政区、澳门特别行政区、台湾地区杂技作品经有关部门批准后,也可参评"。事实上,从第二届开始,最大的变化即是澳门林晓鸣的《阳光美酒》、台湾丁建中的《梦幻飞鸽》分别获得舞台组的银奖、铜奖;澳门蔡洁辉的《烈焰红唇》获得近景组的银奖。

　　第二届获奖演员与第一届相比,重复率比较高,任维东第一届表演

《中国戏法——罩子》获得金奖,第二届表演《变表》再次获得金奖,他是唯一一位两次获得金菊奖金奖的魔术师。而他的《变表》也再次突破自己,新颖的魔术手法与成熟稳重的舞台风格相结合,独树一帜、自成一家。汪其魔的《大型魔术》获得金奖,他也在第一届中以大型魔术获得银奖,对于这位以大型魔术见长的魔术师的评价是"长期以来,在这方面(大型魔术)一直孜孜不倦的民间魔术师汪其魔这次表演了变鸽、变羊、变马、变飞机,不惜花大力气来创作大型魔术,他所获得的金奖是对他为中国魔术事业所做贡献的鼓励"。① 另一位舞台类金奖是赵育莹的《扇舞新韵》,赵育莹自幼学习舞蹈,一身艳丽端庄的民族服装,一把凌空出现的五彩折扇,一段婉转灵幻的舞蹈,达到了多种艺术形式的完美融合,令人赏心悦目,难以忘怀。这种魔术与舞蹈融合的表演风格也被很多优秀的女魔术师所借鉴,成为潮流。

如果说舞台类获奖节目是中国传统魔术与西方舞台魔术相结合的佳作,那么近景类由中国传统戏法占一统地位,徐凤美的《民间小戏法》和王丽彦的《中国古彩戏法》获得金奖。银奖节目 4 个,除了澳门的节目之外,全部都是传统小戏法。铜奖的 6 个也以传统戏法为主。这时的传统戏法已经不仅仅是再现,而是经历不断的积累、调适和丰富的"现代化",适应现代人的审美趣味。徐凤美的《女子古彩戏法》在第一届中获得了银奖,这一届她以《民间小戏法》获得近景组金奖,第一届她的大戏法(落活儿)以传承为主,而本届比赛的小戏法则以传统为基础,具有创新性的发展。当时评委会主任边发吉说:"魔术的生命在于创新,没有创新就没有发展。"②

2004 年,北京举办了"第五届中国杂技金菊奖第三次全国魔术比赛",金奖 3 个,银奖 4 个,铜奖 5 个,优秀奖 2 个。来自台湾地区的文

---

① 陈尚岚:《魔光幻影炫金陵——中国杂技金菊奖第二届全国魔术比在南京举行》,《杂技与魔术》2002 年第 6 期。

② 同上。

沛然的《约会》得了金奖,这是首次大陆之外的魔术师获得金奖。用魔术的语言来讲述一个故事,在节奏感强劲的背景音乐中,文沛然酷帅地展示了多种魔术技法,这种现在看来并不新鲜的技巧和表现手段在当时的魔术界还未广泛应用。科技的进步和生活节奏的加速,观众对魔术的要求不再单一,一看就懂的魔术如果仍然用老一套的节奏加以表现,观众无法获得新鲜感,也就无法引起他们的兴趣,魔术艺术不断改进与革新成为主流。

获得金奖的还有沈娟的《花儿为什么这样红》和生于魔术世家的杨露璐表演的《锦瑟》。沈娟8分钟变幻5 000朵花,变花的手法演绎到了极致,宛若花仙下凡,手段、样式、风格仿佛是电影中的"蒙太奇",令人眼花缭乱、目不暇接;杨露璐的《锦瑟》以梁祝为主题和背景音乐,舞蹈与魔术完美融合,整场节目变出30多把伞,两位女魔术师的表演富于张力和美感,极具观赏性。

本届比赛,来自澳门的林晓鸣和蔡洁辉再次参加,林晓鸣的节目名称《阳光美酒》甚至都跟第二届完全一样,但成绩不甚理想,仅仅获得铜奖。

四

2007年在济南举办了"第六届中国杂技金菊奖第四次全国魔术比赛",分为舞台组和近景组,其中舞台组金奖3个,银奖5个,铜奖7个,近景组银奖4个,铜奖5个,还有14个舞台组特别奖和4个近景组特别奖,奖项数量可以说是历届金菊奖魔术比赛之最。"作为2009年北京世界魔术大会之前最后一次最高规格的全国性魔术赛事,与历次'金菊奖'比赛相比,本次比赛不仅参赛人数和节目最多、门类最完备,整体水平也有很大的提高。"①

第一届获得银奖的魔术师傅琰东和汪燕飞表演的《光之碟》获得舞台组金奖,傅琰东成为最后一位连续两届在金菊奖魔术比赛获奖的魔术师。从本届起,由于举办周期的延长、奖项的减少,加之新人辈出,再没有魔术师连续在金菊奖魔术比赛获奖。

本届比赛的舞台组金奖还有曲蕾的《梅桩伞舞》和张宪的《奥运牌技》。《奥运牌技》的主题色彩浓郁,是专门为 2008 年北京奥运会创作的节目,是一个既有继承性又有阶段性的作品。不可否认,它的"新"也为"过时"做了铺垫,"新"到"旧","旧"反过来激发新的"新",魔术艺术就是这样不断突破"固步自封"与"因循守旧"。曲蕾的《梅桩伞舞》成为她本人的代表作,"在延续糅入舞蹈元素的探索道路上又进一步把杂技、武术的元素纳入其中,加之舞美呈现出的东方神韵,得到评委的普遍好评"。② 赵育莹的"扇"、沈娟的"花"、曲蕾的"伞"成为魔术界难以超越的高度。

本届比赛的最大热点应该是近景组金奖空缺,从第五届金菊奖魔术比赛后,也不再单设近景组的奖项,近景与舞台同场竞技均铩羽而归,说明了在舞台魔术不断变化发展,日趋多样化和成熟的同时,近景魔术还未能突破樊篱。此后,金菊奖再未单设近景组奖项,与舞台魔术同场竞技,近景魔术的短板显露无遗。然而,2018 年世界魔术大会,来自台湾地区的简纶廷横空出世,一举夺得近景魔术总冠军和微型部门冠军两项荣誉,展示了近景魔术的神奇魅力和无限可能性。2009 年,刘谦在央视春晚一鸣惊人,也让人看到了"传统的魔术语言"之外的一种魔术表达。舞台、近景、视频媒体,这种越来越复杂化的魔术表现手段推动了魔术艺术的发展,与"传统"迥异的魔术逐渐被广泛采用和

---

① 关桑:《承前缤纷金菊开　启后万方魔术来——第六届中国杂技金菊奖第四次全国魔术比赛综述》,《杂技与魔术》2007 年第 6 期。

② 同上。

接纳。

2011 年，河南宝丰举办了"第八届中国杂技金菊奖第五次魔术比赛"，金奖 2 个，银奖 2 个，铜奖 5 个，单项奖 4 个。时隔四年，中国魔术界或者说金菊奖魔术比赛开始了新一轮的新老交替，前几届获奖魔术师徐凤美、李宁、沈娟、傅琰东出现在了评委席。魔术的本性是什么？不可否认，是技巧。但是，当魔术技巧展现在具有较大空间的舞台时，作为一种动态的视觉形象，它必须具备新的形象风格、概括原则、艺术手法和手段系统。本届的金奖节目尹浩的《音乐梦》、胡金玲的《敦煌莲想》，铜奖王璐的《牌花新露》在展示魔术技巧的同时，表达了杂技、武术、音乐、戏剧、舞蹈的技巧，魔术既是主角，又是插画，杂技、音乐、武术、戏剧、舞蹈既是魔术的载体，又成为它的外延。尹浩、胡金玲、王璐皆出自傅氏（傅氏幻术）门下，师徒传承依然是魔术艺术在中国传承发展的重要方式和趋势。

2015 年，距首届金菊奖魔术比赛十五年后，魔术比赛再次回到深圳欢乐谷，"第九届中国杂技金菊奖第六次魔术比赛"，金奖 2 个，银奖 4 个，铜奖 3 个，单项奖 7 个。自金菊奖开赛以来，大型魔术获奖屈指可数，李洁的大型魔术《美女·几何》获得金奖显得弥足珍贵。金奖丁洋的《变鸽子》，银奖于泊然、徐阳的《新古彩》，铜奖朱程程的《梅花三弄》、于点儿的《飞花点翠》都从传统、民族中开凿出新意。在网络上浸泡的观众对视觉异常敏锐，他们需要的是干净利落、出其不意的视觉刺激，这对魔术师的要求越来越高，魔术师们需要在魔术表达上不断革新，在艺术感染力上不断下功夫，这些节目挖掘了传统，却建立了自己的魔术语言系统。

2018 年，深圳欢乐谷举办了"第十届中国杂技金菊奖全国魔术比赛"，评选出魔术节目奖 7 个，奖项大幅度减少，竞争更加激烈。本届比赛也改变赛制，复赛分赛区现场比赛，在此之前的金菊奖魔术比赛中从未有过。经过复赛，24 个节目入围决赛，最终，《九儿》《流光掠影》

《纸飞机》《鱼韵流芳》《羽》《扇之梦》《幻影飞鸽》等 7 个节目获得金菊奖魔术节目奖。魔术与舞蹈、戏剧、武术等传统艺术相结合的《九儿》《鱼韵流芳》《扇之梦》，手法精准、主打怀旧的《纸飞机》，富有梦幻色彩的《羽》《幻影飞鸽》，轻松时尚、活力四射的《流光掠影》，魔术技巧和表现手段迥异，这在十九年前金菊奖创立之初是不可想象的，业内对本届比赛作品的褒奖已经相当到位。

但是，也应该冷静地认识到，中国魔术在热衷于探索形式上的实验时，把舞台呈现的宏大当作一个重要的考量元素，而魔术师本人所应具备的技巧、魔幻、创意却相对缺乏。魔术艺术发展到今天，应该从"技巧""呈现"转而向"思维"发展，也就是说，不应该再以魔术技巧去统领节目，而是从一开始创意的时候就用魔术思维的方式构思作品，魔术成为世界观。

五

2000 年到 2018 年，十八年，七届金菊奖魔术比赛，为人所津津乐道的经典魔术节目在这里一鸣惊人，十年磨一剑的优秀魔术师在这里一举成名，与其说金菊奖魔术比赛推动了国内魔术艺术的发展，不如说它见证了新世纪以来魔术艺术的腾飞。然而，与其艺术门类相比，魔术艺术是最易被"旧"所淘汰的，经典即为过时。那么，在网络互动、高清视频已高速发展的今天，魔术艺术怎样延伸自己的触角，怎样保持住自己的"新鲜"以配合时代的步伐，探索更多的可能性？能否去掉舞台的"第四堵墙"，去掉"现实与魔术的墙"，用魔术思维重新结构魔术作品，使魔术艺术由综合艺术再回归魔术艺术本体？这也是金菊奖魔术比赛带来的思考。

2021 年度优秀文艺评论文章

父亲：作为一种文学装置

——理解双雪涛、班宇、郑执的一种角度

丛治辰

一、为什么不可以是"父亲"？

双雪涛、班宇、郑执三位同样出生于沈阳铁西区的 80 后作者，近年来成为文坛聚讼纷纭的关注热点，已是不争的事实。地方文化宣传部门、文学评论界和大众文化领域当中的诸多力量有意无意形成合谋，往往将这三位作家并置讨论，称为"铁西三剑客""新东北作家群"，或作为"东北文艺复兴"的一部分，这让"东北"这一元素无可避免地从其作品中凸显出来，笼罩在几乎一切相关讨论之上。而关于这三位作家最有力的研究者莫过于黄平和刘岩，这两位同样生于东北的青年学者都曾不止一次撰写宏文，对双雪涛等人予以介绍、褒扬、分析和阐释，在确立三者文学地位方面可谓厥功至伟。某种程度上，正是这两位学者的研究工作，进一步为"东北"赋予了特定的学术内涵，明晰了从"东北"理解双雪涛、班宇和郑执的学理框架。他们不仅使这三位作家的意义

超出了相对狭小的铁西区,将之与整个东北的广阔土地联系在一起,并且指出他们最为重要的价值乃是写出了二十世纪九十年代国企改制、工人下岗的创伤时刻。正是在空间与时间的这一特殊交汇点上,黄平和刘岩认为双雪涛等人钩沉出了"东北"作为"共和国长子"的历史,描绘出波澜壮阔而耐人寻味的社会结构变迁,修复了有机的社会主义工业城市空间。在此框架之下,三人作品中最值得关注的人物当然是那些在社会转型期被迫离开国有工厂的工人阶级,最动人的抒情也当然是有关这些下岗职工的喟叹和对特定历史背景下"东北"的乡愁。

　　但与学术界和批评界的热情形成鲜明对照的是,至少双雪涛和班宇都对这样的理论阐释不甚领情。他们一方面反复提醒批评家在题材之外,也应对自己小说技艺方面的追求有所关注——"对于一位作家而言,他写作的材料是一个问题,但更重要的是他看待材料的方式和处理问题的方法"①;另一方面则极力解释,之所以会集中地书写东北和东北的下岗职工,不过是因为对这些素材天然熟悉——"我就是一个东北人,在东北生活了三十年。……所以天生就决定了我写东西大部分与东北相关,这是一个无法选择的命运,我是一个被选择,被推到一个素材充满东北意味的写作者的角色中来的"。② 关于双雪涛等人对自己小说技艺的刻意强调,笔者在另一篇相关文章中已有所分析③,此不赘述;而这里令人尤感兴趣的是,当解释何以"东北"宿命般成为自己不可逃避的小说素材时,三位作家几乎无一例外都提到了"父辈"甚至就是"父亲"。——班宇曾经表示:"我对工人这一群体非常熟悉,这

① 鲁太光、双雪涛、刘岩:《纪实与虚构:文学中的"东北"》,《文艺理论与批评》2019年第 2 期。

② 同上。

③ 参见拙文《何谓"东北"? 何种"文艺"? 何以"复兴"? ——双雪涛、班宇、郑执与当前审美趣味的复杂结构》,《中国现代文学研究丛刊》2020 年第 4 期。

些形象出自我的父辈，或者他们的朋友。"① 双雪涛也明确谈及自己对父子关系的强烈兴趣："我对父子关系比较感兴趣，因为父子关系是一种意味深长的关系，这个关系可以扩展到很宏大的程度，比如故乡，也可以收缩到具体的家庭中，所以对父子关系我比较愿意去尝试、探索。"② 相比之下，郑执较少谈及自己的创作，但是他在"一席"平台的那次演讲，简直就像是对双雪涛上述表述的最好注脚。演讲中郑执讲了两个故事，一个关于自己的父亲，一个关于"穷鬼乐园"。③ 这一演讲结构无异于将具体家庭中的"父亲"扩展出去，达致对于东北、时代，乃至整个世界的理解与悲悯。而一旦意识到在三位作者的自述中，"父亲"出现得如此频繁，我们就不难对他们的创作有新的发现：在双雪涛和班宇的小说里，几乎每一篇都有"父亲"的形象，并或隐或显地扮演了对小说而言极为重要的角色，至于郑执，则甚至专门为父亲创作了一部长篇小说《我只在乎你》。或许在对比当中更容易理解这一现象的意义：有论者曾对班宇目前为止唯一一部小说集《冬泳》④做过统计，发现以下岗职工题材为主流的作品"在班宇的创作整体中，占不到半数；而如果稍微深入地对以这类题材为主流的作品做内容分析的话，我们同样不难发现，班宇以'下岗'事件为线索或以'下岗工人'为主人公的作品中，他所关注的又绝不仅仅主要在于社会变革及其负面影响"。⑤ 而在双雪涛最新的小说集《猎人》中，作者显然有意在抹除自己的"东

---

① 朱蓉婷：《班宇：我更愿意对小说本质进行一些探寻》，《南方都市报》2019 年 5 月 26 日。

② 鲁太光、双雪涛、刘岩：《纪实与虚构：文学中的"东北"》。事实上，双雪涛不止一次谈及父亲对自己写作的影响，可参见双雪涛：《我的师承》，《文艺争鸣》2015 年第 8 期；双雪涛、走走：《"写小说的人，不能放过那道稍瞬即逝的光芒"》，《野草》2015 年第 3 期。

③ 参见郑执：《面与乐园》，"一席"微信公众号，2019 年 1 月 19 日。

④ 就在本文写成交稿的同时，班宇第二本小说集《逍遥游》出版上市。本文来不及将其纳入讨论范畴，是一大遗憾，或容日后弥补。

⑤ 石磊：《后先锋、地域文化与口语化写作——班宇近年小说初探》，《延河》2020 年第 1 期。

北"标签，以至于黄平与刘岩都多少表示了担忧，但除《松鼠》一篇之外，"父亲"仍顽强地未从双雪涛的小说中离场。——因此，为什么一定要从"东北"及其特定历史时刻去理解双雪涛、班宇和郑执呢？为什么不可以是"父亲"？

当然，论者其实也并未完全忽略"父亲"。张思远的《双雪涛小说中的父与子》即专门探讨双雪涛小说中的父子关系——尽管就笔者目力所及这乃是唯一的一篇——但实则只是从父子关系切入论题，着重讨论的仍是"父亲"们作为国有工厂下岗职工的身份和宏大历史加之于他们的命运，对单纯家庭意义上的"父亲"反而所言甚少。① 这相当程度上代表了研究者们谈论双雪涛等人小说中的"父亲"或父子关系的常规方式，事实上，黄平、刘岩、周荣、李雪、杨立青都曾论及这一话题，但无一例外都对"父亲"作了理论化或隐喻性的处理，将之视为某一特定人群的代表，或历史转折的（往往是沉默的）代言人。② 只有方岩将"父亲"放置在日常生活与宏大历史之间，视为小说之虚构投向宏大历史的诱饵，然而归根结底，其鹄的仍然在历史而非"父亲"。③ 倒是一些或许尚未被理论、方法与术语充分武装的在读研究生，会在无意间跳出既定论述逻辑，从双雪涛等人小说有关"父亲"与家庭的书写中，感受到直接的审美冲击。譬如吴玲发现，双雪涛小说中的青春悲剧，几乎都是肇因于家庭缺失、父母缺席④；而杨雪晴则发现，"父一辈"身上

---

① 张思远：《双雪涛小说中的父与子》，《文化学刊》2019 年第 2 期。

② 参见黄平：《"新的美学原则在崛起"——以双雪涛〈平原上的摩西〉为例》，《扬子江评论》2017 年第 3 期；刘岩：《双雪涛的小说与当代中国老工业区的悬疑叙事——以〈平原上的摩西〉为中心》，《文艺研究》2018 年第 12 期；周荣：《班宇的"分身术"》，《青年作家》2019 年第 1 期；李雪：《城市的乡愁——谈双雪涛的沈阳故事兼及一种城市文学》，《当代作家评论》2016 年第 6 期；杨立青：《双雪涛小说中的"东北"及其他》，《扬子江评论》2019 年第 1 期。

③ 参见方岩：《诱饵与怪兽——双雪涛小说中的历史表情》，《当代作家评论》2017 年第 2 期。

④ 吴玲：《青春的艰难与成长——双雪涛小说的成长叙事分析》，《呼伦贝尔学院学报》2016 年第 1 期。

总是凝聚了宽厚、仁和的美好品质①；当然，还应该加上此前已经提及的张思远。这似乎恰恰证明了，唯有将"父亲"与下岗职工的身份、共同体破碎的时刻联系起来，才能够在学术体系中为之命名，证明话题的重要性和论者的训练有素。但反过来也可以质诘：学术话语是否也在一定程度上压抑了文本丰富的审美可能？ 在诸多研究者中，对理论武器操持得最为熟练者大概得说是刘岩，其强劲的理论阐释能力，以及在理论背景下条分缕析进行文本分析的本领，令人深为折服。然而在眼花缭乱欲罢不能之余，却又不能不感到一丝隐约的狐疑。笔者在此前的相关文章里，曾经论及刘岩对双雪涛《平原上的摩西》中蒋不凡的理解，认为仅仅依照某种理论预设将其视为"城市治安维护者"未免稍嫌简单，事实上"取消了理解蒋不凡这个人物的其他一切可能：他还是一个大龄未婚的单身男子、同事的好兄长、尽职尽责却丢了佩枪的公安干警，后来还成为长久依靠年迈父母照料的植物人"。② ——两位白发斑斑的老人，日复一日地，或许是步履蹒跚地照料他们曾经英武如今却动也不能动一下的儿子，最终仍然白发人送黑发人，但他的母亲却常年收藏着儿子带血的衣物，这对于理解这个人物和理解这篇小说，难道毫无意义吗？ 此种情况非止一端，在《世纪之交的东北经验、反自动化书写与一座小说城的崛起——双雪涛、班宇、郑执沈阳叙事综论》中，刘岩曾经引述《聋哑时代》中的一段文字，认为这是两个初中生在"谈论一位势利的老师，事实上也在谈论九十年代阶层分化过程中形成的新的身份话语"③：

---

① 杨雪晴：《东北平原上的小人物书写——以双雪涛〈平原上的摩西〉为例》，《鸭绿江（下半月）》2019 年第 8 期。

② 参见《何谓"东北"？ 何种"文艺"？ 何以"复兴"？ ——双雪涛、班宇、郑执与当前审美趣味的复杂结构》。

③ 刘岩：《世纪之交的东北经验、反自动化书写与一座小说城的崛起——双雪涛、班宇、郑执沈阳叙事综论》，《文艺争鸣》2019 年第 11 期。

　　她说：孙老师调查了你家的成分。我说：成分？她说：
这是我听她和别的老师说的。我说：你怎么听见的？她说：
你管不着，她说你家是工人阶级，扶不上墙。我说：什么叫扶
不上墙。她说：我也不知道，你千万别和人说是我说的，把你
语文作业交了吧。我说：操，老子从小翻墙就不要人扶，你跟
孙老师说，我忘带了。

　　的确，这段对话很容易令人意识到其中涉及的阶层身份问题，尤其
是作者特意选用了"成分"这样一个颇具年代感的词汇，更于沧海桑田
之间营造出一种反讽效果。但是这两个初中生并不仅仅是在"谈论一
位势利的老师"，也是在谈论李默的家庭。当一个刚读初中的孩子，听
到别人——而且是师长——如此轻蔑地评价自己的家庭、自己的父亲
和母亲，他会有怎样复杂的感情？他又会如何做出反应？这将对他产
生多么持久的影响？小说叙述刻意制造了一种情绪上的压制，在本应
使用问号和叹号的几处代之以冷静或冷漠的句号，但恰恰在这种有意
的压制当中，我们分明可以感觉到一种无法言说的情感风暴，冲决了李
默与世界原本单纯明净的关系。——这不重要吗？或许这两例当中的
情感表达都过于隐晦了，令文本解读本就可以有多种角度；但是在同一
篇论文的第三节，刘岩还引述了班宇《逍遥游》的最后一段，那当中复
杂的抒情里明白无误地包含着父女之间那种疲倦而深沉的温情，刘岩
却依然对此未置一词，只是忙于讨论这一段落的语体问题。——当然，
这其实无可厚非。事实上刘岩在这一节谈及的几乎所有文本都与父亲
有直接关系，但是他都置之不理，因为在这里他想要处理的主要是语言
问题。任何一篇学术研究文章，都一定有其自身的问题意识和论述逻
辑，当文本无法纳入其中的时候，就难免有所选择、割舍与遮蔽。论文
的目标往往是确定而单一的，而小说的言外之意则势必旁逸斜出，因此
没有任何一位论者有能力在一篇文章中穷尽其对于文本的所有理解。

不过正因如此，我们当然也有充分的理由从既有常规的讨论方式和学理框架中跳出，选择另外的角度去理解双雪涛、班宇和郑执，别有凸显与遮蔽。比如，谈谈他们小说中的"父亲"。

二、"父亲"的叙事功能、抒情功能与认知功能

说双雪涛和班宇几乎每篇小说里都有"父亲"的形象，或许会招致相当多质疑：至少，在双雪涛的处女作《翅鬼》里，那些有如奴隶的翅鬼们不是被视为妖祟的弃儿吗？所以他们不是无父无母的吗？但是无父无母，并不代表小说就和"父亲"没有关系。事实上，双雪涛笔下的不少人物都处在一种无父无母的状态，但"父亲"依然构成小说中不在场的重要在场。翅鬼们被赶出家门的命运，使得他们孤独、压抑、怨愤，这恰恰印证了"父亲"的重要性。同样，《大路》里的"我"和小女孩、《聋哑时代》里的安娜、《走出格勒》里的老拉，都要么父母双亡，要么亲情冷漠，等同于无父。如果不是无父，她们不会流离失所，不会性格变异，也不会过早地混迹社会甚至走上死路。正如翅鬼们如果双亲在堂，又怎能郁积那么强烈的反抗意志，凝聚那么牢固的内部团结，想要逃出雪国并最终导致这个畸形王国的覆灭？就此而言，在这些作品当中，"父亲"尽管缺席，却分明是人物得以成立的基础，是小说叙事的根本动力。

不在场的"父亲"尚且能够起到如此作用，则在场的"父亲"对小说叙事的影响可想而知。在《天吾手记》这个沈阳-台北双城故事中，作者在小说篇幅近半的心脏位置埋下了一个隐秘，正与"父亲"有关。天吾的父亲嗜酒而暴戾，安歌的父亲则长期对亲生女儿进行"一些性上面的'探索'"，正是这两位父亲或直接或间接地塑造了天吾的性格，并

决定了他的职业选择与人生走向：若非安歌不能忍受自己的家庭而出走失踪，天吾恐怕不会成为一名刑警，那么整个故事也就不会开始；甚至，我们还可以在同样离家出走的安歌和小久之间发现某种似隐若现的联系，令小说中两座城市的关系都因此显得更加微妙。

《翅鬼》和《天吾手记》的创作都有其外部动因，前者是为了向台湾的一个文学奖投稿，后者是应邀完成一项写作计划。在这两部"奇幻类型小说特征"明显的作品中，双雪涛或许只能以一种曲折隐晦的方式投射自己的个人情感。而几乎就在同时，双雪涛还写了《聋哑时代》，这是真正因他郁积已久的情绪而创作的作品，双雪涛因此认为它非常重要，写出了自己"当时最想说的是什么"。[①]《聋哑时代》写的是初中校园生活，主人公当然是少男少女，双雪涛以中篇小说连缀的结构，分别书写了刘一达、高杰、许可、吴迪、安娜、霍家麟、艾小男等七个人物，当然在他们背后，还有一个作为叙述者的"我"——李默。这样的小说，完全可以将故事展开的场景限定在校园之中，但《聋哑时代》的故事却是从"我"的父亲和母亲开始讲起；而在讲述那些初中生的青春成长时，家庭也不断出现在故事的背景当中。徐勇曾经指出，双雪涛这部早期作品尽管看上去和很多 80 后作家的青春叙事有所相像，但仍表现出独特的品质。徐勇将其特质归因于小说对作为意识形态国家机器组成部分的学校教育之反思与批判[②]，但其实类似反思在 80 后其他作家如韩寒那里早已有之。事实上，最初一批 80 后写作者浮出水面的一个重要背景，正是二十世纪九十年代末有关语文教育问题的大讨论，因此相关反思本就是 80 后作家记录成长故事的题中应有之义。依笔者之见，《聋哑时代》的特别之处其实恰恰在于，双雪涛在校园之外还

---

① 双雪涛、走走：《"写小说的人，不能放过那道稍瞬即逝的光芒"》，《野草》2015 年第 3 期。

② 徐勇：《成长写作与"小说家"的诞生——双雪涛〈聋哑时代〉阅读札记》，《鸭绿江（上半月刊）》2015 年第 5 期。

写了家庭。尽管着墨不多，但是小说中的父亲与母亲，的确构成了那些少男少女们人格形成的重要因素，也由此成为小说叙事的内在驱动力量，在一些重要的关节处改变了小说走向，起到结构叙事的作用。徐勇将《聋哑时代》中的家庭视为学校教育的同谋，认为它们"一起构成一种坚硬的现实或秩序"，但这似乎并不完全符合事实：安娜、霍家麟、艾小男等人的父母或许可以照此理解，但"我"的父母和"我"之间的关系则要远为复杂，那当中很少暴力与压抑，却更多温情与负疚。徐勇其实也已经敏锐地注意到，《聋哑时代》的文学性或许与作者对学校教育的反思并无关系，而来自叙述者本身与其所叙内容之间的反讽张力——"他［李默］努力过，并对自己没能按照父母的要求上进深感歉疚，对不起父母辛苦挣来的血汗钱，但他又并不想太过委屈自己，结果变成了一个'庸碌无为'、不好不坏、不苟且又不上进的'中间地带'的人"——这样无奈的负疚，不能不让我们想起前文引述过的那段对"一位势利的老师"的讨论，从中不难想象，李默的父母很可能也有着同样无奈的负疚。而无奈的负疚，这不正是家庭当中时时发生又足以令人动容的情感？将"他人"的父母与"自己"的父母区别对待，很可能并非有意设计，而是因为作家在创作早期使用第一人称叙事时，难免产生一种下意识的恍惚感，不知此身何身，因而对"他人"的父母容易作概念化的塑造，而叙及"自己"的父母却多少带有些复杂混淆的感情，反而可能包含着双雪涛自己在当时也不能了然的隐秘心理。

几年之后双雪涛回顾自己的创作时，表示对《聋哑时代》"没有自悔少作的感觉"，因为那种不管不顾撕开生活痛感的莽撞或许不复重来。[①] 不过创作者的早期勇气固然可贵，懵懂与蹒跚终归难免，双雪涛本人也承认，《聋哑时代》和《天吾手记》其实还算不得成熟[②]，更遑论

---

① 双雪涛、走走：《"写小说的人，不能放过那道稍瞬即逝的光芒"》。
② 参见双雪涛：《我的师承》。

《翅鬼》。毋宁说,《聋哑时代》不过是双雪涛自觉面对自我经验的开始。因此我们也可以理解,为什么在这早期的三部小说里,"父亲"在叙事层面的作用是那么暧昧吊诡:一方面,的确不难发现其在小说结构与人物塑造等诸多方面,发挥了近乎决定性的作用;但是另一方面,其实从小说中挖去家庭因素,叙事依然可以成立,或许会略显单薄,但还不至于破碎瓦解。家庭是多余而重要的,离开它小说叙事依然完整,但是有了它小说又变得迥然不同。正是在这样原本可有可无,但作家却一定令其必有的怪异之中,或许恰恰隐藏了小说家真正的内心诉求——那才是双雪涛真正想要讲述的故事。

因此伴随双雪涛越来越以专业态度对待文学创作,"父亲"在他的小说里也变得日益重要。在他迄今为止被讨论最多的小说《平原上的摩西》中,作为父亲的李守廉是小说里唯一不曾发言但却是事件谜底的人物,论者往往将他的沉默与工人阶级的处境联系起来,认为那象征了工人们尚无力反抗"全球化和市场自由主义的抽象理想"[1];但沉默不也是东方式父亲的典型性格特征吗?——尤其是当这位父亲处在那种无奈的负疚之中,明白自己未能给家人足够优渥的生活却又无能为力的时候。小说中那桩作为故事核心的命案,正是李守廉在这样复杂的情绪之下,为了在女儿面前保持体面,以及为了保护女儿,而造成的意外。其实除了李守廉,庄树的父亲与傅东心的父亲,也同样构成这篇小说叙事的重要动力。而双雪涛那篇经常作为东北老工业基地寓言被提及的作品《北方化为乌有》中,同样是父亲的死亡之谜在牵动着整篇小说的叙述。另外一篇和工人阶级几乎没有关系的小说《跛人》里,如果没有火车上那个奇怪的中年人对自己父子关系的讲述,情节的转折就根本不可能发生,小说也就不知道会沿着漫长的铁路线延伸到什么地方。而在《冷枪》里,双雪涛则对"父亲"之于小说结构的作用,进行

---

① 黄平:《"新的美学原则在崛起"——以双雪涛〈平原上的摩西〉为例》。

了更为细致而含蓄的处理。读者很容易认为这篇小说乃是基于棍儿和老背两个人物展开，但其实有关他们的种种细节只是填充了小说的表层，真正对叙事起到决定性作用的并非这二人中的任何一位，倒是几乎没有出场的棍儿的父亲：中学时代的棍儿之所以那么肆无忌惮，正是因为颇有家资的父亲令他有恃无恐；进入大学棍儿之所以有所收敛，也是因为入学前父亲和他语重心长的那次谈话，以及家道中落的事实；至于小说结尾，当他举起拐杖抡向那个作弊者时，其中的情绪有多少是因为老背，又有多少是因为同样被这个社会推来搡去的父亲呢？——在后来谈及这篇小说时，双雪涛说：棍儿这一举动的动机乃是因为"一种很久以来的对无规则世界的狂怒"，"这个无规则世界处处在伤害着他（包括老背和他的父亲）"。[1] 双雪涛特意加上了这个括号，分明在提示我们这篇小说中"父亲"之不可或缺。

　　行文至此我们不难发现一个有趣的变化：从什么时候开始，双雪涛小说中的"家庭"逐渐被"父亲"取代了？《聋哑时代》里的那些人物还大都父母双全，而在《跛人》当中，那个中年人其实是在召唤两个孩子回到家庭，却用"父亲"替代了家庭。后来双雪涛大部分小说里的母亲，要么几乎没有存在感，要么与家庭貌合神离（譬如《平原上的摩西》中庄树的母亲傅东心），要么根本就早早逃离了家庭（譬如《平原上的摩西》中李斐的母亲）。最具代表性的例子莫过于《走出格勒》，那当中的父亲常年在狱，其实与儿子和家庭殊少瓜葛，这位母亲也并未弃家远走，而是独力将儿子抚养成人，娶妻成家。然而小说却是以写给父亲的信开始，以父亲的回信结束，父亲的身影始终游荡在小说的字里行间，挥之不去——再一次，如果没有"父亲"，小说是难以成立的。一个常年见不到父亲，甚至从未得到父亲回信的儿子，何以对"父亲"如此念念不忘？我们当然绝对无法相信，东北的女性都像双雪涛（其实也包

---

[1]　双雪涛、走走：《"写小说的人，不能放过那道稍瞬即逝的光芒"》。

括班宇和郑执)笔下的人物那样不负责任,会因社会变迁、家庭变故而动辄一走了之——这势必会引得女性主义者群起而攻之。习惯从双雪涛等人小说中读出"东北"乡愁的论者则或许会说,那只是因为"父亲"最典型地代表了共和国工人阶级的形象,而非母亲。但是这样的论调恐怕同样难为女性主义者所容,而且那显然是严重低估甚至污蔑了共和国建立以来男女平权的巨大成就,还会招致大部分左翼知识分子的猛烈攻击。当然,这当中很可能包含了作家个人经历的因素:双雪涛和郑执都过早地失去了父亲,并都曾表示,父亲的去世对自己的创作产生了重要影响。[①](死亡,这是能够迸发出多么强烈的表达诉求和抒情意愿的可怕黑洞!更何况是父亲的离世。)但是这不能解释,为什么在班宇的小说里,"父亲"同样扮演了举足轻重的角色,而母亲则同样会跑到南方,还"坚持穿着貂"打麻将。[②]或许这其中的原因既未必那么具有普泛意义,也不那么偶然,而与三位作者的性别和写作时的年龄有关。儿子与父亲的关系总是极为微妙,或许曾经有过弗洛伊德称之为"弑父"的叛逆时期,但最终每个儿子总是多多少少会长成父亲的样子。性别因素让他们难免接受同样的社会规训,形成相似的情感方式,从而让儿子逐渐对父亲有所理解与认同,尤其在儿子们自己也已为人父的时候——双雪涛、班宇和郑执都出生在八十年代,此时此刻的他们正逐渐感受到家庭的负荷与生活的压力。其实不仅仅是儿子,女性在步入社会之后似乎也难免对父亲多些同情。那可能并不仅仅因为子女在此时本就趋于成熟,还因为客观而言,在长久的文化传统中,父亲的形象的确更偏于社会性,因此当一个人开始感受到世事艰辛的时候,便比较容易将心比心,理解"父亲"。更何况与此同时,那个好像永远能够为子女遮风挡雨的男人,通常也已经开始迈入衰弱的老年。朱自清

---

① 参见双雪涛、走走:《"写小说的人,不能放过那道稍瞬即逝的光芒"》;郑执:《面与乐园》,"一席"微信公众号,2019 年 1 月 19 日。

② 参见班宇:《盘锦豹子》,《冬泳》,上海:上海三联书店 2018 年版。

的《背影》其实早已告诉我们，恰恰是那个严厉苛责而身形高大的"父亲"形象在残酷的社会现实中坍塌的时刻，才是父子情深的时刻。父亲近乎唠叨的叮嘱关怀和一封封家书，都不如那个肥胖笨拙的背影，更能够让儿子长久怀念，成为冲决情感的闸口。这就可以解释，为什么在双雪涛等人所塑造的"父亲"形象中，最为动人的正是那些社会意义上的失败者。

　　因此之所以"父亲"会在双雪涛等人的小说中起到那么重要的作用，甚至可以视为结构、组织、推进叙事的基础元件，实是因为其强大的抒情能力。一个最为典型的例子是班宇的《盘锦豹子》。在东北方言里，一个人被称为"豹子"往往意味着他脾气火爆或者说血气方刚，在所谓"社会青年"里也属于心狠手辣、敢打能冲的一类。小说中"盘锦豹子"当然指的是主人公孙旭庭，但是读者恐怕很难将此人物和这一方言词汇联系起来。在家庭生活中，孙旭庭不仅谈不上脾气火爆，甚至可以说是唯唯诺诺、委曲求全，甚至在小姑离家而去，连"我"的奶奶和父亲都深感不安的时候，他也毫无暴怒的意思；而在公共生活中，他是一个肯吃苦、爱钻研，却任由世道摆布的老实工人。这样一个人物，当从盘锦老家来的朋友在他的婚礼和他父亲的丧礼上喊出他的绰号时，简直让人以为是耳朵出了问题，或者，是作者有意在制造一种反讽效果。但小说结尾，他手持菜刀冲出家门，终于让我们明白原来作者和那些盘锦的朋友们都诚不我欺，孙旭庭果真曾是"豹子"样的人物。这近乎欧·亨利式的结尾，让整篇小说抖然立了起来，显然是因为一种强劲的抒情力量。孙旭庭那咆哮疯狂、情绪迸发的时刻，一下子将他此前的萎靡神态统统照亮，让我们明白他绝非窝囊之人，长久以来的种种表现，不过是因为他太过在乎他的家庭。如果不是最终的翻转将小说中埋藏的情感压抑全部激活，那么孙旭庭将像任何一个父亲一样正常但缺乏光彩地生活着，直到死去。他的爱那么内敛，以至于无人了解。因此直到那时，他的儿子才看到了一个完整的父亲，彻底地理解了他，并与之紧紧拥抱在一起。班宇于此极为精准地写出了东方式的父爱，那是一种持久隐忍又相当惊人的感情。

以"父亲"作为抒情元件，令双雪涛等人的小说呈现出一种内敛而刚硬的气质。他们的作品既不像那种纯然基于社会分析的小说一样过于理论化，缺乏抒情意味，又不会过于情感泛滥，而有一种与东方式父爱相类似的格调：看似散漫，实则深情，举重若轻。这一美学特质或许也是这三人的作品会获得读者和批评界好评的一个重要原因。这样的抒情并不仅仅发生在小说结构的关节处——事实上，那种过分戏剧化的处理方式，反而不合于此种抒情的气质——与"父亲"有关的情感往往静水深流，需要从字里行间细细寻索，就像《盘锦豹子》里孙旭庭弥漫于整篇小说的父爱，很容易在粗疏的阅读中被忽略过去。又譬如那部看似是为一群弃儿立传的《翅鬼》里，"父亲"也并非只是以缺席的方式发挥作用：寒的父亲不是就不顾朝廷禁令，偷偷传他功夫吗？在寒下井之前，那寥寥八个字"不求争锋，只求保命"的教诲里，又隐藏着怎样无奈而负疚的感情？令人尤感温暖的，是寒显然体会到了父亲的深情并有所呼应，在临死之际，他还要特别声明："记住我的父亲姓林，我本该叫林寒。"父子之间这种内敛到甚至有些病态的情感方式，为这部过分依靠想象力和情节冲突的类型小说增添了重量，其价值远远超过作者有意构造的那段矫情的恋爱，甚至某种程度改写了贯穿于整部小说的兄弟情谊——林寒的诀别遗言告诉我们，命名是如此重要，因为那是父亲的权力，因此赋予"我"名字，引领"我"解放的萧朗，真的只是朋友而已吗？① 这一疑问或许足以和《翅鬼》的写作动机、发表地点联系

---

① 命名对于《翅鬼》这部小说的重要性，可以从双雪涛的自述中看出。在小说的前言中，双雪涛表示，在开始创作之前，他脑海中已经有了关于小说的不少元素，但迟迟无法动笔，"直到出现了一个词语叫作'名字'，于是就有了小说的第一句话，'我的名字叫默，这个名字是从萧朗那买的'。到现在为止，这句话还是我写过的最得意的开头"。双雪涛：《翅鬼》，桂林：广西师范大学出版社 2019 年版，第 2 页。

起来，触及作者创作时的隐秘意图，令这部看似简单的小说绽放出更深的意味。

　　不过关于"父亲"，双雪涛最值得一谈的作品应该还是《大师》。双雪涛曾坦率地表示，这篇小说正写在自己对创作极为纠结犹疑的关键时刻，并且与已经故去的父亲有着直接关系，那其中凝聚了他对于父亲的无限怀念。[①] 但是如果单从人物塑造得正面不正面、高大不高大着眼，恐怕根本看不出双雪涛对小说里这位父亲的感情有多么积极：那是一个彻头彻尾的失败者，而且他的失败恐怕和上世纪九十年代东北社会结构的变化没什么关系——在国企改制之前，他不是就已经被发配到没人愿意去的仓库当管理员了吗？而在遭到妻子抛弃又被迫下岗之后，他更是迅速堕落成一个嗜酒的废人，过了一年，甚至连棋也不下了。但尽管如此，整篇小说依然是围绕"父亲"展开叙事，在一些细节处，也依然从"父亲"或父子关系中迸发出动人的情感力量。譬如小说开篇处，那次言短意长的对饮；譬如父亲近于精神失常时，还是"固执地穿着"儿子的校服，"好像第一次穿上那样"；譬如小说结尾处，在连输三局之后，颓废已久的父亲终究还是儿子最后的依靠。不过与众不同的是，这一次，小说不是依靠抒情性的力量来支撑和推动叙事，而是采用了父子关系的另外一种形态：教诲。尽管那次父子对饮简直就像是一场生命的接力传递，一场酒喝完，父亲越来越需要被照顾，而儿子则日益独立，甚至就连父亲在棋摊上的名声，也逐渐被儿子领走；但是小说中处处回荡着的，仍是父亲对于儿子教诲的声音。父亲说，"无论什么时候，用过的东西不能扔在那，尿完尿要把裤门拉上，下完棋的棋盘要给人家收拾好，人这东西，不用什么文化，就这么点道理"；父亲说，"有时候赢是很简单的事，外面人多又杂，知人知面不知心，想下一辈子，一辈子有人和你下，有时候就不那么简单"；父亲说，下棋是下

―――――――――
① 双雪涛、走走：《"写小说的人，不能放过那道稍瞬即逝的光芒"》。

棋,不能挂东西;父亲说,"在学校不要下棋,能分得开吗";父亲说,"叫一声吧",叫这和尚一声"爸"吧……如果说,成为废人也可以算是某种意义上的死亡,那么显然,即便"父亲"已然故去,也将持续深度地参与"儿子"的生命:以上父亲的所有教诲,都一字不落地铭刻在"我"的性格与行为当中,这让这篇小说从另外一个角度来看,也可以说是儿子的成长小说。甚至,"父亲"的教诲从一开始就超出了小说文本的边界之外。在谈及《大师》时双雪涛表示,这篇小说之所以重要,乃因为这根本就是身处人生艰难时刻的他,以小说的方式向父亲发出的呼救:

> 写《大师》的时候,我正处在人生最捉襟见肘的阶段,但是还是想选择一直写下去。有一种自我催眠的烈士情怀。当然也希望能写出来,成为一个被承认的写作者,但是更多的时候,觉得希望渺茫,也许就无声无息地这么下去,然后泯灭。那这个过程是什么呢?可能就变成了一种献祭。我就写了一个十字架,赌博,一种无望的坚定。因为我的父亲一辈子下棋,当然故事完全不是他的故事,但是他为了下棋付出之多,收获之少,令我触目惊心。比如基本上大部分时间,处在不那么富裕的人群;没有任何社会地位,只是在路边的棋摊那里,存有威名。但是一到他的场域,他就变成强者,享受精神上的满足。当时他已去世,我无限地怀念他,希望和他聊聊,希望他能告诉我,是不是值得。当时已无法做到,只能写个东西,装作他在和我交谈。①

如果说,小说真的可以是作者借以认识世界的工具,那么至少在《大师》当中,"父亲"构成了最为重要的认知元件。事实上,如果我们

---

① 双雪涛、走走:《"写小说的人,不能放过那道稍瞬即逝的光芒"》。

愿意承认，无论是否包含着性别权力的不对等，客观而言，或至少在双雪涛等人的情感结构中，父亲较之母亲更偏于社会性，那么基于这一认识在小说中想象出来的"父亲"，其抒情的功能就不可避免地要与认知功能纠缠在一起，"父亲"的动人时刻，也就往往是"儿子"开始认识这个世界的契机。在双雪涛《无赖》中，当父亲被迫搬迁，对儿子说"但凡爸有一口气，就不让你受委屈"时，是何等抒情，又让儿子何等清晰地感受到这个世界的冷硬？在《盘锦豹子》里，孙旭东不也是在孙旭庭遭到妻子离弃之后才痛改前非的吗？这或许就是为什么这些在我看来是书写"父亲"的小说，同样也可以作为分析东北社会变迁的好样本。也正是因为"父亲"的叙事功能、抒情功能和认知功能如此复杂地纠缠在一起，我将之视为双雪涛等人小说中一种基础性的文学装置。

三、"父亲"这一装置颠倒了什么

柄谷行人在《日本现代文学的起源》中使用"装置"一词的时候，讨论的其实并非审美问题，而是认知问题。他认为在他称之为"装置"的"风景"中，隐藏着某种颠倒或遮蔽的机制：日本现代文学中的风景被认为是不言自明的，但实际上人们只不过是遗忘了它的起源。事实上，那种风景是在西方的透视法／现代性引入日本之后，被悄然替换而出现的，在这一过程中，重要的不是风景，而是被透视法生产出来的想象风景的"内面之人"。然而，尽管只有以西方的透视法才能得到日本现代文学意义上的风景，但一改传统观念采用透视法的那个观察者，却往往躲在视点背后，不被发现。在讨论这一替换的时候，柄谷行人相当巧合地也举了与"父亲"有关的例子，来说明何以在当时唯有夏目漱石意识到了这一问题："漱石幼年时代当过养子，直到一定的年龄他一直把

养父养母视为亲生父母。他是被'取代'了的。对他来说，父子关系绝
非自然的，而只能是可以'取代'的。"①本文使用"文学装置"一词来指
称双雪涛等人小说中的"父亲"，倒实在并不打算那样残忍地否定"父
亲"之不言自明性，但的确围绕有关"父亲"的书写与理解，同样存在着
一定的颠倒与遮蔽。

　　那么在双雪涛等人的小说中，"父亲"这一装置颠倒了什么呢？
以柄谷行人的论述作为参照，则"父亲"亦可视为一种外部风景，乃是
从"儿子"这一内面透视而得的产物。柄谷行人所用的"透视者"这一
隐喻，如果对应于具体的小说文本，则大概可以类比为小说的叙述者。
的确，当我们下意识地沿着叙述者的讲述，将所有关注都聚焦在"父
亲"身上时，其实已经掉进了叙述者悄然设下的陷阱，从而往往忽略父
子关系的另外一方，那就是"儿子"。从前引双雪涛访谈中的那段回答
不难看出，书写"父亲"的动机其实并不在于表达父亲，而出自解决儿
子问题的必要。就此而言，双雪涛早期的三部作品，可以说提供了他后
来所有小说有关"父亲"的母题：寻找、理解、成长。而"父亲"作为失
败者的形象，与"儿子"的处境恐怕也不无关系。双雪涛的《间距》《北
方化为乌有》和班宇的《枪墓》多少提示我们是怎样的"儿子"在怀念他
们的"父亲"。假如从小说中拿掉与"父亲"有关的元素，则这些小说基
本可以归入典型的"失败青年"故事。如果说曾经的国企改制让"父
亲"陡然间从主人翁的身份跌落，一蹶不振；则"儿子"们甚至从来不能
理解什么是"铁饭碗"，只能无止境地在资本搭建的繁华都市里漂泊。
回忆"父亲"当然也不会改变这些青年们并不如意的命运，只是为这样
的命运增添了历史感，那反而更令人感到一种宿命般的沮丧。"父亲"
在此不仅仅是"儿子"建立理解与认同的支点，还是"儿子"借以抒情或
者说宣泄的出口，是"儿子"在属于他们自己的浮华与苦难中想要紧紧

---

① 柄谷行人：《日本现代文学的起源》，赵京华译，北京：三联书店 2003 年版，第 7 页。

抓住的最后依靠。郑执的《我只在乎你》将这样一种意图结构呈现得尤为明显，他直接采用了双线叙事，让"父亲"与"儿子"的青春相互交叠，彼此印证：同样桀骜不驯意气风发，又同样遭到世界的痛击。不同的时代为这些男人提供的压抑或有不同，但是压抑本身却并无二致，正是在同样遭受压抑的境遇中，"儿子"理解了"父亲"。因此，过分凝视双雪涛等人小说中涉及的那一"东北"历史的创伤时刻反而会造成盲点，他们三人写的并非历史故事，而是当下记忆。

沿着叙述者的视线去理解双雪涛等人小说中的"父亲"，还会造成另外一重遮蔽，那就是，双雪涛、班宇和郑执写的是"父亲"，而不仅仅是"失败的父亲"。因为叙述者"我"的父亲往往是那个失败的角色，很容易让人错误地以为，那些在社会结构变动中被甩出体制的人们，才是三位作者叙述的目的。但其实他们也写过不少享受改革开放红利而先富起来的"父亲"，甚至在一些作品中，这样的"父亲"还是小说关键性的组成部分，比如《冷枪》，比如《平原上的摩西》，比如《跷跷板》。这些成功者的子女似乎总是对他们的"父亲"不以为然、抵触、叛逆，拒绝"父亲"为他们安排好的人生，这又很容易让人错误地以为其中多少透露了作者本人对既得利益者的态度。但是那些失败者的"儿子"们，又何曾体贴呢？班宇《肃杀》中的肖树斌为了儿子几乎倾尽所有，最终只能选择毫无道义地消失，他的儿子会比《平原上的摩西》中那个"富二代"庄树更令人感到欣慰吗？"父亲"与"儿子"之和解，取决于后者的成长，而非前者的社会地位。对于"父亲"的抗拒，大概没有比《我只在乎你》当中的冯子肖更加激烈的了——尽管法网恢恢，冯劲的走私王国破产乃迟早之事，但冯子肖的任性毕竟直接加速了这一过程——可是最终，他仍然选择了回到父亲身边。其实抛去少年热血的偏执，以罔顾公义的理性从父子关系与社会结构的角度分析，不难理解为什么冯劲会选择让儿子的好友苏凉去进行那场危险的交易，而瞒过冯子肖：任何父亲都希望自己的儿子能够平安生活、不犯险境，无论他自己是不是双手沾满他人血汗的冒险者。《冷枪》中父亲对棍儿的劝说,《平原上的摩西》中庄德增要求庄树不做刑警的谈判,因此也就都不难理解。从中也不难看出,即便是那些成功者也同样怀有深深的不安全感,某种意义而言,他们或许也并没有我们所想象得那么"成功"。对此表现得最为复杂深入的,当属双雪涛的《跷跷板》。那位成功的"父亲"最终只愿意相信身为普通工人的"我",意味着曾经同为工人阶级一分子的他,对于过往时代保持着怎样美好的记忆和执着的信赖;因而在他对我诉说的那些真假难辨的呓语里,一定埋藏了那一时代终结时刻极为复杂的负罪情绪。然而尽管负罪,却必须杀伐决断,其中的原因直接指向"父亲"对家庭的责任和对子女的庇护:在一个不进则退的时代,一位"父亲"不择手段想要让自己的家人过上幸福生活,似乎也并非不可理解之事。甚至可以说,恰在这当中,埋藏着至为残酷而深沉的父爱。在剧本《哥本哈根》中,纳粹德国的物理学家海森堡悲愤地抗议:"人们更容易错误地认为刚巧处在非正义一方的国家的百姓们会不那么热爱他们的国家。"①同样,人们也往往愿意相信,一个在公共生活中缺乏道德感的父亲会不那么热爱自己的子女,或者他们的子女理应不那么尊敬自己的父亲,但这样的想法显然都是荒谬的错误。因此对于《跷跷板》那个令人迷惑的结尾,我们或许可以有一个略带布尔乔亚意味的解释:那是作者双雪涛以小说中近乎"儿子"的视角对"父亲"给予理解地书写之后,实在不忍心将"父亲"的罪恶推到极致,因此只能让那桩发生在共同体破碎时刻的凶杀案徘徊在幻觉与现实之间。

不过,仅仅将我们对成功者"父亲"的忽略归因于叙述者,其实有欠公正。文学可谓弱者的事业,无论作者还是读者,都难免有意无意对身处弱势的人物倾注更多关心。更何况,社会当中的成功者总是少数,因而阅读双雪涛等人小说的我们,即便不至于是失败者,大概率也不会

---

① 迈克·弗雷恩:《哥本哈根》,胡开奇译,《剧本》2004 年第 10 期。

是成功者，以人性而论，便更愿意在心理的天平上偏向失败的一方。黄平在讨论双雪涛等人创作的时候，就不惜现身说法："不管是双雪涛还是班宇，他们小说里都写了一个情节就是九千元的学费，我们都知道上世纪九十年代九千元学费意味着什么。这个事情在东北是真实的，我也交过类似的学费，压力也非常大。对于他们的小说，我这个读者的感受是真实的。"①——很显然，黄平绝非是以一个既得利益者子女的身份来讨论他所谓"新东北作家群"的。事实上，尽管他与刘岩共享着近似的话语资源，但在具体的论述形态上却存在微妙的差异。作为沈阳人，刘岩未必不对双雪涛等人的故乡书写心有戚戚，但他高度自律地坚持在一个严密自足的理论框架内讨论问题，将个人情感尽量摒斥在外；而黄平则不惮溢出学理范畴，令个人感情始终萦绕着整个逻辑过程，从而实现了一种有情的文学批评。就此而言，黄平对双雪涛等人的发言本身亦足可以视为一种有感而发的创作。

　　而如果将黄平的论述同样视为一种创作，便不难发现，他对于双雪涛等人小说中"父亲"的理解不乏可观之处。在讨论双雪涛《平原上的摩西》时，黄平坦然承认："笔者第一次阅读这篇小说时，最为感动的就是小说隐含的'父'与'子'的和解。"只不过接下来，黄平对"父亲"作了颇具隐喻意味的描述，将当代小说中的"弑父"看作是告别集体主义时代的审美表征，从而令双雪涛等人小说中的"父亲"与"下岗职工"的身份更为紧密地联结在一起，似乎这三位年轻作者写作"父亲"的最重要价值不在"父亲"本身，而在于理解历史："下岗职工进入暮年的今天，他们的后代理解并拥抱父亲，开始讲述父亲一代的故事。"②在《"新东北作家群"论纲》第二节，黄平同样极为准确地引述了《大师》与《盘锦豹子》中父子情深的时刻，令人几乎能够在相关论述中读出属于他

---

① 张定浩、黄平：《"向内"的写作与"向外"的写作》，《文艺报》，2019 年 12 月 18 日。
② 黄平：《"新的美学原则在崛起"——以双雪涛〈平原上的摩西〉为例》。

个人的抒情。但他终究只是将这一讨论作为引言,导向更具学理化的分析:"他们的小说,在重新理解父辈这批失败者的同时,隐含着对于单向度的新自由主义现代性的批判。"①诚然,在当前学术生态当中,无论"东北"还是"下岗职工",似乎都远比"父亲"更具学理价值,也更容易获得学理支撑。但是黄平的论述路径仍让人不仅对他,甚至对包括刘岩在内的所有论者都产生疑问:究竟他们是在历史的总体性框架下注意到了"父亲",还是因为"父亲"而发现了历史? 在对于双雪涛等人小说的理解层面,是否还存在着另一重颠倒? 一种或许更近于柄谷行人本意的颠倒。

四、走出"东北"的可能性

当然,无论上述问题的答案是什么,显然双雪涛、班宇和郑执所书写的"父亲"都很难与上世纪九十年代发生在东北的社会结构变动完全脱开关系——尽管并非所有小说都一定如此,比如那篇《跛子》。应该承认,在谈论他们笔下的"父亲"时,要绕开"东北"并非易事。因此,笔者无意质疑黄平、刘岩等人研究的有效性;事实上,他们的论述相当精彩,极富洞见和启发性。一定程度上,本文另立议题的一个重要原因,恰恰是他们的话语过于强大——如果这样一种论述路径成为理解双雪涛等人小说的唯一方式,会不会反而限定了他们创作的价值? 和笔者一样并不生长于东北的读者,以及对黄平所谓"共同体破碎"时刻并无记忆的读者,不也同样能够因他们的小说而生发感触吗?

　　之所以选择"父亲"作为理解双雪涛、班宇和郑执的一种角度,正

---

① 黄平:《"新东北作家群"论纲》,《吉林大学社会科学学报》2020 年第 1 期。

因为作为非东北籍的读者,这三位作家的小说给笔者的直接感动的确并不来自国有企业改制和工人下岗,而来自"父亲"和父子关系。文学研究作为一门科学,固然应该充分学科化和理论化,但研究对象所给予的感性体验,也理应得到足够重视。那或许恰恰意味着对文本多义性的尊重,并可以借此打开更为广阔的论域——文学研究不正是在文学作品的推动与刺激下,才得以不断深入开掘的吗?因此,围绕"父亲"的话语资源相对匮乏,或者说略显过时,可能反而是相关研究的契机。正是文本中那幽暗不明的地带,在召唤着研究者向更深远的所在迈进。就此而言,关注双雪涛等人小说中的"父亲",其意义并不仅仅在于"父亲"本身,更为重要的是跟随"父亲"走出"东北",去触及有可能被单一话语遮蔽的其他可能:比如性别,比如认同,比如小说技艺,比如更长时间段的集体心理结构——即便是讨论"历史",也未必一定只能从"东北"切入。当然,较之这样的愿景,本文的论述还过于粗疏,有诸多话题未来得及充分展开,只希望能够为理解双雪涛、班宇和郑执打开一条小小的岔路,期待着会通向令人惊喜的未知世界。

新的地方意识的兴起

——以叶舟的《敦煌本纪》为中心

岳　雯

在当下的文学叙事中,敦煌这个地方越来越多地出现,成为处处可见并不断生成丰富意义的文学空间。这固然与作家个人的审美趣味与精神维度有关,某种程度上,也与一个时代的自我认知与空间想象有关。一个地方总是经由文学、电影和音乐这类艺术实践被创造出来,通过读者的阅读、观看和体验被消费与扩展。"敦煌"这一主题的文本再生产可以视为一种话语政治。一方面,在社会政治经济层面,随着"一带一路"倡议的提出,敦煌成为关注焦点。另一方面,在全球化的文化场域中,敦煌以其处于跨地域、跨文化以及流动的精神空间而被选择,被不同的话语力量所争夺并以多种文化形式被表现。本文尝试以叶舟的《敦煌本纪》为中心,考察敦煌在小说文本中是如何在塑造独特的地方感的同时,又书写了一个地方的神话。

一

对于叶舟来说,敦煌是他写作的根基所在。从踏上创作道路伊始,他的创作就与敦煌有关,他的两部诗集——《大敦煌》《敦煌诗经》都以敦煌为名,其间更是创作了大量以敦煌作为素材的各类体裁的作品。从这个意义上说,以长篇小说形式呈现的《敦煌本纪》是他个人创作的必经之路。那么,他是如何想象敦煌的呢?文化地理学家一般认为,创造地方感的一个重要环节,就是关注特殊且经过选择的历史面向,重新生产地方经验与地方记忆。这正是叶舟在《敦煌本纪》中所实践的。他特意选择了清末民初这样一个充满断裂的时间点,来讲述敦煌的故事,某种意义上也是在讲述一个地方、一个国族的衰落与新生。

在《敦煌本纪》中,叶舟借小说人物之口,指出敦煌乃至河西走廊已经成为"锈带"。

> 事实上,整个中国的重心一直在东,也在南,而黄河以西的这一条孔道,包括广漠的西北山川,其实早就无人体恤,无人心疼,成了一块锈迹斑斑的地带。真的,敦煌是锈带,新疆是锈带,秦州、兰州、凉州、甘州和肃州,乃至整个陕甘一线,统统都是一片锈带。
>
> ……
>
> 整个西北至今锈而不死,僵而不化,一直掩藏着大好筋骨,保存着中国的最后一份元气。……西北者,江河之所源,万山之所始,犹如一张张璞玉素笺,等待着一些别具心胸、特加珍视的人去任意刻画,去仔细看护。可惜的是,在过去这一

世又一世的光阴中，曼妙河山，化为了修罗之场。老天吝啬，世上再也没有了身具班超、霍去病之才的血勇少年。①

可以说，这是皇皇 110 万言的《敦煌本纪》的起点。所谓"锈带"，最初指的是美国东北部五大湖附近的重工业中心。当传统重工业衰退之际，工厂里的机器上布满了斑斑锈迹，"锈带"由此得名。叶舟借用了"锈"这一意象，谈论的却是道路的阻隔，是"此路不通"。在叶舟看来，道路的不通畅，意味着河西走廊地区消息不通，贸易不往，于是生气缺乏，血脉滞涩，整个中国都因此陷入危机之中。这当然是基于河西走廊的历史、地理位置所作出的判断。作为一个地理和文化概念，走廊往往意味着不同族群与多元文化的交汇与互动。"河西走廊作为一个在历史上有着重要战略地位的通道，曾经引起过历代'中原王朝'的重视。更为重要的是，河西走廊是一条中外文化的交融和贯通的通道。在历史上'中原'和'西域'、'内地'和'关外'之间的文化互动，各种文化随时都可能在河西走廊里留存甚至'扎根'。从事游牧的族群不断移动和从事农耕的族群迁徙屯田，而且这两个族群之间的不断互动和相互转化，使河西走廊内部的文化呈现出一种'多元共生'的局面。"②因为"走廊"这一特殊性质，通达就变得极其重要。事实上，这也正是《敦煌本纪》叙述的着力点。

在小说中，叶舟特意强调了敦煌一地在河西走廊的枢纽地位。开路因此成为破解敦煌困局的头等大事。对此，小说进行了详细的论证和精密的布局。梵义的下河西开路之旅始于为父亲的求医之行。这亦是一个少年经风雨、见世面的成人之旅。在前往焉支山的路上，梵义越过瓜州，穿过玉门关和黑山湖，抵达肃州，不期然与飞行游击队的王成

---

① 叶舟：《敦煌本纪》，南京：译林出版社 2018 年版，第 395—396 页。
② 李建宗：《文化边界与族群互动："内亚"视角下的河西走廊》，《青海民族研究》2015年第 1 期。

彪相遇，于是受他的嘱托，替他去肃州城邮寄一封信函。正是在这一过程中，梵义才了解到在乱局中官办邮驿已几近瘫痪。而邮路，看似是小事，却事关政治经济之大局。小说特地安排了王澍泣血论证河西之路通达的重要性："欲根本改良甘肃吏治，首在便利交通，及消息之传达，此种伟业自须假以相当时日，有充分准备方能期其实现。"①毫无疑问，王澍将河西走廊交通的自由与改良吏治联系起来启发了梵义对于敦煌的构想，而他正是此种伟业的最佳践行者。他不仅自己亲身走过这条长路，还不期然获得了肃州洪门的支持，对整个西北一线了然于心，耳熟能详，加之又得到了飞行游击队的集体信任，因而足以担此大任。小说还安排梵义的二弟梵同在鸣山书院山长丰鼎文的指示下西出沙州城，去哈密的王城追回莫高窟丢失的佛经，也机缘巧合地获得了哈密王城的黄金腰牌，进而打通了向西的长路。此外，梵义的三弟梵海落草为寇某种程度上也成就了梵义所织就的路网。

在《敦煌本纪》中，我们看到，通达成为敦煌这一地方的典型特征。在这个意义上说，敦煌之"锈"，恰恰与整个中国所遭遇的现代性危机息息相关。看上去，叶舟讲述的是一个地方性故事，即一个具有丰沛历史传统的地方如何重新塑造和自我更新的故事，实际上敦煌这一能指背后的所指是中国，他讲述的是中国何以在历史的断裂处形成新的历史主体的过程。

二

现在，值得追问的是，如何锻造新的历史主体？对于《敦煌本纪》

---

① 《敦煌本纪》，第 212 页。

来说,这是一个关键性的问题。换句话说,叶舟如何于深重危机中想象"新人"的出现,事关敦煌的地方性人格的形成。叶舟将"新人"寄托在"儿子娃娃"身上。"儿子娃娃"的特质落实在"义"上。小说一开始,就将索家家族前后六辈人的"义"作为引子,款款铺陈开来,说他们"一共捐出了七颗脑袋"。仔细端详这六个故事,不难发现,《敦煌本纪》所高举的"义"往往落脚在民间,特别是与政治无涉的民间,用小说的话说即是"各坊间的生活是一种民间的显像,与官府无染。二者之间有一道深渊般的沟壑"。故此,小说尤为着重描绘了当民间与官方、土匪等更为强悍的力量发生冲突时,索家人站出来,替无辜弱小者引颈受戮的情境,并将这一传统形象地称之为"血衣"。这样一来,"义"与民间、牺牲、强权之间复杂的缠绕关系,构成了小说叙述的历史背景。小说还以谶语的方式宣喻,血衣"即便旧了,也要用义气去翻新。哪怕破了,也还有死来缝缝补补。如果仅仅是脏了,那就唯有一条浣洗的路,它就是以血洗血,使其簇新如初,无负今日"。① 现在,故事真正开始了,开始于义庄老东家索敞清晰地看见了血衣的破烂不堪,开始于他对血衣的畏惧与拒绝。在叶舟看来,这是敦煌困境的开始。显然,这与大多数知识分子将中国现代性危机放置于"东西情境"中加以指认不同。叶舟认为,危机的本质是传统的断裂与自在自为的民间社会被打破。当民间社会公认的基本伦理、秩序以及牺牲精神不被认可、承继之时,危机就发生了。由此可以看出,传统与民间构成了《敦煌本纪》基本的思想框架。所有人物的言语、思想和行为,都要在此框架下被衡量、判断与校正。

立足于民间立场,某种程度上,这也决定了小说以道德化的形象去塑造人物。这是因为,民间立场天然就将善、恶等道德话语作为自我意识的一部分。那么,作为义庄的老东家索敞甫一出场,就被罩上了

---

① 《敦煌本纪》,第 11—12 页。

"义"的高光。先是胡恩可找上门来,许诺要在莫高窟一带的千佛灵岩上替索家开一座家窟。总理敦煌民间事务的文和事佬协会推举他担当陇西坊的总渠正。这都意味着对于义庄,对于索敞本人地位的赞扬和认同。对于索敞这一人物,叶舟耐心地写出了他的复杂性。一方面,对于人们的抬举,索敞不是没有感念之情,他也愿意献上肩膀,荷担一份使命。但另一方面,索敞对于个人私念、私情的过分在意,又让他显得德不配位。他深居简出,生怕不得不像先人一样穿上血衣;同时,在管家丁荣猫的精心设计下,他为娥娘所倾倒,陷入一场不伦的恋情;为了阻止儿子索朗学画棺木,他使出种种手段,使画师许岩楷在敦煌没了立足之地,同时,也使父子反目,为日后他被困于旧宅院中埋下了伏笔。更糟糕的是,仅仅因为被郭弦子描摹了个人形象,索敞忧心畏惧多年的深居简出被显影,进而不得不领死,索敞感觉到了被冒犯,一怒之下,他用锥子刺瞎了这位将他的画像常年供奉于莫高窟的画师,也为自己种下了无穷的冤孽。到此为止,层层累积的罪恶已经让索敞无法承担义名,行使义举。换句话说,他已经没有了穿上血衣的资格。现在,敦煌这片土地上需要新人出现,高擎"义"的大旗,接续传统,维持民间的伦理秩序。

　　梵义的出现恰逢其时。与索敞相比,从道德清白的角度讲,梵义确实更适合成为民间秩序的守护者。他是儒家所规定的伦理秩序的坚定不移的践行者。他孝顺父亲,胡恩可病重之时,他亲下焉支山,为父亲寻医问药;作为长兄,他感到自己对于两个弟弟有责任,他宁可放弃个人前途,也要担当起家庭的重任。对于各个游击队和伴当,他一律视之为亲兄弟,既感同身受,又纪律严明,同生共死,用义气结伴闯荡这荒凉的人世,即"头顶同一颗天雷,脚踩同一堆刀丛"。对于个人的情感,他能克制,重承诺。纵使他与孔执臣性灵相通,是难得的知己,但他对性元允诺在先,他克制住自己的感情,与孔执臣发乎情止乎礼,不逾越界限。正是因为梵义在道德上完美无缺,他才有可能接续敦煌民间所推崇的"义"的传统。但是,就小说而言,单一的道德维度下对人的衡量、评估与塑造,相较于现代以来小说对人心灵深渊的勘探而言,某种程度上是后退。梵义几乎毫无缺点也毫无心理挣扎地投入民间,求仁得仁地成为"河西司马",这意味着,他在成为一个民间理想人格范型的同时,也在缩减人的可能。从这个意义上说,梵义这一人物,仍然是传统的。因而,在文和事佬协会的当家人李豆灯感慨梵义所率领的急递社的少年是"一股异己的势力","跟文和事佬协会是两股道上的车,是鸿鹄与燕雀,也是蛟龙和鱼虾,不可同日比拟,更不能放在同一张桌子上去论尺码,道短长"。① 然而,作为读者,我们恰恰清晰地意识到,梵义们与协调民间事务的文和事佬协会,其实并没有根本性的不同。只不过在文和事佬协会的影响力日渐衰微之时,需要新的力量接管敦煌的民间社会。他们其实都是敦煌民间秩序的守护者。

应该说,为小说所颂扬的"儿子娃娃"梵义完成的是民间传统所肩负的使命。无论是禁绝罂粟,还是阻止典籍的流失,都是民间传统一直以来致力的事业。在传统的社会中,这一民间力量可以起到汇聚人心、稳定秩序的作用。就像梵义对于义庄的描述,"它不单单是一家庄院,它还是敦煌的筋骨,关外三县的魂魄,也是一座河西大道上的精神殿堂,更是这一片绿洲上的老先人们,细心塑造出来的一介典范,历代珍罕,举世无匹"。② 民间对于"义"的珍视与传承,也构成了敦煌的根底。这是梵义等人的执着追求,也是小说叙述的核心要义。可是,当时正值新旧社会交替之际,政府无法发挥整合的作用,甚至就连其本身也趋于瓦解,于是,政府治下的个人无论是结社,还是占山为王,都是对旧秩序的某种应对和冲击。他们与传统同构,并不具备改造政治的宏大愿景和能力,所以,一旦曾经与他们合作过的势力与军队结盟,传统民间力量的覆灭就首当其冲了。从这个意义上说,梵义以拖音的身份遁入空门,急

---

① 《敦煌本纪》,第 542、1137 页。
② 同上。

递社几乎全军覆没，都象征着地方旧秩序的瓦解。而新的力量尚在孕育之中，新的故事还有待梵同以新青年而不是"儿子娃娃"的身份去书写。

当读者们随着叶舟的激情之笔为梵义这一民间理想人格而倾倒的时候，大概很难去追问，为何是梵义承担了这一责任。叶舟提醒我们，梵义姓"胡"。所谓"胡人"，即西域一带的游牧民族。这似乎在暗示我们，梵义与他的伴当们身上的血勇，来源于游牧族群与农耕族群的相互转化与融合，也就是叶舟所说的"混血的气质"。

这不禁令人想起了井上靖的《敦煌》。这大概是较早进入中国读者视野、并引起较大反响的以"敦煌"为题材的小说。《敦煌》讲述了宋仁宗皇帝天圣四年（公元 1026 年）到宋庆历三年（公元 1043 年）期间，湖南书生赵行德因睡梦中错过殿试，遂前往西夏，投身于戎马，往返于甘州、兴庆和沙州之间的人生经历，并由此想象敦煌鸣沙山莫高窟藏经洞中浩繁的卷帙的来历。彼时，党项族在中国西北建立了政权，被宋人称之为西夏，并占据了河西走廊，对北宋构成了极大的威胁。那么，在井上靖的叙事中，一个来自内陆的书生，何以会被西夏所吸引，这是构成小说的核心命题。

赵行德对于西域的向往固然源于知识分子对于封建帝国的边防有深刻关切，更是来自边地所散发出来的强悍生命力的吸引。不可思议的视死如归的冷静，对生命等闲视之的沉着，在赵行德看来，不仅是个体的生命性格，更是源于西夏民族的血脉。大约只有亲临其地，这一生命能量才能充盈在血脉中。应该说，这是赵行德西夏之行的显在缘由。当前的研究也大多据此将西域的他者性视为井上靖创作《敦煌》的内在原因。"对日本文化界而言，敦煌也许并非真实的风景，而更像是彼岸的海市蜃楼表达着一种由历史、文学结构的对辽阔中国的想象。"[①]

---

① 薛凌：《丝绸之路上的西域与中国想象——根据井上靖小说改编的电影〈敦煌〉分析》，《当代电影》2017 年第 9 期。

或许可以作为补充的是，日本与中国的结构性关系，某种意义上也被移植到了西夏与北宋的关系上。由此，井上靖对于敦煌的观看方式，同时具有"他视"和"内视"的特点。

从这个意义上说，叶舟与井上靖殊途同归。他们都意识到了敦煌的跨文化性所带来的蓬勃活力，并据此想象一个保存了真元气的民族国家。不同的是，叶舟将此限定在民间的范围内，井上靖则瞩目于一个新兴的国家。这是有着不同的文化视野与政治自觉的作家对于敦煌的不同想象。

三

当然，还有文化。这是每一个敦煌的书写者必然要面对的问题。作为中国人，叶舟必须直面敦煌文物流散的历史。对于读者来说，在《敦煌本纪》之前，我们关于敦煌的想象是被余秋雨的《道士塔》《莫高窟》所支配的。敦煌既是我们的骄傲之地——"我们，是飞天的后人！"也是我们的屈辱之所——"我好恨！"

但是，叶舟写《敦煌本纪》的年代，毕竟不是《文化苦旅》的年代。姑且不论《道士塔》《莫高窟》中所叙述的故事是否与史实相符，至少散文呼应了近代以来中国人面对屈辱历史的悲愤情绪。随着中国在世界经济格局中地位的提升，文化自信心的增强，处于这一历史情境中的作家对于世界的理解与对自我的理解都发生了根本性变化。对于叶舟来说，他要用新的语法讲述敦煌，特别是藏经洞的故事，也就是重新"发明"敦煌。

在小说中，叶舟另外造了一间密室，并用小说人物孔执臣的话说，是"一座佛窟，一所赞堂"。莫高窟中所藏的典籍以各种方式被运送至此，由孔执臣誊抄后，真经被藏之以三危山，埋在了崖壁的心脏地带。从流散到深藏，叶舟想象中华文化的经典并未外流，暗示中华文化的源流仍然在中国。这样一种叙述敦煌的方式，在于强调中国经验的完整性，以此唤起并增强人们对于中华文明的认同感。

与之形成对照的是，在井上靖的《敦煌》中，作者更好奇的是藏经洞是如何形成的。小说中赵行德偶然所得的一块碎布上有几行陌生的文字，是进入西夏的京都伊尔喀的凭证。这几行神秘的文字唤起了赵行德的好奇。文字意味着什么？一个此前并没有文字的民族开始创设文字，意味着在政治经济军事以外，这个民族有余裕积累典籍，形成文化，形成自身的传统。这是一个民族国家真正形成的开端。事实上，这才是赵行德决心前往西夏的根本性原因。我们也可以猜测，这也是井上靖创作《敦煌》的隐秘心理根源。

在《敦煌》中，赵行德的西夏之行充满了种种传奇行迹。如读者所猜想的那样，他经历了跟随商队的冒险，在战争中的盲目奔袭，最后误打误撞地进入了西夏占领的凉州城，并在被俘虏之后以士卒的身份加入了西夏的汉军。倘若是一位中国作家，此处大约会铺陈赵行德在气节和生存之间的两难。但这似乎并未成为井上靖的困扰，仿佛从宋朝读书人到西夏的兵卒，只是身份自然而然的转换，并无太多不同，甚至于他心甘情愿为李元昊去奔赴疆场，内心没有丝毫抗拒。来到西夏的赵行德仿佛同时获得了西夏民族的生命观的注入，在战争中表现得勇猛无比，将生命全盘交于命运去安排。当然，他也遇到并爱上了回鹘王族女子，经历了该女子为他殉情身亡。但这些传奇化的情节始终不是小说浓墨重彩描写的重点，相反，对于西夏文字的研习却草蛇灰线埋伏在赵行德的生命历程中。在进入西夏以前，他就学会了一些其他民族的语言，可以简单讲几句回鹘话、西夏话和吐蕃话。这可以理解为他为进入异国所做的准备。在凉州被俘虏之后，他被士兵首领盘问，尽管他一一据实回答，可是每答一句，便挨一次打。赵行德将之归因于语言不通。在英勇作战之际，他最大的愿望是去学习西夏文，并如愿以偿地获得了这个机会。为此，他要与他所拯救的回鹘郡主分离，但这似乎完全不能阻挠他去兴庆学习西夏文的决心。在长达一年半的学习过程中，他甚至感觉到"他们已成为一种极其遥远的存在"。在一种人工创制的文字与文化面前，战争、爱情这一类能引起人们强烈情感的事物，仿佛都失去了能量。

文字，以及文字所代表的文化也潜移默化地改变着创造和研习它的人。对于西夏人来说，那种曾经强烈震撼过赵行德的原始的刚烈的美已然消失，取而代之的是一个谋求民族自觉的新兴国家。对于赵行德来说，他彻底成为异乡人，根本不企望返回宋土。这是文化对一个人、一个民族的根本性塑造。理解了这一点，我们就能理解，为什么遭遇了触手可及的死亡的赵行德被佛教所吸引，并愿意帮助瓜州太守延惠将佛教经典译成西夏文；我们也就理解了在沙州行将为战火付之一炬之际，赵行德要冒险借助尉迟光的力量将沙州城内各寺院的经卷运至沙鸣山的藏经洞藏起来。要到二十世纪初，藏经洞中的经卷才会被偶然发现，开始了它在人世间又一轮颠沛流离的命运。

对于井上靖来说，民族国家的要义不在国土，不在人民，而在文化。文化一旦消亡，一个国家就不存在了。由此，敦煌作为文化的象征，经由小说的想象，通体熠熠生辉。我并不认为这文化是具有特殊性的他者的文化，相反，在赵行德身体力行研习西夏文字的过程中，文化已然经过主体的锻造，成为普遍性的文化。我们成为他们，他们亦是我们。从这个意义上说，对待井上靖的《敦煌》，无论是将敦煌仅仅作为日本的镜像，还是将之解读为日本对汉文化的尊重和向往，某种程度上都消减了敦煌这一地方所象征的文化的内涵。而奇观化、他者化恰恰是今天我们想象地方时要竭力避免的陷阱。

四

　　事实上，不独以上提及的几部作品，近年来关于敦煌的叙事正在不断丰富，渐成大观。这些以敦煌为题材的作品，如马鸣谦的小说《降魔变》、艾伟的小说《敦煌》、樊锦诗的纪实作品《我心归处是敦煌》等，甚至还包括大众媒体对于敦煌的文化消费式呈现，要么以敦煌的历史或现实作为讲述的对象，要么借用敦煌这一空间作为叙事的转折点，都从不同层面打开了敦煌的精神空间，塑造了一个新的"敦煌"。如果联想到同时在文学叙事中兴起的"东北"形象①，似可启示我们，一种不同于以往的新的地方意识正在形成。

　　二十世纪八十年代以来的文学创作者与文学研究者往往将地方视为创作经验与材料的来源。一个众所周知的例子是，作家们从福克纳所说的"邮票大小的地方"中获得启迪，大多致力于在故土与个人之间建立关联。阎连科就曾经谈道："地域性和守根性，这是现代文学中相当传统的根须，但因为福克纳的写作，使得那片邮票之乡的地域意识，饱蘸着世界性的现代的墨汁，从而使地域这一带着乡土色彩的文学概念，包含了二十世纪文学不可忽略的现代血脉。所以，当我们谈到地域或者域地时，不能不想到福克纳，是他把美国南方那片偏远、狭小的土地，转化成了阔大的文学世界，使那块小地根土，成为某种地域文学新的、现代的源头。"②于是，莫言的高密、贾平凹的商州、苏童的香椿树街

---

　　①　见黄平：《"新东北作家群"论纲》，《吉林大学社会科学学报》2020 年第 1 期；丛治辰：《何谓"东北"？何种"文艺"？何以"复兴"？》，《中国现代文学研究丛刊》2020 年第 4 期。
　　②　阎连科：《20 世纪文学写作：地域守根——现代写作中的母地性复古》，《扬子江评论》2017 年第 6 期。

等构成了当代文学传统中的著名"地方"。这里的"地方"同时具有个人性与现代性两重面向。当作家们建构某个具有个人经验特色的地方时,这一"地方"也成为认识作家的通道和依据。这一源于现代文学的创作策略与"越是民族的越是世界的"广为人知的论断分享着相同的逻辑,其中暗含着中国作家争取世界"承认"的努力。这一套认知程序时至今日仍然在发挥作用。在一篇题为《文学何以分南北?》的访谈中,参与访谈的作家大多承认地域文化会对自己的创作产生难以磨灭的影响。比如,贾平凹就说:"生在哪里,就决定了你。我所写的都是我所熟悉的,商洛、秦岭、西安、陕西,这里的山水自然,历史人文,它构成了我作品的内容、审美,以及语言。除了文学作品,自己业余时间爱好的书法绘画,也是这样。"[①]

　　这样一种"现代的""个人的"地方意识固然依然存在并发挥影响,但是,在全球化全面塑造我们的感觉结构和审美意识的今天,像"敦煌""东北"这样的地方的发现与书写,显然与这一套审美经验有了本质差异。简言之,这里的"地方"并不完全诉诸个人的特殊经验,而是在普遍性视野中对于"何为中国"的回答。一位文学研究者的反思颇具代表性。"如果说过去区域文学、地方文学的研究是为了'补缺'中国文学史遗落的局部,归根到底是用各个地方的文学现象来完善中国文学的总体景观,地方始终是作为'文学中国'的补充被我们解读和认知,区域的意义存在于'文学中国'的总体经验之中,那么,所谓的'地方路径'的发现和彰显则是充分意识到另外一重事实。""重新定义文学的'地方路径',我们的结论是,'地方'不仅仅是'中国'的局部,它其实就是一个又一个不可替代的'中国',是'中国'本身。从'地方路径'出发,我们不是走向地域性的自夸与自恋,而是通达形色各异又交

　　① 李蔚超、贾平凹、李敬泽等:《文学何以分南北?》,《江南》2018 年第 6 期。

流融通的'现代中国'。"①这一地方意识的兴起,与近年来"中国"叙述的繁盛有内在关联②,与社会学领域中的"地方性转向"也有隐秘的关联。作家们未见得对此有清晰的认识,但是,他们不可避免地受到时代氛围潜移默化的影响,不再仅仅以个人的故土作为叙述对象,而是重新凝视那些具有"中国色彩"的地方。正是在这一视野下,敦煌、东北等地方浮出水面,成为文学叙述的中心。那么,这些地方何以成为有着"中国面向"的地方呢?

首先,这些地方大多有着丰富的传统资源。这意味着为了不同的需要,不同的材料可以被挑选和重新"叙述"。霍布斯鲍姆提示我们注意所谓传统,有时候是为了相当新近的目的而使用旧材料来建构的一种新形式。③ 事实上,那些有着丰沛历史的地方有可能为了新的叙述提供不同的材料。无论是归义军的故事,还是西夏的历史,乃至樊锦诗将个人的生命价值与敦煌考古和莫高窟文物保护事业紧密联系起来的故事,都是在多元一体的框架下叙述"中国"的故事。这正是敦煌的地方感所在。

其次,这些地方大多是不同文明交汇的地方。冷战结束后,亨廷顿以文明的冲突取代了意识形态的冲突,文明论构成了民族国家之间关系的话语形态,也成为崛起中的中国的自我意识。④ 在文明论的烛照下,多个文明交汇的枢纽性地点,如敦煌的意义被凸显出来。一般认

① 李怡:《"地方路径"如何通达"现代中国"——代主持人语》,《当代文坛》2020 年第1 期。

② 贺桂梅认为:"进入新世纪,如何重新叙事并构造'中国'认同,变成了一个广受瞩目的文化与政治议题。这一议题的提出,源自特定的历史契机,即中国在全球格局中作为经济大国的崛起及其政治地位的改变,和中国社会所发生的巨大变化。"见贺桂梅:《"文化自觉"与知识界的"中国"叙述》,《思想中国:批判的当代视野》,广州:广东人民出版社 2014 年版,第 126—168 页。

③ 见埃里克·霍布斯鲍姆、特伦斯·兰杰编:《传统的发明》,顾杭、庞冠群译,南京:译林出版社 2020 年版。

④ 见李永晶:《民族国家与世界主义:20 世纪中国"文明论"视角》,《知识分子论丛》2018 年第 1 期;刘复生:《"文明中国"论的图谱》,《文艺理论与批评》2017 年第 6 期。

为,不同文明的碰撞与交融,往往意味着异质性与活力。正如汪晖在《跨体系社会与区域作为方法》一文中提出,混杂性、流动性和重叠性的区域能够提供国家和区域内部各种自主性力量交互活动的空间。

敦煌成为叙述的重心,也与其现实地位有关。随着"一带一路"倡议的提出,敦煌及河西走廊在国家交通网和经济发展中的通道地位愈发重要。这也充分说明,重新发现"地方",在"地方"中发现"中国"成为创作者和研究者的自觉追求。

在大众文化以及文学世界中,敦煌这一"边地"正在从不均衡的地方空间中浮出,变得越来越重要。从以上分析的几个文本来看,敦煌正在摆脱以往奇观化、国族创伤记忆的叙事模式,重建自身的主体性。无论是将其视为文化或共同体的象征,还是想象或创造出曾经存在于此的民间传统,某种意义上都是在为敦煌重新赋予意义。敦煌在承载我们的文化认同与民族认同这一角色时,也构成了我们情感结构的一部分。这意味着作为地方的敦煌,正显示出蓬勃的文化活力,召唤着更为广阔与丰富的书写。

众语喧哗，生机盎然*

——关于七十年北京文学的发展

孙郁　张莉

一、京派与京味：北京文学的传统

张莉：孙老师好，很高兴和您一起梳理北京文学七十年来的发展脉络。您写过一篇《近六十年的北京文学》文章，非常清晰地梳理了北京文学的发展脉络。如果我们讨论北京文学七十年来的发展，恐怕首先要追溯北京文学的传统。

孙郁：北京文学这个概念是不断变化的，如果只是一个对地域性文学生态的描述的话，则要考虑作家的流动性，不局限于土生土长的作家。自古以来，北京作家的身份比较复杂，许多人只是在古都居住过，文学活动是跨地域性的。北京作为古都，因了聚集了历代文人的墨迹，可罗列的作家作品很多。元代以来的作家在此已经写出诸多妙文，明

---

* 原载《北京文学》2020 年第 7 期。

清两代的佳作也颇可一赞,这些对于后人都有不小的滋润。龚自珍、曹雪芹留下的文字当然最为珍贵,他们的作品对"五四"后的知识人的影响也不可小视。

张莉:一般追认京味文学传统时,都喜欢追认到清朝的小说,《红楼梦》《儿女英雄传》常被认为是京味文学的传统,当然,《红楼梦》是最高成就。因为这些作品使用的语言是"漂亮的北京话",而小说内容写的则是京华生活。不过,要特别提到,一般追溯北京文学传统,其实有两个层面,一层是用北京话写作,写北京生活,这是通称的"京味文学"传统;另一个则是"在北京写作",指的是"在北京写作"的作家作品,我们视为"北京文学"。可以看到,京味文学的范围相对窄一些,后面一个范围相对宽阔。我们今天讨论的概念是后者,主要梳理那些有代表性的、在北京写作的作家和作品,当然也包括京味文学。我的意思是,这里我们讨论的北京文学,不特指只有北京人所写的作品,也不特指那些只写北京风情的作品。

孙郁:清末民初,许多在北京留下有趣作品的作家都不是北京人,林纾、梁启超、康有为和一些同光派诗人,都是跨地域性写作。这个现象在民国更为明显,京派作家多不是北京人,只有京味儿文学家如老舍才是老北京人。同在北京,老舍与周作人格格不入,和鲁迅也没有直接联系,但他们都属于北京作家。

张莉:对,说起在北京写作,"京派"是典型的例子。京派作家的群体包括沈从文、朱自清、朱光潜、林徽因、废名、杨振声、叶公超、李健吾、冯至、萧乾、卞之琳、何其芳,等等,多是外地人来北京,因为共同的审美追求汇聚在一起,在现代文学史上影响非常大,他们的作品不一定都是写北京的,但与海派放在一起马上感觉到,他们是京派,有一种鲜明的文化意义上的北京风格,这与当时北京城的文化气氛有关。

孙郁:京派文学是京派文化派生出来的,它是京派教育的产物。一般说来,京派文人都有自己的专业,从事教育、出版事业者多多。

1927 年后，随着政治中心的转移，古都知识人远离流行文化，以学术的眼光看世，相对于上海、南京的文化生态，要安静许多。但也因此对于急剧变化的中国缺少敏锐性判断，左翼作家对于京派文人多有微词。不过，京派文人学理上都能自成一家，对于文学教育、思想培育颇多创见。现代大学的许多学科的建立，以及域外学术思想的引进，多与这个群落的知识人有关，这些学识和思想对于后来中国的文化建设，都有不小的意义。像周作人、钱玄同、刘半农、废名、沈从文、朱光潜、林徽因等，给古都文学带来了静穆之气。

张莉：静穆之气用得好，让人想到郁达夫对北京城的评价，"典丽堂皇，幽闲清妙"。我也想到，京派文学气质与海派文学不同，主要是两个城市的文化气质不同。其实，现代文学史上有很多作家虽然没有被称为京派，但也是在北京写作的，比如冰心、冯沅君、丁玲……当然，当时时势动荡，作家的流动性也很频繁。战争时期，京派开始衰落。

孙郁：因为战争的缘故，学术不能畅达，自身被外力左右，便在历史大潮里被卷入旋涡中。像 1930 年代北平文物调查委员会的北京城市建设方案，通常被视为京派学人的方案，因为有日伪政权的染指，被作为汉奸方案被遗弃。而苦雨斋主人周作人的汉奸罪行，也导致了其学术思想的多重遮蔽，这些京派文化人的失落也是自然的。新中国初期，京派学术与京派文学受挫，渐渐萎缩。京味文学因了其大众性才凸显出来。其实京味文学在民国一度流行，主要是报人和老舍这样的作家的影响所致。这些作品没有京派文学的雅致和绅士味道，但因为与市井气近，又有士大夫之外的审美维度，一时颇受欢迎。

张莉：是的，当我们想到现代中国的北京文学时，马上会想到"京派"，而想到当代北京文学时，则马上想到"京味"。京派和京味文学虽然都与北京有关，但美学追求并不同。

老舍被作为京味文学的传统和代表人物，是在 1982 年，那时候，新一代京味作家兴起。京味文学成为当代文学中的重要景观，那已经是八十年代末期了。与京派文学相比，京味文学更注重作品内容的"地域性""在地感"。

孙郁：新中国诞生，京味起初并不是主流的存在，那时候是由左翼文学转变过来的革命文学占据主导。后来因为老舍等把大众艺术与革命内容结合起来，京味获得了一次转变，随着《龙须沟》《茶馆》的成功，那种文本带来了新意。后来邓友梅、陈建功、赵大年等作家继承了老舍传统，将地域性的审美延伸到当代生活题材里，遂成了一道风景。

张莉：所以，在梳理北京文学传统的时候，会看到两个审美面向，一个是儒雅的京派传统，属于知识分子气质比较明显的，但是，它的民间性是不够的，只是偶有一瞥，看到"窗子以外"。北京文学的另一个面向是京味文学传统，它有浓郁的在地感，它和广阔的人间、胡同里的百姓在一起，讲述平民的故事。这两个传统一直潜在北京文学的历史深处。

孙郁：京派多文人气浓厚的儒雅之作，有时带有学人的意味。他们虽受了外国文学影响，文本带有学识，但韵致不失母语的美质，文字衔接了明清文学的韵致，是象牙塔意味的。其长在于古朴、内敛，有冲淡、静穆之美。但因为有时候远离现实大众生活，不太注意民间的各种形态的，即便记载一二，也是远离痛感的一瞥，似乎与那些生命躯体无关。但以老舍为代表的京味作家将自己融入胡同人的命运里，看出人间的底色和存在的冷暖。他念念不忘父辈的经历，穷苦的一家的形影，才有人间深的道理在。所以挥洒笔墨的时候，贴着百姓的心写作，环境、语气、神色，都活了起来。风景的逼真，人物的透明，画出世态一角。也像一幅长卷飘散着人间的烟火，老北京风俗最动人的部分就这样留存下来。

二、解放区文学传统与建国之后的北京文学

孙郁：我在梳理北京文学史时曾发现，五十年代初期的北京作家，还带着民国的遗绪，那时候一些文人的笔记与辞章还有老白话的痕迹。北京文坛出现的是学者之文与作家之文。前者有俞平伯、吴组缃、废名、冯至、林庚诸人的文章为代表，后者的数量更多，丁玲、老舍、赵树理等一批名家都在其列。也有介于二者之间的，像叶圣陶、端木蕻良、汪曾祺、吴组缃等便是。那些人对变化的世界是欢迎或支持的，有的开始自我的转变过程。他们丰厚的阅历和学识，使其文章依然具有磁性，读之如沐春风。学者之文中，俞平伯、浦江清的文字老练冲淡，有厚重的历史感在。他们保留了对母语的眷恋，古文和白话文的优长都能见到。作家之文则尽力向大众化靠拢，文体也越发亲近了。叶圣陶来到北京始终不敢轻易下笔，原因是普通话的表达不够标准。曹禺则开始感到行文的困难，对新的环境不太适应了。倒是老舍的创作，把民俗的美和时代精神结合起来，有了不少的杰作。不过五十年代的创作很快变得单一化，这原因是对"五四"以来许多传统的清理过度。批判胡适导致了实验主义传统的终结；揪斗胡风则让鲁迅传统的个性精神变得模糊化了；至于对丁陈反党集团的处理，直接导致知识分子书写的受挫。唯有老舍、赵树理的风格还能延续，但也必须从新的角度为之，整个写作的转型已不可避免出现在文坛上。

张莉：那是典型的转折年代，文化环境和创作环境发生巨变，对京派作家是一种考验。他们需要寻找新的创作可能。可是，写作的语言和美学风格又早已形成，因此，京派美学改变其实已经变得非常困难。作为首都的北京，建国之初汇聚了诸多风格的作家，他们来自不同的地

方,身上带着不同的气质和文学审美追求,也因此,这个时候的北京文学传统得以获得"杂糅"。除了京派、京味,还有一支非常重要的文学力量,即解放区文学。比如丁玲,赵树理等,他们都来到北京,因此,讨论这一时期的北京文学发展,解放区文学传统和从解放区来的青年一代作家就变得特别重要。

孙郁:新中国初期,来自解放区的作家主导着北京的文艺工作,周扬、丁玲、赵树理、冯雪峰等都担任文艺方面的领导人。活跃在北京文坛的人也很多,康濯、王亚平、田间、阮章竟、张志民、管桦、萧军等,把民族的、大众的艺术贡献给了文坛。解放区的作家和国统区的左翼作家一时成为主力。因为新时代的到来,旧式知识分子在面临着思想改造,而接受左翼文化的青年作家也在开始适应新的生活节奏。不过那时候的北京文学,也有特别的声音,接受苏联文学的王蒙与邵燕祥等青年,则在五十年代唱出了新的调子,而受京派影响的汪曾祺则把京派趣味下移到民俗文化研究中,在作品中保持了雅正的韵致。

张莉:1950 年,汪曾祺来到北京市文联主办的《北京文艺》工作,这一工作经历对他后来的创作非常重要。六十年代他发表了《羊舍的夜晚》。王蒙发表的《组织部新来的年青人》广为人注意,那时候也有宗璞,她发表了《红豆》,引起很大争议。还有一些新的青年作家开始出现,比如杨沫、刘绍棠。

孙郁:许多新人的加入活跃了北京文学。杨沫的出现,在那时候引人注目,她的《青春之歌》,既保持了知识分子的情调,也带有革命文学的神圣感,与苏联文学的优雅、感伤的传统相近,符合了社会主义文学的某种精神。小说回应了"五四"后知识分子道路选择的问题,使左翼文学中缺失的知识分子主题有了新的内蕴。不过那时候受"左"的思想影响,历史的真实受到质疑,其间也窄化了对于"五四"新文化的理解。这些只能到了八十年代,才能被很好总结。与杨沫不同,同时期出现的刘绍棠的创作,其笔触更具有地域性,京派的痕迹寥寥,作品通篇是乡野色调，给那时候的文坛带来清新之气。刘绍棠从孙犁那里出发，泥土气散出诗意的乡谣，是北京文学特殊的存在，但因为缺少精神的内省，厚度不及孙犁这样的老作家，广度也难及杨沫，身后的寂寞也是自然的了。

张莉：在当时，北京文学风格的多样性非常明显，各种风格作家齐聚，出现了在全国有影响力的作品。当然，我们也要提到老舍的《茶馆》和浩然的《喜鹊登枝》，这两部作品不仅仅是在北京写的，同时，作品的北京气息非常浓郁。老舍写的是老北京，而浩然被认为写的是京郊农民的生活变化。

孙郁："十七年"的文学里，知识分子写作基本消失，工农兵的体裁成为主流。北京工会的作家培训班，成长了一批工人作者，人民文学出版社推出了系列底层出身的作家作品。老舍由过去的悲剧写作转向正面描写，许多作品已经有了视角的转换，成为时代的歌喉。不过写旧社会的部分都深切，关于新生活，则有些表层化，没有深的精神。浩然是新中国培养的作家，以时代性写作引人注意。他的作品源自乡土记忆，但因为对于社会的认识停留在流行的观念里，与赵树理这样的作家比显得简单。浩然写作保持了精神的朴素，他的所长是对于农民心理的把握，笔下有京郊农民的喜怒哀乐，审美也是泥土气的。因为那时候重视工农兵写作，他一时走红，也是时代风气使然。"十七年"的北京文学有一些京派余音，但不太引人注意。吕叔湘的随笔，唐弢的书话，以及汪曾祺的小说，有着读书人的雅致，文字背后的修养是不凡的。但他们的作品只是边缘性的，数量又少，并未被主流批评家看重。但这些人的文字，给那样的时代留下了特殊的记忆。

张莉：是的，这一时期的北京文学，美学风格里注入了非常多的元素，尤其是人民性和革命性的特征很明晰，可以说，在此一时期，北京文学有了一个美学上的转变。

孙郁：在回望"十七年文学"的时候，我曾说，这是一个极为特殊时期的写作,五六十年代的文学在思想的深处,是强调革命的正当性,人民是社会的主人。美学理念则是思想的大众性和党性。自我在社会性的背后,个体生命的价值只能在一个宏大的叙事里才拥有意义。三十年代京派的儒雅被憨厚的百姓的笑取代了,古城的现代主义的痉挛也被置换成古典的歌吟和浪漫的舞蹈。到了"文革"时期,北京文学只成了单调的口号,《金光大道》的理念里有许多先验的因素。那时候工农的诗人在放声歌唱,李学鳌《放歌长城岭》的诗句,把一个丰富的存在遮掩了。

三、新时期北京文学:京味浮沉与众语喧哗

张莉:新时期以来,京味文学深受关注。许多研究者考察说,"京味儿"最初是由舒乙在讨论老舍的著作时提到的,很快得到普遍认同。这一方面是与老舍开创的文学传统有关,另一方面也与当时的文化寻根热有关。京味文学逐渐被指认为北京文学重要的传统和组成部分。

孙郁:新时期重新发现了老舍,因为警惕唯道德化话语的陷阱,人们对于地域文学的文化背景开始有了重新认识的冲动。北京文坛模仿老舍的人也多了起来。邓友梅、刘心武、陈建功、赵大年等人的写作,都自觉延伸着老舍的某些传统。《那五》《烟壶》《京西有个骚鞑子》《钟鼓楼》等,写出了北京文化的底色,有了朴素人生的打量。戏剧界的京味作品也多了起来,像《天下第一楼》《北京大爷》《窝头会馆》都是难得的佳作。此后,有过北京生活经验,而在异地生活的叶广芩、薛艳平也贡献了不俗的作品。

张莉:研究者们对京味作家的代际进行了划分。老舍是第一代作家,第二代作家包括邓友梅、刘心武、陈建功、赵大年等,这些作家的共

同特点在于，使用北京话，写北京人、北京事。但不同也很明显，第二代作家作品的京味很复杂，就如同他们对于胡同的感受，有写实、有追念、有感怀，这也是他们所在时代的气氛所致，毕竟作为老北京的胡同时代逐渐远去，一个新的全球化慢慢到来。

孙郁：京味是对于北京生活品位的提纯，它在语调、口吻、韵律中，再现市井里的颜色、音律、韵致，显现人间本色的东西。老舍当年运用京味的笔法写作，是有自己的叙述策略的。我曾经说，懂得一点文章学理念的老舍，谙熟桐城派的辞章之路，他在表达生活的时候，特意隐去了古人的套路，将旧式的表达置换出新意，创造了京味儿文体。俗语虽多，却带文气，在百姓的语调里，辞赋的节奏也跳跃其间。《正红旗下》写旧时光里的人与物，都是老百姓的感觉，土语里有美的韵致，选词用句颇为精心。句子与句子起伏多样，峰回路转间，妙趣横生。他从俗语之中建立了新的美文的样式，看似大众口语，背后却有文言文的气韵。这种转换使辞章有了灵动之感。《正红旗下》的文脉让人想起《红楼梦》的某些气象，不是没有道理。但是新时期以来的京味作家，大多没有看到老舍深层的东西，有时候流于表层的描述。只有汪曾祺这个作家，看到了这一点，所以他写北京人的生活，从京派趣味过渡到京味图景，显示了审美的不凡。现在的京味作家很多，但都难以超越老舍和汪曾祺，其实是大可深究的现象。

张莉：我认为，北京话的使用和如何使用对于理解何为京味文学、如何理解京味文学非常重要，某种意义上，我甚至认为京味文学是"声韵优先"的文学。地道的北京话洪亮干脆，追求节奏感和音乐感，声调里有着某种独属于老北京人的热心、乐观以及幽默，京味儿在老舍那里深具平民性。在老舍之后，很多作家也在随笔中提到，作为一种地方性语言，北京话中有一种"油"的东西，不容易写出深刻。因此，后辈作家也一直在努力反省和超越。我觉得这种思考和努力特别有价值。其实，如何更好地在文字中使用北京话，老舍有他独特的思考，比如，在学习英语和拉丁语的过程中,老舍逐渐认识到北京话是属于"我的话",他要在写作中不断改造这种地方语言。我的意思是说,就京味文学创作而言,新一代作家恐怕要认识到的是,写作者是北京语言的改造者,而不是录音机。

孙郁:京味文学也催生了许多京味戏剧和京味电影、电视剧。就表现的丰富性而言,京味戏剧、电影、电视剧的影响更大。目前的情况是,京味小说在萎缩,但京味戏剧、电影、电视剧却不断生长。这个现象将是长期的,但京味艺术发展如何,有时要看京味文学的态势。这对于北京作家而言,是不能忽视的天地。

张莉:是的,新世纪之初,大家都有一种忧虑,新的媒介不断出现,京味小说在萎缩。但也可以理解为对一种新变化的期许。叶广芩小说越来越受关注了,她的作品中京味儿更具复杂性,因为作家身世关系,叶广芩的京味作品里既有北京平民气息,也糅杂了一种独特的皇室的贵族气;既有胡同气,也有宫廷味。这令人认识到京味文学可能在重新复活。当然,京味文学虽然是北京文学的重要构成部分,却也不是唯一的,在九十年代,北京文学里有一大批重要作家。甚至也有当年京派风格的复归。

孙郁:九十年代的北京文坛,比八十年代更为丰富。如果说八十年代的北京文学还带有某些生态恢复期的意味,那么九十年代的文学则有了诸多相对纯然的审美静观。受域外文学影响的先锋写作、新写实主义、京味小说、京派意象交织在一起,各种不同流派的作品都比过去略显成熟。像汪曾祺这样的作家,总体看是属于京派的,但也深具京味特色,所以,雅也来得,俗亦鲜活,是有雅俗共赏的特点的。宗璞的小说属于京派的一部分,她的关于西南联大的忆旧小说,比民国时期的知识分子作品更为开阔。张中行散文总体也属于京派,在诗与史方面,殊多妙义。他与汪曾祺属于新京派。新京派还有阿城、李长声、止庵、扬之水等,他们的文本蕴含的学识与美意,一直有不少的读者追逐。

张莉："新京派"这个说法非常有意思，这些作家有与京派相近的部分，也明显有了不同。汪曾祺先生显然是最重要的代表，他在当代文学史上的审美追求如此独树一帜，某种意义上，他的作品里结合了现代京派的气息，但又将一种古意与当代性糅杂在一起，这样的写作深具文学史意义。其实这一时期更多的是不能被"流派"讲述的作家们，毕竟没有流派的作家占大多数，而他们也属于北京文学的组成部分。比如新时期初年，我现在还记得自己少年时代读张洁《沉重的翅膀》时的激动，她的《方舟》写得很好，那时候我还读过王蒙的《黑的眼》《活动变人形》。张辛欣的《我在哪儿错过了你》《北京人》，令人印象深刻。另外后来也有林白《一个人的战争》，陈染的《与往事干杯》，徐小斌的《羽蛇》等，都别具文学气质。

孙郁：还有一些作家既不属于京派，也不属于京味。像王小波、史铁生、格非、毕淑敏、刘庆邦等，各自有属于自己的审美路径。而刘恒这样的作家是有京味的审美能力的，他早期的作品有些鲁迅遗风，初期的《伏羲伏羲》《虚证》都有《呐喊》《彷徨》的影子，长篇小说《苍河白日梦》，鲁迅的思想深埋其间。但到了写《贫嘴张大民的幸福生活》，老舍的味道出来了，对话、神态、心理，都带有《骆驼祥子》《我这一辈子》的某些影子。这说明北京作家精神的开放性。写平民百姓不得不延续京味的神韵，而关注知识分子生活则有更为丰富的维度，世界文学的某些元素也镶嵌其间。

张莉：是的，《贫嘴张大民的幸福生活》有着与老舍作品一脉相承的地方，刘恒写出了北京生活中的烟火气，他从北京话中找到了"贫"的特征，并提炼出了"贫嘴"所蕴含的精神气质，从而写出了一种更开阔的生活维度。另外，说到写北京人的精气神，徐坤的作品也让人难忘。她的《鸟粪》《狗日的足球》《厨房》等作品都非常好。王朔则是一个标志，讨论王朔是否是京味作家，是京味文学研究的热点。

孙郁：王朔的写作是有北京特色的。他表达出胡同之外的大院文化的特点,不属于纯正的京味,但有京味的基因。考察王朔小说,其词语方式带有新京味的特点。从《动物凶猛》《我是你爸爸》《看上去很美》那里会发现,北京的韵致与老舍时代大不相同,而文学精神比同时代的京味小说要更为厚重。

张莉:我同意王朔小说是新京味的说法,现在研究领域常把他和刘一达列为京味文学的第三代。其实问题不在于是否一定要将王朔纳入,而是牵涉到我们如何理解京味这一概念。王朔的写作之所以被认为京味浓郁,是因为他对我们所说的京味有超越,他写出了一个新的北京气质和北京气息,他作品中的京味不表现在风俗人情和地理,但有北京人的另一种气质。他笔下的侃爷形象,既有市井的一面,但又有深刻的批判性和讽喻性。刚才说很多人认识到京白的"油",王朔从这种特性中发掘出了一种批判和浑不吝的劲儿,这是一种贡献。具体是否把王朔理解成新京味文学的代表,主要在于大家对京味文学的理解不同。但我们对京味文学的认识本身也需要拓展。只把北京话或北京风情当作京味文学的特征,显然是不够的,那只是浅表的相近,优秀的京味文学作品一定是深刻拓展了我们对北京精神、北京气质的理解的,一如当年老舍先生所做的开拓性工作。

四、全球化想象与新北京书写

张莉:梳理北京文学发展,我特别深的一个感触是,这个城市在变化,而那些写作者们深刻意识到了这种变化,因此,北京文学的文学审美和追求也在发生改变。新世纪以来,尤其是 2008 年后,北京的全球化特征越来越凸显。这个"北京",越来越大了,它的面向越来越多、越来越复杂,因此,作家及作品风格也变得琳琅满目。仅以北京生活的书写为例，一方面有叶广芩这样的新京味作家，另一方面，也有书写新北京的作家到来，比如邱华栋、宁肯、徐则臣、冯唐、石一枫等。

孙郁：邱华栋、徐则臣等作家受到现代性的影响更深，他们对于新北京的体味，融汇了域外文学的经验。这是大北京环境下的书写，京味被现代性的一些元素覆盖了。他们这一代视野开阔，也受过良好的教育，并不局限于北京胡同的文化。一方面捕捉了快速变化的都市生活，另一方面，又能在大的历史层面，从南北文化的差异性里衬托北京的风俗人情。这些都跨越了京味的范围，显示了文学的广远性。

张莉：作家教育背景直接影响了他们的写作，以及他们对北京文化、北京人时代生活的认知。邱华栋的作品里，有一种生气勃勃的关于全球化都市的想象，他的作品没有那么强烈的北京风情，他发掘出来北京这座城市的另一种蓬勃气息：那些来到北京的外地人，不断渴望往上走，做着"脱贫致富"的梦。徐则臣的《跑步穿过中关村》书写了北京城里那些被忽略的人和生活，他写出了一种卓有意味的速度感，这种速度既是奔跑的京漂们的生活速度，也是奔跑的北京城的发展速度。这拓展了北京书写的维度，而以往我们很少会把卖假证的这些人当作北京人，但其实他们就是北京人的构成，我们从他们的视角望过去，北京变成了另一种模样。

现在对于研究者来说，如何理解京味、如何理解和归纳这些关于北京生活的作品是个难题。我认为，这些作家对都市的巨变是敏感的，他们以各自的方式书写了巨变中的北京。宁肯的《城与年》写了一个旧北京和新北京的交织，有浓郁的北京气息。而冯唐则是一个归去来的书写，去美多年回国，他看到了一个新北京，但新北京与记忆中的北京已然不同，冯唐记忆中的北京，是有着大大"拆"字的北京，他的《北京，北京》写出了一种怅惘。作为北京土著，石一枫几乎从未离开过北京到外地生活，因此，他是在北京城里看北京巨变的北京作家，从《红旗下的果儿》到《世间已无陈金芳》《地球之眼》，这个作家有重要的改变，他的写作与刘恒的追求很相近,不执迷于使用北京话,也不着迷于书写北京风情和北京的外在变化,他关注人们精神层面的巨变。因此,北京和北京之变是沉浸在他作品字里行间的,他写了内在的北京城的巨变。

孙郁: 近三十年来,北京作家的成分发生了很大的变化。有部队转业来的作家,莫言、阎连科、雷抒雁等都有优秀作品问世;留在北京或分配到北京的大学毕业生更多,梁晓声、刘震云、邱华栋、徐则臣一直十分活跃;漂流在北京的打工者,荆永鸣、范雨素是代表;还有聚集在古都的网络作家如马伯庸、酒徒等新锐;也有调入北京的作家,如刘庆邦、李洱等。他们的早期经验并不在北京,作品属于非北京的写作。但因为有了北京的气场在,作品是游荡于境内外,格局就不太一样了。刘震云的小说,王家新的诗,都是非京派,也非京味的,但气象比京味要大。我个人觉得作家选择什么风格的写作,与自己的经验有关。一种风格的作品出现,或一种流派产生,都是各种因素促成的,人为的规定可能不得要领。外来者已经融进这个大的都会,他们描写京城的片段,都丰富了北京文学。而土生土长的北京人的写作,也吸收了各种文学流派的精神,并不拘泥于京味题材里。老北京的渐渐消失,新北京的风景也成了作家笔下重要的部分。在某种程度上说,北京作家群也代表了中国文学的水平。老北京的韵致只是北京文学的一部分,而且有些经验正在慢慢消失。

张莉: 是的,刘震云的《单位》《一地鸡毛》是"新写实主义"的重要代表作品,主要讲述那些生活在北京的公务员的生存,他们最为日常的、一地鸡毛般的生活,刘震云关注的是那些物质和物件如何使人感受到困扰,由此书写人物内在的精神疑难。事实上,关注人的精神孤独与困境一直是他书写的主题,后来在《一句顶一万句》中表现得最为充分。荆永鸣的小说其实也是以外地人的视角写北京,《北京候鸟》《大声呼吸》《北京邻居》都令人印象深刻,他主要是写外地人与北京城里的平民百姓的交往,那些北京人仿佛是从老舍笔下的人物穿越而来,乐观性格依然相传，但生活品质和精神面貌发生了巨大变化。事实上，写什么或者怎么写，都是由作家自身的经验决定的。对老北京韵致的着迷，我们只能在叶广芩的作品里品味了，因为她有得天独厚的优势。另外，她生活在陕西，也许正是离开北京来书写北京，某种北京城的迷人韵致才得以突显。

孙郁：这里要提的是，北京是先锋文学的试验之地，当年刘索拉、徐星的作品刺激了文学的发展。他们与上海作家遥相呼应，成为新时期重要现象。有趣的是，上海的几位先锋文学作家格非、李洱来到北京生活后，先锋的意味开始变化，京派文学对于他们的影响不可小视。格非《望春风》就把知识分子的鲜活感觉与汪曾祺式的乡土审美结合起来，境界比先前开阔了。我们甚至在他作品里读出废名、沈从文的韵味。而李洱的《应物兄》以学识的诗化和先锋感的历史化，将个性主义写作与社会学的思考连为一体，遂创造了一个迷宫般的文本。两人的变化受益于北京的文化氛围，他们是北京文学里不能不提的新星。

张莉：完全赞同您对格非的评价，我认为格非的小说是一种"面向先驱的写作"，虽是现代小说，却在叙事内部接续了古典文学传统，由此他的写作意义非凡。除了"江南三部曲"和《望春风》，我也喜欢《月落荒寺》，作品跨越了时代之围，书写了一种人的命运的飘忽感、荒芜感和神秘性。叙述表层平静克制，叙事内部却风起云涌，形成了一种迷人的小说调性。李洱的《应物兄》生动、鲜活、贴切，作家从总体意义上写出了当下知识阶层的精神面貌、心理状态和日常生活，气质卓然，令人难忘。我想，北京文学中的先锋意味之所以非常有意思，多半由于北京文化的包容性，作为首都，它应该算得上中国流动性最大的城市了。因此，这也决定了作家们审美风格的多样化，甚至你在这里看不到一个集中的流派，包括京味文学，其实也是一个松散的审美意义上的流派。但这恰恰也是北京文学的魅力，因为驳杂，因为丰富，才做到了真正的众语喧哗。所以，有人说，现在的北京文学是"大北京文学"，非常有道理。

孙郁：这当然属于大北京的文学概念了。它呈现了包容性、多样性和创新性。就创新性而言，近七十年来的北京作家贡献了许多民国文学没有的样式。汪曾祺的京派与京味的杂糅，莫言狂欢的笔致，王小波的荒诞幽默，史铁生的哲学隐喻，阎连科的"神实主义"，李洱的知识审美，都是改写文学地图的精神闪光。这些人都有北京和外省生活经验，他们在超地域的书写里，丰富了北京文学。

张莉：是的，要特别提到，在北京，有很多学者型作家，一如当年朱自清、闻一多他们一样。现在，我们的诗人中有欧阳江河、西川、王家新、张清华、姜涛、杨庆祥。小说家中有莫言、格非、余华、苏童、阎连科、曹文轩、张柠等，他们是大学里的教授，同时也是有重要影响力的作家。我认为，这么多既是著名教授，同时也是卓有影响力的作家汇聚北京，是北京文学非常重要的特点，而在以往并没有得到重视。这是北京文学的优良传统，非常值得研究。另外，还有一些散文作家也要提到，比如杨绛的《我们仨》和史铁生的《我与地坛》，是感动了千万读者的优秀之作，也已经成为中国当代文学史上的经典散文作品。周晓枫的《你的身体是个仙境》《巨鲸歌唱》很有独特追求，她开拓了新散文写作的面向。还有祝勇，他的故宫系列书写也超越了一般意义上的地域性写作。另外，从代际上来说，还有更多作家和诗人其实也"在北京写作"，比如梁鸿、蒋一谈、吕约、周瓒、笛安、张悦然、崔曼莉、双雪涛、文珍、侯磊、刘汀，以及网络作家江南、唐家三少等，如果数下去，这个名单是非常庞大的。各种风格的作家，各种样态的书写，他们也没有流派，北京城只是作家写作的物质土壤、文化土壤，在不同的作家笔下，北京文学将结出不同的果实。作家们各自写作、各有成就，其实才是正常的文学生态。整体来说，从北京文学的发展可以看到，七十年来北京文学一直是包容并兼的存在，北京文化的概念，也一直是弹性的开阔的。所以，谈北京文学的发展其实很难谈，因为它太庞杂和阔大了，面向也非常多样，免不了遗漏，可是，这恰是北京文学的魅力所在，丰富、驳杂，众语喧哗，生机盎然。

孙郁：是的，在丰富的文学形态里，各种流派的自然发展，这才符合北京文化的传统。只有充分个性化的表达，才有文学的创新，地方文学的发达与否，与这样的生态的健康关系甚密。在多样化的生态里，不同审美都获得了自由，像京味依然有自己的发展空间，在吸收别的流派的优长的时候，可能拓展更广阔的空间。北京文学的"大而深"，当是这种传统的结果。

"现实"作为种子

——梁鸿《四象》及其他

行　超

走进梁鸿的文学世界，看起来并不是一件非常困难的事，你很容易就能找到那把打开大门的钥匙——她的故乡、她的梁庄。从非虚构《中国在梁庄》到最新的长篇小说《四象》，梁鸿的笔触不曾离开中原大地上那个平凡的小村庄，生活在这里的人们以及他们各自的命运，在梁鸿笔下以不同的形态反复出现。

毫无疑问，梁鸿的注目与关怀在广大的乡土中国，可是，当我们试图以乡土文学的一系列话语裁定她的作品时却发现，以往的经验正显示出严重的匮乏。她是怀乡者吗？她是抒情者吗？她是逃离者吗？她是批判者吗？她曾试图启蒙与救赎这里吗？好像都是，又好像都不是。她是无法被完整归类的——有时候，她依恋故乡的踏实与安稳，怀念一去不返的童年与玩伴；更多的时候，如同所有从乡村走向城市的人一样，她努力挣脱、逃离这一切。这种逃离的冲动几乎被她视为对故乡的"背叛"，让她时时感到羞愧。也是因为这种"背叛"，如今她再也无法真正归乡，永远被区割在梁庄那"深厚的城堡"之外。身份的特殊性与情感的复杂性，同时成为梁鸿写作的最大动力与所她承受的最大艰难，也催促着她不断地书写，不断地诉说，不断地重新面对故乡、面对故人，她的作品也因之充满了疼痛与撕裂之感。

一

从鲁迅等为代表的"五四"乡土文学开始，对于故乡与乡土世界的反叛与眷恋，常常一体两面般地出现在作家笔下。上世纪初期以来，在西方现代文明的洗礼之下，中国农村凋敝破败的现状以及农民思想的愚昧落后、乡土社会伦理崩坏等问题逐渐暴露在作家眼前。与此同时，这些作家大多出身农村而生活在城市，作为现代都市的异乡人，他们对故乡的简单、安稳，以及一切与现代性相对抗的事物充满着怀念。如何重返故乡，如何真正认识孕育与塑造了自己的乡土社会，很大程度上是作家发现并最终成为自己的重要环节。

梁鸿深谙这一点。此前，她是学者、批评家，在文学研究的学术领域颇有建树，但与此同时，她更是一位热切关注着农村与现实问题的知识分子。作为梁庄的女儿，重返梁庄是梁鸿由学者成为作家的开端，更是她重新认识自己的起点。如同她所说，"在很长一段时间内，我对自己的工作充满了怀疑，我怀疑这种虚构的生活，与现实、与大地、与心灵没有任何关系。我甚至充满了羞耻之心，每天在讲台上高谈阔论，夜以继日地写着言不及义的文章，一切似乎都没有意义。在思维深处，总有个声音在不断地提醒我自己：这不是真正的生活，不是那种能够体现人的本质意义的生活，这一生活与我的心灵、与我深爱的故乡、与最广阔的现实越来越远"。[①] 象牙塔的高蹈与虚无、断裂的现实生活经验让

---

① 梁鸿：《从梁庄出发》，《中国在梁庄·前言》，南京：江苏人民出版社 2010 年版，第 1 页。

她感到不安,重回故乡,是此刻梁鸿重启真正的生活,重新找回本质意义人生的必然尝试。这个时候,非虚构成了她走进并书写现实大地的那道"窄门"。

做一份乡土中国的田野报告,或是写一部有关乡土中国的散文、小说,在今天似乎都不鲜见。梁鸿的特殊之处在于,当她以田野报告的客观与严谨要求自己时,她内心对故乡的深厚感情无处安放;而当她用文学的笔调书写故乡时,那种抒情的美学又不免显得虚浮轻飘。面对这两条路,梁鸿难以做出选择,或者说,梁鸿同时选择了这两者。这一选择让《中国在梁庄》《出梁庄记》成了在文学与社会学领域都颇显特殊的文本,更注定了她的写作必然面临巨大的情感困境。

两部非虚构作品中,一直存在着一个叙述者的声音,尽管梁鸿对此早有警惕,但仍有不少人批评其中透露的启蒙主义、精英主义的视角与姿态。事实上,梁鸿应该比任何人都排斥这种写作姿态,当她的儿子第一次来到尘土飞扬的乡村而无处下脚时,当她呵斥儿子不能跟梁庄孩子一起在脏污的水潭边玩耍时,当她发现外出打工者们生存的狡黠甚至是不义、不堪时,梁鸿第一时间看到了那横亘在自己与乡亲、与梁庄之间的鸿沟,那已经内化进自己生命的深刻变化。如她所说,"我是谁?'我'是我们这个时代的每一个人。逃离、界定、视而不见、廉价的乡愁、沾沾自喜的回归、得意洋洋的时尚、大而无当的时代,等等,我们每个人都是这样风景的塑造者"。① 对于自我身份以及由此而来的立场、态度的反思,使梁鸿的叙述区别于简单的启蒙主义、精英主义,它所显示的是面对故乡与故人时的情感悖论,也是非虚构写作的根本悖论。

在《出梁庄记》中,梁鸿的足迹遍布中国的大江南北,西安、内蒙古、郑州、青岛、广东……她试图走近那些从梁庄出来、四处打工求生存的乡亲们。梁鸿深知,同为梁庄人的自己,若非足够的努力与足够的幸

---

① 梁鸿:《艰难的"重返"》,《法制资讯》,2014 年 4 月。

运,如今她所面对的多半也是眼前梁庄人共同的命运。然而,多年的城市生活已经确凿地将这个梁庄女儿塑造成洁净、精致的中产阶级知识分子,身体的、生理的反应时刻在出卖着她。在西安的出租屋里,面对二哥二嫂的日常生活环境,她感到强烈不适:"水池是脏的白色,上面横着一个湿漉漉的黑色木板。走进去一看,一切都是黑的、暗的。厕所没有窗户和抽风机,灯泡是坏的,屋里昏暗不明。……水池的木板上,放着那几个颜色鲜艳的塑料盆,盆子里放着新鲜的豆角、芹菜、青菜、木耳等,这是一会儿我们要吃的菜。"①这段文字如果出自一个外来者的观察,或许可以是客观冷静的"零度叙事"。而梁鸿不同,无论如何,她都是梁庄的一员,即便已经走出梁庄,如今梁庄人的生活仍旧在精神上、在血脉中与她息息相关,"饭桌上,我竭力避免对我们吃的菜展开联想。我吃得很起劲,以一种强迫的决心往下吞咽。为了向自己证明:我并不在意这些。粗粝的事物横亘在喉咙,我的眼泪被憋了出来"。②正如亚当·斯密在《道德情操论》中提出的,"我们对他人悲惨的感同身受"源于"拿自身优越的位置和受苦受难者做交换"。③梁鸿的眼泪中包含着极为复杂的情感:对梁庄亲人们的生存环境感到悲伤与同情,对自己侥幸逃离了这种生活的庆幸,或是对此刻自己居高临下地拒绝这种生活的愧疚……在这个时刻,作家不过是一个离乡已久的游子,不论内心多么希望找回记忆中的故乡、试图融入故乡亲人们的世界,而坚固的现实、沉重的肉身却警钟长鸣般地告诉她,故乡回不去了。

对于梁鸿而言,书写她的梁庄,不仅是为了让梁庄人为代表的"沉默的大多数"得以发声,事实上,它对于写作者自身的意义更为重要,她希望经由行走与写作来厘清自己,找到那个"此心安处是吾乡"之所在,更需要找回虚空的精神世界与踏实的现实、大地之间的联系,以获

① 梁鸿:《出梁庄记》,广州:花城出版社2013年版,第35页。
② 同上,第36页。
③ 亚当·斯密著,蒋自强等译:《论同情》,《道德情操论》,商务印书馆2003年版。

得重新生活的勇气。在这场"艰难的重返"之旅中，相比所目睹的乡土社会的种种问题，与故乡、故人之间坚固的隔阂、陌生让梁鸿感到痛心，而那深藏在骨子里的情感困局更让她无力拆解。面对故乡时的种种复杂情绪，在梁鸿这里，最终落实为如何面对自己的问题，这种撕裂的、痛苦的，又充分清醒自觉的状态，源于作者与现实之间的紧张关系，或许也正是学者梁鸿与作家梁鸿、理性的梁鸿与感性的梁鸿相互角力的结果，它就此成为梁鸿作品的情感底色，与之相伴的是其作品贯穿始终的自省意识与思辨色彩。

二

这种撕裂的痛感与紧张感，在非虚构《中国在梁庄》《出梁庄记》中，是既置身之外又身在其中的作者的反复剖白与自我反省；在《神圣家族》中，是轻盈而荒诞的故事外壳之下所包裹的忧伤；在《梁光正的光》中，则表现为"我"对父亲的复杂情感，以及由情感困境转化而来的道德困境。到了小说《四象》，梁鸿创造了四个声音，其中三者来自亡灵，另一个是传说中的通灵者，现实中的精神分裂者。这四个声音当是作者心中的四种力量，更是她看取现实与历史、肉身与虚无的四种面向。小说选取春夏秋冬作为四个章节，每个章节中又有四个叙事者的声音，以此勾勒出四个人生、四段历史。

如同生活中所有郁郁不得志的人一样，小说《四象》中的四个主要人物，他们生前或是不受待见，或是被人误解、遭人陷害，死后坟头上草木茂盛，却没有一只羊愿意过来。在小说中，梁鸿让他们泉下有知，让他们重塑自己的人生，尽情倾诉其中的哀怨、愤怒或者不甘，甚至拥有了改变个人所处的具体现实的机会。韩立挺与韩立阁这一对堂兄弟，他们的祖先在吴镇发家,爷爷是当时"吴镇唯一喝过洋墨水的人",临终前曾嘱咐兄弟俩:"我过身后,教堂给立挺,老院子给你(立阁),立挺你守住教堂,守住天,立阁你守住咱们大院,就是守住地,天和地都守住了,咱家就既保现世平安,又保来世通达。"①韩立挺承继着"天"的使命,成为受人尊敬的牧师,在他漫长的人生中,一直希望通过传递信仰、劝人向善而改变人的精神世界;韩立阁主"地",他少年离家,四处学习新知识、新文化,后来回乡组织自治,用尽自己毕生所学努力改革现实、推动社会进步。韩立挺的"天"与韩立阁的"地",代表了出世与入世、受难与反抗、修来世与搏今生这两种基本的人生态度,但是,在一些特殊的时刻,韩立挺的"信仰"成为他软弱怯懦、逃避现实的一个借口;而所谓的"变革现实"在韩立阁这里,则很有可能转化为暴力与杀戮的源头。

与韩家兄弟俩,以及以此为代表的两种基本人生观不同,小说中的灵子更接近人的原初生命,她天真无邪,未及经受尘世的浸染就离开了世界。她所关心的是小龙葵、拉拉藤、八仙草、小苍耳、蚂蚁草……在那个小小的王国中,灵子可以与一切生灵对话,一起感受春去秋来、草木荣枯,一起接受大自然的恩赐。灵子的简单与快乐消解了她生命中的仇恨与灾难,虽然生前被爹娘说是"扫帚星",但她没有丝毫怨恨,死后最大的心愿仍旧是再看一眼父母和哥哥。不管是对待立挺爷爷、立阁爷爷,还是她的孝先哥哥,灵子的一片赤诚让她几乎看不到人间的恶与恨,在那个清澈的王国中,她只渴望温暖,渴望拥抱,渴望她短暂人生中不曾拥有过的爱。

在这三种力量统摄之下,韩孝先出现了。这个曾经的重点大学 IT 专业的高才生,一度被视作家乡的骄傲。大学毕业后,韩孝先接连遭遇感情、事业等的多重挫折,最终精神分裂。他跑到坟园里住了三天三

---

① 梁鸿:《四象》,花城出版社 2020 年 3 月版,第 69—70 页。

夜,所有人都以为他疯了,谁知他竟因此通了灵,转眼成了受人追逐的"上师"。在小说中,韩孝先出场时是牧羊人的形象——在基督教的信仰中,牧羊人带有救世主的意味,长老韩立挺将韩孝先的出现视为"主在考验我",也将自己生命中未竟的使命赋予了韩孝先。韩立阁笃信因果报应,他生前被人构陷,连同母亲妻子一起被乡民所害。眼前这个备受乡民敬仰的"孝先上师",对他来说正是实现复仇的大好机会。而灵子,她唯一的心愿就是她的孝贤哥哥能够保持本心,希望他始终都能安心、放松,有人可以拥抱。在这三个声音的撕扯过程中,韩孝先未曾完全建立的个体信仰不断遭受冲击,他到底应该相信谁,应该以怎样的态度去生活?事实上,现实生活中屡遭背叛的韩孝先再也不会完全信任任何人,"我受不了立阁爷的说教,受不了长老爷的唠叨,还有,我不想像灵子那样永远天真"①,他想要的是一个完整的、全新的自己,他要成为自己的国王。或许正是从这个时候开始,现实世界中的韩孝先正在逐渐失却他与魂灵、与地下世界的联系,小说的第三章"秋"开始,"孝先上师"在众人的敬仰下,在满目的物质、金钱面前逐渐心生贪念。但梁鸿并没有就此将他塑造成一个满口谎言的江湖骗子,小说最后,孝先回复成了一个普通人,他既没能帮助任何人实现救世的梦想,也没有沉沦在虚华的物质旋涡中,他看尽了不义的人、不义的村庄,最终悟得"我是他们可见的希望。我的存在本身就是错误。我让人们更加贪婪,贪婪于金钱,贪婪于相爱,最后,甚至要超越生死,超越世间最后的界限"②,这与韩孝先内心对世界与存在的认识——"因人在而显世界,因世界而彰显上帝"——是一致的。此时的韩孝先历经种种声音的诱惑与考验,又重新找回了自己。他将本属于立阁、立挺和灵子的地下世界还给他们,又放逐自己回到人间,回归凡

---

① 《四象》,第 148 页。
② 同上,第 234 页。

俗肉身,"我不再是一个无所不知的大师,不再是一个可以同时感受无数人的生活和命运的通灵者,我只是患精神分裂症的病人韩孝先"。[①]尘归尘土归土之后,韩孝先成了聋哑人,一切劝导、诘难、奉承,他再也无须倾听,也再不必替任何人发声,一片寂静的世界中,韩孝先最终收获了安宁。春夏秋冬这个轮回对他来说,好像一场意外的出走,回来之后,生活仍旧继续。

小说中的四个人物、四种声音相互驳斥,又彼此补足。某种意义上,这四个视角代表了梁鸿对于乡土世界的四种理解,也隐含着她对于生命意义的深入辨析。以韩立挺为代表的宗教信仰,或是朴素的"向善"愿望,或许确有改造人精神世界的意义,却也常常伴随着软弱的、消极遁世的时刻,对他们而言,雅不足以救俗,当以"力"救之。韩立阁在这个意义上成为其兄长的反面,他所主张的经世致用的人生哲学,在现实图景中更具有实践意义,但由此而来的恨与暴力却最终吞没了他。灵子的纯真是所有人都珍视的、却又是转瞬即逝的人生状态,韩孝先最后最眷恋的回音,恰恰是灵子的笑声。但这种简单与快乐只可能属于灵子、属于孩童,它无法被成人世界所接纳,亦难以对抗残酷的生存法则。在小说中,韩孝先代替作者,也带领我们,经受着灵魂的质询和现实的考验,他一面在各种力量的撕扯中摧毁自己,一面在不断的对抗中发现自己,也最终回归到真实的自我。在这个层面上重新审视小说的题目:《四象》,结合小说前面的引文"是故,易有太极,是生两仪,两仪生四象,四象生八卦,八卦定吉凶,吉凶生大业"(《易传·系辞上传》),就不仅是一种结构与形式上的追求,同时暗示着多种力量、多种信仰、多种生活之间相生相克,又浑然相融的境界。由此,梁鸿也冲破了此前那种痛苦、紧张的写作状态,如她在小说后记中所说,"那些时刻,活着与死去,地上与地下,历史与现在,都连在了一起。他们仍然是我们的

---

① 《四象》,第237页。

一部分。他们的故事还在延续,他们的声音还在某一生命内部回响"。我想,对于作家而言,这种打通恰恰也是写作中的重要时刻。

三

有一种观点由来已久,在信息化高速发展的今天更是被反复提及。那就是,文学的虚构与想象在今天已经远远落后于瞬息万变的现实,与其虚构一部小说,不如"真实"地描摹一段现实。2010 年开始,《人民文学》杂志开设"非虚构"栏目,推出了《中国在梁庄》为代表的一批行走于田野,积极介入社会现实的作品。中国的非虚构文学,因为其特殊的历史与现实环境,在今天仍存在一些未能彻底厘清的问题。它的确切定义、它的内涵与外延,在文学界始终存在争议,近年来,一些出版方甚至将散文、随笔等归入"非虚构",也足见对于这一文体认知的模糊甚至误解。与纪实文学、报告文学相比,中国的非虚构融合了社会调查和田野调查的写法;与上世纪五六十年代在美国出现的,以诺曼·梅勒《刽子手之歌》、杜鲁门·卡波特《冷血》等为代表的"非虚构小说"相比,中国的非虚构又常常缺乏小说的特质。不过,这些都未曾阻挡非虚构的蓬勃生命力,事实上,非虚构写作近年来在文学创作领域蔚为大观,一些作品也引发了社会学、人类学等的广泛关注。

但如果我们就此认为,非虚构的写作已经消解了虚构存在的意义,在分析梁鸿的写作时,又必然遭遇困境。在创作了非虚构《中国在梁庄》《出梁庄记》之后,梁鸿将写作重心基本转向了虚构领域,先后出版了小说集《神圣家族》,长篇小说《梁光正的光》《四象》。更重要的是,她的非虚构与她的虚构具有共同的精神源头,它们来自同一片土地,来自同一群人。如同梁鸿所说,"因为奉'真实'之名,一切都变得非常艰难。'非虚构写作'变为了一种悖论式的写作。或者,写作本身就是一种悖论。写作要面对世界,但是,我们面对世界时并非为了改变它,而只是为了叙述它。文学者对叙述世界的兴趣要远远大于面对世界的兴趣,更不用说'行动'"。① 小说有可能在书写现实的同时,不沦为其附庸吗?梁鸿用她的作品给出了答案,她的虚构与非虚构由此构成互文。在她的作品中,我们不仅看到了在现实面前虚构的孱弱与非虚构的力量,同时也可以看到非虚构的局限与虚构的深远空间。

梁鸿坦言,《中国在梁庄》所做的是"一个文学者的纪实",她的写作目的是呈现乡土社会真实的形态,让她的谈话对象发出自己的声音。在写作中,她努力克服自己"先验的意识形态",尽可能地忠于真实性原则,让自己成为一个记录者、呈现者、展示者。《出梁庄记》中,梁鸿进一步隐去自己的声音,叙述者对采访对象以及具体事件的评价、判断,被更原生态的采访记录取代,尽管写作本身的筛选、编码难以避免,但不添加、篡改或想象额外内容,是非虚构写作的基本底线。两部作品共同呈现了乡村以及乡村人的生活现状与困境,包括其中的教育缺陷、婚姻问题、基层政治、犯罪行为、信仰危机,等等,是关于当下乡土中国珍贵的现实读本。但是另一方面,非虚构的写作伦理对于作家梁鸿来说又成为一种束缚——那个引而不发的叙述者的声音,恰恰是作家梁鸿的声音。面对梁庄,面对故乡与过去,面对眼前的乡土世界,梁鸿还有很多话无法说出口,于是,她几乎是宿命般地转向了小说写作。也只有在小说中,梁鸿不必隐于书后,她可以让自己笔下的梁庄人"飞"起来了。

那些现实生活中擦肩而过的人,在非虚构作品中一笔带过的故事,就这样在小说的世界中获得了新的生命,繁衍出无尽的新的可能。例如,《中国在梁庄》的"'新道德'之忧"一章,呈现了农村基督教信仰的

① 梁鸿:《艰难的"重返"》。

复杂情况。明太爷的妻子灵兰是农村信众的代表,按照明太爷的说法,"你让我说你大奶奶(明太爷的老婆)信主的事,那可真是三天三夜也讲不完。我这一辈子算是叫主给坑了。真叫个家破人亡"。① 而在另外一位信教的姊妹口中,"那明太虐待灵兰,打她,脾气来了就骂,还不叫反驳,你说灵兰咋爱他?"② 在灵兰看来,"信了之后,我觉得自己精神变化大,过去在社会上与人交往太过功利,心中要强;信了之后,觉得可以当一个善人,好人。从文化角度是一种修养,从宗教上,它也有利于社会"。③ 对于很多像灵兰这样的乡村妇女来说,宗教信仰是对她们不幸的婚姻与家庭生活的一种补偿,更是她们人生与心灵的重要寄托。明太爷的叙述则体现了宗教问题的复杂性,"我说,你问问老殿魁,当年立挺们是咋骗他的。老殿魁见人都说,我算认清了,印传单,印印连一分钱也没落着。倒是立挺们个个盖着大院子,吃美喝足。都是一帮坏货,坑你们这憨人哩。有鸡蛋拿鸡蛋,有粮食拿粮食,那时候多可怜,他们发财了,俺们算绝了。能人信主是发财哩,憨人傻子是送钱去哩"。④ 在这里,韩立挺的名字一闪而过,以他为代表的传教者、宗教活动组织者,被明太爷视为借此赚钱的投机分子。而他所宣扬的宗教信仰,在农村也不仅是精神领域的问题,更与实用主义、功利主义等现实问题相纠缠。韩立挺在这里并没有得到发声的机会,对于这样个体的人来说,他的"真实"人生、"真实"内心,恰恰是因为非虚构的"真实性"要求而被遮蔽了。

到了小说《四象》,梁鸿让韩立挺自己站出来说话。小说中的韩立挺是方圆几十里德高望重的韩长老,九十多岁时被乡亲关起来"每天报告、学习","他们问不出来了,他们就把我扔到后院。……他们把我

---

① 《中国在梁庄》,第 176 页。
② 同上,第 185 页。
③ 同上,第 182 页。
④ 同上,第 177 页。

扔到地窖里,没人给我送饭,没人再想起我"。① 韩立挺一生难解的心结在于,在死亡和懦弱面前,他一次次背叛了主,"我的教堂被拆了,我没有再盖,我家里贴的对联是:花沐春雨艳,福依党恩生。……主啊,我一生中背叛了你无数次"。② 在非虚构的世界中,韩立挺是透过他人的讲述而存在的,但在小说中,梁鸿尽可能构建她笔下人物的前世今生。在这里,梁鸿并不深究现实生活中农村宗教信仰的话题,也无意与那段改写了韩立挺晚年命运的历史相纠缠,她所着意的,是那个来源于真实生活,又在众口铄金的讲述中面目模糊的长老的精神世界。《四象》中的韩立挺固然不会受到梁庄的韩立挺的制约,但后者又确乎是前者孕育之初的一粒种子,这粒种子在小说中不断成长,一步步涨破了现实。小说《四象》中,韩立挺的善良与卑微,他的强大与软弱,他被误解、被迫害的人生——得以呈现,在这个意义上,小说不仅没有沦为现实的附庸,更抵达了非虚构无法触及的新的世界。

　　与之类似地,《出梁庄记》中的"算命者"贤义与《四象》中的韩孝先具有相似的特征,贤义外出打工受挫后自学《易经》,"一个农村青年追求现代梦来到城市,结果却在现代化的都市里操持了最古老最具传统色彩的职业,且获得了一定的生存空间"。③ 贤义的"整个房间基本上是一种混搭风格,政治的、宗教的、巫术的、世俗的,有些不协调。按通常的理解,它有点神神道道的,思路不清,可以说是乱七八糟。……但是,贤义是如此坦然,他的神情是如此明朗、开放,他对他的贫穷生活如此淡然,他对事情的独特超然理解,又使得这几种相互冲突的事物融洽地相处在一起"。④ 这些现代都市中神秘的"算命仙儿",他们到底信仰什么? 他们是在装腔作势、故作高深吗? 他们与现实的、物质的世界

---

① 《四象》,第 24 页。
② 同上,第 98—99 页。
③ 《出梁庄记》,第 83 页。
④ 同上,第 84 页。

保持着怎样的关系？《出梁庄记》中，我们很难通过贤义语焉不详甚至略有防备的叙述深入他的内心，但在《四象》的虚构世界中，年轻人韩孝先的故事则帮助揭示了现实生活中贤义们的精神世界。

梁鸿善于捕捉现实生活中一闪而过的瞬间，经由想象的自由，将它们编织成血肉丰满的故事。她一方面对现实、对所谓"真实感"具有强烈兴趣，另一方面，又不仅仅受困于此，更热衷于探索、发现其中被掩盖的秘密。对于父亲梁光正的人生，女儿梁鸿一直有很多困惑。尤其是，在那个贫穷的、黄沙漫天的农村，为什么父亲却总是穿着一件柔软妥帖、一尘不染的白衬衫？小说《梁光正的光》正是由这不合时宜的白衬衫开始，如她所说，"这本书，唯有这件白衬衫是纯粹真实、未经虚构的。但是，你也可以说，所有的事情、人和书中出现的物品，又都是真实的。因为那些不可告人的秘密，相互的争吵索取，人性的光辉和晦暗，都由它而衍生出来。它们的真实感都附着在它身上"。① 在小说创作中，梁鸿试图抵达的是非虚构难以触及的、幽深而晦暗的角落，她借此构建了纸上的故乡，重新审视了乡土中国那些平凡的、沉默的，却又形态万千的个体生命。也正是经由这两种不同的写作方式，梁鸿重新解答了虚构与真实这个古老的话题。

约翰·伯格曾以同题写作致敬本雅明的《讲故事的人》，同时也是对本雅明这一理论的重要补充。在他看来，一个村庄的故事，就是这里各种"闲话"的聚集，"如果没有这样一个自画像——'闲话'是其素材——村子会被迫怀疑自身的存在。每个故事，以及对于每个故事的评论——它是故事被目击的证明——成就了这自画像，证实了村子的存在"。我愿意用"自画像"来比喻梁鸿的非虚构写作，它从内部话语出发为自身画像，也由此证明了现实的存在。但与此同时，约翰·伯格提醒我们，"作为他们自己群像的制作者，农民又是随性的，因为随性

---

① 梁鸿：《梁光正的光·后记》，北京：人民文学出版社 2017 年版，第 316 页。

更符合真理：典礼和仪式只能支配部分真理。所有婚礼都是相似的，而每个婚姻是不同的。死亡走向每个人，而亡灵只能独悼。这就是真理”。① 如果说，梁鸿的非虚构是从“闲话”中发现“故事”，由此勾勒一幅以梁庄为代表的现实乡村的素描，那么，她的小说则指向了“故事”无法抵达的角落，那些深藏在“相似的婚礼”背后的“不同的婚姻”，那些孤独的个体与他们守口如瓶的人生。

---

① 约翰·伯格：《讲故事的人》，翁海贞译，桂林：广西师范大学出版社 2015 年版，第 28 页。

当代文学的未完成性与不确定性[*]

——以莫言小说新作为例

刘江凯

莫言曾写过一个具有强烈反讽与消解意味的短篇小说《与大师约会》，小说的主要情节是这样的：一群艺术青年在酒吧等待大师金十两，酒吧里一个长发男子在和他们聊天的过程中，指出他们所期待的大师其实不过是个骗子。长发男子在彻底解构了金大师在这些年轻人心目中形象的同时，把自己描述成了一个可以和普希金媲美的不得志大师。小说结尾时，大师金十两现身，又指出长发男子的种种虚伪行径，再次解构了长发男子自我塑造的大师形象。谁是真正的大师？人们判断大师的依据是什么？这可能是小说直接留给读者的问题。之所以提到这个小说，是因为它在某种程度上象征性地预言了莫言获得"诺奖"之后国内外的评论反应②：一些声音欣赏和赞美他，另一些声音却贬损

* 本文系国家社科基金重大项目"当代中国文化国际影响力的生成研究"（项目编号：16ZDA218）、国家社科基金后期资助项目"在世界中经典化：中国当代作家海外传播研究"（项目编号：19FZWB030）的阶段性研究成果。原文发表于《文学评论》2020 年第 5 期。

② Angelic Duran and Yuhan Huang, eds. *Mo Yan in Context: Nobel Laureate and Global Storyteller*, West Lafayette：Purdue University Press，2014.

甚至诋毁他①。莫言作为第一位获得诺贝尔文学奖的中国籍作家所引发的焦点效应，远远大于小说里的"大师"，因此 2017 年以来莫言发表了小说、诗歌、戏曲、歌剧等一系列新作后②，自然又一次引起了广泛的关注③甚至争议④。

从二十世纪八十年代的《红高粱》《欢乐》到九十年代的《酒国》《丰乳肥臀》，再到 2012 年获奖引发的争议及其下半场——新作发表，莫言的文学之路伴随着很多文学争议。诺奖得主和"大师"称谓一样，仿佛是一个"王冠紧箍咒"，在被欣赏的同时也得经受起不断地被人念叨，正如作家苏童说莫言其实是"一个'头顶桂冠，身披枷锁'的人"。⑤

我们对一个作家的讨论始终应该回到其作品当中。莫言的新作虽然没有出现大块头的长篇，却与自己的创作谱系和当代文学的发展形成了一些值得关注的对话或者说变化。莫言的小说新作有《天下太平》(《人民文学》2017 年第 11 期)、《故乡人事》(包括《地主的眼神》《斗士》《左镰》三个短篇，《收获》2017 年第 5 期)、《表弟宁赛叶》《诗人金希普》(《花城》2018 年第 1 期)、《等待摩西》(《十月》2018 年第 1 期)以及笔记体小说《一斗阁笔记》(一、二、三)(《上海文学》2019 年第 1 期、第 3 期，2020 年第 1 期)。整体而言，这批新作虽然全面开花却有牛刀小试的意味。一方面，新作文体多样，不拘一格，显示出某种自由

---

① 参见李斌、程桂婷编：《莫言批判》，北京理工大学出版社 2013 年版。该书汇集了2013 年前对莫言作品的批判文章。

② 新作除小说外，按照文体类型还包括：戏曲剧本《锦衣》(《人民文学》2017 年第 9期)，歌剧《高粱酒》(《人民文学》2018 年第 5 期)，歌剧《檀香刑》(《十月》2018 年第 4 期，与李云涛合作)，组诗《七星曜我》(《人民文学》2017 年第 9 期)，诗歌《高速公路上的外星人》《飞翔》《谁舍得死》(《十月》2018 年第 1 期)、《饺子歌》(《北京文学》2019 年第 12 期)、《鲸海红叶歌》(《人民文学》2020 年第 3 期)。

③ 关于莫言新作比较集中的专辑讨论，参见《当代作家评论》2019 年第 1 期中莫言、余华、格非、张清华等人的文章。

④ 引发争议的内容包括对莫言诗歌和小说创作的不满，如杨光祖在《文学自由谈》杂志 2019 年第 1 期发表的《莫言归来的败象》等。

⑤ 李英俊：《莫言，还是那个讲故事的人》，《文艺报》，2019 年 8 月 21 日。

随性的写作状态。另一方面,这些新作尤其是小说又和原有的文学关联明显,在推陈出新的同时甚至有了点儿"老"马过河的意思。① 本文重点以小说新作分析莫言创作实践和作品谱系中可能蕴含的理论问题,以期展开更深和更广的讨论。

一、莫言创作的"未完成"现象

莫言的创作存在一个很有意思的"未完成"现象,即指莫言后期作品对前期作品里那些看上去孤立、单调、省略、简化却具有"母题"性的元素,通过关联、重复、放大、再生等手法,不断地进行创造性的重复利用和改写。这种改写和利用导致作品之间在人物形象、故事内核、关键的叙述动力来源等方面存在着复杂的内在关联,使其小说表现出一种自我繁殖的生长特征和互文对话的审美效果。这些"母题"性的元素如小说中的铁匠、爷爷、姑姑、茂腔、割麦子比赛、食物和饥饿感、男孩特殊的童年经验等,而最有意思和突出的表现是作家在作品中"植入"很多以自己为模板的"莫言"文学形象,将真实和虚构直接缝合在小说里。虽然其他当代作家比如马原早年的作品也有这种所谓"元小说"式的表现,但管之所见的范围内,莫言可能是把自己写进作品中最多的当代作家。由于莫言的创作时间长且体量大,他创作中的这种"未完成"现象会和前期作品一起重新激活并打开小说新的价值空间,使原本简单的小说世界充满对话性、生长性和更为复杂的审美意味,从整体上增加了其小说体系的审美空间与艺术可能。

莫言坦承小说新作中"首先是把过去一些小说草稿找出来整理。

---

① 刘江凯:《莫"言"诺奖,只谈新作》,《艺术报》,2019 年 4 月 3 日。

原来就是一些毛坯，略微成形就放下了。这次重新把炉火点燃，把铁烧热，按眼下的构思锻造成形。有的小说本来已经结尾了，但时过境迁，因为小说素材所涉及的人物原型的故事又往前发展了，小说本身也就有了再生长的需求，像《等待摩西》就是这样的例子"。① 可以看出，莫言创作的这种"未完成"现象既有写作过程中作品自然而然的"草稿修改"，更有当代生活不断发展变化带来的文学新生成的内容；既有艺术构思方面诸如对"莫言"形象的有意安排，也有作者潜意识层面对一些母题的重复改写。如果我们结合莫言不同时期的全部创作历程来看，也可以将之理解成一种文学的"未完成性"。当我们把莫言的创作看成一个正在发生、不断生成的写作体系，那么这种未完成性就会使小说呈现出不同层面的生长性，有效连接起莫言已有的创作经验和未来的写作出路，甚至也会和当代文学及社会构成深刻的对话与互文关系。

　　莫言文学的"未完成性"在之前的小说主题、题材、人物、意象等各个环节都有表现。比如短篇小说《地道》（《青年思想家》1991 年第 3 期）讲述了方山和老婆在自己挖的地道里超生的故事，虽然他们的房子被拉倒了，却也终于生下了儿子。但关于计划生育未完成的文学想象，其实是在后来的《蛙》里才得到更充分的表现和书写。再比如中篇小说《红蝗》似乎是对短篇小说《蝗虫奇迹》意犹未尽的扩写；《酒国》里的"肉孩"和《四十一炮》里的"肉孩"罗小通的形象关联等。有些"未完成"现象是作者某种强烈的情结需要通过写作来反复释放，比如莫言作品里有许多和茂腔有关的创作。有些则是因为作者的一种念头不断地在生长，比如"肉孩"在《酒国》里是一道被人吃掉的菜，但在《四十一炮》里则演化成一个吃肉神童般的主人公，两部作品一起延续了鲁迅挖掘出来的"吃人"文化，并互相构成了更为复杂的对话与互文关系。

---

① 莫言、张清华：《在限制的刀锋上舞蹈——莫言访谈》，《小说评论》2018 年第 2 期。

　　莫言 2017 年以来的小说新作几乎每一篇都有前文所述这种"未完成"现象。首先，表现为后期作品对前期作品某些"母题"元素的重复利用。比如《天下太平》里作为小说叙事动力、死死咬住小奥手指的大鳖形象和童年创伤，在莫言早期的短篇小说《罪过》（《上海文学》1987年第 3 期）里也以一种深刻的童年经验方式出现过。《罪过》讲述了七岁的"我"带着五岁的弟弟小福子去河堤上看洪水，结果小福子淹死了，导致上百人围观、抢救，"我"的童年也在父母的愤怒、摔打、无视及众人的议论中彻底地淹死了。小说传达出来一种弱小孩童视角里被侮辱的、被损害的、被遗忘的深刻恐惧感，父母和乡亲在瞬间可以变成一群乌合之众和集体施暴者。

　　而《天下太平》的故事发生在一个叫太平村的地方，男孩小奥在村西大湾帮忙两父子看守捕捞上来的鱼鳖，小奥想放生大鳖却被咬住手指头，结果引出了更多的人和故事。小说的结尾和鲁迅在《药》里安排的光明的尾巴有异曲同工之妙：大鳖松开了小奥的指头，村民们发现它的背上有类似"天下太平"的文字图案，放生大鳖并集体欢呼"天下太平"结尾。小说里暴露出来的所有问题，似乎也随着这欢呼声都得到了放生。

　　乡村男孩子对河水鱼鳖精怪的天然兴趣以及他们的童年创伤经验，在莫言的许多中短篇小说里都有所表现。比如《金鲤》《夜渔》《枯河》《秋水》等。《天下太平》也再次对"童年创伤经验"这种具有"母题"性的元素进行了推陈出新的重复改造和利用。莫言以小奥手指被鳖咬住的焦点事件，将相关的人物逐一牵引出来，同时删繁就简地呈现了各类人物的不同内心。小说出现了很多紧贴当下现实的新内容：手机取证、网络传播、环境污染、农村用地，等等。包括这部小说在内，莫言小说新作描写的许多内容和心态都是当代人非常熟悉的，和之前的小说相比，这批新作整体上有更强的现实对话性和问题意识，同时又以点到即止的叙事方式和现实生活保持了必要的艺术距离。

其次,对前期作品中特定的人物形象与关键情节的反复重写,也是莫言文学"未完成性"的重要表现。比如《故乡人事》包括了《地主的眼神》《斗士》《左镰》三个短篇。以《左镰》为例,文章开篇讲到铁匠老韩带着徒弟小韩、老三来村里干活,就是短篇小说《姑妈的宝刀》(1991年夏天创作)里的老韩、小韩、老三。莫言喜欢写铁匠,而且一出现往往是一伙人。比如《月光斩》(《人民文学》2004年第10期)里是李铁匠和他的三个儿子,可以说用生命打成了一把叫"月光斩"、杀人不见血的绝世宝刀。除了"铁匠"形象外,《地主的眼神》里的割麦子场景也是莫言多次出现的小说元素,在《大风》(《小说创作》1985年第9期)、《麻风的儿子》(1991年夏天创作)里都曾出现。

再次,莫言新作的"未完成性"还表现为更艺术地延续和增强了对当代社会现实的反映和反思。重视当代现实是近年来许多作家的共同表现,如贾平凹《带灯》《极花》等,以及近两年的诸多新作,如韩少功《修改过程》、张炜《艾约堡秘史》等和新近讨论的"东北"写作等,我们从中都可以直接地感受到这种变化。可能是受限于短篇小说容量和技巧,莫言的新作并非像余华《兄弟》《第七天》那样采用正面强攻的方式进行"当代性写作"①,而更多的是侧面描写。

时代侧写的退出与进入是阅读莫言新作,尤其是小说(包括部分诗歌)之后很强烈的印象。所谓"侧写",是指以个人生活史或者典型情节来侧面展现整个中国当代社会的发展史,看似轻描淡写,却极易使人产生共鸣,使小说整体上呈现一种"简约深刻丰富"的特征。如《表弟宁赛叶》中的表弟本名叫秋生,笔名宁赛叶,外号怪物。小说以表弟酒后和"我"对话的方式展开,从表弟认为他的《黑白驴》远远超过《红高粱》却没有机会被承认讲起,历数了一个眼高手低的失败文学青年

---

① 刘江凯:《余华"当代性写作"的意义:从〈第七天〉谈起》,《文学评论》2013年第6期。

和成名作家之间对彼此的看法,由此把二十世纪八十年代到现在的社会发展通过一个人的角度简笔勾勒了出来。

莫言即使在《等待摩西》《故乡人事》《地主的眼神》这些写过去时代的故事作品里,也会"生长"出和现在密切的关系。尽管这批小说在叙事上几乎都采用了"过去-现在"互相穿插、嵌套、勾连的叙述手法,但其中的"当代性"却非常强烈。这种以"个人生活侧写社会发展"的方式,可以鲜明地感受到某些人物与时代气息正在从历史中退出和进入,小说描绘的故事内容、刻画的人物有了更为浓烈的时代感。这并非说莫言之前的作品没有现实性或者时代感,而是指新作的"当代性"有了和先前创作不同的表现。

事实上,莫言从文学初创期开始的整个创作历程都有紧扣社会现实的作品,主要表现为两类:一类如《售棉大路》《师傅越来越幽默》等和时代现实距离较近,以及《天堂蒜薹之歌》这样直接正面介入当时社会现实的长篇。另一类则是贯穿了"批判现实主义"精神的创作,比如《酒国》这样集先锋叙事实验与中国当代故事于一体的长篇小说,我们能从中读到二十世纪九十年代前后中国文坛和社会现实的各种样态。而类似《丰乳肥臀》《生死疲劳》《蛙》这样的长篇,小说叙事在穿越了漫长的历史后,仍然和当下中国社会现实、人物心路历程及民族精神结构实现了准确而深刻的对接。

和以上两类表现不同的是,莫言这次的小说新作不但与现实的距离更为切近,而且表现得更为艺术,在小说与现实的距离或者说分寸感上拿捏得更精准,表现了一种"熟悉的陌生化"效果:即小说的精神主旨、人物性格、心理群像、时代氛围等都是我们很熟悉的"当代"风貌,但故事内容、人物刻画、叙事方式等却又拉开了必要的艺术距离,体现了较好的小说艺术与现实生活的平衡能力。

最后也是莫言小说创作"未完成性"最有特色的标志:文学"莫言"形象的不断出现与反复塑造。笔者期待作家莫言能继续完善文学

"莫言"的形象,为当代中国文学和世界文学贡献一个独特的文学人物
形象。

　　文学"莫言"形象开始是以零星的方式出现在莫言的作品里,而后
渐渐壮大。目前所见最早是出现在《凌乱的战争印象》(写于 1986 年
11 月)中,作品以三老爷的口吻讲到姜司令游击队里的各色人物,其中
写到"你在小说《红高粱》里写的那个任副官,就在咱家住过,那时候姜
司令他们叫他小任,好像也是个大学生呢,他口袋里装着一把琴,常常
含在嘴里吹,像啃猪蹄子一样。你怎么不把他吹琴的事写进书里去呢?
你这个笨蛋!"之后在《弃婴》(《中外文学》1987 年第 2 期)里写道"我
回家的路上,由一条白狗为引,邂逅了久别的朋友暖姑,生出一串故事。
这些故事被我改头换面之后,写成了一篇名为《白狗秋千架》的小说。
这篇小说我至今认为是我的好小说"。该小说里在医院妇产科工作的
姑姑,也是《蛙》里姑姑的人物雏形。在《姑妈的宝刀》(1991)里,小说
写到"淬火时挺神秘,我在《透明的红萝卜》里写过淬火,评论家李陀说
他搞过半辈子热处理,说我小说的关于淬火的描写纯属胡写"。而长
篇小说《酒国》中,"莫言"甚至成为一个不可替代的结构性人物形象,
结尾部分"莫言"要坐火车去酒国,小说塑造中年作家莫言的形象并说
明了二者的关系:"我知道我与这个莫言有着很多同一性,也有着很多
矛盾。我像一只寄居蟹,而莫言是我寄居的外壳"。以上这些都是直
接的"莫言"文学形象,还有一些是以莫言为原型的改装版人物形象,
比如《蛙》里笔名为"蝌蚪"的作家等。

　　新作《诗人金希普》《等待摩西》《表弟宁赛叶》也都延续了直接将现
实的莫言植入小说当中的写法。比如《诗人金希普》中写道:这篇小说
初稿写于 2012 年春天,五年过去了。前不久,"我"去济南观看根据"我"
的小说改编的歌剧《檀香刑》,入场时遇到了金希普,他一口一个三哥,扫
微信,还谈到了两万元帮表弟解决副台长的问题,说是因为反腐败所以
没成。《等待摩西》则从特定历史时期柳摩西改名柳卫东写起,经历了

1975 年"我"当兵，1983 年探亲时听闻摩西失踪，到 2012 年摩西失踪三十年间的种种传闻，然后时间到了 2017 年 8 月 1 日，小说写道：

> 我在蓬莱八仙宾馆 801 房间。刚从酒宴上归来，匆匆打开电脑，找出 2012 年 5 月写于陕西户县的这篇一直没有发表的小说（说是小说，其实基本上是纪实）。我之所以一直没有发表这篇作品，是因为我总感觉这个故事没有结束。一个大活人，怎么能说没有了就没有了？生不见人，死不见尸，这不合常理。

虚构的小说里插入纪实的"莫言"形象，虽然只是寥寥数笔，却让小说和现实的联系犹如树木和大地一般结实。"莫言"文学形象的塑造在无形中消解了"虚构"与"纪实"之间的界限，暗示了文学作品与现实世界重重叠叠而又微妙复杂的互文性，使虚构的小说产生强烈的真实感，由此创造出非常独特的半真半假的艺术审美空间，其中可能蕴含着值得批评家们从小说创作实践中总结提炼的理论话语。比如《诗人金希普》和《表弟宁赛叶》就通过"莫言"、诗人、表弟直接构成了互文关系。两篇小说正是通过文学"莫言"形象互相牵连，并通过"骗取两万元和副台长"的情节，将两个不同主线的小说人物和故事打通，非常巧妙自然地增强了小说的现实感和真实性。莫言对小说人物艺术化的批判自然也会在两篇小说中互相得到印证，形成互文的小说美学效果。如果我们以"莫言"文学形象为线索，综合考察《蛙》里的作家"蝌蚪"、《酒国》里的作家"莫言"，就不难发现，文学"莫言"是如何在莫言作品里不断地生长并且构成了丰富的自我对话和自我批判。在我看来，"莫言"文学形象无疑是罗兰·巴特所认为的那种还能继续不断创作"可写的"文本。莫言今后的小说应该继续经营好这个"文学莫言"形象。因为"作家莫言"的故事性、典型性会和"文学莫言"之间构成极为丰富的艺术互文空间，在为作家提供极大叙述便利的同时，也有可能成长为当代文学甚至世界文学一个极为难得的典型人物形象,使其文学的"未完成性"绽放出更令人期待的审美空间。

　　当我们将观察的视野放得更大一些,就会发现文学的"未完成性"可能不仅仅是莫言一个人的现象,而是一个普遍的命题。这种未完成性并非仅指文本意义的未完成现象,比如老舍没有写完的《正红旗下》或者莫言对草稿的重新创作;也不是经典作品在阅读意义上永远处于未完成的状态,可以被不同时代的读者重新不断打开和激活。而是从当代文学的本质特征来看,"当代"最基本的内涵就是正在发生,不断生成。但需要强调的是,这种文学的"未完成性"只有在有着连续、庞大作品谱系且作品内部确实构成前后关联的作家那里,才能形成互文和开放的意义升值系统。如果我们从这个角度检视和比较包括王蒙、贾平凹、余华、王安忆、苏童、铁凝等在内的众多中国当代作家,也会承认莫言创造出来的这种独特的贡献。事实上,包括莫言作品在内的当代文学作品,在经典化历程中始终是一个有待检验、未完成的开放阐释系统,意味着每一代批评家都有可能在理解文本的过程中,强行阐释或者重构经典文本[1],意味着当代文学及其社会从来就不应该有什么绝对化的统一意见。如此看来,"未完成性"也可能是整个中国当代文学甚至当代社会的一个未被充分讨论的重要话题,是我们观察和思考当代文学无法绕过的本质命题之一。

二、现实与虚构之间的艺术不确定性

　　如果说"当代"正在发生、不断生成的特质一定程度上决定了当代

---

①　张江:《强制阐释论》,《文学评论》2014 年第 6 期。

文学的"未完成"表现，那么，它也必然导致当代文学另一个关键词：
"不确定性"。不确定性是现代科学和哲学的本质属性之一，现代科学
比如 1905 年爱因斯坦的相对论，1927 年海森堡发现量子世界的不确
定原理，1948 年香农的信息论，以及二十世纪六十年代以后的混沌理
论和复杂性理论，这一系列发现已经揭示了真实世界是一个复杂、混
沌、动态、相互联系的巨大系统，不确定性是它的常态。真实世界的不
确定性和人类社会对"确定性"的本能追求，构成了充满张力和活力的
丰富辩证关系，甚至成为推动社会发展变革的原动力。

　　这种不确定性的变革首先表现在"词"与"物"的对应方面。当代
中国的发展速度，快到把很多词汇的原义都甩成了不确定的表达。比
如"小姐""公主""同志"等，"大师"也差不多成为语言腐败的又一个
牺牲者。① 老子讲"信不足焉，有不信焉"。② 对个人或者国家来说，当
"词"与"物"无法形成稳定的意义关联时，就会造成表意的含混不清，
沟通的多意不确定性，阴阳两面的表达系统，词语价值就会贬值，最终
掉入"塔西佗陷阱"，人们自然就不再完全相信那些字面的意思了。广
泛意义的"词"与"物"不对应关系也是不确定性的表现。比如舆论宣
传和真相事实、阳奉和阴违等，都是一种语言和文化的问题。相似的情
境和模式让文字变成了一种自动化的表达，语言丧失了认知能力的直
接性，语言抹去了有棱角的表达，熄灭了文字与新环境碰撞出的火花
等。相对于人类经验的总和，语言永远显得有缺陷和破碎，"能指"不
足。幸运的是，作为语言艺术的文学，却在相当程度上以不确定的想象
方式弥合人们的认知裂缝甚至将碎片融为一体。③ 文学通过艺术手法

---

① "语言腐败"按张维迎在《中国语言腐败前所未有，中文已失去交流功能》一文的说
法，是英国作家乔治·奥威尔在 1946 年的一篇文章里提出来的，而在其《1984》里更是直接故
意应用了这种方法。

② 参见《老子》十七章《治国》，饶尚宽译注，北京：中华书局 2006 年版，第 43 页。

③ 本尼迪克特·安德森：《想象的共同体：民族主义的起源与散布》，吴叡人译，上海
人民出版社 2005 年版。

的加工可以让语言的含糊和不确定性变成意犹未尽的诗意空间,在观察和表述不确定的世界时,反而拥有了一种确定的特殊权力。

　　莫言作为当代中国社会和文学发展的参与者,其作品谱系隐含了当代中国社会发展和个人命运变迁许多耐人寻味的细节。莫言这批新作也以生命直觉的方式集体展示了现实的、文学的甚至哲学的"不确定性"。莫言小说新作中的不确定性有着多样的呈现形态。首先,通过叙事的不确定性来增加文学的审美空间,这也是莫言自觉的艺术追求。莫言在访谈中明确表示在《蛙》里让一部话剧变成小说的一个章节,和前面的小说文本形成一种互文的关系,这样做的目的就是"留给读者思考的空间,从而增加了这部小说的不确定性",并认为"结构就是政治,因为叙事的不确定性,故事显得扑朔迷离,真假难辨,梦与现实混到一起,既增加了读者阅读时的思维空间,也是对作家叙事功力的考验,同时还有别的方面的优点。尝试多种文本的嫁接、融合,尝试在文本边缘的突破,是我几十年一贯追求的目标,这一次是先多方位的尝试,然后再回到小说创作中来"。①

　　其次,莫言小说新作通过呈现多种不可控的担忧和恐惧感来表达个人命运的不确定性。比如《等待摩西》里的柳摩西以及《地主的眼神》里老地主孙敬贤等,体现了在历史的大江大河里,小人物蜉蝣般的命运变化。《斗士》里的方明德及《表弟宁赛叶》里的秋生等,则表现了老百姓有对当下生存和未来发展的各种担忧。莫言新作中令人印象深刻的还有对不确定复杂人性的恐惧感,几乎每篇新作中都弥漫着一股看似轻淡实则充沛的恐惧感,甚至连戏曲剧作《锦衣》和诗歌里都有。这可能是作家以生命的直觉从朴素的生活中升华出来的一种艺术哲学。

　　《斗士》里堂兄武功是一个嘴不积德、心难存善、似乎一辈子流淌

---

① 莫言、张清华:《在限制的刀锋上舞蹈——莫言访谈》。

着仇恨汁液的人，总之一旦招惹就会死缠烂打、纠缠不清甚至能以命相抵。《表弟宁赛叶》里"我"用心帮高考落榜的表弟找各种工作机会，结果多年的帮助换回的只是不满足的亲情攻击。《诗人金希普》里金希普在姑父家过年，骗吃骗喝，以给表弟宁赛叶安排电视台副台长为名，骗了姑父两万，姑父后来因心脏病发作死亡。莫言在小说新作中抓取了体现时代进程的黑暗人性，这些"身边的故事"时刻提醒着我们，在一个不断突破各种底线的社会，没有任何人能成为幸存者。

再次，小说新作通过多种艺术手法，将现实的确定性拓展成更具有发散性的艺术不确定性。人类在现实的世界本能地害怕"不确定性"，但在艺术的世界里，不确定性却意味着丰富的诗意可能。短篇小说对作家的结构、语言、叙事、人物、细节、意旨表达等能力要求都非常高，迫使作家一定要聚精会神、精雕细刻才能避免瑕疵。莫言短篇小说新作中，这种艺术构思和批判包括知识分子的自我批判，并且密度更高，主要表现为反讽、含混、白描、对当代社会"心理"状态的典型化，以及一种类似于"点穴"的新写法。

反讽是很常见的一种手法，如《等待摩西》里终于通过当兵逃离了农村的"我"，很虚伪地劝慰柳卫东"农村是一个广阔的天地，在那里也可以大有作为"等。"含混"则是有意制造艺术不确定性的有效手法，如《斗士》里曾担任村党支部书记的方明德老人逼问"我"哪位伟人更伟大（老百姓的朴素问题观），"我"含含糊糊地说："这怎么说呢……应该……都伟大吧……"这种"含混"在《蛙》里表现得更加充分。[①]

莫言新作里对常见的白描和典型化也有一些新尝试。新作更多的却是鲁迅般白描手法，并且是一种有意放大和集中的白描。如《诗人金希普》《表弟宁赛叶》，与其说刻画了两个具体的人物形象，不如说把我们这个时代万千人物的某种普遍心理状态抽离、集中、放大到了这两

---

① 刘江凯：《〈蛙〉："生育疑案"中的"含混"与清晰》，《小说评论》2015 年第 5 期。

个人身上,语言风格变得更加洗练、准确,绝少从前作品那样的大肆铺陈,泥沙俱下。我想这既是莫言对自己作品主观方面更自觉的要求,也是短篇小说文体的限制对作家普遍的要求,因为"高端的艺术创作,往往都是在限制的刀锋上的舞蹈"。① 莫言作品中的农民和知识分子形象,都有对当代部分中国人的精神气质、心理特征、价值观念、道德水准的典型化表现,这种敏锐精准的"社会心理群像"的典型化刻画,既是这个时代特有的新内容,也是作家的文学良心和时代责任,不论是在其个人创作谱系里,还是整个当代小说里,都是一种值得进一步观察和讨论的变化。

这里想重点解释一下笔者称之为"点穴"的写作手法,也可理解成一种通过细节典型化打开更多不确定审美空间的方式。所谓"点穴",就是看准某个问题,轻点一下,并不大肆铺陈,但会让读者全身为之一颤、浮想联翩,形成意在言外的艺术效应。"点穴"可明点,也可暗点,看似轻描淡写,实则稳准狠透,这既和短篇小说的文体有关,也和作家的艺术处理方式有关,应该是短篇小说写作走向宏大和深入很"经济"的一种方法,值得我们继续探讨。比如方明德说"钱是足够花的,就是心里不舒坦",一句话道出了一代人的普遍心理感受。再比如《地主的眼神》里"我"问孙来雨:"农场那八百亩地是怎么回事?""听说是被市里一个领导的小舅子,十年前用每亩四百元的价格买走了。"虽然没讲更多背后的潜规则故事,但读者们却可以根据每个人的常识去想象和补充。再如前文提到的个人命运的不确定性和对人性的恐惧感,莫言正是用"点穴"的方法准确地描绘了大时代里小人物的命运走向。不论是表弟、武功还是摩西,都是那么熟悉和亲近的乡亲甚至亲人,却能各种挖坑与背叛,一个人命运可以被别人毫无征兆地撕得粉碎或者重塑。我们知道海明威有一个"冰山"理论,但生活里还有更多的"冰水"

---

① 莫言、张清华:《在限制的刀锋上舞蹈——莫言访谈》。

现象：那些真实发生、存在过但无从考证、无法证明或者不可言说的故事与经历，正如化成了水的冰山一样。莫言写出那些我们可以感受却无法表达的内容，点中了很多人的生命经验，点中了某种时代之痛，甚至点中了一种生命哲学的本质。

最后，新作通过人物形象更集中地体现了在现实与虚构之间艺术辩证法的不确定性。金希普和宁赛叶犹如一对文学的双胞胎，他们的"成长"和二十世纪八十年代以来中国人，特别是许多知识分子、文学爱好者的成长几乎是同步的。莫言对他们的刻画延续了其小说对当代中国文坛和知识分子的观察与反思，并把自己也加入到小说中进行自嘲和批判。某种意义上看，莫言新作里表弟宁赛叶是二十世纪八十年代文学黄金时代以来"淘金"失败者的代表；"三哥莫言"是成功者的代表；而金希普则是错过了黄金时代，但能通过各种手段获得某种成功的"伪君子（诗人、学者、教授等各类有头衔者）"的代表，这三个形象其实是互为表里的。

知识分子有一种神奇的自我心理催眠术，能够把自己的丑陋通过自嘲、自我否定或者有限度的承认进行心理的"合法化"，让事实变成自己想要的"真的假事实"或者"假的真事实"。这种潜意识是如此顽固而深刻，以至于让我们忘却了自己客观存在或者流传在别人舌尖上的品质裂缝，发自内心地认为自己的道德水准总是高于别人。这也正是莫言敢于把自己写进作品甚至多次自我批判的可贵之处。

在真假混杂的信息里，只相信表面现象，即便心有存疑也不去确证，是今天人们普遍的接受习惯。金希普后来能在姑父家骗吃骗喝甚至骗钱的行为，说明他至少唬住了许多不明真相的群众。这一形象对于当代某些知识分子或者文人形象来说并不陌生：奇才或蠢材，拉起小圈子，傍上大人物，自我吹嘘与互相捧场，一本正经地胡说八道，逢场作戏地认真配合，因为戏演得过于投入和认真，时间长了连骗子自己都相信一切都是事实了。在笔者看来，表弟宁赛叶、三哥莫言、诗人金希普是当代社会发展分化的表征,更是当代知识分子的"一体三面",如果我们肯扪心自问,或许就会揪出知识分子内心更多的"小我"来。

·

三、文学的预见性及其本质

最好的现实主义作品都是指向未来的,具有某种超越写作对象和时代本身局限的能力,从来不会只是回顾历史的所谓史诗性写作,更不是肤浅的反映论层面的当下现实描摹。[①] 深刻的文学具有某种预见性。但当历史或者文学情境发生不妙的相似时,人类究竟前进了多少?鲁迅曾多次讨论过"黄金世界",比如在小说《头发的故事》里,主人公N先生问:"我要借了阿尔志跋绥夫的话问你们:你们将黄金世界的出现预约给这些人们的子孙了,但有什么给这些人们自己呢?"[②]鲁迅奉劝人们万不可做将来的梦,并认为容易预约给人们的黄金世界难免有些不确实,不大可靠。

每个人真实的世界在哲学本质上其实都是碎片化的,而"黄金世界"往往会在想象的层面呈现出共同体特征。印刷文字及其演化而来的现代媒体,正是弥合并控制人们碎片化认知最有力的溶胶。从社会到文学,谁掌控了媒介资源,谁就一定程度上掌握了精神塑形的权力。这种塑形的权力从二十世纪八十年代的"重写文学史"到二十一世纪以来当代文学的"历史化",从过去的报纸杂志到现在新媒体平台,都在大大小小不同的圈子内反复发生。而当代文学的"未完成性"和"不确定性",能从根本上打破各种文化霸权和精神塑形。这可能正是莫

---

① 刘江凯:《现代性焦虑的转向与内化——对20世纪90年代以来现实主义创作现象的一种理解》,《上海文学》2020年第6期。

② 鲁迅:《头发的故事》,《鲁迅全集》第一卷,人民文学出版社1998年版,第465页。

言新作中的"未完成"现象,以及通过各种叙事手法塑造出来的艺术"不确定性",带给我们最值得思考的启发。

在莫言的新作中,《一斗阁笔记》为我们大规模地展示了文学的"未完成性"和"不确定性"。笔者以为在中国当代作家中,莫言的"文学装备"是最丰富的,其中库存长短不一,大小不等,文体丰富。仅以短篇小说来看,从完整故事的讲述到场景段落的描述,再到瞬间意韵的抓取,莫言的写作形式是不拘一格的。窃以为《一斗阁笔记》可视为一种不完整叙事的"练习簿"文学,说白了就是一种小说练笔——捕捉瞬间,落笔成段,虽然无意为文,却可反复萃取。作家在下笔时甚至不会考虑发表,因而我们可以从中感受到一种强烈的"自由"精神——这是一种只有在"练习簿"写作中才会存在的写作自由,无所畏惧、不受约束、任性随意、心手合一、会心一笑,是作家莫言在他的文学世界为自己挖出来的一个小小的"树洞"。《一斗阁笔记》(一、二、三)里有许多故事在莫言的其他创作中反复出现,比如《锦衣》《茂腔》等,不管哪个先发表,都验证了本文开篇所指出的莫言创作中存在的"未完成"现象。不论是扩写还是缩写,重复出现的故事核心、情节、人物甚至意蕴,都是作家最难以割舍的生命经验和写作情结,是罗兰·巴特所认为的那种开放的、"可写的"文本。追求高密度的短写艺术似乎是许多作家都有的写作癖好,比如卡尔维诺也认为文学必须追求诗歌和思想所达到的最大程度的浓缩,他艳羡博尔赫斯和卡萨雷斯合编的选集《短篇与奇异故事集》(1955),并希望自己也能编一本类似的故事集,搜集只有一句话甚至只有一行的故事。①

莫言的下一部长篇小说会是什么样?这是大家都关心且最不确定的问题。但如果我们结合莫言的创作谱系来看,我猜想仍然可能是对

---

① 伊塔洛·卡尔维诺:《新千年文学备忘录》,黄灿然译,译林出版社 2015 年版,第 52-53 页。

"未完成性"小说的创造性写作。正如《生死疲劳》的创作冲动来自邻村姓孟的单干户，做妇产医生的姑姑是《蛙》里姑姑原型，把"孙文抗德"这个发生在高密的历史事件写成小说《檀香刑》等一样。莫言曾讲到村里不仅他们家大爷爷、三爷爷、二姑姑有传奇的家族故事，还有王家六个儿子的故事、开酒作坊的单家、郭家的故事也都很传奇。"我甚至想过，我就这么信笔写，想起我们村哪个家庭就写哪个家庭，想写哪个人物就写哪个人物，可以写漫长的一个系列。"①从莫言已有长篇小说和中短篇小说以及他自己讲出来的小说资源来看，他的下一部长篇小说继续采用这种思路也很正常，甚至都有可能是对之前未完成长篇小说的改写。当然，如果莫言能写出一部和我们猜想很不同的长篇小说，那将是莫言和中国当代文学共同的幸事。

　　就私人而言，更想建议莫言今后的创作慢慢开发一下"后诺奖时代的文学莫言形象"。因为这是中国作家中他独有的人生经历和创作资源，还因为不论是现实的还是文学的，纪实的或者虚构的，他都有能力把这些转化成高超的艺术作品，使其作品谱系中的"未完成"现象变得更加丰厚繁华。一方面，莫言要从"诺奖"冲击形成的创作中断中重新返回文学现场。现在看来，包括《高粱酒》《檀香刑》这样的歌剧作品在内，从对"未完成性"的接续开始确实是一种非常自然、稳重、可靠的入场方式。这也可能是为什么笔者在阅读莫言新作时有牛刀小试、老马过河之感的原因吧。另一方面，"诺奖"效应无疑也是莫言未来值得期待的一个独有创作资源。我想以莫言改造生活、虚构现实的能力，这种创作资源的文学转换绝不应该仅仅止步于组诗《七星曜我》或者诗剧《饺子歌》这种程度，希望能看到更多文学"莫言"形象的中短篇甚至长篇小说。

　　文学之所以能指向未来并具有某种预见性，是因为在优秀的小说

---

① 　莫言：《碎语文学》，北京：作家出版社 2012 年版，第 83 页。

世界里,过去、现在和未来在同时发生,文学以某种本质深刻的描写打通了艺术时空。可以说,这种小说发现了未完成的历史走向。莫言小说中此类典型情节如《天堂蒜薹之歌》青年军官在法庭上的长篇辩护。

> 天堂县的大多数党员干部也是好的。我要说这样一句话:一粒耗子屎坏了一锅粥。一个党员、一个干部的坏行为,往往影响党的声誉和政府的威望,群众也不是完全公道的,他们往往把对某个官员的不满转嫁到更大的范围内。但这不也是提醒党和政府的干部与官员更加小心,以免危害党和政府的声誉吗?

小说里青年军官的慷慨陈词,和近年来国家的反腐败斗争形成了一种虚构的历史回声,体现了某种深刻的文学预见性。但和当年的艺术表现有所不同,莫言的新作对中国社会的现实关怀表现得更有艺术的迂回空间。

不论是二十世纪八十年代末偏向现实主义甚至直接介入生活的《天堂蒜薹之歌》,还是九十年代初偏向先锋荒诞性并借助古老祭仪方式来展开批判的《酒国》①,都殊途同归地展现了某种直通当下、富有预见性的写作能力。类似的作品还有贾平凹《废都》等对一代知识分子精神状态的捕捉。之所以能反复出现类似的文学预见性,应该是作家以敏锐的艺术感知力捕捉到了社会现实发展的深刻本质,或者是某些社会发展很难产生深刻的变化。但不论哪一种情况,都是作家忠实于现实并且进行执着艺术追求的表现。

---

① 褚云侠:《"酒"的诗学——从文化人类学视角谈〈酒国〉》,《小说评论》2016 年第 1 期。

栉风沐雨　精神不竭

——观新编历史剧《大舜》有感

包新宇　仲呈祥

由罗周编剧、济南市京剧院演出、国家艺术基金滚动资助的新编历史剧《大舜》讲述了一代贤君大舜的传奇经历，该剧选取了大舜最富有传奇色彩的人生片段，将一段缺乏详细文字记载的上古历史，以全新的视角演绎，结合合理的历史想象，真挚的情感抒发，高远的意境升华，配合以演员精湛真诚的表演，精致适度的舞美服化，让观众在娓娓道来、亲切质朴的艺术氛围中得到一份宁静致远的艺术滋养。该剧在时空叙事结构和内在节奏、审美意蕴等方面，立意高远，体现出主创较为自觉的艺术审美追求。

一、穿越与回眸——时空穿梭的叙事结构

和传统戏曲的线性叙事结构不同，该剧采用了倒叙和插叙等叙事方法。因为叙事结构安排精巧，无论是少年时光的倒叙，还是壮年时的

几段插叙都显得井然有序,章法鲜明。

　　印象较为深刻的一段倒叙是在开篇,年逾九旬的舜,在弥留之际穿越时空,回到了生母坟冢前,遇到了少年时的自己。这段看似跳跃的时空交错,并没有让观者产生荒谬之感。颇有帝君之风的晚年舜,以慈祥温润的风度,在历史时空里,与青葱蓬勃时的自己相遇。经历过历史风雨和人生洗礼的老年舜,以一种特别的方式回顾人生,安慰记忆中受到不公正对待的少年自己。这段戏不仅是整剧的开篇,更是以一种过来人的视角,反观自己的家庭出身和命运安排。坚韧的舜,接纳曾经受伤的自己,让心目中童真时代的自己获得心理安慰,进而让治愈后的自己以博大的胸襟迎击人生更多的挑战。他没有因原生家庭的不幸,个人命运的乖舛而被吞噬掉内心的宏大志向,他没有被仇恨扭曲丧失内心的温情,相反,他日后用表里如一的德政来引导他人,用真诚的亲力亲为来感化万民,正因为他内心无时无刻不用远大志向和记忆中的亲情乡情滋养自己、抚慰自己,才能在逆境中有这份宽广的胸怀,在权力的"术"之上,还有一份仁君之道。舜内心多年珍藏的乡亲亲情,是他历经风雨,通达世情之后的豁达悲悯。他以失去母亲又遭受虐待渴望亲情的苦命人视角,来体察天下万民。失去贤明首领引领的黎民,正是严酷自然生存环境中,需要启迪民智的"精神孤儿",他们迫切需要引领者胸怀一颗体恤悲悯、坚毅不折,不向愚昧懒惰等人性弱点妥协的强大内心。

　　再如,大舜命禹摄政的这段插叙,当众人质疑甚至提出反对时,舜反问禹的意见,以观察继任者的德行,当禹的应答如同当年自己相似的回答时又恰逢天降吉雨,舜顺势授予禹摄政大权。表现这段力排众议、突降甘霖的巧合,并非是为了表现古人感应天地的迷信,而是大舜借天地之口来树立继任者的权威,减少权力交接的摩擦,看似不经意的插叙回忆,蕴含了抓住时机顺势而为,用人不疑的勇气和魄力。

　　本剧从大舜意识到自己即将进入生命末期切入整剧的叙述,通过倒叙和插叙等叙事手法展开他一生的回忆,犹如倾听一位历史老人娓娓道来,让观众在今昔的往复时空的切换中,更容易产生白驹过隙,片刻时光恍如隔世的时间感,在内心感受上距离晚年大舜更加接近。

二、浓缩与留白——神话传奇的铺陈演绎

大舜作为上古神话人物,流传于文字的记载寥寥,如何将有限的文字记载,演绎为具体形象的艺术形象和舞台叙事?这些难题考验着主创的历史思维格调和审美品格。如果任意添油加醋、拘泥于细节想象,会显得缺乏依据,失去远古历史的深邃感和高远的格调;如果叙事过于粗疏匆忙,则会让人物形象不够饱满立体,失去舞台演绎的血肉充盈之感。

该剧的叙事经过精细打磨,采用了两条并行的截然不同的叙事笔法:浓缩与留白。在精雕细刻、发乎精微和写意泼墨、涤荡心神之间,较好地把握住了平衡,整体的审美格调显得松弛淡泊而不失高远,重点处浓墨有力又不过于拘泥刻板。这种叙事力道的把握,颇见编剧艺术创作功力和审美旨趣。

比如,对于少年舜不幸的家庭成长环境,主创并没有让舜直接面对自己的盲父继母,而是采用间接叙事的方式来简略展现,让少年舜的悲愤更多寄托在去广阔天地洗礼的大心胸的视角下,而不拘泥个人得失的小恩怨;再如,记述唐尧微服暗访青年大舜,以天下大义来考察他的这段重头戏,则采用了一波三折,起落转呈的较为精雕细刻的叙事手法,听闻鞭牛——详问端倪——暗生欣赏——探明身份——许配王姬——含愠诘问——假意放弃——听闻心迹——郑重授命,这一场戏串联了上述几段颇有戏剧性的戏剧冲突,把唐尧对舜德考察——满

意——复疑——再次考察——最终授命的波折过程充分展开,合情合理又符合人物身份、性格特质和当时合理的情绪反应。在缺少史料记载的历史空隙里,以共通的人情世故展开合理的历史想象,填充了历史叙事的鲜活骨肉,为远古传说的人物描摹上了生动的性格色彩。

此外,该剧选取了大舜人生中几段最有代表性、最富有传奇色彩的经历,大跨度的时间段间隙适度留白,让观众根据不同年龄段里,具有高度典型性事件的舜的言行,来自动脑补他这些年的人格成长和精神历练过程。每一次回到大舜晚年的叙事现场,大舜的精神状态显得愈加沉重而庄严一分,人生阅历的每一段考验都融入了他的精神世界和人格气韵中。看似是生命中最后几天里对人生的回顾、托孤和羽化而去,但每一次从回忆中回到回光返照的迟暮现场,晚年的大舜都好像浓缩沉甸了以往历史瞬间中每一次厚积薄发的精气神采,就像一位重新出发的老将一样重整军容,蓄势待发,丝毫没有衰败感,反而有种雄浑有力的悲怆感。在这一点处理上,演员的精神气韵把握得较为到位,领悟得较为深刻。

三、升华与羽化——传说英雄的精神之旅

英雄成长之旅的故事容易落入既有叙事模式的窠臼,或过度神化或落入刻板套路,而本剧则采用了双线的叙事线索,来交织呈现大舜的英雄之旅。一条是外在的显性叙事脉络,贯穿大舜从少年到青年、壮年再到老年弥留之际的明线叙事。另一条,则是弥留之际的大舜回顾一生的灵魂之旅。

正如最后一场的台词所反复提示的,大舜的一生,始终在行走,在追寻一个终极答案:在风雨飘摇的世界里,为万民谋得安宁栖身、繁衍

之所的终极解答之道。少年时,他逃离家庭苦海;青年时,他谋求富足栖息之地;壮年时,他探索公正济世之法;晚年时,他反思普世绵延之道。大舜在这一次次往复回顾的灵魂之旅中,咀嚼着艰涩的人生况味,承担着常人难以承受的精神之苦,不断行走、探寻、攀登,栉风沐雨,以天地为家、星辰为伴,将黎民苍生作为其精神后嗣。在他人生的最后时刻,他依然没有停下艰辛的探寻旅途,依然带领后继者,继续攀登精神的至高峰。

剧中,大舜在羽山对少年大禹的质问这段戏,充分表现了大舜更侧重从精神层面对后继者的锤炼。大舜对治水过程了然于心,他在危急之中用两难的问题来考验少年大禹的勇气、魄力和胆识,更考验其内心的公义尺度。他深知重压之下,勇士才会显露本色,唯有面对生死抉择才能筛选懦夫、常人和真正的勇士。这次羽山拷问,不仅是大禹人生的生离死别,更是他告别少年时懵懂无忧的炼金考验。见证生死,方能抵达智慧和道德的极限,刀光火影中,磨砺出英雄本色。

该剧不断强调的一个形象种子,是肩负天下至苦至劳至累之事,不仅是体力耗费常人难以承受,更是严苛的心神考验,要抵达常人不可达的精神孤绝的险境,面对至高权力和各种利欲的诱惑,如何能安然全身而退? 如果说浮士德的精神之旅是经由天堂,落入凡间,堕入地狱又回复人间的炼狱之旅,那么大舜一生的精神探求之旅,是不断放下个人私利的束缚,将自身置于广阔天地,探求人之最终幸福的升华之旅。他没有因为追求公义而放弃个体的人性,相反,在人生最后一刻,他还怀抱亲情温情,他没有因为身处权力顶峰而被权力枷锁所累,反而主动邀请后继贤人,共赴精神顶峰,将权力之杖和终身的智慧领悟倾囊相授,最后不带一丝留恋地悄然而逝。

描写一位帝君的人生最后时刻,很容易因为衰老和死亡的临近,表现出迟暮感和无奈感,但本剧恰恰相反,最后的那场托孤,犹如凤凰涅槃一般,逐级上升最后羽化升华。这是因为主创紧紧握住了大舜的精神脉络,以他一生的求索为精神主线,以为天下苍生谋福的求索之路为形象火种,才有这番幽深宏阔的蓬勃意境。

前人给予后继者最好的人生礼物是祝福和信任;大舜没有对禹的即位给予过多的个人建议,相反,他带领禹踏足顶峰,领略大自然绝顶巅峰的险峻与宏阔风景,体验肩负天下苍生福祉的责任使命和危机感。让后继者不至于因独揽大权而一意孤行,不因临危受命而妄自菲薄,不因重任在肩、任重道远而丧失坚韧信心。他不是一个从琐碎细节处管制辖制,拿捏下属的管理者,相反,他恰恰能在日常细微处、持久磨合中、突发危机间,捕捉对方人性的深度、智慧的高度和道德的宽广度。这对于当下所倡导的智慧型管理也颇有裨益和借鉴。大舜从深处、广度、大局处来审视继任者,也从这些地方来规约并引导继任者。

大舜身后以星辰日月为伴,江山沃土为冢,让后人永记不懈开拓、化归四方、福济万民的使命召唤,这也是对后人的一份遥望和祝福。全剧在风住雨止,尘埃落定,星辰璀璨,江山如洗中戛然而止。悠扬的山歌中,大舜安然归化而去,意境绵绵。落幕后,仿佛大舜的期待、教诲和祝福,依然回响至今,古代先贤的殷切期盼依然守护着后世子孙。综上所述,本剧剧本基础扎实,审美格调高远,表演演绎传神到位,服化舞美精致准确,是近年来一部较为难得的新编历史剧佳作。

一切为了孩子

——对现实题材儿童剧的思考

林蔚然

一切为了孩子。这句话写在中国儿童艺术剧院会议室的一面墙上。它是儿童剧创作者们头顶上高悬的一束光。它烛照整个行业,持续提示着为孩子写戏、排戏、演戏的这群舞台艺术工作者,应当目标明确,行动线清晰。所有的创作都该对标精准,为此各个儿童艺术剧院将他们的作品细分,以便面向不同年龄阶段的受众群体。在低幼观众群面前不能够讲述复杂的故事,而更重视视觉的绚烂和冲击力,台词简洁明晰;对于成长中的具备一定知识结构的孩子,则给予他们思考生命、社会和理想的更大空间;而少年们认为自己已经不再是孩子,这时应给予他们青春期的关注,引导其在善恶、人性之间充分感知,并做出判断。在舞台艺术创作领域,儿童剧创作因其面向的特殊受众群体,对创作者提出了更高的要求:用孩子般明亮的心灵去观察世界,用历经世事的成年人的眼睛去提纯,再以二者相依相伴、平视坦荡的视角去反观作品,用简约而并不简单的艺术形式,走进孩子们的心里,潜移默化,给予他们真、善、美和智慧。

一、主题先行：儿童剧必须面对的课题

主题先行在现实题材儿童剧前期创作中非常多见。这种提法的前提，往往来源于出品方。围绕重大时间节点开展创作计划，确立某个重大主题，围绕其进行构思和创作是国有院团的通常做法。对应主题创作的儿童剧，更容易列入创排计划，相应创作资源也会相应倾斜。民营院团因其不承担更重大的使命，更深入地对标市场和受众则成为最高任务。然而它又很容易成为八股文的开篇和先导，为作品套上紧箍咒。难以承重，何以轻灵？在创作的领域里经常受到抨击。

主题先行并非错误做法，一个明确的主题思路容易提纲挈领，成为制作体的有力依据。在一个从创作到制作、宣推、售卖的完整闭环中，它经常贯穿于整个过程。有了主题后，一个好故事往往能够用一句话讲清楚，它并不繁复，却能抓住人心，取得共识，并且易于成为后期宣传的核心亮点，也便于主创和制作方围绕简洁明了的核心思路展开沟通。

作者们固然往往从一个细节、一个时刻、一个人物、一段人生中开始构思，然而走到某种时刻，总要面对这样一个问题：你想说点什么？回答可以是：你觉得呢？你猜呢？你看见什么就是什么。但这一问一答的背后，总有作者非常清晰或说不清道不明但的确存在的、在心灵深处反复撞击过的人生体验，那才是真正的作品主题，它像一根坚韧而隐形的线索一直紧紧拉住叙事、拉住情节、拉住人物，共同在作品的精神上完成耕作，形成统一的和谐体。

从结果倒推，是制作体的思路。而目前国内重要奖项中对儿童剧比重的调整，也左右着许多出品方的考量。一掷千金打造鸿篇巨制的做法越来越少，而现实题材作为绕不开的选择，"写不写"不是话题，

"怎么写"值得讨论。

作为文化产品，消费者——儿童的家长——曾经的儿童们能够掏出钱来埋单，看重的是剧目的综合品相、整体表达，而现实题材儿童剧更容易抓住老师和家长心中对孩子的期许——在进入成年世界之前，儿童剧的教化功能是其不可缺失的美育课程中一环。而是否能够用高级的方式来实现这一功能，则考量着每一位从业人员的智慧。

比如，儿童剧如何表现脱贫攻坚主题？中国儿艺 2020 年新创现实题材童话剧《萤火虫姐弟历险记》出人意表，给出了一张完美的答卷。该剧于 12 月 19 日在中国儿童剧场首演，编剧冯俐、导演毛尔南用童话的方式讲述现实问题，引导孩子思考人与自然的关系，理解生命的意义。2020 年是决胜脱贫攻坚、全面建成小康社会之年，如何用符合孩子审美方式的戏剧作品完成这一重大时间节点的主题表达，是中国儿艺创作团队不断思考的问题。冯俐说，这部剧的灵感其实来源于偶然看到的一则关于湖北大耒山地区的脱贫新闻。那里曾是萤火虫栖息地，因为过度使用化肥、农药，萤火虫大量消亡，当地农民却没能摆脱贫困。而之后在一位科学家的发现和指导下，村民恢复生态，萤火虫重新繁衍，而村里也探索出了一条绿色发展的致富之路。这个故事真实且有新意，冯俐当时就想，可不可以通过萤火虫的生生死死，去讲述一片土地的变化、人们的生命历程和生活变化？确定方向后，主创开始深入生活采风。

这部作品的创作，绝对是主题先行的，是从三大攻坚战的"扶贫"和"环境治理"出发的。随着四稿剧本的不断打磨修改，该剧的主题也得到了不断地提炼、拓展和深化：从精准扶贫到环境治理开始，有了生态文明，有了绿水青山就是金山银山，有了人与自然的和谐相处，甚至可以延展到人类命运共同体、万物共生、生命的意义等多重维度。而剧中的主人公则完全聚焦到了萤火虫和自然界的各种昆虫、动物，以及走进自然的孩子。

在导演毛尔南看来,这部作品的主题揭示,应该落脚在人与自然、人与社会的关系上。这部作品采用了一种"互文式"的结构,构建了两个世界:一个是自然的世界,也就是所谓的童话世界;另一个就是现实的、人的世界。这样的结构能让主创们挖掘出多层次的主题,去探讨人、生命、自然之间的关系。毛尔南认为,不论是儿童戏剧还是成人戏剧,首先是一部艺术作品。孩子在其中可能看到的是充满艺术想象力的舞台呈现和演员的表演,而创作者则应该在其中体现更加深层次的思考,并以符合现当代孩子审美的方式呈现出来。

近年来,从《山羊不吃天堂草》《木又寸》到《萤火虫姐弟历险记》,针对现实题材和围绕重大时间节点所作的这些创作,中国儿艺的艺术家和演职人员始终追求着思想性和艺术性相统一,不作应景之作,而是坚持寓教于乐、寓教于美,全心全意为孩子创造立得起、留得下、传得开的儿童戏剧。

主题先行在儿童剧创作中并不可怕,面对它,然后妥善地找到办法和语汇,将主题化在作品之中,才是智慧的做法和体现。

二、现实题材儿童剧 vs 现实主义儿童剧

现实题材和现实主义从来不是一回事。但在实际操作中,很多从业者把二者彻底混为一谈。现实主义写实、重细节、冷静客观,而体裁决定了儿童剧必须具有想象力,富于变化,带给孩子们色彩斑斓、如梦似幻的观赏感受。讨论这个问题,有点像定义儿童剧,究竟是"给儿童看的戏"还是"以儿童作为主要角色的话剧"。仅仅以儿童作为主要角色的话剧是不足以成为儿童剧的,还要服务于儿童观众,能让他们感到喜爱;现实主义只是研究者的归类,放在儿童剧这个名词之前作为前

缀，功能在于强调它的社会属性和关注现实的客观视角，而现实题材则宽泛得多，浪漫写意完全可能成为表述的主题风格。

北京儿童艺术剧院是一个坚持现实主义风格的剧院，剧院主创、国家一级导演王炳燃曾经提出过，拒绝平庸意义上的简单"互动"，儿童剧的互动应该是心灵之间的情感互动；不要怕让孩子在剧场里看到生活的真相和残酷，那是他们早晚要经历的，回避是虚假的；现实主义作品关注的是人的最高需求，用孩子的情感唤醒成年人曾经亲历过的情感，引发共鸣。这条充满荆棘的路艰辛难走，而举起这杆大旗需要整个团队坚定的付出和强大的信念感。发糖总是讨人欢喜的，而把孩子当成大人，让他们能够踮起脚尖够一够自己未来能够到达的刻度，始终是充满争议之举。

然而坚持总有回报。从 2009 年至今，北京儿艺进入了同类作品创作高峰期，陆续推出《想飞的孩子》《胡同.com》《足球少年》《北京童谣》等反映北京题材、时代精神的系列原创作品，其中《想飞的孩子》揽获"文华奖""五个一工程奖"等众多国家级大奖。2019 年"六一"儿童节期间，由北京演艺集团出品、北京儿童艺术剧院承制的《北京童谣》在京演民族宫大剧院上演，讲述了发生在阿尔茨海默症的奶奶、小学霸、小"学渣"和"应试专家"父母之间发生的故事。小学霸刘哈佛正全力备战重要的天文竞赛，没想到身患阿尔茨海默症的奶奶和"学渣"妹妹的突然到访，不仅仅"打扰"了小学霸的学习，更颠覆了小学霸的精神世界，无所不晓的小学霸竟然发现了从未体验过的温暖。最终，奶奶和孙子在一系列的纠缠中各自找到了生活的意义，也成为治愈对方的那把钥匙。在奶奶和她的北京童谣的温暖指引下，小学霸逐渐走向最真实的自己，也学会了如何去爱。从艺术顾问吴玉中、导演王炳燃到编剧张韵仙、演员芦宏等，《北京童谣》的主创团队正是来自《想飞的孩子》原班人马。当剧中的奶奶念起北京童谣，大小观众都在黑暗中偷偷抹泪。这部戏直面每个家庭中的困境——孩子在竞争环境下的心理变化情感缺失以及疗愈复苏；中年家长对于生活的焦虑迷失之后与生活、与自己的和解；以及患病老人在茫然无力中倔强地爆发生命力，奋而与疾病、命运抗争的撼人心魄的力量，北京童谣成了一把连接亲情和城市、童年记忆开关的钥匙，"学霸""教育""阿尔茨海默症"——这些社会热点词在北京童谣的大概念之下同时出现在这部戏的舞台上，它关注人们烟火气的生活，反映了当下人们的生活情感状态，这也是北京儿艺用作品说话，敢于追求"仰望星空、直面生活"的扎实而真诚的创作精神的最好体现。

现实主义抑或别的主义，都是一种选择和追求，在题材面前，它只是一种语态和表达，不为它所累，探索出独有的风格样式，才会有自己的拳头产品。

三、彰显文学性：儿童剧的多样化、差异化表达

现实题材的写意表达往往能够为儿童观众带来更大的想象空间。讲故事的方法很重要，儿童剧可以一派天真，但不可简单粗暴肤浅，更不能"口号化、脸谱化、概念化、说教化"。儿童时期是人一生中塑造自我的最佳时期，对于审美的培育是一生中的黄金阶段。一部优秀的儿童剧将伴随人一生成长，永难忘怀。用什么样的文本、舞台给孩子们进行艺术的洗礼？要杜绝霉化变质甚至影响基因的致命食品出现在孩子们的视野中——精神产品决定几代人的水平，任重道远，功莫大焉。

戏剧作品的文学性体现在创意、文本、舞台这一系列的整体呈现中。现实题材儿童剧呈现出的诗意、流动、变化，根本上在于创作者的撷取、剪裁、创造，人物、叙事、结构的出新，是创作者追求应有之义。而面对同一题材，有人如获至宝，有人视如草芥；有人浓墨重彩，有人轻描

淡写;有人宏大叙事,有人轻取一角。文无定法,亦无第一。风格迥异的选择,形成了儿童剧作品中的多样性,而追求差异化的表达,是创作者彰显个性追求、对艺术创作充满童真的表现。

《木又寸》是中国儿童艺术剧院创排的第一部独角戏,讲述了一棵森林里的银杏树,因为它的美丽而被移植到了城市,一路颠簸,与家乡分离、与伙伴分离、与朋友分离、与自己分离。在每一次迁徙和分离中,在人的世界里,经历着树的全新命运,慢慢发现熟悉的身边世界在一点点发生变化……作为一部意蕴深厚的现实题材作品,《木又寸》像是写给这个世界的一封温情的书简,问候所有现在的和曾经的儿童们。第15届布加勒斯特国际动画戏剧节上,由冯俐创作的现实题材独角戏《木又寸》,荣获该戏剧节"最佳当代戏剧剧本"奖,并名列戏剧节获奖名单榜首。这是中国现实题材儿童剧收获的第一个国际奖项。

剧作家和导演、主演共同赋予了树作为一个"小女孩"的形象,她坚韧不拔,勇敢成长,关心世界和他人。这个原创的主人公形象在儿童剧中鲜少看到的独角戏里被塑造出来,丰满有光彩,从内容到形式,都显示出主创另辟蹊径的精神,和确立新的儿童剧文学形象的决心。

儿童剧不是孩子手中的塑料玩具,它承载着几代人的文化记忆。而在这些宝贵的印象中,富于个性的尝试和表达会存留下来,推动着当代现实题材儿童剧不断向前发展,等到儿童成长为成年人,他们会带着自己的孩子反哺剧场。

"为了谁"是个终极问题。在这句问询之下,现实题材儿童剧的生产者们必须秉持着一颗温柔易感的灵魂、严肃担当的责任心来面对创作。

要记得自己也曾是个孩子。

要留下发光的舞台给孩子。

"导演摄影"考略

唐东平

一、引　言

二十世纪九十年代,"导演摄影"作为一个从西方引入的新概念,在中国当代语境里正悄悄地被试图理解与采用,尽管二十多年过去了,且其误读比正解的可能性要高出百倍,但这个概念中所隐含的一些创作理念,对于纯粹的追求变革的艺术摄影而言,必然也包含了一些当代性与自主性的建构,所以在历时性层层的叠加态的认知中,已经被赋予了某种程度上的现实性意义,其中的原由与走向,还是值得我们去费些心思考量一番的。

最近几年,学校每每有临近毕业的本科生或研究生想写以"导演摄影"为题的毕业论文,但总是苦于资料不好搜集,且至今学界对此仍然没有一个明确的说法,所以,最终也不知道该如何下手了。事实上,对于一个概念的形成,往往需要一个历史时期的孕育,就好比是女人生孩子一样(说来也巧,古人造字,确实含有深意,从考据学的角度看,造字法为形声取义,"字"的本义正是女人在家里生孩子)。既然是孕育而成,就得有孕化的条件与前提,还得有孕育的历史过程。人毕竟不是上帝,上帝对一个名词的命名就是对这个名词所对应事物的创造,人对于这些名词来说,从来就只有认知的份。当然,认知的过程,也总会有一个逻辑的起点,只要我们找到了这个逻辑的起点,就可以顺利地进入到一个新的认知环节。所以,对于任何一个概念的诠释,从概念形成的历史脉络中去发现与梳理,总不会横生出什么大的偏差,因为这是尽可能在还原事实本相的过程中,最有希望接近正确答案的思路与方法,从根本上说,这才是解决问题的大前提与大原则,而这一切也正是千百年以来学术界一致地迷恋考据学的原因所在。

二、概念的溯源

鉴于以上情况,时至今日,我也不能再作回避之态了,毕竟该深究的早晚还得去深究的。"导演摄影"究竟是怎样的一个概念? 世间万事都有头,这恐怕还得从摄影史上最早的"摆拍"说起……

2010 年 8 月我曾写过一篇题为《"摆拍"与"抓拍"概念的历史成因考证》的小文章,刊登在一家名为《像素》的杂志上,在这里我想以这篇短文为基础,再做些补充和分析,尽可能地将"导演摄影"这一含混的概念说明白。

"摆拍"与"抓拍"作为摄影之中最基本的概念,国内理论界论已经说了好几十年了,说得国内的摄影人都已经腻烦了,麻木了,还都以为已经彻底明白了,再也没有问题了——然而,只要你去关注一下世界摄影发展的历史,你马上就会发现,此类概念,其实我们从来就没有弄明白过。

（一）"摆拍"其实并不简单

在 1871 年 R. L. 马多克斯发明"干版"摄影法之前，本来就无所谓"摆拍"的概念，更不可能出现"抓拍"的想法，因为当时摄影所需要的操作步骤和曝光时间，就决定了摄影必须耐下性子一点一点地进行精细的控制，如果非要给一个类似"摆拍"概念的名词，那就是"stage-managed photography"或简称为"staged photography"，尽管今天我们很自然地将它们翻译为"摆拍"，但它绝不是我们现代人所理解的简单地摆个"pose"那样的"摆拍"，而是包含了舞台设计和角色扮演成分的较为复杂与隆重的拍摄方式，而且西方人的这种角色扮演十分讲究"原型"，所表达的含义也大多与他们文化上的"母题"相关。如果我们对西方的文化渊源没有较为深入的了解，就很难明白"staged photography"的真实含义了。当然由于文化的不同，类似这种对某个概念的误解或理解不到位的情况，是十分普遍的。

（二）"抓拍"有其丰富而复杂的历史内涵

"抓拍"并非来自一个对等的翻译，而由这个不对等的历史概念所衍化出来的历史呈现内容更为丰富复杂，其精彩程度，则远远超出了我们普通中国影友的认知范畴。

"抓拍"一词，至少有两个来源，一个是来自欧洲的"candid photography"，这一概念在中文语境里至今还无法找到含义对等的翻译，常以音译"堪的"替代；另一个则是来自于美国的"snapshot"，也常被译作"快照"（有时也指"快照美学"这一摄影风格的简称）。

这两个完全不同性质的概念，由于其内涵指向的不同，生发出了不同的摄影价值观，又因不同的摄影价值观引发出一系列的连锁反应，主张"candid"的摄影家根植于欧洲民众普遍的宗教意识,在现代主义语境的土壤里生长,尤其是如亨利·卡蒂埃-布列松(Henri Cartier-Bresson)在"超现实主义"理念的影响下,令"candid"这一概念获得了新的发展生机,并由此在不断的实践基础之上推演出了他的著名的"决定性瞬间"这一经典理论,致使半个多世纪以来亨利·卡蒂埃-布列松获得了一大批的拥趸。而许多主张"snapshot"的美国摄影家,一开始就对所谓的"决定性瞬间"的经典理论表示十分反感,他们发现"决定性瞬间"其实是一种作茧自缚式的自我欣赏,并没有实现对摄影自身的解放,真正意义上的"决定性瞬间"并不存在,充其量只不过是体现了一种人为的意志与标准,而以"snapshot"来实施的"非决定性瞬间"摄影理念则显得更为切实可行,而且也更加深刻。所以,他们完全摆脱了"决定性瞬间"标准体系框框的羁绊,从传统的"纪实摄影"语言表征体系里走了出来,从语言逻辑上打破了既定的标准,走向了更具挑战性,在摄影语言表征体系上更具创新维度的"新纪实""新彩色"和后来的被称为"社会风景"的当代社会景观类摄影。而国内在摄影理念上先入为主的大多数同行似乎对"决定性瞬间"理论仍情有独钟,认为那就是他们原本一直想要追逐的摄影之美,他们怎么也舍不得对这样完美的理论去进行当代性意义上的解构与批判,所以也根本无法接受"新纪实"与"新彩色"的那一套本身并不完美的且又开宗明义公开否定完美的话语体系。他们滞后的摄影理念,至今尚停留在以影像来创造视觉奇观的幻想层面上,而说什么也不愿意去以发展的全新意义上的摄影观看来正视实际上并不完美的现实,这或许就是当下"老法师"们及其"小法师"们的悲哀了。而事实上,一个多世纪以来,"snapshot"在中国并没有真正找到适合于自己发展的空间与土壤,只有极少几个具有清醒意识的摄影家在自觉而孤独的状态里从事自己的创作,当然他们的创作一时间尚无法得到学界的一致认可。但在最近的二十多年里,尤其是随着数字摄影在民间的广泛应用,尤其是手机摄影在大众中的普及,"snapshot"的魅力才终于开始一点一点地得到释放,而在专业领域，人们对"snapshot"与"candid"的辨识要求，也自然而然地上升到了一个再无法回避的节点。

（三）"candid"——一个无法完全正确翻译的摄影理念

"candid"一词为拉丁文，原意是"自然的、无偏见的"，其词根"cand"等同于英文中的"white（白色）"和"bright（光亮的）"，相当于古汉语里的"素"，现代用法一般将"candid"引申为"坦率的、公正的、不做作的和未经排练的"，"candid photography"也就是"不加干预的自然状态的抓拍摄影"，是为了避免拍摄现场由于摄影这一行为的突然介入而改变人、事与物原本的发展状态，且须谨慎地悬置创作者的主观用意与个人立场。可以说，这里面包含着非常深刻而成熟的哲学思考。英国的木刻家 P. 马丁（Paul Martin）、德国的犹太博士 E. 萨洛蒙（Erich Salomon）和法国的超现实主义艺术家亨利·卡蒂埃-布列松都是"candid photography"的高手。亨利·卡蒂埃-布列松的摄影，主张摄影师在作品之中"消失"与"不可见"，要感觉像隐形人一样，悄无声息完全找不到其存在感，照片所呈现的似乎就像是毫无偏见的上帝的视点。当然，亨利·卡蒂埃-布列松如狩猎一般，悄无声息地等待的是他心目之中的猎物——一种合乎目的性的摄影视觉秩序——某个"决定性瞬间"的来临。

然而，这种拍摄理念到了上世纪六七十年代，在欧美国家，由于大众传媒对人们日常生活影响的不断扩大，人们的维权意识获得进一步的提升，促使了法律对于个人隐私权与肖像权的认定和保护，所以，从此以后，这类曾被称为经典的拍摄方式，受到了越来越严厉的挑战与限制。我国九十年代后，肖像权与个人隐私权也逐渐被大众所认可并加以采用，所以，这类拍摄，如果没有出示相关证件或获得拍摄许可的前提下，目前在国内，尤其是在文化较为发达的地区，同样也存在着一定的法律风险。而纯粹意义上的"candid"，今后也许在只能存在于人类的各种私人区域与公共活动场所的监控摄像系统里了。当然，我们并不排除无所不用其极的当代艺术家，会根据各自的创作需要，来创造性地使用这类监控影像素材，创作出更具挑战性的艺术作品来，如艺术家徐冰利用互联网上的监控影像素材创作的影片的《蜻蜓之眼》，而在这部影片里，原本真实的素材则被剪辑成了一个虚构的故事，因而，我们发现，"candid"所谓的"原真性"，在这里完全遭到了最为严厉的质疑——活动影像尚且可以被加以如此的主观编辑，更何况是静态的图片呢？可以说，"candid"所标榜的"原真性"的"真实"，正如量子态情形下的科学观测一样，一经人的观测，也就在瞬间坍塌了。

（四）一直被国人误解成"摆拍"的"snapshot"

"snapshot"原意是开枪急射，在摄影语境里转借为快速拍摄，或快速拍摄而成的照片。这是由于1891年乔治·伊斯曼（George Eastman）发明的能装胶卷的照相机被大量推向市场的缘故。而在向来具有持枪文化的美国人心目中，1860年理查·乔登·加特林（Richard Jordan Gatling）设计的手动型多管机关枪的威力还记忆犹新，具有快速操控性能的轻便型照相机的拍摄方式，也就成了另一种类似于不用讲究瞄准的机枪"扫射"。在某种意义上，可以说是摄影当初的有意推广与事实上日渐流行的"快照美学"，逐渐催生出了美国的大众文化。"snapshot"与"candid"其实具有本质上的不同，"snapshot"在更多的情况下是一种直截了当的拍摄，而且摄影师与被摄者往往是一种临时的合作关系，包括主动合作与被动合作关系，即使在被动合作时，被摄者也往往是知道自己在被人拍摄的，所以他们渐渐地养成了被镜头瞄准时的反应习惯，一些人知道有意识地去与镜头做交流，一些人则尽量去摆脱这个入侵的镜头，但不管怎样，这都是摄影主动介入以后的现场即兴的真实反应。"snapshot"中的被摄者积极配合的那部分，即被摄对象主动地在镜头前展示自己身体姿势或面部表情的做法，倒特别接近我们中国人所认为的"摆拍"意义——因为，在中国"摆拍"的含义，基本上就是按照某种刻板化的表达意图让被摄者在镜头前摆个"pose"而已，事实上，这类拍摄方式长久以来一直被我们国人深深地误解成了"摆拍"。例如被我们习惯上当作"摆拍"的大家都熟知的美国著名女摄影家黛安·阿勃丝（Diane Arbus）的系列摄影作品，其实在西方的摄影语境里，这类没有任何舞台化场景设计和角色扮演成分的快速配合拍摄，则属于真正意义上的"snapshot"（快照）。

当然，"snapshot"还有更深一层的含义，那就是摄影人对于摄影行为本身开始具有了一种更为清晰与警醒的认知，他们意识到摄影的过程是一种主体与客体之间的交流、交互与共谋的行为，在这个过程中，摄影人与照相机不可避免地担当着一种特殊的类似于"他者"的社会角色与文化身份，行使着一种在社会关系与文化立场上被看作是近乎自然的公共话语权力，自觉或不自觉地参与到了整个因摄影的行为所带来的生活现状景象互动生成的拍摄过程之中，因此，照片中所呈现的影像，是摄影（包括摄影人与照相机）对社会生活现状的参与，或者说，是与被记录的生活及其照片中的被摄对象共谋所致，而非完全出于摄影者冷静、客观与理性选择的结果。很显然，照相机的背后，已经不再是某一个完全独立而具体的共时性的摄影师存在，而是一种更为普遍意义上的社会文化及其价值体系的存在——是一种象征着掌控话语权的"他者"文化立场与具有历时性的社会群体意识的更深层次的观看。当然，"snapshot"中这一内含着的关于摄影的文化立场，是极为中肯的，同时也是极其可贵的。

（五）找到了"北"的"导演摄影"

我们知道，一个在世界范围内的流行概念若要能够真正成立，则必须在中西方文本之中找到可以互译的对等概念名词,"摆拍"与"抓拍"的中西方的相互翻译中,其实就无法完全对等,虽说有意义上的交叉成分,但毕竟在其质的规定性上存在着巨大的差别,所以,我们在进行艺术创作交流时,就不免会有误解产生,而这种误解是真正意义上的误解,是不具备创造性与建构性的。通常情况下,我们大多数中国的影友所理解的"摆拍",其实只是西方语境里的"snapshot"中的一个重要组成部分——即前文所说的"合作的部分",并不是西方语境里所推崇的"staged photography",这个直译为"舞台化摄影"的概念,看上去其实在仪式感上要显得更加正式和隆重,而从西方语境里孕育出来这个词汇,在我们今天看来就成了一种剩余物,现代汉语无法将其进行消化吸收,目前我们的语言中,一时还拿不出相应概念的名词来作应对。因为在西方这个"staged photography"概念名词里蕴含了太多我们所不知道的,或者说是完全溢出了我们文化语境与认知范围的知识与信息,其中有剧场性、表演性、舞台化、角色装扮、诗意化、神圣化、母题和原型等约定俗成的西方传统文化概念,也就是说这里面有他们自己文化所特有的范式,也许在某种程度上还存在一定的仪式感与富含宗教神秘性的认知,翻译成中文的"摆拍",其实完全没有将其内在的要素说明白,令国人无法意会,在意识界与潜意识界里召唤不出与西方人相同或相似的生命体验。1954 年 5 月,周总理在日内瓦会议期间为了让世界更了解中国,他指示中国代表团新闻处放映彩色戏曲电影《梁山伯与祝英台》,邀请外国朋友前来观看,人家看剧名不明就里,问翻译,翻译也不知该如何解答。还是总理机智,采用"取象比类"法,一句"中国的罗密欧与朱丽叶",一下子就让外国友人完全明白过来了。所以,为了能够让国人也能够明白西方人所推崇的"staged photography"名词里所蕴含的内容,还不如译为"做戏的摄影"来得准确,但是,这样又容易与另一个概念——"舞台摄影"相混淆,鉴于这种情况,又本着祖训"信、达、雅"的原则,结合现代人对导演行为的普遍认知,所以还不如干脆就翻译为"导演摄影"来得痛快了。

（六）语义的考据还原与本土化约定俗成之间的冲突

语言是历时性的意义叠加，一个词语的含义，从其本意的形成，到衍化出的许多引申义，到今天人们所理解的实际含义，这期间经历了一些曲折的变化，就像流动的河水一样，从上游到下游，总会带走一些每一个流经区域的泥沙，但这些泥沙走着走着就沉淀了下去，被下一个区域的泥沙所取代，并继续被裹挟着往前走，所以下游水中的泥沙早已经不再是先前上游的泥沙了。考据学可以顺着词语河道的流向重新追溯到上游去，找到它的原本意思，这是考据学最硬气的地方。然而，语言是拿来用的，语言一旦失去了在当下实用的功能，就失去了生命力，变成了死的语言。所以，只有活的语言才具有真正的使用价值，可是，在活的语言里，又有很大一部分则是属于本土化约定俗成的，当然，其中也包括了对某些概念或词语误读的本土化约定俗成。

摄影里的"摆拍""抓拍"等概念在中西方语境里的不对等，缘于语境的不同，正如中文语境里的"天""气""意境"等复杂概念，在西方语境里找不到准确的落脚点一样，"candid""snapshot"和"staged photography"这些概念，同样地在中文语境里也无法找到严格对应的概念来与之匹配，只能以一些含义较为相近的概念来替代了，而这么一来，误解总是不可避免的了，中国的摄影人结合自己的想象与实践，便生发出了诸如"导演摄影"这类更具实用意味的本土化概念。众所周知，"曝光"是摄影里最常使用的一个概念名词，按照正确的读音，本该读作"pù guāng"，与成语"一曝十寒"中的"曝"（pù）同义同音，但中国原先摄影界的文化程度普遍不高，读白字，读"半边音"，是常有的事情，由于大家都读成了"bào guāng"，最后就连最权威的《新华字典》与《现代汉语词典》也不得不妥协让步，将错就错了。由此可见，尽管语义的考据还原与本土化约定俗成之间确实存在着学术层面上的冲突，但最终的胜利总是属于后者的。

　　所以说，"导演摄影"这个概念的形成与发展，也正好印证了这样的经验。

三、细说"导演摄影"

（一）从《亲密家庭》的争议说起

　　美国当代摄影家莎莉·曼，在其自传中提到上世纪九十年代人们对她的《亲密家庭》的严重误解，其根源就在于一般的大众在流行文化的规训下，已经不知不觉地完全丧失了对于艺术与真实之间界限的清醒认知，深受大众传媒（如广播电台、电视、都市报纸、通俗小说等）规训的大众，不知不觉间会将照片中所呈现的故事当作事实本身来看待，这恰恰违背了艺术审美的逻辑与规律，将原本艺术创作之中的想象世界与象征世界当作了现实世界本身。

　　"一个生活在现代的、有理智的人怎么会把摄影误认为现实？任何感知都是一种选择。所有的摄影，不论摄影师的意图是多么地客观，他们都排除了那一瞬间的复杂性。摄影讲究有效地利用真实；它们都是或多或少地从延续、永恒的时间里变戏法般被绑架出来的瞬间。"

　　"事实上，照片中的人并不是我的孩子们；他们是从时间里偷出来的、被显像在银盐照相纸上的人物。在某个下午的一个瞬间，在无数个光线、表情、造型、肌肉收缩、心情、风与影的交错中，他们代表着我的孩子。……他们根本不能称为是我的孩子；他们是存在于影像里的孩子。"

　　以上是作者在自传里的陈述，代表了典型的莎莉·曼的观点。所以，从严格的意义上讲，莎莉·曼的作品就是名副其实的带有直觉感悟与即兴发挥的"导演摄影"，她所追求的是影像化的小说，影像化的诗，抑或是图片的电影,她将艺术想象、象征、隐喻等文学性思考,引入到自己的日常创作中来,形成了自己所独有的影像艺术风格。

摄影,只是艺术家借以完成自己独立艺术创作的手段或工具,关于这一点,我们还可以从超现实主义摄影大师曼·雷那里得到进一步的印证,他说的最为大家所熟知的一句话:"与其拍摄一个东西,不如拍摄一个意念;与其拍一个意念,不如拍摄一个梦幻。"而通常作为报道摄影家的马克·吕布则直接宣称:"在我镜头(所面对)的那一边,是一个客观现实世界;而在镜头的这一边,则是一个梦幻世界。摄影,就是要将那个现实世界转化为梦幻世界!"

(二)"导演摄影"——源自绘画与戏剧的早期角色扮演的摄影

摄影史上最早带有表演或导演性质的摄影,是法国人伊波利特·贝雅尔(Hippolyte Bayard)于 1840 年自编自导的那幅具有自嘲性质的自拍肖像《投河自尽的男人》(图 1),这幅作品如果放在当代,也可以看作是一种观念艺术,或者说是行为表演的摄影呈现。据说拍摄此幅照片的动机,缘于法国政府放弃了对他研究摄影术的兴趣与支助,因为达盖尔已经公布了更为成熟的银版摄影术。他以这样戏谑的行为进行自我嘲弄,画面图式所借用的,乃是一则在西方大部分接受过正规教育的人都熟知的古希腊神话中的关于自恋的典故,他在其中扮演了神话故事中那个因自恋而被溺亡的美少年那喀索斯(Narcissus)。我们今天可以毫不夸张地说,贝雅尔不只是世界摄影史上自拍肖像与人体摄影的第一人,同时也是集角色扮演和服、道、化、舞美设计于一身的"导演摄影"第一人。

宣扬宗教,追忆历史,描绘神话故事,演绎经典文学作品,这经常是古典绘画作品的主题与取材来源,十九世纪五十年代形成于"拉斐尔前派"时期的以"掩盖平凡和丑陋"为主张的"高艺术"摄影(即"绘画主义摄影"),自然也毫不奇怪地承袭了西方经典绘画的传统,以摄影

图 1　伊波利特·贝雅尔 1840 年的自拍照《投河自尽的男人》

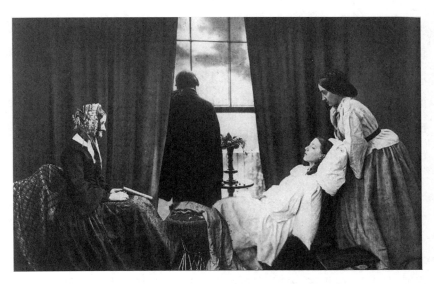

图 2　亨利·皮奇·罗宾逊 1858 年的作品《弥留之际》

的合成制作（combination printing）方式（主要是按照设计草图分批次拍摄，后期进行无缝的叠印技法来拼接合成）来进行绘画创作，表面看来是当时最为新潮的影像呈现，而实际上则仍旧是绘画本质的体现。这类摄影创作，无一例外地充分体现了画家在构思创意上的用心——对故事原型的理解和自己恰到好处的演绎，以及精妙的画面结构安排，并一律采用真人在由服装、道具与舞台设计的场景之中，来扮演画中所规定的角色，可谓是"导演摄影"中的先锋了。在"高艺术"摄影中，奥斯卡·古斯塔夫·雷兰德（Oscar Gustave Rejlander，1813—1875）与亨利·皮奇·罗宾逊（Henry Peach Robinson，1830—1901）是其中最为杰出的代表。瑞典人雷兰德的《人生的两条道路》（*Two Ways of Life*，1857）开启了运用专业模特进行大型作品创作的先河。拍摄制作了《弥留之际》（*Fading Away*，1858）（图 2）的英国摄影家罗宾逊在他的《摄影的画意效果》一书中，则明确地提出了自己的摄影观点："摄影家一定要有丰富的情感和深入的艺术认识，方足以成为优秀的摄影家"。而同时处于摄影湿板时期的业余爱好者路易斯·卡罗尔（Lewis Carroll，1832—1898）（图 3）与朱丽亚·玛格丽特·卡梅隆（Julia Margaret Cameron，1815—1879 年）（图 4）的摄影创作风格，则同样脱离不了"扮演"的路数，属于不折不扣的"导演摄影"。而事实上，据英国摄影史学家麦考尔·兰福德（Michael Langford）的考据研究，当时人们便在习惯上以"stage-managed photography"来形容那些专业人像摄影室拍摄的舞台式人像照片，自然地我们从中也不难看出它与后来的"staged photography"之间所存在的延续性关系了。

（三）"导演摄影"在当代艺术中的延伸性发展

1995 年，来自北京"东村"的王世华、苍鑫、高炀、左小祖咒、马宗垠、张洹、马六明、张彬彬、朱冥、段英梅十位艺术家，每人凑足了相当于一个月生活费的两百元份子钱，在北京东郊的妙峰山的某个无名山峰上，共

图 3 卡罗尔:《贝亚特丽奇的诞生》

图 4 M. 卡梅隆:《奥赛罗》

同创作了名为《为无名山增高一米》的行为艺术作品（图5），他们请摄影师吕楠为他们做了此次行为的摄影记录。这幅记录行为艺术的作品在1999年的第48届威尼斯国际双年展上获得了轰动，它不仅成为中国当代观念艺术与行为艺术的经典之作，更是世界摄影史上首次由艺术家集体创作的关于身体艺术的"导演摄影"作品。

在西方，摄影已经成为当代艺术家们最爱使用的表现工具，当代摄影也逐渐地成为当代艺术里的最受欢迎的一个重要组成部分。加拿大著名摄影家杰夫·沃尔1978年创作的成名作《遭洗劫的房间》（图6），则可以看作是没有演员出场的仅以道具与场景来叙事的"导演摄影"。据作者自己陈述，这幅摄影灯箱作品的"灵感来源于德拉克洛瓦（Eugène Delacroix）那幅著名的《萨达纳帕拉之死》（The Death of Sardanapalus）油画作品，亚叙的国王萨达纳帕拉的国都即将沦陷，他在自杀之前下令烧毁城池，并让手下杀死了他所有的妻妾。德拉克洛瓦的油画描绘了那血腥的一幕，死亡，奢华，肉体，暴力"。显然，杰夫·沃尔以场景虚构的"导演摄影"方式，来召唤观众对于那些有关奢华、肉体、暴力、死亡的经验与认知。

加拿大另外一位摄影家格里高利·考伯特（Gregory Colbert），则在十三年间完成二十七次长途旅行，拍摄了综合影像艺术作品《尘与雪》（Ashes and Snow），整个作品包括艺术影片展映和巨幅照片展示两个部分，而照片部分的内容则与影片的内容呈现为场景一致且意趣相同的互文关系，正好体现了"导演摄影"的绝妙之处（图7）。

众所周知，奥菲丽亚是莎士比亚著名悲剧《哈姆雷特》中的主人公哈姆雷特的恋人，她美丽、善良、单纯而又脆弱，她渴望爱情，疯癫歌唱，最终在铺满鲜花的小溪里诗一般的飘零溺亡，这是莎翁笔下纯洁少女最为优雅而美丽的死亡。美丽的奥菲丽亚，美丽的死亡，这是西方许多艺术家争相表达的题材，这一创作题材无疑地成就了十九世纪英国"拉斐尔前派"的代表画家米莱斯（Sir John Everett Millais，1829–1896）（图8）。

到了摄影艺术登台的时候，奥菲丽亚的故事便成了众多摄影师热

图 5　北京“东村”10 位艺术家：《为无名山增高一米》

图 6　杰夫·沃尔：《遭洗劫的房间》

图 7　格里高利·考伯特《尘与雪》系列作品中的一幅

图8　米莱斯的绘画作品：《奥菲丽亚》

衷于表达的内容。阿根廷女摄影家亚历山德拉·桑吉内蒂,从 2000 年到 2008 年间,在自己的摄影项目《第六天》(*On the Sixth Day*)中,拍摄阿根廷小镇里的吉尔(Guille)和贝琳达(Belinda)姐妹,也采用了这个大家所喜爱的故事图式(图 9)。

直至美国当代摄影家格里高利·克鲁德逊(Gregory Crewdson)仍旧不忘以奥菲丽亚为名头,来拍摄自己隐喻当下美国中产阶级生活的极具观念意味的"导演摄影"之作(图 10)。

从小就在剧场后台观看母亲与她的演员同事一起排练的马良,最终选择了摄影作为自己的事业,他的《马戏》《上海妈妈的乖孩子》《草船借箭》《仲夏夜之梦》《乡愁》《二首唐诗》等系列作品,都是充满舞台表演意味的观念性摄影创作尝试,是地地道道的具有中国地域文化与时代特色的"导演摄影"作品(图 11)。

毕业于中国美术学院的孙郡,利用自己对中国传统绘画的深切领会,结合现代设计与摄影后期处理技巧,完成了"中国风"的画风创意(图 12),并极大地影响了当下中国商业摄影界的怀旧与复古风气,如今甚至在某些社交平台、旅游宣传网络、视频短片、娱乐新闻、传统文化的推广等网络媒体应用方面,都能或多或少地见到这类"中国风"的影子。成都自得琴社,采用图片摄影中常用的无缝背景相衬托的方式,以古装人物造型和极其柔和的散射光线,拍摄画面犹如国画长卷一般的具有浓郁"中国风"的民乐演出的系列短视频,创意可谓新颖别致(图 13)。2020 年腾讯视频与"开心麻花""小荧星"合作推出了国内首部名画真人番《此画怎讲》,将如《捣练图》等中国 14 幅古代名画中的人物"复活",古装演员以画中人的戏剧口吻,很接地气地将高冷的名画知识作通俗化的普及(图 14)。所有这些,我们都可以看作是"导演摄影"对新媒体艺术创作的贡献或影响。

近些年来,讲究奇特画面造型风格,源自日本动漫游戏形象设计的 cosplay,已经悄然成风,俨然成为当下年轻人喜爱的一种日常行为表演,而记录与承载这一行为的载体正是影像,当然,这也是动漫游戏、摄影与

图9　亚历山德拉·桑吉内蒂:《第六天》(组图)

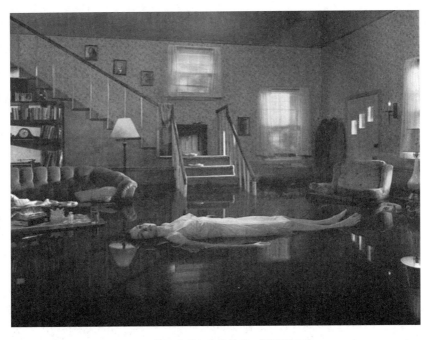

图 10　格里高利·克鲁德逊：《奥菲丽亚》

图 11　马良系列作品《不可能饶恕的孩子》之一

图 12　孙郡作品

图 13 成都自得琴社的民乐短视频截屏

图 14 2020 年腾讯视频《此画怎讲》截屏

社交网络等各种媒体交互影响的结果。但从摄影的角度来看,正是一种不折不扣的"导演摄影"(图15)。

艺术家们总偏爱使用最为便捷而有效的创作工具,摄影正是他们的最佳选择,艺术家们这个不约而同的选择,最终导致摄影极为迅速地进入当代艺术的殿堂,在成为最佳工具或手段的同时,其影像本身也成为当代艺术中一个极为重要的组成部分,即当代影像艺术。摄影在当代艺术中的地位变化,在今天看来也显得很具戏剧性,它从最初的作为行为记录的工具,没几年工夫就发展成了独立的专门为摄影而进行的行为创作。当然,这样的发展并非偶发式的原创,其实在摄影史的早期,在"高艺术"摄影那里,就能找到它的源头。中国当代影像艺术的先锋刘铮、王庆松等人的系列摄影作品,正好印证了这一点,而后来王庆松本人在其自主性身份的建构上,则正在努力转向他心目中的电影导演。

以摄影来叙事,是许多摄影家的一致追求,然而,图片摄影并不如电影摄影那样可以进行顺畅的叙事,它充其量只是事件里的某个瞬间情状的存在印记,或者说,只是一种关于事件的痕迹,确切地说,是痕迹的痕迹,我们与其将它看作是对事件的记录,还不如将其看作是关于事件的某种"索引"更为贴切。正因如此,上世纪九十年代,思路活跃的美国摄影家迪科西亚(Philip-Lorca diCorcia)的真实人物故事组照《好莱坞男妓》(*Hustlers*),则以完全人为的人物造型结合场景再现的"导演摄影"方式来指向那个原本就不可见的真实,作为一种"索引",照片下方特意标明了被拍摄者的名字、年龄、出生地和当晚本应收取的服务价目,而这个服务价目也正是作者拍摄此照片为他们所支付的片酬(图16)。

(四)关于"伪"字号的一类摄影

近些年来,我们在各种当代摄影的展场里会频频听到或看到"伪纪录""伪杂志"等全新的影像概念,其实这些被冠以"伪"字号的概念,莫

图 15　伊岛薰:《死之风景》

图 16　迪科西亚：《好莱坞男妓》(Major Tom，二十岁，来自堪萨斯城，20 美元)

不是因为摄影无法求真的缘故，不只是影像不能当真，其实，从更具哲学意义的层面上来说，真实本身就不可得，而在艺术的表达中，影像作为符号体系，无关乎所谓的"真"与"伪"，意义的指向才是关键。当然，这些"伪"字号的概念，在当代语境中，也在很大程度上成就了"导演摄影"这个概念名词及其摄影理念。其实，从某种意义上来看，这既是生命经验对想象世界里的集体记忆的召唤，又是对摄影媒体本身及其被规训了的代表浪漫生活的刻板印象的尖锐批判，是十足的理性精神的觉醒，也是摄影走向更为开放与包容的未来所必备的资粮。

四、总　结

诚然，因为文化、历史和语境的不同，人们在交流中常会遇到一些语言上的误解与误读，中西方许多看似相同或相似的学术概念，其实在其真实含义的诠释上并不完全对等，这是常有的事情——即使没有语言翻译上的障碍，哪怕在正常的母语交流中，有时也会出现某种程度的意指滑动与飘移，这在诗歌的理解上更为明显，美国当代著名的"耶鲁学派"文学批评家哈罗德·布鲁姆(Harold Bloom)教授称之为"误读"，他认为诗歌的魅力恰恰来自那些具有创造性的"误读"的贡献。尽管剧场性、表演性、舞台仪式化、角色装扮、观念化、诗意化、神圣化、母题和原型等约定俗成的西方传统文化概念与范式，是我们眼下对"导演摄影"较为普遍的认知，但是，时至今日，人们对"导演摄影"的理解依然是含混的、隐约的，没有具体而清晰的边界，甚至在学术上还处在各自定义的阶段，而恰恰在这样认知不完全的前提下，"导演摄影"才是最具希望与魅力的，因为每个人都以极大的热情，从各自的想象世界里，贡献出了那份专属于自己的鲜活生命体验，并对其充满各式各样的热切期待。

如此说来，本文的探讨，也算是尽了自己的一份心意。

论中国"后新潮"音乐[*]

——基于对"中国民族交响乐协奏曲纽约展演"的专家研讨

丁旭东

2019 年 12 月,中央音乐学院交响乐团由北京文化艺术基金资助,由院长及著名指挥家俞峰教授带队,携同"中央院"八位作曲家在美国纽约卡内基音乐厅伊萨克·斯特恩厅举办了"中国民族交响乐协奏曲纽约展演"音乐会。这场音乐会由俞峰院长总策划,由中央音乐学院创作、指挥、排练演出,是新时代中国交响音乐文化走出去的一个案例,得到西方音乐界的高度评价与市场肯定。该场音乐会是中央音乐学院继 2018 年 1 月、10 月在纽约林肯中心、卡内基音乐厅以及巴德学院费舍尔表演艺术中心巡演之后的第六场音乐会。两年内三次赴美国、六登西方音乐文化中心的舞台,展现了当代中国艺术音乐的发展,也展现中国声音、中国文化和时代精神,是中国音乐文化走出的一个标志性事件。

2020 年,在全球疫情肆虐期间,该项目的负责人中央音乐学院作

---

    * 感谢俞峰院长、陈丹布教授在本文写作中给予的指导;感谢叶小纲教授、郭文景教授、秦文琛教授、郝维亚教授、常平教授在本文写作中接受采访,并提供了珍贵一手材料。

曲系陈丹布教授召集郝维亚、范哲明、常平、傅涛涛、黄宗权、丁旭东等教授、学者举行了一场线上研讨会。会上,笔者提出中国"后新潮"音乐的概念,引起与会专家热烈讨论。下面,我们分三个部分介绍一下相关内容,并借此谈谈个人思考,供大家参考。

一、"后新潮"音乐的概念提出

对于"后新潮"音乐的提法,陈丹布说:"自二十世纪'新潮音乐'之后,中国社会随着'改革'深化,社会经济、文化以及整体社会风貌已发生很大变化,这种变化也明显体现在中国当代艺术音乐创作之中,我们现在是否该用一个新的概念来概括这种变化?"对此,常平表示赞同,他说"这种变化不仅体现在创作者的文化心态方面,也体现在音乐内容的选择,音乐表达的形式等多方面,现在是该换个眼光来看我们当下的音乐了。"①对此,郝维亚表达了不同的观点,他说:"我不反对'后新潮',但我更认为它是一个时间上的概念,它体现的是中国现代音乐发展的不同阶段,如果非要说两者有迥然不同,我保留我的意见。举例来说,'新潮音乐'是多元化风格的,现在也是;'新潮音乐'借鉴使用西方现代音乐技法,现在也是;如果说民族音乐元素和调性写作,'后新潮'音乐有,其实'新潮音乐'也有,比如叶小纲的《地平线》,所以说,真的要提出'后新潮'这个概念,还要更深入地分析论证。"

"新潮音乐"最早从文艺现象学角度提出,表述为"中国音乐作品

---

① 本文中所有引用的个人发言,均来自"中国民族交响乐协奏曲纽约展演"的专家线上研讨会。

中,日益明显地表现出作曲家们对新的音乐观念的探索及对二十世纪以来近现代作曲技法的兴趣。"①具体表现在罗忠镕、朱践耳、谭盾、叶小纲、瞿小松、陈怡、许舒亚等"新潮作曲家"创作中,又表现在 1984 年的中国首次电子合成器音乐会、1985 年起一系列"新潮音乐"作品音乐会等音乐现象中。

如是,如果"后新潮"音乐存在,其应在当代艺术音乐的创作中有所体现。下面,我们就对上世纪九十年代至今的相关事件做一个梳理。

按不同类型,依事件顺序,可以列出如下可谓有文化反响的事件。

其一,由作曲家个体音乐创作引发社会普遍关注的现象。

二十世纪九十年代初鲍元恺"中国风"系列交响音乐创作中几乎一音不动地引用民间音乐旋律的做法引发热议。梁茂春指出,"'鲍元恺现象'是这一主潮中的一股'逆潮'。其坚守传统、固守调性为特点,与'新潮音乐'奏的完全是反调"。2003 年谭盾的多媒体交响乐《地图》引起较大社会反响。李西安、梁茂春指出,谭盾在回归,向中国传统回归,这是中国现代音乐创作中一个值得重视的现象。2013 年至今,叶小纲在海外举行四十余场"中国故事"系列音乐会,先后造访二十多个国家和地区的知名音乐厅,向海外介绍传播了中国音乐文化。

其二,表现为群体性和普遍性的现象级音乐事件。从创作与演出的角度来说,较突出的有三个。

一是 1998 年"武昌会议",即在武汉召开全国的"中青年作曲家新作品暨作曲教学经验交流会"。会上展演了四十位作曲家的四十四部新作品,是对上世纪九十年代中国现代音乐创作的一次巡礼。展演作品中有约半数表现了中国文化、中国观念与中国民族与地域风情等。

---

① 王安国:《我国音乐创作"新潮"纵观》,《中国音乐学》1986 年第 1 期,第 4—15 页,转 134 页。

经验交流会上,形成三个共识:1.中国作曲家群体在创作上集体跨越了“唯西是从”的幼稚期。2.技法没有高低之分。3.对音乐表达的中国化和中国化的音乐表达初步形成共识追求。

二是1998年、1999年在北京举办了约五十场中国唐宋名篇音乐朗诵会,通过诗配乐的形式推出了王西麟、叶小纲、瞿小松等中国现代音乐作曲家约三十部作品。当时的党和国家领导人出席了音乐会,并做了讲话,指出:用朗诵加上音乐诠释的形式表现古典诗文,是一种有益的尝试,有助于人们加深对古典诗文的了解,弘扬祖国的优秀传统文化,增强民族自信心和自豪感。

三是2018年、2019年中央音乐学院三度“赴美”,展演了中央音乐学院九位作曲家的二十六部作品与海外华人的两部作品,这是中国“改革开放”至今,以艺术院校为单位的一次大规模的中国现代音乐文化对外展示。

二、“后新潮”音乐的内涵

什么是“后新潮”音乐?

我们认为它是从二十世纪九十年代至今在中国艺术音乐创作领域呈现的一种文艺现象,一种音乐文化思潮,表现为现代音乐的中国化与中国音乐的国际化。以二十世纪八十年代“新潮音乐”为标志,中国艺术音乐开始了现代化进程,直到今天。因此,“后新潮”音乐也可谓是中国现代音乐发展的新阶段。其与“新潮音乐”有共性特质,即整体的现代性与个性的多元化,同时,又有较为明显的差异,主要体现在以下三方面。

（一）在文化心态上，对西方现代音乐文化，一个"仰视"与肯定，一个"平视"与包容

"新潮音乐"时期，中国刚刚打破文化封闭状态，"改革开放"开启了面向世界的大门，全国范围内进行现代化建设高潮，包括音乐在内的整个文艺界都对西方现代艺术的反传统与新异充满了好奇与向往，甚至迷崇，一时兴起学习、吸收西方的文艺潮流，出现了"先锋文学""先锋戏剧""新潮美术"，也包括"新潮音乐"。"西化"之路，不出所料，引起质疑，如廖家骅撰文写道，"片面地强调出新，追求突破，其结果很可能导致离奇的旋律、荒诞的节奏，这种'新'实则成为'怪'了"。

"后新潮"时期，正如新一代的作曲家郝维亚、常平在本次研讨中所言，当年的"新潮音乐"作曲家们已不再是对西方现代音乐隔窗而望，他们或留在海外或学成归来，不仅了解了西方，更有了国际文化视野，同时把这种视野传给了新一代的作曲家；另外，现在出国留学现象很普遍，即使在国内，也有"北京现代音乐节""上海当代音乐周""中国-东盟音乐周"等大量的国际现代音乐文化交流活动，可以说，新一代人就是在国际化、现代化的文化环境中成长起来的，所以对西方现代音乐更加熟悉。自上世纪末以来，当年"新潮音乐"家的文化心理变化显然，如：陈其钢说"走出西方现代音乐"，瞿小松说"走出西方音乐的阴影"……从中可见，从作曲家心态上，"后新潮"与"新潮"时期已明显不同，此时已不再是"仰视"与全盘肯定，而是理性的包容与平等的对话，且带有自我反思和批判的意味。

（二）在文化场上，一个体现西方文化的"离心力"，一个凸显中国文化的"向心力"

总的来说，中国"新潮"与"后新潮"音乐都体现出"中西交汇""个

体真诚"。选择具备两种品质的作品进行整体观察会发现,"新潮音乐"更多地受到西方音乐文化离心力的影响,具体主要表现为两方面。

一是强调个体的"我"。举个例子:对于郭文景的《蜀道难》(1987),有人望文生义,因为这部作品是根据唐代诗人李白诗作《蜀道难》谱写而成的合唱交响曲,就认为,它基于巴蜀地域文化与中国传统文化,深刻表达了民族情感。对此,笔者曾采访过作曲家本人,他说,"当时,我选择这首诗是因为它非常契合用来表达我当时的心情与心境,所以,我就把它拿来用了"。

可见,包括音乐在内的大部分类型文艺创作都是个体表达,但其反映的内在精神未必是个体。

事实上,无论儒家还是道家、释家,都特别强调整体,强调"天人合一",本质是一种整体文化观,社会主义更是强调集体主义精神,这是中国固有的文化传统。个体与个性的崇尚和彰显是西方的传统,其与注重个体或个人英雄主义式的文化传统分不开。所以,"新潮音乐"的这种个体个性化精神表达特质恰恰说明其受到西方文化离心力的影响。同时,我们也看到"新潮音乐"作曲家对非自身成长区的中华其他地域文化和民族传统文化方面的开掘则是欠力的。

二是用了西方现代音乐的"旧",失了本我文化的"真"。

现代音乐最可贵的价值观念之一是追求创新,其最高效地使人类音乐文化增量。可以说,二十世纪西方现代音乐对各种风格、各种流派的技法"创造"总量超出了之前几个世纪的总和。不过,艺术的创新是继承创新,继承的目的是创新,接受的目的是突破和颠覆。

"新潮音乐"所推出的大量作品实际是对西方技法直接借用,而不是真正的创新。因此,这种方法用于本土文化改造性创作,文化失真也就难免。比如,叶小纲早期作品《西江月》使用了"新维也纳乐派"韦伯恩的"点描技法",但却遭到了他的父亲、中国著名作曲家、音乐美学家叶纯之的委婉批评。叶纯之在给叶小纲的信中写道:"看到你在表现手段上有所突破,虽然欣喜,但也怕你向纯形式的追求,最后变成西方点描派的信徒。"这样的作品在"新潮音乐"的实验中甚是普遍。

反观"后新潮"音乐创作,却体现出与前者截然不同的文化气象,凸显了中国文化的向心力。其表现方面很多,如在创作题材与文化表达上越来越重视对中华文化的深入、广泛开掘。中国"后新潮"音乐作品在形式上是现代音乐,但在内在的文化精神与音乐气质上越来越具有"中国性"。以本次"中国民族交响乐协奏曲纽约展演"音乐会来说,作品共八部,可为四种类型。第一种是体现中国传统哲学思想的作品,如体现道家思想的《聆籁》(贾国平,2018)和《黑光》(常平,2012);第二种是立足中华文化典故进行再创作的作品,如郝维亚的《牡丹亭梦》(2018)、陈丹布的《袖剑与铜甲金戈》(2018);第三种是体现中国广阔多彩地域风貌、人文特色的作品。如表现草原文化的《云川》(秦文琛,2017),表现江南水乡时代风貌的《乡村后院》(叶小纲,2019);第四种是体现中华文化意境、民族意趣的作品,如《愁空山》(郭文景,1995)、《仓才》(唐建平,2003)。仅仅一场音乐会却体现了中华文化的四维八方,体现了中华文化的传统与时代精神,此可谓"后新潮"音乐的一个文化缩影。

三是在文化表达上重注时代精神。前文已言"新潮音乐"更多体现的是作者个体的"小我"。而"后新潮"音乐则更多的是注入时代精神与中华文化的"大我"。这一点在原"新潮音乐家"中体现得尤为突出。比如本次音乐会海外首演的《乡村后院》。范哲明在研讨中说,"这是一部描绘今日中国江南农村生活的'音画',可说是一部具有'主旋律'意义的作品"。

总而言之,"后新潮音乐"无论是深度地表现中华传统文化还是体现中国时代精神都凸显了中国文化的向心力,显现出独特品格,体现出与"新潮音乐"的不同。

在此,还要回应一下研讨中的专家疑问。关于叶小纲《地平线》中运用民族音乐元素和调性写作现象,《地平线》体现的不是当时现代音乐创作的普遍风气,而是反风气。不过,这首作品非常值得回味的是,"回归传统"反而找到了自己,成了二十世纪华人音乐经典之作,成了日后叶小纲个人声乐交响化风格创作的渊源作品。叶小纲的父亲对这部作品也很满意,在给儿子的信中,如此写道:"我认为《地平线》是你开始真正成熟的标志。好像一下子长大了。压抑的心情,小我的牵挂,在这作品中消失了……"

（三）在音乐形式上,一个凸显个人实验探索性,一个呈显个人风格建构性

"新潮音乐"和"后新潮"音乐是中国现代音乐发展的不同阶段。区分两者的主要标识就是中国作曲家群体是否较为普遍地进入个人风格化写作时期。

风格,指艺术作品整体上表现出来的相对稳定的特征,一般包括艺术风格、个人风格和作品风格等几方面。[①] 本文所言的个人风格是指作曲家在长期创作过程中凝定的迥异于其他作曲者的创作个性,是作曲家创作日臻成熟的标志。个人风格在音乐作品中主要体现在特定的音乐形式运用,当然也包括特定的音乐结构方法、结构力选择与使用,特定音乐语汇的运用,等等。

"新潮音乐"的风格同样多元化,不过这一时期作曲家的风格更多是模仿、借鉴其他音乐流派或其他个人风格运用于个人写作。这是作曲家进行实验探索创作的阶段,也是作曲家走向成熟的个人风格化写作的必经阶段。举例来说,"新潮音乐"较为经典的作品中,叶小纲的

---

① 朱先树、袁忠岳、赵伐等:《诗歌美学辞典》,成都:四川辞书出版社 1989 年版,第44 页。

《西江月》是有着韦伯恩"点描音乐"的影子;谭盾的《道极》(1985)虽然在结构上其散化特征体现了一定的原创性,但在织体写作中则是站在卢托斯拉夫斯基(Witold Lutoslawski)"机遇音乐"影子里的。瞿小松的《Meng Dong》也是同样,其非常规的人声运用可以说和乔治·克拉姆(附原文)个人风格作品《远古的童声》如出一辙。

反观"后新潮"作曲家的作品,尤其是成熟作曲家的作品就会发现其鲜明个人风格。如叶小纲融会中国、欧洲、美国音乐文化而形成"类融合自由多调性的'中心音'技术构成结构力""音列半音化移位构建不谐和和音",以及"套曲结构"等都是其声乐交响化个人风格创作的主要特色;秦文琛基于草原文化以及中国民间宗教文化创新出的"同音技法系统"以及"蕴藉象征内涵的音响场结构"等所体现音响空间美学也是个人风格化创作,等等。

不过,客观地说,"后新潮"时期中国作曲家群体中有些已进入个人风格化写作时期,如叶小纲、郭文景、秦文琛等;更多的作曲家处于逐步构建个人风格化的写作期。

由上,我们认为"新潮音乐"是中国现代音乐的起步期,体现了模仿风格的实验与深索性创作,"后新潮"音乐是中国现代音乐快速发展与走向成熟期,体现为走向国际,立足中国文化的个人风格化写作与逐步建构中个人风格化写作。

三、一场"后新潮"音乐风格的作品音乐会

从以上分析可见,2019 年中央音乐学院在卡内基音乐厅的这场"中国民族交响乐协奏曲纽约展演"音乐会应属于"后新潮"音乐会,下面我们对本场音乐会的八首作品试从风格的视角评论之,借此实证或

修正我们对"后新潮"音乐的判断。

要说明的是关于"后新潮"音乐的风格评论尚属于探索阶段，没有固定的范式，所以，我们借鉴中国古代画论中（唐）朱景玄"四品"中的"能""神""逸"三品；（唐）张彦远"五品"中的"精"品；（五代）荆浩"四品"中的"奇"品，以及据"融媒"时代网络文艺的"超文本"特质提出"超品"，形成"能""奇""逸""神""精""超"六品，以此作为音乐品论的基本范畴。这"六品"是作为风格而论，各美其美，不言高下。具体内涵，为方便评论，暂提出假说："能"即"技巧娴熟"；"奇"即奇崛、独特；"逸"就是脱俗；"神"就是通达"神灵世界"；"精"就是力作；"超"就是"超级文本"。下面，我们就基于专家研讨，依托"音乐六品"假说，试对本场音乐会"八曲"品论之。

（一）朴幽的"逸"品——贾国平《聆籁》

贾国平在新世纪以来一直注重中国古代诗文绘画主题或中华传统文化母体的现代音乐化创作，如《清风静响》《孤松吟风》《万壑松风》等，形成了与现代都市生活保持距离，借用传统与自然音响，运用现代技法表达，体现出与古代文人境界相接通的"韵古派"音乐风格。

《聆籁》是贾国平近期又一同类风格的新作，范哲明评论说，其"似乎更多地出自中国传统绘画情境"。其实这部作品以"籁"取名，其意象源自《庄子·齐物论》中"三籁（人籁、地籁、天籁）"之说。整部作品呈现了一种上弧形结构，由起、涨、落不同段落组成。开始是弱奏，散板，表现了自然万物在夜中渐醒的场景，可谓"天籁"。接着是一段晨色中的自然场景，有俊鸟啁啾，有秋虫低鸣……此之可谓"地籁"。随之，由类梆板敲击出循环节奏，带动起富有律动活力的音响，音乐气氛逐渐涨落，仿佛能够让人听到鸾车来往，行人匆匆，此之亦可谓"人籁"。最后，以清婉如诉的昆曲旋律在静谧如夜的管弦音响的衬托下渐渐消隐。傅涛涛评论说:"西方管弦乐队奏出了中国的声音和韵味,像肃杀的夕阳与残雪中身着一袭长裙的青衣掩袖而过。"

由此可见,这是一部"堕肢体,黜聪明,离形去知"(《庄子·大宗师》),用自然的线性叙事,再现"三籁"之声,呈现"立身静观""庄周坐忘"之哲人心境以及幽远意境的空灵之作,可谓"逸品"。

(二)笙乐的"神"品——秦文琛的《云川》

整部作品反映了作曲家从草原文化与蒙藏民间宗教文化体认中生成的"神化自然"物象观。在其观念中,"云川"是具有神性的大自然伟力杰作。

作品共分为四个部分,第一部分表现"云川"之原始,前两小节是具有统一全曲的全息材料。音乐陈述中体现了灵动节奏与和音技术,演奏运用的是笙指颤技法。第二部分是"自然神化"对云川的正式人文着色表达,其中引入了喇嘛教仪式中特色音响,如法号等。第三部分是用笙表现的云川之魂的华彩,高低上下,管弦相随,世界以我为唯一。其中包括长达六分多钟的具有强烈情绪宣泄的快板,体现"云川之神"涅槃升华般的高潮,通过笙与管弦之间的声音竞奏,笙奏出趋快节奏大能量高密度的音块、音簇,仿佛表现了"云川之神"的强力意志与命运抗争。最后一部分,作曲家以富有禅学意味的"尾声"作结,一切回归原本自然。

对于此曲还有两个特质要指出。

一是从演奏法上来说作品具有对笙乐器的极限发掘与创新开拓的特质。比如"不规则节奏的笙吐音技术""调性笙(D调)的无调性音乐表现力""对笙的被吸附性音色的对抗性与独立表现力的价值挖掘"以及笙的口内技术、呼吸技术的创造性运用等。

二是从艺术哲学的角度来说,这部作品使用了"大块音色"手法体现了中国绘画中的泼墨大写意的精神,同时采用微分音技法表现了微观世界——"一叶一菩提"的宗教境界，二者相融，混为一体，从其主体来看，可谓"神"品。

（三）"梦化"交响的"神"品——郝维亚的《牡丹亭梦》

郝维亚是在歌剧音乐创作卓有成就的作曲家，他近年来创作了诸多歌剧作品，如《山村女教师》《大汉苏武》《一江春水》《辛夷公主》《画皮》《萧红》等。大量的戏剧音乐写作经验积累在某种程度上影响了作曲家纯器乐作品创作风格。这部笛子协奏曲《牡丹亭梦》就是在中国明代著名戏剧家汤显祖的昆曲名剧《牡丹亭》中选取了其中三出戏——"惊梦""幽媾"与"寻梦"进行交响化再创作，体现了作品的戏曲音乐化特色。

作品采用了原创性的"梦化"叙述结构。这是一种去理性、随梦意、散点化又浑然一体的结构。该结构虽仍属"线性叙述"，但句法参差、段落融泯，更合乎的是梦的语法：凝缩、错置、重组、游移。能够听出作曲家在创作中在向着"本真""自然"的美学追求，如对于笛子与乐队之间的音色结合、呼吸、和声诸多方面在尽力采取去特征化的技术运用；旋律写作中虽使用了昆曲曲牌《皂罗袍》的元素，但也在发展中做到取韵去形，不直接引用。

旋律具有典型昆曲音乐特征，没有上板的强烈律动，没有突出的高潮段落，音乐基本是在"浅吟慢唱"与"游梦"中进行，结尾渐渐消隐在德彪西《牧神午后》似的氛围中。

对此，许多评论家有相似感受，如傅涛涛说，"音乐中曲笛与梆笛轮流演奏，犹如柳梦梅和杜丽娘两人互诉衷肠，表达爱意与思念之情的缠绵对话"。范哲明则言，此曲"明显地偏重于中国戏曲表演形态的现代转义"。可见，这部作品无论是戏曲性"取韵"表达，还是"梦化"叙述，抑或是题材上通达"异度空间"的"人鬼情"，都体现"神"性的艺术特质,故谓之"神"品。

(四)现实的"逸"品——叶小纲的《乡村后院》

声乐交响化的音乐创作是叶小纲最典型的个人创作风格类型。不过,还有一种以"文人意象"为特征的音画作品创作,可称为其亚类型的个人风格。这方面作品也有许多,如《锦绣天府》海天交响诗等。

《乡村后院》,又名《美丽乡村》,就是这一风格类型的作品。其原为杭州钱塘江文化节 2019 年的委约作品,初旨是要表达当下浙江杭州地区乡村的变革及绮丽景色,以及生活在这土地上的人们在新时代的精神面貌。作曲家在创作中没有采用写实主义的细节描绘,而是采用了中国传统文化"写意",对江南农村生活环境进行了诗意表达。

结构上,作品采用了弥漫式模糊段落的结构,内含"起承转合"的音响变化。创作中虽然采用杭嘉湖平原的民歌音调,但没有直接引述使用,而是将之置入多层次的音乐织体之中,或隐或现,在一种烟雨江南的意境氛围中贯穿呈现。

由此可以看出,作曲家力图表现的是一种"理想乡村",它静谧和谐、富有诗意,在徐徐自然律动中自信而美丽。这种存在有客观现实基础,一定程度上体现了新时代中国社会主义新农村建设的典型成就,只不过,它经过了作曲家主体观照的再绘而呈现出理想化的、令人向往的一个"诗意栖居"之所。

简言之,作品基于现实,临于理想,是一种具有"逸"品风格的现代管弦乐小品。

(五)打击乐的"精"品——唐建平的《仓才》

唐建平是一位注重从中国民族民间汲取具有强烈象征意义的文化

元素化作灵感乐思进行创作的作曲家,另,有深厚打击乐素养,在打击乐交响化创作方面取得较高建树,二者结合逐渐形成了打击乐交响的民族化表达的个人风格。

《仓才》是在鼓乐《龙抬头》创作经验基础上对这一风格创作的一次成功尝试(之后是《圣火》)。

这部作品最突出的艺术特色可归为四点:

一是中西混合的打击乐群的使用。

二是从中国戏曲锣鼓经中提取出仓才两个标志性符号元素,并从其汉语语音中提取音高材料构成和音作为贯穿管弦乐写作的核心素材,然后通过派生等技术手段予以发展,从而体现两者的内在统一性。

三是作品采用了独特的"快慢快"速度与节奏布局,运用中国线性思维一贯式发展完成,段段之间自然衔接,消泯传统的分段结构。

四是将打击乐进行各种形态的创新写作,其中包括将戏曲经典的锣鼓经植入其中,发掘和运用不同打击乐色彩,从而将律动赋予更多的文化内涵。

关于第四点,笔者甚是赞赏:宇宙生命的本质之一是活动或律动。具体到某一事物某一时刻则表现为不同节奏形态的律动。人和事物又往往存在于一定的关系网络之中,这又形成了复调式的不同节奏的律动,从而构成一曲蕴藉丰富的生命交响。

从个人的欣赏感受来说,作曲家力图通过马林巴、组鼓敲击出的不同力度、强度和形态的节奏律动以表现典型化极致化的生命律动状态,同时打击乐与乐队节奏律动化的音响相呼应,或同步相趋或对比背离,最终立体呈现各种情景下或场域中的生命律动形态,并通过对这种律动形态的表现来反映出作曲家对宇宙生命的哲学思考与文化理解。从这个角度来说,这部作品不仅是一部注重节奏律动声音质料运用的打击乐协奏曲,更是一种通过律动形态进行书写或表达哲学思考的创新之作,可谓一部富有生命哲学深意的观念音乐作品。另外,作品又对打击乐的技法与表现力进行了极致的发掘。综合两者,其堪称现代中西混融的打击乐交响曲的精品之作。

(六)"融"艺的"超"品——陈丹布的《袖剑与铜甲金戈》

陈丹布在创作琵琶协奏曲《袖剑与铜甲金戈》之前已经创作了《幻境乐舞》《凤鹏》《情殇》(交响舞剧组曲)等舞蹈音乐风格作品(后又创作了《阿图列尔》),加上个人有着较为扎实的古典与现代音乐的技术储备和开阔的文化视野,把传统与现代、中国与西方、民间与民族、技法与文化多元融汇,形成了以"融"为特质的个人音乐风格。

这首作品采用了"剧"的叙事结构,包括三大部分:

第一部分可称为"序",用无调性的集合技法,采用琵琶模仿号角与兵器相撞的音响,用有古远距离感的弱奏与快板表现了烽火弥漫的战国社会的大背景。

第二部分采用舞蹈的节奏奏出非功能性的三和弦的音响,其中琵琶奏出优美旋律,表现了易水河畔壮士诀别时人们内心的浓浓期盼与殷殷深情,不过是非写实的,而是舞蹈化了的场景。

第三部分音乐融入了十二音的微复调技法,用错落节拍重音的节奏,不断高涨的非协和音响、丰满多变的乐队配器表现了荆轲刺秦的紧张场景。这一场景同样也是舞蹈情景化了的。

按照柏拉图的影子理论[①],音乐作品中蕴含了虚拟存在的舞蹈场面,所以,这部作品是对理念的摹仿的摹仿的摹仿,是影子的影子的影子,具体也可理解为一部舞作的音乐化作品。

通过分析,我们认为其最大的创新在于它体现了古典与现代音乐

---

①　"世界是理念的影子",艺术是"对理念的摹仿的摹仿,是影子的影子。"

技法汇融以及融合性艺术（或超文本）①的特征，可谓一部可听可内视的"融"艺风格琵琶协奏曲。

（七）抽象的"奇"品——常平的《黑光》

常平是 70 后中国现代音乐作曲家，成长于中国现代化建设的社会进程中，曾留学德国，对西方现代音乐十分熟稔。另，他个人对天体物理有着特殊的爱好，并喜欢从中国道家"老子"的辩证哲学的角度思考问题，形成了对超宏大甚至终极问题题材进行音乐创作与抽象表达的鲜明个人风格，比如《优雅的宇宙》等。

《黑光》是同类型的作品。从曲名来看就是让人费解的，不过虽然黑光是现实物质世界没有的存在，因为光明会驱散黑暗。但，人是生活在物质与精神双重世界中，黑光因而成为一种可能的常态存在，如现实世界的黑暗可以共存于精神世界的光明。

作品没有采用常规的结构，乐思表达具有幻想性和随机性的色彩。分别代表两极对立的特殊音响及其矛盾共生的张力场创造，是这部作品最大特色之一。如开始部分用定音鼓、大锣等打击乐器以及钢琴、大提琴、低音提琴、竖琴的极低音区奏出音块来呈示浊重的"极黑"，又用三角铁、钟琴、钢琴的极高音与小提琴泛音奏出清淡的"微明"。之后，这两种极端矛盾的音响随着各种技法的创造性使用而不断形变，并随着自由飞扬的乐思或对峙，或交融，或被吞噬而消泯……

这部作品以打破所有陈规去表现自己独特的哲思为立意，因而具有相当的抽象性，也因而形成了一种极具审美召唤性的音乐艺术特质。

---

① 这是笔者提出的一个概念。"融艺"，即"互融性文艺"，指在"融媒"时代，以接受为创作驱动，由多元艺术及多种传感技术手段融汇形成的有机整体性的，集听、视等"多觉"复合审美感受于一体的文艺形态。见丁旭东：《"融媒"时代优质音乐 IP 的三大构成要素》，《艺术评论》2018 年第 8 期，第 22–31 页。

对此,傅涛涛评论说,"音乐以强奏发端,一声声长音像投射在大地之上的光束一般,细细碎碎微弱的音响像是黑暗里的混沌世界",而黄宗权则认为,"如同巨大的引力场,音乐呈现了无穷的多维空间",等等。

总体而言,这部作品极端性、创造性地使用了现代技法表现了象征光明与黑暗共存的混沌的"道",以及对立双方相克相生,转化与被转化,主导与被主导构成了对立统一关系。从这个角度来说,这是一部体现"奇"品特色,且具有现代抽象艺术特征的观念音乐作品。

(八)"后新潮"的精品——郭文景的《愁空山》

郭文景的竹笛协奏曲《愁空山》(1995,管弦乐版)是"后新潮"音乐起步发展时期的经典之作,不仅在国内,在国外传播也十分广泛。据不完全统计,该作品在2004年至2020年间,先后在美国、亚洲与欧洲各地演出三十余次,合作过班贝格交响乐团、BBC交响乐团等世界著名交响乐团。

对这部作品进行深入分析文论已有许多,不再赘述。我们重点说说这部作品的三个主要风格特色。

1. 这是一部体现中国传统美学意境的作品。作品分三个乐章。第一乐章用婉约抒情的曲笛表现了"愁"山之境。第二乐章用高亢激越的梆笛表现了"灵"山之境。第三乐章用低沉浑厚的大笛表现了"峻"山之境。

2. 这是一部有古人心境却又体现个人发思的人文之山。第一乐章,虽然作者取意古人诗句"子规啼夜明",但作品采用了由散至慢、渐快的速度与节奏布局,表现了作者面对"愁"的乐观心态;第二乐章虽是"灵"山,但采用了快慢快的速度与节奏布局,轻灵欢悦的笛声与管弦奏出的"泉水""山之精灵""斑驳的阳光"等交相呼应,表现了生于川渝的作者之自在心灵。第三乐章是"峻"山,分为三部分。第一部分采用多主题的联曲体,第二部分是变奏体,第三部分是加引子和尾声的再现三段体,整体属于具有弹性节奏的慢板,表达了作者对山的多种复杂的情感,几经徘徊,最终选择弘毅越山。

3. 作品拓展了中国传统笛乐的技法与表现力。主要体现在为演奏变化音而使用半空音技法,以及循环呼吸和吐音结合运用等方面。

通过以上分析可见,这部作品将情、景、意三者融一,既描绘了"空山"之色,古人意境,又表现斯人心境,体现了个体与中华传统文化视域的融合,可谓"后新潮"音乐的精品。

由上可见,本场音乐会是一场比较典型的中国"后新潮"音乐会。我们基于中国古代画论提出的音乐"六品"论,也可较为合适地用于这些作品的品评,证明"后新潮"音乐与中国传统文化气脉相通,体现了中国传统美学精神,也印证了我们对"后新潮"音乐扎根中华文化特质的判断。

结　语

综上,我们从文化发生学和文艺现象学角度出发提出了"后新潮"音乐的概念,认为主要内涵有两重:一是时间方面,即从上世纪九十年代中后期至今的中国现代音乐发展时期;二是文艺现象,即与"新潮音乐"相对,体现出三种特征:"平视"与"包容"西方的文化心态;走向世界,扎根中华文化的风格;个人风格化写作与逐步建构形成中的个人风格化写作。

此外,文章对中央音乐学院"中国民族交响乐协奏曲纽约展演"音乐会的八部作品进行风格化品论,认为这些作品体现了中国传统美学精神与个人风格,是一场"后新潮"音乐会,借此佐证了我们对"后新潮"音乐存在及其特点的判断。

　　最后,值得一提的是由俞峰院长担任总策划与乐队指挥,由中央音乐学院教师创作,由中央音乐学院交响乐团演出的两年三次赴美系列音乐会的成功,可谓新时代中国音乐文化走出去的标志性的事件。其事件背后的策划经验、国际接轨的运营机制建立,以及中国交响音乐的海外有效传播等途径,都值得进一步探讨总结,且是颇具文化影响力和现实借鉴意义的课题。

《跨过鸭绿江》：以浩荡民族史诗赓续家国情怀

李　宁

在电视剧《跨过鸭绿江》之前，围绕抗美援朝题材，电影创作中曾陆续涌现《上甘岭》《英雄儿女》《战地之星》《神龙车队》《金刚川》等代表性作品，电视剧方面则仅有《三八线》《战火熔炉》等寥寥几部。《跨过鸭绿江》的开拓之处在于，它借助电视剧的体量优势，成为首部全景式、系统化呈现抗美援朝历史的影视作品。自 1987 年"重大革命历史题材影视创作领导小组"成立以来，表现我国历史进程中重要历史事件与历史人物的影视剧已经成为主旋律创作中的荦荦大端。近年来，从电视剧《大江大河》《山海情》到电影《我和我的祖国》《红海行动》，这些"新主流影视剧"自觉追求思想性、艺术性与观赏性的统一，寻求与时共进的话语表述方式。在这一背景下，《跨过鸭绿江》体现出了主旋律创作的新突破，也呈现出不容忽视的文化意义。

一、史诗品格：追求宏大叙事与个体叙事的融合

就影像风格而言，《跨过鸭绿江》的引人瞩目之处在于其显著的史诗性。该剧全方位地呈现了抗美援朝纷繁壮阔的历史，塑造了多侧面的英雄群像，构成了一部浩荡不已的民族史诗。

这种史诗品格首先体现在叙事结构的立体宏阔，尤其是空间与人物的多维度建构上。《跨过鸭绿江》的镜头游走于国际与国内、前线与后方之间，营造起了三重空间：后方高层空间、前线指挥空间与前线战斗空间。故事情节在三重时空中反复穿梭，将错综复杂的多国博弈与险象环生的前沿战事相交织，一个富有纵深感的鲜活历史现场便在多线平行叙事中跃然而出。如此一来，战争发生的根源、战争局势是如何被国际风云所左右的、不同阶段的战略与战术是如何被制定的等问题便被娓娓道出。与此同时，类似高层召开政治局会议、彭德怀只身会晤金日成、停战谈判的反复拉锯等段落又以解密历史内幕的方式带给观众以强烈快感。

《跨过鸭绿江》的人物塑造同样也是多维度的。整体上看，该剧塑造了后方高层、前线指挥官与前线战士三重人物形象，且较好地刻画出了不同人物迥然各异的性格。毛泽东的运筹帷幄、彭德怀的直率果断、麦克阿瑟的刚愎自用、李奇微的老谋深算等都令人印象深刻。同时，影片塑造了梁兴初、毛岸英、邱少云、黄继光、杨根思、"冰雕连"等丰富多彩的将士形象，共同构筑起了抗美援朝的英雄群像。创作者还有意变换手法，以凸显不同人物的性格特色。例如，外交部副部长李克农的出场便颇有新意。剧中，在后方高层选定主持停战谈判的人选以及前方指挥部认可这一人选的片段中，剧中人物在知晓结果的情况下有意隐

瞒观众，营造了一种"他是谁"的悬念。这种未见其人、先闻其声的出场方式，也在有意无意中符合李克农长期领导隐蔽战线的神秘身份。待到出场后，观众才知他不仅抱病出征，还看到他面对父亲的离世只能异国遥祭，种种刻画令这一人物更具感染力。

《跨过鸭绿江》的史诗品格其次还体现在宏大叙事与个体叙事的融合上。在历史书写中，宏大叙事与个体叙事是充满对立紧张的两种叙述方式。前者追求的是整体的、普遍的、抽象的历史叙述，后者追求微观的、个人的、具体的历史叙述。史诗作为一种典型的宏大叙事，是建构历史意识与国族认同的有力形式。这也是为何上世纪八九十年代我国革命历史题材创作流露着强烈的史诗化冲动，涌现诸如《巍巍昆仑》《开天辟地》、《大决战》系列、《大进军》系列等作品。新世纪以来，着重展现个人化经验的个体叙事日渐上扬，主旋律创作呈现出越来越平民化、微观化的局面。从《我和我的祖国》的片段式叙事到《决胜时刻》的散文化叙事，都可以看到这一显著变化。就此而言，《跨过鸭绿江》可谓一次史诗叙事的回归。不过，它是在吸取以往史诗叙事经验的同时，顺应当下主旋律创作的日常化趋势，努力实现宏观与微观的融合。创作者不仅注重国际形势与战争场面的渲染，也注重生活细节的描画。例如，彭德怀在决定是否受命出征的前夜辗转反侧、难以入睡。无奈之下，他将被褥铺在地板上睡下。这一细节看似闲笔，实际上巧妙生动地展现出了人物彼时彼刻千钧重负下的心理焦虑状态。

二、虚实交织：在历史真实与艺术想象之间

除了宏观与微观的交融之外，《跨过鸭绿江》无法回避的另一个问题便是真实与虚构的关系。能否抵达历史真实、历史应该如何重述等

问题向来是历史题材作品的争议焦点。对此,《跨过鸭绿江》的做法是坚持"大事不虚,小事不拘"的原则,对于重要的历史事件与人物努力做到以史为凭、有据可依,同时大胆地展开虚构与想象。

一方面,对于真实存在的历史人物,创作者虚构了大量的细节。以毛泽东、杜鲁门、斯大林的出场为例:毛泽东与厨师交流湘味鱼的味道,杜鲁门俯身在地上找纽扣,斯大林则专心研究堵塞的烟斗。这些细节的加入让人物形象顿时鲜活起来。再例如,剧中还有意加入了毛泽东、彭德怀等人与家人温馨互动的日常生活场景。这些场景的增添,展现了他们作为普通人的情感和欲望、敏感与脆弱,让人物形象更加可亲可近。尤其是对于毛泽东、毛岸英父子关系的描画,更体现出民族传统中历久弥新、绵延深厚的家国情怀。

另一方面,该剧在艺术虚构方面最突出的地方在于塑造了侦察员郑锐、狙击手陆乘风、运输员马金虎等几位普通战士形象。创作者对于郑锐与母亲、妹妹的家庭生活的描画,意在从普通民众的角度彰显家国同构、舍家为国的民族心理。同时,这几位角色的战地生活和情感经历,为影片增加了难得的轻快色彩,有效拉近了作品与观众之间的情感距离。这些虚构人物一方面弥补了历史人物被种种因素所局限的塑造空间,另一方面也作为一种象征,指代着那些数量庞大、但被宏大历史叙事所遮蔽的无名者。当然,需要指出的是,《跨过鸭绿江》的艺术虚构之所以较为成功,在于它没有凭空捏造、反客为主。无论是细节还是人物的虚构都是按照人物的性格逻辑和历史的发展逻辑而展开的,它服务于想象性真实的建构,并通过想象性的艺术真实尝试去叩访历史真实。去掉这些部分丝毫无损这段历史的呈现,增加这些部分则又能显著提升历史书写的丰富度和情感温度。

三、总体性叙事：重塑日趋薄弱的历史意识

需要我们进一步追问的是，《跨过鸭绿江》在当下重返看似过时的宏大叙事，有何意义？《跨过鸭绿江》给人印象深刻的一点在于，它表现出强烈的普及历史的冲动。创作者用大量的史料和充分的细节重述了一段逻辑缜密、脉络清晰、主题鲜明的整体性历史。剧中人物还充当起"历史导游"的角色，不厌其烦地以浅显的话语向观众讲解和分析彼时的国内外形势与战争走向。这种总体性叙事的路径，显然与当下许多主旋律作品有所不同。例如，《我和我的祖国》就采取了另一种片段式、集锦式的方式。影片截取了几个代表性历史瞬间，拼接与综合为新中国七十年的历史进程。这显然是一种历史的提喻法，从某个部分或切口入手去展开对历史整体的想象，类似《金刚川》《我和我的家乡》等作品也是如此。这样的创作路径，可以专注于微观的、局部的历史，但也容易只见树木，遮蔽了历史的总体样貌，从而阻碍了对历史本质规律的进一步认识。

应当看到的是，我们所处的后现代社会是一个抵抗宏大叙事、消解权威的社会。尤其是随着虚拟化、网络化生存的愈演愈烈，人们的历史意识正日趋淡薄，历史虚无主义盛行。人类对于历史的认知正变得越来越碎片化、片面化，缺乏总体性的历史思维，甚至会进一步影响到文化传统的赓续与国族认同的建构。就此而言，《跨过鸭绿江》的真正意义或许正在于用整体性历史的书写去召唤和重建日渐匮乏的历史意识。透过这种总体性叙事，我们才能更加清晰地看到民族的来路，才能更深刻地体会到为何当年一个百废待兴、内外交困的国家要卷入一场看似以卵击石的较量，为何无数青年会自愿远赴异国，用血与泪写下"青山处处埋忠骨，何须马革裹尸还"的无尽悲壮。

中国网络电影发展脉络与未来趋势研究

司若　黄莺

新千年到来后,全球互联网用户从 1995 年的 1 600 万(占全球人口 0.4%),提高到 2000 年的 3.61 亿(5.8%)。上世纪九十年代由于互联网技术和电脑普及程度在全球发展的不均衡,中国互联网用户较少,1999 年仅为 210 万。新千年之后,中国的互联网使用出现了飞跃性发展,2000 年,中国互联网用户已经达到 1 690 万,到 2004 年达到了 8 700 万。用户增加、网速提高、数码相机(摄像机)的普及,这些现象创造了历史性的交集——全球网络视频时代的到来。2004 年,以影视剧发行为主的乐视网、以用户上传视频为主的土豆网、56 网、以点播为主的 PPS、PPTV 陆续出现在中国网络上。同一时期,2005 年 2 月 14 日,以用户上传视频和搜索视频为主的 YouTube 在美国正式成立。2006 年 11 月,YouTube 被谷歌(Google)以 16.5 亿美元的价格收购,这起并购案让越来越多人看到了流媒体中视频产业蕴藏的巨大商机。不仅优酷、土豆、6 间房、酷 6、暴风影音等视频网站逐步崛起,新浪、搜狐、网易等门户网站也开始提供视频服务。网络电影产业就此萌芽。2020年,根据第 45 次《中国互联网络发展状况统计报告》数据显示,我国网民规模达到 9.04 亿,互联网普及率达到 64.5%,手机网民规模 8.97

亿,手机上网比例达到99.3%。在移动网络普及率极高的当下,加之新冠疫情催生的"宅经济",让中国网络电影出现了弯道超车的时机,也形成了对中国网络电影发展脉络与未来趋势研究的重要时间节点。

一、中国网络电影发展脉络

(一)"前六分钟"法则的弊端

视频网发展初期属于野蛮生长时期,由于版权法律的不健全,用户会上传很多专业化的影视作品免费供网友欣赏。这个情况仅持续了三年多就出现了改变。2007年12月29日,原国家广电总局和原信息产业部联合发布了《互联网视听节目服务管理规定》,确立了视频网站经营牌照制度。第二年,原国家广电总局对互联网视听节目进行抽查,土豆网在内的32家视频网站因内容违规遭到警告处罚,迅雷中国、猫扑视频等25家网站被责令停止视频节目服务。除了政策层面的管理以外,2008年底的全球金融危机也让中国视频网站的发展进入新的调整时期,为了增强竞争力,搜狐、新浪、网易以及百度新成立的爱奇艺等视频网站开始逐渐向正版化、高清化的长视频领域过渡。由于视频网站加入购买版权的行列,版权价格不断攀升。

视频网站的发展极大地增加了电影版权价值,推高了整体版权价格。这让国内外视频网站很快意识到,光靠购买版权会导致经营成本的急剧上升,必须另寻出路。早在2005年,YouTube创建者们就预见了网络视频最终将从用户自创内容为主走向专业内容为主的阶段。2014年3月,为了区别当时互联网传播中的微电影,爱奇艺提出了网络大电影的概念,中国视频网站从这一年开启了通过网络大电影盈利的时期。这一年,中国主要视频网站共推出 450 部网络大电影,其中包括吴镇宇、张震、郑雨盛执导的《三生》,《催眠大师》导演陈正道监制,白举纲、于朦胧主演的《成人记 2》等多部有一定影响的作品。2015年,网络电影《道士出山》以 28 万元成本赢得了 2 400 万的分账收益。这个成功的投资案例吸引了大量资金和人才进入中国网络电影市场,促使网络电影数量从 2015 年的 680 部增加至 2016 年的 2 463 部。但是,因为在网络大电影发展初期所制定的分账规则中,付给制作方版权费数额是根据有效观看次数来计算,而观看满六分钟就可以记为一次有效观看次数,所以很多网络大电影在制作中非常重视片名、海报和前六分钟内容。片名和海报有助于引起用户观看兴趣以形成点击量,前六分钟是获取用户有效观看的关键。这一创作导向使网络大电影中充斥大量片名蹭知名电影热度、海报夸张露骨而风格趋同、影片质量在六分钟后直线下滑的现象。

(二)网络电影试错门槛低,成为电影新力量实验田

　　网络电影在发展初期所出现的质量低下问题,让其用户数量无法快速增长。根据《2020 年中国网络视听内容青年选择调研报告》显示,在收回 3 990 个样本中,2019 年至 2020 年 3 月间,观看过网络剧的人数为 3 173 人,网络综艺的有 3 058 人,网络电影的有 2 057 人,网络纪录片的有 1 755 人。在分类票选网络剧、网络电影、网络综艺、网络纪录片中,网络剧前 20 名的得票率都在 7.3% 以上(限于篇幅本文表 1只列出前十名),前 5 名得票率都在 24.6% 以上,最高的《庆余年》达到50.7%。网络电影类别前 10 名得票率低了很多,最高得票率的《鬼吹灯之怒晴湘西》为 22.3%,从第 8 名之后得票率就降低到 10% 以下了。网络综艺前 20 名得票率都在 14.7% 以上,最高得票率《明星大侦探第五季》为 37.4%。网络纪录片也在第 8 名之后得票率降低到 10% 以

下,但第一名的《人生一串第二季》有 31.90% 的得票率。(见表 1)可见,直到 2020 年,在当前最具网络消费习惯的青年群体中,观看和喜爱网络电影的人数仍然有待提高。除此以外,从网络电影青年受众特征来看,地方高职、高专院校观看人数接近 80%,普通本科和重点大学都在 60% 之下。住在二级城市及以下的网络电影受众占总调查人数 55% 左右。也就是说,网络电影质量水平有限,还很难吸引对文化艺术有更高要求的青年群体。

表 1 《2020 中国网络视听节目青年选择调研报告》
青年最喜爱的网络视听内容 TOP 10

序号	网络剧目	得票率	网络电影	得票率	网络综艺	得票率	网络纪录片	得票率
1	庆余年	50.7%	鬼吹灯之怒晴湘西	22.3%	明星大侦探第五季	37.4%	人生一串第二季	31.90%
2	爱情公寓5	38.8%	齐天大圣之大闹龙宫	16.0%	明星大侦探第四季	35.9%	航拍中国第二季	31.20%
3	想见你	29.1%	陈情令之生魂	13.9%	奇葩说第六季	32.9%	早餐中国第二季	26.40%
4	长安十二时辰	28.4%	鬼吹灯之巫峡棺山	12.7%	吐槽大会第四季	29.8%	中国医生	21.40%
5	陈情令	24.6%	新封神姜子牙	11.7%	吐槽大会第三季	28.0%	了不起的匠人2019	13.3%
6	锦衣之下	21.1%	新封神之哪吒闹海	10.8%	拜托了冰箱第五季	20.9%	老广的味道第四季	13.30%
7	致我们暖暖的小时光	21.0%	陈翔六点半之重楼别	9.4%	演员请就位	19.0%	人生第一次	11.30%
8	三生三世枕上书	17.9%	特种兵归来1:血狼之怒	6.5%	这!就是街舞2	19.0%	历史那些事第二季	10.50%
9	破冰行动	16.9%	东海人鱼传	6.4%	青春有你第二季	18.9%	水果传第二季	8.60%
10	我只喜欢你	15.9%	大蛇	5.6%	创造营2019	18.8%	七个世界,一个星球	6.80%

正是因为网络电影仍是网络视听中门槛较低的一个类别,再加上院线电影试错成本太高,许多学生、新兴电影人都选择网络电影这个类型作为创作的实验田。导演方面,新导演的网络作品让电影公司有机会直接通过作品看到新人的潜力。例如 2016 年,新生代导演姚婷婷本来毕业后已经做好回老家找工作的准备,但她的网络微电影《这些年一路有你》让一线电影公司看到了她的才华,选中了她来拍摄《谁的青春不迷茫》这部院线电影。平台方面也积极举行导演扶持计划,例如企鹅影视在 2017 年便推出了"青梦导演扶持计划",通过提供创作资金、综合培训、项目扶持、展映评选等可以切实孵化出电影作品的方式,培养出大量网络电影导演,既为网络电影添砖加瓦,又为他们向院线导演过渡奠定基础;爱奇艺与大地院线合作的大爱计划,用资金和资源扶持青年导演,采用院线和网络同步发行的方式来尽可能提高新导演作品的曝光度和商业价值度。

(三)分账模式改制,网络电影进入提质减量阶段

由于制作成本低、视频平台审核标准不成熟,网络电影整体质量较低。网络电影数量的激增也使得制作方盈利的稀释。2016 年激增之后中国网络电影市场就逐渐回归理智状态,2017 年数量回落至1 892 部,质量方面因为有慈文传媒、本山传媒等大牌影视公司的进入而出现提升态势。平台方意识到了"前六分钟"法则对网络电影质量的伤害性,制定了更为细致,有助于促进网络电影和平台共同良性发展的分账模式。爱奇艺修改了分账方式为"内容 + 营销 + 广告"。内容分账的计算公式为:"分账收益 = 内容分成单价 × 有效付费点播量"。爱奇艺平台根据内容质量将影片分为 A–E 五个等级,最高 A 等级内容分成单价为 2.5 元,最低 E 等级为 0.5 元,独家合作影片分账周期为 6 个月,非独家影片为 3 个月。营销分成只对内容评估达

到 A 级的影片开放,满足营销分成标准的影片将在影片上映首月获得单价 0.5 元营销分成。用这样的方式鼓励制片方进行联合营销。广告分成则是在影片付费期结束转为免费播放后,爱奇艺平台按照"分成收益＝该内容带来的广告收益×分成比例"的计算公式,独家影片 70%,非独家 50% 的分成比例来实行。腾讯视频分账计算公式为:"分账收益＝内容定级单价×有效观影人次",优酷的分账计算公式为"内容定级单价×(有效会员观看总时长／固定市场)"。根据笔者对米和花创始人、CEO 窦黎黎的采访得知,爱奇艺、腾讯、优酷虽然仍然关注观看时长是否达到六分钟,但不再限定在开始的前六分钟,而是重视用户对一部网络电影观看的时长是否达到平台规定的有效观看时间标准。对网络电影进行分级制来确定基础分账单价,爱奇艺在关注影片内容点击量和观看时长基础之上,也鼓励制片方对营销宣传的投入,并以广告收入来吸引更多制片方进行合作。腾讯和优酷都更重视有效观影,但计算有效观影的方式略有不同,腾讯关注一次连续收看时长,优酷注重付费周期内会员累计观看影片的有效播放时长。总之,视频平台网络电影分账模式逐渐摆脱了初期"前六分钟"法则的弊端,进入提质减量阶段。

2019 年,爱奇艺、优酷、腾讯在首届中国网络电影周上共同发布《倡议书》,提出将"网络电影"规范为主要通过互联网发行电影的统一称谓。在这一倡议下,原本以低质量快消费的"网大"逐渐向高质量、有艺术水平的网络电影方向发展。提质减量的效果在 2019 年便出现了。这一年中国网络电影数量降至 789 部,比 2018 年缩水近一半,但是正片播放同比提升了 24%。(历年具体数据见图 1)

2017 年中国网络电影数量上回归理性,2018 年质量和盈利上开始趋于成熟。从数据上看,2017–2019 年网络电影全年累计正片播放量从 37.8 亿增长至 48.2 亿。在网络电影数量减少 50% 以上的情况下,播放量的增长正说明了"减量提质"的效果。爱奇艺在 2018 年上线的

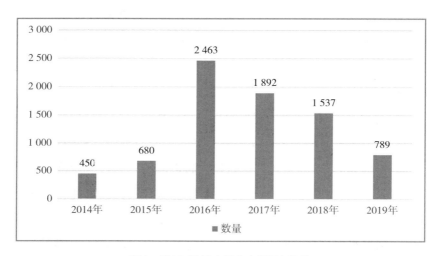

图 1　2014-2019 年网络电影历年数量

《灵魂摆渡·黄泉》只用了 56 小时就创造了千万票房分账纪录,27 天票房分账突破 3 000 万大关,成为当时市场上破 3 000 万用时最短的网络大电影,并最终获得 4 568 万分账票房,成为 2014-2019 年网络电影最高分账票房榜第二位。不仅分账票房媲美院线电影,而且该片在豆瓣上评分高达 7.1 分,是目前网络电影中票房和评分双高的网络电影代表作品(见表 2)。根据表 1 最高分账票房榜数据可知,除了《道士出山》是 2015 年作品之外,2014-2019 期间最高分账票房网络电影作品都出现在提质减量的 2018 年之后,并且还涌现了《灵魂摆渡·黄泉》《陈翔六点半之重楼别》这些评分超过 7 分的高质网络电影。2020 年由于新冠疫情的出现,一场被称为"宅经济"的红利让线上娱乐消费呈现爆发式增长。院线电影遭遇史上最长停摆期,间接催生了网络电影"红利季"。2018 年全年有 30 部网络电影票房破千万,2019 年上半年有 15 部网络电影票房破千万,而 2020 年光是第一季度全平台有 196 部新片上线,18 部网络电影分账票房过千万,并衍生出单片付费、双平台播出等新的盈利方式。

表 2　2014—2019 年网络电影最高分账票房榜

排名	作品	分账票房	所属视频平台	年份	豆瓣评分
1	大蛇	5 078 万	优酷	2018	3.4
2	灵魂摆渡·黄泉	4 568 万	爱奇艺	2018	7.1
3	齐天大圣万妖之城	4 036 万	优酷	2018	4.9
4	鬼吹灯之巫峡棺山	3 470 万	爱奇艺	2019	3.4
5	狄仁杰之夺命天眼	3 252 万	优酷	2018	3.9
6	陈翔六点半之铁头无敌	2 987 万	爱奇艺	2018	6.2
7	济公之神龙再现	2 791 万	爱奇艺	2018	3.4
8	水怪	2 600 万	爱奇艺	2019	4.4
9	道士出山	2 400 万	优酷	2015	4.6
10	陈翔六点半之重楼别	2 269 万	爱奇艺	2019	7.0

《2020 年中国网络视听内容青年选择调研报告》里，被调查青年所认为网络电影最应该具有的品质中，"好看""搞笑""感人""有趣""剧情好""热血""正能量""演员演技好"是最为突出的关键词。网络电影朝向提质减量的方向发展与用户的需求是匹配的，并终将随着整体质量水平向院线中小成本电影的靠近而实现破圈，逐渐担负起重新定义全球整体视听格局的责任。

二、网络电影赋能网络泛娱乐体系

（一）全球网络电影纯网播优质化的趋势

网络电影不是中国独有的产物，而是全球范围内出现在互联网上的新艺术形式。但是网络电影的定义与发展，国内外有所不同。2014年以来，国内网络电影指的是只在网上推出而不在电影院放映的作品。国外主要视频平台制作的电影则会在上线自家平台之前或者同时期，在一些影院中放映。2017 年，网飞（Netflix）出品的《玉子》（*Okja*）和《迈耶罗维茨的故事》（*The Meyerowitz Stories*）到戛纳电影节参展，因为不遵守法国所规定的上映和上线之间窗口期要高达三十六个月的要求，而遭遇很多质疑之声。在那之后网飞连续两年都没有参与戛纳电影节。因为相比电影院中的盈利，网飞更看重的是平台付费用户的增长速度。所以，《婚姻故事》（*The Marriage Story*）、《爱尔兰人》（*The Irishman*）、《原钻》（*Uncut Gems*）等高品质电影都仅在影院广泛上映或有限上映近一个月时间后，就登陆网飞平台。亚马逊在建构流媒体初期对三个月的窗口期仍较为遵守。2016 年 1 月，亚马逊购得《海边的曼彻斯特》（*Manchester by the Sea*）的美国发行权。2016 年 11 月 18 日，该片开始在院线上映，直到 2017 年 2 月 7 日，才在美国亚马逊平台上推出。但是这样的情况在 2019 年发生了改变。这一年，亚马逊本计划对电影《热气球飞行家》（*The Aeronauts*）进行为期一周的 IMAX 放映营销计划，然后再正式开始影院放映流程。但是为了尽可能快地吸引更多用户注册亚马逊 Prime 会员，亚马逊取消了 IMAX 营销计划并缩减影院放映时间至两周，然后就让《热气球飞行家》直接登录其流媒体平台。因受新冠疫情影响，迪士尼撤档的电影《阿特米斯的奇幻历险》（*Artemis Fowl*）直接在 Disney＋流媒体平台上推出。鲍勃·艾格（Bob Iger）透露在本片之后，有可能还会有更多电影直接迁移至 Disney＋作为独占内容上线，而不再追求院线发行。从网飞对窗口期限制的突破，到亚马逊逐渐放弃对窗口期的坚持，再到迪士尼的部分电影直接放弃院线上映，可见国外主流视频平台的纯网播格局正在形成。

国内的视频网站在推出网络电影概念时，就确定了纯网播的机制。并建立了分账模式来鼓励影视公司为视频平台制作网络电影。2019

年上半年,中国网络电影数量降至 438 部,一方面是因为政策监管更加严格,另一方面是因为视频平台的主动改变,减少对低质量影片的补贴,提高了对优质、头部网络电影的投入。从国外的发展经验和国内发展状况可以看出,中国头部网络电影正在、也将持续地在投入资金、内容质量上向中小成本的院线电影靠拢。2020 年 3 月 20 日在爱奇艺和腾讯双平台推出的《奇门遁甲》,总投资 2 000 万,与 2017 年袁和平执导的院线版《奇门遁甲》投资的 2.5 亿不可同日而语。但是 2017 版在影院仅获得 2.99 亿票房,即使之后在视频平台上线,也仅是减少部分损失,并不能带来盈利。2020 版的《奇门遁甲》虽然投资少,但播出 13 天双平台分账近 4 000 万,从投资回报率来看远高于 2017 院线版。从网友的评价来看,2020 版获得 5.4 豆瓣评分,2017 院线版仅获得 4.4 分。虽然两版分数都不高,但投资巨大的院线电影输给了网络电影这一现象,除去观众期待值高低不同的部分原因外,可以看出中国网络电影经过五年的发展,已经进入向优质化方向前进的正轨。国内外网络电影虽然初期发展模式不尽相同,但综上梳理可知相同点是都朝着高质量纯网播方向发展。

(二) 非线性传播催生综合利基策略

头部以外的腰部、尾部网络电影是抓住网络细分市场的关键点。我国网络电影尚未完全摆脱初期发展中所存在的山寨、类型单一的问题。大量腰部和尾部的网络电影以卖情怀、蹭知名电影热度为盈利方式,从片名到内容都充满山寨味道。网络电影在类型上仍然以动作、喜剧、奇幻、爱情、武侠、悬疑为主,对类型的创新力不强,豆瓣评分总体较低(见表 1)。中国网络电影要真正进入质量全面提升的新阶段,腰部、尾部电影就必然在优质化基础上深耕细分市场。

因为不同于院线电影、传统电视台的线性传播逻辑,视频平台是以非线性传播的方式、以内容库的形态来为用户所用。用户不再需要按照电影院、电视台所制定的节目时间表来定时定点收看影视作品，而是像提取数据一样，利用不同的屏幕设备、在有网络的状态下随时随地于视频平台上点选自己想看的作品。用哲学家、文化理论家韩炳哲的话来说，数字时代人们从要从属于一般法则的主体（subject）变成了可以自我筹划、自我投射、自我铸造乃至自我优化的项目（project）。也就是说，成为项目的用户从卑躬屈膝的主观态度中站起身来，转而力求投射和施加影响，即拥有更大自主权。这一特征表现在对网络电影的选择时，会出现个体的偏好更加明显。主流口味的重要性因此降低，取而代之的是通过研究分众市场相关数据得出的多种利基口味组合的情况。这就要求视频平台必须拥有多元化的网络电影片库，才能够与用户个人口味有更高的匹配度。以网飞为例，其成功原因之一就在于成功使用大数据分析出了一套"综合利基策略"。在内容制作上，网飞每年都不断增加原创内容的全球制作费用，大量收录动作、喜剧、科幻、悬疑、剧情等不同类型网络电影，作为为用户打造匹配度高的订制内容库的基础。在平台功能上，网飞为用户打造定制化主页，推荐适合用户的内容组合。截至 2019 年，网飞根据用户的观看偏好设置了 1 300 个推荐集群，并划分出了超过 2 000 个口味组合。根据用户使用数据，网飞会分析具体用户的口味组合情况，为用户推荐匹配度最高的多部电影作品。中国网络电影经过五年发展，2019 年在类型多元化上已经出现一定进展（见图 2），加之 2020 年的疫情促使网络电影进入弯道超车的时期。可以预见，网络电影对整体互联网泛娱乐视听体系的影响力正在逐渐增大。

（三）网络电影对互联网泛娱乐视听体系的引流和增值潜力

2020 年，因为新冠疫情的爆发，春节档的 7 部电影均撤档。其中

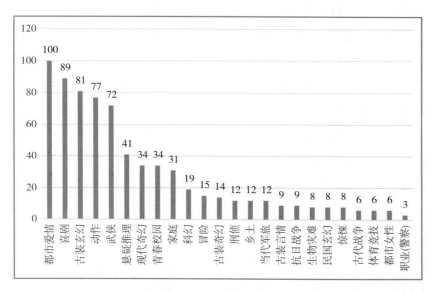

图 2　2019 年中国网络电影类型分布

的《囧妈》选择在大年初一在线上免费播出,成为一部纯网播电影。这一事件正式突破了中国院线电影与网络电影之间的界限。在这之后,因为疫情的持续发展,《肥龙过江》和《大赢家》两部被定档的院线电影都选择在视频平台推出。国外也有包括《阿特米斯的奇幻历险》《爱情鸟》(*The Love Birds*)在内的多部电影放弃院线上映直接转线上视频平台,《星球大战:天行者的崛起》(*Star Wars: The Rise of Skywalker*)、《1/2 的魔法》(*Onward*)、《隐形人》(*The Invisible Man*)、《狩猎》(*The Hunt*)等电影突破了窗口期和制片厂原本规定的线上播出时间限制,也都在 2020 年 3 月至 4 月之间在视频平台推出。

　　清华大学影视传播研究中心于 2020 年在全国高校进行了大规模的大学生娱乐形态调研,数据显示,大学生日常娱乐中第一名的是在网上看电影,占比 75.9%,第三名是去影院看电影,占比 72.7%。对电影的观看和消费是大学生的主要娱乐形态之一,且院线电影对大学生的吸引力巨大。可见,院线电影转网播或突破窗口期更快上线的做法,对视频平台用户数量快速增长、用户消费时间提高有巨大推动作用。

2011 年,腾讯提出了以打造 IP 为核心的跨领域、多平台的"泛娱乐"概念。在这之后,阿里巴巴、百度也纷纷制定了符合自身发展的泛娱乐发展模式,但重点都在于打造可赋能于影视、游戏、音乐、文学、戏剧等不同媒介形式的明星 IP。目前,泛娱乐布局中的网络剧、网络文学、游戏都有可喜的发展,网络电影在近三年提质减量效果显著,但普及性影响力仍有待提高。随着家庭客厅影音条件的提高、互联网网速和视频画质的升级,在家进行效果媲美影院观影的硬件条件已经具备。《长安十二时辰》《延禧攻略》等一大批优质网络剧让越来越多的用户形成了在视频平台长时间观看的习惯,用户对内容的付费意愿也持续提升,爱奇艺和腾讯视频会员皆从 2018 年第三季度的 8 070 万和 8 200 万增长至 2019 年第三季度的 10 680 万和 10 020 万。同在一个平台的网络电影拥有了数量庞大的潜在用户。但是我们必须意识到,在视频网站付费会员基数逐渐增大的背景下,网络电影票房并没有跟上会员数量增长幅度,说明中国的网络电影虽然有一定市场份额,但是破圈吸引更多付费会员观看的能力仍较为欠缺。只有网络电影内容能逐步向中小成本院线电影的质量靠拢,类型上足以形成多个分众市场的交汇与延展,才能在软件条件上实现与当前视频平台用户有更广泛、更深入的匹配度,有利于中国网络电影本身的良性发展,而且能促使互联网泛娱乐体系的进一步成熟。

三、媒介转变推动电影产业生态巨变

《娱乐至死》中,作者尼尔·波兹曼用印刷向电视的转变,来说明人们思考、表达思想和抒发情感的方式会因媒介的不同产生新的定位,从而创造出独特的话语符号。网络让原本分散在电影银幕、电视机、广播、报纸等不同媒介的内容，以数据的形式聚拢到了一个平台上。于是，特定的内容在内部拥有了更强的解构-重组性，在外部则具有更好的延展-连接性。具体表现例如，电影可以截取成短视频进行传播，不同影视、音乐和文字重组之后会形成新的文化内容。被数据化的媒体内容形成了与互联网同构的根茎网形态，处于其中的网络电影不仅处于自身不断优化进程中，而且跟随着整体媒介转变的大背景推动了电影产业生态发生巨变。

（一）网络电影长尾效应加快电影产业化和格式创新脚步

网络电影的发展，不仅对网络泛娱乐成熟有推动作用，而且对电影创作、未来影院热门电影类型的分布以及影院空间的新生产都有巨大影响力。因为增加了视频平台这个盈利阶段，对电影类型与格式的创新有激励作用。视频平台的非线性传播逻辑鼓励电影创作重视长尾效应，即那些在单位时间中盈利不高，但长时间获利能力强的电影类型。如艺术电影、二次元、纪录片电影等都可以在网络上找到最大公约数的观众群，也就能有更多资金的支持和更大的盈利机会。

2017 年电影《闪光少女》在豆瓣上获得 7.3 的评分，成为豆瓣 2017 年评分最高华语电影第九名，分数高于 44% 的音乐片、64% 的喜剧片。但是当年在院线仅获得 6 486.6 万票房成绩。这部青春、二次元、音乐题材电影在排片只剩 6% 的时候，发布了一张宣发团队集体下跪致歉的图片，说是致歉实则是一种破釜沉舟式的宣发方式。但最终也未能挽回排片和票房。《闪光少女》这一类质量上乘但是类型小众的电影，只有靠赢得更高关注度来尽可能获得较高排片量。但是每个城市中能够真正走进影院观看这类影片的观众并不多，所以电影最终的影院票房成绩皆不理想。极为符合长尾效应的互联网消解了地理位置的限制,让分众电影与其最大规模受众拥有了触达对方的平台,这一优势解决了这一类分众电影在盈利上的难题。也就是说,转型为网络电影会让原本盈利较为艰难的分众电影有了进一步产业化的可能性。

不仅是传统分众市场在网络中找到了更广阔的天地,因为 5G、互动视频、大数据算法等技术的发展,在网络电影中还出现了更多创新型电影类型和格式。第一,互动电影在技术赋能下拥有了新的含义。2010 年之前,互动电影这个概念一般指出现在电子游戏中提供给玩家选择剧情走向的权力。2010 年之后,网飞等流媒体视频平台让互动电影概念愈发复杂。2016 年开始网飞陆续推出了《穿靴子的猫:魔法书中逃》(*Puss in Book: Trapped in an Epic Tal*)、《黑镜:潘达斯奈基》(*Black Mirror: Bandersnatch*)、《你的荒野求生》(*You vs. Wild*)等成功的互动作品。2017 年,腾讯推出互动电影《画师》并于同年 7 月发布互动视频技术标准。爱奇艺和哔哩哔哩也于这一年在内容和平台上都为互动电影未来发展打下了基础。第二,互动技术之外,因为网络技术大带宽、低时延、多连接的特点,不同尺寸移动触屏的普及,让电影格式也有了很大不同。由前迪士尼董事长杰弗里·卡森伯格(Jeffrey Katzenberg)和前惠普总裁美格·惠特曼(Meg Whitman)共同创立的短视频平台 Quibi 上,创始人与影视制作人们共同打造出了分章节(每部分不超过10 分钟)的电影,并且当用户竖屏或横屏观看会改变电影画幅,从而产生不同的观看-使用体验。

(二)院线电影中注意力经济效应更为显著

可见,视频平台具有促使电影类型和格式多元化发展的优势,新冠疫情又加速了人们在网上观看-使用电影行为的普及。疫情中《囧妈》《阿特米斯的奇幻历险》等多部大制作电影都从院线电影变身为网络电影。虽然大制作电影在疫情期间转型为网络电影属于特殊情况,但是网络电影的制作端和接收端都已经有成熟发展，必然会有大量电影和观众遭到分流。

一战以后，福特主义的到来让我们享受到了质量有保证的标准化商品，当标准化商品泛化，成为人们能够买到的商品的普遍准则之后，标准化已经不能指导人们做出消费决策。于是，上世纪七十年代，世界消费品生产模式迎合消费者个体需求、大规模订制的后福特主义。电影的商品属性基本也随着福特与后福特主义的到来而演进，在一战之后有了更标准的生产方式，在上世纪七十年代之后形成了更迎合受众的高概念大片。2000 年之后，随着互联网的发展，通信设备的演变，我们的生活中连走路都可以成为积分换奖品的行为。当琐碎小事都在被尽可能游戏化以博取人们关注时，院线电影要想获取更多的注意就变得更加困难。人们的注意力变成稀缺商品后，能把消费者吸引到电影院的影片，需要在感性层面上让消费者拥在其他地方体会不到的多感官冲击，在精神层面上能起到使观众获取知识与思想、实现文化朝圣目的的作用。具体有以下两类：

第一，感官冲击力大的商业大片。一方面，这类电影能够让消费者在电影院感受到与移动屏观看或者客厅观看完全不同的视听享受；另一方面，这类影片多数培育市场多年的特许权电影，已经形成了包括电影、电视剧、游戏、漫画、玩具等不同媒介形式的产品群，拥有数量庞大的忠实粉丝群。对这一类电影的关注和消费已经成为类似于"朝圣"性质的活动。从 2017–2019 年中国票房前 25 名各类型数据可知（见图 3），有大量视效特技、动作场面以及幻想故事内容为主的动作、奇幻、科幻类电影在近三年数量是最多的。截至 2019 年 11 月，有史以来全球票房最高的电影排行榜中，前 20 名里全都是视效商业大片（见表 3）。据专业数据平台 Statista 在 2018 年的统计，美国观众中有 54% 的 18–34 岁之间的成年人看过一部或者多部漫威"复仇者联盟"系列电影。这些数据共同说明了具有高感官冲击的商业大片为电影院带来的价值高。

表 3　有史以来全球票房最高的电影（截至 2019 年 11 月，百万美元为单位）

1	《复仇者联盟：终局之战》(Avengers: Endgame)	2 797.8
2	《阿凡达》(Avatar)	2 789.97
3	《泰坦尼克号》(Titanic)	2 187.5
4	《星球大战：原力觉醒》(Star Wars: The Force Awakens)	2 068.22
5	《复仇者联盟：无限战争》(Avengers: Infinity War)	2 048.36
6	《侏罗纪世界》(Jurassic World)	1 670.4
7	《狮子王（2019）》(The Lion King)	1 654.65
8	《复仇者联盟》(Marvel's The Avengers)	1 518.81
9	《速度与激情 7》(Furious 7)	1 515.05
10	《复仇者联盟：奥创纪元》(Avengers: Age of Ultron)	1 402.81
11	《黑豹》(Black Panther)	1 346.91
12	《哈利·波特与死亡圣器 2》(Harry Potter and the Deathly Hallows: Part 2)	1 341.93
13	《星球大战：最后的武士》(Star Wars: The Last Jedi)	1 332.54
14	《侏罗纪世界：失落王国》(Jurassic World: Fallen Kingdom)	1 308.47
15	《冰雪奇缘》(Frozen)	1 274.22
16	《美女与野兽（2017）》(Beauty and the Beast)	1 263.52
17	《超人总动员 2》(Incredibles 2)	1 242.81
18	《速度与激情 8》(The Fate of the Furious 8)	1 236.01
19	《钢铁侠 3》(Iron Man 3)	1 214.81
20	《小黄人大眼萌》(Minions)	1 159.4

　　第二，有话题性、能产生群体共情的电影。除了视效大片之外，近三年票房前 25 名电影中的其他影片都具有可以让人们在影院空间观看时引起广泛的情绪、思想上触动，并拥有高话题性的特点。（见图 3）海德格尔认为有效的传播是"一种人们共享的共-现身情态（co-state-of-mind），是对我们意指的东西给出某种确定的特征，一边让其他人也像我们一样看到它……是对存在的共同领会"，也就是说，从观众角度来看他们的需求，那些可以在一个场域中让多数人产生共同体验、共同情感的影片，是观众们希望在影院中看到的作品。例如《少年的你》中，易烊千玺和周冬雨名人效应和过硬的演技对许多观众具有强大号召力，当观众被吸引进影院后，这部电影对高考和校园霸凌的细腻动人表现让影院场域中的观众与作品有了共情，观众与观众之间形成了对这一存在的共同领会。第一波进影院的观众向外传递出了正面的评价，吸引更多观众进入影院。所以，有话题性、能产生群体共情的电影仍然是电影院里的热门作品。

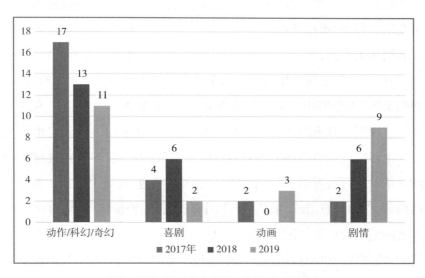

图 3　2017–2019 年中国票房前 25 名类型分布

（三）影院空间面临新生产方式

因为电影类型与格式的改编，有很多电影更适合在视频平台推出，这也会导致电影院通过电影获取盈利的份额减少。疫情这种突发公共事件让电影院如何抵御风险、多元获取空间价值这一问题成为当前以及今后很长一段时间内亟待解决的问题。电影院消费曾经非常符合约瑟夫·派恩（Joseph Pine）和詹姆斯·吉尔摩（James Gilmore）所提出的体验经济模式，即在这个相对封闭的空间中我们可以通过观影拥有做一场梦的体验。随着科技的进步，这种体验在其他空间也能实现，并且涌现更多其他形式的体验分流了消费者。

体验经济的概念在当今仍然是一个促使盈利增长的重要方式。但是由于虚拟空间对人们时间的占据，对人们生活行为的改变，体验经济的实现方式出现了变化。具体到影院空间体验上，新的获取空间价值的方式主要有三方面：第一，线上社群培育，线下开展活动。上世纪九十年代到二十一世纪第一个十年之间，互联网曾经是人们逃离自身日常生活、以新的虚拟身份体验不同人生的方式，但是随着移动屏幕的普及和网速的提高，互联网生活与我们的日常生活出现了很高的重合度。逃离互联网、体验现实生活成为当今许多年轻人排解日常压力的方式。根据英国《卫报》2017 年一项调查显示，接受调查的大学生中有超过71% 认为需要时不时离开线上社交网络，花一些时间体验现实世界生活。电影院应充分利用消费者通过线上获取活动资讯、快速进行各种社交活动的行为习惯，结合电影院自身发展特色，在线上定期用各种互动活动，例如优惠措施、抽奖、有奖问答、电影知识讲座等，培育出一群忠实的消费者群体。用见面会、分享会、展览、线下讲座等更为丰富的活动，将消费者引流到影院空间中进行继续消费。第二，增强影院空间表演性。在线下消费同质化严重的情况下，消费者在同类消费中做出最终决定主要取决于该空间的表演性是否可以带来更强体验。例如，许多消费者选择去海底捞消费，与其热忱周到的服务密切相关。电影院在服务和空间布置上，都应重视对表演性的植入。比如，《星球大战》《复仇者联盟》这一类具有强粉丝文化的电影上映期间，在影院空间、服务人员的服装、服务语言等植入上映电影元素，既增强消费者的体验感,又可以通过消费者人际传播渠道使影院声誉得到更广泛的宣传。第三,影院空间引入互动设备,增加消费项目。传统影院以销售电影票、爆米花等为主要盈利方式,现如今的科技水平可以很容易地让现实空间成为线上游戏的实操场所。影院可与知名电影 IP 进行合作,推出成本合适的互动游戏,或引入 VR、AR 设备吸引消费者在影院空间中进行游戏消费,或让影院空间作为特定游戏某一任务实现地点,总之充分结合当今科技发展,让影院空间生产出符合消费者需求的创新体验。

结　语

知名媒介理论家费里德里希·基特勒(Friedrich Kittler)用分别代表声学、光学和文字储存技术的留声机、电影、打字机为例来说明不同技术对人感知信息能力和思维模式的巨大改变作用。他认为"媒介决定我们的现状"。网络电影一方面延续了电影这一艺术形式对人类时间与空间观念展示的特点,另一方面由于其置身于非线性逻辑的视频平台,原本传统的观众观看行为就转变成用户的观看-使用行为,出现多场景、多线程和多故事线选择的特点。在视频平台上,我们不再是必须于特定地点、特定屏幕上进行单向观看的观众,而是可以运用不同移动设备在多地点场景中一边观看一边进行社交、购物、通勤等不同行为的用户,有些具有互动叙事功能的电影作品还可以让我们通过选择不同故事线触发电影走向不同结局。疫情的出现使视频网站成为隔离在家的人娱乐的重要方式,加速了用户网络观看-使用行为的增加和普及,激发流媒体视频平台的迅猛发展。Disney + 在上线五个月后订阅用户就突破了 5 000 万,而网飞用了七年时间才达到这个用户数字,可以看出越来越多的人对视频服务拥有了更高的接受度。与此同时,根据《2020 年中国网络视听内容青年选择调研报告》显示,网络电影受到青年的关注度,在网络娱乐形态(网络剧、网络综艺、网络电影、网络纪录片)中属于第三梯队,但《2020 中国大学生娱乐生活形态报告》中显示青年对电影的热爱程度是很高的。可见,虽然有部分网络电影已经向中小成本院线电影靠拢,但是网络电影整体要突破现在难以获取有更高消费能力和更高艺术鉴赏力人群关注的困境,还有一段较长的路要走。

网络文艺有创意　文化在打底

刘　亭

　　"新文创"已经成为当下网络文艺的热词。2020 年底,腾讯联合阅文集团启动"文化遗产新文创计划"推出首部网文短剧《枣知道》,就是对以 IP 为核心的这一文化生产方式的实践。它是由网络文学作家"爱潜水的乌贼"以世界文化遗产峨眉山为背景创作的短篇小说,并以峨眉山特产"牛角枣"为故事线索,邀请演员秦昊作为讲述人,打造了同名定格动画短剧。将网络文学中具有文化底蕴的元素开发出来,与其他网络传播的流行方式相结合,并快速推给大众,是一种值得尝试的形式。

　　这种针对短内容,从网络文学到改编短剧、动漫及游戏等全链条的短 IP 模式,正在对网络文艺的生产形式产生影响。各大网文平台纷纷抓住这个风口,利用短视频渠道播放自家网文短剧。相对于 IP 影视化的成本、风险、创作周期及复杂程度,网文 IP 与短视频联动具有的低成本、短周期、高触达率的特性符合大众的认知规律。

一、新的传播手段，让文化的呈现形式更丰富

网络文艺不断地融合与跨界，开始探寻更接地气、更通俗的方式去推广，传统文化似乎成为"破圈"的法宝。"新文创"模式实现网络文学、影视、动漫、游戏的四维联动，也需要从传统文化中汲取灵感，像汉字、诗词、书法、曲艺、民乐、非遗、节日、地域、民俗等文化元素，都被"新文创"以合适的形式加载其中，成为青少年网络传播中的"国潮"热，在传统和现实间实现"破圈"。网络文艺的好创意，都有文化在打底。

越来越多的数字化平台开始聚焦于融媒体的网络形式如何与中国传统文化融合共生，用数字化推动传统文化"破局"，助力传统文化的传承和创新。从互联网平台与故宫打造的"数字故宫""古画会唱歌"，到联手敦煌研究院的"云游敦煌""敦煌诗巾"，这些优质的数字内容都着力于互联网的传播特点，帮助传统文化深入"网生代"的年轻人圈层。正是新的传播手段，让文化有了更多的呈现方式，也让传统经典拥有了历久弥新的生命力。

传统文化回归，无论是书画戏曲，还是诗词歌赋，都成为潮流趋势，大众对传统文化的强烈兴趣也推动了"国潮"的兴起。尤其是越来越多 90 后、95 后开始关注文创的中国元素，"国潮"俨然成为年轻人眼中的时尚，也日益成为网络文化创意的热宠。一向对大数据和消费风向最为敏感的游戏行业，捕捉到了传统文化对青少年网络社群交流的强大黏合力，一系列游戏产品开始添加文化元素：手游《QQ 炫舞》与舞蹈艺术家杨丽萍合作，将云南传统民族舞蹈"孔雀舞"引入游戏，推出"瞳雀季"系列，虚拟偶像"星瞳"化身为孔雀舞新传人，与杨丽萍进行

"破次元"对话;3D 版武侠游戏《天涯明月刀 OL》中三件游戏服装的实体外装均由苏绣、花丝镶嵌、云锦的非遗传承人亲手制成,大展国风之美;手游《绘真·妙笔千山》更以《千里江山图》为灵感,还原了中国传统绘画的意境和技法。

同样主打文化遗产的最新网络微综艺《敦煌藏画》,是由政府机构、敦煌博物馆和互联网数据平台共同打造的跨界之作,呈现了不同以往的视觉形式,并起用了"古风感"十足的青年唱作人作为讲述者,用记录的方式,带领观众身临其境地寻访敦煌,从初凿洞窟到唐代的窟室千余龛,从元代的没落到晚清的风雨飘摇,用可视化的讲述串联起敦煌本身的"故事性",又通过"修复"的主题让观众了解敦煌壁画、乐舞等知识和概念,体会守护传统文化的初心。这种新的融合形式既符合"国潮复兴"的大势所趋,也吸引着年轻人参与到文物的数字化保护中来,真正体现了节目用"精品短视频+国风之美"实现文化传承的初衷和匠心。

作为网络文学的改编形式,"世界遗产新文创计划"最新上线的三部短片《野朋友》《礼物》和《年兽》,都以春节年俗为背景,呈现了中国式的乡愁和亲情。同时,三部"文化类"短片分别融入"神农架野人传说"、徽州木雕、中国剪纸等非遗特色,展现了贴春联、打年兽、守岁火的年俗,以情感为纽带,实现传统文化的新式表达,赋予传统文化符号新的感召力。

通过文博机构、数字化平台以及融媒体的平台合作,打通线上线下,联动大屏小屏,传统媒体与新媒体融合、大屏叙事与小屏互动融合、文化资源与文化创意融合的创新模式正成为网络文艺的新看点,而越来越多的文化类优质 IP 也开始寻找微剧、微动画、微纪录片的传播载体,在短 IP 的蓝海中乘风破浪。

二、别把"文化"当噱头,让商业目的盖过文化主张

文化元素与游戏开发、数字科技与经典传承的糅合,一定程度上迎合了"国潮"的趋势,让传统文化更加鲜活。古老的故宫 IP 也好,年轻的潮玩也罢,文创 IP 产品为什么会如此流行? 现象背后总有原因。因为这暗合了消费者对精神文化情感消费的重视。消费升级让人们不再只为物质本身的实用功能买单,也开始重视文创产品的文化情感属性。另外,它满足了年轻人从大众趋同走向小众自我的辨识性心理。90后、95 后年轻群体日益成为消费的新主力,而年轻的消费群体中,又有大量的泛二次元用户,蕴含文创 IP 的角色形象所带来的归属感和代入感,也变成"网生代"表达个性及自我的标签,成为影响泛二次元群体购买 IP 产品的重要因素。

但是各大平台扎堆用"文化"做文章,各种跨界产品频频以"文化""传统"当噱头,也难免有"蹭文化""凑文化"之嫌。比如,一些品牌开始走贩卖情怀的营销路线,用一拨"回忆杀"和"怀旧风"来吸引消费群,其中最引热议的当属与国漫经典 IP 的合作,像黑猫警长、葫芦娃、天书奇谭的国漫形象,都是品牌合作的热门。这些所谓新创意,大都以商业和实用功能为出发点,撬动怀旧的心理诉求,用国漫实现自身品牌的加持,其实对于文化形象的创新并无过多的巧思。

而对经典 IP 一窝蜂的开发和消费,不仅带来文创的过度商业化,对于传统文化资源来说,也是涸泽而渔的做法。像考古类和文化类的综艺、动漫、短视频都在争相"抢夺"一些优质文化资源,试图"沾点光"。尽管其破圈思路也渗透了互联网思维,但文化传播的效果不尽如人意。能否通过新生代的网络互动,实现传统文化的发扬光大暂且

不论,单是"言必称文化"的推广策略,其商业目的就盖过了文化主张。

过于强调商业价值,单纯依赖粉丝效应,对 IP 的深度开发来说,并不一定是好事。特别是现代社会,消费已经从经济概念转变成文化概念。随着 IP 近几年的不断发展,文化产业的日益成熟,文化价值已经成为产业趋势和政策导向。兼具文化价值与商业价值,是让 IP"活下来、活得好、活得久"的重要因素。而传统与现代的融合,不仅仅是潮流所趋,更是经典文化得以持续创新的活力所在,像"西游记""三国""封神榜"这些中国传统文化的经典 IP,都是在深厚的文化价值基础上,形成了无形的心理记忆和情感共识,才能为后期网络文艺的衍生品开发沉淀粉丝,才能进一步促进优质 IP 的升级和转化。

新一代的数字青年了解传统文化最主要的渠道是网络,与此同时他们对外界有着更加开放的态度,更喜爱传统文化与时尚元素的跨界出圈。面对当今习惯数字化生存的年轻人,从网络世界到实景体验,从影视游戏到动漫综艺,不论跨界联名,或是主打粉丝效应,文创平台最需要把握的,应该是借助多元媒介和营销渠道实现对传统文化的推广,引导"网生代"通过内容与形式的融合,更好地了解传统文化遗产的本质,深刻地理解文化的底蕴和内涵,而不是以文化为"噱头",仅仅流于"云"游文化的新鲜感,浮于触达文化的快捷感。唯有这样,"网生代"年轻人才能在数字生活中拥抱传统,在兴趣中增强对中国元素的文化自信。

即使在 IP 流行的时代,网络文艺要创造和传承的始终是文化。文化,就像"床前明月光",始终饱含一种共同的情感认知,拥有一份共通的价值认同。而以非物质文化遗产为代表的优秀传统文化,也正在借助"新文创"的形式与当代人建立连接,唤起"网生代"年轻人对中华优秀传统文化的热爱。文化不是一味迎合,而是在视野和格局上的引领;文化承担的功能不是"扯虎皮、做大旗",不是单纯为了吸引眼球,而是用来礼敬的。

　　无论形式如何翻新，"新文创"的本质还是为文化传承和文化创新增智助力。"出圈"的表面是文创工作者在不断拓展新形式，但背后是寻找文化的年轻人在无限接近传统。用传统文化引领潮流，与当代人的心灵产生碰撞，是文化符号焕发生机的钥匙。而以文化为依托的优质网络内容，也终会寻找到属于中国文化的情感密码和表达路径。

2021 年度优秀文艺评论短评

与时代同行的文学评论

李松睿

文艺作品关注现实生活,保持对社会问题的介入姿态,自十九世纪以来,就被认为是创作者坚持人民性的重要表现。因此,在今天这样一个坚持"以人民为中心"、将人民的根本需求与根本利益视为文艺的出发点和落脚点的时代,"反映时代新气象""讴歌人民新创造"自然是文艺创作的题中应有之义。

此前评论界已经对文学创作如何呼应时代的要求做了非常多的探讨,有种偏颇的看法认为,一些评论文章只有作家本人和恰好读过或想读那部作品的读者愿意看,受众相对来说非常有限,不如将版面让给更有理论深度、更有学术史价值的论文。这种观点必须予以高度重视,因为这一看法背后是非常流行的对文学评论的定位,即评论要分析文学作品的艺术风格、把握作家的创作特色、总结文艺发展的内在规律,并在有可能、有意愿的情况下,对不断涌现的新作品进行价值判断,鼓励其中优秀的创作倾向,抨击不良的创作苗头。这一系列工作是文学评论的分内之事,是文学这一学科给文学评论规定的常规位置。如果评论家不对这样的位置进行反思,而是满足于在文学内部占据这样一个位置,那么文学评论自然有只能尾随在文学创作后面的嫌疑。在这种情况下，评论家不断鼓励作家去深入生活、扎根人民，用作品去反映时代新气象、讴歌人民新创造，却也使得创作者成了一支面对现实生活独自进行前沿探索的孤军。而评论家就成了待在后方的援军，只能根据创作者探索的最终成果，把握风格特色，总结相关经验，评判其表现现实生活的优劣得失。

对文学评论只能追随创作的不满，有两种解决思路。第一种思路，我们今天已经非常熟悉，就是二十世纪欧美文学研究界不断流行的包括精神分析、结构主义、解构主义、东方主义等在内的各类理论话语。这些形形色色的理论在诞生之初，当然各自都有其强烈的现实针对性，并以对文艺作品的独特解读让人耳目一新。但在学术体制内部辗转更替的过程中，它们逐渐与生活脱节，甚至也与文学本身脱钩，使文学理论虽然真的突破了文学学科的限制，但也失落了文学，演化成了理论本身，让评论成了理论术语内部循环、自我增殖的文字游戏。我们看到这一趋势在中国文学研究界越来越流行，但文学评论工作如果止步于此，则把自己封闭在某个特定的空间中，并没有真正通过冲破文学获得更广阔的思想空间。

而另一种使文学评论超越文学学科限制的思路，典型地体现在十九世纪中叶俄国文学界著名的《现代人》杂志上。这份刊物由普希金于 1836 年创办，经过普列特尼奥夫特别是涅克拉索夫的发展，最终在先后成为刊物主笔的别林斯基、车尔尼雪夫斯基、杜勃罗留波夫手中达到影响力的顶点。普希金在为这份刊物取名时，选用了"современник"一词，这在俄语中是个双关语，既指时间性的概念，翻译过来就是通行译法的"现代人"，意思是在时间维度上最新的人；同时这个词也可以翻译成"同时代人"，更强调在空间和时间维度上共同面临相似处境的一批人。从刊物的名称可以看出普希金以及这份刊物不仅仅关心文学本身，而且是要与俄国的作家、刊物的读者乃至全体俄国人民站在一起，思考他们共同面对的时代与社会，并始终保持充沛的精力、足够的敏感以及难以穷尽的好奇心,关注社会生活的方方面面。《现代人》杂志上的文学评论的最大特点,是从来没有将自己的思考限定在文学的疆域之内,这种探索的视野是如此广阔,以至于在探讨文学创作的时候,也会穿插当时医学领域的进步、最新的农业机械以及欧洲科学家新发现的化学元素等内容。从中可以看出,《现代人》杂志上的评论家希望与俄国作家、人民一起努力认识他们共同身处的世界,发现新的现象和新的问题,并不断探索俄国社会前进的方向。因此,这些评论家不是仅仅让作家去探索现实生活,自己则单纯地评判作家作品的风格特色,评判作家对现实生活的表现是否准确、是否做出了新的艺术贡献,而是与作家携手前行,共同探索。这些作家日后在创作中表现出的明显的思辨色彩,在作品中对社会问题的持续关注与思考,恰恰都是通过小说创作与评论家继续进行隔空辩论。因此,是作家与评论家对社会现实问题的共同探索、相互辩难,锻造了十九世纪俄国现实主义文学的辉煌成就。

在"十四五"期间以及未来的远景中,中国社会的经济发展模式、组织形态、社会结构、生活方式、人的心理状态以及中国在国际政治经济格局中的地位,都将发生重大改变。这是一个全新的、有待探索的未来,蕴含着机遇和挑战,充满了未知与可能性,是百年未有之大变局。在这样一个时代去加强文学评论工作,就不能继续固守学院中的学科建制、学术传统给文学评论预留的那个特定、狭小的位置,满足于单纯地探讨艺术特征、风格流变、创作规律以及作品的优劣成败等文学的内部问题。习近平总书记在参加全国政协十三届二次会议的文化文艺界、社会科学界委员联组会上,提了几点要求,其中第一点就是"坚持与时代同步伐"。在评论家鼓励文学家去书写和反映新时代的同时,也不能让作家成为深入生活的一支孤军,独自肩负起在瞬息万变的现实生活中捕捉新现象、思考新问题的任务。评论家应该真正与作家、文学爱好者乃至人民成为"同时代人",共同探索正处在百年未有之大变局中的中国社会。

这样的期待，自然会对评论家提出了更高的要求。当然，这不是说艺术风格的辨析、创作特色的梳理、文艺发展规律的总结以及艺术价值的判定等传统文学评论工作的内容不重要或者需要放弃，而只是把这些看作是文学评论家的基本功、文学评论的切入口，评论家必须由此出发，把目光和思想的触角投射到更加广阔的天地中去。如果我们理想中的文学是反映现实、包罗万象、恢宏壮阔的，那么评论家同样不能放松对自己的要求，必须观察、思考、探索社会生活的方方面面。相应的，在知识层面上，仅仅是文学理论与文学史方面的修养和知识储备，或许不足以帮助文学评论家完成这一艰巨的任务。在力所能及的范围内，人文社会科学乃至自然科学的相关知识，也应该纳入评论家的阅读视野。毕竟，在文学作品已经在挑战现代科技的边界、探索人类伦理的疆域的时代，在影响作家创作的因素早已不仅仅局限在文学内部的时代，评论家如果只能在文学的层面上讨论相关创作，给出的注定只能是苍白、无力的答卷。人不能选择自己生活的时代，评论家不能一边抱怨或批评现代性进程造成的科层制和专业分工对完整的人性与生活的分割，一边却心安理得地把文学囚禁在现代学科制度所给定的狭小范围里。文学评论与其他学科不一样之处在于，它的研究对象非常特殊，那是一种复杂、灵活多变、充满想象力、作用于情感、具有共情能力的知识形态，恰恰可以作为文学评论家的有效工具，帮助他们穿越现代性的学科体制建构起来的深厚的知识壁垒，沟通现代社会不同社会层级彼此之间的阶级隔阂，使文学与文学评论成为有穿透力、包容力的思想空间，真正回应和思考"同时代人"共同关心的话题。这样的文学评论未必能够给出关于生活的答案，却能够让文学评论摆脱只有作家本人和想读或读过作品的人愿意看的窘境，创造出有吸引力和引领性的思维形式，为"同时代人"思考和探索现实生活提供参考和帮助。这样的努力自然会非常困难，但也值得。因为对于文学评论家来说，如果眼中只有单纯的文学,那么他可能会错失身边那个波澜壮阔的现实生活;而如果选择与同时代的作家、人民携手前进,共同去思考和探索正处在不断变化中的中国社会,那么他或许正在塑造一个可以孕育伟大作品的文学环境。

出　圈

——从文学"出圈"说到"学院派批评"

徐　刚

最近，似乎越来越多的人开始讨论所谓"出圈"的问题。"出圈"常常用来描述某个"爆款"的为人所知，乃至爆得大名。在这个出名要趁早的年代，"出圈"成了人们念兹在兹的目标，这也似乎恰好对应了今天的流行心态：人们不再满足于圈内的小打小闹，他们渴望被更多人看到，被更广阔的人群认可，即便不当什么"爆款"，也坚决不做寂寂无名之辈。于是，借助媒介的力量，口耳相传，终于从小圈子播撒开去。此之谓"出圈"也。

聊到"出圈"的话题，我忍不住要将它与我们的文学圈联系起来。文学的"出圈"有没有可能呢？不得不承认，在文学失去轰动效应的今天，这种可能性已然变得微乎其微。当然也不乏反例，比如科幻作家刘慈欣。从获得雨果奖的《三体》到改编成电影的《流浪地球》，他几乎凭借一己之力，将一直局限在小众圈子里的中国科幻文学带到寻常百姓面前。科幻文学是这样，那么"纯文学"呢？倘若也要找出那位众人期待的"出圈"者，想必非"诺奖"封神的莫言莫属。作为首获殊荣的货真价实的中国人，"纯文学"的小庙当然放不下这尊大佛，普罗大众争相一睹尊荣也就不足为奇。然而群众还是群众,普及和提高的工作仍然有待加强,对于作家的天马行空和汪洋恣肆,他们竟然无动于衷,甚至还在小声嘀咕:"似乎不大看得懂啊。"当然,"出圈"的"大神"终究还是"大神"。作为"诺奖"之后的首部作品,莫言新近出版的《晚熟的人》已经在不长的时间里卖掉了五十万册。尽管这里"看热闹"的肯定比"看门道"的人多,但也显然令"圈内"人无比咋舌。

行文至此,文学批评要不要"出圈"的话题,就很自然地摆在了我们面前。这也是最近众多青年批评家热切关心的话题。这也难怪,今天的文学批评同样分享着无人围观的焦虑,以及被时代抛弃的不安,尤其是在这样一个"文学已死"的声音不绝于耳的时刻。这个问题容易给人带来一种错觉:批评应该向公共领域争夺人口,去争夺观众。用时髦的话说,就是去"圈粉",去"蹭流量"。然而,打破圈层壁垒固然重要,但也须认识到,"出圈"并不容易。包括前文谈及"出圈"的种种热闹,也都是极偶然的个案,更多的文学从业者终其一生只能在"圈内"默默耕耘。

由此看来,倘若我们的批评家能够讲漂亮话,可以与娱乐明星争夺流量,与"网红"比拼才艺,这固然令人振奋,但如若他们不具备这些本领,没办法"出圈",也不用太过沮丧。因为文学批评本质上还是有一定门槛的知识行为,犯不着跟所有人较劲。换句话说,批评固然无处不在,但真正有效的批评,或许有时候只能是少数人的志业。因此,在这样的融媒体时代,批评一方面要拿出改变的勇气,去了解现实,适应现实的变化,但有时候也需要有自己的定力,不能自乱阵脚。

最近,中国作协取消了会员们的一大"福利",不再给他们寄送某学术刊物,理由是并没有多少人真正会仔细认真地阅读它。这种浪费令人心痛,学术传播的效力也让人着急。然而我们也需注意,指望学术"出圈"原本就不靠谱。或许我们可以反过来想一想,在被拆开的刊物中,只要有一个人在认真阅读,并启发了他的思考,就很难说这种传播方式是全然无效的。

　　这不由得让人想起这些年一直为人所诟病的"学院派批评"。不可否认,一些糟糕的"学院派批评"正在败坏它的名声,以至于我们将话语呆板乏味,行文程式化,学究气浓厚,酷爱堆砌时髦的学术名词等诸多罪名,都一股脑地算在它头上,甚至几乎所有对批评不满的人都要来顺势"踏上一脚"。然而纵然有千般不是,但论起文学批评来,"学院派"显然还不是最糟糕的。我们总是抱怨"学院派"批评的诸多弊端,但我们不得不承认,它依然是批评活力的重要来源,其理论的穿透力,所带来的历史纵深感,所囊括的社会宽广度,其通过文本的细致阅读,精微的分析所展现的作品阐释力,暂时还不是更能"出圈"的随感式评论所能替代的。因此借口它存在某些问题,转而去拥抱那些"野孤禅",想必也不是什么科学的态度。这么一来,关于"出圈"的话题,我们就需要更加辩证地看待了。

从"红楼"到"红船"

——评电视剧《觉醒年代》

高小立

一个大事件的诞生，都会有其孕育的过程。中国共产党的成立，更是开天辟地的大事件，是中国人民和一代知识分子在救亡图存的斗争中顽强探索的必然产物，电视剧《觉醒年代》讲述的就是以李大钊、陈独秀、毛泽东、周恩来等为代表的革命先驱，为救国救民不断觉醒、苦苦探索的故事，展现了一代知识分子国之担当的精神之旅。

作为庆祝中国共产党成立 100 周年电视剧展播重点剧目，《觉醒年代》以近乎零宣传的方式接档央视一套的《跨过鸭绿江》。央视能在春节期间重磅推出此剧，定有其不俗之处。事实证明，该剧一经推出，以一骑绝尘之势拿下收视率第一，同时在爱奇艺、优酷等网络平台均获得年代历史剧热度榜第一，收看观众突破两亿次。

《觉醒年代》以李大钊、陈独秀"南陈北李、相约建党"为全剧谋篇布局之主旨展开叙事，以 1915 年《青年杂志》问世到 1921 年《新青年》成为中国共产党机关刊物为贯穿，全景描绘了从新文化运动到中国共产党建立这段波澜壮阔的历史画卷，生动再现了新文化运动中包括马克思主义在内的君主立宪制、资产阶级改良运动、无政府主义、空想社会主义等思潮的风起云涌和激烈碰撞,深刻揭示了中国共产党建立和中国选择社会主义道路的历史必然性,通过剧中共产党人的初心与梦想,传递出极富感染力的爱国情怀。

作为重大革命历史题材电视剧,《觉醒年代》一个里程碑式的突破在于——通过对李大钊、陈独秀一干革命先行者在北大红楼的革命历史功绩,对于奠定中国共产党从思想确立到正式建党的帧帧历史还原,了解到中国共产党这艘红船驶来的源头是北大红楼。该剧艺术再现并回答了共产党人"不忘初心,牢记使命"的初心从何而来,其历史使命往哪里去的主旨思想,从而为该剧注入鲜活生动的灵魂和活力。

在艺术层面,诚如剧名"觉醒年代"一样,该剧牢牢抓住"觉醒"二字作为剧情推动、矛盾设置、角色表演等诸多艺术创作的主轴,使得这样一部人物众多的宏大革命历史题材剧有了主心骨。该剧将重大历史事件与新文化运动下各种思潮涌动的两条叙事线交织进行,层层递进地解读"觉醒"在时代变革与思想碰撞下的化学反应。

第一阶段"觉醒"是新文化运动下的北大,犹如春秋战国,百家争鸣。《新青年》的陈独秀、李大钊、胡适三驾马车,加上周树人,围绕白话文与以辜鸿铭为代表的文言文复古派展开论战,这场论战是站在特定历史条件下在学术之争层面展开的。剧中蔡元培虽是新文化运动拥护者,但依然给予辜鸿铭等人教学、演讲的平台,甚至特别安排辜鸿铭做了一场关于中国人精神的精彩演讲。这就意味着新文化运动是文化层面的民族觉醒。反对复古文言文并不代表反对儒家思想,而是高举"科学、民主"思想反对封建文化束缚国人思想下的文化革新、文学革命运动。新文化运动从中国传统精英知识分子自我文化觉醒,到通过杂志、演讲、教学引导"新青年们"的文化觉醒,这种觉醒又和"二十一条"、张勋复辟、"巴黎和会"列强出卖中国利益等重大历史事件产生共振,从而催生五四运动。五四运动是"觉醒"的第二个阶段,即走出北大象牙塔、走出纸面文章,是文化觉醒与民族主义、爱国主义叠加下面对北洋政府的无能和帝国主义列强的行动觉醒。而俄国十月革命取得的成功,使得李大钊、陈独秀等革命先行者有了中国前进道路的主义觉醒。剧中通过李大钊在中国南方、北京长辛店劳工阶层的调查研究表明,仅有知识分子、爱国青年的觉醒不足以改变中国,唯有最为广大的工人、农民的觉醒,才能真正唤醒中国这头沉睡的雄狮。在深入研究马克思主义和十月革命后,陈独秀、李大钊认识到社会主义可以在中国实现,社会主义绝不会辜负中国。最具说服力的就是陈独秀改变了剧中一开始提出的"二十年不谈政治,只推行文化运动和思想启蒙"的想法,他开始从一个新文化思想启蒙运动的巨擘,觉醒为马克思主义的革命先行者,并最终以"南陈北李"的建党完成该剧关于觉醒三个历史阶段的叙事。

为增强"觉醒"这一主题的艺术感染力和戏剧张力,该剧主要围绕李大钊、陈独秀身边典型性人物在思想、情感上的碰撞,突出"觉醒"的道路选择。例如辜鸿铭的帝制立宪、胡适的资产阶级改良、陈独秀儿子陈延年追随吴稚晖的无政府主义,都在剧中与马克思主义在各个层面展开思想和行动层面的碰撞。帝制立宪以张勋复辟惨遭国民唾弃而失败,陈延年搞互助社失败等剧情设置,以一种特定历史时代的视角来通过思想辩论、实践证明的方式,论证了有着先进理论的共产党为何能在有三百多个政党的当时一步步壮大,最终胜利的历史必然。

该剧在角色塑造上匠心独具,以典型人物典型性格在角色之间以及角色本身的反衬、夸张、对比,使得剧中人物棱角鲜明、丰满鲜活,将文化大师、革命先驱等大写的"人"与生活中充满烟火气的"人"完满结合,再辅以典型桥段剧情设置,解决了剧中近百位人物塑造的艺术难题。陈独秀一出场就蓬头垢面,他在日本早稻田大学留学时因丧权辱国的"二十一条"义愤填膺,探讨救国道路时一句淡淡的"这样的国无可救药"而被痛骂追打,他在新文化运动中受万人仰望,可在家却对信仰无政府主义的儿子陈延年无可奈何。留着辫子的辜鸿铭走到哪儿都带着烟枪,连在北大上课也带着仆人,这样复古的帝制派文人却学贯中西,一场关于中国人精神的演讲让大家看到他爱国的一面。周树人流着泪趴在地上,在满是《狂人日记》的稿纸上写下"鲁迅"两个字时,观众无不为之震撼,那是鲁迅蘸着血和泪的笔来剖析国人的第一篇白话文小说,它像一把匕首直插封建主义的心窝。李大钊从日本回国,见到妻子一句"憨坨回来了",引爆妻子眼泪的同时,也感染了观众。当然,剧中面对张丰载这样的反派,是毫不留情的鞭挞,在张勋复辟遗老遗少上街游行时,通过扯掉其头上的假辫子,证明其虚伪自私反动的本质。

该剧既有真实感强的历史史实,也有艺术感突出的氛围营造。极富寓意的镜头语言和蒙太奇手法在人物出场、角色塑造、剧情推进的艺术创作中随处可见,音乐般的光影律动给予观众在反刍剧情之余,留下更多思考品味的空间。大量明喻的镜头语言,比如争抢人血馒头的妇人,街头插着草标被卖的孩子,车内吃着三明治的小少爷,北京城的骆驼、独轮车,杂糅着西服革履的、留辫子的、贩夫走卒的街景等,无一不揭示当时中国半封建半殖民地社会的贫穷落后、贫富差距的阶级鸿沟、愚昧思想对国人的禁锢。还有大量暗喻,如毛泽东出场时抬手遮着雨,腋下夹着《新青年》踏水而来;陈独秀演讲话筒上的蚂蚁;泥泞的街巷;长城、车辙、枣树、蚂蚁、蚂蚱、金鱼、青蛙、鸭子、风沙在不同情节中的出现,这些暗喻的蒙太奇手法,留给观众"一千个观众就有一千个哈姆雷特"的不同解读空间。值得一提的还有,版画这一既有中国悠久历史传承,同时又特别具有战斗性的艺术形式,在剧中作为片头片尾和画外音镜头被多次运用,既寓意了当年一代知识分子刚毅的精神气质,也体现了他们的战斗精神、做人的棱角以及他们内心的冷峻,版画的镜头语言,使整部剧充盈了历史的沧桑厚重和震撼力。

"她题材"崛起照见了什么

——从热播剧《三十而已》《二十不惑》看女性视角影视创作

韩思琪

近日火爆"霸屏"的都市情感剧《三十而已》和都市励志成长剧《二十不惑》已陆续收官,但由此引发的各种讨论仍在发酵,热度不减,话题不断。如果梳理2020年影视剧的关键词,那么"职场上的女性"显然是其中浓墨重彩的一笔。从《安家》的房似锦、《完美关系》的斯黛拉、《谁说我结不了婚》的程璐、《怪你过分美丽》的莫向晚,事业有成女性的婚恋情况成为观看的重点。乘着全球语境中"她经济"崛起的风潮,国产剧中的女性角色终于能够在"婆婆妈妈"和"傻白甜"两分的天下里撕开一道口子,可惜的是同质化的"大女主"似乎再次将女性荧屏形象窄化了,"做事雷厉风行,工作不近人情,恋爱坎坷不平,要问为什么,全怪原生家庭",至于"独立女性"却往往沦为伪命题。《二十不惑》《三十而已》的热播,在一定程度上拓宽了"她题材"的赛道:妻子、母亲、养家之人之间的身份并不是割裂的,她们不是落后的镜子、社会的伤疤,她们是可以在关键时刻捍卫自己人生的女人。

海外影视作品在这条道路上已经有较为丰富的探索。《婚姻故事》中斯嘉丽认为婚姻是榨取一方来滋养另一方,作为妻子"从来没为自己活过，只是让他变得越来越有活力"。《82 年生的金智英》不断叩问，在逆来顺受的好儿媳、无条件支持丈夫的人妻、无坚不摧的母亲之后，真正的金智英在哪儿呢？女性为什么总不是"她自己"？《了不起的麦瑟尔夫人》讨论"娜拉出走"后生活如何？自由和独立远非说说而已，一个一辈子都让别人替自己做决定的人，启蒙和觉醒让她"变得有激情、独立，却身无分文"。正如英国作家蕾切尔·卡斯克在《成为母亲》一书中所说，"孩子出生后，孩子父亲和母亲的生活便开始相互对立，此后，男性的统治地位愈发牢固，父亲逐渐得到了外界、金钱、权威和名望的保护，而母亲的职权范围则扩展到整个家庭领域。做母亲时，女性放弃了自己的公众价值，以换取一系列私人意义。而个人的重要性，如同暴跌的股票，最终跌停"。质言之，女性在私领域与公领域之间价值与认同的撕裂，是被选中的母题。

相较之下，国产剧的"她题材"更多延续的是"小妞题材"之基因。"她题材"被认为是现代独立女性生活实录，书写女性找寻自我之旅，由此形成了一套文化脚本：描绘女性间的友谊和互助，女性视角的励志打底，遇见骑士的爱情主题，风格贴近都市时尚格调。二十一世纪初的国产剧《好想好想谈恋爱》《粉红女郎》《律政佳人》都是对"摩登女性"这一概念的影视实验，及至《欢乐颂》加入了阶层对比的元素后，现实的比例被调浓了一度。《二十不惑》《三十而已》正是在这一脉络中，没有浓郁的女权主义式情绪表达——女权主义关心"剩下的女人"的权利，看向那些被当作牺牲品的女性的命运。与之不同，这类国产剧只绵里藏针地摆出一招，重点在于女性如何进步、怎样获得成功，在精英条件的加持下，给人以鼓励：女性可以做任何她们想做的事。剥开现实的层层外衣，要给观众一颗糖的抚慰，以此作为女性观众疲惫生活里的一针强心剂。

在呈现上，《二十不惑》和《三十而已》聚焦于找到温和而不撕裂的"自我"。与西方强调的个体主义观念所不同，这些作品中追求的首先是改革开放以来对经济成就的推崇，以及由此推出的家庭本位主义的改变。换言之,在国产剧中与自我关联的叙事与想象,与其说是传统的权利关系的讨论,不如说是更直接的现实经济关系,这个"自我"的表达已经剔除了反叛的锋利。因此,从《欢乐颂》到《二十不惑》《三十而已》,其中女性角色获得成功的叙事并不避讳与系统性规则的共谋,因此她们的成长之路是:熟知所求的标价后,但依然选择义无反顾的向前,正是在这个不断撞上、遇到障碍物反弹回来后塑造出的"自我"。她们对自由的追求是要在竞争中游刃有余,所以《二十不惑》前半部分新人初入社会的"真实",仍要嫁接到"升级"的套路上,所以《三十而已》中当钟晓芹发觉"自我"含量过低后,她找到勇气的道路直接通向了名编剧的成功之路。"顾佳们"的痛苦就如同描着金边的乌云,而她们实现的阶层的突破,其中能力与运气一半一半。

当然,解决问题部分质感上的"爽",并不能抹杀《二十不惑》和《三十而已》"看见"现实问题的推进性意义。如果说《二十不惑》更多的是"后浪"的崭新生活体验:如何应对突然被拖进一场网络暴力,如何从网红主播、明星经纪的职业中实现自我,那么《三十而已》埋下的"雷区"更贴近大众的遭遇,全职太太是不是工作? 小镇青年在"漂着"和回老家之间如何选择? 面对婚姻的背叛,何去何从? 贯穿全剧的蓝色烟花隐喻着生活里的危险与诱惑,结尾处的爆炸既预示着幻觉的破灭,也隐喻着顾佳和丈夫许幻山共同找到的人生方向的崩塌。

当"幻山"崩塌后,"顾家"要怎样重建?

这些问题被编剧抛出来,并引发了广泛的关注和一波波多样化的讨论,对于国产剧而言确实是一种进步。更早之前传统的国产剧,总是婆媳之争,或是恨嫁女的寻爱路,遵循的都是同一套"女人青春最值钱"的物化逻辑:女孩子要趁着年轻价高时抓紧"套现",婚后的生活就是抹掉自己的姓名与个性。创作在招致批评后又急转向了"大女主",然而"大女主"们时时刻刻展现的强大带来的不是女性的突围和自由,而是另一种有关赢家苍白干瘪的想象,也因此荧屏上的女主形象很难不悬浮。此前,现象级作品《我的前半生》中的罗子君,或是《安家》中胡可饰演的贤内助,其中全职太太的戏份难免与"斗第三者"相绑定,而她们的形象又是割裂的——离婚前整日在家做"怨妇",躺牢的"功劳簿"就是完成了传宗接代的任务,离婚后突然开挂成为优秀的事业女性,二者之间的转换只需情感蓄力即可完成。如此强烈的对比虽然满足了戏剧性的要求,却让剧情整体失真。至少,在《二十不惑》《三十而已》中女性形象没有被刻奇地表现,顾佳的事业心比丈夫还要强,这也成为他们婚姻危机的肇因,难得之处就在于角色逻辑自洽。

究其本质,《三十而已》和其搭载的"姐姐乘风破浪"的想象、"姐学"流行的背后,正是大众对于女人自知自洽、智慧、方法论、适应性形象的召唤,这些需要年龄和阅历淘洗出的品质,暗合着社会对于女性审美的变革:女性不仅要自强,她们还可以表达自己的欲望,坦然地面对自己的野心。"她"不是一个只能接受"受害者"命运的性别,"她"可以不安于室,"搞事业"并不是一个被迫的选项,"她"可以是主动积极甚至是带有进攻性的形象。这正是我们期待更多的《三十而已》式创作出现的原因,尽管这些漫画式的女性形象仍不够贴合复杂的现实,但至少她们撕开了一个口子:女性视角下的自我表达和自我定义,以及自洽逻辑对角色、对观众的尊重。

当然,这类"她题材"崛起后再次扎堆的创作和"偷懒"的复制粘贴,是可能出现的新问题。尤其,如果"王漫妮们"所面对的选择风险总是不那么高,"顾佳们"所完成的华丽转身总是如有神助,这些建立在精英特权之上的"安全软着陆",让她们在尝试新事物的过程中很快就成功,痛快解气之余可能也掩盖了真实问题的困难程度。那么,进一步的创作仍需更靠近我们的现实,她们在没有安全保护的情况下摔落下来的不爽,或许是这类"她题材"需要去完成的新课题,唯如此才能让观众真正生出直面人生至暗时刻的勇气,我们期待着更多的《四十悦己》《五十欢喜》。

写在《雷雨》和《雷雨·后》边上[*]

王 甦

　　2020 年的戏剧舞台略显空荡,受新冠疫情影响,许多演出被迫延期或取消。能在岁末看到央华戏剧和保利携手带来的连台本戏《雷雨》和《雷雨·后》,算得上一份可喜的新年礼物。《雷雨》绝对是中国话剧史上的明珠,在知名度最高的话剧榜单上,名列前茅。

　　曹禺先生在二十三岁就完成了这部故事曲折、关系复杂、气质深沉、人物鲜活的佳作。这部戏滋养了中国几代戏剧人,可以说,《雷雨》是表导演专业学生的必排剧目,也是戏剧文学专业必须反复学习和分析的典型案例,更是喜爱话剧的观众必刷剧目。不知道在世界范围内,《雷雨》究竟有多少版本,法国导演埃里克·拉卡斯卡德能给中国观众带来什么惊喜呢? 不得不说,此次他执导的《雷雨》有着天然的优势,集合了何赛飞、刘恺威、孔维等一众有演技、有颜值、有名气的实力演员,在《雷雨》剧本盛名的包裹下,他们都贡献了在线的演技,为近年来饱受争议的"明星版话剧"扳回一局。

　　经典作品生命力旺盛就是因为超越了时代,只关乎人性和命运,这

---

* 本文原载于《新剧本》杂志 2020 年第 6 期"热评"栏目。

版演出即便演员穿现代服装演绎也毫无违和感。

《雷雨》和《雷雨·后》的舞美布景基本一致,语汇质朴清晰。周公馆布满冰冷的大理石纹,杏花巷中的鲁家则是粗糙原始的木头纹路,两家的屋顶都是交叉镂空的,像监狱的栏杆或者下水道排水口,暗示着不论富贵还是贫穷,这些心灵都被禁锢在冰冷幽暗的地下。前区的泥泞是石头和木头的碰撞形成的滩涂,人物的不堪和痛苦都发生在这里——离观众最近的区域,也可以视为导演为被命运驱使的可怜人留下的出口。

不得不说,《雷雨》的结构太精密,故事太完整了,因此法国导演也没有删除分毫情节,只是淡化了阶级斗争,突出了贫富差距,着力于强调人物的集体悲剧性,哪一组人物情感都没有特意刻画,同时提升了宗教色彩。每个人都背负着沉重的负罪感,同时都把摆脱痛苦的希望寄托在他人身上。

繁漪不肯放过周萍,周萍不肯放过四凤,侍萍和周朴园的原罪……如何赎罪呢?导演给出的答案似乎是献祭,四凤被母亲逼着发誓,在桌子上的挣扎像极了牺牲的牛羊。最后四凤和周冲触电身死,冰冷的尸身也很像被束缚的羔羊。

纯洁生命的逝去,驱散了冰冷的大理石牢笼,世界回到一片黑暗的原始,闪烁的手电筒——那星星点点的光亮,是留给人们的希望。我十分欣赏何赛飞在剧中的表演,她有着得天独厚的妩媚和倔强气质,戏曲基础造就的好身段和酥慢绵软的南方腔调,使她塑造的侍萍风韵犹存,坚强刚毅。

再说《雷雨·后》。看完戏,心里是暖的。和编剧万方老师的新书《你和我》一样,《雷雨·后》在现实和虚构、记忆和理性之间穿梭,为父亲曹禺的作品加上感性的注解。雨后的世界,时间停滞了,侍萍坐在旧家具上,顺从平和,接受命运。繁漪依旧像烈火,困在牢笼里,不停惩罚自己,诘问老天,想要一个永远得不到的答案。周朴园则放下了心气儿，愿意絮絮叨叨说说心底的话。其他人物在闪回中，重复着宿命似的梦魇。幸存者和逝去者，反复追问，如果当初没有那样做，事情会不会变得不一样？"忏悔"和"反思"，似乎是万方老师众多作品的重要组成部分。

《冬之旅》中，老金和老陈的忏悔像一杯烈酒，《雷雨·后》中人物的忏悔则像雨后的太阳，蒸烤大地，慢慢将大雨洗礼过的一切恢复原样，而无论多么倔强的雨水，总是会变成水蒸气，回到天空。

演出后，有人诟病《雷雨·后》将《雷雨》中人物欲言又止的台词直白道出，削弱了观众的想象，让周朴园和侍萍和解，是回避了矛盾，放大了人物的情欲，是损伤了繁漪的性格。《雷雨》经典到让人膜拜，诞生八十多年来，繁漪似乎一直在被定义和强行贴上反抗者标签，对周朴园和周萍的批判更是从未停止。曹禺先生在《雷雨》自序中写道，"也许繁漪吸住人的地方是她的尖锐。她是一柄犀利的刀，她愈爱的，她愈要划着深深的创痕"，如此看来，即便是疯癫，她也坚持着犀利，哪怕刀锋只能对准自己，哪怕余生只剩折磨和苦痛。

这样看来，《雷雨·后》中的繁漪，依旧性如烈火，不是很对吗？难道戏剧发展到今时今日，我们还不能接受女性角色展露情欲吗？拥有强烈的欲望就是十恶不赦或者癫狂吗？接受命运安排的"侍萍们"不能宽恕自己和他人吗？饱经磨难后，平淡地活着是罪过吗？口口声声为繁漪"鸣不平"，却不愿看到剧中人和解的看官们，下意识露出了他们对角色的偏见和苛刻。请记得，曹禺先生"诚恳地祈望着看戏的人们也以一种悲悯的眼来俯视这群地上的人们"。

如果说"极端"和"矛盾"是《雷雨》蒸热的氛围里两种自然的基调，《雷雨·后》是舒缓和沁润的夜曲，看似没有精巧的结构和深刻的哲思，但剧中提出的种种假设和思考，不正是对人物命运的悲悯和温和的期望吗？"无声的音乐是更甜美"，思虑过后的节制或沉静在舞台上更是为人所欣赏的。

民族歌剧创作的山东新气象[*]
——评民族歌剧《马向阳下乡记》

项筱刚

笔者近日观赏了庆祝中国共产党成立 100 周年优秀舞台艺术作品展演剧目——民族歌剧《马向阳下乡记》。自该剧 2017 年 8 月首演以来,笔者曾先后两次与其失之交臂。值此该剧五度进京参与展演之际,终于得以一睹其真容,了却了近四年来的一个小心愿。

作为"中国民族歌剧传承发展工程"的重点扶持剧目,《马向阳下乡记》是一部"有歌有剧"的歌剧作品。这也是近年来我国民族歌剧创作的一个显著亮点。说其"有歌",即该剧从头至尾流淌着中国受众历来青睐的"线性思维",其"旋律如歌",即老百姓口头常说的"好听"。为何?因为担任该剧音乐创作的作曲家臧云飞就是"军旅作曲家",而"旋律如歌"对于他来说并不是难事。

说其"有剧",《马向阳下乡记》以一己之力为"剧本剧本、一剧之本"的老生常谈提供了一个颇有说服力的理论注脚,即老百姓口头常

——————————

　*　原载《中国艺术报》2021 年 6 月 16 日第 3 版,后被中国文艺评论网全文转载(《马向阳下乡记》:民族歌剧创作的山东新气象,2021-06-17,http:// www.zgwypl.com/show-260-48041-1.html)。

说的"好看"。《马向阳下乡记》创作上"戏曲化"的企图可谓一览无余。众所周知,相比于"歌剧"这个西洋舶来品,"戏曲"与中国受众的关系可谓血浓于水——与生俱来、挥之不去。故该剧的编导在向"一白一黑"(即歌剧《白毛女》与《小二黑结婚》)等民族歌剧经典之作致敬的同时,将创作的笔触首先指向了吕剧等戏曲艺术,不知不觉中使得该剧散发着浓郁的泥土的芬芳——山东地方特色。

如果说上世纪五十年代的《小二黑结婚》敲响了中国"喜歌剧"创作的第一声锣鼓的话,那么这部《马向阳下乡记》或许让人看到中国"喜歌剧"创作又向前迈进了坚实的一步。无论是村会计梁守业夸张的"丑角"表演、宗族势力代表刘世荣"数钱"的形体语言,还是"四村妇"的俏皮话及秧歌形体语言、合唱《钱啊钱》等片段的一度与二度创作,都润物细无声地为该剧打上了"喜歌剧"的烙印。此外,开幕前高音喇叭里胶东方言的吆喝声,以及狗叫声、挖掘机轰隆声、汽车马达声等"环绕立体声效"则更是令现场观众在瞬间收获"身临其境"的感官效果。

与以往民族歌剧将"合唱"音乐完全交给舞台上的"群众"不同的是,《马向阳下乡记》的"合唱"音乐则是由两部分构成:"舞台上的群众演员"及"舞台下的合唱队",这对以往歌剧中"合唱"音乐的单一模式形成了一定的突破。"舞台上的群众演员"就像影视剧中的"生活中的歌唱",既是第一人称的倾诉,也是剧情中不可缺少的一部分;"舞台下的合唱队"则像影视剧中的画外音,既是第三人称的叙事,亦扮演着旁白的角色。无论是"舞台上的群众演员"之情景合唱,还是"舞台下的合唱队"之画外音合唱,在编导、作曲家、指挥的精密掌控下,堪称"近"相呼应、无缝衔接,令笔者不禁感慨:要想"有好戏看"——一个都不能少。

《马向阳下乡记》是近期笔者继《扶贫路上》之后观赏过的又一部脱贫攻坚题材的民族歌剧。两部歌剧突出的相异之处是,《扶贫路上》

的女主角牺牲在工作一线;《马向阳下乡记》的男主角最终仍继续工作在第一线。很显然,两部歌剧有较多的共性:都是"脱贫攻坚"题材,剧目很接地气;主角都是"第一书记",将主角牢牢地置于"C 位",一定程度上走出近年来部分歌剧创作"难觅主角"的窘境;都是"有歌有剧",两部歌剧均是既"好听"又"好看",为主创团队对作品进一步打磨、展演奠定了强有力的基石。

令人欣慰的是,《马向阳下乡记》并未仅仅将关注的目光投向"一号人物",而是不遗余力地泼墨于配角与群众演员,从而在舞台上塑造了个性鲜明、熠熠生辉的群像。

从某种程度上讲,村会计梁守业这个角色的一度创作丝毫不逊色于男主角马向阳,编导、作曲家赋予了这个小人物戏曲、曲艺韵味十足的"调色"作用。而扮演该角色的吕剧演员施旭刚,则大胆地在民族歌剧与吕剧之间找到了一个恰当的平衡点,令现场观众情不自禁地爱上了这个"小人物"。这既是歌剧《马向阳下乡记》一度创作的成功,也是演员施旭刚二度创作的成功,可谓可喜可贺。此外,"四村妇"在观众席间的表演、刘世荣在房顶上的吟唱,在赋予了"四村妇"和刘世荣接地气的鲜明个性、剧本地域特色的同时,亦泛化了剧场空间、延伸了表演舞台,令人恍惚间分不清究竟剧场有多大、舞台有多宽。很显然,此举着实表明:歌剧创作家们的心有多大,剧场就有多大;胸有多宽,舞台就有多宽。

与"小人物"村会计梁守业在全剧中的"调色"作用相似的是,《马向阳下乡记》的乐队里亦采用了几件独奏的民族乐器——唢呐、坠琴、板胡、琵琶、竹笛,与西洋管弦乐队形成了相辅相成、相得益彰的"调色"作用。此设计在赋予了全剧音乐浓郁的山东地域特色的同时,也令笔者不禁感慨近年来《马向阳下乡记》《檀香刑》《沂蒙山》等民族歌剧创作的山东新气象。尽管笔者尚未现场一睹《沂蒙山》的真容,然《马向阳下乡记》《檀香刑》所形成的冲击波令笔者不得不对《沂蒙山》及未来的山东其他民族歌剧创作充满了期待。

短视频催生音乐新业态

李小莹

近日,移动互联网商业智能服务商 QuestMobile 发布的《中国移动互联网 2020 年半年大报告》显示,短视频快速增长,行业月度活跃用户已达 8.52 亿。短视频作为一种内容传播介质,正越来越多地融入大众生活。

当音乐遇上短视频,犹如搭上了传播快车,一首首歌曲登"屏"亮相,频频活跃于网络平台和移动终端。短视频不仅影响了音乐传播方式,也催生出音乐行业发展的新态势。

当音乐遇见短视频

在短视频制作与分享过程中,音乐不仅能够增加内容的丰富性,还能提升趣味。音乐元素的加入,让短视频拥有了更为丰富多元的表达。很多歌曲通过短视频平台实现了快速有效传播,引发众多网友翻唱与改编创作。

短视频平台以用户自制内容为主。短视频与音乐的频繁碰撞融合,始于用户自制短视频的音乐使用需求。在平台的界面设计上,抖音将有关音乐的选项置顶,快手、微视等平台的录制界面中,音乐选项也十分显眼。便捷鲜明的设计,旨在引导用户结合不同音乐素材制作编辑短视频。用户对短视频音乐的选取,或基于个人偏好,或基于所录视频场景的选用需要,或基于平台的歌曲推荐,也有用户选择自己上传背景音乐。而往往画面与音乐结合较好的作品,更容易获得高关注度。

与庞大的短视频用户数量和视频点击量相比,短视频平台可选歌曲数量相对有限,且歌单中对作品的风格类型划分也不够细致。此外,在不同的短视频平台,用户可选、可播的音乐作品时长也有较大差异。可见,短视频平台的音乐曲库还有不断完善与提升的空间。

平台扶持原创音乐

为进一步丰富短视频平台可使用音乐作品数量,提升短视频制作中使用音乐的丰富性,多家平台相继推出原创音乐扶持计划,激励原创音乐人参与短视频平台的音乐内容创作。

抖音推出的"看见音乐计划",通过曝光资源、现金激励、商业变现等多种形式,挖掘和打造优质原创音乐人和原创音乐作品。"音乐人亿元补贴计划"通过优厚的补贴机制,激励音乐人参与创作与上传优质音乐作品。当音乐人的原创歌曲或音乐片段被爆款短视频使用,音乐人便可获得较高比例的现金补贴和流量激励。短视频平台还为优质歌曲提供获得官方签约、制作与发行的机会。

快手面向音乐行业推出"亿元激励计划",参与签约的音乐人可按照相关规则获得作品版权分成。此外,与 QQ 音乐达成战略合作,双方将整合平台资源来共同推进"短视频＋音乐"生态圈构建,联手打造年度唱作人大赛,推出双栖音乐人扶持计划,打造双平台联合音乐榜单等,提升短视频平台的原创音乐扶持力度。

快速发展的短视频平台吸引了众多音乐人的关注和参与,其中也不乏高校年轻音乐人参与。他们一方面积极参与创作音乐作品,另一方面投身短视频平台的内容制作与共享。

上游内容创作是关键

随着短视频与音乐的结合日益紧密,"短视频＋音乐"也备受关注。力促"短视频＋音乐"生态发展的关键,在于加强把关和保护上游内容的创作生产。

要强调扎根生活。短视频平台以用户为主要内容生产主体,视频素材的录制多取材于生活。短视频背景音乐素材的创作也应扎根生活。唯有如此,音乐作品才能与生动的短视频场景同频共振,实现情感共鸣。

要鼓励多出精品。不缺作品,但缺优质内容,这是互联网文娱产品不可回避的现状。短视频视听创作应抛弃假大空,强调"真""小""新",用真情实感参与创作和表演,才能真正吸引观众和用户。

要完善短视频作品的版权认定,加强版权保护。近年来,中国版权保护力度不断增强,相关版权保护工作也卓有成效。随着网络用户创作群体的不断壮大和用户自制内容的不断丰富,加强短视频作品的版权保护显得尤为重要。2020年4月,首个在中国缔结,并以中国城市命名的国际知识产权条约《视听表演北京条约》正式生效,为短视频平台的创作者与表演者的行为提供了法律依据,起到了促进短视频平台生态健康发展的作用。

北京文艺评论 2020 年度推优评选结果

著作类(3 部,排序不分先后)

序号	艺术门类	作品名称	作者
1	戏剧	当代剧场与中国美学	陶庆梅
2	影视	迷思与进路：中国电影国际传播效果研究	高永亮
3	影视	电影创意思维研究	田卉群

文章类(15篇,排序不分先后)

序号	艺术门类	作品名称	作者	
1	文学	从后文学到新人文——当代文学及批评的转折	刘大先	报送中国文联
2		吞噬一切的怪兽或劳动者——关于现实主义的思考之一	李松睿	
3		在现实主义的风土里深耕小叙事——近年中国中短篇小说创作态势探析	李林荣	报送中国文联
4	影视	2019电影:产业回归理性,艺术质量提升	赵卫防	报送中国文联
5		润物无声中传递直抵人心的力量——李子柒式短视频走红海外的启示	刘琛	报送中国文联
6		新变周期的"主旋律",如何赢得未来?	孙佳山	
7	戏剧	从密茨凯维奇到陆帕——波兰戏剧在中国的传播与接受	徐健	
8		性别·地域·国族——话剧《德龄与慈禧》的文化坐标	白惠元	报送中国文联
9	音乐	中国现当代音乐研究领域的热度和趋势	项筱刚	报送中国文联
10	美术	数字展览资源(2010-2019)与中国现代艺术研究动向	曹庆晖	
11		从"积淀说"看中国画传统笔墨的传承与变革	孟云飞	
12	书法	试析书体史的双线脉络与"真草隶篆"的循环	雍文昂	

（续表）

序号	艺术门类	作品名称	作者	
13	舞蹈	重塑民族舞蹈的美学价值——从《额尔古纳河》的创作谈起	沙呷阿依	
14	民间文艺	端午龙舟竞渡习俗至迟出现于唐代考——兼谈民俗史研究中史料的搜集与释读问题	张　勃	
15	杂技	从中国杂技金菊奖获奖作品看新世纪魔术艺术的发展变迁	柴　莹	

北京文艺评论 2021 年度推优评选结果

著作类(6 部,排序不分先后)

艺术门类	序号	作品名称	作者
文学	1	我们的时代,他们的文学	霍 艳
文学	2	网络文学的媒介转型	许苗苗
文学	3	性别叙事的嬗变与"70 后"女作家论	曹 霞
戏剧	4	翁偶虹剧作研究	胡 叠
民间文艺	5	神话主义:遗产旅游与电子媒介中的神话挪用和重构	杨利慧等
舞蹈	6	中国当代舞剧创作再论	于 平

文章类(12 篇,排序不分先后)

艺术门类	序号	作品名称	作者
文学	1	父亲:作为一种文学装置——理解双雪涛、班宇、郑执的一种角度	丛治辰
	2	新的地方意识的兴起——以叶舟的《敦煌本纪》为中心	岳　雯
	3	众语喧哗,生机盎然——关于七十年北京文学的发展	孙　郁、张　莉
	4	"现实"作为种子——梁鸿《四象》及其他	行　超
	5	当代文学的未完成性与不确定性——以莫言小说新作为例	刘江凯
戏剧	6	栉风沐雨　精神不竭——观新编历史剧《大舜》有感	包新宇、仲呈祥
	7	一切为了孩子——对现实题材儿童剧的思考	林蔚然
摄影	8	"导演摄影"考略	唐东平
音乐	9	论"后新潮"音乐——基于对"中国民族交响乐协奏曲纽约展演"的专家研讨	丁旭东
影视	10	《跨过鸭绿江》:以浩荡民族史诗赓续家国情怀	李　宁
	11	中国网络电影发展脉络与未来趋势研究	司　若、黄　莺
网络文艺	12	网络文艺有创意　文化在打底	刘　亭

优秀短评类(7 篇,排序不分先后)

艺术门类	序号	作品名称	作者
文学	1	与时代同行的文学评论	李松睿
	2	出圈——从文学"出圈"说到"学院派批评"	徐　刚
影视	3	从"红楼"到"红船"——评电视剧《觉醒年代》	高小立
	4	"她题材"崛起照见了什么?——从热播剧《三十而已》《二十不惑》看女性视角影视创作	韩思琪
戏剧	5	写在《雷雨》和《雷雨·后》边上	王　甦
音乐、戏剧	6	民族歌剧创作的山东新气象——评民族歌剧《马向阳下乡记》	项筱刚
音乐、影视	7	短视频催生音乐新业态	李小莹

作者简介

刘大先

中国社会科学院研究员，《民族文学研究》杂志副主编，国家万人计划青年拔尖人才，著有《现代中国与少数民族文学》《文学的共和》《千灯互照》等十余种，曾获鲁迅文学奖、唐弢青年文学研究奖、胡绳青年学术奖、全国民族研究优秀成果奖等。部分作品被译为英、日、韩等文字。

李松睿

中国艺术研究院艺术哲学与艺术史研究中心副研究员，文艺研究杂志社编辑部主任，中国现代文学馆客座研究员。先后毕业于复旦大学中文系、北京大学中文系，获文学博士学位，主要研究领域为中国现当代文学研究、影视剧研究、文化研究等。出版专著《书写"我乡我土"——地方性与20世纪40年代中国小说》《文学的时代印痕——中国现代文学论集》；译著《道德与哲学的修辞术——柏拉图的〈高尔吉亚〉和〈斐德若〉》（合译）；编著《太阳社小说选》（合编）。在《文学评论》《中国现代文学研究丛刊》《文艺理论与批评》《文艺报》等重要报刊发表各类文章百余篇。

李林荣

北京第二外国语学院文化与传播学院教授。中国鲁迅研究会理事,北京作家协会理事,北京老舍文学院客座教授,北京文艺评论家协会文学工作委员会委员,中国作家协会、中国文艺评论家协会会员。著有《嬗变的文体：社会历史景深中的中国现当代散文》《经典的祛魅：鲁迅文学世界及其历史情境新探》《疆域与维度：中国现当代文学的跨世纪转型》《犁与剑：鲁迅思想与文体再认识》《观潮与聚焦：中国文学新生态》《但取一瓢饮：写给作家朋友的书话》等。

赵卫防

中国艺术研究院电影电视研究所副所长、研究员,博士生导师,学术丛刊《影视文化》主编,中国电影评论学会副会长,中国台港电影研究会副会长。主要从事华语电影及互动的研究与教学工作,完成多项国家社科艺术学项目。出版个人专著《香港电影艺术史》等十种,在报刊发表学术文章二百余篇。论文和专著曾获得中国金鸡奖理论评论奖论文一等奖、中国艺术研究院优秀科研成果奖等奖项。

刘　琛

北京大学博士,美国哈佛大学博士后,哈佛大学梅森学者,北京外国语大学英语学院教授,博士研究生导师,教育部区域和国别研究基地加拿大研究中心主任。北京市三八红旗奖章获得者,入选北京市"北京榜样"人物。入选"教育部新世纪优秀人才"、北京市"四个一批人才"、北京市宣传文化系统高层次人才、北京外国语大学卓越学术带头人等人才项目。任北京市国际交往中心建设特聘专家、首届中国文艺评论家协会理事。

作为首席专家,主持并完成国家社科基金重大项目、国家社科基金项目、国家发展和改革委员会规划项目、教育部重点项目以及文化和旅游部、北京市社科规划、北京市决策招标课题等 20 余项国家级、省部级项目。出版专著 5 部，主编丛书两套系，发表中英文论文近百篇，多篇入选学习强国，或被《求是》（英文）等转载。专著入选国家社科基金中华学术外译项目推荐选题目录，获北京市哲学社会科学理论著作出版基金等。

孙佳山

毕业于北京大学中文系，现为中国艺术研究院副研究员，全国专业标准化技术委员会网络文化标准化委员会委员，中国演出行业协会网络表演（直播）分会内容评议委员会委员，中国文艺评论家协会青年工作委员会委员，澳门国情教育协会顾问，国家社科基金《韩流背后的"举国体制"研究》等多项国家级、省部级项目负责人。

曾获第十届中国国际网络文化博览会评论奖一等奖。著有《"镀金时代"的中国影像》等。在《人民日报》《读书》《红旗文稿》等国家级媒体、学术核心期刊上，发表过近三百篇代表文章。相关文章相继被 China Daily、新加坡《联合早报》、韩国《京乡新闻》、香港《香港商报》《多维新闻》、澳门《莲花时报》、台湾《中国时报》等媒体刊发、转载和引用。

徐 健

文学博士，毕业于北京师范大学文学院中国现当代文学专业。现为《文艺报》新闻部主任、副编审。兼任北京戏剧家协会第六届理事会副秘书长、理事，中国文艺评论家协会青年工作委员会副秘书长，中国话剧理论与历史研究会常务理事，国际戏剧评论家协会（IATC）中国分会理事。著有《困守与新生——1978-2012 北京人艺演剧艺术》《时代、审美与我们的戏剧——新世纪以来话剧文化观察》《戏剧评论：与谁对话》。在《人民日报》《光明日报》《文艺报》《戏剧》《戏剧艺术》《中国电视》等报刊发表论文、评论百余篇。曾获2015 年第四届飞天电视剧优秀评论奖一等奖,第 22 届、第 33 届田汉戏剧奖理论评论奖一等奖,2018 年第三届"啄木鸟杯"中国文艺评论年度推优优秀评论文章。

白惠元

北京师范大学文学院讲师,硕士生导师,中国现代文学馆特邀研究员,北京市广播电视与网络视听青年创新人才。2007–2016 年就读于北京大学中文系,获博士学位。主要研究领域为中国当代文学、大众文化研究、中国电影、戏剧创作理论与实践等。在《文艺研究》《电影艺术》《文艺理论与批评》等刊物发表论文近 30 篇。著有《英雄变格：孙悟空与现代中国的自我超越》,并收入"三联精选"系列丛书。戏剧编剧作品多次入选乌镇戏剧节、北京青年戏剧节等。

项筱刚

中央音乐学院研究员,中国现当代音乐史博士,北京文艺评论家协会音乐舞蹈艺术委员会副秘书长,中国音乐评论学会理事,《音乐生活》编委。主要研究中国现当代音乐史,并勤于音乐评论。

曾发表《谭盾音乐与中国现代音乐创作的发展出路》《中国音乐的"三驾马车"——为庆祝改革开放四十年而写》等 70 余篇论文和评论。著有《李凌音乐评论研究》《现代音乐的锣鼓》等。主持国家社科基金艺术学重点项目、后期资助项目与教育部人文社科基金项目等。多次应邀任"国家艺术院团演出季""上海国际艺术节"特约评论员,"央视"和"央广"艺术顾问、直播嘉宾,国家艺术基金人才培养项目授课专家,国际、国内学术研讨会和高端论坛主旨发言专家等。

曹庆晖

中央美术学院人文学院美术史系教授,博士生导师,专业致力于近现代中国美术史与美术教育史的教学、科研及展览策划。中国文艺评论家协会理事,北京文艺评论家协会副主席,北京美术家协会策展委员会委员,九三学社社员。著有《走进学院的中国画》《美育一叶》等,编著有《中国现代美术之路图鉴》《新中国美术家李斛》等,主编有《中国近现代美术留学史料与研究工作坊论文集》《北平艺专与民国美术学术研讨会论文集》等。策划艺术家研究展览有《含泪画下去——司徒乔艺术世界的爱与恨》(2014)、《民族志之眼——20世纪三四十年代中国艺术家对西部的发现》(2014)、《伏游自得——孙宗慰20世纪40年代的西北写生临摹与创作》(2015)、《至爱之塑——雕塑家王临乙、王合内夫妇作品文献展》(2016)、《叶浅予的民族学——叶浅予中国画艺术专题展》(2018)、《戳心尖尖的泥巴拉话话的魂——刘士铭》(2019)、《站在人生的前线——胡一川绘画与文献展》(2020)等,其中《至爱之塑——雕塑家王临乙、王合内夫妇作品文献展》获2016年度文化和旅游部“全国美术馆优秀展览”。

孟云飞

书法学博士、艺术学博士后,教授职称,博士研究生导师,现供职于国务院参事室。

在《文艺研究》《中国文艺评论》《人民日报》等报刊发表文章近两百篇。出版《二王书艺研究》等专著,主编《翰墨情缘》《中小学书法教材》等四十余本;录制《轻松学书法》系列光盘十余张,并在“中国教育”等多家电视台播出;主持、参加过《书法风格研究》《中国书法文化研究》《甲骨文书法艺术整理及其研究》等省部级以及国家艺术科学规划等项目;获得过文学艺术评论、国家第四十三批博士后基金等奖项。

雍文昂

中国艺术研究院副研究员,《艺术评论》编辑部副主编,中国文艺评论家协会理事,马克思主义理论研究和建设工程"重点教材《艺术学概论》"课题编写组成员。出版专著《从妙物入妙悟——佛玄合流与晋宋之际画论家交游研究》《巨擘传世——近现代中国画大家·李苦禅》等,并在《中国书法》《美术》《北京舞蹈学院学报》《艺术评论》《美术观察》等核心期刊发表多篇学术论文及评论文章,内容涉及艺术学理论与书法、绘画、舞蹈、影视等多种艺术学科。

沙呷阿依

彝族,中国当代著名舞蹈艺术家,舞蹈教育家。中央民族大学舞蹈学院副教授,硕士生导师。中国舞蹈家协会会员,中国少数民族学会会员,中国民族民间舞蹈等级考试考官及教材编委。北京市青年联合会委员,北京市海淀区政协委员。现于中央民族大学舞蹈学院民族民间舞教研室任教,主要教授彝族单元课、民族民间舞蹈综合课,剧目创作排练课。

表演和创作作品《五彩云霞》;创作作品有《彝之鹰》《彝之魂》《彩云飘过大凉山》《花腰新娘》《情深谊长》《石林情深》《格莎啰民族风情晚会》《玛薇花开——凉山彝族乡村儿童音乐会》等。

张　勃

北京联合大学北京学研究所研究员,北京市哲学社科研究基地"北京学研究基地"副主任。北京市"四个一批"人才,名家工作室——"我们的节日"北京工作室负责人。长期致力于传统节日、民俗文献、非物质文化遗产、北京历史文化等方面的人才培养与科学研究工作,出版《唐代节日研究》《明代岁时民俗文献研究》《中国人的风俗观与移风易俗实践》等著述十余种,发表学术论文百余篇。

柴 莹

毕业于中国社会科学院,文学博士。先后任北京市文联研究部助理研究员、副研究员,北京杂技家协会主任科员、四级调研员,北京文艺评论家协会理事,北京杂技家协会理事。出版专著《文化视域中的"张艺谋"》,发表数篇杂技等理论文章。文章《春晚魔术的发展及新媒介对其的影响研究》获第九届中国杂技金菊奖第八奖理论作品奖银奖(2014年);《〈旅程〉——小剧场魔术的新范式》获《杂技与魔术》优秀理论文章第一名(2018年)。

丛治辰

北京大学中文系文学博士,北京大学中文系副教授。2015年至2016年赴哈佛大学费正清中国研究中心访学。主要从事中国现当代文学与文化研究、当代文学批评等。著有《世界两侧:想象与真实》,译有《电脑游戏:文本、叙事与游戏》,在国内外期刊报纸发表研究论文及文学评论百余篇。获唐弢青年文学研究奖等多种奖励。北京文艺评论家协会理事,中国作协会员,中国现代文学馆第三届客座研究员、特邀研究员,中国当代文学研究会副秘书长。

岳 雯

文学博士。中国作家协会创研部理论处处长、副研究员。著有《沉默所在》《抒情的张力》专著2部,在《南方文坛》《中国当代文学研究》《扬子江文学评论》等刊物及《人民日报》《光明日报》《文艺报》等发表评论文章140余篇。获第四届唐弢青年文学研究奖、《中国现代文学研究丛刊》年度优秀论文奖、首届"紫金人民文学之星"文学评论奖、《南方文坛》年度优秀论文奖、第十一届《上海文学》奖、《中国当代文学研究》年度优秀论文奖、南京文化艺术节·文艺评论奖二等奖、第七届《文学报·

新批评》优秀评论奖新人奖。2019 年入选宣传思想文化青年英才。

孙　郁

现任职于中国人民大学文学院。主要从事鲁迅及中国现代文学研究和博物馆学研究,曾任《北京日报》文艺周刊主编,北京鲁迅博物馆馆长,中国人民大学文学院院长。兼任国家文物鉴定委员会委员,中国作家协会全国委员会委员,北京作家协会副主席。著有《鲁迅遗风录》《新旧之变》《民国文学十五讲》等。曾获日本东北大学"藤野奖"、第十二届华语文学传媒大奖年度批评家奖、朱自清散文奖、汪曾祺散文奖、孙犁散文奖等。

张　莉

北京师范大学文学院教授,博士生导师。北京师范大学"最受研究生欢迎的十佳教师"。著有《中国现代女性写作的发生》《姐妹镜像》《持微火者》《众声独语》及《远行人必有故事》等。主编《中国女性文学作品年选》《2019 年、2020 年中国短篇小说 20 家》《2019、2020 年中国散文 20 家》《京味浮沉与北京文学的发展》。中国作家协会理论委员会委员,茅盾文学奖评委。

行　超

《文艺报》编辑。作品见于《文艺研究》《文艺争鸣》《小说评论》《上海文学》《读书》等。出版有文学评论集《言有尽时》。曾获《南方文坛》优秀论文奖、《长江文艺》双年奖、《北京文学》年度优秀作品等。

刘江凯

北京师范大学副教授。北京师范大学文学博士,戏剧与影视学博士后,德国波恩大学联合培养博士,浙江省"之江青年"学者,中国作协现代文学馆客座研究员、特邀研究员,曾获北京市高等教育教学成果、浙江省社科联等4项奖。主要研究中国当代文学、电影与文化国际传播,当代文学批评、当代文学经典化及文学史等。近年先后主持并完成国家社科课题2项,其他省部级课题9项。出版著作《认同与"延异":中国当代文学的海外接受》《转型与深化:1990年代文学研究》《中国当代小说海外传播的地理特征与接受效果研究》3部。在《文学评论》《文艺研究》等中外刊物发表论文60余篇,近10篇被《中国社会科学文摘》《新华文摘》《人大复印资料》等转载。

包新宇

中国传媒大学文学博士,研究领域为广播电视艺术学、艺术心理学。现任中国传媒大学艺术研究院副研究员。中国心理学会会员。曾获国家民政部部级课题优秀奖,电视剧评论星光奖、飞天电视剧评论奖。在《现代传播》、《中国电视》、《当代电视》发表学术论文十余篇。近年来从事跨界戏剧创作和数字创意策划,数字艺术作品《量子世界中的舞蹈》在第58届威尼斯国际艺术双年展"中国之夜"活动中发布;担任2020年北京亚洲数字艺术展数字沉浸式戏剧《经·山海》编剧;北京文化艺术基金2020年度资助项目《经山海·重生》编剧。

仲呈祥

中国传媒大学艺术研究院院长、教授、博士生导师。曾任中国文联副主席、书记处书记,研究员,国务院学位委员会艺术学学科评议组召集人,教育部艺术教育委员会常委,博士生导师,兼任北京大学人文学部委员、艺术系学术委员会主任,北京大学、清华大学等名校客座教授。中国传媒大学、中国艺术研究院博士研究生导师,兼任北京大学人文学部委员、艺术系学术委员会主任,全国政协委员,著名文艺评论家。

林蔚然

一级编剧,《新剧本》杂志主编。国际戏剧评论家协会(IATC)中国分会、中国话剧理论与研究会、中国少数民族戏剧学会、北京戏剧家协会理事,中国文艺评论家协会、中国戏剧家协会、北京文艺评论家协会、北京作家协会会员。毕业于中央戏剧学院戏剧文学系和中国艺术研究院戏剧戏曲学系,从事舞台剧、影视剧、艺术评论创作至今。

主要作品:话剧《人间烟火》《喜相逢》《请你对我说个谎》《飞要爱》《马路天使》《秘密》《秘而不宣的日常生活》《爱,转机》《北梁人家》《大国工匠》《家长会》《天真之笔·郁达夫》《寻她芳踪·张爱玲》,相声剧《依然美丽》,京剧《少年马连良》,北京曲剧《歌唱》,歌剧《陌上桑》,电视剧《我们生活的年代》《无影灯下》,电影《闭嘴!爱吧》等。作品多次获国家、省部级奖项,并受邀赴英国、德国参加展演,剧本翻译为英、德、意多国语言于国内外出版。

唐东平

北京电影学院摄影学院教授,中国文艺评论家协会理事、北京文艺评论家协会副主席。曾获广电部优秀工作者、中国摄影家协会"德艺双馨"会员、北京电影学院首届"师德十佳"等奖励。著有《人像摄影》《摄影构图》、《摄影作品分析》《摄影画面语言》《远在摄影之外》等 10 余部著作,曾是《中国摄影》《人像摄影》《摄影之友》《中国摄影报》等刊物的专栏作者,发表学术文章百余篇,多次担任国内外各类摄影大赛的评委。

丁旭东

中国传媒大学文艺学博士,中国音乐学院音乐学博士后,副教授,中国音乐学院国家美育研究与发展中心特聘研究员国,山西师范大学音乐学学术带头人,中国人生科学学会美育专业委员会副主任委员,中国大众音乐协会交响乐艺术委员会副会长,中国文艺评论家协会会员,北京文艺评论家协会会员。曾先后入选国家艺术基金《文艺评论人才培养》《网络文艺评论人才培养》《舞台艺术评论高级研修班》等多个国家级文艺评论人才培养计划。曾在《人民日报》《光明日报》《中央音乐学院学报》《现代传播》《中国音乐》等报刊杂志发表论文与文艺评论文章百余篇；主持教育部人文社科一般规划课题、国家"十三五"重点图书出版规划项目多个；著编《中国现当代音乐口述史》《人诗意栖居在大地上》《影视对话录》等图书多部；编剧导演儿童剧、纪录片多部；策划大型交响组曲《新韶九章》《深圳乐章》等作品多部。

李　宁

北京师范大学艺术与传媒学院艺术学系讲师，硕士生导师。北京大学艺术理论博士，华盛顿大学访问学者，主要从事艺术理论、影视文化、文化产业等方面的教学与研究。在《文艺研究》《当代电影》《中国文艺评论》《当代文坛》等期刊发表论文 50 余篇，主持省部级等课题 3 项。在《中国艺术报》《文汇报》《北京青年报》等报刊发表艺术评论文章 70 余篇，获相关文艺评论奖项多项。

司　若

清华大学新闻与传播学院长聘教授、博士生导师。先后在山东大学、清华大学、香港浸会大学获得学士、硕士、博士学位，并在清华大学完成博士后工作，曾赴美国南加州大学任访问学者。目前兼任澳门科技大学客座教授、博士生导师；中国高校影视学会影视产业与管理专业委员会秘书长；中国电影家协会理论评论委员会理事；北京电视艺术家协会理事。

2021 年作为首席专家获批教育部哲学社会科学研究后期资助重大项目。2020 年获北京市广播电视与网络视听领军人才称号。出版《我国 IP 影视化开发与运营研究》《声画叙事——视听语言的逻辑与应用》及

China Livestreaming E-commerce Industry Insights 等多本著作。其中,《影视工业化体系研究》一书获中国高等院校影视学会 2019-2020 年度学术成果推优活动暨第十三届"学会奖"著作类一等奖。

黄　莺

清华大学新闻与传播学院博士后,Springer Nature 图书审稿人,《声画叙事:视听语言的逻辑与应用》《文旅蓝皮书:中国文旅产业发展报告(2019)》主编之一,研究阐释党的十九届六中全会精神国家社科基金重大项目、教育部哲学社会科学研究后期资助重大项目、国家社科基金后期资助项目主要参与人之一。

刘　亭

中国传媒大学戏剧影视学院副教授,硕士生导师,中国传媒大学戏剧影视学院基础部副系主任,纽约市立大学史丹顿岛分校访问学者。主要研究方向为:电影史论、文艺批评、媒介文化。中国文艺评论家协会会员,北京文艺评论家协会会员,北京高校文艺评论联盟成员单位代表。2017-2020 年连续担任"中国——东盟(南宁)戏剧周"剧评团特邀嘉宾;2019 年担任第五届"创意在北京——北京网络视听节目创新与人物推优"活动专家评委。在《光明日报》《中国艺术报》《文艺报》《中国青年报》《中国财经报》等媒体发表文艺评论数十篇。

徐　刚

北京大学文学博士,现为中国社会科学院文学研究所副研究员,兼任中国现代文学馆特邀研究员,中国当代文学研究会理事、副秘书长,北京文艺评论家协会理事。近年来主要从事中国当代文学史及理论批评研究,著有《小说如何切入现实》《虚构的仪式》《后革命时代的焦虑》等多部学术专著,在《文学评论》《文艺研究》《文艺争鸣》《中国现代文学研究丛刊》等刊物发表论文两百余篇。所获荣誉包括"钟惦棐文艺评论奖"、北京大学研究生学术十杰、中国当代文学研究会优秀成果奖、《人民文学》《南方文坛》联合颁发"2014 年度批评家表现奖"等。

高小立

《文艺报》艺术评论部主任,编审。从事编辑、采访、评论工作 30 余年,发表文艺类新闻、访谈、评论数千万字。出版专著近十本(包括合著),与他人合著的《中国电视通论》《中国电视精论》产生广泛影响。长于影视评论,围绕热点影视作品在《人民日报》《光明日报》《文艺报》《中国艺术报》《中国文化报》《中国电影报》《北京日报》等报纸以及新华网、人民网、光明网等主流媒体发表评论文章数百篇。撰写的评论文章《抗战题材电视剧创作得与失》获得中国电视金鹰奖评论类一等奖,参与创作的电影《周恩来回延安》荣获"五个一工程"奖。连续多年担任中宣部"五个一工程"奖、上海国际电影节传媒大奖、中国电视飞天奖、中国电视金鹰奖评委。

韩思琪

北京大学艺术理论博士,北京大学网络文学研究论坛骨干成员。现为快看世界内容策略,北京文艺评论家协会会员。主要从事网络文艺、影视文化、文化产业等方面的研究与工作。在《电影评介》《中国文艺评论》《民族艺术研究》《文艺论坛》等期刊发表论文多篇,在《中国艺术报》《文汇报》《北京青年报》等报刊发表文艺评论文章百余篇,获相关文艺评论奖项多项。

王　□

青年编剧、剧评人,毕业于中央戏剧学院戏文系,现就职于北京人民艺术剧院。北京东城剧协、北京剧协、北京评协、中国剧协会员,曾获田汉戏剧奖剧本奖三等奖。

主要作品：话剧《我是余欢水》《海上花开》《手心手背》《大医》《春山如笑》等；联合编剧《北京兔儿爷》《武学宗师》《秦宅》；儿童剧《花果山漫游记》《奇遇课本人》；音乐剧《永远永远爱你》《红色电波》等；舞剧《百年正阳门》《可可托海》《柒》等。出版剧本选《爱的小确幸》《海上花开》等。部分影视作品：电视剧《密站太阳山》《冷案》《奇幻乐园》《疯丫头》等，电影《小白领大翻身》。

李小莹

音乐学博士，现为中国传媒大学音乐系副主任、音乐传播教研室主任，硕士研究生导师。曾受聘担任中宣部中华民族音乐传承出版工程精品出版项目评审评委、国家新闻出版署农家书屋重点出版物推荐目录评审评委。曾参与策划并主持"音乐数字化生态发展论坛""中国数字音乐产业发展论坛""中国音乐产业集聚区发展论坛""首届中国音乐产业行业年会""音乐产业高端论坛"等活动，并参与撰写《中国音乐产业发展报告》《国家音乐产业基地发展报告》《中国网络文艺发展报告》等。出版专著：《当代美国高等钢琴教育的理念与实践》《新媒体音乐编辑与传播》《中国音乐产业集聚区建设发展研究》《新媒体音乐传播：理论与实践》。

图书在版编目(CIP)数据

北京文艺评论2020—2021年度优秀作品汇编／北京市文学艺术界联合会编.—桂林：广西师范大学出版社，2022.11

ISBN 978 - 7 - 5598 - 5455 - 1

Ⅰ.①北…　Ⅱ.①北…　Ⅲ.①文艺评论-中国-当代-文集　Ⅳ.①I206.7-53

中国版本图书馆 CIP 数据核字(2022)第 183502 号

北京文艺评论 2020—2021 年度优秀作品汇编
BEIJING WENYI PINGLUN 2020—2021 NIANDU YOUXIU ZUOPIN HUIBIAN

出 品 人：刘广汉
责任编辑：魏　东
执行编辑：程卫平
装帧设计：李婷婷
广西师范大学出版社出版发行

（广西桂林市五里店路9号　　邮政编码：541004
网址：http://www.bbtpress.com ）

出版人：黄轩庄
全国新华书店经销
销售热线：021 - 65200318　021 - 31260822 - 898
山东韵杰文化科技有限公司印刷
（山东省淄博市桓台县桓台大道西首　邮政编码：256401）
开本：690 mm × 960 mm　　1/16
印张：29　　　　　　　字数：320 千字
2022 年 11 月第 1 版　2022 年 11 月第 1 次印刷
定价：108.00 元